CAZADORES DE SOMBRAS

CIUDAD DE HUESO

LA ISLA DEL TIEMPO

CAZADORES DE SOMBRAS

CIUDAD DE HUESO

Cassandra Clare

Traducción de Gemma Gallart

DESTINO

Para mi abuelo

Obra editada en colaboración con Editorial Planeta – España

Título original: *The Mortal Instruments. City of Bones*

© 2007, Cassandra Clare LLC
© 2008, Gemma Gallart, por la traducción
Derechos de traducción cedidos a través de Barry Goldblatt Literary LLC
y Agencia Sandra Bruna
© 2009, Editorial Planeta, S.A. – Barcelona, España

Derechos reservados

© 2009, Editorial Planeta Mexicana, S.A. de C.V.
Bajo el sello editorial DESTINO M.R.
Avenida Presidente Masarik núm. 111, 2o. piso
Colonia Chapultepec Morales
C.P. 11570 México, D.F.
www.editorialplaneta.com.mx

Primera edición impresa en España: febrero de 2009
ISBN: 978-84-08-08380-1

Primera edición impresa en México: agosto de 2009
Cuarta reimpresión: septiembre de 2010
ISBN: 978-607-07-0213-6

Impreso en los talleres de Litográfica Cozuga, S.A. de C.V.
Av. Tlatilco núm. 78, colonia Tlatilco, México, D.F.
Impreso en México – *Printed in Mexico*

AGRADECIMIENTOS

Quisiera dar las gracias a mi grupo de escritura, el Massachusetts All-Stars: Ellen Kushner, Delia Sherman, Kelly Link, Gavin Grant, Holly Black y Sarah Smith. También a Tom Holt y Peg Kerr por animarme incluso antes de que existiera un libro, y a Justine Larbalestier y Eve Sinaiko por transmitirme lo que pensaban de él una vez que existió. A mi madre y mi padre por su dedicación, afecto e inquebrantable confianza en que acabaría por producir algo publicable. A Jim Hill y Kate Connor por su aliento y apoyo. A Eric por las motos de los vampiros que funcionan con energías demoníacas y a Elka por estar más guapa de negro que las viudas de sus enemigos. A Theo y a Val por crear hermosas imágenes que hicieran juego con mi prosa. A mi glamouroso agente, Barry Goldblatt, y a mi brillante editora, Karen Wojtyla. A Holly por vivir la creación de este libro conmigo y a Josh por hacer que todo valiera la pena.

No he podido dormir.
¡Entre la ejecución de un acto terrible
y su primer impulso, todo el intervalo es
como una visión o como un horrible sueño!
¡El espíritu y las potencias corporales
celebran entonces consejo, y el estado del hombre,
semejante a un pequeño reino, sufre
una verdadera insurrección!

WILLIAM SHAKESPEARE, *Julio César*

Primera parte
Descenso a la oscuridad

Canté del Caos y la eterna Noche,
Amaestrado por la Musa celeste
A aventurarme hacia el descenso opaco,
Y de nuevo a ascender...

JOHN MILTON, *El Paraíso perdido*

1

PANDEMÓNIUM

—Sin duda estás bromeando —dijo el gorila de la puerta, cruzando los brazos sobre el enorme pecho.

Dirigió una mirada amedrentadora al muchacho de la chamarra roja con cremallera y sacudió la afeitada cabeza.

—No puedes entrar con eso ahí.

Los aproximadamente cincuenta adolescentes que hacían cola ante el club Pandemónium se inclinaron hacia adelante para poder oír. La espera era larga para entrar en aquel club abierto a todas las edades, en especial en domingo, y no acostumbraba a suceder gran cosa en la cola. Los gorilas eran feroces y caían al instante sobre cualquiera que diera la impresión de estar a punto de causar problemas. Clary Fray, de quince años, de pie en la cola con su mejor amigo, Simon, se inclinó como todos los demás, esperando algo de animación.

—¡Ah, vamos!

El chico enarboló el objeto por encima de la cabeza. Parecía un palo de madera con un extremo acabado en punta.

—Es parte de mi disfraz.

El portero del local enarcó una ceja.

—¿Qué es?

El muchacho sonrió ampliamente. Tratándose de Pandemónium, tenía un aspecto de lo más normal, se dijo Clary. Lucía cabellos teñidos de azul eléctrico, que sobresalían en punta alrededor de la cabeza igual que las ventosas de un pulpo sobresaltado, pero sin complicados tatuajes faciales ni grandes barras de metal atravesándole las orejas o los labios.

—Soy un cazador de vampiros. —Hizo presión sobre el objeto de madera, que se dobló con la facilidad de una brizna de hierba torciéndose hacia un lado—. Es de broma. Hule espuma. ¿Ves?

Los dilatados ojos del muchacho eran de un verde excesivamente brillante, advirtió Clary: del color del anticongelante, de la hierba en primavera. Lentes de contacto coloreados, probablemente. El hombre de la puerta se encogió de hombros, repentinamente aburrido.

—Ya. Entra.

El chico se deslizó por su lado, veloz como una anguila. A Clary le gustó el movimiento airoso de sus hombros, el modo en que agitaba los cabellos al moverse. Había una palabra en francés que su madre habría usado para describir al muchacho: *insouciant*, despreocupado.

—Lo encontrabas guapo —dijo Simon en tono resignado—, ¿verdad?

Clary le clavó el codo en las costillas, pero no respondió.

Dentro, el club estaba lleno de humo de hielo seco. Luces de colores recorrían la pista de baile, convirtiéndola en un multicolor país de las hadas repleto de azules, verdes ácidos, cálidos rosas y dorados.

El chico de la chamarra roja acarició la larga hoja afilada que tenía en las manos mientras una sonrisa indolente asomaba a sus labios. Había resultado tan fácil... un leve *glamour* (un encantamiento) en la hoja, para que pareciera inofensiva, otro poco en sus ojos, y en cuanto el encargado de la puerta le hubo mirado directamente, entrar ya no fue un problema. Por supuesto, probablemente habría conseguido pasar sin tomarse tantas molestias, pero formaba parte de la diversión..., engañar a los mundis, haciéndolo todo al descubierto justo frente a ellos, disfrutando de las expresiones de desconcierto de sus rostros bobalicones.

Eso no quería decir que los humanos no fueran útiles. Los ojos verdes del muchacho escudriñaron la pista de baile, donde delgadas extremidades cubiertas con retazos de seda y cuero negro aparecían y desaparecían en el interior de rotantes columnas de humo mientras los mundis bailaban. Las chicas agitaban las largas melenas, los chicos balanceaban las caderas vestidas de cuero y la piel desnuda centelleaba sudorosa. La vitalidad simplemente manaba de ellos, oleadas de energía que le proporcionaban una mareante embriaguez. Sus labios se curvaron. No sabían lo afortunados que eran. No sabían lo que era sobrevivir a duras penas en un mundo muerto, donde el sol colgaba inerte en el cielo igual que un trozo de carbón consumido. Sus vidas brillaban con la misma fuerza que las llamas de una vela... y podían apagarse con la misma facilidad.

La mano se cerró con más fuerza sobre el arma que llevaba, y había empezado a apretar el paso hacia la pista de baile cuando una chica se separó de la masa de bailarines y empezó a avanzar hacia él. Se la quedó mirando. Era hermosa, para ser humana: cabello largo casi del color exacto de la tinta negra, ojos pintados de negro. Un vestido blanco que llegaba hasta el suelo, del estilo que las mujeres llevaban cuando aquel mundo era más joven, con mangas de encaje que se acampanaban alrededor de los delgados brazos. Rodeando el cuello llevaba una gruesa cadena de plata, de la que pendía un colgante rojo oscuro del tamaño del puño de un bebé. Sólo tuvo que entrecerrar los ojos para saber que era auténtico..., auténtico y valioso. La boca se le empezó a hacer agua a medida que ella se le acercaba. La energía vital palpitaba en ella igual que la sangre brotando de una herida abierta. Le sonrió al pasar junto a él, llamándole con la mirada. Se volvió para seguirla, saboreando el imaginario chisporroteo de su muerte en los labios.

13

Siempre era fácil. Podía sentir cómo la energía vital se evaporaba de la muchacha para circular por sus venas igual que fuego. ¡Los humanos eran tan estúpidos! Poseían algo muy precioso, y apenas lo protegían. Tiraban por la borda sus vidas a cambio de dinero, de bolsitas que contenían unos polvos, de la sonrisa encantadora de un desconocido. La muchacha era un espectro pálido que se retiraba a través del humo de colores. Llegó a la pared y se volvió, remangándose la falda con las manos, alzándola mientras le sonreía de oreja a oreja. Bajo la falda, llevaba unas botas que le llegaban hasta el muslo.

Fue hacia ella con aire despreocupado, con la piel hormigueando por la cercanía de la muchacha. Vista de cerca, no era tan perfecta. Vio rímel corrido bajo los ojos, el sudor que le pegaba el cabello al cuello. Olió su mortalidad, el olor dulzón de la putrefacción. «Eres mía», pensó.

Una sonrisa fría curvó sus labios. Ella se hizo a un lado, y vio que estaba apoyada en una puerta cerrada. «PROHIBIDA LA ENTRADA», estaba garabateado sobre ella en pintura roja. La muchacha alargó la mano a su espalda en busca de la perilla, la giró y se deslizó al interior. El joven vislumbró cajas amontonadas, cables eléctricos enmarañados. Un trasterío. Echó un vistazo a su espalda..., nadie miraba. Mucho mejor si ella deseaba intimidad.

Se introdujo en la habitación tras ella, sin darse cuenta de que le seguían.

—Bien —dijo Simon—, una música bastante buena, ¿eh?

Clary no respondió. Bailaban, o lo que podría pasar por ello (una gran cantidad de balanceos a un lado y a otro con descensos violentos hacia el suelo, como si uno de ellos hubiese perdido un lente de contacto) en un espacio situado entre un grupo de chicos adolescentes ataviados con corsés metálicos y una joven pareja asiática que se besaba apasionadamente, con las extensiones de colores de ambos entrelazadas entre sí igual que enredaderas. Un muchacho con un *piercing* labial y una mochila en forma de osito de peluche repartía gratuitamente pastillas de éxtasis de hierbas, con los pantalones cargo ondeando bajo la brisa procedente de la máquina de viento. Clary no prestaba mucha atención a lo que les rodeaba; tenía los ojos puestos en el muchacho de los cabellos azules que había conseguido persuadir al portero para que lo dejara entrar. El joven merodeaba por entre la multitud como si buscara algo. Había alguna cosa en el modo en que se movía que le recordaba no sabía qué...

—Yo, por mi parte —siguió diciendo Simon—, me estoy divirtiendo una barbaridad.

Eso parecía improbable. Simon, como siempre, resultaba totalmente fuera de lugar en el club, vestido con mezclilla y una camiseta vieja en cuya parte delantera se leía «MADE IN BROOKLYN». Sus cabellos recién lavados eran de color castaño oscuro en lugar de verdes o rosas, y sus lentes descansaban torcidos sobre la punta de la nariz. Daba más la impresión de ir de camino al club de ajedrez que no de estar reflexionando sobre los poderes de la oscuridad.

—Mmmm... hmm.

Clary sabía perfectamente que la acompañaba a Pandemónium sólo porque a ella le gustaba el lugar, y que él lo consideraba aburrido. Ella ni siquiera estaba segura de por qué le gustaba ese sitio: las ropas, la música lo convertían en algo parecido a un sueño, en la vida de otra persona, en algo totalmente distinto a su aburrida vida real. Pero siempre era demasiado tímida para hablar con nadie que no fuera Simon.

El chico de los cabellos azules empezaba a abandonar la pista de baile. Parecía un poco perdido, como si no hubiese encontrado a la persona que buscaba. Clary se preguntó qué sucedería si se acercaba y se presentaba, si se ofrecía a mostrarle el lugar. A lo mejor se limitaría a mirarla fijamente. O quizá también fuera tímido. Tal vez se sentiría agradecido y complacido, e intentaría no demostrarlo, como hacían los chicos..., pero ella lo sabría. A lo mejor...

El chico de los cabellos azules se irguió de repente, cuadrándose, igual que un perro de caza marcando la presa. Clary siguió la dirección de su mirada, y vio a la muchacha del vestido blanco.

«Ah, vaya —pensó, intentando no sentirse como un globo de colores desinflado—, supongo que eso es todo.» La chica era guapísima, la clase de chica que a Clary le habría gustado dibujar: alta y delgada como un palo, con una larga melena negra. Incluso a aquella distancia, Clary pudo ver el colgante rojo que le rodeaba la garganta. Palpitaba bajo las luces de la pista igual que un corazón incorpóreo arrancado del pecho.

—Creo —prosiguió Simon— que esta tarde DJ Bat está realizando un trabajo particularmente excepcional. ¿No estás de acuerdo?

Clary puso los ojos en blanco y no respondió: Simon odiaba la música *trance*. Clary tenía la atención fija en la muchacha del vestido blanco. Por entre la oscuridad, el humo y la niebla artificial, el pálido vestido brillaba como un faro. No era de extrañar que el chico de los cabellos azules la siguiera como si se hallara bajo un hechizo, demasiado abstraído para reparar en nada más a su alrededor; ni siquiera en las dos figuras oscuras que le pisaban los talones, serpenteando tras él por entre la multitud.

Clary bailó más despacio y miró con atención. A duras penas distinguió que las dos figuras eran muchachos, altos y vestidos de negro. No podría haber dicho cómo sabía que seguían al otro muchacho, pero lo sabía. Lo veía en el modo en que se mantenían tras él, en su atenta vigilancia, en la elegancia furtiva de sus movimientos. Un tímido capullo de aprensión empezó a abrirse en su pecho.

—Por lo pronto —añadió Simon—, quería decirte que últimamente he estado haciendo travestismo. También me estoy acostando con tu madre. Creo que deberías saberlo.

La muchacha había llegado a la pared y abría una puerta con el letrero de «PROHIBIDA LA ENTRADA». Hizo una seña al joven de los cabellos azules para que la siguiera, y ambos se deslizaron al otro lado. No era nada que Clary no hubiese visto antes, una pareja escabulléndose a los rincones oscuros del club para besuquearse; pero eso hacía que resultara aún más raro que los estuvieran siguiendo.

Se alzó de puntillas, intentando ver por encima de la multitud. Los dos chicos se habían detenido ante la puerta y parecían hablar entre sí. Uno de ellos era rubio, el otro moreno. El rubio introdujo la mano en la chamarra y sacó algo largo y afilado que centelleó bajo las luces estroboscópicas. Un cuchillo.

—¡Simon! —chilló Clary, y le agarró del brazo.

—¿Qué? —Simon pareció alarmado—. No me estoy acostando realmente con tu madre, ya sabes. Sólo intentaba atraer tu atención. Aunque no es que tu madre no sea una mujer muy atractiva, para su edad.

—¿Ves a esos chicos?

Señaló bruscamente, golpeando casi a una curvilínea muchacha negra que bailaba a poca distancia. La chica le lanzó una mirada malévola.

—Lo siento..., lo siento. —Clary se volvió otra vez hacia Simon—. ¿Ves a esos dos chicos de ahí? ¿Junto a esa puerta?

Simon entrecerró los ojos, luego se encogió de hombros.

—No veo nada.

—Son dos. Estaban siguiendo al chico del cabello azul...

—¿El que pensabas que era guapo?

—Sí, pero ésa no es la cuestión. El rubio ha sacado un cuchillo.

—¿Estás segura? —Simon miró con más intensidad, meneando la cabeza—. Sigo sin ver a nadie.

—Estoy segura.

Repentinamente todo eficiencia, Simon se envalentonó.

—Iré en busca de uno de los guardias de seguridad. Tú quédate aquí.

Marchó a grandes zancadas, abriéndose paso por entre el gentío.

Clary se volvió justo a tiempo para ver al chico rubio franquear la puerta en la que decía «PROHIBIDA LA ENTRADA», con su amigo pegado a él. Miró a su alrededor; Simon seguía intentando avanzar a

17

empujones por la pista de baile, pero no hacía muchos progresos. Incluso aunque ella gritara ahora, nadie la oiría, y para cuando Simon regresara, algo terrible podría haber sucedido ya. Mordiéndose con fuerza el labio inferior, Clary empezó a culebrear por entre la gente.

—¿Cómo te llamas?

Ella se volvió y sonrió. La tenue luz que había en el almacén se derramaba sobre el suelo a través de altas ventanas con barrotes cubiertas de mugre. Montones de cables eléctricos, junto con pedazos rotos de bolas de discoteca y latas desechadas de pintura, cubrían el suelo.

—Isabelle.

—Es un nombre bonito.

Avanzó hacia ella, pisando con cuidado por entre los cables por si acaso alguno tenía corriente. Bajo la débil luz, la muchacha parecía medio transparente, desprovista de color, envuelta en blanco como un ángel; sería un placer hacerla caer...

—No te he visto por aquí antes.

—¿Me estás preguntando si vengo por aquí a menudo?

Lanzó una risita tonta, tapándose la boca con la mano. Llevaba una especie de brazalete alrededor de la muñeca, justo bajo el puño del vestido; entonces, al acercarse más a ella, el muchacho vio que no era un brazalete sino un dibujo hecho en la piel, una matriz de líneas en espiral.

Se quedó paralizado.

—Tú...

No terminó de decirlo. La muchacha se movió con la velocidad del rayo, arremetiendo contra él con la mano abierta, asestando un golpe en su pecho que lo habría derribado sin resuello de haber sido un ser humano. Retrocedió tambaleante, y entonces ella tenía ya algo en la mano, un látigo serpenteante que centelleó dorado cuando lo hizo descender hacia el suelo, enroscándoselo en los tobillos para derribarlo violentamente. El chico se golpeó contra el suelo, retorciéndose, mientras el odiado metal se clavaba profundamente en su carne. Ella rió, vigilándole, y de un modo confuso, él se dijo que tendría que haberlo sabido. Ninguna chica humana se habría puesto un vestido como el que llevaba Isabelle, que le servía para cubrir su piel..., toda la piel.

La muchacha dio un fuerte tirón al látigo, asegurándolo. Su sonrisa centelleó igual que agua ponzoñosa.

—Es todo suyo, chicos.

Una risa queda sonó detrás de él, y a continuación unas manos cayeron sobre su persona, tirando de él para levantarlo, arrojándolo contra uno de los pilares de hormigón. Sintió la húmeda piedra bajo la espalda; le sujetaron las manos a la espalda y le ataron las muñecas con alambre. Mientras forcejeaba, alguien salió de detrás de la columna y apareció ante su vista: un muchacho, tan joven como Isabelle e igual de atractivo. Los ojos leonados le brillaban como pedacitos de ámbar.

—Bien —dijo el muchacho—. ¿Hay más contigo?

El chico de los cabellos azules sintió cómo la sangre manaba bajo el metal demasiado apretado, volviéndole resbaladizas las muñecas.

—¿Más qué?

—Vamos, habla.

El muchacho de los ojos leonados alzó las manos, y las mangas oscuras resbalaron hacia abajo, mostrando las runas dibujadas con tinta que le cubrían las muñecas, el dorso y las palmas de las manos.

—Sabes lo que soy.

Muy atrás en el interior de su cráneo, el segundo juego de dientes del muchacho esposado empezó a rechinar.

—Cazador de sombras —siseó.

El otro muchacho sonrió de oreja a oreja.

—Te atrapamos —dijo.

Clary empujó la puerta del almacén y entró. Por un momento pensó que estaba desierto. Las únicas ventanas estaban muy arriba y tenían barrotes; débiles ruidos procedentes de la calle llegaban a través de ellas; el sonido de bocinas de coches y frenos que chirriaban. La habitación olía a pintura vieja, y la gruesa capa de polvo que cubría el suelo estaba marcada con huellas de zapatos desdibujadas.

«Aquí no hay nadie», comprendió, mirando a su alrededor con perplejidad. Hacía frío en la habitación, a pesar del calor de agosto del exterior. Tenía la espalda cubierta de sudor helado. Dio un paso al frente, y el pie se le enredó en unos cables eléctricos. Se inclinó para liberar el tenis de los cables... y oyó voces. La risa de una chica, un chico que respondía con dureza. Cuando se irguió, los vio.

Fue como si hubieran cobrado vida entre un parpadeo y el siguiente. Estaba la chica del vestido blanco largo y la melena negra que le caían por la espalda igual que algas húmedas, y los dos chicos la acompañaban: el alto de cabello negro como el de ella y el otro más bajo y rubio, cuyo pelo brillaba igual que el latón bajo la tenue luz que entraba por las ventanas de arriba. El muchacho rubio estaba de pie con las manos en los bolsillos, de cara al chico punk, que estaba atado a una columna con lo que parecía una cuerda de piano, las manos estiradas detrás de él y las piernas atadas por los tobillos. Tenía el rostro tirante por el dolor y el miedo.

Con el corazón martilleándole en el pecho, Clary se agachó detrás del pilar de hormigón más cercano y miró desde allí. Vio cómo el muchacho rubio se paseaba de un lado a otro, con los brazos cruzados sobre el pecho.

—Bueno —dijo—, todavía no me has dicho si hay algún otro de tu especie contigo.

«¿"Tu especie"?» Clary se preguntó de qué estaría hablando. Quizá hubiese tropezado con una guerra entre bandas.

—No sé de qué estás hablando.

El tono del chico de cabellos azules era angustiado, pero también arisco.

—Se refiere a otros demonios —intervino el chico moreno, hablando por primera vez—. Sabes qué es un demonio, ¿verdad?

El muchacho atado a la columna movió la cabeza, mascullando por lo bajo.

—Demonios —dijo el chico rubio, arrastrando la voz a la vez que trazaba la palabra en el aire con el dedo—. Definidos en términos religiosos como moradores del infierno, los siervos de Satán, pero entendidos aquí, para los propósitos de la Clave, como cualquier espíritu maligno cuyo origen se encuentra fuera de nuestra propia dimensión de residencia...

—Eso es suficiente, Jace —indicó la chica.

—Isabelle tiene razón —coincidió el muchacho más alto—. Nadie aquí necesita una lección de semántica... ni de demonología.

«Están locos —pensó Clary—. Locos de verdad.»

Jace alzó la cabeza y sonrió. Hubo algo feroz en su gesto, algo que recordó a Clary documentales sobre leones que había contemplado en el Discovery Channel, el modo en que los grandes felinos alzaban la cabeza y olfateaban el aire en busca de presa.

—Isabelle y Alec creen que hablo demasiado —comentó Jace en tono confidencial—. ¿Crees tú que hablo demasiado?

El muchacho de los cabellos azules no respondió. Su boca seguía moviéndose.

—Podría darles información —dijo—. Sé dónde está Valentine.

Jace echó una mirada atrás a Alec, que se encogió de hombros.

—Valentine está bajo tierra —indicó Jace—. Esa cosa sólo está jugando con nosotros.

Isabelle sacudió la melena.

—Mátalo, Jace —dijo—, no va a contarnos nada.

Jace alzó la mano, y Clary vio centellear una luz tenue en el cuchillo que empuñaba. Era curiosamente traslúcido, la hoja transparente como el cristal, afilada como un fragmento de vidrio, la empuñadura engastada con piedras rojas.

El muchacho atado lanzó un grito ahogado.

—¡Valentine ha vuelto! —protestó, tirando de las ataduras que le sujetaban las manos a la espalda—. Todos los Mundos Infernales lo saben..., yo lo sé..., puedo decirles dónde está...

La cólera llameó repentinamente en los gélidos ojos de Jace.

—Por el Ángel, siempre que capturamos a uno de ustedes, cabrones, afirma saber dónde está Valentine. Bueno, nosotros también sabemos dónde está. Está en el infierno. Y tú... —Giró el cuchillo que sujetaba, cuyo filo centelleó como una línea de fuego—, tú puedes reunirte con él allí.

Clary no pudo aguantar más y salió de detrás de la columna.

—¡Deténganse! —gritó—. No pueden hacer esto.

Jace se volvió en redondo, tan sobresaltado que el cuchillo le salió despedido de la mano y repiqueteó contra el suelo de hormigón. Isabelle y Alec se dieron la vuelta con él, mostrando idéntica expresión de estupefacción. El muchacho de cabellos azules se quedó suspendido de sus ataduras, aturdido y jadeante.

Alec fue el primero en hablar.

—¿Qué es esto? —exigió, pasando la mirada de Clary a sus compañeros, como si ellos debieran saber qué hacía ella allí.

—Es una chica —dijo Jace, recuperando la serenidad—. Seguramente habrás visto chicas antes, Alec. Tu hermana Isabelle es una. —Dio un paso para acercarse más a Clary, entrecerrando los ojos como si no pudiera creer del todo lo que veía—. Una mundi —declaró, medio para sí—. Y puede vernos.

—Claro que puedo verlos —replicó Clary—. No estoy ciega, sabes.

—Ah, pero sí lo estás —dijo Jace, inclinándose para recoger su cuchillo—. Simplemente no lo sabes. —Se irguió—. Será mejor que salgas de aquí, si sabes lo que es bueno para ti.

—No voy a ir a ninguna parte —repuso Clary—. Si lo hago, lo matarán.

Señaló al muchacho de cabellos azules.

—Es cierto —admitió Jace, haciendo girar el cuchillo entre los dedos—. ¿Qué te importa a ti si lo mato o no?

—Pu... pues... —farfulló ella—. Uno no puede ir por ahí matando gente.

—Tienes razón —dijo Jace—. Uno no puede ir por ahí matando gente.

Señaló al muchacho de cabellos azules, cuyos ojos eran unas simples rendijas. Clary se preguntó si se habría desmayado.

—Eso no es una persona, niñita. Puede parecer una persona y hablar como una persona, y tal vez incluso sangrar como una persona. Pero es un monstruo.

—Jace —dijo Isabelle en tono amonestador—, es suficiente.

—Estás loco —replicó Clary, alejándose de él—. He llamado a la policía, ¿sabes? Estarán aquí en cualquier momento.

—Miente —dijo Alec, pero había duda en su rostro—. Jace, crees...

No llegó a terminar la frase. En ese momento el muchacho de cabellos azules, con un grito agudo y penetrante, se liberó de las sujeciones que lo ataban a la columna y se arrojó sobre Jace.

Cayeron al suelo y rodaron juntos, el muchacho de cabellos azules arañando a Jace con manos que centelleaban como si sus extremos fueran de metal. Clary retrocedió, deseando huir, pero los pies se le enredaron en una lazada de cable eléctrico y cayó al suelo; el golpe la dejó sin respiración. Oyó chillar a Isabelle y, rodando sobre sí misma, vio al chico de cabellos azules sentado sobre el pecho de Jace. Brillaba sangre en las puntas de sus garras, afiladas como cuchillas.

Isabelle y Alec corrían hacia ellos, con Isabelle blandiendo un látigo. El muchacho de cabellos azules intentó acuchillar el rostro de Jace con las garras extendidas. El caído alzó un brazo para protegerse, y las garras se lo rasgaron, salpicando sangre. El muchacho de cabellos azules volvió a atacar... y el látigo de Isabelle descendió sobre su espalda. El muchacho lanzó un chillido y cayó hacia un lado.

Veloz como el chasquido del látigo de Isabelle, Jace rodó sobre sí mismo. Brilló una arma en su mano y hundió el cuchillo en el pecho

23

del chico de cabellos azules. Un líquido negruzco estalló alrededor de la empuñadura. El muchacho se arqueó por encima del suelo, gorgoteando y retorciéndose. Jace se puso en pie, con una mueca en la cara. Su camisa negra era ahora más negra en algunos lugares empapados de sangre. Bajó la mirada hacia la figura que se contorsionaba a sus pies, alargó el brazo y arrancó el cuchillo. La empuñadura estaba cubierta de líquido negro.

Los ojos del muchacho de cabellos azules se abrieron con un parpadeo; fijos en Jace, parecían arder.

—Que así sea —siseó entre dientes—: Los repudiados se los llevarán a todos.

Jace pareció gruñir. Al muchacho se le pusieron los ojos en blanco y su cuerpo empezó a dar sacudidas y a moverse espasmódicamente mientras se encogía, doblándose sobre sí mismo, empequeñeciéndose más y más hasta que desapareció por completo.

Clary se puso en pie apresuradamente, liberándose de un puntapié del cable eléctrico. Empezó a retroceder. Ninguno de ellos le prestaba atención. Alec había llegado junto a Jace y le sostenía el brazo tirando de la manga, probablemente intentando echar un buen vistazo a la herida. Clary se volvió para echar a correr... y se encontró con Isabelle, que le cerraba el paso con el látigo cuya dorada longitud estaba manchada de fluido negro en la mano. Lo hizo chasquear en dirección a Clary; el extremo se le enroscó alrededor de la muñeca y le dio un fuerte tirón. Clary lanzó una exclamación ahogada de dolor y sorpresa.

—Pequeña mundi estúpida —masculló Isabelle—. Podrías haber hecho que mataran a Jace.

—Está loco —dijo Clary, intentando echar la muñeca hacia atrás.

El látigo se le hundió más profundamente en la carne.

—Están todos locos. ¿Qué se creen que son, un grupo de vigilantes asesinos? La policía...

—La policía no acostumbra interesarse a menos que le presentes un cadáver —indicó Jace.

24

Sosteniendo el brazo contra el pecho, el muchacho se abrió paso a través del suelo cubierto de cables en dirección a Clary. Alec iba tras él, con una expresión ceñuda en el rostro.

Clary echó una ojeada al punto en el que el muchacho había desaparecido, y no dijo nada. Ni siquiera quedaba allí una manchita de sangre; nada que mostrara que el muchacho había existido alguna vez.

—Regresan a sus dimensiones de residencia al morir —explicó Jace—. Por si tenías curiosidad.

—Jace —siseó Alec—, ten cuidado.

Jace le apartó el brazo. Una truculenta ristra de manchas de sangre le marcaba el rostro. A Clary seguía recordándole a un león, con los ojos claros y separados, y los cabellos de un dorado tostado.

—Puede vernos, Alec —replicó—. Sabe ya demasiado.

—Así pues, ¿qué quieres que haga con ella? —inquirió Isabelle.

—Dejarla ir —respondió Jace en voz baja.

Isabelle le lanzó una mirada sorprendida, casi enojada, pero no discutió. El látigo resbaló de la muñeca, liberándole el brazo a Clary, que se frotó la dolorida extremidad y se preguntó cómo diablos iba a conseguir salir de allí.

—Quizá deberíamos llevarla de vuelta con nosotros —sugirió Alec—. Apuesto a que Hodge querría hablar con ella.

—Ni hablar de llevarla al Instituto —dijo Isabelle—. Es una mundi.

—¿Lo es? —inquirió Jace con suavidad.

Su tono sosegado era peor que la brusquedad de Isabelle o la cólera de Alec.

—¿Has tenido tratos con demonios, niñita? ¿Has paseado con brujos, conversado con los Hijos de la Noche? ¿Has...?

—No me llamo «niñita» —le interrumpió Clary—. Y no tengo ni idea de qué estás hablando.

«¿No la tienes? —dijo una voz en el interior de su cabeza—. Viste evaporarse a ese chico. Jace no está loco..., simplemente desearías que lo estuviera.»

25

—No creo en... demonios, o en lo que sea que tú...

—¿Clary?

Era la voz de Simon. Ésta se volvió en redondo y lo vio de pie junto a la puerta del almacén. Le acompañaba uno de los fornidos porteros que habían estado sellando manos en la puerta de entrada.

—¿Estás bien? —La miró escrutador a través de la penumbra—. ¿Por qué estás aquí sola? ¿Qué ha sucedido con los tipos..., ya sabes, los de los cuchillos?

Clary le miró con asombro, luego miró detrás de ella, donde Jace, Isabelle y Alec permanecían en pie, Jace todavía con la camisa ensangrentada y el cuchillo en la mano. El muchacho le sonrió de oreja a oreja y le dedicó un encogimiento de hombros en parte de disculpa, en parte burlón. Era evidente que no le sorprendía que ni Simon ni el portero pudieran verlos.

De algún modo, tampoco le sorprendía a Clary. Volvió otra vez la cabeza lentamente hacia Simon, sabiendo el aspecto que debía de ofrecerle, allí de pie sola en una húmeda habitación de almacenaje, con los pies enredados en cables eléctricos de plástico brillante.

—Me ha parecido que entraban aquí —contestó sin convicción—. Pero supongo que no ha sido así. Lo siento. —Pasó rápidamente la mirada de Simon, cuya expresión empezaba a cambiar de preocupada a incómoda, al portero, que simplemente parecía enojado—. Ha sido una equivocación.

Detrás de ella, Isabelle lanzó una risita divertida.

—No lo creo —dijo insistente Simon mientras Clary, de pie en el bordillo, intentaba desesperadamente parar un taxi. Los barrenderos habían pasado por Orchard mientras ellos estaban dentro del club, y la calle mostraba un negro barniz de agua oleosa.

—Lo sé —convino ella—. Lo normal sería que hubiera algún taxi. ¿Adónde va todo el mundo un domingo a medianoche? —Se volvió hacia él, encogiéndose de hombros—. ¿Crees que tendremos más suerte en Houston?

—No hablo de los taxis —repuso Simon—. Tú..., no te creo. No me creo que esos tipos de los cuchillos simplemente desaparecieran.

Clary suspiró.

—A lo mejor no había tipos con cuchillos, Simon. Quizá simplemente lo imaginé todo.

—Ni hablar. —Simon alzó la mano por encima de la cabeza, pero los taxis que se aproximaban pasaron zumbando por su lado, lanzando una rociada de agua sucia—. Vi tu cara cuando entré en ese almacén. Parecías realmente alucinada, como si hubieras visto un fantasma.

Clary pensó en Jace con sus ojos de león. Se echó un vistazo a la muñeca, circundada por una fina línea roja a modo de brazalete en el punto en el que el látigo de Isabelle se había enroscado. «No, un fantasma no —pensó—. Algo aún más fantástico que eso.»

—Fue sólo una equivocación —insistió en tono cansino.

Se preguntó por qué no le estaba contando la verdad. Excepto, claro, que él pensaría que estaba loca. Y había algo en lo que había sucedido; algo en la sangre negra borboteando alrededor del cuchillo de Jace, algo en su voz cuando le había dicho «¿Has conversado con los Hijos de la Noche?», que quería guardar para sí.

—Bueno, pues fue una equivocación de lo más embarazosa —repuso Simon, y echó una ojeada atrás, hacia el club, desde donde una fina cola todavía salía sigilosamente por la puerta y llegaba hasta mitad de la manzana—. Dudo que vuelvan a dejarnos entrar jamás en Pandemónium.

—¿Qué te importa eso a ti? Odias Pandemónium.

Clary volvió a alzar la mano cuando una forma amarilla fue hacia ellos a toda velocidad por entre la niebla. En esta ocasión, no obstante, el taxi frenó con un chirrido en la esquina, con el conductor presionando la bocina como si necesitara atraer su atención.

—Por fin tenemos suerte.

27

Simon abrió la portezuela de un tirón y se deslizó al interior del asiento trasero, forrado de plástico. Clary le siguió, inhalando el familiar olor a humo rancio de cigarrillo, cuero y fijador de pelo de los taxis de Nueva York.

—Vamos a Brooklyn —indicó Simon al taxista, y luego volvió la cabeza hacia Clary—. Oye, sabes que puedes contarme cualquier cosa, ¿de acuerdo?

Ella vaciló un instante, luego asintió.

—Seguro, Simon —respondió—, sé que puedo hacerlo.

Cerró la portezuela de un golpe tras ella, y el taxi se puso en marcha, perdiéndose en la noche.

2

SECRETOS Y MENTIRAS

El oscuro príncipe estaba sentado a horcajadas sobre su negro corcel, con su capa de marta cibelina ondeando a la espalda. Un aro de oro le sujetaba los rizos rubios, el apuesto rostro aparecía helado con la furia de la batalla y...

—Y su brazo parecía una berenjena —masculló Clary para sí, exasperada.

El dibujo no salía. Con un suspiro arrancó otra hoja más de su bloc de dibujo, la arrugó y la arrojó contra la pared naranja de su dormitorio. El suelo estaba ya repleto de bolas de papel desechadas, una señal inequívoca de que sus jugos creativos no fluían del modo que había esperado. Deseó por milésima vez poder ser un poco más como su madre. Todo lo que Jocelyn Fray dibujaba, pintaba o esbozaba era hermoso, y aparentemente realizado sin esfuerzo.

Se quitó los auriculares, interrumpiendo *Stepping Razor* en mitad de la canción, y se frotó las doloridas sienes. Sólo entonces se dio cuenta de que el potente y agudo sonido de un teléfono retumbaba por el apartamento. Arrojó el bloc de dibujo sobre la cama, se puso en pie de un salto y corrió a la salita, donde el rojo teléfono retro descansaba sobre una mesa cerca de la puerta principal.

—¿Clarissa Fray?

29

La voz al otro lado del teléfono sonaba familiar, aunque no inmediatamente identificable.

Clary retorció nerviosamente el cordón del teléfono alrededor del dedo.

—¿Sííí?

—Hola, soy uno de los malandros con cuchillo que conociste anoche en el Pandemónium. Me temo que te causé una mala impresión y esperaba que me dieras la oportunidad de resarcirte...

—¡SIMON! —Clary mantuvo el teléfono alejado del oído mientras él soltaba una carcajada—. ¡No tiene gracia!

—Ya lo creo que la tiene. Simplemente no le ves el lado cómico.

—Estúpido. —Clary suspiró, recostándose en la pared—. No te estarías riendo de haber estado aquí cuando llegué a casa anoche.

—¿Por qué no?

—Mi madre. No le gustó que llegáramos tarde. Le dio un ataque. Fue desagradable.

—¿Qué? ¡No es culpa tuya que hubiera tráfico! —protestó Simon, que era el más joven de tres hermanos y tenía un sentido muy agudizado de la injusticia familiar.

—Ya, bueno, ella no lo ve de ese modo. La decepcioné, le fallé, hice que se preocupara, bla, bla, bla. Soy la cruz de su existencia —continuó ella, imitando la precisa fraseología de su madre y con sólo una leve punzada de culpabilidad.

—Así que, ¿estás castigada? —preguntó Simon, en un tono un poco demasiado alto.

Clary pudo oír el ruido sordo de voces detrás de él; personas que discutían entre sí.

—No lo sé aún —respondió—. Mi madre salió esta mañana con Luke, y todavía no han regresado. ¿Dónde estás tú, de todos modos? ¿En casa de Eric?

—Sí. Acabamos de terminar el ensayo.

Se oyó el batir de un platillo detrás de Simon. Clary se estremeció.

—Eric va a dar un recital de poesía en Java Jones esta noche —siguió Simon, mencionando una cafetería situada en la esquina donde vivía Clary, que en ocasiones ofrecía música en vivo por la noche—. Toda la banda acudirá para mostrarle su respaldo. ¿Quieres venir?

—Sí, de acuerdo. —Clary hizo una pausa, dando ansiosos tironcitos al cordón del teléfono—. Espera, no.

—¿Quieren callarse, chicos? —chilló Simon; el débil tono de su voz hizo que Clary sospechara que sostenía el teléfono apartado de la boca; al cabo de un segundo reanudó la conversación, con voz que sonó preocupada—. ¿Eso ha sido un sí o un no?

—No lo sé. —Clary se mordió el labio—. Mi madre sigue enfurecida conmigo por lo de anoche. No estoy segura de querer molestarla pidiéndole un favor. Si voy a tener problemas, no quiero que sea por la asquerosa poesía de Eric.

—Vamos, no es tan mala —dijo Simon.

Eric vivía al lado de Simon, y los dos muchachos se conocían de casi toda la vida. No eran íntimos del modo en que Simon y Clary lo eran, pero habían formado un grupo de rock al inicio del segundo año de secundaria, junto con los amigos de Eric: Matt y Kirk. Ensayaban religiosamente todas las semanas en el garaje de los padres de Eric.

—Además, no es un favor —añadió Simon—, es un certamen de poesía en la esquina de la cuadra que está frente a tu casa. No es como si te estuviera invitando a una orgía en Hoboken. Tu madre puede venir contigo si quiere.

—¡ORGÍA EN HOBOKEN!

Oyó Clary que alguien chillaba, probablemente Eric. Se oyó el estrépito de otro platillo. Imaginó a su madre escuchando a Eric leer su poesía y se estremeció interiormente.

—No sé. Si aparecen todos por aquí, creo que le dará algo.

—Entonces iré solo. Te recogeré y así vamos juntos y nos encontramos con el resto allí. A tu madre no le importará. Me adora.

Clary tuvo que echarse a reír.

—Una señal de su discutible buen gusto, si me lo preguntas.

—Nadie te lo ha preguntado.

Simon colgó en medio de gritos procedentes de sus compañeros de la banda.

Clary colgó el teléfono y echó un vistazo a la salita. Por todas partes había pruebas de las tendencias artísticas de Jocelyn, su madre, desde los cojines de terciopelo hechos a mano apilados sobre el sofá rojo oscuro, a las paredes llenas de cuadros cuidadosamente enmarcados, paisajes en su mayoría: las calles sinuosas del centro de Manhattan iluminadas con una luz dorada; escenas de Prospect Park en invierno, con los grises estanques bordeados de una fina puntilla de hielo blanco.

En la repisa sobre la chimenea había una foto enmarcada del padre de Clary. Un hombre rubio de aspecto meditabundo en uniforme militar, y con delatores trazos de arrugas de expresión en el rabillo de los ojos. Había sido un soldado condecorado por su servicio en el extranjero. Jocelyn tenía algunas de sus medallas en una cajita junto a la cama, aunque las medallas no sirvieron de nada cuando Jonathan Clark estrelló su coche contra un árbol a las afueras de Albany y murió incluso antes de que naciera su hija.

Tras su muerte, Jocelyn había vuelto a usar su nombre de soltera. Nunca hablaba del padre de Clary, pero guardaba la caja grabada con sus iniciales, J. C., junto a la cama. Con las medallas había una o dos fotografías, una alianza y un solitario mechón de cabello rubio. En ocasiones, Jocelyn sacaba la caja, la abría y sostenía el mechón de pelo con gran delicadeza antes de devolverlo a su sitio y cerrar de nuevo cuidadosamente la caja con llave.

El sonido de la llave al girar en la puerta principal sacó a Clary de su ensueño. A toda prisa, se dejó caer sobre el sofá e intentó dar la impresión de estar inmersa en uno de los libros en rústica que su madre había dejado apilados en la mesita auxiliar. Jocelyn concedía a la lectura la categoría de pasatiempo sagrado, y por lo general, no interrumpiría a Clary en plena lectura de un libro, ni siquiera para echarle una bronca.

La puerta se abrió con un golpazo. Era Luke, con los brazos llenos de lo que parecían enormes pedazos cuadrados de cartón. Cuando los depositó en el suelo, Clary vio que eran cajas, plegadas planas. Luke se enderezó y se volvió hacia ella con una sonrisa.

—Hola, ti..., hola, Luke —dijo ella.

Él le había pedido que dejara de llamarle tío Luke hacía cosa de un año, afirmando que le hacía sentirse viejo y pensar en *La cabaña del tío Tom*. Además, le había recordado con delicadeza que él no era en realidad su tío, sólo un amigo íntimo de su madre que la conocía de toda la vida.

—¿Dónde está mamá?

—Estacionando la camioneta —respondió él, estirando el larguirucho cuerpo con un gemido.

Iba vestido con su uniforme habitual: jeans viejos, una camisa de franela y unos lentes con montura dorada que descansaban ladeados sobre el caballete de la nariz.

—¿Podrías recordarme de nuevo por qué este edificio carece de montacargas?

—Porque es viejo y posee personalidad —repuso al momento Clary, y Luke sonrió burlón—. ¿Para qué son esas cajas? —preguntó ella.

La sonrisa desapareció.

—Tu madre quiere empacar algunas cosas —contestó él, evitando su mirada.

—¿Qué cosas?

Él agitó la mano con aire displicente.

—Cosas que hay por la casa y molestan. Ya sabes que ella nunca tira nada. ¿Qué estás haciendo? ¿Estudiar?

Le arrancó el libro de la mano y leyó en voz alta: «El mundo sigue estando repleto de esas variopintas criaturas a las que una filosofía más sobria ha desechado. Hadas y trasgos, fantasmas y demonios, todavía rondan por ahí...»

Bajó el libro y la miró por encima de los lentes.

—¿Es esto para la escuela?

—¿*La rama dorada*? No. La escuela no empieza hasta dentro de unas pocas semanas. —Clary le arrebató el libro—. Es de mamá.

—Ya me lo parecía.

Ella lo depositó otra vez sobre la mesa.

—¿Luke?

—¿Ajá? —Olvidado ya el libro, él estaba rebuscando en la caja de herramientas que había junto a la chimenea—. Ah, aquí está.

Sacó una pistola color naranja de cinta de embalar y la contempló con profunda satisfacción.

—¿Qué harías si vieras algo que nadie más puede ver?

La pistola de cinta de embalar cayó de la mano de Luke y golpeó las baldosas de la chimenea. Él se arrodilló para recogerla, sin mirar a la muchacha.

—¿Quieres decir si yo fuera el único testigo de un crimen, esa clase de cosa?

—No; me refiero a si hubiera otras personas cerca, pero tú fueras el único que pudiera ver algo. Como si eso fuera invisible para todo el mundo excepto tú.

Él vaciló, aún arrodillado, con la abollada pistola de cinta de embalar aferrada en la mano.

—Sé que parece una locura —comenzó Clary nerviosamente—, pero...

Él se volvió. Sus ojos, muy azules tras los lentes, se detuvieron en ella con una mirada de sólido afecto.

—Clary, eres una artista, como tu madre. Eso significa que ves el mundo de modo que otras personas no pueden. Es tu don, ver la belleza y el horror en cosas corrientes. Pero no significa que estés loca... sólo que eres diferente. No hay nada malo en ser diferente.

Clary subió las piernas y apoyó la barbilla en las rodillas. Mentalmente vio el almacén, el látigo dorado de Isabelle, al muchacho de cabellos azules convulsionándose en los estertores de la muerte y los ojos leonados de Jace. Belleza y horror.

—De haber vivido mi padre —dijo—, ¿crees que también habría sido un artista?

Luke pareció desconcertado. Antes de que pudiera responderle, la puerta se abrió de golpe, y la madre de Clary entró muy tiesa en la habitación, con los tacones de las botas repiqueteando sobre el brillante suelo de madera. Entregó a Luke un juego de tintineantes llaves y se volvió para mirar a su hija.

Jocelyn Fray era una mujer esbelta y atlética; los cabellos, unos cuantos tonos más oscuros que los de Clary y el doble de largos. En esos momentos estaban retorcidos hacia arriba en un nudo rojo oscuro, atravesado con un lápiz de dibujo para mantenerlos sujetos. Llevaba un overol salpicado de pintura sobre una camiseta color azul lavanda y botas de excursión marrones, cuyas suelas estaban cubiertas de pintura al óleo.

La gente siempre decía a Clary que se parecía a su madre, pero ella no lo veía. Lo único que era parecido en ellas era la figura. Ambas eran delgadas, con el tórax pequeño y las caderas estrechas. Ella sabía que no era hermosa como lo era su madre. Para ser hermosa, se tenía que ser esbelta y alta, y cuando se era tan baja como Clary, apenas algo más de metro cincuenta, una sólo era mona. No guapa o hermosa, sino mona. Si a eso se añaden un cabello color zanahoria y una cara llena de pecas, Clary era más bien como aquella muñeca de trapo llamada Raggedy Ann comparada con la muñeca Barbie que era su madre.

Jocelyn incluso tenía un modo de andar tan gracioso que hacía que la gente volviera la cabeza para contemplarla pasar. Clary, por su parte, siempre andaba dando traspiés. La gente sólo se volvía para contemplarla cuando pasaba como una exhalación por su lado al caer por las escaleras.

—Gracias por subir las cajas —dijo la madre de Clary a Luke, y le sonrió.

Él no devolvió la sonrisa. A Clary se le hizo un nudo en el estómago. Era evidente que pasaba algo.

35

—Lamento haber tardado tanto en encontrar lugar. Debe de haber un millón de personas en el parque hoy...

—¿Mamá? —interrumpió Clary—. ¿Para qué son las cajas?

Jocelyn se mordió el labio. Luke movió veloz los ojos hacia Clary, instando en silencio a Jocelyn para que se acercara. Con un nervioso gesto de muñeca, ésta se puso un mechón de pelo tras la oreja y fue a reunirse con su hija en el sofá.

A tan poca distancia, Clary pudo ver el aspecto tan cansado que mostraba su madre. Había oscuras medias lunas bajo sus ojos, y los párpados aparecían nacarinos por falta de sueño.

—¿Tiene que ver esto con lo de anoche? —preguntó Clary.

—No —dijo rápidamente su madre, y luego vaciló—. Quizás un poco. No debiste hacer lo que hiciste anoche. Lo sabes perfectamente.

—Y ya he pedido perdón. ¿De qué trata todo esto? Si me estás castigando, acaba de una vez.

—No te estoy castigando —respondió su madre.

Su voz sonó tensa como el alambre. Dirigió una rápida mirada a Luke, que negó con la cabeza.

—Simplemente díselo, Jocelyn —dijo éste.

—¿Podrían dejar de hablar como si yo no estuviera aquí? —inquirió Clary, enojada—. ¿Y qué quieres decir con que me diga? ¿Que me diga qué?

Jocelyn soltó un suspiro.

—Nos vamos de vacaciones.

Toda expresión desapareció del rostro de Luke, igual que un lienzo al que le han eliminado toda la pintura.

Clary sacudió la cabeza.

—¿De qué trata todo esto? ¿Se van de vacaciones? —Volvió a dejarse caer sobre los cojines—. No lo entiendo. ¿A qué viene todo este numerito?

—Me parece que no lo entiendes. Me refiero a que nos vamos todos de vacaciones. Los tres: tú, yo y Luke. Nos vamos a la granja.

—Ah.

Clary echó una ojeada a Luke, pero éste tenía los brazos cruzados sobre el pecho y miraba fijamente por la ventana, con la mandíbula muy apretada. Se preguntó qué lo preocupaba. Él adoraba la vieja granja situada en el norte del estado de Nueva York; la había comprado y restaurado él mismo hacía diez años, e iba allí siempre que podía.

—¿Durante cuánto tiempo?

—El resto del verano —dijo Jocelyn—. Traje las cajas por si quieres empacar algunos libros, material de pintura...

—¿El resto del verano? —Clary se sentó muy tiesa, llena de indignación—. No puedo hacer eso, mamá. Tengo planes; Simon y yo íbamos a celebrar una fiesta de vuelta a la escuela, y tengo un montón de reuniones con mi grupo de arte, y diez clases más en Tisch...

—Lamento lo de Tisch. Pero las otras cosas se pueden cancelar. Simon lo comprenderá, y también lo hará tu grupo de arte.

Clary oyó la implacabilidad del tono de su madre y se dio cuenta de que hablaba en serio.

—¡Pero ya he pagado esas clases de arte! ¡Estuve ahorrando todo el año! Lo prometiste. —Se volvió en redondo hacia Luke—. ¡Díselo! ¡Dile que no es justo!

Luke no apartó la mirada de la ventana, aunque un músculo se movió violentamente en su mejilla.

—Es tu madre. Ella es quien debe decidir.

—No lo comprendo. —Clary se volvió hacia su madre—. ¿Por qué?

—Tengo que marcharme, Clary —respondió Jocelyn, y las comisuras de sus labios temblaron—. Necesito paz y tranquilidad para pintar. Y en estos momentos andamos escasas de dinero...

—Pues vende unas cuantas más de las cosas de papá —replicó ella con enojo—. Eso es lo que acostumbras a hacer, ¿no es cierto?

Jocelyn se echó hacia atrás.

—Eso no es justo.

—Mira, ve si quieres ir. No me importa. Me quedaré aquí sin ti. Puedo trabajar; puedo conseguir un empleo en Starbucks o algo así.

Simon dijo que siempre están contratando a gente. Soy lo bastante mayor como para cuidar de mí misma...

—¡No! —La brusquedad en la voz de Jocelyn hizo dar un brinco a Clary—. Te devolveré el dinero de las clases de arte, Clary. Pero vas a venir con nosotros. No hay opción. Eres demasiado joven para quedarte aquí tú sola. Podría pasar algo.

—¿Como qué? ¿Qué podría pasar? —exigió ella.

Se oyó un estrépito. Volvió la cabeza sorprendida y vio que Luke había tirado uno de los cuadros enmarcados que estaban apoyados en la pared. Con una expresión claramente alterada, éste volvió a colocarlo en su lugar. Cuando se irguió, su boca estaba cerrada en una sombría línea.

—Me voy.

Jocelyn se mordió el labio.

—Espera.

Corrió tras él hasta la entrada, alcanzándolo justo cuando cerraba la mano sobre la perilla de la puerta. Torciendo el cuerpo en el sofá, Clary consiguió apenas escuchar el apremiante susurro de su madre:

—... Bane —decía Jocelyn—. Le he estado llamando y llamando durante las últimas tres semanas. Su buzón de voz dice que está en Tanzania. ¿Qué se supone que debo hacer?

—Jocelyn —Luke sacudió la cabeza negativamente—, no puedes seguir acudiendo a él eternamente.

—Pero Clary...

—No es Jonathan —siseó Luke—. Nunca has sido la misma desde que sucedió, pero Clary no es Jonathan.

«¿Qué tiene que ver mi padre con todo esto?», se preguntó Clary, desconcertada.

—No puedo limitarme a mantenerla en casa, a no dejarla salir. No lo soportará.

—¡Claro que no lo hará! —Luke sonó realmente enojado—. No es una mascota, es una adolescente. Casi una adulta.

—Si estuviéramos fuera de la ciudad...

—Habla con ella, Jocelyn. —La voz de Luke era firme—. Lo digo en serio. —Alargó la mano hacia la perilla.

La puerta se abrió de golpe. Jocelyn soltó un pequeño grito.

—¡Jesús! —exclamó Luke.

—En realidad, soy sólo yo —dijo Simon—. Aunque me han dicho que el parecido es sorprendente. —Agitó la mano en dirección a Clary desde la entrada—. ¿Estás lista?

Jocelyn se apartó la mano de la boca.

—Simon, ¿estabas escuchando?

Simon pestañeó.

—No, acabo de llegar. —Pasó la mirada del rostro pálido de Jocelyn al rostro sombrío de Luke—. ¿Sucede algo? ¿Debería irme?

—No te molestes —dijo Luke—. Creo que hemos acabado aquí.

Se abrió paso junto a Simon, bajando ruidosamente las escaleras con ritmo rápido. Abajo, la puerta de la calle se cerró de un portazo.

Simon permaneció en la entrada, con aspecto indeciso.

—Puedo regresar más tarde —dijo—. De verdad. No sería ningún problema.

—Eso podría... —empezó Jocelyn, pero Clary estaba ya de pie.

—Olvídalo, Simon. Nos vamos —declaró, agarrando su morral de un gancho situado cerca de la puerta.

Se lo colgó al hombro dirigiendo una mirada desafiante a su madre.

—Nos vemos luego, mamá.

Jocelyn se mordió el labio.

—Clary, ¿no crees que deberíamos hablar sobre esto?

—Tendremos muchísimo tiempo para hablar mientras estemos de «vacaciones» —repuso ella en tono sarcástico, y tuvo la satisfacción de ver cómo su madre se estremecía—. No me esperes levantada —añadió, y agarrando el brazo de Simon, medio arrastró al joven fuera de la puerta principal.

Éste clavó los talones, mirando contrito por encima del hombro a la madre de Clary, que permanecía inmóvil, pequeña y desamparada, en la entrada, con las manos fuertemente enlazadas.

—¡Adiós, señora Fray! —se despidió—. ¡Que pase una buena noche!

—Ah, cállate, Simon —le espetó Clary, y cerró la puerta de golpe tras ellos, interrumpiendo la respuesta de su madre.

—Jesús, mujer, no me arranques el brazo —protestó Simon mientras Clary tiraba de él escaleras abajo, sus Skechers verdes golpeando los peldaños de madera con cada furioso paso.

La muchacha echó una ojeada a lo alto, medio esperando ver a su madre contemplándoles enfurecida desde el descansillo, pero la puerta del departamento permaneció cerrada.

—Lo siento —masculló Clary, soltándole la muñeca.

Se detuvo al pie de las escaleras, con la bolsa golpeándole la cadera.

La casa de piedra rojiza de Clary, como la mayoría en Park Slope, había sido en el pasado la residencia individual de una familia acaudalada y restos de su antiguo esplendor resultaban aún evidentes en la escalinata curva, el suelo de mármol despostillado de la entrada y el amplio tragaluz de un solo cristal de lo alto. En la actualidad, la casa estaba dividida en departamentos separados, y Clary y su madre compartían el edificio de tres plantas con otra inquilina en la planta baja, una anciana que tenía un consultorio de vidente en su departamento. Apenas salía de él, aunque las visitas de clientes eran poco frecuentes. Una placa dorada sujeta a la puerta la anunciaba como «MADAME DOROTHEA, VIDENTE Y PROFETISA».

El espeso humo dulzón del incienso se derramaba desde la puerta entreabierta al vestíbulo.

—Es agradable ver que su negocio va viento en popa —comentó Simon—. Estos días es difícil encontrar trabajo estable como profeta.

—¿Tienes que ser sarcástico respecto a todo? —le dijo Clary en tono brusco.

Simon pestañeó, claramente sorprendido.

—Pensaba que te gustaba cuando me mostraba agudo e irónico.

Clary estaba a punto de responder cuando la puerta de madame Dorothea se abrió de par en par y un hombre salió por ella. Era alto, con la tez del color de la miel de maple, ojos de un dorado verdoso como los de un gato y cabellos enmarañados. Le dedicó una sonrisa deslumbrante, mostrando unos afilados dientes blancos.

Un vahído se apoderó de ella, proporcionándole la clara sensación de que iba a desmayarse.

Simon la miró con inquietud.

—¿Te encuentras bien? Parecía como si fueras a perder el conocimiento.

Ella le miró parpadeando.

—¿Qué? No, estoy perfectamente.

Él no pareció querer abandonar el tema.

—Parece como si acabaras de ver un fantasma.

Clary negó con la cabeza. El recuerdo de haber visto algo la incordiaba, pero cuando intentó concentrarse, se le escapó igual que agua entre los dedos.

—Nada, me pareció ver el gato de Dorothea, pero supongo que sólo fue la luz que me engañó. —Simon la miró fijamente—. No he comido nada desde ayer —añadió ella, poniéndose a la defensiva—. Imagino que estoy un poco fuera de combate.

Él le deslizó un reconfortante brazo sobre los hombros.

—Vamos, te invitaré a comer algo.

—Simplemente no puedo creer que esté actuando así —dijo Clary por cuarta vez, persiguiendo por el plato un poco de guacamole errante con la punta de un nacho.

Estaban en un local mexicano del barrio, un cuchitril llamado Mama Nacho.

—Como si castigarme una semana sí otra no, no fuera bastante malo. Ahora estaré exiliada durante el resto del verano.

—Bueno, ya lo sabes, tú madre se pone así de vez en cuando —repuso Simon—. Como cuando aspira o espira. —Le sonrió de oreja a oreja desde detrás de su burrito vegetariano.

—Bien, tú puedes actuar como si fuera divertido —dijo ella—. No es a ti a quien van a arrastrar en medio de ninguna parte durante Dios sabe cuánto tiempo...

—Clary —Simon interrumpió su diatriba—, yo no soy la persona con la que estás furiosa. Además, no va a ser permanente.

—¿Cómo lo sabes?

—Bueno, porque conozco a tu madre —respondió él, tras una pausa—. Quiero decir, tú y yo hemos sido amigos durante cuánto, ¿diez años ya? Sé que se pone así a veces. Lo pensará mejor.

Clary tomó un chile de su plato y mordisqueó el borde, meditabunda.

—¿Es eso cierto? —preguntó—. ¿Lo de conocerla, quiero decir? A veces me pregunto si alguien lo hace.

—Ahí ya me perdí —repuso él, mirándola con un pestañeo.

Clary aspiró aire para refrescarse la ardiente boca.

—Quiero decir que nunca habla sobre sí misma. No sé nada sobre su infancia o su familia, ni demasiado de cómo conoció a mi padre. Ni siquiera tiene fotos de la boda. Es como si su vida empezara cuando me tuvo a mí. Eso es lo que siempre dice cuando le pregunto.

—Ah —Simon le hizo una mueca—, eso es bonito.

—No, no lo es. Es raro. Es raro que yo no sepa nada sobre mis abuelos. Quiero decir, sé que los padres de mi padre no fueron muy amables con ella, pero ¿tan malos son? ¿Qué clase de gente no quiere conocer a su nieta?

—Quizás ella los odia. Tal vez fueron groseros o algo así —sugirió Simon—. Tiene esas cicatrices.

Clary le miró sorprendida.

—¿Tiene qué?

Él tragó un bocado de burrito.

—Esas cicatrices pequeñas y finas. Por toda la espalda y los brazos. He visto a tu madre en traje de baño, ya lo sabes.

—Jamás me he fijado en que tuviera cicatrices —repuso ella con seguridad—. Creo que imaginas cosas.

Él la miró fijamente, y parecía a punto de decir algo cuando el teléfono celular de Clary, enterrado en su bolsa, empezó a sonar estridentemente. Clary lo sacó, contempló los números que parpadeaban en la pantalla e hizo una mueca.

—Es mi madre.

—Me he dado cuenta por la expresión de tu cara. ¿Vas a hablar con ella?

—No en estos momentos —contestó ella, sintiendo el familiar mordisco de la culpabilidad en el estómago, mientras el teléfono dejaba de sonar y se ponía en marcha el buzón de voz—. No quiero pelearme con ella.

—Siempre puedes quedarte en mi casa —ofreció Simon—. Todo el tiempo que quieras.

—Bueno, veremos si se tranquiliza primero.

Clary pulsó el botón del buzón de voz de su celular. La voz de su madre sonó tensa, pero estaba claro que intentaba mostrarse desenfadada: «Cariño, lamento haberte soltado tan de sopetón los planes para ir de vacaciones. Ven a casa y hablaremos». Clary cortó la comunicación antes de que finalizara el mensaje, sintiéndose aún más culpable y al mismo tiempo todavía enojada.

—Quiere hablar.

—¿Quieres hablar con ella?

—No lo sé. —Clary se pasó el dorso de la mano por los ojos—. ¿Todavía vas a ir al recital poético?

—Prometí que lo haría.

Clary se puso en pie, empujando la silla hacia atrás.

—Entonces iré contigo. La llamaré cuando acabe.

43

La correa del morral le resbaló por el brazo, y Simón se la volvió a subir distraídamente, dejando que los dedos se entretuvieran sobre la piel desnuda de su hombro.

En el exterior, el aire resultaba esponjoso debido a la humedad, humedad que rizaba los cabellos de Clary y le pegaba a Simon la camiseta azul a la espalda.

—Y bien, ¿cómo le va al grupo? —preguntó ella—. ¿Algo nuevo? Se oían muchos gritos de fondo cuando hablé contigo antes.

El rostro de su amigo se iluminó.

—Las cosas van super bien —respondió—. Matt dice que conoce a alguien que podría conseguirnos una actuación en el Scrap Bar. Estamos buscando nombres otra vez.

—¿Sí? —Clary ocultó una sonrisa.

En realidad, el grupo de Simon nunca tocaba nada. La mayor parte del tiempo lo pasaban en la salita de Simon, discutiendo sobre nombres y logotipos potenciales para el grupo. En ocasiones, Clary se preguntaba si alguno de ellos realmente sabía tocar un instrumento.

—¿Qué hay sobre la mesa?

—Estamos eligiendo entre Conspiración Vegetal Marina y Panda Inmutable.

Clary meneó la cabeza.

—Los dos son terribles.

—Eric sugirió Tumbonas en Crisis.

—Tal vez Eric debería seguir con los videojuegos.

—Pero entonces tendríamos que encontrar un nuevo baterísta.

—Ah, ¿es eso lo que hace Eric? Pensaba que se limitaba a gorrearles dinero y a tratar de impresionar a las chicas de la escuela diciendo que pertenece a un grupo.

—Nada de eso —respondió Simon con toda tranquilidad—. Eric se ha reformado. Tiene una novia. Llevan tres meses saliendo.

—Prácticamente casados —dijo Clary, rodeando a una pareja que empujaba a una criatura en una sillita: una niña pequeña con pasadores de plástico amarillo en el cabello, que tenía agarrada firmemente un hada de juguete con alas color zafiro con listas doradas.

Por el rabillo del ojo, a Clary le pareció ver moverse las alas. Volvió la cabeza a toda velocidad.

—Lo que significa —continuó Simon—, que soy el único miembro del grupo que no tiene una novia. Lo que, como ya sabes, es precisamente lo que se pretende al estar en un grupo. Conquistar a las chicas.

—Pensaba que se trataba de la música.

Un hombre con un bastón se cruzó en su paso, encaminándose a la calle Berkeley. Clary desvió rápidamente la vista, temiendo que si miraba a alguien durante demasiado tiempo, le crecerían alas, brazos extras o largas lenguas bífidas como las de las serpientes.

—De todos modos ¿a quién le importa si tienes una novia?

—A mí me importa —respondió Simon con melancolía—. Muy pronto, las únicas personas que no tendrán novia seremos yo y Wendell, el conserje de la escuela. Y él huele a limpiador de cristales.

—Siempre estará Sheila «Tanga» Barbarino —sugirió Clary.

Clary se había sentado detrás de ella en clase de matemáticas de noveno, y cada vez que a Sheila se le había caído el lápiz, lo que sucedía a menudo, Clary había disfrutado de una vista de la ropa interior de Sheila subiendo por encima de la cinturilla de sus pantalones superbajos.

—Es con ella con quien Eric lleva saliendo los últimos tres meses —repuso Simon—. Su consejo fue que simplemente debía decidir qué chica de la escuela tenía el cuerpo más rocanrolero y pedirle que saliéramos el primer día de clase.

—Eric es un cerdo sexista —afirmó Clary, no deseando, de repente, saber qué chica de la escuela pensaba Simon que tenía el cuerpo más rocanrolero—. Quizá deberían llamar al grupo Los cerdos sexistas.

—No suena mal.

Simon no parecía haberse inmutado. Clary le hizo una mueca

mientras su bolsa vibraba bajo la estridente melodía de su teléfono. Lo sacó del bolsillo con cremallera.

—¿Es tu madre otra vez? —preguntó él.

Clary asintió. Veía a su madre mentalmente, pequeña y sola en la entrada de su departamento. La sensación de culpabilidad le llenó el pecho.

Alzó la mirada hacia Simon, que la contemplaba con los ojos sombríos de preocupación. Su rostro le era tan familiar que podría haberlo bosquejado dormida. Pensó en las solitarias semanas que se extendían ante ella sin él, y volvió a meter el celular en el bolso.

—Vamos —dijo—. Llegaremos tarde al espectáculo.

3

CAZADOR DE SOMBRAS

Para cuando llegaron a Java Jones, Eric ya estaba en el escenario, balanceándose de un lado a otro frente al micrófono, con los ojos bizqueando. Se había teñido las puntas de los cabellos de rosa para la ocasión. Detrás de él, Matt, con aspecto de estar borracho, golpeaba irregularmente un djembé.

—Esto va a ser una auténtica porquería —pronosticó Clary, y agarró a Simon de la manga, tirando de él hacia la puerta—. Si salimos huyendo, todavía podemos escapar.

Él movió negativamente la cabeza con determinación.

—Soy un hombre de palabra. —Cuadró los hombros—. Traeré el café si tú nos consigues un asiento. ¿Qué quieres?

—Café solo. Negro... como mi alma.

Simon se dirigió al mostrador, mascullando por lo bajo algo respecto a que era muchísimo mejor lo que hacía él ahora que lo que había hecho nunca antes. Clary fue en busca de asientos para ambos.

La cafetería estaba atestada para ser un lunes; la mayoría de los desgastados sofás y sillones estaban ocupados por adolescentes que disfrutaban de una noche libre entre semana. El olor a café y a cigarrillos de clavo era abrumador. Por fin, Clary encontró un sofá desocupado en un rincón oscuro del fondo. La única otra persona en las proximidades era una muchacha rubia con una camiseta naranja sin mangas, jugando absorta con su iPod.

«Estupendo —pensó Clary—. Eric no podrá localizarnos aquí atrás después de la actuación para preguntar qué tal nos pareció su poesía.»

La chica rubia se inclinó por encima del lateral de su silla y le dio un golpecito a Clary en el hombro.

—Perdona —Clary alzó la mirada sorprendida—, ¿es ése tu novio? —preguntó la muchacha.

Clary siguió la dirección de la mirada de la chica, preparada ya para decir: «No, no le conozco», cuando reparó en que la chica se refería a Simon, que se dirigía hacia ellas, con el rostro contraído en una expresión concentrada, mientras intentaba no dejar caer ninguno de los vasos de poliestireno.

—Uh, no —respondió Clary—, es un amigo.

La chica sonrió ampliamente.

—Es lindo. ¿Tiene novia?

Clary vaciló ligeramente antes de responder.

—No.

La muchacha adoptó una expresión suspicaz.

—¿Es gay?

El regreso de Simon ahorró a Clary tener que responder. La chica rubia se volvió a sentar apresuradamente mientras él depositaba los vasos en la mesa y se dejaba caer junto a Clary.

—No soporto cuando se quedan sin tazas. Esas cosas están ardiendo.

Se sopló los dedos y puso cara de pocos amigos. Clary intentó ocultar una sonrisa mientras le observaba. Por lo general, no pensaba en si Simon era guapo o no. Tenía unos bonitos ojos oscuros, supuso, y el cuerpo se le había rellenado bien en el transcurso del año anterior y parte del otro. Con el corte de pelo adecuado...

—Me estás mirando fijamente —dijo Simon—. ¿Por qué me estás mirando fijamente? ¿Tengo algo en la cara?

«Debería decírselo —pensó Clary, aunque una parte de ella se mostraba extrañamente reacia a hacerlo—. Sería una mala amiga si no lo hiciera.»

—No mires ahora, pero esa chica rubia de ahí cree que eres mono —susurró.

Los ojos de Simon se movieron lateralmente para contemplar con atención a la muchacha, que estudiaba con aplicación un ejemplar de *Shonen Jump*.

—¿La chica del top naranja?

Clary asintió.

—¿Qué te hace pensar eso? —preguntó Simon, desconfiado.

«Díselo. Va, díselo.»

Clary abrió la boca para responder, y fue interrumpida por un fuerte pitazo de los bafles. Hizo una mueca de dolor y se tapó los oídos, mientras Eric, en el escenario, forcejeaba con el micrófono.

—¡Lo siento, chicos! —chilló éste—. Muy bien. Soy Eric, y éste es mi colega Matt a la batería. Mi primer poema se llama «Sin título». —Crispó la cara como si sintiera dolor, y gimió al micrófono—: *¡Ven mi falso gigante, mi nefando bajo vientre! ¡Unta toda protuberancia con árido celo!*

Simon se deslizó hacia abajo en su asiento.

—Por favor no le digas a nadie que lo conozco.

Clary lanzó una risita.

—¿Quién usa la palabra «bajo vientre»?

—Eric —respondió Simon, sombrío—. Todos sus poemas tienen bajos vientres en ellos.

—*¡Turgente es mi tormento!* —gimió Eric—. *¡La zozobra crece en el interior!*

—Puedes apostar a que sí —repuso Clary, y se deslizó hacia abajo en el asiento junto a Simon—. De todos modos, sobre la chica que piensa que eres lindo...

—No te preocupes por eso ni un segundo —le cortó él, y Clary lo

49

miró con un pestañeo sorprendido—. Hay algo de lo que quería hablarte.

—Topo Furioso no es un buen nombre para un grupo —dijo inmediatamente ella.

—No es eso —repuso Simon—. Es sobre lo que estábamos hablando antes. Sobre lo de que no tengo novia.

—Ah. —Clary alzó un hombro en un gesto de indiferencia—. Pues, no sé. Pídele a Jaida Jones que salga contigo —sugirió, nombrando a una de las pocas chicas de San Javier que de verdad le caían bien—. Es agradable, y le gustas.

—No quiero pedirle a Jaida Jones que salga conmigo.

—¿Por qué no? —Clary se encontró atenazada por un repentino e indeterminado rencor—. ¿No te gustan las chicas listas? ¿Todavía buscas un cuerpo rocanroleante?

—Ninguna de las dos cosas —respondió él, que parecía agitado—. No quiero pedirle que salgamos porque en realidad no sería justo para ella que lo hiciera...

Sus palabras se apagaron. Clary se inclinó al frente. Por el rabillo del ojo pudo ver cómo la chica rubia se inclinaba también al frente, escuchando, sin lugar a dudas.

—¿Por qué no?

—Porque me gusta otra persona —contestó Simon.

—De acuerdo.

Simon estaba ligeramente verdoso, igual que lo había estado en una ocasión cuando se rompió el tobillo jugando futbol en el parque y tuvo que regresar a casa cojeando sobre él. Clary se preguntó qué demonios había en el hecho de que le gustara alguien para colocarle en al insoportable estado de ansiedad.

—No eres gay, ¿verdad?

El color verdoso de Simon se intensificó.

—Si lo fuera, vestiría mejor.

—En ese caso, ¿quién es? —preguntó Clary.

Estaba a punto de añadir que si estaba enamorado de Sheila Barbarino, Eric le patearía el culo, cuando oyó que alguien tosía sonoramente a su espalda. Era una clase de tos burlona, la clase de sonido que alguien emitiría si intentaba no reír en voz alta.

Volvió la cabeza.

Sentado en un descolorido sofá verde, a unos pocos centímetros de ella, estaba Jace. Llevaba puestas las mismas ropas oscuras que lucía la noche anterior en el club. Los brazos estaban desnudos y cubiertos de tenues líneas blancas, como si fueran viejas cicatrices. En las muñecas llevaba amplias pulseras de metal; Clary distinguió el mango de hueso de un cuchillo sobresaliendo de la izquierda. Él la miraba directamente, con un lado de la estrecha boca curvado en una expresión divertida. Peor que la sensación de que se rieran de ella, era la absoluta convicción de Clary de que él no había estado sentado allí cinco minutos atrás.

—¿Qué sucede?

Simon había seguido la dirección de su mirada, pero era evidente, por su rostro inexpresivo, que no podía ver a Jace.

«Pero yo te veo.»

Clary clavó la mirada en Jace mientras lo pensaba, y éste alzó la mano izquierda para saludarla. Un anillo centelleó en un delgado dedo. El joven se puso en pie y empezó a caminar, pausadamente, hacia la puerta. Los labios de Clary se separaron con expresión sorprendida. Se marchaba, tan tranquilo.

Notó la mano de Simon en el brazo. Pronunciaba su nombre, le preguntaba si sucedía algo. La voz del chico sonaba ajena.

—Volveré enseguida —se oyó decir, mientras se levantaba del sofá de un salto, casi olvidando dejar la taza de café en la mesa.

Salió corriendo hacia la puerta, mientras Simon la seguía atónito con la mirada.

Clary atravesó precipitadamente las puertas, aterrada por la idea de que Jace pudiera haberse desvanecido entre las sombras del callejón, como un fantasma. Pero estaba allí, repantingado contra la pared. Había sacado algo del bolsillo y pulsaba botones en ello. Alzó la mirada sorprendido cuando la puerta de la cafetería se cerró violentamente tras ella.

A la luz cada vez más crepuscular, su cabello parecía de un dorado cobrizo.

—La poesía de tu amigo es terrible —dijo.

Clary pestañeó, momentáneamente tomada por sorpresa.

—¿Cómo?

—He dicho que su poesía es terrible. Suena como si se hubiera comido un diccionario y empezado a vomitar palabras al azar.

—No me importa la poesía de Eric. —Clary estaba furiosa—. Quiero saber por qué me estás siguiendo.

—¿Quién ha dicho que te esté siguiendo?

—Buen intento. Y estabas escuchando disimuladamente, además. ¿Quieres contarme de qué trata todo esto, o debería simplemente llamar a la policía?

—¿Y decirles qué? —replicó Jace en tono mordaz—. ¿Que gente invisible te está molestando? Confía en mí, pequeña, la policía no arrestará a alguien que no puede ver.

—Ya te dije antes que mi nombre no es pequeña —masculló ella entre dientes—. Es Clary.

—Lo sé —repuso él—. Un nombre bonito. Como la hierba, la salvia sclarea o clary. En los viejos tiempos, la gente pensaba que comerse las semillas permitía ver a los seres mágicos. ¿Sabías eso?

—No tengo ni idea de qué estás hablando.

—No sabes gran cosa, ¿verdad? —preguntó él, y había un perezoso desdén en sus ojos dorados—. Pareces ser un mundano como cualquier otro mundano, sin embargo puedes verme. Parece un acertijo.

—¿Qué es un mundano?

—Alguien del mundo humano. Alguien como tú.

—Pero tú eres humano —afirmó Clary.

—Lo soy —repuso él—. Pero no soy como tú.

No había ningún dejo defensivo en su voz. Sonó como si no le importara si le creía o no.

—Te crees que eres mejor. Es por eso que te estabas riendo de nosotros.

—Me reía de ustedes porque las declaraciones de amor me divierten, en especial cuando no son correspondidas —explicó él—. Y porque tu Simon es uno de los mundanos más mundanos con los que me he tropezado jamás. Y porque Hodge pensó que podrías ser peligrosa, pero si lo eres, desde luego no lo sabes.

—¿Yo, peligrosa? —repitió Clary, estupefacta—. Te vi matar a alguien anoche. Te vi hundirle un cuchillo bajo las costillas, y...

«Y vi cómo él te hería con dedos que eran como cuchillas. Te vi sangrando, y ahora parece como si nada te hubiera tocado.»

—Quizá sea un asesino —dijo Jace—, pero sé lo que soy. ¿Puedes tú decir lo mismo?

—Soy un ser humano corriente, tal y como dijiste. ¿Quién es Hodge?

—Mi tutor. Y yo no me tildaría tan rápidamente de corriente, si fuera tú. —Se inclinó al frente—. Deja que te vea la mano derecha.

—¿Mi mano derecha? —repitió ella, y él asintió—. ¿Si te enseño la mano, me dejarás tranquila?

—Desde luego.

Su voz dejó traslucir un deje divertido.

Ella extendió la mano derecha de mala gana. Tenía un aspecto pálido bajo la tenue luz que se derramaba desde las ventanas, con los nudillos salpicados por una leve capa de pecas. De algún modo, se sintió tan desprotegida como si se estuviera levantando la camisa y le mostrara el pecho desnudo.

—Nada. —La voz del muchacho sonó decepcionada—. No eres zurda, ¿verdad?

—No. ¿Por qué?

Él le soltó la mano con un encogimiento de hombros.

—A la mayoría de niños cazadores de sombras los marcan en la mano derecha... o en la izquierda, si son zurdos como yo..., cuando aún son pequeños. Es una runa permanente que presta una habilidad extra con armas.

Le mostró el dorso de su mano izquierda; a ella le pareció totalmente normal.

—No veo nada —dijo.

—Deja que tu mente se relaje —sugirió él—. Aguarda a que venga a ti. Como si aguardases a que algo se elevara a la superficie del agua.

—Estás loco.

Pero se relajó, fijando la mirada en la mano, contemplando las diminutas líneas sobre los nudillos, las largas articulaciones de los dedos...

Le saltó a la vista de improviso, centelleando como una señal de NO CRUZAR. Un dibujo negro parecido a un ojo. Parpadeó, y el dibujo se desvaneció.

—¿Un tatuaje?

Él sonrió con aire de suficiencia y bajó la mano.

—Estaba seguro de que podrías hacerlo. Y no es un tatuaje... es una Marca. Son runas, marcadas con fuego en nuestra carne.

—¿Hacen que manejes mejor las armas?

A Clary le resultó difícil de creer, aunque quizá no más difícil que creer en la existencia de zombies.

—Marcas distintas hacen cosas distintas. Algunas son permanentes, pero la mayoría se desvanece cuando han sido usadas.

—¿Es por eso que hoy no tienes los brazos pintados? —preguntó ella—. ¿Incluso cuando me concentro?

—Ése es exactamente el motivo. —Sonó satisfecho consigo mismo—. Sabía que poseías la Visión, al menos. —Echó una ojeada al cielo—. Casi ha oscurecido por completo. Deberíamos irnos.

—¿Deberíamos? Creía que ibas a dejarme tranquila.

—Te he mentido —respondió Jace sin una pizca de vergüenza—. Hodge dijo que debo llevarte al Instituto. Quiere hablar contigo.

—¿Por qué iba a querer hablar conmigo?

—Porque ahora sabes la verdad —respondió Jace—. No ha existido un mundano que conociera nuestra existencia durante al menos cien años.

—¿Nuestra existencia? —repitió ella—. Te refieres a la de gente como tú. A gente que cree en demonios.

—A gente que los mata —corrigió Jace—. Somos los cazadores de sombras. Al menos, así es como nos llamamos a nosotros mismos. Los subterráneos tienen nombres menos halagüeños para nosotros.

—¿Subterráneos?

—Los Hijos de la Noche. Los brujos. Los duendes. Los seres mágicos de esta dimensión.

Clary sacudió la cabeza.

—No te detengas ahí. Supongo que también hay, digamos: ¿vampiros, hombres lobo y zombies?

—Desde luego que los hay —le informó Jace—. Aunque los zombies los encuentras en su mayoría más al sur, donde están los sacerdotes del *voudun*.

—¿Qué hay de las momias? ¿Sólo andan por Egipto?

—No seas ridícula. Nadie cree en momias.

—¿Nadie cree?

—Por supuesto que no —afirmó Jace—. Mira, Hodge te explicará todo esto cuando lo veas.

Clary cruzó los brazos sobre el pecho.

—¿Qué sucede si no quiero verlo?

—Ése es tu problema. Puedes venir voluntariamente o a la fuerza.

Clary no podía creer lo que oía.

—¿Estás amenazando con secuestrarme?

—Si quieres verlo de ese modo —dijo Jace—, sí.

Clary abrió la boca para protestar, pero la interrumpió un estridente zumbido. Su teléfono volvía a sonar.

—Adelante, responde si quieres —indicó Jace con magnanimidad.

El teléfono dejó de sonar, luego volvió a empezar, fuerte e insistente. Clary frunció el ceño; su madre debía de estar realmente furiosa. Le dio la espalda a medias a Jace y empezó a rebuscar en el bolso. Para cuando consiguió desenterrarlo, el celular iba ya por la tercera tanda de timbrazos. Se lo acercó a la oreja.

—¿Mamá?

—Ah, Clary. Vaya, gracias a Dios. —Una penetrante sensación de alarma recorrió la columna vertebral de la muchacha; su madre parecía presa del pánico—. Escúchame...

—Todo va bien, mamá. Estoy perfectamente. Voy de camino a casa...

—¡No! —El terror hizo chirriar la voz de Jocelyn—. ¡No vengas a casa! ¿Me entiendes, Clary? Ni se te ocurra venir a casa. Ve a casa de Simon. Ve directamente a casa de Simon y quédate ahí hasta que pueda...

Un ruido de fondo la interrumpió: el sonido de algo que caía, que se hacía añicos, algo pesado golpeando el suelo...

—¡Mamá! —gritó Clary en el teléfono—. ¿Mamá, estás bien?

Del teléfono surgió un fuerte zumbido, y la voz de la madre de Clary se abrió paso a través de la estática.

—Sólo prométeme que no vendrás a casa. Ve a casa de Simon y llama a Luke... dile que me ha encontrado...

Sus palabras quedaron ahogadas por un fuerte estrépito parecido al de la madera al astillarse.

—¿Quién te ha encontrado? Mamá, ¿has llamado a la policía? ¿Lo has hecho...?

Su desesperada pregunta quedó interrumpida por un sonido que Clary jamás olvidaría: un discordante sonido deslizante, seguido por un golpe sordo. Oyó cómo su madre aspiraba con fuerza.

—Te quiero, Clary —le oyó decir, con voz inquietantemente tranquila.

El teléfono se desconectó.

—¡Mamá! —aulló Clary al teléfono—. ¿Mamá, estás ahí?

«Fin de la llamada», apareció en la pantalla. Pero ¿por qué habría colgado su madre de aquel modo?

—Clary —dijo Jace, y fue la primera vez que le oyó decir su nombre—. ¿Qué sucede?

Clary hizo caso omiso de él. Oprimió febrilmente el botón que marcaba el número de su casa. No hubo respuesta, aparte del doble tono que indicaba que estaba comunicando.

Las manos de Clary habían empezado a temblar de un modo incontrolable. Cuando intentó volver a marcar, el teléfono se le resbaló de la temblorosa mano y se golpeó violentamente contra la acera. Se dejó caer de rodillas para recuperarlo, pero ya no funcionaba, había una larga raja bien visible sobre la parte frontal.

—¡Maldita sea!

Casi llorando, arrojó el teléfono al suelo.

—Para de una vez. —Jace tiró de ella para incorporarla, agarrándola por la muñeca—. ¿Ha sucedido algo?

—Dame tu teléfono —dijo Clary, extrayendo un objeto oblongo de metal negro del bolsillo de la camisa de Jace—. Tengo que...

—No es un teléfono —repuso Jace, sin hacer el menor intento por recuperarlo—. Es un sensor. No podrás utilizarlo.

—¡Pero necesito llamar a la policía!

—Primero dime lo que ha sucedido. —Ella intentó liberar violentamente la muñeca, pero él la asía con una fuerza increíble—. Puedo ayudarte.

La cólera inundó a Clary, como una marea ardiente recorriéndole las venas. Sin siquiera pensar en lo que hacía, le golpeó en la cara, arañándole la mejilla, y él se echó hacia atrás sorprendido. Clary se soltó y corrió hacia las luces de la Séptima Avenida.

Cuando alcanzó la calle, se volvió en redondo, medio esperando ver a Jace pisándole los talones. Pero el callejón estaba vacío. Por un momento, clavó la mirada, indecisa, en las sombras. Nada se movía en su interior. Se volvió de nuevo y corrió hacia su casa.

4

RAPIÑADOR

La noche se había vuelto aún más calurosa y correr a casa fue como nadar a toda velocidad en sopa hirviendo. En la esquina de su cuadra, Clary se vio atrapada por una semáforo en rojo. Se removió nerviosamente arriba y abajo sobre las puntas de los pies, mientras el tráfico pasaba zumbando en una masa borrosa de faros. Intentó volver a llamar a su casa, pero Jace no le había mentido: su teléfono no era un teléfono. Al menos no se parecía a ningún teléfono que Clary hubiese visto antes. Los botones del sensor no tenían números, sólo más de aquellos símbolos extravagantes, y no había pantalla.

Mientras trotaba calle arriba en dirección a su casa, vio que las ventanas del segundo piso estaban iluminadas, la acostumbrada señal de que su madre estaba en casa.

«Estupendo —se dijo—. Todo está bien.»

Pero sintió un nudo en el estómago en cuanto pisó la entrada. La luz del techo se había fundido, y el vestíbulo estaba a oscuras. Las sombras parecían llenas de movimientos clandestinos. Con un estremecimiento, empezó a subir la escalera.

—¿Y a dónde crees que vas? —dijo una voz.

Clary se volvió.

—¿Qué...?

Se interrumpió. Sus ojos se estaban ajustando a la penumbra, y podía distinguir la forma de un sillón enorme, colocado frente a la puerta cerrada de madame Dorothea. La anciana estaba encajada en su interior como un cojín demasiado relleno. En la penumbra, Clary sólo distinguió la forma redonda del rostro empolvado, el abanico de encaje blanco en la mano y la abertura de la boca cuando habló.

—Tu madre —dijo Dorothea—, ha estado haciendo un buen alboroto ahí arriba. ¿Qué está haciendo? ¿Moviendo muebles?

—No creo...

—Y el foco de la escalera se fundió, ¿te has dado cuenta? —Dorothea golpeó el brazo del asiento con el abanico—. ¿No puede hacer tu madre que su novio la cambie?

—Luke no es...

—El tragaluz también necesita que lo laven. Está asqueroso. No me sorprende que esto esté casi tan oscuro como la boca del lobo.

«Luke NO es el casero», quiso decirle Clary, pero no lo hizo. Aquello era típico de su anciana vecina. Una vez que consiguiera que Luke pasara por allí y cambiara el foco, le pediría que hiciera un centenar de otras cosas: ir a hacer las compras, limpiar la ducha. En una ocasión le había hecho hacer pedazos un viejo sofá con una hacha para poderlo sacar del departamento sin tener que desmontar la puerta de sus goznes.

—Lo preguntaré —dijo Clary, suspirando.

—Será mejor que lo hagas. —Dorothea cerró el abanico de golpe con un movimiento de muñeca.

La sensación de Clary de que algo no iba bien no hizo más que acrecentarse cuando llegó a la puerta del departamento. Estaba sin cerrar con llave, algo entreabierta, derramando un haz de luz en forma de cuña sobre el rellano. Con una sensación de creciente pánico, empujó la puerta para abrirla del todo.

Dentro del departamento, las luces estaban prendidas: todas las lámparas refulgían encendidas en toda su luminosidad. El resplandor le hirió los ojos.

Las llaves y la bolsa rosa de su madre estaban sobre el pequeño estante de hierro forjado situado junto a la puerta, donde siempre los dejaba.

—¿Mamá? —llamó—. Mamá, estoy en casa.

No hubo respuesta. Entró en la sala. Las dos ventanas estaban abiertas, con metros de diáfanas cortinas blancas ondulando en la brisa, igual que fantasmas inquietos. Únicamente cuando el viento amainó y las cortinas se quedaron quietas, advirtió Clary que habían arrancado los almohadones del sofá y los habían desperdigado por la habitación. Algunos estaban desgarrados longitudinalmente, con las entrañas de algodón derramándose sobre el suelo. Habían volcado las estanterías y esparcido su contenido. La banca del piano estaba caída de costado, abierta como una herida, con los queridos libros de música de Jocelyn desparramados por el suelo.

Lo más aterrador eran los cuadros. Cada uno de ellos había sido cortado del marco y rasgado en tiras, que estaban esparcidas por el suelo. Sin duda lo habían hecho con un cuchillo; resultaba casi imposible romper una tela con las manos. Los marcos vacíos parecían huesos pelados. Clary sintió que un grito se alzaba en el interior de su pecho.

—¡Mamá! —chilló—. ¿Dónde estás? ¡Mami!

No había llamado «mami» a Jocelyn desde que cumplió los ocho.

Con el corazón desbocado, corrió al interior de la cocina. Estaba vacía; las puertas de los armarios, abiertas; una botella de salsa Tabasco rota vertía picante líquido rojo sobre el linóleo. Sintió las rodillas como si fueran bolsas de agua. Sabía que debía salir corriendo del apartamento, llegar hasta un teléfono, llamar a la policía. Pero todas aquellas cosas parecían distantes; primero necesitaba encontrar a su madre, necesitaba ver que estaba bien. ¿Y si habían entrado ladrones y su madre se había defendido...?

«¿Qué clase de ladrones no se llevarían la billetera, o la tele, o el reproductor de DVD, o los caros portátiles?», pensó.

Estaba ya ante la puerta del dormitorio de su madre. Por un momento pareció como si esa habitación, al menos, hubiera permanecido intacta. La colcha de flores hecha a mano de Jocelyn estaba cuidadosamente doblada sobre el edredón. El propio rostro de Clary sonreía desde lo alto de la mesita de noche, con cinco años y una sonrisa desdentada enmarcada por unos cabellos rojizos. Un sollozo se alzó en el pecho de Clary.

«Mamá —lloró interiormente—, ¿qué te ha sucedido?»

El silencio le respondió. No, no silencio; un ruido atravesó el apartamento, poniéndole de punta los cabellos de la nuca. Era como si derribaran algo, un objeto pesado chocando contra el suelo con un golpe sordo. El golpe sordo fue seguido por un sonido deslizante, de algo al ser arrastrado... e iba hacia el dormitorio. Con el estómago contraído por el terror, Clary se irguió apresuradamente y se volvió despacio.

Por un momento le pareció que el umbral estaba vacío, y sintió una oleada de alivio. Luego miró abajo.

Estaba agazapada en el suelo; era una criatura larga y cubierta de escamas, con un conjunto de planos ojos negros colocados justo en el centro de la parte delantera de su cráneo abovedado. Parecía un cruce entre un caimán y un ciempiés; tenía un hocico grueso y plano, y una cola de púas que restallaba amenazadora de lado a lado. Múltiples patas se contrajeron debajo de la criatura mientras ésta se preparaba para saltar.

Un alarido brotó de la garganta de Clary, que se tambaleó hacia atrás, tropezó y cayó, justo cuando la criatura se abalanzaba sobre ella. Rodó a un lado, y el animal no la alcanzó por cuestión de centímetros, y resbaló sobre el suelo de madera, en el que sus zarpas abrieron profundos surcos. Un gruñido sordo borboteó de la garganta del animal.

Clary se incorporó a toda prisa y corrió hacia el pasillo, pero la cosa era demasiado rápida para ella. Volvió a saltar, aterrizando justo encima de la puerta, donde se quedó colgada igual que una maligna araña gigante, mirándola fijamente con su conjunto de ojos. Las mandíbulas se abrieron lentamente para mostrar una hilera de colmillos que derramaban baba verdosa. Una lengua larga y negra se agitó hacia el exterior por entre las fauces, mientras la cosa gorjeaba y siseaba. Horrorizada, Clary comprendió que los ruidos que aquello emitía eran palabras.

—Chica —siseó—. Carne. Sangre. Para comer, ah, para comer.

El monstruo empezó a deslizarse lentamente pared abajo. Alguna parte de Clary había pasado más allá del terror a una especie de inmovilidad glacial. La cosa estaba sobre sus patas ahora, arrastrándose hacia ella. Retrocediendo, la muchacha agarró un pesado marco con una fotografía de la cómoda que tenía al lado —ella misma, junto con su madre y Luke en Coney Island, a punto de montar en los autos chocones— y se la arrojó al monstruo.

La fotografía lo alcanzó en la región abdominal y rebotó, golpeando el suelo con el sonido de cristal haciéndose añicos. La criatura no pareció notarlo. Siguió hacia ella, con el cristal roto astillándose bajo sus patas.

—Huesos, para triturar, para succionar el tuétano, para beber las venas...

La espalda de Clary golpeó la pared. No podía retroceder más. Notó un movimiento contra su cadera y casi saltó fuera de sí. El bolsillo. Hundió la mano dentro y sacó el objeto de plástico que le había quitado a Jace. El sensor se estremecía, igual que un teléfono móvil puesto en modo de vibración. El duro material resultaba casi dolorosamente caliente en su palma. Cerró la mano alrededor del sensor justo cuando la criatura saltaba.

La bestia se precipitó contra ella, derribándola al suelo; la cabeza y los hombros de Clary chocaron contra éste. Se retorció lateralmente, pero esa cosa era demasiado pesada. Estaba encima de ella, un peso opresivo y viscoso que hacía que sintiera náuseas.

—Para comer, para comer —gimió la cosa—. Pero no está permitido, tragar, saborear.

El abrasador aliento que le caía sobre el rostro apestaba a sangre. Clary no podía respirar. Las costillas parecían a punto de hacérsele pedazos. Tenía el brazo inmovilizado entre el cuerpo y el monstruo, con el sensor clavándosele en la palma. Se retorció, intentando liberar la mano.

—Valentine nunca lo sabrá. No dijo nada sobre una chica. Valentine no se enojará.

La boca sin labios se contorsionó cuando las fauces se abrieron, lentamente, y una oleada de ardiente aliento apestoso cayó sobre el rostro de Clary.

La mano de la muchacha quedó libre, y con un alarido, golpeó a la bestia, deseando machacarla, cegarla. Casi había olvidado el sensor, pero cuando la criatura se le abalanzó hacia el rostro, con las fauces de par en par, lo incrustó entre sus dientes. Sintió cómo la baba, caliente y ácida, le cubría la muñeca y le caía en gotas abrasadoras sobre la piel al descubierto del rostro y la garganta. Como desde muy lejos, se oyó a sí misma chillar.

Casi sorprendida, la criatura se echó violentamente hacia atrás con el sensor alojado entre dos dientes. Gruñó con un pastoso zumbido enojado, y echó la cabeza hacia atrás. Clary la vio tragar, vio el movimiento de la garganta.

«Soy la siguiente —pensó, aterrorizada—. Soy...»

De repente, la bestia empezó a contorsionarse. Presa de espasmos incontrolables, rodó fuera de Clary y sobre la espalda, con las múltiples patas agitándose en el aire. Un fluido negro le brotó de la boca.

Jadeando, Clary rodó sobre sí misma y empezó a gatear, alejándose de la criatura. Casi había alcanzado la puerta cuando oyó que algo silbaba en el aire cerca de su cabeza. Intentó agacharse, pero fue demasiado tarde. Un objeto chocó violentamente contra su nuca, y ella se desplomó, sumiéndose en la oscuridad.

A través de sus párpados se abría paso una luz azul, blanca y roja. Se oía un agudo gemido, que se tornaba cada vez más agudo, como el grito de un niño aterrado. Clary tomó aire y abrió los ojos.

Estaba tumbada sobre una hierba fría y húmeda. El cielo nocturno ondulaba en lo alto, el brillo peltre de las estrellas desteñido por las luces de la ciudad. Jace estaba arrodillado a su lado, con los brazaletes de plata de las muñecas lanzando destellos luminosos, mientras rompía en tiras el trozo de tela que sostenía.

—No te muevas.

El lamento amenazaba con partirle los oídos, así que Clary movió la cabeza lateralmente, desobediente, y fue recompensada con una cortante punzada de dolor que le descendió veloz por la espalda. Estaba tendida sobre un trozo de pasto, detrás de los cuidados rosales de Jocelyn. El follaje le ocultaba en parte la visión de la calle, donde un coche de policía, con la barra de luz azul y blanca centelleando, se hallaba detenido sobre el bordillo, haciendo sonar la sirena. Un pequeño grupo de vecinos se había reunido ya, mirando con atención mientras la puerta del coche se abría y dos oficiales en uniforme azul descendían de él.

La policía. Intentó incorporarse y volvió a sentir arcadas, los dedos se le contrajeron sobre la tierra húmeda.

—Te dije que no te movieras —siseó Jace—. Ese demonio rapiñador te alcanzó en la parte posterior del cuello. Estaba medio muerto, de modo que no fue un gran picotazo, pero tenemos que llevarte al Instituto. Quédate quieta.

—Esa cosa..., el monstruo..., hablaba. —Clary temblaba sin poderse contener.

—Ya has oído hablar a un demonio antes.

Las manos de Jace se movían con delicadeza mientras le deslizaba la tira de tela bajo el cuello y la anudaba. Estaba embadurnada con algo ceroso, como el ungüento de jardinero que su madre usaba para mantener suaves las manos, maltratadas por la pintura y la trementina.

—El demonio del Pandemónium... parecía una persona.

—Era un demonio eidolon. Un cambiante. Los rapiñadores parecen lo que parecen. No son muy atractivos, pero son demasiado estúpidos para que les importe.

64

—Dijo que iba a comerme.

—Pero no lo hizo. Lo mataste. —Jace finalizó el nudo y se recostó.

Con gran alivio para Clary, el dolor en la parte posterior del cuello se había desvanecido. Se incorporó para sentarse.

—La policía está aquí. —Su voz era como el croar de una rana—. Deberíamos...

—No hay nada que puedan hacer. Probablemente alguien te oyó gritar y los llamó. Diez a uno a que ésos no son auténticos agentes de policía. Los demonios saben cubrir sus huellas.

—Mi madre —dijo Clary, obligando a las palabras a salir a través de la garganta inflamada.

—Hay veneno de rapiñador circulando por tus venas justo en estos momentos. Estarás muerta en una hora si no vienes conmigo.

Se puso de pie y le tendió una mano. Ella la tomó, y él la levantó de un tirón.

—Vamos.

El mundo se ladeó. Jace le pasó una mano por la espalda, sosteniéndola. El muchacho olía a polvo, sangre y metal.

—¿Puedes caminar?

—Eso creo.

Clary echó una ojeada a través de los rosales llenos de flores. Vio cómo la policía ascendía por el camino. Uno de ellos, una mujer delgada, sostenía una linterna en una mano. Cuando la alzó, Clary vio que la mano estaba descarnada; era una mano esquelética terminada en afilados huesos en las puntas de los dedos.

—Su mano...

—Te dije que podían ser demonios. —Jace echó un vistazo a la parte trasera de la casa—. Tenemos que salir de aquí. ¿Podemos pasar por el callejón?

Clary negó con la cabeza.

—Está tapiado. No hay salida...

Sus palabras se disolvieron en un ataque de tos. Alzó una mano para taparse la boca, y cuando la apartó estaba roja. Lanzó un gemido.

Jace le agarró la muñeca y se la giró de modo que la parte blanca y vulnerable de la cara anterior del brazo quedara al descubierto bajo la luz de la luna. Tracerías de venas azules recorrían el interior de la piel, transportando sangre envenenada al corazón y al cerebro. Clary sintió que las rodillas se le doblaban. Jace tenía algo en la mano, algo afilado y plateado. Intentó retirar la mano, pero él la sujetaba con demasiada fuerza. Sintió un punzante beso sobre la piel. Cuando el muchacho la soltó, vio pintado un símbolo negro como los que le cubrían a él la piel, justo bajo el pliegue de la muñeca. Parecía un conjunto de círculos que se encimaban.

—¿Qué se supone que hace eso?

—Te ocultará —respondió él—. Temporalmente.

Deslizó la cosa que Clary había creído que era un cuchillo dentro del cinturón. Era un largo cilindro luminoso, grueso como un dedo índice y que se estrechaba hasta terminar en punta.

—Mi estela —dijo él.

Clary no preguntó qué era eso. Estaba ocupada intentando no caerse. El suelo se balanceaba bajo sus pies.

—Jace —dijo, y se desplomó contra él.

Él la sujetó como si estuviera acostumbrado a sujetar a jovencitas que se desmayaban, como si lo hiciera todos los días. A lo mejor así era. La tomó entre sus brazos, diciéndole algo al oído que sonó parecido a «Alianza». Clary echó la cabeza hacia atrás para mirarle, pero sólo vio las estrellas dando volteretas laterales en el cielo oscuro sobre su cabeza. Entonces desapareció el fondo de todas partes, y ni siquiera los brazos de Jace a su alrededor fueron suficientes para impedirle caer.

5

CLAVE Y ALIANZA

—¿Crees que despertará alguna vez? Ya han transcurrido tres días.

—Tienes que darle tiempo. El veneno de demonio es algo potente, y ella es una mundana. No tiene runas que la mantengan fuerte como a nosotros.

—Los mundis mueren muy fácilmente, ¿no es cierto?

—Isabelle, ya sabes que trae mala suerte hablar de muerte en la habitación de un enfermo.

«Tres días —pensó Clary lentamente. Todos sus pensamientos discurrían tan densa y lentamente como la sangre o la miel—. Tengo que despertar.»

Pero no podía.

Los sueños la retenían, uno tras otro, un río de imágenes que la arrastraban como una hoja zarandeada en una corriente de agua. Vio a su madre yaciendo en una cama de hospital, los ojos como moretones en un rostro blanco. Vio a Luke, de pie sobre un montón de huesos. A Jace con alas de blancas plumas brotándole de la espalda, a Isabelle sentada desnuda con su látigo enroscado en el cuerpo como una red de anillos dorados, a Simon con cruces grabadas con fuego en la palma de las manos. A ángeles, que caían y ardían. Que caían del cielo.

—Te dije que era la misma chica.

—Lo sé. Es poquita cosa, ¿verdad? Jace dice que mató a un rapiñador.

—Sí. La primera vez que la vimos, me pareció que era una hadita. Aunque no es lo bastante bonita como para ser una hadita.

—Bueno, nadie luce su mejor aspecto con veneno de demonio en las venas. ¿Hodge va a llamar a los Hermanos?

—Espero que no. Me ponen los pelos de punta. Cualquiera que se mutile de ese modo...

—Nosotros nos mutilamos.

—Lo sé, Alec, pero cuando lo hacemos, no es permanente. Y no siempre duele...

—Si eres lo bastante mayor. Hablando del tema, ¿dónde está Jace? La salvó, ¿verdad? Yo habría pensado que tendría algo de interés en su recuperación.

—Hodge dijo que no ha venido a verla desde que la trajo aquí. Supongo que no le importa.

—A veces me pregunto si él... ¡Mira! ¡Se ha movido!

—Imagino que está viva después de todo —Un suspiro—. Se lo diré a Hodge.

Clary sentía los párpados como si se los hubiesen cosido. Imaginó que notaba que la piel se desgarraba mientras los despegaba lentamente para abrirlos y parpadeaba por primera vez en tres días.

Vio un claro cielo azul sobre su cabeza, con nubes blancas rechonchas y ángeles regordetes con cintas doradas colgando de las muñecas.

«¿Estoy muerta? —se preguntó—. ¿Es posible que el cielo tenga este aspecto?»

Cerró los ojos con fuerza y volvió a abrirlos: en esta ocasión advirtió que lo que contemplaba era un techo abovedado de madera, pintado con un motivo rococó de nubes y querubines.

Se sentó penosamente. Le dolían todas y cada una de las partes del cuerpo, en especial la nuca. Miró alrededor. Estaba acostada en una cama de sábanas de hilo, una de una larga hilera de camas parecidas, con cabeceras de metal. Su cama tenía una mesita de noche al lado con una jarra blanca y una taza encima. Había cortinas de encaje corridas sobre las ventanas, impidiendo el paso a la luz, aunque pudo oír el quedo y omnipresente sonido del tráfico neoyorquino llegando del exterior.

—Vaya, finalmente estás despierta —dijo una voz seca—. Hodge estará contento. Todos pensábamos que probablemente morirías mientras dormías.

Clary volvió la cabeza. Isabelle estaba encaramada en la cama contigua, con la larga melena negro azabache sujeta en dos gruesas trenzas, que le caían por debajo de la cintura. El vestido blanco había sido reemplazado por jeans y una ajustada camiseta sin mangas, aunque el colgante rojo todavía le parpadeaba en la garganta. Los oscuros tatuajes en espiral habían desaparecido; su piel aparecía tan inmaculada como la superficie de un recipiente de nata.

—Lamento haberlos decepcionado. —La voz de Clary chirrió como papel de lija—. ¿Es esto el Instituto?

Isabelle puso los ojos en blanco.

—¿Hay alguna cosa que Jace no te haya contado?

Clary tosió.

—Esto es el Instituto, ¿correcto?

—Sí; estás en la enfermería, aunque ya te lo habrás imaginado.

Un repentino dolor punzante obligó a Clary a llevarse las manos al estómago. Lanzó un grito ahogado.

Isabelle la miró alarmada.

—¿Estás bien?

El dolor se desvanecía, pero Clary era consciente de una sensación ácida en las paredes de la garganta y de un extraño aturdimiento.

—Mi estómago.

—Ah, bueno. Casi lo olvidé. Hodge dijo que te diéramos esto cuando despertaras.

Isabelle alargó la mano para agarrar la jarra de cerámica y vertió parte del contenido en la taza a juego, que entregó a Clary. Estaba llena de un líquido turbio que humeaba ligeramente. Olía a hierbas y a algo más, algo sustancioso y oscuro.

—No has comido nada en tres días —indicó Isabelle—. Probablemente es por eso que te sientes mareada.

Clary tomó un sorbo con cautela. Era delicioso, suculento y saciante, con un regusto a mantequilla.

—¿Qué es esto?

Isabelle se encogió de hombros.

—Una de las tisanas de Hodge. Siempre funcionan. —Se deslizó fuera de la cama y aterrizó en el suelo arqueando la espalda como un felino—. A propósito, soy Isabelle Lightwood. Vivo aquí.

—Sé tu nombre. Yo soy Clary. Clary Fray. ¿Me trajo Jace aquí?

Isabelle asintió.

—Hodge estaba furioso. Dejaste icor y sangre por toda la alfombra de la entrada. Si Jace te hubiera traído estando mis padres aquí, ellos lo habrían castigado seguro. —Miró a Clary más de cerca—. Jace dijo que mataste a aquel demonio rapiñador tú sola.

Una imagen veloz de aquella cosa parecida a un escorpión, con su rostro huraño y malvado, pasó como una exhalación por la mente de la muchacha; se estremeció y aferró la taza con más fuerza.

—Supongo que sí.

—Pero eres una mundi.

—Sorprendente, ¿verdad? —dijo Clary, saboreando la expresión de apenas disimulado asombro del rostro de Isabelle—. ¿Dónde está Jace? ¿Está por aquí?

La otra muchacha se encogió de hombros.

—Por alguna parte —respondió—. Debería ir a decirle a todo el mundo que te has despertado. Hodge querrá hablar contigo.

—Hodge es el tutor de Jace, ¿no?

—Hodge es el tutor de todos nosotros. —Señaló con la mano—. El baño está por ahí, y colgue algunas de mis viejas ropas en el toallero por si quieres cambiarte.

Clary fue a tomar otro sorbo de la taza y descubrió que estaba vacía. Ya no se sentía hambrienta ni tampoco mareada, lo que era un alivio. Depositó la taza en la mesita y alargó la sábana a su alrededor.

—¿Qué ha pasado con mi ropa?

—Estaba cubierta de sangre y veneno. Jace la quemó.

—¿Ah, sí? —inquirió Clary—. Dime, ¿es siempre tan grosero, o guarda eso para los mundanos?

—Bueno, es grosero con todo el mundo —respondió Isabelle con displicencia—. Es lo que lo hace tan condenadamente sexy. Eso, y que a su edad es quien más demonios ha matado.

Clary la miró, perpleja.

—¿No es tu hermano?

Eso atrajo la atención de Isabelle, que lanzó una carcajada.

—¿Jace? ¿Mi hermano? No. ¿De dónde sacaste esa idea?

—Bueno, vive aquí contigo —indicó Clary—. ¿No es cierto?

Isabelle asintió.

—Bueno, sí, pero...

—¿Por qué no vive con sus propios padres?

Por un fugaz instante, Isabelle pareció sentirse incómoda.

—Porque están muertos.

La boca de Clary se abrió, sorprendida.

—¿Murieron en un accidente?

—No. —Isabelle se removió inquieta, echándose un oscuro mechón de cabello tras la oreja izquierda—. Su madre murió cuando él nació. A su padre lo asesinaron cuando él tenía diez años. Jace lo vio todo.

—Vaya —dijo Clary, con voz queda—. ¿Fueron... demonios?

71

Isabelle se irguió.

—Mira, será mejor que avise a todo el mundo de que has despertado. Han estado esperando durante tres días que abrieras los ojos. Ah, hay jabón en el cuarto de baño —añadió—. Tal vez quieras lavarte un poco. Hueles.

Clary le lanzó una mirada furiosa.

—Muchísimas gracias.

—Es un placer.

Las ropas de Isabelle resultaban ridículas. Clary tuvo que enrollar los bajos de los pantalones varias veces para conseguir dejar de pisárselos, y el pronunciado escote de la camiseta roja sin mangas no hacía más que resaltar su falta de lo que Eric habría denominado una «repisa».

Se aseó en el pequeño cuarto de baño, usando una pastilla de duro jabón de lavanda. Secarse con una toalla blanca de mano le dejó húmedos cabellos dispersos alrededor del rostro en aromáticas marañas. Entrecerró los ojos ante su reflejo en el espejo. Tenía un moretón en la parte superior de la mejilla izquierda, y los labios estaban resecos e hinchados.

«Tengo que llamar a Luke», pensó. Seguramente habría un teléfono por allí, en alguna parte. Quizá le dejarían usarlo después de que hablara con Hodge.

Encontró sus tenis pulcramente colocados a los pies de la cama de la enfermería, con sus llaves atadas a las agujetas. Se calzó, aspiró profundamente y marchó en busca de Isabelle.

El pasillo en el exterior de la enfermería estaba vacío. Clary le dirigió un vistazo, perpleja. Se parecía a la clase de pasillo por el que a veces se encontraba corriendo en sus pesadillas, oscuro e infinito. Lámparas de cristal en forma de rosas colgaban a intervalos de las paredes, y el aire olía como a polvo y cera de vela.

A lo lejos oyó un sonido tenue y delicado, como un silbido de viento agitado por una tormenta. Avanzó despacio por el pasillo, arrastrando una mano por la pared. El papel de la pared, de aspecto victoriano, estaba descolorido por el tiempo, con restos de color Burdeos y gris pálido. Ambos lados del corredor estaban bordeados de puertas cerradas.

El sonido que seguía se fue tornando más fuerte. Podía identificarlo ya como el sonido de un piano tocado con desgano, aunque con innegable talento, pero no podía identificar la melodía.

Al doblar la esquina, llegó a una entrada cuya puerta estaba abierta de par en par. Atisbando al interior, vio lo que era a todas luces una sala de música. Un piano de cola ocupaba un rincón, e hileras de sillas estaban dispuestas ante la pared opuesta. Una arpa tapada ocupaba el centro de la habitación.

Jace estaba sentado ante el piano de cola, las manos delgadas se movían veloces sobre las teclas. Iba descalzo, vestido con unos jeans y una camiseta gris, los cabellos leonados alborotados alrededor de la cabeza, como si acabara de levantarse. Al contemplar los rápidos y seguros movimientos de sus manos sobre el teclado, Clary recordó qué se sentía al ser alzada por aquellas manos, con los brazos sujetándola y las estrellas precipitándose alrededor de su cabeza, como una lluvia de espumillón plateado.

Sin duda debió de hacer algún ruido, porque él se volvió sobre el taburete, pestañeando en dirección a las sombras.

—¿Alec? —preguntó—. ¿Eres tú?

—No es Alec. Soy yo. —Penetró más en la habitación—. Clary.

Las teclas del piano emitieron un sonido metálico cuando Jace se puso de pie.

—Nuestra propia Bella Durmiente. ¿Quién te ha despertado por fin con un beso?

—Nadie; me he despertado yo sola.

—¿Había alguien contigo?

—Isabelle, pero se fue en busca de alguien... Hodge, creo. Me dijo que esperara, pero...

—Debería haberle advertido sobre tu costumbre de no hacer nunca lo que te dicen. —Jace la miró con ojos entrecerrados—. ¿Esa ropa es de Isabelle? Resulta ridícula en ti.

—Permite que te recuerde que quemaste la mía.

—Fue puramente por precaución. —Cerró con suavidad la reluciente tapa negra del piano—. Vamos, te llevaré a ver a Hodge.

El Instituto era enorme, un amplio espacio grande y tenebroso, que más que parecer diseñado según un plano, daba la impresión de haber sido excavado naturalmente en la roca por el paso del agua y los años. A través de puertas entreabiertas, Clary vislumbró innumerables pequeñas habitaciones idénticas, cada una con una cama sin sábanas, una mesita de noche y un gran armario de madera abierto. Pálidos arcos de piedra sostenían los techos elevados, muchos de ellos intrincadamente esculpidos con figuras pequeñas. Reparó en ciertos motivos que se repetían: ángeles y espadas, soles y rosas.

—¿Por qué tiene tantos dormitorios este sitio? —preguntó Clary—. Pensaba que era un instituto de investigación.

—Ésta es el ala residencial. Tenemos el compromiso de ofrecer seguridad y alojamiento a cualquier cazador de sombras que lo solicite. Podemos alojar hasta doscientas personas.

—Pero la mayoría de estas habitaciones están vacías.

—La gente va y viene. Nadie se queda mucho tiempo. Por lo general estamos sólo nosotros: Alec, Isabelle y Max, sus padres..., y yo y Hodge.

—¿Max?

—¿Conociste a la bella Isabelle? Alec es su hermano mayor. Max es el menor, pero está en el extranjero con sus padres.

—¿De vacaciones?

—No exactamente. —Jace vaciló—. Puedes considerarlos como... como diplomáticos extranjeros, y esto como una especie de embajada. En estos momentos se encuentran en el país de origen de los ca-

74

zadores de sombras, llevando a cabo unas negociaciones de paz muy delicadas. Se llevaron a Max con ellos porque es muy joven.

—¿País de origen de los cazadores de sombras? —A Clary le daba vueltas la cabeza—. ¿Cómo se llama?

—Idris.

—Nunca he oído hablar de él.

—No tendrías por qué. —Aquella irritante superioridad estaba de vuelta en su voz—. Los mundanos no conocen su existencia. Hay defensas, hechizos de protección, colocados en todas sus fronteras. Si intentaras cruzar al interior de Idris, sencillamente te verías transportada de un extremo al siguiente al instante. Jamás sabrías qué había sucedido.

—¿De modo que no está en ningún mapa?

—No en los de los mundis. Para nuestros propósitos, puedes considerarlo un pequeño país entre Alemania y Francia.

—Pero no hay nada entre Alemania y Francia. Excepto Suiza.

—Exactamente —dijo Jace.

—Imagino que has estado allí. En Idris, quiero decir.

—Crecí allí.

La voz de Jace era neutral, pero algo en su tono le dejó saber que más preguntas en esa dirección no serían bien recibidas.

—La mayoría de nosotros lo hemos hecho. Existen, desde luego, cazadores de sombras por todo el mundo. Tenemos que estar en todas partes, porque la actividad demoniaca está por todas partes. Pero para un cazador de sombras, Idris siempre es «el hogar».

—Como La Meca o Jerusalén —repuso Clary, pensativa—. Así que la mayoría de ustedes se criaron allí, y luego, cuando se crían...

—Nos envían a donde se nos necesita —dijo Jace en tono brusco—. Y hay unos pocos, como Isabelle y Alec, que crecieron lejos del país de origen, porque ahí es donde están sus padres. Con todos los recursos que el Instituto tiene, con la instrucción de Hodge... —Se interrumpió—. Esto es la biblioteca.

Habían llegado a una pareja de puertas de madera en forma de arco. Un gato persa azul de ojos amarillos estaba enroscado frente a ellas. Alzó la cabeza cuando se acercaron y maulló.

—Hola, *Iglesia* —dijo Jace, acariciando el lomo del gato con un pie descalzo.

El gato entrecerró los ojos de placer.

—Espera —dijo Clary—. ¿Alec, Isabelle y Max... son los únicos cazadores de sombras de tu edad que conoces, con los que pasas tiempo?

Jace dejó de acariciar al gato.

—Sí.

—Debe de resultar un poco solitario.

—Tengo todo lo que necesito.

Jace abrió las puertas de un empujón. Tras un instante de vacilación, ella le siguió al interior.

La biblioteca era circular, con un techo que terminaba en punta, como si la hubieran construido dentro de una torre. Las paredes estaban cubiertas de libros, y los estantes eran tan altos que las largas escaleras colocadas sobre ruedecitas estaban dispuestas a lo largo de ellos a intervalos. Tampoco se trataba de libros corrientes; aquéllos eran libros encuadernados en piel y terciopelo, con cerraduras de aspecto sólido y bisagras hechas de latón y plata. Sus lomos estaban adornados con gemas, que brillaban débilmente, e iluminados con letras doradas. Parecían desgastados de un modo que dejaba claro que aquellos libros no sólo eran antiguos, sino que se usaban con frecuencia, y que habían sido amados.

El suelo era de madera reluciente, con incrustaciones de pedacitos de cristal y mármol y trozos de piedras semipreciosas. La incrustación formaba un diseño que Clary no consiguió descifrar completamente: podrían haber sido las constelaciones, o incluso un mapa del mundo; sospechó que tendría que trepar a lo más alto del interior de la torre y mirar hacia abajo para poder verlo adecuadamente.

En el centro de la habitación había un magnífico escritorio. Estaba tallado a partir de una única tabla de madera, un gran y pesado trozo de roble que relucía con el apagado brillo de los años. La tabla descansaba sobre las espaldas de dos ángeles, tallados en la misma madera, las alas doradas y los rostros cincelados con una expresión de sufrimiento, como si el peso de la tabla les partiera la espalda. Tras el escritorio se sentaba un hombre delgado de cabellos entrecanos y larga nariz ganchuda.

—Una amante de los libros, veo —dijo, sonriendo a Clary—. No me dijiste eso, Jace.

Jace rió entre dientes. Clary tuvo la certeza de que se le había acercado por detrás y estaba de pie allí, con las manos en los bolsillos, sonriendo con aquella exasperante sonrisa suya.

—No hemos hablado mucho durante nuestra corta relación —dijo él—. Me temo que nuestros hábitos de lectura no salieron a relucir.

Clary se volvió y le lanzó una mirada iracunda.

—¿Cómo puede saberlo? —preguntó al hombre que había tras el escritorio—. Que me gustan los libros, quiero decir.

—La expresión de tu rostro cuando entraste —respondió él, poniéndose de pie y saliendo de detrás del escritorio—. No sé por qué, pero dudé que te sintieras tan impresionada por mi persona.

Clary sofocó una exclamación ahogada cuando él se levantó. Por un momento le pareció que era curiosamente deforme, con el hombro izquierdo encorvado y más alto que el otro. A medida que se fue acercando, vio que la joroba era en realidad un pájaro, cuidadosamente posado sobre su hombro; un criatura de plumas lustrosas con brillantes ojos negros.

—Éste es *Hugo* —presentó el hombre, tocando al ave posada en el hombro—. *Hugo* es un cuervo, y como tal, sabe muchas cosas. Yo, por mi parte, soy Hodge Starkweather, profesor de historia, y como tal, no sé ni con mucho lo suficiente.

Clary rió un poco, muy a pesar suyo, y estrechó la mano que le tendía.

—Clary Fray.

—Encantado de conocerte —respondió él—. Me sentiría encantado de conocer a cualquiera capaz de matar a un rapiñador con sus propias manos.

—No fueron mis propias manos. —Seguía resultando raro ser felicitada por matar—. Fue lo que Jace..., bueno, no recuerdo cómo se llamaba, pero...

—Se refiere a mi sensor —explicó Jace—. Se lo metió a esa cosa por la garganta. Las runas debieron asfixiarlo. Supongo que necesitaré otro —añadió, casi como una idea de último momento—. Debería haberlo mencionado.

—Hay varios de sobra en la habitación de las armas —repuso Hodge; al sonreír a Clary, un millar de pequeñas líneas surgieron como haces alrededor de sus ojos, igual que grietas en una pintura antigua—. Eso fue pensar de prisa. ¿Qué te dio la idea de usar el sensor como arma?

Antes de que ella pudiera responder, una risa aguda sonó a través de la habitación. Clary había estado tan cautivada por los libros y distraída por Hodge que no había visto a Alec tumbado en un sillón rojo junto a la chimenea apagada.

—No puedo creer que te tragues esa historia, Hodge —dijo.

En un principio, Clary no registró siquiera sus palabras. Estaba demasiado ocupada contemplándolo fijamente. Como a muchos hijos únicos, le fascinaba el parecido entre hermanos, y en aquellos momentos, a plena luz del día, podía ver exactamente lo mucho que Alec se parecía a su hermana. Tenían el mismo cabello negro azabache, las mismas cejas finas que se alzaban en las esquinas, la misma tez pálida y ruborosa. Pero donde Isabelle era toda arrogancia, Alec permanecía desplomado en el sillón como si esperara que nadie advirtiera su presencia. Sus pestañas eran largas y oscuras como las de su hermana, pero allí donde los ojos de ella eran negros, los de él eran del tono azul oscuro del vidrio de una botella. Contemplaban a Clary con una hostilidad tan pura y concentrada como ácida.

—No estoy muy seguro de a qué te refieres, Alec.

Hodge enarcó una ceja. Clary se preguntó cuántos años tendría; tenía una especie de apariencia sempiterna, no obstante las canas de su cabello. Vestía un pulcro traje de *tweed* gris, perfectamente planchado. Habría parecido un amable catedrático de universidad de no haber sido por la gruesa cicatriz que le recorría el lado derecho del rostro. Clary se preguntó cómo se la había hecho.

—¿Estás sugiriendo que no mató a ese demonio después de todo?

—Claro que no lo hizo. Mírala..., es una mundi, Hodge, y una niña pequeña, además. No hay modo de que pudiera acabar con un rapiñador.

—No soy una niña pequeña —le interrumpió Clary—. Tengo dieciséis años..., bueno, los tendré el domingo.

—La misma edad que Isabelle —dijo Hodge—. ¿La llamarías a ella una niña?

—Isabelle procede de una de las dinastías más importantes de cazadores de sombras de la historia —replicó Alec con sequedad—. Esta chica, por otra parte, procede de Nueva Jersey.

—¡Soy de Brooklyn! —Clary estaba indignada—. ¿Y eso qué? ¿Acabo de matar a un demonio en mi propia casa, y tú te vas a portar como un imbécil porque no soy una repugnante niña rica malcriada como tú y tu hermana?

Alec pareció estupefacto.

—¿Cómo es que me has llamado?

Jace rió.

—Tiene razón, Alec —dijo Jace—. Son esos demonios que utilizan el metro diariamente con los que tienes que tener cuidado realmente...

—No tiene gracia, Jace —interrumpió el otro, empezando a ponerse en pie—. ¿Vas a dejar que se quede ahí parada y me insulte?

—Sí —respondió Jace amablemente—. Te hará bien; intenta verlo como un adiestramiento de tu capacidad de resistencia.

—Puede que seamos *parabatai* —dijo Alec muy tenso—, pero tu falta de seriedad está acabando con mi paciencia.

—Y tu testarudez acabando con la mía. Cuando la encontré, estaba tendida en el suelo en un charco de sangre con un demonio moribundo prácticamente sobre ella. Contemplé cómo se desvanecía. Si ella no lo mató, ¿quién lo hizo?

—Los rapiñadores son estúpidos. Quizá se picó a sí mismo en el cuello con su aguijón. Ha sucedido otras veces...

—¿Ahora estás sugiriendo que se suicidó?

La boca de Alec se tensó.

—No está bien que ella esté aquí. A los mundis no se les permite entrar en el Instituto, y existen buenos motivos para eso. Si alguien supiera esto, podríamos ser denunciados a la Clave.

—Eso no es totalmente cierto —dijo Hodge—. La Ley sí nos permite ofrecer refugio a mundanos en ciertas circunstancias. Un rapiñador ya ha atacado a la madre de Clary..., ella podría muy bien haber sido la siguiente.

«Atacado.» Clary se preguntó si aquello sería un eufemismo de «asesinado». El cuervo del hombro de Hodge graznó en tono quedo.

—Los rapiñadores son máquinas de rastreo y destrucción —continuó Alec—. Actúan siguiendo órdenes de brujos o poderosos señores demonios. Ahora bien, ¿qué interés tendría un brujo o un señor demonio en una casa mundana corriente? —Sus ojos, cuando miró a Clary, brillaron llenos de aversión—. ¿Alguna idea?

—Debió de tratarse de un error —sugirió Clary.

—Los demonios no cometen esa clase de errores. Si fueron por tu madre, debe de haber existido una razón. Si ella fuera inocente...

—¿Qué quieres decir con «inocente»? —La voz de Clary sonó sosegada.

Alec pareció desconcertado.

—Yo...

80

—Lo que quiere decir —intervino Hodge—, es que es sumamente raro que un demonio poderoso, de la clase que podría mandar a una hueste de demonios inferiores, se interese en los asuntos de los seres humanos. Ningún mundano puede hacer que acuda un demonio, carecen de ese poder, pero ha habido algunos, desesperados y estúpidos, que han encontrado a una bruja o un brujo que lo haga por ellos.

—Mi madre no conoce a ningún brujo. No cree en magia. —Una idea pasó por la mente de Clary—. Madame Dorothea..., vive abajo..., es una bruja. ¿A lo mejor los demonios iban tras ella y agarraron a mi madre por error?

Las cejas de Hodge se enarcaron veloces hasta la raíz de sus cabellos.

—¿Vive una bruja en el piso de abajo de la casa donde tú vives?

—Es una bruja falsa..., una impostora —explicó Jace—. Ya lo he comprobado. No hay motivo para que ningún brujo estuviera interesado en ella, a menos que esté buscando bolas de cristal que no funcionan.

—Y volvemos a estar donde empezamos. —Hodge alargó la mano para acariciar al pájaro de su hombro—. Parece que ha llegado el momento de informar a la Clave.

—¡No! —exclamó Jace—. No podemos...

—Tenía sentido mantener en secreto la presencia de Clary aquí mientras no estábamos seguros de que se recuperara —dijo Hodge—. Pero ahora lo ha hecho, y es la primera mundana que cruza las puertas del Instituto en más de cien años. Conoces las normas para que los mundanos conozcan la existencia de los cazadores de sombras, Jace. La Clave debe ser informada.

—Por supuesto —estuvo de acuerdo Alec—. Podría enviarle un mensaje a mi padre...

—No es una mundana —dijo Jace en voz baja.

Las cejas de Hodge volvieron a elevarse veloces hasta el nacimiento del pelo y se quedaron allí. Alec, interrumpido en mitad de la frase, se atragantó sorprendido. En el repentino silencio, Clary oyó el sonido de las alas de *Hugo* agitándose.

—Pero sí lo soy —replicó.

—No —dijo Jace—, no lo eres.

Se volvió hacia Hodge, y Clary vio el leve movimiento de su garganta al tragar saliva. Encontró aquel atisbo de su nerviosismo curiosamente tranquilizador.

—Esa noche... había demonios du'sien, vestidos como agentes de policía. Teníamos que pasar sin que nos vieran. Clary estaba demasiado débil para correr, y no había tiempo para ocultarse: habría muerto. Así que usé mi estela... y puse una runa *mendelin* en la parte anterior de su brazo. Pensé que...

—¿Te has vuelto loco? —Hodge descargó la mano sobre el escritorio con tal fuerza que Clary pensó que la madera se resquebrajaría—. ¡Sabes lo que la Ley dice sobre colocar Marcas en mundanos! ¡Tú... tú precisamente deberías saberlo!

—Pero funcionó —dijo Jace—. Clary, muéstrales el brazo.

Dirigiendo una mirada de perplejidad a Jace, la joven extendió el brazo desnudo. Recordaba haberlo mirado aquella noche en el callejón, pensando en lo vulnerable que parecía. Ahora, justo debajo del pliegue de la muñeca, distinguió tres tenues círculos superpuestos, las líneas tan débiles como el recuerdo de una cicatriz desaparecida con el paso de los años.

—Ven, casi se ha ido —indicó Jace—. No la lastimó en absoluto.

—Ésa no es la cuestión. —Hodge apenas podía controlar su enojo—. Podrías haberla convertido en una repudiada.

Dos brillantes puntos de color aparecieron en la parte superior de los pómulos de Alec.

—No lo puedo creer, Jace. Sólo los cazadores de sombras pueden recibir Marcas de la Alianza..., éstas matan a los mundanos...

—No es una mundana. ¿Es que no me has escuchado? Eso explica que nos pueda ver. Sin duda tiene sangre de la Clave.

Clary bajó el brazo, sintiéndose repentinamente helada.

—Pero no la tengo. No podría.

—Debes de tenerla —dijo Jace, sin mirarla—. Si no la tuvieras, esa Marca que te hice en el brazo...

—Es suficiente, Jace —interrumpió Hodge, con la contrariedad patente en la voz—. No hay necesidad de asustarla más.

—Pero yo tenía razón, ¿verdad? También explica lo que le sucedió a su madre. Si ella era una cazadora de sombras exiliada, podría muy bien tener enemigos en el Submundo.

—¡Mi madre no era una cazadora de sombras!

—Tu padre, entonces —sugirió Jace—. ¿Qué hay de él?

Clary le devolvió la mirada con una clara expresión furiosa.

—Murió. Antes de que yo naciera.

Jace se estremeció de un modo casi imperceptible. Fue Alec quien habló entonces.

—Es posible —aceptó, vacilante—. Si su padre fuera un cazador de sombras, y su madre una mundana..., bueno, todos saben que está en contra de la Ley casarse con un mundi. A lo mejor se ocultaban.

—Mi madre me lo habría dicho —replicó Clary, aunque pensó en la falta de fotos de su padre, en cómo su madre nunca hablaba de él, y supo que no decía la verdad.

—No necesariamente —repuso Jace—. Todos tenemos secretos.

—Luke —dijo Clary—. Nuestro amigo. Él lo sabría. —Al pensar en Luke tuvo un repentino golpe de culpabilidad y horror—. Han pasado tres días..., debe de estar frenético. ¿Puedo llamarle? ¿Hay un teléfono? —Se volvió hacia Jace—. Por favor.

Jace vaciló, mirando a Hodge, que asintió y se apartó del escritorio. Detrás de él había un globo terráqueo, hecho de latón batido, que no se parecía a ningún otro globo terráqueo que hubiera visto; había algo sutilmente extraño en la forma de los países y los continentes. Junto al globo había un anticuado teléfono negro con un disco rotatorio plateado. Clary se llevó el auricular al oído, y el familiar tono de marcación la inundó como una relajante corriente de agua.

Luke descolgó al tercer timbrazo.

—¿Bueno?

—¡Luke! —Se dejó caer contra el escritorio—. Soy yo. Clary.

—Clary. —Pudo notar el alivio en su voz, junto con algo más que no pudo identificar del todo—. ¿Estás bien?

—Estoy perfectamente. Lamento no haberte llamado antes. Luke, mi madre...

—Lo sé. La policía estuvo aquí.

—Entonces no has sabido de ella.

Cualquier rastro de esperanza de que su madre hubiera huido de la casa y se hubiese ocultado en alguna parte, desapareció. Era imposible que no hubiera contactado con Luke de haberlo hecho.

—¿Qué dijo la policía?

—Sólo que había desaparecido. —Clary pensó en la mujer policía con la mano de esqueleto, y tiritó—. ¿Dónde estás?

—Estoy en la ciudad —respondió ella—. No sé dónde exactamente. Con unos amigos. He perdido el monedero. Si tienes algo de efectivo, podría tomar un taxi hasta tu casa...

—No —replicó él, tajante.

El teléfono le resbaló en la sudorosa mano, pero lo atrapó.

—¿Qué?

—No —repitió él—. Es demasiado peligroso. No puedes venir aquí.

—Podríamos llamar...

—Mira. —Su voz era dura—. Lo que sea en lo que tu madre se haya mezclado, no tiene nada que ver conmigo. Estás mucho mejor donde estás.

—Pero no quiero quedarme aquí. —Oyó el gemido en su propia voz, como el de un niño—. No conozco a esta gente. Tú...

—Yo no soy tu padre, Clary. Ya te lo he dicho otras veces.

Las lágrimas le ardían tras los ojos.

—Lo siento. Es sólo que...

—No vuelvas a llamarme para pedir favores —dijo él—. Tengo mis propios problemas, sólo me falta tener que preocuparme por los tuyos —añadió, y colgó el teléfono.

Ella se quedó allí de pie y contempló fijamente el auricular, con el tono de marcación zumbando en su oído como una avispa enorme y fea. Volvió a marcar el número de Luke y aguardó. En esa ocasión pasó directamente al buzón de voz. Colgó violentamente el teléfono, con manos temblorosas.

Jace estaba recostado en el brazo del sillón de Alec, observándola.

—¿Debo entender que no se ha alegrado de saber de ti?

Clary sintió como si su corazón se hubiera encogido al tamaño de una nuez: una piedra diminuta y dura en su pecho.

«No lloraré —pensó—. No frente a esta gente.»

—Creo que me gustaría tener una charla con Clary —dijo Hodge—. A solas —añadió con firmeza al ver la expresión de Jace.

Alec se puso de pie.

—Excelente. Te dejaremos para que lo hagas.

—Eso no es nada justo —protestó Jace—. Yo fui quien la encontró. ¡Soy el que le salvó la vida! Tú quieres que esté aquí, ¿verdad? —pidió, volviéndose hacia Clary.

Ella desvió la mirada, sabiendo que si abría la boca empezaría a llorar. Como desde la distancia, oyó reír a Alec.

—No todo el mundo te quiere todo el tiempo, Jace —dijo.

—No seas ridículo —oyó decir a Jace, pero sonaba decepcionado—. Bien, pues. Estaremos en la sala de armas.

La puerta se cerró tras ellos con un chasquido definitivo. A Clary le escocían los ojos del modo en que lo hacían cuando intentaba contener las lágrimas durante demasiado tiempo. Hodge se alzó ante ella, un borrón gris que se movía nerviosamente.

—Siéntate —dijo—. Aquí, en el sofá.

Ella se dejó caer, agradecida, sobre los blandos cojines. Tenía las mejillas húmedas. Alzó la mano para secarse las lágrimas, pestañeando.

—No lloro demasiado por lo general —se encontró diciendo—. No significa nada. Estaré perfectamente enseguida.

—La mayoría de las personas no lloran cuando están disgustadas o asustadas, sino más bien cuando se sienten frustradas. Tu frustración es comprensible. Has pasado por algo muy duro.

—¿Duro? —Clary se secó los ojos en el dobladillo de la camiseta de Isabelle—. Ya puede decirlo.

Hodge sacó la silla de atrás del escritorio, y la arrastró hasta el sofá para sentarse de cara a ella. La muchacha vio que sus ojos eran grises, como los cabellos y la chaqueta de *tweed*.

—¿Puedo traerte algo? —preguntó él—. ¿Algo para beber? ¿Un poco de té?

—No quiero té —dijo Clary, con apagada energía—. Quiero encontrar a mi madre. Y luego quiero encontrar a quien se la llevó, y quiero matarlo.

—Desgraciadamente —repuso Hodge—, nos hemos quedado sin venganza implacable por el momento, de modo que es o té o nada.

Clary dejó caer el borde de la camiseta, salpicado todo él de manchas húmedas.

—¿Qué se supone que debo hacer, entonces? —preguntó.

—Podrías empezar por contarme algo de lo sucedido —contestó Hodge, rebuscando en el bolsillo.

Sacó un pañuelo, doblado con esmero, y se lo entregó. Clary lo tomó con silencioso asombro. Nunca había conocido a nadie que llevara encima un pañuelo de tela.

—El demonio que viste en tu departamento..., ¿fue ésa la primera criatura que habías visto nunca? ¿Antes de eso, no tenías ni idea de que tales criaturas existieran?

Clary negó con la cabeza, luego hizo una pausa.

—Una vez antes, pero no comprendí lo que era. La primera vez que vi a Jace...

—Claro, desde luego, qué estúpido por mi parte olvidarlo. —Hodge asintió—. En el Pandemónium. ¿Ésa fue la primera vez?

—Sí.

—¿Y tu madre nunca te los mencionó..., nada sobre otro mundo, quizá, que la mayoría de la gente no puede ver? ¿Parecía especialmente interesada en mitos, cuentos de hadas, leyendas sobre cosas de fábula...?

—No. Odiaba todas esas cosas. Incluso odiaba las películas de Disney. No le gustaba que leyera manga. Decía que era infantil.

Hodge se rascó la cabeza. El cabello no se le movió.

—De lo más peculiar.

—En realidad no —replicó Clary—. Mi madre no era peculiar. Era la persona más normal del mundo.

—La gente normal no acostumbra encontrar sus hogares saqueados por demonios —repuso él, sin mala intención.

—¿No puede haber sido una equivocación?

—De haber sido una equivocación —indicó Hodge—, y si tú fueras una chica corriente, no habrías visto al demonio que te atacó, o de haberlo visto, tu mente lo habría procesado como algo totalmente distinto: un perro fiero, incluso otro ser humano. Que pudieses verlo, que te hablara...

—¿Cómo sabe que me habló?

—Jace me lo contó.

—Siseó. —Clary se estremeció, recordándolo—. Habló sobre querer comerme, pero creo que no tenía que hacerlo.

—Los rapiñadores están generalmente bajo el control de un demonio más fuerte. No son muy inteligentes ni competentes por sí mismos —explicó Hodge—. ¿Dijo que buscaba a su amo?

Clary recapacitó.

—Dijo algo sobre un Valentine, pero...

Hodge se irguió violentamente, con tal brusquedad que *Hugo*, que había estado descansando cómodamente en su hombro, alzó el vuelo con un graznido irritado.

—¿Valentine?

—Sí —dijo Clary—. Oí el mismo nombre en Pandemónium del chico... quiero decir, el demonio...

87

—Es un nombre que todos conocemos —replicó Hodge en tono cortante.

Su voz era firme, pero ella detectó un leve temblor en sus manos. *Hugo*, de vuelta en su hombro, erizó las plumas inquieto.

—¿Un demonio?

—No. Valentine es... era... un cazador de sombras.

—¿Un cazador de sombras? ¿Por qué dice que era?

—Porque está muerto —dijo Hodge, categórico—. Lleva muerto quince años.

Clary volvió a recostarse contra los cojines del sofá. La cabeza parecía a punto de estallarle. A lo mejor debería haber aceptado aquel té después de todo.

—¿Podría ser alguien más? ¿Alguien con el mismo nombre?

La risa de Hodge fue un ladrido sin alegría.

—No, pero podría haber sido alguien usando su nombre para enviar un mensaje. —Se puso en pie y fue hacia su escritorio, con las manos entrelazadas en la espalda—. Y éste sería el momento de hacerlo.

—¿Por qué ahora?

—Debido a los Acuerdos.

—¿Las negociaciones de paz? Jace las mencionó. ¿Paz con quién?

—Los subterráneos —murmuró Hodge, y bajó la vista hacia Clary con la boca apretada en una fina línea—. Perdóname —dijo—. Esto debe de resultarte confuso.

—¿Le parece?

El hombre se apoyó en el escritorio, acariciando las plumas de *Hugo* distraídamente.

—Los subterráneos son los que comparten el Mundo de las Sombras con nosotros. Siempre hemos vivido en una paz precaria con ellos.

—Como vampiros, hombres lobos y...

—Los seres fantásticos —siguió Hodge—. Hadas. Y las criaturas de Lilith, que siendo medio demonios, son brujos.

—Entonces, ¿qué son ustedes, los cazadores de sombras?

—A veces nos llaman los nefilim —respondió Hodge—. En la Biblia eran los vástagos de humanos y ángeles. La leyenda del origen de los cazadores de sombras dice que fueron creados hace más de mil años, cuando los humanos estaban siendo aplastados por invasiones de demonios de otros mundos. Un brujo convocó a su presencia al ángel Raziel, que mezcló parte de su propia sangre con la sangre de hombres en una copa, y se la dio a esos hombres para que la bebieran. Los que bebieron la sangre del Ángel se convirtieron en cazadores de sombras, como lo hicieron sus hijos y los hijos de sus hijos. A partir de entonces, la copa fue conocida como la Copa Mortal. Aunque la leyenda puede no ser un hecho real, lo que es cierto es que a lo largo de los años, cuando se reducían las filas de los cazadores de sombras, siempre era posible crear más usando la Copa.

—¿Era siempre posible?

—La Copa ya no existe —explicó Hodge—. La destruyó Valentine justo antes de morir. Encendió una gran hoguera y se quemó a sí mismo junto con su familia, su esposa y su hijo. Todos perecieron. Dejó la tierra negra. Nadie quiere construir allí aún. Dicen que la tierra está maldita.

—¿Lo está?

—Posiblemente. La Clave pronuncia maldiciones de vez en cuando como castigo por contravenir la Ley. Valentine violó la Ley más importante de todas: se alzó en armas contra sus compañeros cazadores de sombras y los mató. Él y su grupo, el Círculo, mataron a docenas de sus hermanos junto con cientos de subterráneos durante los últimos Acuerdos. A duras penas se consiguió derrotarlos.

—¿Por qué querría él ensañarse tanto contra otros cazadores de sombras?

—No aprobaba los Acuerdos. Despreciaba a los subterráneos y consideraba que había que masacrarlos, en masa, para mantener este mundo puro para los seres humanos. Aunque los subterráneos no son demonios ni invasores, consideraba que eran de naturaleza demoniaca, y que eso era suficiente. La Clave no estaba de acuerdo; consideraba que la colaboración de los subterráneos era necesaria si alguna vez queríamos expulsar a la raza de los demonios para siempre. ¿Y quién podría discutir, en realidad, que los seres mágicos no pertenecen a este mundo, cuando han estado aquí desde hace más tiempo que nosotros?

—¿Llegaron a firmarse los Acuerdos?

—Sí, se firmaron. Cuando los subterráneos vieron que la Clave se volvía en contra de Valentine y su Círculo para defenderlos, comprendieron que los cazadores de sombras no eran sus enemigos. Irónicamente, con su insurrección Valentine hizo posibles los Acuerdos. —Hodge volvió a sentarse en la silla—. Te pido disculpas, ésta debe de ser una aburrida lección de historia para ti. Ése era Valentine. Un activista, un visionario, un hombre de gran encanto personal y convicción. Y un asesino. Ahora alguien está invocando su nombre...

—Pero ¿quién? —preguntó Clary—. ¿Y qué tiene que ver mi madre con eso?

Hodge volvió a ponerse en pie.

—No lo sé. Pero haré lo que pueda para averiguarlo. Enviaré mensajes a la Clave y también a los Hermanos Silenciosos. Tal vez deseen hablar contigo.

Clary no preguntó quiénes eran los Hermanos Silenciosos. Estaba cansada de hacer preguntas cuyas respuestas sólo hacían que se confundiera más. Se levantó.

—¿Existe alguna posibilidad de que pueda ir a casa?

Hodge pareció preocupado.

—No, no... no considero que eso sea sensato.

—Allí hay cosas que necesito, incluso aunque vaya a quedarme aquí. Ropa...

—Te podemos dar dinero para comprar ropa nueva.

—Por favor —insistió Clary—. Tengo que ver... Tengo que ver lo que queda.

Hodge vaciló, luego le dedicó un corto asentimiento.

—Si Jace acepta, pueden ir los dos. —Se volvió hacia la mesa, rebuscando entre los papeles, luego echó una ojeada por encima del hombro como reparando en que ella seguía allí—. Está en la sala de armas.

—No sé dónde está eso.

Hodge sonrió torciendo la boca.

—*Iglesia* te llevará.

Clary dirigió una ojeada a la puerta, donde el gordo gato persa azul estaba enroscado como un pequeño tejido. El felino se alzó cuando ella fue hacia él, con el pelaje ondulando como si fuera líquido. Con un maullido imperioso, la condujo al pasillo. Cuando miró por encima del hombro, Clary vio a Hodge garabateando sobre una hoja de papel. Enviando un mensaje a la misteriosa Clave, supuso. No pensaba que fuera gente muy agradable. Se preguntó cuál sería su respuesta.

La tinta roja parecía sangre sobre el papel blanco. Frunciendo el entrecejo, Hodge Starkweather enrolló la carta, con cuidado y meticulosidad, en forma de tubo, y silbó a *Hugo* para que acudiera. El pájaro, graznando quedamente, se le posó en la muñeca. Hodge hizo una mueca de dolor. Años atrás, durante el Levantamiento, había sufrido una herida en aquel hombro, e incluso un peso tan ligero como el de *Hugo*, o un cambio de estación, un cambio de temperatura, de humedad, o un movimiento demasiado repentino del brazo, despertaba viejas punzadas y el recuerdo de padecimientos que era mejor olvidar.

Existían algunos recuerdos, no obstante, que nunca desaparecían. Cuando cerró los ojos estallaron imágenes, igual que flashes, tras sus párpados. Sangre y cuerpos, tierra pisoteada, un estrado blanco manchado de rojo. Los gritos de los que agonizaban. Los campos verdes y ondulados de Idris y su infinito cielo azul, atravesado por las torres de la Ciudad de Cristal. El dolor de la pérdida le invadió

91

como una ola; cerró con más fuerza el puño, y *Hugo*, aleteando, le picoteó los dedos furiosamente. Abriendo la mano, Hodge soltó al pájaro, que describió un círculo alrededor de su cabeza, voló a lo alto hasta el tragaluz y luego desapareció.

Quitándose de encima su aprensión con un estremecimiento, Hodge alargó la mano para tomar otra hoja de papel, sin reparar en las gotas escarlata que embadurnaban el papel mientras escribía.

6

REPUDIADO

La sala de armas tenía exactamente el aspecto que algo llamado «la sala de armas» se suponía que debía tener. Las paredes de metal pulido estaban adornadas con toda clase de espadas, dagas, estiletes, picas, horcas de guerra, bayonetas, látigos, mazas, garfios y arcos. Bolsas de suave cuero llenas de flechas oscilaban colgadas de ganchos, y había montones de botas, protectores de piernas y guantes para muñecas y brazos. El lugar olía a metal, a cuero y a pulimento para acero. Alec y Jace, que ya no iba descalzo, estaban sentados ante una larga mesa situada en el centro de la habitación, con la cabeza inclinada sobre un objeto colocado entre ellos. Jace alzó la mirada cuando la puerta se cerró detrás de Clary.

—¿Dónde está Hodge? —preguntó.

—Escribiendo a los Hermanos Silenciosos.

Alec contuvo un estremecimiento.

—¡Puaj!

La joven se acercó a la mesa lentamente, consciente de la mirada de Alec.

—¿Qué hacen?

—Dándole los últimos toques a estas cosas.

Jace se hizo a un lado para que ella pudiese ver lo que había sobre la mesa: tres largas varitas delgadas de una plata que brillaba débilmente. No parecían afiladas ni especialmente peligrosas.

—*Sanvi, Sansanvi* y *Semangelaf*. Son cuchillos serafín.

—No parecen cuchillos. ¿Cómo los hacen? ¿Con magia?

Alec se mostró horrorizado, como si le hubiese pedido que se pusiera un tutú y efectuara una perfecta pirueta de ballet.

—Lo gracioso respecto a los mundis —dijo Jace, sin dirigirse a nadie en concreto— es lo obsesionados que están con la magia para ser un grupo de gente que ni siquiera sabe lo que significa la palabra.

—Yo sé lo que significa —le dijo Clary con brusquedad.

—No, no lo sabes, simplemente crees que lo sabes. La magia es una fuerza oscura y elemental, no tan sólo un montón de varitas centelleantes, bolsas de cristal y peces de colores que hablan.

—Yo nunca dije que fuera un montón de peces de colores parlantes, tú...

Jace agitó una mano, interrumpiéndola.

—Si alguien llama a una anguila eléctrica «patito de goma», eso no convierte a la anguila en patito, ¿no es cierto? Por tanto, que Dios se apiade del pobre desgraciado que decide que quiere darse un baño con el «patito».

—Estás diciendo tonterías —observó Clary.

—No es verdad —replicó Jace, con gran dignidad.

—Sí, lo es —dijo Alec, de un modo bastante inesperado—. Mira, nosotros no hacemos magia, ¿de acuerdo? —añadió, sin mirar a Clary—. Eso es todo lo que necesitas saber al respecto.

Clary quiso replicarle, pero se contuvo. A Alec ella no parecía gustarle, así que de nada servía empeorar su hostilidad. Volvió la cabeza hacia Jace.

—Hodge dijo que puedo ir a casa.

Jace estuvo a punto de soltar el cuchillo serafín que sostenía.

—¿Que dijo qué?

—Para buscar en las cosas de mi madre —corrigió ella—. Si tú me acompañas.

—Jace —exhaló Alec, pero Jace no le hizo caso.

—Si realmente quieres demostrar que uno de mis padres era un cazador de sombras, deberíamos buscar entre las cosas de mi madre. Lo que queda de ellas.

—Meternos en la madriguera del conejo. —Jace sonrió maliciosamente—. Buena idea. Si vamos ahora mismo, deberíamos tener otras tres o cuatro horas de luz solar.

—¿Quieren que vaya con ustedes? —preguntó Alec, mientras Clary y Jace se encaminaban a la puerta.

Clary volvió la cabeza para mirarle. Había medio abandonado la silla, con ojos expectantes.

—No. —Jace no volvió la cabeza—. No es necesario. Clary y yo podemos ocuparnos de esto solos.

La mirada que Alec lanzó a Clary fue tan agria como el veneno. La joven se alegró cuando la puerta se cerró tras ella.

Jace encabezó la marcha por el pasillo, con Clary medio trotando para mantenerse a la altura de su larga zancada.

—¿Tienes las llaves de tu casa?

Clary echó una ojeada a sus tenis.

—Sí.

—Estupendo. No es que no pudiéramos entrar por la fuerza, pero tendríamos mayores posibilidades de perturbar las salvaguardas que pudiera haber instaladas si lo hiciéramos.

—Si tú lo dices.

El pasillo se ensanchó en un vestíbulo con suelo de mármol, con una verja de metal negro colocada en una pared. Hasta que Jace no oprimió un botón que había junto a la puerta y éste se iluminó, ella no comprendió que se trataba de un ascensor. Éste crujió y gimió mientras subía para ir a su encuentro.

—¿Jace?

—¿Sí?

—¿Cómo supiste que tenía sangre de cazador de sombras? ¿Había algún modo con el que pudieras darte cuenta?

El ascensor llegó con un último crujido. Jace descorrió el pasador de la reja y la deslizó a un lado, abriéndola. El interior recordó a Clary una jaula para pájaros, todo en metal negro y decorativos pedacitos dorados.

—Lo imaginé —dijo él, pasando el pasador de la puerta tras ellos—. Parecía la explicación más probable.

—¿Lo imaginaste? Debiste de haber estado muy seguro, teniendo en cuenta que podías haberme matado.

El muchacho presionó un botón en la pared, y el ascensor dio una sacudida, poniéndose en marcha con un vibrante gemido que ella notó en todos los huesos de los pies.

—Estaba un noventa por ciento seguro.

—Comprendo —dijo Clary.

Algo en su voz hizo que él se volviera para mirarla. La mano de Clary restalló contra su cara en un bofetón que lo balanceó hacia atrás sobre los talones. Se llevó la mano a la mejilla, más sorprendido que dolorido.

—¿A qué diablos viene eso?

—El otro diez por ciento —contestó ella, y descendieron el resto del trayecto hasta la calle en silencio.

Jace pasó el viaje en metro hasta Brooklyn envuelto en un silencio enojado. Clary permaneció pegada a él de todos modos, sintiéndose un tanto culpable, en especial cuando miraba la marca roja que su bofetón le había dejado en la mejilla.

En realidad no le importaba el silencio, le daba una oportunidad para pensar. No dejaba de revivir la conversación con Luke, una y otra vez. Le dolía pensar en ella, era como morder con un diente roto, pero no podía dejar de hacerlo.

Algo más allá en el vagón, dos adolescentes sentadas en un banco naranja reían tontamente. La clase de chicas que a Clary nunca le habían gustado en San Javier, luciendo sandalias rosa intenso y falsos bronceados. Por un instante, se preguntó si se reirían de ella, antes de advertir, con sobresaltada sorpresa, que miraban a Jace.

Recordó a la chica de la cafetería que había estado mirando fijamente a Simon. Las chicas siempre tenían aquella expresión en la cara cuando pensaban que alguien era guapo. Debido a todo lo que había sucedido casi había olvidado que Jace era realmente guapo. El muchacho carecía de la delicada belleza de camafeo de Alec, pero el rostro de Jace era más interesante. A la luz del día, sus ojos eran del color del almíbar dorado y estaban... mirándola directamente. El muchacho enarcó una ceja.

—¿Puedo ayudarte en algo?

Clary se convirtió, al instante, en traidora para con las de su sexo.

—Esas chicas del otro extremo del vagón te están mirando.

Jace adoptó un aire de sosegada complacencia.

—Por supuesto que lo hacen —dijo—. Soy increíblemente atractivo.

—¿No has oído nunca que la modestia es una característica atrayente?

—Sólo de personas feas —le confió él—. Puede que los mansos hereden la tierra, pero por el momento, pertenece a los presuntuosos. Como yo.

Guiñó un ojo a las muchachas, que rieron nerviosamente y se ocultaron tras sus cabellos.

—¿Cómo es que pueden verte? —inquirió Clary con un suspiro.

—Usar *glamours*, es decir, encantamientos es un incordio. A veces no nos molestamos en hacerlo.

El incidente con las chicas en el tren pareció ponerle, al menos, de mejor humor. Cuando abandonaron la estación y ascendieron la colina en dirección al departamento de Clary, Jace sacó uno de los cuchillos serafín de su bolsillo y empezó a moverlo a un lado y a otro por entre los dedos y sobre los nudillos, canturreando para sí.

—¿Tienes que hacer esto? —preguntó ella—. Es irritante.

Jace canturreó en voz más alta. Era una especie de sonoro tarareo melódico, algo entre *Cumpleaños Feliz* y el *El himno de batalla de la república*.

—Lamento haberte pegado —dijo Clary.

Él dejó de tararear.

—Alégrate de haberme pegado a mí y no a Alec. Él te lo habría devuelto.

—Parece morirse de ganas por tener esa oportunidad —comentó Clary, pateando una lata vacía fuera de su camino—. ¿Qué fue lo que Alec te llamo? *Para*... algo.

—*Parabatai* —respondió Jace—. Significa una pareja de guerreros que combaten juntos..., que están más unidos que los hermanos. Alec es más que simplemente mi mejor amigo. Mi padre y su padre eran *parabatai* de jóvenes. Su padre fue mi padrino; es por eso que vivo con ellos. Son mi familia adoptiva.

—Pero tu apellido no es Lightwood.

—No —respondió él. Ella habría querido preguntarle cuál era, pero habían llegado a su casa, y el corazón había empezado a palpitarle tan ruidosamente que estaba segura de que se podía oír a kilómetros de distancia. Oía un zumbido en los oídos, y tenía las palmas de las manos húmedas de sudor. Se detuvo frente a la cerca de ramas y alzó los ojos lentamente, esperando ver la cinta amarilla adhesiva de la policía acordonando la puerta delantera, vidrios rotos esparcidos por el pasto y todo el lugar reducido a escombros.

Pero no había señales de destrucción. Bañada en una agradable luz de las primeras horas de la tarde, la casa de piedra rojiza parecía resplandecer. Las abejas zumbaban perezosamente alrededor de los rosales bajo las ventanas de madame Dorothea.

—Tiene el aspecto de siempre —dijo Clary.

—Exteriormente. —Jace metió la mano en el bolsillo de los pantalones y sacó otro de los artefactos de metal y plástico que ella había tomado por un teléfono móvil.

—Así que eso es un sensor. ¿Qué hace? —preguntó.

—Capta frecuencias, como hace una radio, pero estas frecuencias son de origen demoniaco.

—¿Demonios en onda corta?

—Algo parecido. —Jace alargó el sensor ante él mientras se acercaba a la casa. El objeto chasqueó levemente mientras ascendían la escalera, luego paró. Jace frunció el entrecejo.

»Está captando indicios de actividad, pero eso podrían ser simplemente vestigios de esa noche. No recibo nada lo bastante fuerte como para indicar que haya demonios presentes ahora.

Clary soltó una bocanada de aire, que no había advertido que estaba conteniendo.

—Estupendo.

Se inclinó para recuperar las llaves. Cuando se irguió, vio los arañazos en la puerta principal. La última vez debía estar demasiado oscuro como para verlos. Parecían marcas de zarpas, largas y paralelas, hundidas profundamente en la madera.

Jace le tocó el brazo.

—Entraré yo primero —dijo.

Clary quiso decirle que no necesitaba ocultarse detrás de él, pero las palabras no querían salir. Notaba el sabor del terror que había sentido al ver por primera vez al rapiñador. El sabor era ácido y metálico en su lengua, igual que viejos peniques.

Jace empujó la puerta con una mano para abrirla, haciéndole una seña para que lo siguiese con la mano que sostenía el sensor. Una vez en el vestíbulo, Clary parpadeó, ajustando los ojos a la penumbra. El foco del techo seguía fundido, el tragaluz demasiado sucio para dejar entrar luz y había espesas sombras sobre el suelo despostillado. La puerta de madame Dorothea estaba firmemente cerrada. No se veía ninguna luz a través de la rendija de abajo. Clary se preguntó inquieta si le habría sucedido algo.

Jace alzó la mano y la pasó por la barandilla. Estaba húmeda cuando la apartó, manchada de algo que parecía rojo negruzco bajo la pobre luz.

—Sangre.

—A lo mejor es mía. —La voz de Clary sonó muy débil—. De la otra noche.

—Estaría seca ya si lo fuera —dijo Jace—. Vamos.

Subió por las escaleras, con Clary pegada a su espalda. El rellano estaba oscuro, y ella tuvo que hacer tres intentos con las llaves antes de conseguir introducir la correcta en la cerradura. Jace se inclinó sobre ella, observando impaciente.

—No respires sobre mi cuello —siseó la muchacha; la mano le temblaba violentamente.

Finalmente, los ganchillos encajaron y la cerradura se abrió con un chasquido.

Jace jaló a Clary hacia atrás.

—Yo entraré primero.

La muchacha vaciló, luego se hizo a un lado para dejarlo pasar. Tenía las palmas de las manos pegajosas, y no por el calor. De hecho, hacía fresco en el interior del departamento, casi frío.... Un aire gélido se escurrió por la entrada, aguijoneándole la piel. Sintió que se le ponía la carne de gallina, mientras seguía a Jace por el pequeño pasillo y al interior de la salita.

Estaba vacía. Sorprendente y totalmente vacía, tal y como había estado cuando se mudaron allí: paredes y suelo desnudos, sin mobiliario, incluso las cortinas habían sido arrancadas de las ventanas. Únicamente tenues recuadros más claros en la pintura de la pared mostraban el lugar donde habían estado colgados los cuadros de su madre. Como en un sueño, Clary fue en dirección a la cocina, con Jace andando tras ella con los ojos claros entrecerrados.

La cocina estaba igual de vacía, incluso el refrigerador había desaparecido, junto con las sillas y la mesa; los armarios de la cocina estaban abiertos y los estantes vacíos le recordaron una canción infantil. Carraspeó.

—¿Para qué querrían los demonios nuestro microondas? —preguntó.

Jace negó con la cabeza, la boca curvándose hacia abajo en las comisuras.

—No lo sé, pero no percibo ninguna presencia demoniaca justo ahora. Yo diría que hace tiempo que se marcharon.

Clary volvió a echar otra ojeada. Alguien había limpiado la salsa Tabasco derramada.

—¿Estás satisfecha? —preguntó Jace—. Aquí no hay nada.

—Quiero ver mi habitación —insistió ella, negando con la cabeza.

Él pareció a punto de decir algo, pero lo pensó mejor.

—Si es necesario —se resignó deslizando el cuchillo serafín al interior del bolsillo.

La luz del pasillo estaba fundida, pero Clary no necesitaba mucha luz para orientarse por su propia casa. Con Jace justo detrás, encontró la puerta de su dormitorio y alargó la mano para agarrar la perilla. Su tacto era frío; tan frío que casi le hacía daño en la mano, como tocar un témpano con la piel desnuda. Vio que Jace le dirigía una rápida mirada, pero ya estaba girando la perilla, o intentándolo. Éste se movió lentamente, casi pegajosamente, como si el otro extremo estuviera incrustado en algo viscoso y almibarado...

La puerta se abrió violentamente hacia afuera, derribándola. Clary patinó por el suelo del pasillo y se estrelló contra la pared, rodando sobre el estómago. Sonó un rugido sordo en sus oídos, mientras se incorporaba de rodillas.

Jace, pegado contra la pared, rebuscaba en el bolsillo, con el rostro convertido en una máscara de sorpresa. Alzándose sobre él como un gigante en un cuento de hadas, había un hombre enorme, grueso como un roble y con una hacha de hoja ancha aferrada en una mano lívida y gigantesca. Andrajos mugrientos y hechos jirones le colgaban de la carne sucia, y los cabellos eran una única maraña apelmazada, cubierta de mugre. Apestaba a sudor ponzoñoso y a carne putrefacta. Clary se alegró de no verle el rostro; verle la espalda era ya bastante horrible.

Jace tenía el cuchillo serafín en la mano.

—*¡Sansavi!* —gritó alzándolo.

Una cuchilla salió disparada del tubo. Clary pensó en viejas películas en las que había bayonetas ocultas en bastones de paseo, que eran liberadas pulsando un resorte. Pero nunca había visto un cuchillo como aquél: transparente como el cristal, con una empuñadura refulgente, sumamente afilado y casi tan largo como el antebrazo de Jace. Éste atacó, acuchillando al hombre gigantesco, que retrocedió tambaleante profiriendo un bramido.

Jace se volvió en redondo, corriendo a toda velocidad hacia ella. La agarró del brazo, poniéndola en pie y la empujó delante de él por el pasillo. Clary oía a la criatura detrás de ellos, siguiéndoles; sus pisadas sonaban igual que pesas de plomo arrojadas contra el suelo, pero avanzaba de prisa.

Atravesaron veloces el vestíbulo y salieron al rellano, con Jace echándose a un lado para cerrar la puerta de un portazo. Clary oyó el chasquido de la cerradura automática y contuvo la respiración. La puerta tembló en sus goznes al recibir un tremendo golpe desde el interior del apartamento. Clary retrocedió hacia la escalera. Jace le dirigió una mirada apremiante. Los ojos le brillaban con frenética excitación.

—¡Ve abajo! ¡Sal de...!

Hubo otro golpe, y esta vez los goznes cedieron y la puerta salió despedida hacia fuera. Habría derribado a Jace si éste no se hubiese movido a tal velocidad que Clary apenas lo vio; de improviso el muchacho estaba en el escalón superior, con el cuchillo ardiendo en la mano como una estrella caída. Vio que Jace la miraba y chillaba algo, pero no consiguió oírle por encima del rugido de la gigantesca criatura, que salió como una exhalación por la puerta hecha pedazos, yendo directa hacia él. Clary se aplastó contra la pared cuando aquello pasó en medio de una oleada de calor y hediondez..., y a continuación el hacha del ser volaba por el aire, azotándolo, cortándolo en dirección a la cabeza de Jace. Éste se agachó, y el arma golpeó con fuerza la barandilla, clavándose profundamente.

102

Jace rió. La risa pareció enfurecer a la criatura; abandonando el hacha, ésta se arrojó dando traspiés sobre Jace con los enormes puños alzados. El muchacho giró el cuchillo serafín en un amplio arco, enterrándolo hasta la empuñadura en el hombro del gigante. Por un instante, el ser permaneció inmóvil, tambaleándose. Luego se abalanzó al frente, con las manos extendidas e intentando agarrar a Jace, que se hizo a un lado a toda prisa, pero no lo bastante rápido. Los enormes puños lo sujetaron al mismo tiempo que el gigante daba un traspié y caía, arrastrando a Jace con él. El joven lanzó un único grito; se escucharon una serie de golpazos violentos y crujidos, y luego todo fue silencio.

Clary se incorporó apresuradamente y corrió escaleras abajo. Jace estaba tendido al pie de la escalera, con el brazo doblado bajo el cuerpo en un ángulo forzado. Atravesado sobre sus piernas, yacía el gigante, con la empuñadura del arma de Jace sobresaliéndole del hombro. No estaba del todo muerto, pero se agitaba débilmente y una espuma sanguinolenta le rezumaba por la boca. Entonces Clary pudo verle el rostro: era lívido y apergaminado, recorrido por un negro entramado de cicatrices horribles que casi le borraban las facciones. Las cuencas de los ojos eran pozos rojos supurantes. Conteniendo el impulso de vomitar, Clary descendió tambaleante los últimos pocos escalones, pasó por encima del gigante y se arrodilló junto a Jace.

Estaba tan inmóvil... Le puso una mano sobre el hombro, palpó la camisa pringada de sangre..., la suya o la del gigante, no lo sabía.

—¿Jace?

Sus ojos se abrieron.

—¿Está muerto?

—Casi —dijo ella sombría.

—Diablos. —Hizo una mueca—. Mis piernas...

—Quédate quieto.

Gateando para colocarse detrás de su cabeza, Clary deslizó las manos bajo los brazos de él y tiró. Jace lanzó un gruñido de dolor cuando sus piernas salieron de debajo de la carcasa convulsionada de la criatura. Clary lo soltó, y él se incorporó con un esfuerzo, con el brazo izquierdo atravesado sobre el pecho. La muchacha se levantó.

—¿Está bien tu brazo?

—No. Roto —respondió él—. ¿Puedes meter la mano en mi bolsillo?

Ella vaciló, luego asintió.

—¿Cuál?

—El interior de la chamarra, lado derecho. Saca uno de los cuchillos serafín y dámelo.

Permaneció quieto mientras ella metía nerviosamente los dedos dentro del bolsillo. Estaba tan cerca de él que podía oler su aroma, sudor, jabón y sangre. La respiración de Jace le cosquilleaba en la nuca. Los dedos de Clary se cerraron sobre un tubo y lo sacó, sin mirar a su compañero.

—Gracias —dijo él.

Los dedos de Jace lo recorrieron brevemente antes de darle nombre: «Sanvi». Como su predecesor, el tubo creció hasta convertirse en una daga afilada, cuyo resplandor le iluminó el rostro.

—No mires —dijo él, yendo a colocarse junto al cuerpo de la criatura desfigurada.

Alzó el cuchillo por encima de la cabeza y lo bajó con fuerza. Un chorro de sangre brotó de la garganta del gigante, salpicando las botas de Jace.

Ella medio esperó que el gigante se desvaneciera, doblándose sobre sí mismo del modo en que lo había hecho el chico en el Pandemónium. Pero no lo hizo. El aire estaba inundado del olor a sangre: intenso y metálico. Jace profirió un ruidito desde el fondo de la garganta. Estaba pálido, si de dolor o repugnancia, ella no lo sabía.

—Te dije que no miraras —la reprendió.

—Pensaba que desaparecería —dijo ella—. De vuelta a su propia dimensión... dijiste.

—Dije que eso es lo que les sucede a los demonios cuando mueren. —Con una mueca de dolor, se quitó la chamarra del hombro, dejando al descubierto la parte superior del brazo izquierdo—. Eso no era un demonio.

Con la mano derecha extrajo algo del cinturón. Era el objeto liso en forma de varita que había usado para grabar aquellos círculos superpuestos en la piel de Clary. Al contemplarlo, la muchacha sintió que el antebrazo le empezaba a arder.

Jace vio cómo miraba con atención y le dedicó una sonrisa apenas perceptible.

—Esto —dijo— es una estela.

La acercó a una marca que tenía dibujada justo debajo del hombro, una figura curiosa, casi como una estrella. Dos brazos de la estrella sobresalían del resto de la marca, inconexos.

—Y esto —siguió él—, es lo que sucede cuando los cazadores de sombras resultan heridos.

Con la punta de la estela, trazó una línea conectando los dos brazos de la estrella. Cuando bajó la mano, la marca brillaba como si la hubiesen dibujado con tinta fosforescente. Mientras Clary observaba, se hundió en la piel, como un objeto lastrado hundiéndose en el agua. Dejó tras ella una señal espectral: una cicatriz fina y pálida, casi invisible.

La imagen que apareció en la mente de Clary fue la espalda de su madre, no totalmente cubierta por la parte superior del traje de baño, con los omóplatos y las curvas de la columna vertebral llenos de estrechas marcas blancas. Era como algo que hubiese visto en un sueño; la espalda de su madre no tenía realmente ese aspecto, lo sabía. Pero la imagen la incordió.

Jace soltó un suspiro, la tensa expresión de dolor abandonando su rostro. Movió el brazo, despacio al principio, luego con más facilidad, subiéndolo y bajándolo, apretando el puño. Era evidente que ya no estaba roto.

—Es asombroso —exclamó Clary—. ¿Cómo lo...?

—Eso era una *iratze*: una runa curativa —explicó él—. Finalizar la runa con la estela la activa.

Introdujo la fina varita en el cinturón y volvió a colocarse la chamarra con un movimiento del hombro. Con la punta de la bota dio un golpecito al cadáver del gigante.

—Vamos a tener que informar de esto a Hodge —dijo—. Le va a dar un ataque —añadió, como si pensar en la alarma de Hodge le proporcionara alguna satisfacción.

Jace, se dijo Clary, era la clase de persona que disfrutaba cuando sucedían cosas, incluso cosas malas.

—¿Por qué le dará un ataque? —inquirió la joven—. Y entiendo que esa cosa no es un demonio; es por eso que el sensor no lo registró, ¿cierto?

Jace asintió.

—¿Ves las cicatrices que tiene por toda la cara?

—Sí.

—Ésas se hicieron con una estela. Como ésta. —Dio un golpecito a la varita de su cinturón—. Preguntaste qué sucede cuando se graban Marcas en alguien que no tiene sangre de cazador de sombras. Una sola Marca únicamente te quema, pero gran cantidad de Marcas, ¿unas que sean poderosas? ¿Grabadas en la carne de un ser humano totalmente corriente sin el menor vestigio de ascendencia cazadora de sombras? Obtienes eso. —Agitó la barbilla en dirección al cadáver—. Las runas son terriblemente dolorosas. Los Marcados pierden el juicio..., el dolor los vuelve locos. Se convierten en asesinos feroces e insensatos. No duermen ni comen a menos que les obliguen, y mueren, por lo general enseguida. Las runas tienen un gran poder y pueden usarse para hacer un gran bien..., pero se pueden usar para el mal. Los repudiados son malvados.

Clary se lo quedó mirando horrorizada.

—Pero ¿por qué querría nadie hacerse eso?

—Nadie lo haría. Es algo que se les hace. Puede hacerlo un brujo, tal vez algún subterráneo que se ha vuelto malvado. Los repudiados son leales a quien los marcó, y son asesinos feroces. También pueden obedecer órdenes sencillas. Es como tener un... un ejército de esclavos. —Pasó por encima del repudiado muerto, y echó una mirada rápida por encima del hombro a Clary—. Voy a volver a subir.

—Pero allí no hay nada.

—Podría haber más de ellos —dijo él, casi como si deseara que así fuera—. Deberías aguardar aquí. —Empezó a subir los peldaños.

—Yo no haría eso si fuera tú —dijo una voz aguda y familiar—. Hay más en el lugar del que salió el primero.

Jace, que estaba casi en lo alto de la escalera, se volvió en redondo y abrió mucho los ojos. También lo hizo Clary, aunque ella supo inmediatamente quién había hablado. Aquel acento áspero era inconfundible.

—¿Madame Dorothea?

La anciana inclinó la cabeza con gesto regio. Estaba de pie en la entrada de su departamento, vestida con lo que parecía una tienda de campaña confeccionada en seda cruda morada. Cadenas de oro le centelleaban en las muñecas y le rodeaban la garganta. Sus largos cabellos, entrecanos como los de un tejón, se escapaban del moño sujeto en lo alto de la cabeza.

Jace seguía mirando de hito en hito.

—Pero...

—¿Más qué? —preguntó Clary.

—Más repudiados —replicó Dorothea con una jovialidad que, Clary consideró, no encajaba realmente con las circunstancias; la mujer paseó la mirada por el vestíbulo—. Lo dejaron todo hecho una porquería, ¿no es cierto? Y estoy segura de que no tenían intención de limpiarlo. Típico.

—Pero usted es una mundana —dijo Jace, finalizando por fin su frase.

—Eres tan observador —repuso Dorothea con ojos relucientes—. La Clave realmente rompió el molde contigo.

El desconcierto del rostro de Jace empezaba a desvanecerse, reemplazado por un enojo cada vez más patente.

—¿Conoce la existencia de la Clave? —inquirió—. ¿Conocía su existencia, y sabía que había repudiados en esta casa, y no les informó? La simple existencia de repudiados es un crimen contra la Alianza...

—Ni la Clave ni la Alianza han hecho nunca nada por mí —dijo madame Dorothea, y sus ojos centellearon furiosos—. No les debo nada.

Por un momento, su áspero acento neoyorquino desapareció, reemplazado por otra cosa, un acento más marcado y grave, que Clary no reconoció.

—Déjalo, Jace —dijo Clary, y se volvió hacia madame Dorothea—. Si está enterada de la existencia de la Clave y de los repudiados —siguió—, entonces quizá sepa usted qué le sucedió a mi madre.

Dorothea negó con la cabeza, haciendo que sus pendientes se balancearan. Había algo parecido a compasión en su rostro.

—Mi consejo para ti —repuso—, es que te olvides de tu madre. Se ha ido.

El suelo bajo Clary pareció inclinarse.

—¿Quiere decir que está muerta?

—No —Dorothea pronunció la palabra casi de mala gana—, estoy segura de que sigue viva. Por ahora.

—Entonces tengo que encontrarla —declaró Clary.

El mundo había dejado de inclinarse; Jace estaba detrás de ella, con la mano sobre su codo como para sostenerla, pero ella apenas lo advirtió.

—¿Comprende? Tengo que encontrarla antes de que...

Madame Dorothea alzó una mano.

—No quiero involucrarme en cuestiones de cazadores de sombras.

—Pero conocía a mi madre. Era su vecina...

—Esto es una investigación oficial de la Clave —la interrumpió Jace—. Siempre puedo regresar con los Hermanos Silenciosos.

—Ah, por el... —Dorothea echó una ojeada a su puerta, luego a Jace y a Clary—. Supongo que lo mejor será que entren —dijo finalmente—. Les contaré lo que pueda. —Empezó a andar hacia la puerta, luego se detuvo en el umbral, mirándoles iracunda—. Pero si le cuentas a alguien que te he ayudado, cazador de sombras, despertarás mañana con serpientes por cabellos y un par de brazos extra.

—Eso podría ser agradable, tener un par de brazos extra —bromeó Jace—. Útil en una pelea.

—No si crecen de tu... —Dorothea calló y le sonrió, no sin malicia—. Cuello.

—Rayos —dijo Jace con suavidad.

—Rayos, eso es, Jace Wayland.

Dorothea penetró con paso firme en el departamento, con la tienda de campaña morada ondeando a su alrededor como una bandera chillona.

Clary miró a Jace.

—¿Wayland?

—Es mi nombre. —Jace parecía afectado—. No puedo decir que me guste que ella lo sepa.

Clary echó una ojeada tras Dorothea. Las luces estaban encendidas dentro del departamento; el fuerte olor a incienso inundaba ya el vestíbulo, mezclándose desagradablemente con el hedor de la sangre.

—Con todo, creo que podríamos intentar hablar con ella. ¿Qué podemos perder?

—Una vez que hayas pasado un poco más de tiempo en nuestro mundo —afirmó Jace—, no me lo volverás a preguntar.

7

LA PUERTA DE CINCO DIMENSIONES

El departamento de madame Dorothea parecía tener más o menos la misma distribución que el de Clary, aunque la mujer había hecho un uso distinto del espacio. El vestíbulo, que apestaba a incienso, estaba adornado con cortinas de cuentas y pósters astrológicos. Uno mostraba las constelaciones del zodiaco; otro, una guía de los símbolos mágicos chinos, y otro más, una mano con los dedos desplegados, cada línea de la palma cuidadosamente etiquetada. Por encima de la mano aparecían, escritas en latín, las palabras «*In Manibus Fortuna*». Estantes estrechos, que contenían libros apilados, cubrían la pared situada junto a la puerta.

Una de las cortinas de cuentas repiqueteó, y madame Dorothea asomó la cabeza a través de ella.

—¿Interesada en la quiromancia? —dijo, reparando en la mirada de Clary—. ¿O simplemente fisgona?

—Nada de eso —respondió la muchacha—. ¿Realmente puede decir la buenaventura?

—Mi madre poseía un gran talento. Podía ver el futuro de un hombre en su mano o en las hojas del fondo de su taza de té. Me enseñó algunos de sus trucos. —Transfirió la mirada a Jace—. Hablando de té, jovencito, ¿quieres un poco?

—¿Qué? —preguntó él, con aspecto turbado.

—Té. Encuentro que sirve a la vez para asentar el estómago y para que la mente se concentre. Una bebida maravillosa, el té.

—Yo tomaré té —dijo Clary, reparando en lo mucho que hacía que no había comido o bebido algo.

Sentía como si hubiera estado funcionando a base de pura adrenalina desde que despertó.

Jace sucumbió.

—De acuerdo. Siempre y cuando no sea Earl Grey —añadió, arrugando la fina nariz—. Odio la bergamota.

Madame Dorothea rió socarronamente en voz alta y volvió a desaparecer detrás de la cortina de cuentas, dejándola balanceándose suavemente tras ella.

Clary miró a Jace enarcando las cejas.

—¿Odias la bergamota? —preguntó.

Jace se había acercado a la estrecha estantería y examinaba su contenido.

—¿Hay algún problema?

—Puede que seas el único chico de mi edad que he conocido que sabe qué es la bergamota, y aún más que se encuentra en el té Earl Grey.

—Sí, bueno —dijo él, con una expresión altanera—. No soy como otros chicos. Además —añadió, extrayendo un libro del estante—, en el Instituto tenemos que tomar clases en usos medicinales básicos de las plantas. Es un requisito.

—Imaginaba que sus clases eran cosas como Carnicería 101 y Decapitación para principiantes.

Jace pasó una página.

—Muy divertido, Fray.

Clary, que había estado estudiando el póster de quiromancia, se volvió en redondo hacia él.

—No me llames así.

Él alzó la mirada, sorprendido.

—¿Por qué no? Es tu apellido, ¿verdad?

La imagen de Simon se alzó ante los ojos de la muchacha. Simon, la última vez que lo había visto, siguiéndola atónito con la mirada mientras ella salía corriendo de Java Jones. Volvió a mirar el póster, pestañeando.

—No hay ningún motivo.

—Entiendo —dijo Jace, y ella supo por su voz que sí entendía, más de lo que ella quería que entendiese; le oyó dejar el libro de vuelta en el estante—. Esto debe de ser la basura que mantiene como fachada para impresionar a mundanos crédulos —dijo, y su voz sonó asqueada—. No hay un solo texto serio aquí.

—Sólo porque no sea la clase de magia que tú haces... —empezó Clary enojada.

Él la miró con cara de pocos amigos, silenciándola.

—Yo no hago magia —dijo—. Métetelo en la cabeza: los seres humanos no usan la magia. Es parte de lo que los hace humanos. Las brujas y los brujos sólo pueden usar magia porque tienen sangre de demonios.

Clary se tomó unos instantes para procesar aquello.

—Pero yo te he visto usar magia. Usas armas hechizadas...

—Uso instrumentos que son mágicos. Y justo para poder hacer eso, tengo que recibir un riguroso adiestramiento. Los tatuajes de runas en la piel también me protegen. Si tú intentaras usar uno de los cuchillos serafín, por ejemplo, probablemente te abrasaría la carne, quizá te mataría.

—¿Y si tuviera los tatuajes? —preguntó Clary—. ¿Podría usarlos?

—No —respondió Jace enojado—, las Marcas son sólo parte de ello. Existen pruebas, retos, varios niveles de adiestramiento... Oye, simplemente olvídalo, ¿de acuerdo? Mantente alejada de mis cuchillos. De hecho, no toques ninguna de mis armas sin mi permiso.

—Vaya, adiós a mi plan para venderlos en eBay —rezongó Clary.

—¿Venderlos dónde?

Clary le dedicó una sonrisa insulsa.

—Un lugar mítico de gran poder mágico.

Jace pareció confuso, luego encogió los hombros.

—La mayoría de los mitos son ciertos, al menos en parte.

—Empiezo a captarlo.

La cortina de cuentas volvió a repiquetear, y apareció la cabeza de madame Dorothea.

—El té está en la mesa —anunció—. No hay necesidad de que ustedes dos se queden aquí de pie como asnos. Pasen al saloncito.

—¿Hay un saloncito? —preguntó Clary.

—Por supuesto que hay un saloncito —repuso ella—. ¿En qué otra parte iba yo a recibir a las visitas?

—Dejaré el sombrero con el lacayo —indicó Jace.

Madame Dorothea le lanzó una mirada sombría.

—Si fueras la mitad de gracioso de lo que crees que eres, muchacho, serías el doble de gracioso de lo que eres.

Volvió a desaparecer a través de la cortina, y su sonoro «¡ja!» quedó casi sofocado por el tintineo de las cuentas.

Jace frunció el cejo.

—No estoy muy seguro de qué quería decir con eso.

—¿De verdad? —repuso Clary—. Yo lo entendí perfectamente.

Atravesó decidida la cortina antes de que él pudiera replicar.

El saloncito estaba tan pobremente iluminado que Clary necesitó varios pestañeos antes de que sus ojos se adaptaran. Luz tenue esbozaba las cortinas de terciopelo negro corridas sobre toda la pared izquierda. Pájaros y murciélagos disecados pendían del techo mediante finas cuerdas, con brillantes cuentas negras ocupando el lugar de los ojos. El suelo estaba cubierto de alfombras persas raídas que escupían bocanadas de polvo al ser pisadas. Un grupo de sillones de color rosa se hallaban colocados alrededor de una mesa baja. Un mazo de cartas del tarot atadas con una cinta de seda ocupaba un extremo de la mesa; una bola de cristal sobre un soporte dorado, el otro. En el centro de la mesa había un servicio de té dispuesto para las visitas:

un plato de emparedados cuidadosamente apilados, una tetera azul (humeante) y dos tazas de té con platillos a juego, colocadas con esmero frente a dos de los sillones.

—¡Vaya! —exclamó Clary con voz débil—. Esto tiene un aspecto magnífico.

Se acomodó en uno de los sillones. Sentarse era una sensación agradable.

Dorothea sonrió; los ojos le centelleaban con un humor malicioso.

—Tomen un poco de té —dijo, levantando la tetera—. ¿Leche? ¿Azúcar?

Clary miró de soslayo a Jace, que estaba sentado a su lado y había tomado posesión del plato de emparedados. Examinaba uno con atención.

—Azúcar —contestó Clary.

Jace se encogió de hombros, tomó un bocadillo y dejó el plato sobre la mesa. Clary le observó cautelosa mientras le daba un mordisco. El joven volvió a encogerse de hombros.

—Pepino —dijo, en respuesta a la mirada fija de la muchacha.

—En mi opinión, los emparedados de pepino son justo lo apropiado para el té, ¿verdad que sí? —inquirió madame Dorothea, sin dirigirse a nadie en particular.

—Odio el pepino —declaró Jace, y le pasó el resto de su emparedado a Clary.

Ésta le dio un mordisco: estaba condimentado con justo la cantidad apropiada de mayonesa y pimienta. Las tripas le retumbaron en agradecido reconocimiento por la primera comida que probaban desde los nachos que había comido con Simon.

—Pepino y bergamota —comentó Clary—. ¿Hay alguna otra cosa que odies que yo deba saber?

Jace miró a Dorothea por encima del borde de su taza de té.

—Los mentirosos —respondió.

La mujer depositó con calma la tetera en la mesa.

114

—Puedes llamarme mentirosa todo lo que quieras. Es cierto, no soy una bruja. Pero mi madre lo era.

—Eso es imposible —exclamó Jace, atragantándose con su té.

—¿Por qué imposible? —preguntó Clary, llena de curiosidad.

Tomó un sorbo de té. Era amargo, fuertemente aromatizado con un dejo a humo de turba.

Jace soltó una bocanada de aire.

—Porque son medio humanas, medio demonios. Todas las brujas y todos los brujos son cruza de razas. Y puesto que son cruza, no pueden tener hijos. Son estériles.

—Como las mulas —dijo Clary pensativamente, recordando algo dicho en su clase de biología—. Las mulas son cruces estériles.

—Tu conocimiento de los animales de cría es pasmoso —indicó Jace—. Todos los subterráneos son, en cierta medida, demonios, pero únicamente los brujos son los hijos de progenitores demonios. Es por eso que sus poderes son los más fuertes.

—Los vampiros y los hombres lobo... ¿son también demonios en parte? ¿Y las hadas?

—Los vampiros y los hombres lobo son el resultado de enfermedades traídas por los demonios desde sus dimensiones de residencia. La mayoría de las enfermedades de los demonios son mortales para los humanos, pero en esos casos causaron cambios extraños en los infectados, sin matarlos en realidad. Y las hadas...

—Las hadas son ángeles caídos —dijo Dorothea—, expulsadas de los cielos por su orgullo.

—Ésa es la leyenda —repuso Jace—. También se dice que son la progenie de los demonios y los ángeles, lo que siempre me ha parecido más probable. El bien y el mal, mezclándose. Las hadas son tan hermosas como se supone que son los ángeles, pero tienen una gran cantidad de malicia y crueldad en su interior. Y habrás reparado en que la mayoría evita el sol del mediodía...

—Pues el demonio carece de poder —dijo Dorothea en voz baja, como si recitara una vieja rima—, excepto en la oscuridad.

Jace le dedicó una mueca de desagrado.

—¿Cómo que «se supone que son»? —preguntó Clary a Jace—. Quieres decir que los ángeles no...

—Se acabaron los ángeles —indicó Dorothea, mostrándose repentinamente realista—. Es cierto que los brujos no pueden tener hijos. Mi madre me adoptó porque quería asegurarse de que habría alguien que se ocuparía de este lugar una vez que ella ya no estuviera. Yo no tengo que dominar la magia. Sólo tengo que observar y custodiar.

—¿Custodiar qué? —quiso saber Clary.

—Sí, ¿qué?

Con un guiño, la mujer alargó la mano para tomar un emparedado del plato, pero éste ya estaba vacío. Clary se los había comido todos. Dorothea lanzó una risita divertida.

—Es bueno ver a una joven comiendo hasta hartarse. En mis tiempos, las chicas eran criaturas robustas y llenas de energía, no los palillos que son hoy en día.

—Gracias —dijo Clary.

Pensó en la cintura diminuta de Isabelle y se sintió repentinamente enorme. Dejó la taza vacía en la mesa con un repiqueteo.

Al instante, madame Dorothea se abalanzó sobre la taza y contempló su interior con atención, mientras una línea aparecía entre sus cejas trazadas a lápiz.

—¿Qué? —preguntó Clary, nerviosa—. ¿He agrietado la taza o algo?

—Está leyendo tus hojas del té —explicó Jace en tono aburrido, pero se inclinó hacia adelante junto con Clary mientras Dorothea hacía girar la taza una y otra vez en sus gruesos dedos, con el ceño fruncido.

—¿Es malo? —inquirió Clary.

—No es ni malo ni bueno. Resulta confuso. —Dorothea miró a Jace—. Dame tu taza —ordenó.

Jace se mostró ofendido.

—Pero no me he terminado mi...

La anciana le arrebató la taza de la mano y arrojó el exceso de té al interior de la tetera. Torciendo el gesto, contempló los restos.

—Veo violencia en tu futuro, una gran cantidad de sangre derramada por ti y por otros. Te enamorarás de la persona equivocada. También, tienes un enemigo.

—¿Sólo uno? Ésa es una buena noticia.

Jace se recostó en su asiento mientras Dorothea dejaba su taza y volvía a tomar la de Clary. Negó con la cabeza.

—No hay nada que yo pueda leer aquí. Las imágenes están mezcladas, carecen de sentido. —Echó una ojeada a Clary—. ¿Hay un bloqueo en tu mente?

Clary se sintió perpleja.

—¿Un qué?

—Como un hechizo que podría ocultar un recuerdo, o que podría haber obstaculizado tu Visión.

Clary negó con la cabeza.

—No, claro que no.

Jace se incorporó, alerta.

—No te precipites —dijo—. Afirma no recordar haber tenido jamás la Visión antes de esta semana. Quizá...

—A lo mejor simplemente soy de desarrollo lento —le espetó Clary—. Y no me mires burlándote sólo porque he dicho eso.

Jace adoptó un aire herido.

—No iba a hacerlo.

—Ibas a burlarte, lo he visto.

—Quizá —admitió Jace—, pero eso no significa que no esté en lo cierto. Algo impide el paso de tus recuerdos, estoy casi seguro de ello.

—Muy bien, probemos otra cosa.

Dorothea dejó la taza y alargó la mano hacia las cartas del tarot envueltas en seda. Las abrió en abanico y se las tendió a Clary.

—Desliza la mano sobre estas cartas hasta que toques una que notes caliente o fría, o que parezca adherirse a tus dedos. Entonces sácala y muéstramela.

Obedientemente, Clary pasó los dedos sobre las cartas. Resultaban frescas al tacto, y resbaladizas, pero ninguna parecía especialmente cálida o fría. Finalmente, seleccionó una al azar y la sostuvo en alto.

—El as de copas —dijo Dorothea, pareciendo desconcertada—. La carta del amor.

Clary le dio la vuelta y la miró. La carta resultaba pesada en su mano, el dibujo estaba hecho con auténtica pintura. Mostraba una mano sosteniendo una copa frente a un sol lleno de rayos pintado con pintura dorada. La copa estaba hecha de oro, esculpida con un dibujo de soles más pequeños y adornada con rubíes. El estilo de la obra le era tan familiar como su propio aliento.

—Es una buena carta, ¿verdad?

—No necesariamente. Las cosas más terribles que hacen los hombres, las hacen en nombre del amor —contestó madame Dorothea con ojos relucientes—. Pero es una carta poderosa. ¿Qué significa para ti?

—Que mi madre la pintó —dijo Clary, y dejó caer la carta sobre la mesa—. Lo hizo, ¿verdad?

Dorothea asintió, con una expresión de satisfecha complacencia en el rostro.

—Pintó toda la baraja. Un regalo para mí.

—Eso dice usted. —Jace se puso en pie, con la mirada fría—. ¿Cuánto conocía a la madre de Clary?

Clary alzó la cabeza para mirarle.

—Jace, no tienes que...

Dorothea se recostó en el sillón, con las cartas abiertas en abanico sobre el regazo.

—Jocelyn sabía lo que yo era, y yo sabía lo que ella era. No hablábamos mucho sobre ello. A veces me hacía favores..., como pintar esta baraja de cartas para mí..., y a cambio yo le contaba algún que otro chismorreo del Submundo. Había un nombre al que me pidió que estuviera atenta por si lo oía, y lo hice.

La expresión de Jace era inescrutable.

—¿Qué nombre era ése?

—Valentine.

Clary se sentó muy tiesa en su asiento.

—Pero eso es...

—Y cuando dice que sabía lo que Jocelyn era, ¿a qué se refiere? ¿Qué era ella? —inquirió Jace.

—Jocelyn era lo que era —respondió la mujer—. Pero en su pasado había sido como tú. Una cazadora de sombras. Un miembro de la Clave.

—No —musitó Clary.

Dorothea la miró con ojos casi bondadosos.

—Es cierto. Eligió vivir en esta casa precisamente porque...

—Porque esto es un Santuario —cortó Jace a Dorothea—. ¿No es cierto? Su madre era un Control. Ella creó este espacio, oculto, protegido; es un lugar perfecto para que se oculten los subterráneos que huyen. Eso es lo que hace, ¿verdad? Oculta criminales aquí.

—Tú los llamarías así —dijo Dorothea—. ¿Estás familiarizado con el lema de la Alianza?

—*Sed lex dura lex* —contestó Jace automáticamente—. La Ley es dura pero es la Ley.

—En ocasiones la Ley es demasiado dura. Sé que la Clave me habría apartado del lado de mi madre, de haber podido. ¿Quieres que les permita hacer eso a otros?

—De modo que es una filántropa. —Jace hizo una mueca—. Supongo que espera que crea que los subterráneos no le pagan magníficamente por su Santuario.

Dorothea sonrió ampliamente, lo suficiente para mostrar un destello de molares de oro.

—No todos podemos salir adelante sólo con nuestra belleza como tú.

Jace no pareció afectado por la adulación.

—Debería hablarle a la Clave sobre usted...

—¡No puedes! —Clary se había puesto en pie—. Lo prometiste.

—Jamás prometí nada. —Jace mostró una expresión de rebeldía.

Avanzó a grandes zancadas hacia la pared y apartó a un lado una de las colgaduras de terciopelo.

—¿Quiere decirme qué es esto? —exigió.

—Es una puerta, Jace —dijo Clary.

Sí era una puerta, extrañamente colocada en la pared entre dos ventanas salidizas. Era evidente que no podía ser una puerta que condujera a ninguna parte, o habría sido visible desde el exterior de la casa. Parecía como si estuviera hecha de algún metal que brillaba quedamente, de un tono más parecido a la mantequilla que al latón, pero grueso como el hierro. La perilla tenía forma de ojo.

—Cállate —replicó Jace—. Es un Portal. ¿Verdad?

—Es una puerta de cinco dimensiones —afirmó Dorothea, volviendo a depositar las cartas del tarot sobre la mesa—. Las dimensiones no son todas líneas rectas, ya lo sabes —añadió, en respuesta a la mirada perpleja de Clary—. Hay hondonadas y pliegues y recovecos y ranuras todos bien escondidos. Es un poco difícil de explicar cuando no se ha estudiado nunca teoría dimensional, pero, en esencia, esa puerta puede llevarte a cualquier parte a la que quieras ir en esta dimensión. Es...

—Una salida de escape —repuso Jace—. Es por eso que tu madre quería vivir aquí. Para poder huir en un instante.

—Entonces porque no lo... —empezó Clary, y se interrumpió, repentinamente horrorizada—. Por mí —exclamó—. No quería marcharse sin mí. Así que se quedó.

Jace negaba con la cabeza.

—No puedes culparte.

Clary sintió que las lágrimas se acumulaban bajo sus párpados, y apartó a Jace para dirigirse a la puerta.

—Quiero ver adónde habría ido —dijo, alargando la mano hacia la puerta—. Quiero ver adónde quería escapar...

—¡Clary, no!

Jace alargó el brazo para detenerla, pero los dedos de la joven estaban ya cerrados sobre la perilla. Éste giró rápidamente bajo su mano, y la puerta se abrió de golpe como si ella la hubiese empujado. Dorothea se puso pesadamente en pie con un grito, pero era demasiado tarde. Antes de que pudiera acabar siquiera la frase, Clary se vio lanzada hacia adelante y cayó al vacío.

8

EL ARMA PREFERIDA

Estaba demasiado sorprendida para gritar. La sensación de caer era lo peor; el corazón se le subió a la garganta y el estómago se le revolvió. Lanzó las manos al frente, intentando atrapar algo, cualquier cosa que pudiera disminuir la velocidad de su descenso.

Sus manos se cerraron sobre ramas y fueron arrancando hojas. Se golpeó ruidosamente contra el suelo, con fuerza, la cadera y el hombro chocando contra tierra apisonada. Rodó sobre sí misma, aspirando aire de nuevo. Empezaba a sentarse en el suelo cuando alguien le aterrizó encima.

Se vio derribada hacia atrás. Una frente golpeó la suya, las rodillas le chocaron contra las de otra persona. Enredada en brazos y piernas, Clary expulsó cabellos (no los suyos) por la boca e intentó zafarse de debajo de un peso que parecía estar aplastándola.

—¡Ay! —dijo Jace en su oído, en tono indignado—. Me has dado un codazo.

—Bueno, tú has caído sobre mí.

Él se alzó sobre los brazos y la miró plácidamente. Clary vio el cielo azul por encima de su cabeza, un trozo de rama de árbol y la esquina de una casa de tablas grises de madera.

—Bueno, no me has dejado demasiadas opciones, ¿verdad? —inquirió él—. No después de que decidieras saltar alegremente a través de ese portal como si saltaras del tren F. Desde luego tienes suerte de que no nos arrojara al interior del East River.

—No tenías que venir tras de mí.

—Sí tenía —repuso él—. Eres demasiado inexperta para protegerte en una situación hostil sin mí.

—Qué detalle. Quizá te perdonaré.

—¿Perdonarme? ¿Por qué?

—Por decirme que me callara cuando vi la puerta en la pared.

Los ojos del joven se entrecerraron.

—Yo no... Bueno, sí lo hice, pero estabas...

—No importa.

El brazo, inmovilizado bajo la espalda, empezaba a hormiguearle. Al rodar lateralmente para liberarlo, vio la hierba marrón de un pasto seco, una reja de tela metálica y más superficie de la casa de tablas grises, que ahora le resultaba angustiosamente familiar.

Se quedó paralizada.

—Sé dónde estamos.

Jace dejó de farfullar.

—¿Qué?

—Ésta es la casa de Luke.

Clary se incorporó hasta sentarse, arrojando a Jace a un lado. Éste rodó con agilidad hasta ponerse en pie y le tendió una mano para ayudarla a levantarse. Ella hizo como si no existiera y se puso en pie apresuradamente, agitando el brazo entumecido.

Estaban frente a una pequeña casa gris adosada, colocada entre otras casas adosadas que bordeaban los muelles de Williamsburg. Soplaba una brisa procedente del East River que balanceaba un pequeño letrero que había sobre los peldaños de ladrillo de la entrada. Clary contempló a Jace mientras éste leía en voz alta las palabras en letra de imprenta: «Libros Garroway, en buen estado, nuevos, usados y descatalogados. Sábados cerrado». El muchacho echó una ojeada a la oscura puerta principal, con la perilla asegurada por un grueso candado. El correo de unos cuantos días descansaba sobre el tapete, sin tocar. Dirigió una rápida mirada a Clary.

—¿Vive en una librería?

—Vive detrás de la tienda.

La muchacha miró a un lado y a otro de la calle vacía, que limitaba con el arco del puente de Williamsburg por un extremo y con una fábrica de azúcar abandonada por el otro. Al otro lado del río de aguas mansas, el sol se ponía tras los rascacielos de la parte baja de Manhattan, bosquejándolos en oro.

—Jace, ¿cómo hemos llegado aquí?

—A través del Portal —respondió él, examinando el candado—. Te lleva a cualquier lugar en el que estés pensando.

—Pero yo no estaba pensando en este lugar —objetó Clary—. No pensaba en ningún sitio.

—Debes de haberlo hecho. —Abandonó el tema con aparente indiferencia—. Bien, puesto que estamos aquí...

—¿Sí?

—¿Qué quieres hacer?

—Marcharme, supongo —contestó ella con amargura—. Luke me dijo que no viniera aquí.

Jace meneó la cabeza.

—¿Y tú simplemente aceptas eso?

Clary se abrazó a sí misma. A pesar del calor diurno que empezaba a disiparse, sentía frío.

—¿Tengo elección?

—Siempre tenemos elecciones —repuso Jace—. Si estuviera en tu lugar, ahora mismo sentiría muchísima curiosidad por Luke. ¿Tienes las llaves de la casa?

Clary negó con la cabeza.

—No, pero a veces deja la puerta trasera abierta.

Señaló el estrecho callejón entre la casa de Luke y la siguiente. Había botes de basura de plástico colocados en una pulcra hilera junto a montones de periódicos doblados y una cubeta de plástico de botellas de refresco vacías. Al menos, Luke seguía siendo un reciclador responsable.

—¿Estás segura de que no está en casa? —preguntó Jace.

Ella echó un vistazo al bordillo vacío.

—Bueno, su camioneta no está, la tienda está cerrada y todas las luces están apagadas. Yo diría que probablemente no.

—Entonces, tú primero.

El estrecho pasillo entre las casas finalizaba en una alta reja de malla metálica, que circundaba el pequeño jardín trasero de Luke, en el que las únicas plantas que crecían bien parecían ser los hierbajos que habían brotado entre las losas, resquebrajándolas en fragmentos polvorientos.

—Arriba y al otro lado —dijo Jace, incrustando la punta de la bota en una abertura en la reja.

Empezó a trepar. La reja traqueteó tan fuerte que Clary echó nerviosas ojeadas a su alrededor, pero no había luces encendidas en la casa de los vecinos. Jace pasó por encima de la reja y saltó al otro lado, aterrizando en los matorrales con el acompañamiento de un alarido ensordecedor.

Por un momento, Clary pensó que debía de haber aterrizado sobre un gato vagabundo. Oyó cómo Jace gritaba sorprendido al mismo tiempo que caía de espaldas. Una sombra oscura y excesivamente grande para ser felina salió como una exhalación de las matas y corrió atravesando el patio, manteniéndose agachada. Incorporándose a toda prisa, Jace corrió veloz tras ella, con expresión asesina.

Clary empezó a subir. Al pasar la pierna por encima de la alambrada, los jeans de Isabelle se engancharon en un trozo retorcido de alambre y se desgarraron por un lado. Clary se dejó caer al suelo jusjusto en el momento en que Jace gritaba triunfal.

—¡Lo atrapé!

Clary se volteó y vio a Jace sentado encima del intruso; éste estaba boca abajo y con los brazos alzados sobre la cabeza. Jace le agarró la muñeca.

—Va, veamos tu cara...

—Quítate de encima, imbécil presuntuoso —gruñó el intruso, empujando a Jace.

Forcejeó hasta quedar sentado a medias, con los maltrechos lentes torcidos.

Clary se detuvo en seco.

—¿Simon?

—¡Ah, cielos! —exclamó Jace con un deje resignado—. Y yo que realmente esperaba haber atrapado algo interesante.

—Pero ¿qué hacías ocultándote en los arbustos de Luke? —quiso saber Clary, quitando hojas de los cabellos de Simon.

Éste soportó sus atenciones con patente malhumor. Lo cierto era que siempre que se había imaginado su reencuentro con Simon, una vez que hubiese terminado todo aquello, él estaba de mejor humor.

—Ésa es la parte que no entiendo.

—De acuerdo, ya es suficiente. Puedo arreglarme el pelo yo solo, Fray —dijo Simon, apartándose bruscamente de sus manos.

Estaban sentados en los escalones del porche trasero de Luke. Jace se había recostado en la barda y fingía diligentemente hacer caso omiso de ellos, mientras usaba la estela para limarse las uñas. Clary se preguntó si la Clave lo aprobaría.

—Quiero decir, ¿sabía Luke que estabas ahí? —preguntó la joven.

—Claro que no —respondió Simon de mal talante—. Nunca le he preguntado, pero estoy seguro de que tiene una política de lo más rigurosa respecto a cualquier adolescente que aceche entre sus arbustos.

—Tú no eres cualquiera; te conoce.

Clary quería alargar la mano y tocarle la mejilla, que seguía sangrando ligeramente allí donde una rama la había arañado.

—Lo principal es que estás bien.

—¿Que yo estoy bien? —Simon lanzó una carcajada, un sonido agudo y desdichado—. Clary, ¿tienes la más remota idea de por lo que

126

he pasado estos dos últimos días? La última vez que te vi, salías corriendo de Java Jones como un murciélago huyendo del infierno, y luego simplemente... desapareciste. No contestabas tu celular; luego el teléfono de tu casa fue desconectado; a continuación Luke me dijo que estabas con unos parientes al norte del estado cuando yo sé perfectamente que no tienes ningún otro pariente. Pensé que había hecho algo que te había molestado.

—¿Qué podrías haber hecho tú?

Clary intentó tomarle la mano, pero él la apartó sin mirarla a la cara.

—No lo sé —respondió—. Algo.

Jace, todavía ocupado con la estela, rió entre dientes.

—Eres mi mejor amigo —dijo Clary—. No estaba furiosa contigo.

—Sí, bueno, supongo que también era demasiado pedir que te molestaras en llamarme y decirme que te habías enredado con un güero teñido medio gótico que probablemente conociste en el Pandemónium. —Simon remarcó agriamente—. Me he pasado los tres últimos días preguntándome si estarías muerta.

—No me he enredado con nadie —dijo ella, dando gracias de que estuviera oscuro mientras enrojecía violentamente.

—Y soy rubio natural —indicó Jace—. Sólo para que conste.

—Entonces, ¿qué has estado haciendo estos últimos tres días? —preguntó Simon, con los ojos llenos de sombrío recelo—. ¿Realmente tienes una tía abuela llamada Matilda que contrajo la gripe aviar y necesitaba que la cuidaran mientras se recuperaba?

—¿Te dijo eso Luke?

—No, se limitó a decir que habías ido a visitar a un pariente enfermo, y que tu celular probablemente no funcionaba en el campo. No es que yo le creyera. Después de que me echara de su porche delantero, di la vuelta a la casa y miré por la ventana de atrás. Lo vi preparar una bolsa de lona verde como si se marchase a pasar fuera el fin de semana. Fue entonces cuando decidí quedarme por aquí y vigilar qué sucedía.

—¿Por qué? ¿Solo porque estaba metiendo cosas en una bolsa?

—Porque la estaba llenando de armas —respondió él, restregándose la sangre de la mejilla con la manga de la camiseta—. Cuchillos, un par de dagas, incluso una espada. Lo curioso es que algunas de las armas parecía como si brillaran.

Paseó la mirada de Clary a Jace, y luego a la inversa. El tono de su voz fue tan cortante como uno de los cuchillos de Luke.

—Ahora, ¿van a decir que me lo estaba imaginando?

—No —dijo Clary—, no voy a decir eso.

Echó una ojeada a Jace. Las últimas luces de la puesta de sol le arrancaban destellos de sus ojos.

—Voy a decirle la verdad —advirtió la joven.

—Lo sé.

—¿Vas a intentar impedírmelo?

Él bajó la mirada a la estela que tenía en la mano.

—Estoy ligado por mi juramento a la Alianza —explicó—. A ti no te ata ningún juramento.

Clary volvió de nuevo la cabeza hacia Simon, tomando aire con energía.

—De acuerdo —comenzó—. Esto es lo que tienes que saber.

El sol había descendido totalmente por el horizonte, y el porche estaba sumido ya en la oscuridad cuando Clary dejó de hablar. Simon había escuchado su extensa explicación con una expresión casi impasible, estremeciéndose sólo levemente cuando ella llegó a la parte del demonio rapiñador. Cuando Clary acabó de hablar, se aclaró la reseca garganta, y de repente quiso poder tomar un vaso de agua.

—Así que —dijo—, ¿alguna pregunta?

Simon alzó la mano.

—Oh, sí. Varias preguntas.

Clary soltó aire con cautela.

—De acuerdo. Dispara.

Simon señaló a Jace.

—Bueno, él es un... ¿cómo dices que llaman a la gente que es como él?

—Un cazador de sombras —respondió Clary.

—Un cazador de demonios —aclaró Jace—. Mato demonios. No es tan complicado, en realidad.

Simon volvió a mirar a su amiga.

—¿En serio?

Tenía los ojos entrecerrados, como si medio esperara que ella le dijera que nada de aquello era verdad, y que Jace era en realidad un lunático peligroso del que ella había decidido hacerse amiga por cuestiones humanitarias.

—En serio.

Simon mostraba una expresión concentrada.

—¿Y también hay vampiros? ¿Hombres lobos, brujos, todo eso?

Clary se mordisqueó el labio inferior.

—Eso he oído.

—¿Y tú los matas también? —preguntó Simon, dirigiendo la pregunta a Jace, que había guardado la estela en el bolsillo y se examinaba las impecables uñas en busca de defectos.

—Únicamente cuando han sido malos.

Durante un momento, Simon se limitó a quedarse allí sentado con la mirada fija en el suelo. Clary se preguntó si cargarlo con aquella clase de información no habría sido un error. El muchacho poseía una vena práctica mucho más fuerte que ninguna otra persona que ella conociera; quizá no le gustara nada saber algo como aquello, algo para lo que no existía una explicación lógica. Se inclinó hacia adelante con ansiedad, justo cuando Simon alzaba la cabeza.

—Es todo tan alucinante —dijo él.

Jace pareció tan sobresaltado como se sintió Clary.

—¿Alucinante?

Simon asintió con el entusiasmo suficiente para hacer que sus negros rizos le rebotaran en la frente.

—Completamente. Es como *Dragones y mazmorras*, pero real.

Jace contemplaba a Simon como si fuera alguna especie singular de insecto.

—¿Es como qué?

—Es un juego —explicó Clary, que se sentía vagamente incómoda—. La gente finge ser brujos y elfos, y mata a monstruos y cosas de ésas.

Jace se mostró estupefacto.

Simon sonrió.

—¿Nunca has oído hablar de *Dragones y mazmorras*?

—He oído hablar de mazmorras —respondió Jace—. También de dragones. Aunque están casi extintos.

Simon pareció decepcionado.

—¿Nunca has matado a un dragón?

—Probablemente tampoco se ha topado con una elfa cachonda de metro ochenta con un bikini de piel —repuso Clary con irritación—. Déjalo ya, Simon.

—Los elfos auténticos miden unos veinte centímetros —señaló Jace—. Además, muerden.

—Pero los vampiros son buenos, ¿no? —dijo Simon—. Quiero decir que algunos vampiros son unas nenas despampanantes, ¿verdad?

A Clary le preocupó por un instante que Jace pudiera lanzarse desde el otro lado del porche y agarrar a Simon por el cuello hasta dejarlo sin sentido. En lugar de ello, éste consideró la pregunta.

—Algunos, tal vez.

—Alucinante —repitió Simon.

Clary decidió que le gustaba más cuando se peleaban.

Jace bajó de la barda del porche.

—¿Bueno, vamos a registrar la casa o no?

Simon se puso en pie a toda prisa.

—Yo me apunto. ¿Qué estamos buscando?

—¿Estamos? —inquirió Jace con siniestra delicadeza—. No recuerdo haberte invitado a venir.

—Jace —soltó Clary en tono enojado.

El joven sonrió.

—Simplemente bromeaba. —Se hizo a un lado para dejar el paso libre hasta la puerta—. ¿Vamos?

Clary buscó a tientas la perilla de la puerta en la oscuridad. Ésta se abrió, encendiendo automáticamente la luz del porche, que iluminó el vestíbulo. La puerta que conducía a la tienda estaba cerrada; Clary movió la perilla.

—Está cerrada con llave.

—Permitanme, mundanos —dijo Jace, apartándola a un lado con suavidad.

El joven sacó la estela del bolsillo y la presionó sobre la puerta. Simon lo contempló con cierto resentimiento. Ni aunque le presentara un montón de despampanantes vampiros del sexo femenino, Jace conseguiría caerle bien a su amigo, sospechó Clary.

—Es una cosa seria, ¿verdad? —masculló Simon—. ¿Cómo lo soportas?

—Me salvó la vida.

Simon le dirigió una rápida mirada.

—¿Cómo...?

La puerta se abrió con un chasquido.

—Ahí vamos —anunció Jace, volviendo a guardar la estela en el interior del bolsillo.

Clary vio cómo la Marca en la puerta, justo por encima de la cabeza del muchacho, se desvanecía mientras entraban. La puerta trasera daba a un pequeño almacén, cuyas paredes desnudas tenían la pintura descarapelada. Había cajas de cartón amontonadas por todas partes, los contenidos identificados con garabatos hechos con rotulador: «Narrativa», «Poesía», «Cocina», «Interés local», «Novela rosa».

—El departamento está pasando por ahí.

Clary se encaminó hacia la puerta que había señalado, en el extremo opuesto de la habitación.

Jace le sujetó el brazo.

—Espera.

Ella le miró nerviosamente.

—¿Sucede algo?

—No lo sé. —Se abrió paso por entre dos estrechos montones de cajas, y silbó—. Clary, quizá te interese acercarte aquí y ver esto.

Ella miró a su alrededor. Había muy poca luz en el almacén, la única iluminación era la luz del porche que penetraba por la ventana.

—Está tan oscuro...

Llameó una luz, bañando la habitación con un brillante resplandor. Simon volvió la cabeza a un lado, pestañeando.

—¡Uf!

Jace lanzó una risita. Estaba sobre una caja precintada, con la mano alzada. Algo le refulgía en la palma, la luz escapaba entre sus dedos ahuecados.

—Luz mágica —explicó.

Simon farfulló algo por lo bajo. Clary se encaramaba ya por entre las cajas, abriéndose paso hacia Jace, que estaba de pie detrás de un tambaleante montón de libros de misterio, con la luz mágica proyectándole un resplandor espectral sobre el rostro.

—Mira eso —dijo él, indicando un lugar situado más arriba en la pared.

Al principio, ella pensó que le indicaba lo que parecían un par de apliques ornamentales, pero a medida que los ojos se le ajustaban, comprendió que en realidad eran aros de metal sujetos a cortas cadenas, cuyos extremos estaban hundidos en la pared.

—¿Son esas...?

—Esposas —dijo Simon, abriéndose paso por entre las cajas—. Eso es, ah...

—No digas «pervertido». —Clary le lanzó una mirada de advertencia—. Es de Luke de quien estamos hablando.

Jace alzó el brazo y pasó la mano por el interior de uno de los aros de metal. Cuando la bajó, los dedos estaban manchados de un polvillo marrón rojizo.

—Sangre. Y miren.

Señaló la pared justo alrededor del lugar donde estaban hundidas las cadenas; el yeso parecía sobresalir.

—Alguien intentó arrancar estas cosas de la pared. Lo intentó con mucha fuerza, por lo que parece.

El corazón de Clary le había empezado a latir con fuerza dentro del pecho.

—¿Crees que Luke está bien?

Jace bajó la luz mágica.

—Creo que será mejor que lo averigüemos.

La puerta que daba al departamento no estaba cerrada con llave y conducía a la salita de Luke. Aparte de los cientos de libros de la tienda misma, había cientos más en el departamento. Las estanterías se alzaban hasta el techo, los tomos en ellas colocados en «doble fila», una hilera bloqueando a la otra. La mayoría eran de poesía y narrativa, con mucha fantasía y misterio incluidos. Clary recordaba haberse abierto camino a través de *Las crónicas de Pridain* allí, enroscada en el asiento empotrado bajo la ventana de Luke mientras el sol se ponía sobre el East River.

—Creo que todavía anda por aquí —gritó Simon, de pie en la entrada de la pequeña cocina de Luke—. La cafetera eléctrica está encendida y hay café aquí. Todavía caliente.

Clary miró al otro lado de la puerta de la cocina. Había platos amontonados en el fregadero, y las chamarras de Luke estaban pulcramente colgadas en ganchos en el interior del armario de la ropa. Avanzó por el pasillo y abrió la puerta del pequeño dormitorio. Tenía el mismo aspecto de siempre, la cama sin hacer con su cobertor gris y unos almohadones planos, la parte superior de la cómoda cubierta de monedas sueltas. Se dio la vuelta. Una parte de ella había estado absolutamente segura de que, cuando entraran, encontrarían el lugar destrozado, y a Luke atado, herido o peor. En aquellos momentos no sabía qué pensar.

Como atontada, cruzó el vestíbulo hasta el pequeño dormitorio de invitados, donde tan a menudo había dormido cuando su madre estaba fuera de la ciudad por negocios. Acostumbraban quedarse despiertos hasta tarde viendo viejas películas de terror en el parpadeante televisor en blanco y negro. Ella incluso guardaba una mochila llena de material extra aquí para no tener que acarrear sus cosas de una casa a otra.

Arrodillándose, la sacó de debajo de la cama arrastrándola por la correa verde oliva. Estaba cubierta de distintivos que, en su mayoría, le había dado Simon. «LOS JUGADORES LO HACEN MEJOR. CHICA OTAKU. SIGO SIN SER REY.» Dentro había algunas prendas dobladas, unas cuantas mudas de ropa interior, un cepillo e incluso champú. «Gracias a Dios», pensó, y cerró la puerta del dormitorio de una patada. Se cambió a toda prisa; se quitó la ropa de Isabelle, excesivamente grande, y ya manchada de hierba y sudada, y se puso unos pantalones de pana pulidos a la arena, suaves como papel desgastado, y una camiseta azul sin mangas y con un dibujo de caracteres chinos en la parte frontal. Metió la ropa de Isabelle en la mochila, tiró del cordón para cerrarla y abandonó el dormitorio, con la mochila rebotándole tranquilamente entre los omóplatos. Era agradable tener algo propio otra vez.

Encontró a Jace en la oficina repleta de libros de Luke, examinando una bolsa de lona verde que descansaba sobre el escritorio con el cierre abierto. Estaba, tal y como Simon había dicho, repleta de armas: cuchillos envainados, un látigo enrollado y algo que parecía un disco de metal de bordes sumamente afilados.

—Es un *chakram* —explicó Jace, alzando la vista cuando Clary entró en la habitación—. Un arma sikh. La haces girar alrededor del índice antes de soltarla. Son raras y difíciles de usar. Es extraño que Luke tuviera una. Era el arma preferida de Hodge, en aquellos tiempos. O eso dice él.

—Luke colecciona cosas. Objetos de arte. Ya sabes —comentó Clary, indicando el estante de detrás del escritorio, que estaba cubierto de figuras de bronce hindúes y rusas.

Su favorita era una estatuilla de la diosa india de la destrucción, Kali, empuñando una espada y una cabeza cortada, mientras danzaba con la cabeza echada hacia atrás y los ojos entrecerrados, como rendijas. Al lado del escritorio había un antiguo biombo chino, tallado en reluciente palisandro.

—Cosas bonitas.

Jace apartó el *chakram* con delicadeza. Un puñado de prendas se derramó por el extremo sin atar de la bolsa de lona de Luke, como si hubiera sido una idea de último momento.

—A propósito, creo que esto es tuyo.

Extrajo un objeto rectangular oculto entre las ropas: una fotografía en un marco de madera con una grieta vertical a lo largo del cristal. La grieta arrojaba una red de finas líneas sobre los rostros sonrientes de Clary, Luke y su madre.

—Sí que es mío —dijo Clary, tomándolo de su mano.

—Está roto —comentó Jace.

—Lo sé. Yo lo hice..., la hice pedazos. Cuando se la arrojé al demonio rapiñador. —Lo miró, viendo cómo la comprensión aparecía en su rostro—. Eso significa que Luke ha estado en el departamento después del ataque. Quizá incluso hoy...

—Debe de haber sido la última persona en pasar por el Portal —dijo Jace—. Por eso nos trajo aquí. Tú no pensabas en ningún lugar, de modo que nos envió al último lugar en el que había estado.

—Qué amabilidad la de Dorothea al decirnos que estuvo allí —comentó Clary.

—Probablemente él le pagó para que callara. O eso o ella confía en él más de lo que confía en nosotros. Lo que significa que podría no estar...

—¡Chicos! —Era Simon, entrando como una exhalación en la oficina presa del pánico—. Alguien viene.

Clary soltó la foto.

—¿Es Luke?

Simon volvió a mirar pasillo abajo, luego asintió.

135

—Lo es. Pero no viene solo; hay otros dos hombres con él.

—¿Hombres?

Jace cruzó la estancia en unas pocas zancadas, miró a través del marco de la puerta y escupió una maldición en voz baja.

—Brujos.

Clary le miró atónita.

—¿Brujos? Pero...

Negando con la cabeza, Jace se apartó de la puerta.

—¿Hay algún otro modo de salir de aquí? ¿Una puerta trasera?

Clary movió negativamente la cabeza. El sonido de pisadas en el pasillo era ya audible, causándole punzadas de temor en el pecho.

Jace miró a su alrededor con desesperación. Su ojos se posaron en el biombo de palisandro.

—Colóquense ahí detrás —dijo, señalándolo—. Ahora.

Clary dejó la fotografía agrietada sobre el escritorio y se deslizó detrás del biombo, arrastrando a Simon tras ella. Jace iba justo detrás de ellos, con la estela en la mano. Apenas había conseguido ocultarse Jace, cuando Clary oyó cómo la puerta se abría de par en par, y el sonido de personas que entraban en la oficina de Luke..., luego voces. Tres hombres que hablaban. Miró nerviosamente a Simon, que estaba muy pálido, y luego a Jace, que había alzado la estela y movía la punta ligeramente, dibujando una especie de figura cuadrada, sobre la parte posterior del biombo. Mientras Clary observaba fijamente, el cuadrado se tornó transparente, como una hoja de cristal. Oyó tomar aire a Simon, un sonido diminuto, apenas audible, y Jace sacudió la cabeza mirándolos, mientras articulaba en silencio: «Ellos no pueden vernos, pero nosotros podemos verles».

Mordiéndose el labio, Clary se acercó al borde del cuadrado y miró por él, consciente de la presencia de Simon respirando sobre su cuello. Veía la habitación del otro lado perfectamente: las estanterías, el escritorio con la bolsa de lona tirada encima... y a Luke, con aspecto desaliñado y ligeramente encorvado, con los lentes colocados en lo alto de la cabeza, de pie cerca de la puerta. Resultaba aterrador incluso aunque sabía que él no podía verla, que la ventana que Jace había creado era como el cristal de una sala de interrogatorios de la policía: estrictamente de una sola dirección.

Luke volvió la cabeza, mirando atrás a través de la entrada.

—Sí, claro que pueden echar un vistazo —dijo, el tono de la voz profundamente cargado de sarcasmo—. Son muy amables al mostrar tal interés.

Una risita sorda surgió de la esquina de la oficina. Con un impaciente movimiento de muñeca, Jace dio un golpecito al marco de su «ventana» y la amplió, mostrando más parte de la habitación. Había dos hombres con Luke, ambos con largas túnicas rojizas, las capuchas echadas hacia atrás. Uno era delgado, con un elegante bigote gris y barba puntiaguda. Cuando sonrió, mostró unos dientes cegadoramente blancos. El otro era corpulento, fornido como un luchador, con cabellos rojos muy cortos. Su piel era de un morado oscuro y parecía brillar sobre los pómulos, como si la hubiesen tensado demasiado.

—¿Ésos son brujos? —musitó Clary en voz baja.

Jace no respondió. Se había quedado totalmente rígido, tieso como una barra de hierro. «Tiene miedo de que huya, de que intente llegar hasta Luke», pensó Clary. Deseó poder asegurarle que no iba a hacerlo. Había algo en aquellos dos hombres, en sus gruesas capas del color de la sangre arterial, que resultaba aterrador.

—Considera esto un seguimiento amistoso, Graymark —dijo el hombre del bigote gris.

Su sonrisa mostró dientes tan afilados que parecía como si los hubiesen limado hasta convertirlos en puntas de antropófagos.

—No hay nada amistoso en ti, Pangborn.

Luke se sentó en el borde del escritorio, inclinando el cuerpo de modo que impedía a los hombres ver su bolsa de lona y su contenido. Ahora que estaba más cerca, Clary vio que tenía el rostro y las manos llenos de magulladuras, los dedos arañados y ensangrentados. Un largo corte en la garganta desaparecía bajo el cuello de la camisa. «¿Qué diablos le habrá sucedido?», pensó.

—Blackwell, no toques eso..., es valioso —dijo Luke con severidad.

El hombrón pelirrojo, que había levantado la estatua de Kali de lo alto de la estantería, pasó los rechonchos dedos sobre ella en actitud evaluativa.

—Bonita —dijo.

—Ah —repuso Pangborn, quitándole la estatua a su compañero—. La que fue creada para combatir a un demonio que no podía ser eliminado por ningún dios u hombre. «¡Oh, Kali, mi madre llena de gozo! Tú que hechizaste al todopoderoso Shiva, en tu delirante alegría danzas, dando palmadas. Eres el Motor de todo lo que se mueve, y nosotros no somos más que juguetes indefensos».

—Muy bonito —dijo Luke—. No sabía que fueses un estudioso de los mitos hindúes.

—Todos los mitos son ciertos —declaró Pangborn, y Clary sintió que un leve escalofrío le ascendía por la espalda—. ¿O has olvidado incluso eso?

—No olvido nada —replicó Luke.

Aunque parecía relajado, Clary vio tensión en las líneas de sus hombros y boca.

—¿Supongo que los envió Valentine?

—Lo hizo —dijo Pangborn—. Pensó que podrías haber cambiado de idea.

—No hay nada sobre lo que tenga que cambiar de idea. Ya les dije que no sé nada. A propósito, bonitas capas.

—Gracias —repuso Blackwell con una sonrisa maliciosa—. Se las arrancamos a un par de brujos muertos.

—Ésas son túnicas oficiales del Acuerdo, ¿verdad? —preguntó Luke—. ¿Son del Levantamiento?

Pangborn rió por lo bajo.

—Trofeos de guerra.

—¿No temen que alguien los pueda confundir con los verdaderos brujos?

—No —respondió Blackwell—, una vez que estuvieran cerca.

Pangborn acarició el borde de su túnica.

—¿Recuerdas el Levantamiento, Lucian? —inquirió en voz baja—. Aquél fue un día magnífico y terrible. ¿Recuerdas cómo nos entrenamos juntos para la batalla?

El rostro de Luke se contrajo.

—El pasado es el pasado. No sé qué decirles, caballeros. No puedo ayudarles ahora. No sé nada.

—Nada es una palabra tan general, tan poco específica —comentó Pangborn, en tono melancólico—. Sin duda alguien que posee tantos libros debe saber algo.

—Si quieres saber dónde encontrar a una golondrina en primavera, podría indicarte el libro de consulta correcto. Pero si quieres saber a dónde fue a parar la Copa Mortal cuando se esfumó...

—Esfumarse podría no ser la palabra correcta —ronroneó Pangborn—. Escondida, es más probable. Escondida por Jocelyn.

—Puede que sea así —dijo Luke—. ¿De modo que todavía no les ha dicho dónde está?

—Aún no ha recuperado el conocimiento —respondió Pangborn, cortando el aire con una mano de largos dedos—. Valentine está decepcionado. Esperaba con ansia su reencuentro.

—Estoy seguro de que ella no compartiría ese sentimiento —rezongó Luke.

Pangborn rió socarrón.

—¿Celoso, Graymark? Tal vez ya no sientes por ella lo mismo que sentías en el pasado.

Los dedos de Clary habían empezado a temblar, de un modo tan agudo que entrelazó con fuerza las manos para intentar detenerlo.

«¿Jocelyn? ¿Es posible que estén hablando de mi madre?»

—Jamás sentí por ella nada especial —repuso Luke—. Dos cazadores de sombras, exiliados de los suyos; puedes figurarte que hiciéramos causa común. Pero no intentaré interferir en los planes que Valentine tiene para ella, si eso es lo que le preocupa.

—Yo no diría que estaba preocupado —indicó Pangborn—. Más bien sentía curiosidad. Todos nos preguntábamos si seguirías con vida. Todavía visiblemente humano.

—¿Y? —preguntó él, enarcando las cejas.

—Pareces estar muy bien —respondió Pangborn de mala gana, depositando la estatuilla de Kali en el estante—. ¿Había una criatura, verdad? Una chica.

Luke pareció desconcertado.

—¿Qué?

—No te hagas el tonto —dijo Blackwell con aquella voz que parecía un gruñido—. Sabemos que la zorra tenía una hija. Encontraron fotos de ella en el departamento, un dormitorio...

—Pensaba que preguntaban por hijos míos —le interrumpió Luke con soltura—. Sí, Jocelyn tenía una hija, Clarissa. Supongo que ha huido. Los envió Valentine en su búsqueda?

—No a nosotros —respondió Pangborn—. Pero la están buscando.

—Podríamos registrar este lugar —añadió Blackwell.

—Yo no se los aconsejaría —dijo Luke, y descendió del escritorio.

Había un amenaza fría en su mirada mientras clavaba la vista en los dos hombres obligándoles a apartar la suya, a pesar de que su expresión no había cambiado.

—¿Qué les hace pensar que sigue viva? Creía que Valentine envió a rapiñadores a registrar a fondo el lugar. Una cantidad suficiente de veneno de rapiñador, y la mayoría de la gente se desintegraría convertida en cenizas, sin dejar el menor rastro.

—Había un rapiñador muerto —explicó Pangborn—. Hizo que Valentine desconfiara.

—Todo le hace desconfiar —observó Luke—. Quizá Jocelyn lo mató. Desde luego era capaz de ello.

—Tal vez —gruñó Blackwell.

—Miren —Luke se encogió de hombros—, no tengo ni idea de dónde está la chica, pero por si a alguien le interesa, imagino que está

140

muerta. De lo contrario, ya habría aparecido a estas alturas. De todos modos, no representa ningún peligro. Tiene quince años, jamás ha oído hablar de Valentine y no cree en los demonios.

—Una chica afortunada —dijo Pangborn con una risita burlona.

—Ya no —replicó Luke.

Blackwell enarcó la cejas.

—Pareces enfadado, Lucian.

—No estoy enfadado, estoy exasperado. No planeo interferir en los planes de Valentine, ¿comprenden eso? No soy un estúpido.

—¿De veras? —inquirió Blackwell—. Es agradable ver que has desarrollado un saludable respeto por tu propio pellejo con el paso de los años, Lucian. No fuiste siempre tan pragmático.

—Supongo que sabes —dijo Pangborn, en tono amigable—, que la intercambiaríamos a ella, a Jocelyn, por la Copa. Entregada sana y salva, en tu misma puerta. Es una promesa del mismísimo Valentine.

—Lo sé —respondió Luke—. No estoy interesado. No sé dónde está su preciosa Copa, y no quiero tener nada que ver con sus intrigas. Odio a Valentine —añadió—, pero lo respeto. Sé que se llevará por delante a cualquiera que se interponga en su camino. Pienso estar fuera de su camino cuando eso suceda. Es un monstruo..., una maquina de matar.

—Mira quien habla —gruñó Blackwell.

—¿Imagino que éstos son tus preparativos para apartarte del camino de Valentine? —dijo Pangborn, señalando con un largo dedo la bolsa de lona medio camuflada que había sobre el escritorio—. ¿Vas a abandonar la ciudad, Luke?

El aludido asintió despacio.

—Me voy al campo. Planeo mantenerme fuera de circulación durante un tiempo.

—Podríamos impedírtelo —amenazó Blackwell—. Hacer que te quedaras.

Luke sonrió. La sonrisa transformó su rostro. De improviso, ya no era el amable intelectual que había empujado a Clary en el columpio del parque y le había enseñado a montar en un triciclo. De improviso; había algo salvaje tras sus ojos, algo despiadado y frío.

—Podrían intentarlo.

Pangborn miró a Blackwell, que negó con la cabeza una vez, despacio. Pangborn volvió la vista a Luke.

—¿Nos informarás si experimentas un repentino resurgimiento de tu memoria?

Luke seguía sonriendo.

—Serán los primeros de mi lista a los que llamaré.

Pangborn asintió con brusquedad.

—Creo que nos despediremos por ahora. Que el Ángel te proteja Lucian.

—El Ángel no protege a los que son como yo —respondió él.

Tomó la bolsa de lona del escritorio y la cerró con un nudo.

—¿Se marchan ya, caballeros?

Alzando las capuchas para volver a cubrirse el rostro, los dos hombres abandonaron la habitación, seguidos al cabo de un instante por Luke. Éste se detuvo un momento en la puerta, echando un vistazo hacia atrás, como preguntándose si había olvidado algo. Luego la cerró con cuidado tras él.

Clary permaneció donde estaba, paralizada, oyendo cómo la puerta delantera se cerraba, y el lejano tintineo de cadena y llaves cuando Luke volvió a cerrar el candado. No dejaba de ver la expresión del rostro de Luke, una y otra vez, mientras decía que no estaba interesado en lo que le sucediera a su madre.

Sintió una mano sobre el hombro.

—¿Clary? —Era Simon, con voz vacilante, casi tierna—. ¿Estás bien?

Ella negó con la cabeza, sin hablar. Se sentía muy lejos de estar bien. De hecho, se sentía como si nunca fuera a volver a estar bien.

—Desde luego que no lo está.

Era Jace, la voz aguda y fría como fragmentos de hielo. Agarró el biombo y lo movió a un lado con brusquedad.

142

—Al menos ahora sabemos quién enviaría a un demonio tras tu madre. Esos hombres creen que tiene la Copa Mortal.

Clary notó cómo sus labios se afinaban en una línea recta.

—Eso es totalmente ridículo e imposible.

—Quizá —dijo Jace, apoyándose contra el escritorio de Luke a la vez que clavaba en ella unos ojos tan opacos como cristal ahumado—. ¿Has visto alguna vez a esos hombres antes?

—No. —La muchacha negó con la cabeza—. Jamás.

—Lucian parecía conocerlos. Parecían ser bastante amigos.

—Yo no diría amigos —indicó Simon—. Yo diría que era hostilidad contenida.

—Pero no lo mataron —replicó Jace—. Creen que sabe más de lo que dice.

—Es posible —dijo Clary—, o a lo mejor simplemente se sienten reacios a matar a otro cazador de sombras.

Jace lanzó una carcajada, un sonido estridente y casi feroz que erizó el vello de los brazos de Clary.

—Lo dudo.

Ella le miró con dureza.

—¿Qué te hace estar tan seguro? ¿Los conoces?

La risa había desaparecido por completo de su voz cuando contestó.

—¿Que si los conozco? —repitió—. Podrías decirlo así. Ésos son los hombres que asesinaron a mi padre.

9

EL CÍRCULO Y LA HERMANDAD

Clary se adelantó para tocar el brazo de Jace, para decir algo, cualquier cosa; ¿qué se le dice a alguien que acaba de ver a los asesinos de su padre? Su titubeo resultó no importar; Jace se quitó de encima su mano como si le quemara.

—Deberíamos marcharnos —dijo, abandonando a grandes zancadas la oficina y penetrando en la salita, seguido apresuradamente por Clary y Simon—. No sabemos cuándo puede regresar Luke.

Salieron por la puerta trasera, con Jace usando su estela para cerrarla con llave detrás de ellos, y se encaminaron hacia la calle silenciosa. La luna flotaba como un relicario sobre la ciudad, proyectando reflejos nacarados en el agua del East River. El zumbido lejano de los coches al pasar sobre el puente Williamsburg inundaba el aire húmedo con un sonido parecido al de un aleteo.

—¿Quiere decirme alguien adónde vamos? —dijo Simon.

—A tomar la línea L —respondió Jace con tranquilidad.

—Tienes que estar tomándome el pelo —replicó Simon, pestañeando—. ¿Los mata demonios toman el metro?

—Es más rápido que ir en coche.

—Pensaba que sería algo más impactante, como una camioneta con «Muerte a los demonios» pintado en el exterior, o...

Jace no se molestó en interrumpirlo. Clary lanzó al muchacho una mirada de soslayo. A veces, cuando Jocelyn estaba realmente enfadada por algo o se sentía disgustada, adoptaba lo que Clary llamaba una «calma alarmante». Era una calma que recordaba a Clary el fuerte brillo engañoso del hielo justo antes de resquebrajarse bajo el peso. Jace mostraba esa calma alarmante. Su rostro era inexpresivo, pero algo ardía en el fondo de sus ojos leonados.

—Simon —dijo Clary—. Es suficiente.

Simon le lanzó una mirada como diciendo: «¿De qué lado estás?», pero Clary hizo caso omiso. Seguía observando a Jace cuando giraron para tomar la avenida Kent. Las luces del puente a su espalda le iluminaban el cabello en un improbable halo. La joven se preguntó si estaba mal que, en cierto modo, se alegrara de que los hombres que se habían llevado a su madre fueran los mismos que habían matado al padre de Jace años atrás. Al menos, de momento, tendría que ayudarla a encontrar a Jocelyn, tanto si quería como si no. Al menos, de momento, no podía dejarla sola.

—¿Vives aquí? —Simon se detuvo alzando una sorprendida mirada hacia la vieja catedral, con los ventanales forzados y las puertas selladas con cinta policial amarilla—. Pero si es una iglesia.

Jace introdujo la mano en el cuello de la camisa y sacó una llave de latón colgada de una cadena. Parecía una de esas llaves que se usan para abrir un viejo baúl en un desván. Clary le observó con curiosidad; el muchacho no había cerrado con llave la puerta tras él cuando habían abandonado el Instituto antes, simplemente había dejado que se cerrara de un portazo.

—Nos resulta útil habitar en terreno sagrado.

—Eso ya lo entiendo, pero, sin ánimo de ofender, este lugar es un basurero —comentó Simon, contemplando con recelo la reja de hierro torcida que rodeaba el antiguo edificio y la basura apilada junto a los escalones.

Clary dejó que su mente se relajara. Se imaginó a sí misma tomando uno de los trapos mojados de trementina de su madre y frotando con él la vista que tenía ante ella, borrando la imagen como si fuera pintura seca.

Ahí estaba: la visión auténtica, brillando a través de la falsa como una luz a través de cristal oscuro. Vio las elevadas agujas de la catedral, el brillo apagado de las ventanas emplomadas, la placa de latón fijada a la pared de piedra junto a la puerta con el nombre del Instituto grabado. Retuvo la visión por un momento antes de dejarla marchar casi con un suspiro.

—Es una imagen, Simon —dijo—. En realidad no tiene este aspecto.

—Si ésta es tu idea de lo que es una imagen, empiezo a pensar mejor sobre lo de dejar que cambies la mía.

Jace encajó la llave en la puerta, echando una mirada por encima del hombro a Simon.

—No estoy seguro de que seas del todo consciente del honor que te estoy dando —dijo—. Serás el primer mundano que haya estado jamás dentro del Instituto.

—Probablemente el olor mantiene alejados al resto.

—No le hagas caso —dijo Clary a Jace, y dio un codazo a Simon en el costado—. Siempre dice exactamente lo que le viene a la cabeza. Carece de filtros.

—Los filtros son para los cigarrillos y el café —masculló Simon por lo bajo mientras pasaban al interior—. Dos cosas que no me irían mal ahora, por cierto.

Clary pensó con nostalgia en el café mientras ascendían por un curvo tramo de peldaños de piedra, cada uno tallado con un glifo. Empezaba a reconocer algunos de ellos; éstos atraían su vista del modo que palabras medio escuchadas en un idioma extranjero atraían a veces su oído, como si simplemente concentrándose más pudiera extraerles algún significado.

Clary y los dos muchachos llegaron al ascensor y subieron en silencio. Ella todavía pensaba en café, enormes tazas de café en las que la mitad era leche, tal y como su madre lo preparaba por las mañanas. A veces, Luke les traía bolsas de bollos de la panadería El Carruaje Dorado en Chinatown. Al pensar en Luke, Clary sintió que se le hacía un nudo en el estómago y su apetito se desvanecía.

El ascensor se detuvo con un siseo, y volvieron a estar en el vestíbulo que Clary recordaba. Jace se quitó la chamarra, la arrojó sobre el respaldo de una silla cercana y silbó entre dientes. En cuestión de segundos, *Iglesia* hizo su aparición, avanzando muy pegado al suelo, con los ojos amarillos brillando en el polvoriento aire.

—*Iglesia* —dijo Jace, arrodillándose para acariciar la cabeza gris del gato—. ¿Dónde está Alec? ¿Dónde está Hodge?

Iglesia arqueó el lomo y maulló. Jace arrugó la nariz, algo que Clary podría haber encontrado mono en otras circunstancias.

—¿Están en la biblioteca?

Se puso en pie, e *Iglesia* se sacudió, trotó un corto tramo por el pasillo y volvió la cabeza por encima de la espalda. Jace siguió al felino como si fuera lo más natural del mundo, indicando con un gesto de la mano que Clary y Simon debían acompañarle.

—No me gustan los gatos —se quejó Simon, con el hombro chocando contra el de Clary mientras maniobraban por el estrecho pasillo.

—No es nada probable —indicó Jace—, conociendo a *Iglesia*, que a él le gustes tú.

Pasaban por uno de los pasillos bordeados de dormitorios. Simon enarcó las cejas.

—¿Cuánta gente vive aquí, exactamente?

—Es un instituto —explicó Clary—. Un lugar donde los cazadores de sombras pueden alojarse cuando están en la ciudad. Como una especie de combinación entre un refugio seguro y un centro de investigación.

—Pensaba que era una iglesia.

—Está dentro de una iglesia.

—Ya, como que ahora me lo has dejado más claro.

La muchacha percibió el nerviosismo bajo su tono displicente y, en lugar de hacerle callar, alargó el brazo y le tomó la mano, enlazando los dedos con los dedos helados de su amigo. Éste tenía la mano sudorosa, pero devolvió la presión con un apretón agradecido.

—Sé que resulta raro —dijo ella en voz baja—, pero simplemente tienes que aceptarlo. Confía en mí.

Los ojos oscuros de Simon estaban serios.

—Confío en ti —afirmó—. No confío en él.

Lanzó la mirada hacia Jace, que andaba unos cuantos pasos adelante de ellos, aparentemente conversando con el gato. Clary se preguntó de qué hablarían. ¿Política? ¿Ópera? ¿El elevado precio del atún?

—Bueno, prueba —repuso ella—. Justo ahora él es la mejor posibilidad que voy a tener para encontrar a mi madre.

Un estremecimiento recorrió a Simon.

—Este lugar no me da buena espina —musitó.

Clary recordó cómo se había sentido al despertar allí esta mañana; como si todo fuera a la vez desconocido y familiar. Era evidente que, para Simon, no existía nada de esa familiaridad, únicamente la sensación de lo extraño, lo desconocido y hostil.

—No tienes que quedarte conmigo —dijo ella, aunque se había peleado con Jace en el metro por el derecho de mantener a Simon con ella, indicando que tras los tres días que había pasado vigilando a Luke, podría muy bien saber algo que pudiera serles útil una vez que tuvieran la oportunidad de desglosarlo a detalle.

—Sí —respondió él—, debo hacerlo.

Y le soltó la mano cuando giraron hacia una entrada y se encontraron dentro de una cocina. Era enorme y, a diferencia del resto del Instituto, totalmente moderna, con repisas de metal y anaqueles acristalados, que contenían hileras de piezas de loza. Junto a una cocina roja de hierro colado estaba Isabelle, con una cuchara redonda en la mano y los cabellos oscuros sujetos en lo alto de la cabeza. Del estofado surgía vapor, y había ingredientes desperdigados por todas partes: tomates, ajos y cebollas picados, ristras de hierbas oscuras, montones de queso rallado, algunos cacahuates pelados, un puñado de aceitunas y un pescado entero, cuyo ojo miraba vidrioso hacia lo alto.

—Estoy haciendo sopa —anunció Isabelle, agitando la cuchara ante Jace—. ¿Tienes hambre?

Entonces echó una ojeada detrás de él, y su mirada oscura captó la presencia de Simon y Clary.

—Ay, Dios mío —dijo en tono concluyente—. ¿Trajiste a otro mundi aquí? Hodge te matará.

Simon carraspeó.

—Me llamo Simon —dijo.

Isabelle hizo como si no existiera.

—JACE WAYLAND —exclamó—. Explícate.

Jace miraba iracundo al gato.

—¡Te dije que me llevaras hasta Alec! Traidor.

Iglesia rodó sobre el lomo, ronroneando con satisfacción.

—No culpes a *Iglesia* —repuso Isabelle—. No es culpa suya. Hodge te va a matar. —Volvió a hundir la cuchara en la olla.

Clary se preguntó qué sabor tendría exactamente una sopa de cacahuates, pescado, aceitunas y tomate.

—Tuve que traerlo —replicó Jace—. Isabelle..., hoy he visto a dos de los hombres que mataron a mi padre.

Los hombros de la muchacha se tensaron, pero cuando se dio la vuelta, parecía más alterada que sorprendida.

—¿Supongo que él no es uno de ellos? —inquirió, apuntando a Simon con la cuchara.

Ante la sorpresa de Clary, Simon no dijo nada. Estaba demasiado ocupado mirando fijamente a Isabelle, embelesado y boquiabierto. Por supuesto, comprendió Clary con una aguda punzada de irritación. Isabelle era exactamente el tipo de Simon: alta, sofisticada y hermosa. Pensándolo bien, quizás era el tipo de todo el mundo. Clary dejó de hacerse preguntas sobre la sopa de cacahuates, pescado, aceitunas y tomate, y empezó a pensar en qué sucedería si vertía el contenido de la olla sobre la cabeza de Isabelle.

—Desde luego que no —replicó Jace— ¿Crees que estaría vivo si lo fuera?

Isabelle lanzó una mirada indiferente a Simon.

—Supongo que no —contestó, dejando caer distraídamente un trozo de pescado al suelo, sobre el que *Iglesia* se arrojó con voracidad.

—No me sorprende que nos trajera aquí —espetó Jace con indignación—. No puedo creer que hayas estado atiborrándolo de pescado otra vez. Se le ve claramente rechoncho.

—No está rechoncho. Además, ninguno de ustedes come nunca nada. Conseguí esta receta de un duendecillo acuático en el mercado de Chelsea. Dijo que era deliciosa...

—Si supieras cocinar, a lo mejor yo comería —masculló Jace.

Isabelle se quedó totalmente quieta, con la cuchara alzada en el aire de un modo amenazador.

—¿Qué has dicho?

Jace se acercó lentamente al refrigerador.

—He dicho que voy a buscar un tentempié.

—Eso es lo que había pensado que decías.

Isabelle devolvió su atención a la sopa. Simon siguió con la mirada fija en Isabelle. Clary, inexplicablemente furiosa, dejó caer la mochila al suelo y siguió a Jace al refrigerador.

—No puedo creer que estés comiendo —siseó.

—¿Qué debería hacer entonces? —inquirió él con exasperante calma.

El interior del refrigerador estaba repleto de envases de leche cuyas fechas de caducidad se remontaban a varias semanas atrás, y de recipientes de plástico con tapa etiquetados con cinta adhesiva protectora en la que estaba escrito en tinta roja: HODGE. NO COMER.

—¡Vaya! Es como un compañero de departamento chiflado —comentó Clary, momentáneamente divertida.

—¿Quién, Hodge? Simplemente le gusta tener las cosas en orden.
—Jace sacó uno de los recipientes del refrigerador y lo abrió—. ¡Um!
Espaguetis.

—No eches a perder tu apetito —le indicó Isabelle.

—Eso —respondió Jace, cerrando el refrigerador de una patada
y cogiendo un tenedor de un cajón— es exactamente lo que pienso
hacer —Miró a Clary—. ¿Quieres un poco?

Ella negó con la cabeza.

—Claro que no —dijo él mientras tomaba un bocado—, te comiste todos aquellos emparedados.

—No había tantos.

Clary miró hacia donde estaba Simon, que parecía haber conseguido trabar conversación con Isabelle.

—¿Podemos ir a buscar a Hodge ahora?

—Pareces terriblemente ansiosa por salir de aquí.

—¿No quieres contarle lo que hemos visto?

—No lo he decidido aún. —Jace depositó el recipiente sobre la repisa y lamió cuidadosamente un poco de salsa de espagueti que tenía en el nudillo—. Pero si tantas ganas tienes de ir...

—Las tengo.

—Estupendo.

Parecía terriblemente tranquilo, se dijo ella, no alarmantemente
tranquilo como había estado antes, pero más contenido de lo que debería estar. Se preguntó con qué frecuencia permitía que atisbos de su
auténtico yo asomaran a través de una fachada que era tan resistente
y brillante como la capa de laca de las cajas japonesas de su madre.

—¿Adónde van?

Simon alzó los ojos cuando ellos alcanzaban la puerta. Mechones
irregulares de cabello oscuro se le metieron en los ojos; parecía tontamente aturdido, como si alguien le hubiese metido una colleja en el
pescuezo, se dijo Clary con crueldad.

—A buscar a Hodge —contestó ella—. Necesito contarle lo sucedido en casa de Luke.

Isabelle alzó los ojos.

—¿Vas a contarle que viste a esos dos hombres, Jace? A los que...

—No lo sé —la interrumpió él—. Así que guárdatelo para ti por ahora.

—De acuerdo —repuso ella, encogiéndose de hombros—. ¿Van a regresar? ¿Quieren algo de sopa?

—Nadie quiere sopa.

—Yo quiero un poco de sopa —dijo Simon.

—No, no la quieres —repuso Jace—. Sólo quieres acostarte con Isabelle.

Simon estaba consternado.

—Eso no es cierto.

—Qué halagador —murmuró Isabelle mirando la sopa, pero sonreía con suficiencia.

—Ah, sí que lo es —replicó Jace—. Anda, pídeselo; entonces ella podrá rechazarte y el resto de nosotros podrá seguir con sus vidas mientras tú supuras miserable humillación. —Chasqueó los dedos—. Date prisa, chico mundi, tenemos trabajo que hacer.

Simon desvió la mirada, colorado y violento. Clary, que un momento antes se habría sentido mezquinamente complacida, sintió una oleada de cólera hacia Jace.

—Déjalo tranquilo —masculló—. No hay necesidad de mostrarse como un sádico sólo porque él no es uno de ustedes.

—Uno de nosotros —le corrigió Jace, pero la dura expresión había desaparecido de sus ojos—. Voy en busca de Hodge. Vengan o no, ustedes eligen.

La puerta de la cocina se cerró tras él, dejando a Clary sola con Simon e Isabelle.

Isabelle echó un poco de sopa en un cuenco y lo empujó a través de la repisa hacia Simon sin mirarle. Seguía sonriendo con suficiencia, no obstante; Clary podía percibirlo. La sopa era de color verde oscuro, adornada con cosas marrones que flotaban.

—Me voy con Jace —dijo Clary—. ¿Simon...?

—*Vodarmequí* —farfulló él, mirándose los pies.

—¿Qué?

—Voy a quedarme aquí. —Simon se instaló en un taburete—. Tengo hambre.

—Muy bien.

Clary sentía una sensación tirante en la garganta, como si se hubiera tragado algo o bien muy caliente o muy frío. Abandonó majestuosamente la cocina, con *Iglesia* escabulléndose junto a sus pies como una nebulosa sombra gris.

En el pasillo, Jace se dedicaba a hacer girar uno de los cuchillos serafín entre los dedos. Lo guardó en el bolsillo cuando la vio.

—Muy amable de tu parte dejar a los tortolitos en lo suyo.

Clary lo miró con cara de pocos amigos.

—¿Por qué eres siempre tan imbécil?

—¿Imbécil? —Jace parecía a punto de echarse a reír.

—Lo que le dijiste a Simon...

—Intentaba ahorrarle un poco de dolor. Isabelle hará trocitos su corazón y lo pisoteará con sus botas de tacón alto. Eso es lo que le hace a chicos como él.

—¿Es eso lo que te hizo a ti? —inquirió ella, pero Jace se limitó a menear la cabeza antes de volverse hacia *Iglesia*.

—Hodge —dijo—. Y que sea realmente Hodge esta vez. Llévanos a cualquier otra parte, y te convertiré en una raqueta de tenis.

El gato persa lanzó un bufido y se escabulló por el pasillo delante de ellos. Clary, yendo un poco por detrás de Jace, pudo ver la tensión y el cansancio en la línea de los hombros del muchacho. Se preguntó si la tensión lo abandonaba realmente alguna vez.

—Jace.

El joven la miró.

—¿Qué?

—Lo siento. Siento haberte hablado con brusquedad.

—¿Qué vez? —inquirió él con una risita divertida.

—Tú también me hablas con brusquedad, ya lo sabes.

153

—Lo sé —respondió él, sorprendiéndola—. Hay algo en ti que resulta tan...

—¿Irritante?

—Perturbador.

Quiso preguntarle si lo decía como algo bueno o como algo malo, pero no lo hizo. Tenía demasiado miedo de que hiciera un chiste con la respuesta. Intentó buscar otra cosa que decir.

—¿Siempre les hace la cena Isabelle? —preguntó.

—No, gracias a Dios. La mayoría de las veces los Lightwood están aquí, y Maryse, la madre de Isabelle, cocina para nosotros. Es una cocinera increíble.

Adoptó una expresión soñadora, igual que lo había hecho Simon al contemplar a Isabelle preparando la sopa.

—Entonces ¿por qué no le enseñó a Isabelle?

En aquel momento, cruzaban la sala de música donde había encontrado a Jace tocando el piano esa mañana. Las sombras se habían acumulado rápidamente en las esquinas.

—Porque —contestó Jace despacio—, hace poco tiempo que las mujeres se han convertido en cazadores de sombras junto con los hombres. Me refiero a que siempre ha habido mujeres en la Clave, dominando el conocimiento de las runas, creando armamento, enseñando las Artes de Matar, pero únicamente unas pocas eran guerreras, las que poseían habilidades excepcionales. Tuvieron que luchar para que las adiestraran. Maryse formó parte de la primera generación de mujeres de la Clave adiestradas con total naturalidad... y creo que nunca enseñó a Isabelle a cocinar porque temía que si lo hacía, Isabelle quedaría permanentemente relegada a la cocina.

—¿La habrían relegado? —inquirió ella con curiosidad.

Clary se acordó de Isabelle en el Pandemónium, en la confianza en sí misma que había mostrado y la seguridad con que había usado su sanguinario látigo.

Jace rió con suavidad.

—No. Isabelle es uno de los mejores cazadores de sombras que he conocido.

—¿Mejor que Alec?

Iglesia, que corría raudo y silencioso delante de ellos en la oscuridad, se detuvo de improviso y maulló. Estaba agazapado a los pies de una escalera de caracol, que se izaba en espiral hacia el interior de una neblinosa penumbra sobre su cabeza.

—Así que está en el invernadero —dijo Jace. Clary tardó un instante en comprender que le hablaba al gato—. No es ninguna sorpresa.

—¿El invernadero? —inquirió Clary.

Jace ascendió de un salto al primer peldaño.

—A Hodge le gusta estar ahí arriba. Cultiva plantas medicinales, cosas que podemos usar. La mayoría de ellas sólo crecen en Idris. Creo que le recuerdan su hogar.

Clary lo siguió. Sus zapatos taconeaban en los peldaños de metal; los de Jace no.

—¿Es mejor que Isabelle? —continuó preguntando—. Alec, quiero decir.

Jace se detuvo y bajó la mirada hacia ella, inclinándose desde los peldaños como si se preparara para dejarse caer. Clary recordó su sueño: ángeles que caían y ardían.

—¿Mejor? —repitió—. ¿Matando demonios? No, no realmente. Él nunca ha matado a un demonio.

—¿De veras?

—No sé por qué no. A lo mejor porque siempre nos está protegiendo a Izzy y a mí.

Habían llegado a lo alto de la escalera. Un juego de puertas dobles apareció ante ellos, esculpidas con dibujos de hojas y enredaderas. Jace las abrió empujando con los hombros.

El olor azotó a Clary en cuanto cruzó las puertas: un fuerte olor a plantas, el olor de cosas vivas y en crecimiento, de tierra y de raíces que crecían en tierra. Había esperado algo de mucha menor envergadura, algo del tamaño del pequeño invernadero que había detrás de San Javier, donde los alumnos de biología de nivel avanzado clonaban guisantes, o hacían lo que fuera que hiciesen. Lo que tenía ante sí era un enorme recinto con paredes de cristal, bordeado de árboles cuyas ramas profusamente pobladas de hojas perfumaban el aire con un fresco aroma vegetal. Había arbustos cubiertos de lustrosas bayas rojas, moradas y negras, y árboles pequeños de los que colgaban frutos de formas curiosas que no había visto nunca antes.

Exhaló.

—Huele a...

«Primavera —pensó—, antes de que llegue el calor y aplaste las hojas convirtiéndolas en pulpa y marchite los pétalos de las flores.»

—A casa —concluyó Jace—, para mí.

Apartó una rama que colgaba y se agachó para pasar por el lado. Clary le siguió.

El invernadero estaba diseñado sin seguir un orden concreto, según le pareció al ojo inexperto de la joven, pero dondequiera que mirara había un derroche de color: flores azul morado derramándose por el costado de un brillante arbusto verde, una enredadera llena de capullos naranja que brillaban como joyas.

Salieron a un espacio despejado donde un banco bajo de granito descansaba contra el tronco de un árbol llorón con hojas de un verde plateado. En un estanque de roca con un borde de piedra brillaba tenuemente el agua. Hodge estaba sentado en el banco, con su pájaro negro posado en el hombro. Había estado contemplando pensativo el agua, pero miró al cielo cuando se acercaron. Clary siguió la dirección de su mirada y vio el techo de cristal del invernadero, brillando sobre ellos como la superficie de un lago invertido.

—Parece como si estuvieras esperando algo —comentó Jace, rompiendo una hoja de una rama próxima y enroscándola en los dedos.

Clary pensó que, para ser alguien que parecía tan contenido, Jace tenía gran cantidad de hábitos nerviosos. A lo mejor simplemente le gustaba estar siempre en movimiento.

—Estaba absorto en mis pensamientos.

Hodge se alzó del banco, alargando el brazo para *Hugo*. La sonrisa le desapareció del rostro cuando los miró.

—¿Qué ha pasado? Parece como si...

—Nos han atacado —contestó Jace sucintamente—. Repudiados.

—¿Guerreros repudiados? ¿Aquí?

—Un guerrero —explicó Jace—. Sólo vimos uno.

—Pero Dorothea dijo que había más —añadió Clary.

—¿Dorothea? —Hodge alzó una mano—. Sería más fácil si me explicaran los acontecimientos en orden.

—De acuerdo.

Jace dedicó a Clary una mirada de advertencia, acallándola antes de que pudiera empezar a hablar. Luego se embarcó en una enumeración de los acontecimientos del día, omitiendo sólo un detalle: que los hombres del departamento de Luke habían sido los mismos hombres que habían matado a su padre hacía siete años.

—El amigo de la madre de Clary, o lo que sea que es en realidad, se hace llamar Luke Garroway —finalizó por fin Jace—. Pero mientras estábamos en su casa, los hombres que afirmaban ser emisarios de Valentine se refirieron a él como Lucian Graymark.

—Y sus nombres eran...

—Pangborn —dijo Jace—. Y Blackwell.

Hodge se había puesto muy pálido. En contraste con su piel grisácea, la cicatriz de su mejilla destacaba como un torzal de alambre rojo.

—Es lo que me temía —masculló, medio para sí—. El Círculo vuelve a alzarse.

Clary miró a Jace en busca de una aclaración, pero él parecía tan perplejo como ella.

—¿El Círculo? —preguntó.

Hodge sacudía la cabeza como si intentara expulsar telarañas de su cerebro.

—Vengan conmigo —dijo—. Es hora de que les muestre algo.

Las lámparas de gas estaban encendidas en la biblioteca, y las lustrosas superficies de roble del mobiliario refulgían como sombrías joyas. Surcados de sombras, los rostros austeros de los ángeles que sostenían el enorme escritorio parecían aún más llenos de dolor. Clary se sentó en el sofá rojo, con las piernas dobladas bajo la barbilla; Jace permaneció apoyado nerviosamente en el brazo del sofá, junto a ella.

—Hodge, si necesitas ayuda para buscar...

—En absoluto. —Hodge emergió de detrás del escritorio, sacudiéndose el polvo de las rodillas de los pantalones—. Lo he encontrado.

Sostenía un enorme libro encuadernado en piel marrón. Fue pasando páginas con un ansioso dedo, pestañeando como un búho desde atrás de sus gafas y mascullando.

—Dónde... dónde... ¡ah, aquí está! —Se aclaró la garganta antes de leer en voz alta—: «Por la presente rindo obediencia incondicional al Círculo y a sus principios... Estaré preparado para arriesgar mi vida en cualquier momento por el Círculo, con el fin de preservar la pureza de los linajes de Idris, y por el mundo mortal cuya seguridad se nos ha encomendado».

Jace hizo una mueca.

—¿De dónde era eso?

—Era el juramento de lealtad del Círculo de Raziel, hace veinte años —explicó Hodge, con una voz que sonó extrañamente cansada.

—Suena escalofriante —repuso Clary—. Como una organización fascista o algo así.

Hodge dejó el libro en la mesa. Su expresión era tan afligida y grave como la de las estatuas de los ángeles bajo el escritorio.

—Eran un grupo de cazadores de sombras —dijo despacio—, dirigidos por Valentine, dedicados a eliminar a todos los subterráneos y devolver el mundo a un estado «más puro». Su plan era aguardar a que los subterráneos llegaran a Idris para firmar los Acuerdos. Los Acuerdos deben renovarse cada quince años, para mantener potente su magia —añadió, en consideración a Clary—. Valentine y su gente planeaban asesinar a todos los subterráneos en ese momento, desarmados e indefensos. Pensaban que este acto terrible encendería la chispa de una guerra entre humanos y subterráneos..., una que tenían la intención de ganar.

—Eso fue el Levantamiento —concluyó Jace, reconociendo por fin en el relato de Hodge uno que ya le era familiar—. No sabía que Valentine y sus seguidores tenían un nombre.

—Ese nombre no se pronuncia a menudo en la actualidad —indicó Hodge—. Su existencia sigue siendo un motivo de vergüenza para la Clave. La mayoría de los documentos relativos a sus miembros han sido destruidos.

—Entonces, ¿por qué tienes una copia de ese juramento? —inquirió Jace.

Hodge vaciló... sólo un momento, pero Clary lo vio, y sintió un leve e inexplicable estremecimiento de aprensión que le subía por la espalda.

—Porque —respondió él por fin— yo ayudé a escribirlo.

Jace alzó los ojos.

—¡Tú estabas en el Círculo!

—Lo estuve. Muchos de nosotros lo estuvimos. —Hodge miraba directamente al frente—. La madre de Clary también.

Clary se echó hacia atrás como si la hubiese abofeteado.

—¿Qué?

—He dicho...

—¡Ya sé lo que ha dicho! Mi madre jamás habría pertenecido a algo como eso. Una especie de... una especie de grupo extremista.

—No era... —empezó Jace, pero Hodge le atajó.

—Dudo que ella tuviera mucha elección —dijo lentamente, como si pronunciar esas palabras le apenaran.

Clary le miró fijamente.

—¿De qué está hablando? ¿Por qué no habría tenido elección?

—Porque —contestó Hodge— era la esposa de Valentine.

Segunda parte
Fácil es el descenso

Facilis descensus Averno;
Noctes atque dies patet atri ianua Ditis;
Sed revocare gradum superasque evadere ad auras,
Hoc opus, hic labor est.

VIRGILIO, *La Eneida*

10

CIUDAD DE HUESO

Hubo un momento de atónito silencio antes de que tanto Clary como Jace empezaran a hablar a la vez.

—¿Valentine tenía una esposa? ¿Estaba casado? Pensaba que...

—¡Eso es imposible! ¡Mi madre jamás...!, ¡sólo se casó con mi padre! ¡No tenía un ex esposo!

Hodge alzó las manos cansinamente.

—Niños...

—No soy una niña. —Clary se volvió alejándose del escritorio—. Y no quiero oír nada más.

—Clary —la llamó Hodge.

La amabilidad en su voz hacía daño; la joven se volvió despacio y lo miró desde el otro extremo de la habitación. Pensó en lo curioso que era que, con su cabello canoso y su rostro desfigurado, pareciera mucho mayor que su madre. Y sin embargo habían sido «jóvenes» juntos, se habían unido al Círculo juntos, habían conocido a Valentine juntos.

—Mi madre no haría... —empezó, y su voz se apagó.

Ya no estaba segura de hasta qué punto conocía a Jocelyn. Su madre se había convertido en una desconocida para ella, una mentirosa, alguien que ocultaba secretos. ¿Qué no habría hecho?

—Tu madre abandonó el Círculo —dijo Hodge.

No fue hacia ella sino que la observó desde el otro extremo de la habitación con los ojos fijos y brillantes de un pájaro.

—Una vez que comprendimos lo extremista que se había vuelto Valentine..., una vez que supimos lo que estaba dispuesto a hacer..., muchos de nosotros lo abandonamos. Lucian fue el primero en marcharse. Eso fue un golpe para Valentine. Habían sido muy unidos. —Hodge meneó la cabeza—. Luego Michael Wayland. Tu padre, Jace.

Jace enarcó las cejas, pero no dijo nada.

—Hubo quienes permanecieron leales. Pangborn. Blackwell. Los Lightwood...

—¿Los Lightwood? ¿Te refieres a Robert y a Maryse? —Jace se mostró estupefacto—. ¿Qué hay de ti? ¿Cuándo te fuiste?

—No lo hice —repuso él en voz baja—. Tampoco lo hicieron ellos... Teníamos miedo, demasiado miedo de lo que pudiera hacer Valentine. Tras el Levantamiento, los que le eran leales como Blackwell y Pangborn huyeron. Nosotros nos quedamos y cooperamos con la Clave. Les dimos nombres. Les ayudamos a dar con los que habían huido. Por hacer eso obtuvimos clemencia.

—¿Clemencia?

La mirada de Jace fue veloz, pero Hodge la vio.

—Piensas en la maldición que me ata a este lugar, ¿verdad? —preguntó—. Siempre diste por supuesto que era un hechizo de venganza lanzado por algún demonio o brujo enfadado. Dejé que lo pensaras. Pero no es cierto. La maldición que me ata la lanzó la Clave.

—¿Por pertenecer al Círculo? —preguntó Jace, su rostro una máscara de asombro.

—Por no abandonarlo antes del Levantamiento.

—Pero a los Lightwood no los castigaron —repuso Clary—. ¿Por qué no? Habían hecho lo mismo que usted.

—Existían circunstancias atenuantes en su caso: estaban casados, tenían un hijo. Aunque no es que residan en este puesto avanzado, lejos del hogar, por propia elección. Nos desterraron aquí, a los tres..., a los cuatro, debería decir; Alec era un bebé berreante cuando abandonamos la Ciudad de Cristal. Ellos pueden regresar a Idris únicamente por cuestiones oficiales, y aun así sólo durante periodos cortos. Yo no puedo regresar jamás. Nunca volveré a ver la Ciudad de Cristal.

Jace le miró fijamente. Fue como si mirara a su tutor con nuevos ojos, se dijo Clary, aunque no era Jace quien había cambiado.

—La Ley es dura, pero es la Ley —repitió el muchacho.

—Yo te enseñé eso —indicó Hodge, con un tono cáustico en la voz—. Y ahora tú me lo arrojas a la cara. Con toda la razón, además.

Parecía como si deseara desplomarse sobre una silla próxima, pero se mantuvo erguido. En su rígida postura había algo del soldado que había sido, pensó Clary.

—¿Por qué no me lo contó antes? —preguntó la joven—. Que mi madre estuvo casada con Valentine. Usted sabía su nombre...

—La conocía como Jocelyn Fairchild, no Jocelyn Fray —explicó Hodge—. Y tú insistías tanto en su ignorancia del mundo de las sombras, que me convenciste de que no podía ser la Jocelyn que yo conocía... y quizá tampoco quería creerlo. Nadie desearía el regreso de Valentine. —Volvió a negar con la cabeza—. Cuando envié a buscar a los Hermanos de la Ciudad de Huesos no tenía ni idea de qué noticias tendríamos para ellos —indicó—. Cuando la Clave averigüe que Valentine puede haber regresado, que está buscando la Copa, habrá un alboroto. Sólo puedo esperar que no desbarate los Acuerdos.

—Apuesto a que a Valentine le gustaría eso —repuso Jace—. Pero ¿por qué quiere la Copa tan desesperadamente?

El rostro de Hodge estaba gris.

—¿No es eso obvio? —repuso—. Para poder crearse un ejército.

Jace pareció sobresaltado.

—Pero eso jamás podría...

—¡Hora de cenar!

Era Isabelle, apoyada en la puerta de la biblioteca. Todavía sostenía la cuchara en la mano, aunque los cabellos se le habían escapado del moño y le caían desordenadamente a lo largo del cuello.

—Lo siento si estoy interrumpiendo —añadió como si se le acabara de ocurrir.

—Dios del cielo —exclamó Jace—, la temida hora está próxima.

Hodge se mostró alarmado.

—To... to... tomé un desayuno muy sustancioso —tartamudeó—. Quiero decir almuerzo. Un almuerzo que me llenó mucho. No podría comer...

—Tiré la sopa —informó Isabelle—. Y he pedido comida china a aquel lugar del centro.

Jace se desenganchó del escritorio y se desperezó.

—Fantástico. Estoy muerto de hambre.

—Tal vez podría tomar un bocado —admitió Hodge dócilmente.

—Son dos mentirosos terribles —bromeó Isabelle sombría—. Miren, sé que no les gusta lo que cocino...

—Pues deja de cocinar —le aconsejó Jace con toda la razón—. ¿Pediste cerdo mu shu? Ya sabes que adoro el cerdo mu shu.

Isabelle alzó los ojos al cielo.

—Sí; está en la cocina.

—Formidable.

Jace se escabulló por su lado alborotándole cariñosamente los cabellos. Hodge fue tras él, deteniéndose solamente para dar una palmada afectuosa a Isabelle en el hombro; luego salió, agachando la cabeza con un divertido gesto de disculpa. ¿Realmente había podido ver Clary en él, apenas unos minutos antes, el espíritu de su antiguo ser guerrero?

Isabelle seguía con la mirada a Jace y a Hodge, haciendo rodar la cuchara en sus dedos pálidos y llenos de cicatrices.

—¿Él lo es realmente? —inquirió Clary.

Isabelle no la miró.

—¿Quién es qué?

—Jace. ¿Es realmente un terrible mentiroso?

Ahora Isabelle sí volvió los ojos hacia Clary, y eran enormes, oscuros e inesperadamente pensativos.

—En absoluto. No cuando se trata de cosas importantes. Te contará cosas horribles, pero no mentirá. —Hizo una pausa antes de añadir en voz baja—. Es por eso que es mejor no preguntarle nada, a menos que sepas que puedes soportar oír la respuesta.

La atmósfera de la cocina era cálida y estaba llena de luz y del olor salado y dulce de la comida china. El olor le recordó a Clary su casa; se sentó y contempló su refulgente plato de fideos, jugueteó con el tenedor e intentó no mirar a Simon, que tenía la vista fija en Isabelle con una expresión más vidriosa que el Pato Lacado del General Tso.

—Bueno, creo que es algo así como romántico —dijo Isabelle, succionando perlas de tapioca a través de un enorme popote rosa.

—¿El qué? —preguntó Simon, poniéndose alerta al instante.

—Todo ese asunto sobre que la madre de Clary estaba casada con Valentine —contestó Isabelle.

Jace y Hodge la habían puesto al corriente, aunque Clary reparó en que ambos habían dejado fuera la parte sobre que los Lightwood habían pertenecido al Círculo, y las maldiciones que la Clave había pronunciado.

—Así que ahora ha regresado de entre los muertos y ha venido a buscarla. Quizá quiere que vuelvan a estar juntos.

—Dudo que enviara a un demonio rapiñador a su casa porque quiera que «vuelvan a estar juntos» —comentó Alec, que había aparecido cuando se servía la comida.

Nadie le había preguntado dónde había estado, y él no había ofrecido tal información. Estaba sentado junto a Jace, frente a Clary, y evitaba mirarla.

—No sería lo que yo haría —coincidió Jace—. Primero los dulces y las flores, luego las cartas de disculpa y a continuación las hordas de demonios rapiñadores. En ese orden.

—Tal vez le envió dulces y flores —dijo Isabelle—. No lo sabemos.

—Isabelle —repuso Hodge en tono paciente—, se trata del hombre que hizo caer tal destrucción sobre Idris como no se había visto nunca, que puso a los cazadores de sombras contra los subterráneos e hizo que por las calles de Idris corriera la sangre.

—Resulta más bien excitante —arguyó Isabelle—, toda esa maldad.

Simon intentó parecer amenazador, pero se dio por vencido al ver que Clary le miraba fijamente.

—De todos modos, ¿por qué desea tanto Valentine esta Copa, y por qué cree que la madre de Clary la tiene? —preguntó.

—Usted dijo que era para poder crear un ejército —contestó Clary, volviendo la cabeza hacia Hodge—. ¿Quiere decir que es porque puede usar la Copa para crear más cazadores de sombras?

—Sí.

—¿De modo que Valentine simplemente podría acercarse a cualquier tipo en la calle y convertirlo en un cazador de sombras? ¿Simplemente con la Copa? —Simon se inclinó al frente—. ¿Funcionaría conmigo?

Hodge le dedicó una mirada larga y mesurada.

—Posiblemente —respondió—. Pero lo más probable es que seas demasiado mayor. La Copa funciona en niños. Un adulto o bien no se vería afectado en absoluto por el proceso o moriría en el acto.

—Un ejército infantil —dijo Isabelle en voz baja.

—Sólo durante unos pocos años —indicó Jace—. Los niños crecen de prisa. No pasaría mucho tiempo antes de que fueran una fuerza a la que enfrentarse.

—No sé —repuso Simon—. Convertir a un grupo de niños en guerreros; he oído que suceden cosas peores. No veo que sea algo de tanta importancia mantener la Copa lejos de él.

—Dejando aparte que inevitablemente usaría este ejército para lanzar un ataque contra la Clave —repuso Hodge con sequedad—, el motivo de que sólo se seleccione a unos pocos humanos para ser convertidos en nefilim es que la mayoría jamás sobreviviría a la transición. Se necesita una fuerza y resistencia especiales. Antes de poder ser convertidos, es necesario someterlos a pruebas exhaustivas; pero Valentine jamás se molestaría en hacerlo. Usaría la Copa en cualquier niño que consiguiera capturar, y se quedaría al veinte por ciento que sobreviviera para convertirlo en su ejército.

Alec miraba a Hodge con el mismo horror que Clary sentía.

—¿Cómo sabes que haría eso?

—Porque —respondió él— cuando estaba en el Círculo, ése era su plan. Dijo que era el único modo de crear la clase de fuerza que se necesitaba para defender nuestro mundo.

—Pero eso es asesinato —exclamó Isabelle, que se había puesto ligeramente verde—. Hablaba de matar a niños.

—Dijo que habíamos hecho que el mundo fuera seguro para los humanos durante mil años —repuso Hodge—, y que ahora había llegado el momento de que nos compensaran por ello.

—¿Con sus hijos? —inquirió Jace con las mejillas ruborizadas—. Eso va en contra de todo aquello para lo que se supone que existimos. Proteger al indefenso, salvaguardar la humanidad...

Hodge apartó su plato.

—Valentine estaba loco —afirmó—. Era brillante, pero demente. No le importaba nada que no fuera matar demonios y subterráneos. Nada que no fuera hacer que el mundo fuese puro. Habría sacrificado a su propio hijo por la causa y no era capaz de comprender que alguien no lo hiciera.

—¿Tenía un hijo? —preguntó Alec.

—Hablaba de un modo figurado —respondió Hodge, alargando la mano para tomar su pañuelo.

Lo usó para secarse la frente antes de devolverlo al bolsillo. La mano, advirtió Clary, le temblaba ligeramente.

—Cuando su tierra ardió, cuando su hogar fue destruido, se dio por supuesto que había preferido destruir no sólo a sí mismo sino también a la Copa antes que ceder ambas cosas a la Clave. Se encontraron sus huesos en las cenizas, junto con los huesos de su esposa.

—Pero mi madre vivió —dijo Clary—. Ella no murió en el fuego.

—Y tampoco, por lo que parece ahora, murió Valentine —indicó Hodge—. A la Clave no le satisfacerá que la hayan engañado. Pero lo que es más importante, querrán conseguir la Copa. Y más aún, querrán asegurarse de que Valentine no lo hace.

—Me parece que lo primero que debemos hacer es hallar a la madre de Clary —propuso Jace—. Encontrarla a ella y encontrar la Copa; encontrarla antes de que lo haga Valentine.

Aquello le pareció estupendo a Clary, pero Hodge miró a Jace como si, como solución, hubiese propuesto hacer malabarismos con nitroglicerina.

—Absolutamente no.

—Entonces, ¿qué hacemos?

—Nada —respondió Hodge—. Todo esto es mejor dejarlo a cazadores de sombras expertos y con experiencia.

—Yo soy experto —protestó Jace—. Tengo experiencia.

El tono de Hodge era firme, casi paternal.

—Sé que es así, pero con todo, eres un niño, o casi uno.

Jace miró a Hodge con ojos entrecerrados. Sus pestañas eran largas y proyectaban sombras sobre los angulosos pómulos. En cualquier otra persona hubiera sido una mirada tímida, incluso una de disculpa, pero en Jace resultó intolerante y amenazadora.

—Yo no soy un niño.

—Hodge tiene razón —dijo Alec.

Miraba a Jace, y Clary pensó que debía de ser una de las pocas personas del mundo que miraban a Jace no como si sintieran miedo de él, sino como si temieran por él.

—Valentine es peligroso. Sé que eres un buen cazador de sombras. Probablemente eres el mejor de los de tu edad. Pero Valentine es uno de los mejores que ha existido nunca. Hizo falta una gigantesca batalla para derrotarlo.

—Y no se quedó tumbado exactamente —concluyó Isabelle, examinando los dientes de su tenedor—. Al parecer.

—Pero nosotros estamos aquí —insistió Jace—. Nosotros estamos aquí, y debido a los Acuerdos, no hay nadie más. Si no hacemos algo...

—Vamos a hacer algo —repuso Hodge—. Enviaré a la Clave un mensaje esta noche. Podrían tener a un cuerpo de nefilim aquí mañana si quisieran. Ellos se ocuparán de esto. Tú has hecho más que suficiente.

Jace se aquietó, pero sus ojos siguieron reluciendo.

—No me gusta.

—No tiene que gustarte —replicó Alec—. Simplemente tienes que callarte y no hacer ninguna estupidez.

—Pero ¿qué pasa con mi madre? —exigió Clary—. No puede esperar a que algún representante de la Clave aparezca. Valentine la tiene en estos momentos, Pangborn y Blackwell lo dijeron, y él podría estar...

No fue capaz de pronunciar la palabra tortura, pero Clary sabía que no era la única en pensar en ella. De repente, nadie en la mesa fue capaz de mirarla a los ojos.

Excepto Simon.

—Haciéndole daño —dijo éste, finalizando su frase—. Pero, Clary, también dijeron que estaba inconsciente y que Valentine no estaba contento con eso. Parece que está esperando a que despierte.

—Yo permanecería inconsciente si fuera ella —rezongó Isabelle.

—Pero eso podría suceder en cualquier momento —replicó Clary, haciendo caso omiso de Isabelle—. Pensaba que la Clave tenía el compromiso de proteger a la gente. ¿No debería haber cazadores de sombras aquí en este momento? ¿No deberían estar ya buscándola?

—Eso sería más fácil —espetó Alec—, si tuviéramos alguna ligera idea de dónde buscar.

—Pero la tenemos —afirmó Jace.

—¿La tienes? —Clary le miró, sobresaltada y ansiosa—. ¿Dónde?

—Aquí.

Jace se inclinó y le acercó los dedos a la sien, con tanta suavidad que un rubor invadió el rostro de la muchacha.

—Todo lo que necesitamos saber está encerrado en tu cabeza, bajo esos bonitos rizos.

Clary alzó la mano para tocar sus cabellos en actitud protectora.

—No creo que...

—Entonces, ¿qué vas a hacer? —inquirió Simon con brusquedad—. ¿Abrirle la cabeza con un cuchillo para llegar hasta ello?

Los ojos de Jace centellearon, pero respondió con calma.

—En absoluto. Los Hermanos Silenciosos pueden ayudarla a recuperar sus recuerdos.

—Tú odias a los Hermanos Silenciosos —protestó Isabelle.

—No los odio —respondió él con sencillez—. Les temo. No es la misma cosa.

—Creí que dijiste que eran bibliotecarios —dijo Clary.

—Son bibliotecarios.

Simon lanzó un silbido.

—Ésos deben matarte si te atrasas en el pago de las cuotas.

—Los Hermanos Silenciosos son archiveros, pero eso no es todo lo que son —interrumpió Hodge, en un tono que parecía indicar que se le acababa la paciencia—. Para poder fortalecer sus mentes, han elegido asumir algunas de las runas más poderosas jamás creadas. El poder de esas runas es tan grande que su uso... —Calló y Clary oyó la voz de Alec en su mente, diciendo: «Se mutilan»—. Bueno, deforma y retuerce su forma física. No son guerreros en el mismo sentido en que otros cazadores de sombras son guerreros. Sus poderes son poderes de la mente, no del cuerpo.

—¿Leen la mente? —preguntó Clary con un hilillo de voz.

—Entre otras cosas. Son los más temidos de todos los cazadores de demonios.

—No sé —indicó Simon—, no me suena tan terrible. Preferiría que alguien se dedicara a entretenerse con mi mente en lugar de cortarme la cabeza.

—Entonces eres un idiota mucho más grande de lo que pareces —espetó Jace, contemplándole con desprecio.

—Jace tiene razón —intervino Isabelle—. Los Hermanos Silenciosos dan realmente miedo.

La mano de Hodge estaba fuertemente cerrada sobre la mesa.

—Son muy poderosos —declaró—. Se mueven en la oscuridad y no hablan, pero pueden abrir la mente de un hombre del mismo modo en que pelarías una nuez..., y dejar a esa persona chillando sola en la oscuridad si es eso lo que desean.

Clary miró a Jace, horrorizada.

—¿Quieres entregarme a ellos?

—Quiero que ellos te ayuden.

Jace se inclinó sobre la mesa, tan cerca que ella pudo ver las manchas ambarinas más oscuras de sus ojos claros.

—Tal vez no podamos buscar la Copa —siguió en voz baja—. Tal vez la Clave hará eso. Pero lo que hay en tu mente te pertenece a ti. Alguien ha ocultado secretos ahí, secretos que no puedes ver. ¿No quieres conocer la verdad sobre tu propia vida?

—No quiero a otra persona metida en mi cabeza —contestó ella con voz débil.

Sabía que él tenía razón, pero la idea de entregarse a seres que incluso los cazadores de sombras consideraban escalofriantes le helaba la sangre.

—Iré contigo —se ofreció Jace—. Me quedaré contigo mientras lo hacen.

—Ya es suficiente. —Simon se había levantado de la mesa, rojo de rabia—. Déjala en paz.

Alec echó una rápida mirada a Simon como si acabara de advertir su presencia, mientras se apartaba los despeinados cabellos negros de los ojos con los dedos y pestañeaba.

—¿Qué haces tú todavía aquí, mundano?

Simon hizo como si no existiera.

—He dicho que la dejes en paz.

Jace le echó una mirada, una lenta mirada dulcemente ponzoñosa.

—Alec tiene razón —dijo—. El Instituto tiene el deber de dar refugio a cazadores de sombras, no a sus amigos mundanos. En especial cuando éstos han dejado de ser bienvenidos.

Isabelle se puso de pie y agarró a Simon por el brazo.

—Yo lo acompañaré fuera.

Por un momento pareció como si Simon fuera a resistirse, pero captó la mirada de Clary desde el otro lado de la mesa, negando levemente con la cabeza, y se calmó. Con la cabeza alta, dejó que Isabelle le condujera fuera de la habitación.

Clary se puso en pie.

—Estoy cansada —anunció—. Quiero irme a dormir.

—Apenas has comido nada... —protestó Jace.

Ella apartó la mano que él alargaba.

—No tengo hambre.

En el pasillo hacía más fresco que en la cocina. Clary se apoyó en la pared, tirando de la camiseta, que se le pegaba al sudor frío del pecho. Pasillo adelante pudo ver cómo las sombras engullían las figuras de Isabelle y Simon, que se alejaban. ¿Cuándo se había convertido Simon en responsabilidad de Isabelle en lugar de suya? Si había una cosa que estaba aprendiendo de todo aquello, era lo fácil que resultaba perder lo que uno había creído que tenía para siempre.

La habitación era toda dorada y blanca, con paredes altas que brillaban como esmalte, y un techo, muy arriba, transparente y reluciente como diamantes. Clary llevaba puesto un vestido de terciopelo verde y sostenía un abanico dorado en la mano. Los cabellos, retorcidos en un nudo que derramaba rizos, hacían que sintiera la cabeza extrañamente pesada cada vez que la giraba para mirar a su espalda.

—¿Ves a alguien más interesante que yo? —preguntó Simon.

En el sueño, Simon, era, misteriosamente, un bailarín experto, que la conducía a través de la multitud como si fuera una hoja atrapada en la corriente de un río. Iba vestido de negro, como un cazador de sombras, y eso le favorecía mucho: cabello oscuro, piel ligeramente tostada, dientes blancos. «Es atractivo», pensó Clary, con repentina sorpresa.

—No hay nadie más interesante que tú —respondió ella—. Es simplemente este lugar. Nunca he visto nada igual.

Volvió la cabeza otra vez cuando pasaron ante una fuente de champán: una enorme bandeja de plata en cuyo centro había una sirena con una jarra, vertiendo el líquido espumoso por encima de su espalda desnuda. La gente llenaba sus copas en la fuente, riendo y conversando. La sirena movió la cabeza cuando Clary pasó, y sonrió. La sonrisa mostró unos dientes blancos, tan afilados como los de un vampiro.

—Bienvenida a la Ciudad de Cristal —dijo una voz que no era la de Simon.

Clary descubrió que Simon había desaparecido y que ahora bailaba con Jace, que iba vestido de blanco, con una camisa de algodón; podía ver las Marcas negras a través de él. Llevaba una cadena de bronce alrededor de la garganta, y su cabello y ojos parecían más dorados que nunca; pensó en lo mucho que le gustaría pintar su retrato con la opaca pintura dorada que a veces se veía en los iconos rusos.

—¿Dónde está Simon? —preguntó mientras volvían a girar alrededor de la fuente de champán. Clary vio a Isabelle allí, con Alec, ambos vestidos de azul cobalto. Iban cogidos de la mano, como Hansel y Gretel en el bosque oscuro.

—Este lugar es para los vivos —dijo Jace.

Sus manos estaban frías sobre las de ella, y fue consciente de ellas de un modo en que no lo había sido de las de Simon.

Le miró entrecerrando los ojos.

—¿Qué quieres decir?

Él se inclinó muy cerca. Sintió sus labios sobre la oreja. No estaban nada fríos.

—Despierta, Clary —murmuró—. Despierta. Despierta.

Se sentó en la cama de golpe, jadeante, con los cabellos pegados al cuello por un sudor frío. Le sujetaban las muñecas con fuerza; intentó desasirse, entonces comprendió quién la sujetaba.

—¿Jace?

—Sí.

Estaba sentado en el borde de la cama —¿cómo había llegado ella a una cama?— despeinado y medio despierto, con los cabellos de recién levantado y ojos soñolientos.

—Suéltame.

—Lo siento. —Los dedos de él resbalaron de las muñecas de Clary—. Has intentado pegarme cuando pronuncié tu nombre.

—Estoy un poco nerviosa, supongo.

Miró a su alrededor. Estaba en un pequeño dormitorio amueblado con madera oscura. Por la tenue luz que penetraba por la ventana entreabierta, imaginó que amanecía, o que acababa de hacerlo. Su mochila estaba apoyada en una pared.

—¿Cómo he llegado aquí? No recuerdo...

—Te encontré dormida en el pasillo. —Jace parecía divertido—. Hodge me ayudó a meterte en la cama. Pensó que estarías más cómoda en un cuarto de invitados que en la enfermería.

—Vaya. No recuerdo nada. —Se pasó los dedos por los cabellos, apartándose desaliñados rizos de los ojos—. ¿Qué hora es, de todos modos?

—Como las cinco.

—¿De la mañana? —Le miró iracunda—. Será mejor que tengas una buena razón para despertarme.

—¿Por qué, tenías un sueño agradable?

Ella todavía podía oír música en sus oídos, sentir las pesadas joyas acariciando sus mejillas.

—No lo recuerdo.

Él se puso en pie.

—Uno de los Hermanos Silenciosos está aquí para verte. Hodge me ha enviado a despertarte. En realidad, ofreció despertarte él mismo, pero puesto que son las cinco de la mañana, imaginé que te sentirías menos irritable si tenías algo agradable que contemplar.

—¿Eso se refiere a ti?

—¿A qué otra cosa?

—No he accedido a verlos —le espetó ella—. A los Hermanos Silenciosos.

—¿Quieres encontrar a tu madre o no? —inquirió él.

La miró fijamente.

—Sólo tienes que reunirte con el hermano Jeremiah. Eso es todo. Incluso puede que te guste. Tiene un gran sentido del humor para ser un tipo que nunca dice nada.

Clary se llevó las manos a la cabeza.

—Sal. Sal para que pueda cambiarme.

Sacó las piernas fuera de la cama en cuanto la puerta se cerró tras él. Aunque apenas había amanecido, un calor húmedo empezaba a acumularse ya en la habitación. Cerró la ventana y entró en el cuarto de baño para lavarse la cara y enjuagarse la boca, que le sabía a papel viejo.

Al cabo de cinco minutos, ya estaban metiendo los pies en sus tenis verdes. Se había puesto unos shorts de mezclilla y una camiseta lisa negra. Si al menos sus delgadas piernas pecosas se parecieran más a las extremidades suaves y estilizadas de Isabelle. Pero no se podía hacer nada. Se recogió el cabello en una cola de caballo y fue a reunirse con Jace en el pasillo.

Iglesia estaba allí con él, farfullando y describiendo círculos nerviosamente.

—¿Qué le pasa al gato? —pregunto Clary.

—Los Hermanos Silenciosos lo ponen nervioso.

—Suena como si pusieran nervioso a todo el mundo.

Jace le dedicó una leve sonrisa. *Iglesia* maulló cuando iniciaron la marcha por el pasillo, pero no les siguió. Al menos, las gruesas piedras de los muros de la catedral todavía retenían algo del frescor de la noche; los pasillos estaban oscuros y fríos.

Cuando llegaron a la biblioteca, a Clary le sorprendió ver que las lámparas estaban apagadas. La habitación estaba iluminada únicamente por la luz lechosa que se filtraba a través de las altas ventanas situadas en el techo abovedado. Hodge se hallaba sentado tras el enorme escritorio, vestido con un traje, los cabellos canosos le brillaban plateados por la luz del amanecer. Por un instante, Clary creyó que estaba solo en la habitación: que Jace le había gastado una broma. Entonces vio que una figura salía de la penumbra, y comprendió que lo que había creído que era un trozo de sombra más oscura era, en realidad, un hombre. Un hombre alto con una gruesa túnica que le cubría desde el cuello a los pies. La capucha estaba alzada, ocultando su rostro. La túnica misma era del color del pergamino, y los intrincados diseños rúnicos a lo largo del dobladillo y las mangas parecían haber sido pintados allí con sangre que empezaba a secarse. A Clary se le erizó el vello de los brazos y la nuca, pinchándola de un modo casi doloroso.

—Éste —presentó Hodge— es el hermano Jeremiah de la Ciudad Silenciosa.

El hombre avanzó hacia ellos, el grueso manto arremolinándose mientras se movía, y Clary comprendió qué era lo que había en él que resultaba extraño: no hacía el menor ruido al andar, no se oía ni la más leve pisada. Incluso la capa, que debería haber susurrado, se movía silenciosa. Se preguntó si no era un fantasma..., pero no, se dijo cuando él se detuvo frente a ella, porque le envolvía un extraño olor dulzón, como de incienso y sangre, el olor de algo vivo.

—Y ésta, Jeremiah —dijo Hodge, alzándose del escritorio—, es la chica sobre la que les escribí. Clarissa Fray.

El rostro encapuchado se volvió despacio hacia ella. Clary se sintió helada hasta la punta de los dedos.

—Hola —dijo.

No hubo respuesta.

—Decidí que tenías razón, Jace —dijo Hodge.

—Claro que tenía razón —repuso él—. Por lo general la tengo.

Hodge hizo como si no oyera el comentario.

—Anoche envié una carta a la Clave sobre todo esto, pero los recuerdos de Clary son de ella. Únicamente ella puede decidir cómo quiere ocuparse del contenido de su cabeza. Si quiere la ayuda de los Hermanos Silenciosos, debería tener esa posibilidad.

Clary no dijo nada. Dorothea había dicho que existía un bloqueo en su mente, que ocultaba algo. Por supuesto que quería saber qué era. Pero la figura sombría del Hermano Silencioso era tan..., bueno, silenciosa. El mismo silencio emanaba de él igual que una oscura marea, negra y espesa como tinta. Le helaba los huesos.

El rostro del hermano Jeremiah seguía vuelto hacia ella, con nada excepto oscuridad visible bajo su capucha.

«¿Ésta es la hija de Jocelyn?»

Clary profirió una leve exclamación ahogada. Las palabras le habían resonado dentro de la cabeza, como si las hubiese pensado ella misma; pero no lo había hecho.

—Sí —dijo Hodge, y añadió rápidamente—, pero su padre era un mundano.

«Eso no importa —dijo Jeremiah—. La sangre de la Clave es preponderante.»

—¿Por qué ha llamado Jocelyn a mi madre? —inquirió Clary, buscando en vano alguna señal de un rostro debajo de la capucha—. ¿La conoció?

—Los Hermanos mantienen registros de todos los miembros de la Clave —explicó Hodge—. Registros exhaustivos.

—No tan exhaustivos —indicó Jace—, si no sabían siquiera que ella seguía viva.

«Es probable que contara con la ayuda de un brujo para su desaparición. La mayoría de los cazadores de sombras no pueden escapar tan fácilmente de la Clave.»

No había emoción en la voz de Jeremiah; no parecía aprobar ni desaprobar las acciones de Jocelyn.

—Hay algo que no comprendo —dijo Clary—. ¿Por qué iba a

179

pensar Valentine que mi madre tiene la Copa Mortal? Si ella se tomó tantas molestias para desaparecer, entonces, ¿por qué iba a llevársela con ella?

—Para impedir que él le pusiera las manos encima —contestó Hodge—. Ella más que nadie debía de saber lo que sucedería si Valentine tenía la Copa. E imagino que no confiaba en que la Clave pudiera conservarla. No después de que Valentine se la había arrebatado una vez.

—Supongo. —Clary no pudo mantener la duda alejada de su voz.

Todo ello parecía tan improbable. Intentó imaginarse a su madre huyendo al amparo de la oscuridad, con una gran copa de oro escondida en el bolsillo de su overol, y fracasó.

—Jocelyn se volvió contra su esposo cuando descubrió lo que pretendía hacer con la Copa —continuó Hodge—. Es razonable asumir que hubiera hecho todo lo que estaba a su alcance para impedir que la Copa cayera de nuevo en manos de Valentine. La Clave misma habría dirigido sus ojos primero hacia ella de haber pensado que seguía viva.

—Me parece —dijo Clary con un tono incisivo— que nadie que la Clave considera muerto, está muerto en realidad. Quizá deberían invertir en historiales dentales.

—Mi padre está muerto —replicó Jace, con el mismo deje cortante en su voz—. No necesito historiales dentales para que me lo digan.

Clary se revolvió contra él con cierta exasperación.

—Oye, no quería decir...

«Es suficiente —interrumpió el hermano Jeremiah—. Se puede obtener verdad de esto, si son lo bastante pacientes como para escucharla.»

Alzó las manos con un gesto veloz y se echó la capucha atrás. Olvidando a Jace, Clary contuvo el impulso de gritar. La cabeza del archivero era calva, lisa y blanca como un huevo, con oscuras muescas donde habían estado los ojos en el pasado. Ya no los tenía. Los labios estaban entrecruzados con un dibujo de líneas oscuras que recordaban puntos de sutura. Comprendió entonces a qué se había referido Isabelle al hablar de mutilación.

«Los Hermanos de la Ciudad Silenciosa no mienten —dijo Jeremiah—. Si quieren la verdad de mí, la tendrán pero les pido lo mismo a cambio.»

Clary alzó la barbilla.

—Yo tampoco soy una mentirosa.

«La mente no puede mentir. —Jeremiah fue hacia ella—. Son tus recuerdos lo que quiero.»

El olor a sangre y a tinta era sofocante. La muchacha sintió una oleada de pánico.

—Espere...

—Clary. —Era Hodge, el tono de voz dulce—. Es totalmente posible que haya recuerdos que has enterrado o reprimido, recuerdos formados cuando eras demasiado joven para poseer una memoria consciente de ellos, y el hermano Jeremiah los puede alcanzar. Nos ayudaría mucho.

Ella no dijo nada, mordiéndose el interior del labio. Odiaba la idea de que alguien se introdujera en su mente, que tocara recuerdos tan personales y ocultos que ni siquiera ella podía llegar hasta ellos.

—Ella no tiene que hacer nada que no quiera hacer —dijo Jace de improviso—. ¿Verdad?

Clary respondió antes de que Hodge pudiera decir nada.

—Está bien. Lo haré.

El hermano Jeremiah asintió con un sucinto gesto, y avanzó hacia ella con aquella ausencia de sonido que hacía que Clary sintiera escalofríos en la espalda.

—¿Dolerá? —musitó ella.

Él no respondió, pero sus estrechas manos blancas se alzaron para tocarle la cara. La piel de sus dedos era fina como pergamino, pintada toda ella con runas. Clary sintió el poder que contenían, saltando como electricidad estática para aguijonearle la piel. Cerró los ojos, pero no antes de ver la expresión ansiosa que cruzó por el rostro de Hodge.

Se arremolinaron colores sobre la oscuridad que había tras sus párpados y sintió una presión, un fuerte tirón en la cabeza, las manos y los pies. Cerró con fuerza las manos, luchando contra el peso, la negrura. Sintió como si la estrujaran contra algo duro y rígido, como si la aplastaran lentamente. Se oyó jadear y de improviso sintió frío por todo el cuerpo, un frío invernal. Como en una instantánea, vio una calle helada, edificios grises que se alzaban sobre su cabeza, una explosión de blancura que les azotaba el rostro con gélidas partículas...

—Es suficiente.

La voz de Jace se abrió paso a través del frío invernal, y la nieve que caía desapareció, convertida en una lluvia de chispas blancas. Los ojos de Clary se abrieron de golpe.

Poco a poco la biblioteca fue apareciendo con claridad: las paredes repletas de libros, los rostros inquietos de Hodge y Jace. El hermano Jeremiah estaba de pie, inmóvil, un ídolo tallado de marfil y tinta roja. Clary percibió unos agudos dolores en las manos, y al mirar abajo vio líneas rojas surcando la piel en los lugares en los que se había clavado las uñas.

—Jace —dijo Hodge en tono reprobatorio.

—Mírale las manos.

Jace señaló en dirección a Clary, que cerró los dedos para tapar sus palmas lastimadas.

Hodge posó una amplia mano sobre el hombro de la muchacha.

—¿Te encuentras bien?

Ella movió lentamente la cabeza para asentir. El aplastante peso había desaparecido, pero podía notar el sudor que le empapaba los cabellos, que le pegaba la camiseta a la espalda igual que cinta adhesiva.

«Hay un bloqueo en tu mente —dijo el hermano Jeremiah—. No se puede llegar hasta tus recuerdos.»

—¿Un bloqueo? —preguntó Jace—. ¿Quiere decir que ha reprimido sus recuerdos?

«No; me refiero a que los han bloqueado de su mente consciente a través de un hechizo. No puedo romperlo aquí. Tendrá que venir a la Ciudad de Hueso y presentarse ante la Hermandad.»

—¿Un hechizo? —dijo Clary, incrédula—. ¿Quién puede haberme hecho un hechizo?

Nadie le respondió. Jace miró a su tutor. Éste estaba sorprendentemente pálido, teniendo en cuenta que aquello había sido idea suya.

—Hodge, ella no debería tener que ir si no...

—No pasa nada.

Clary inspiró profundamente. Le dolían las palmas allí donde se había herido con las uñas, y quería desesperadamente tumbarse en algún lugar oscuro y descansar.

—Iré. Quiero saber la verdad. Quiero saber qué hay en mi cabeza.

Jace asintió una sola vez.

—Estupendo. Entonces iré contigo.

Abandonar el Instituto fue como introducirse en una bolsa de lona húmeda y caliente. El aire húmedo presionaba con fuerza sobre la ciudad, convirtiendo el aire en un caldo mugriento.

—No entiendo por qué tenemos que marcharnos separados del hermano Jeremiah —refunfuñó Clary.

Estaban de pie en la esquina frente al Instituto. Las calles estaban desiertas a excepción de un camión de la basura que circulaba pesadamente más adelante.

—¿Es que le avergüenza que lo vean con cazadores de sombras o algo así?

—La Hermandad son cazadores de sombras —indicó Jace.

De algún modo, el joven conseguía parecer fresco a pesar del calor. Clary sintió ganas de abofetearle por ello.

—Supongo que fue a buscar su coche —dijo ella con sarcasmo.

Jace sonrió burlón.

—Algo parecido.

La muchacha sacudió negativamente la cabeza.

—Me sentiría mucho mejor si Hodge hubiese venido con nosotros.

—Vaya. ¿No soy protección suficiente para ti?

—No es protección lo que necesito justo ahora..., es alguien que me ayude a pensar. —Recordando repentinamente, se llevó una mano a la boca—. Ah... ¡Simon!

—No, soy Jace —repuso éste pacientemente—. Simon es esa pequeña comadreja con el horrible corte de pelo y un pésimo sentido de la moda.

—Vamos, cállate —replicó ella, pero fue más algo automático que sentido—. Tenía la intención de llamarlo antes de irme a acostar. Quería saber si había llegado bien a casa.

Meneando la cabeza, Jace contempló los cielos como si estuvieran a punto de abrirse y revelar los secretos del universo.

—¿Con todo lo que está sucediendo, te preocupas por Cara de Comadreja?

—No le llames así. No se parece a una comadreja.

—Puede que tengas razón —repuso él—. He conocido a una o dos comadrejas atractivas en mis tiempos. Se parece más a una rata.

—Él no se...

—Probablemente esté en casa tumbado en un charco de su propia baba. Tú espera a que Isabelle se canse de él y tendrás que recoger los pedazos.

—¿Es probable que Isabelle se canse de él? —preguntó Clary.

Jace lo meditó.

—Sí —contestó.

Clary se preguntó si tal vez Isabelle no sería más lista de lo que Jace pensaba. Quizá comprendería el tipo tan alucinante que era Simon: lo divertido, lo listo, lo estupendo que era. A lo mejor empezarían a salir. La idea la llenó de indescriptible horror.

Absorta en sus pensamientos, tardó varios instantes en advertir que Jace le había estado diciendo algo. Cuando lo miró pestañeando, vio que una sonrisa maliciosa se extendía por su rostro.

—¿Qué? —preguntó de mala gana.

—Ojalá dejaras de intentar desesperadamente atraer mi atención de este modo —dijo él—. Se ha vuelto embarazoso.

—El sarcasmo es el último refugio de los que tienen la imaginación en bancarrota —le respondió ella.

—No puedo evitarlo. Uso mi afilado ingenio para ocultar mi dolor interior.

—Tu dolor no tardará en ser exterior si no te quitas del tráfico. ¿Quieres que te atropelle un taxi?

—No seas ridícula —respondió él—. Jamás conseguiríamos un taxi con tanta facilidad en este vecindario.

Como si le hubiera oído, un alargado coche negro con ventanas oscuras se acercó a la acera con un retumbo sordo y se detuvo frente a Jace, con el motor ronroneando. Era largo, de líneas elegantes y muy pegado al suelo como una limusina, con las ventanillas curvándose hacia el exterior.

Jace miró a Clary de soslayo; había regocijo en su mirada, pero también cierta urgencia. Ella volvió a echar una ojeada al coche, dejando que su mirada se relajara, dejando que la fuerza de lo que era real perforara el velo de *glamour* para poder ver la realidad más allá del encantamiento.

Entonces el coche adoptó el aspecto de la carroza de Cenicienta, aunque en lugar de ser rosa, dorada y azul como un huevo de Pascua, era negra como el terciopelo, con las ventanillas oscuras. Las ruedas eran negras, las guarniciones de cuero todas negras. El asiento de metal negro del cochero lo ocupaba el hermano Jeremiah, sosteniendo un juego de riendas negras en sus manos enguantadas. Su rostro estaba oculto bajo la capucha de la túnica color pergamino. En el otro extremo de las riendas había dos caballos, negros como el humo, que rezongaban y piafaban en dirección al cielo.

—Entra —dijo Jace.

Al ver que ella seguía allí parada y boquiabierta, él la tomó del brazo y medio la empujó a través de la puerta abierta del carruaje, montando tras ella. El carruaje se puso en movimiento antes de que hubiera cerrado la puerta tras ellos. El joven cayó hacia atrás sobre su asiento, de lustroso tapiz afelpado, y dirigió una mirada a su compañera.

—Una escolta personal a la Ciudad de Hueso no es algo para hacerle ascos.

—No le estaba haciendo ascos. Simplemente estaba sorprendida. No esperaba... Quiero decir, pensé que era un coche.

—Simplemente relájate —repuso Jace—. Disfruta de ese olor a carruaje nuevo.

Clary puso los ojos en blanco y giró la cabeza para mirar por las ventanillas. Habría pensado que para un coche de caballos sería muy difícil el tráfico de Manhattan, pero se movían hacia el centro con facilidad, avanzando sigilosamente entre el rugir de taxis, autobuses y utilitarios que congestionaban la avenida. Frente a ellos, un taxi amarillo cambió de carril, cortándoles el paso. Clary se puso tensa, preocupada por los caballos, pero entonces el carruaje dio un bandazo hacia arriba y los corceles saltaron ágilmente al techo del taxi. Ella sofocó una exclamación ahogada. El carruaje, en lugar de arrastrarse tras ellos por el suelo, se alzó en el aire detrás de los caballos, subiendo con suavidad y en silencio al taxi para pasar por encima de él y volver a descender en el otro lado. Clary miró un momento para atrás cuando el vehículo tocó el suelo otra vez con una sacudida.

—Siempre pensé que los conductores de taxi no prestaban atención al tráfico, pero esto es ridículo —dijo con voz débil.

—Sólo porque ahora puedas ver a través del *glamour*...

Jace dejó que el final de la frase flotara delicadamente en el aire entre ellos.

—Sólo puedo hacerlo cuando me concentro —dijo ella—. Me produce cierto dolor de cabeza.

—Apuesto a que se debe al bloqueo que hay en tu mente. Los Hermanos se ocuparán de eso.

—¿Y entonces qué?

—Entonces verás el mundo como es: infinito —repuso él con una seca sonrisa.

—No me lances citas de Blake.

La sonrisa se tornó menos seca.

—No creía que fueras a reconocerlo. No me pareces alguien que lea mucha poesía.

—Todo el mundo conoce esa cita debido a The Doors.

Jace la miró sin comprender.

—The Doors. Eran un grupo de música.

—Si tú lo dices —repuso él.

—Supongo que no tienes mucho tiempo para disfrutar de la música —comentó Clary, pensando en Simon, para quien la música era toda la vida—, dedicándote a lo que te dedicas.

Él se encogió de hombros.

—Quizá algún que otro coro gimiente de condenados.

Clary le miró rápidamente para comprobar si bromeaba, pero estaba inexpresivo.

—Pero ayer estabas tocando el piano —empezó—, en el Instituto. De modo que debes...

El carruaje volvió a ascender con un bandazo. Clary se sujetó al borde de su asiento y se quedó boquiabierta: pasaban por el techo de un autobús de la línea M1 que iba al centro de la ciudad. Desde aquella posición estratégica podía ver los pisos superiores de los edificios que bordeaban la avenida, minuciosamente esculpidos con gárgolas y cornisas decorativas.

—No hacía más que pasar el rato —respondió Jace, sin mirarla—. Mi padre insistió en que aprendiera a tocar un instrumento.

—Suena estricto, tu padre.

—En absoluto. —El tono del muchacho era cortante—. Me mimaba. Me lo enseñó todo: el manejo de las armas, demonología, tradiciones arcanas, lenguas antiguas. Me daba cualquier cosa que deseara. Caballos, armas, libros, incluso un halcón de caza.

«Pero armas y libros no son precisamente lo que muchos niños

187

quieren en Navidad», pensó Clary mientras el carruaje volvía a caer al asfalto con un ruido sordo.

—¿Por qué no mencionaste a Hodge que conocías a los hombres con los que hablaba Luke? ¿Y que eran los que mataron a tu padre?

Jace bajó los ojos. Clary le siguió la mirada hasta las manos. Eran delgadas y cuidadas, las manos de un artista, no de un guerrero. El anillo que ella había advertido antes centelleó en su dedo. Clary pensó que debería haber algo de femenino en un muchacho que llevara un anillo, pero no lo había. El anillo mismo era sólido y confeccionado en plata oscura, con un dibujo de estrellas alrededor. Tenía grabada la letra W.

—Porque si lo hiciera —respondió él—, sabría que quiero matar a Valentine yo mismo. Y jamás me dejaría intentarlo.

—¿Te refieres a que quieres matarlo para vengarte?

—Para hacer justicia —repuso Jace—. Jamás supe quién mató a mi padre. Ahora lo sé. Ésta es mi oportunidad de corregirlo.

Clary no veía cómo matar a una persona podía corregir la muerte de otra, pero tuvo la sensación de que no iba a servir de nada decirlo.

—Pero tú sabías quién lo mató —dijo—. Fueron esos dos hombres. Dijiste...

Jace no la miraba, así que Clary dejó que su voz se apagara. En aquel momento cruzaban Astor Place, esquivando por poco un tranvía morado de la universidad de Nueva York que se abría paso entre el tráfico. Los peatones que pasaban parecían aplastados por el aire pesado, igual que insectos inmovilizados bajo cristal. Algunos grupos de chicos sin techo estaban amontonados alrededor de la base de una enorme estatua de latón, con carteles de cartón donde pedían dinero apoyados frente a ellos. Clary vio a una muchacha de aproximadamente su edad, con la cabeza perfectamente afeitada, recostada contra un muchacho de piel morena con rastas y el rostro adornado con una docena de *piercings*. El muchacho giró la cabeza al pasar el carruaje como si pudiera verlo, y ella distinguió el destello de sus ojos. Uno estaba nublado, como si careciera de pupila.

—Tenía diez años —dijo Jace.

Clary volvió la cabeza para mirarle. No mostraba ninguna emoción. Siempre parecía palidecer cuando hablaba de su padre.

—Vivíamos en una mansión, en el campo. Mi padre siempre dijo que era más seguro estar lejos de la gente. Los oí venir por el camino que llevaba a la casa y fui a decírselo. Me dijo que me escondiera, así que me escondí bajo las escaleras. Vi a esos hombres entrar. Llevaban a otros con ellos. No a hombres. Repudiados. Dominaron a mi padre y le cortaron el cuello. La sangre corrió por el suelo. Me empapó los zapatos. No me moví.

Clary tardó un momento en darse cuenta de que él había acabado de hablar, y otro en recuperar la voz.

—Lo siento mucho, Jace.

Los ojos del muchacho brillaron en la oscuridad.

—No entiendo por qué los mundanos siempre se disculpan por cosas que no son culpa suya.

—No me estoy disculpando. Es un modo de... establecer empatía. De decir que siento que seas desgraciado.

—No soy desgraciado —contestó él—. Sólo la gente sin un propósito es desgraciada. Yo tengo un propósito.

—¿Quieres decir matar demonios, o vengarte por la muerte de tu padre?

—Ambas cosas.

—¿Querría realmente tu padre que mataras a esos hombres? ¿Sólo por venganza?

—Un cazador de sombras que mata a uno de sus camaradas es peor que un demonio y debería ser suprimido igual que uno de ellos —replicó Jace, sonando como si recitara las palabras de un libro de texto.

—¿Pero son todos los demonios malvados? —preguntó ella—. Quiero decir, si todos los vampiros no son malvados, y todos los hombres lobo no son malvados, quizá...

Jace se revolvió contra ella, exasperado.

—No es la misma cosa en absoluto. Los vampiros, los hombres lobo, incluso los brujos, son humanos en parte. Parte de este mundo, nacidos en él. Pertenecen a este sitio. Pero los demonios vienen de otros mundos. Son interdimensionales. Llegan a un mundo y lo consumen. No saben construir, sólo destruir... No saben crear, sólo usar. Agotan un lugar hasta convertirlo en cenizas y cuando está muerto, se trasladan al siguiente. Es vida lo que quieren..., no sólo tu vida o la mía, sino toda la vida de este mundo, sus ríos y ciudades, sus océanos, todo ello. Y lo único que se interpone entre ellos y la destrucción de todo esto —señaló fuera de la ventanilla del carruaje, agitando la mano como si quisiera indicar todo en la ciudad, desde los rascacielos de la parte alta al atasco de tráfico de la calle Houston— son los nefilim.

—Ah —dijo Clary, pues no parecía que hubiera mucho más que decir—. ¿Cuántos otros mundos existen?

—Nadie lo sabe. ¿Cientos? Millones, tal vez.

—¿Y son todos... mundos muertos? ¿Agotados? —Sintió que el estómago le daba un vuelco, aunque podría haber sido la sacudida de cuando pasaron por encima de un Mini color morado, dando una vuelta de campana—. Eso parece tan triste.

—No he dicho eso.

La oscura luz anaranjada de la neblina de la ciudad se derramó al interior por la ventanilla, trazando su anguloso perfil.

—Probablemente existen otros mundos vivos como el nuestro. Pero únicamente los demonios pueden viajar entre ellos. En parte, debido a que son principalmente incorpóreos, aunque nadie sabe exactamente por qué. Gran número de brujos lo han intentado, y jamás ha funcionado. Nada de la Tierra puede atravesar las salvaguardas colocadas entre los mundos. Si pudiéramos —prosiguió—, podríamos cerrarles el paso para impedir que vinieran aquí, pero nadie ha conseguido nunca averiguar cómo hacer eso. De hecho, cada vez llegan más de ellos. En el pasado se trataba de pequeñas invasiones demoniacas, que podían contenerse fácilmente. Pero desde que tengo uso de razón, cada vez son más los que se filtran a través de las salvaguardas. La Clave se pasa el tiempo enviando cazadores de sombras, y en muchas ocasiones no regresan.

—Pero si tuvieran la Copa Mortal, podrían crear más, ¿verdad? ¿Más cazadores de demonios? —preguntó Clary tímidamente.

—Claro —contestó Jace—. Pero hace ya años que no tenemos la Copa, y muchos de nosotros morimos jóvenes. De modo que nuestro número mengua.

—No se están, ah... —Clary buscó la palabra correcta—. ¿Reproduciendo?

Jace profirió una carcajada justo cuando el carruaje efectuó un repentino y pronunciado giro a la izquierda. El muchacho se sujetó bien, pero Clary se vio arrojada contra él. Éste la agarró, y la apartó con suavidad pero con firmeza. La joven sintió la presión fría del anillo de plata como una esquirla de hielo contra su piel sudorosa.

—Por supuesto —repuso él burlón—. Nos encanta reproducirnos. Es una de nuestras diversiones favoritas.

Clary se apartó de él, con el rostro ardiendo en la oscuridad, y giró la cabeza para mirar por la ventanilla. Corrían en dirección a una gruesa reja de hierro forjado, cubierta de oscuras enredaderas.

—Hemos llegado —anunció Jace mientras el suave rodar de ruedas sobre asfalto se convertía en el traqueteo de los adoquines.

Clary vislumbró palabras sobre un arco cuando pasaron bajo él: CEMENTERIO MARBLE DE LA CIUDAD DE NUEVA YORK.

—Pero dejaron de enterrar a gente en Manhattan hace un siglo... ¿no es cierto? —preguntó.

Avanzaban por un estrecho callejón con elevadas paredes de piedra a ambos lados.

—La Ciudad de Hueso ha estado aquí más tiempo que eso.

El carruaje se detuvo en seco con un bandazo. Clary dio un brinco cuando Jace alargó el brazo, pero éste se limitaba a extenderlo por delante de ella para abrir la puerta en su lado. El brazo estaba levemente musculoso y recubierto de vello dorado, fino como polen.

—¿Uno no tiene elección, verdad? —inquirió ella—. En lo de ser cazador de sombras. No puedes desentenderte de ello.

—No —respondió él.

La puerta se abrió de par en par y dejó entrar una ráfaga de aire bobochornoso. El vehículo se había detenido sobre una amplia plaza de pasto verde rodeada de paredes de mármol cubiertas de musgo.

—Pero si tuviera elección, esto seguiría siendo lo que elegiría.

—¿Por qué?

Él enarcó una ceja, lo que hizo que Clary se sintiera instantáneamente celosa. Siempre había deseado poder hacer aquello.

—Porque —contestó él—, es para lo que sirvo.

Saltó fuera del carruaje. Clary se deslizó hasta el borde de su asiento, balanceando las piernas. Había una buena distancia hasta los adoquines. Saltó. El impacto le dejó los pies adoloridos, pero no se cayó. Se volvió en redondo, triunfal, y se encontró con Jace que la observaba.

—Te habría ayudado a bajar —dijo éste.

—No pasa nada —respondió ella, pestañeando—. No tenías por qué.

El joven echó un vistazo detrás de él. El hermano Jeremiah descendía de su puesto tras los caballos con una silenciosa caída de túnica. No proyectaba ninguna sombra sobre la hierba tostada por el sol.

«Vengan», dijo. Se alejó majestuosamente del carruaje y las reconfortantes luces de la Segunda Avenida, yendo hacia el centro oscuro del jardín. Estaba claro que esperaba que lo siguieran.

La hierba estaba seca y crujía bajo los pies; las paredes de mármol a ambos lados eran lisas y nacaradas. Había nombres grabados en la piedra de las paredes, nombres y fechas. Clary tardó un momento en comprender que se trataba de indicadores de sepulturas. Un escalofrío le recorrió la espalda. ¿Dónde estaban los cuerpos? ¿En las paredes, enterrados de pie como si los hubiesen emparedado en vida...?

Había olvidado mirar por dónde iba, y cuando chocó contra algo inconfundiblemente vivo, soltó un sonoro grito.

Era Jace.

—No chilles de ese modo. Despertarás a los muertos.

Ella le miró con el entrecejo fruncido.

—¿Por qué te detienes?

Él señaló al hermano Jeremiah, que se había detenido frente a una estatua sólo ligeramente más alta que él, cuya base estaba cubierta de musgo. Era la estatua de un ángel. El mármol estaba tan pulido que parecía transparente. El rostro del ángel era fiero, hermoso y triste, y en unas largas manos blancas sostenía una copa, en cuyo borde había joyas de mármol incrustadas. Algo en la estatua cosquilleó en la memoria de Clary con una inquietante familiaridad. Había una fecha grabada en la base, 1234, y unas palabras alrededor de ella: NEPHILIM: FACILIS DESCENSOS AVERNI.

—¿Se supone que eso es la Copa Mortal? —preguntó.

Jace asintió.

—Y ése es el lema de los nefilim, de los cazadores de sombras, ahí en la base.

—¿Qué significa?

La amplia sonrisa de Jace fue un destello blanco en la oscuridad.

—Significa: Cazadores de sombras. Les sienta mejor el negro que a las viudas de nuestros enemigos desde 1234.

—Jace...

«Significa —dijo Jeremiah—: El descenso al infierno es fácil.»

—Bonito y optimista —indicó Clary, pero un escalofrío le recorrió la piel a pesar del calor.

—Tener eso ahí es una muestra del sentido del humor de los Hermanos —dijo Jace—. Ya lo verás.

La muchacha miró al hermano Jeremiah; éste había sacado una estela, que brillaba tenuemente, de algún bolsillo interior de su túnica, y con la punta trazaba el dibujo de una runa sobre la base de la estatua. De repente, la boca del ángel de piedra se abrió de par en par en un silencioso grito, y un enorme agujero negro apareció en la zona cubierta de pasto a los pies de Jeremiah. Parecía una tumba abierta.

Clary se aproximó despacio al borde y atisbó al interior. Unos peldaños de granito conducían al interior del agujero, con los bordes desgastados por años de uso. A intervalos, había antorchas colocadas a lo largo de los peldaños llameando con luz verde y azul hielo. El final de la escalera se perdía en la oscuridad.

Jace inició el descenso con la naturalidad de quien encuentra familiar una situación, aunque no precisamente cómoda. A mitad de camino de la primera antorcha, se detuvo y alzó la vista hacia ella.

—Vamos —dijo con impaciencia.

Clary apenas había puesto el pie en el primer peldaño cuando sintió que una mano helada le sujetaba el brazo. Levantó los ojos con sorpresa. El hermano Jeremiah le agarraba la muñeca; los gélidos dedos blancos se le clavaban en la carne. Distinguió el brillo óseo de su rostro desfigurado bajo el borde de la capucha.

«No temas —dijo su voz en el interior de la mente de Clary—. Haría falta más que un simple grito humano para despertar a estos muertos.»

Cuando le soltó el brazo, la muchacha descendió con rápidos saltitos los peldaños, siguiendo a Jace, con el corazón martilleándole las costillas. Jace había sacado de su soporte una de las antorchas, que ardía con una luz verde, y la sostenía a la altura de la cabeza. El resplandor daba un tinte verde a su tez.

—¿Estás bien?

Ella asintió, incapaz de hablar. La escalera finalizó en un rellano plano; ante ellos se extendía un túnel, largo y negro, estriado por las raíces enroscadas de los árboles. Una tenue luz azulada se veía al final del túnel.

—Está tan... oscuro —susurró ella.

—¿Quieres que te tome de la mano?

Clary colocó ambas manos a la espalda como una niña pequeña.

—No me hables en ese tono condescendiente, como si fuera una niñita.

—Bueno, no eres precisamente un gigante. Eres demasiado bajita. —Jace echó una veloz mirada detrás de ella, y la antorcha lanzó una lluvia de chispas debido al movimiento—. No hace falta tanta ceremonia, hermano Jeremiah —indicó, arrastrando las palabras—. Adelante. Iremos justo detrás de usted.

Clary dio un brinco. Todavía no estaba acostumbrada a las silenciosas idas y venidas del archivero. El hombre se movió sin hacer ruido del lugar donde había estado de pie tras ella y se encaminó al interior del túnel. Al cabo de un momento, ella lo siguió, apartando a un lado la mano tendida de Jace al pasar.

La primera visión de Clary de la Ciudad Silenciosa fue la de una hilera tras otra de altos arcos de mármol que se alzaban por encima de sus cabezas, desapareciendo a lo lejos como las ordenadas hileras de árboles de un huerto. El mármol mismo era de un inmaculado tono marfil ceniciento, compacto y pulido, con estrechas tiras de ónix, jaspe y jade insertadas en algunos lugares. A medida que se alejaban jaban del túnel y avanzaban hacia el bosque de arcos, Clary vio que en el suelo estaban grabadas las mismas runas que a veces decoraban la piel de Jace con dibujos de líneas, volutas y espirales.

Cuando los tres pasaron a través del primer arco, algo grande y blanco surgió a la izquierda de la joven, como un iceberg frente a la proa del *Titanic*. Era un bloque de piedra blanca, liso y cuadrado, con una especie de puerta insertada en la parte frontal. Le recordó una casita de juguete del tamaño de un niño, casi lo bastante grande, pero no del todo, para que ella pudiese permanecer de pie en el interior.

—Es un mausoleo —explicó Jace, dirigiendo un destello de la luz de la antorcha hacia él, lo que permitió a Clary ver que había una runa grabada en la puerta sellada con pasadores de hierro—. Una tumba. Enterramos a nuestros muertos aquí.

—¿A todos sus muertos? —inquirió ella, medio deseando preguntarle si su padre estaba enterrado allí, pero él ya había seguido adelante y no la habría oído.

Apresuró el paso tras él, no queriendo quedarse sola con el hermano Jeremiah en aquel lugar fantasmal.

—Pensé que dijiste que esto era una biblioteca.

«Existen muchos niveles en la Ciudad Silenciosa —interpuso el hermano Jeremiah—. Y no todos los muertos están enterrados aquí. Existe otro osario en Idris, desde luego, mucho mayor. Pero en este nivel están los mausoleos y el lugar de cremación.»

—¿El lugar de cremación?

«Los que mueren en combate se incineran; sus cenizas se utilizan para construir los arcos de mármol que ves aquí. La sangre y los huesos de los cazadores de demonios son en sí mismos una poderosa protección contra el mal. Incluso en la muerte, la Clave sirve a la causa.»

«Qué agotador —pensó Clary—, combatir toda tu vida y que luego esperen que sigas luchando incluso cuando tu vida ha terminado.»

En la periferia de su visión podía ver los cuadrados panteones blancos alzándose a ambos lados de ella en ordenadas filas de tumbas, cada puerta cerrada por fuera. Comprendió entonces por qué a aquello se le llamaba la Ciudad Silenciosa: sus únicos habitantes eran los Hermanos mudos y los muertos a los que tan celosamente custodiaban.

Habían llegado a otra escalera, que descendía al interior de más penumbra; Jace alargó la antorcha frente a él, surcando las paredes de sombras.

—Vamos al segundo nivel, donde están los archivos y las salas del consejo —indicó, como para tranquilizarla.

—¿Dónde están los alojamientos? —preguntó ella, en parte para mostrarse educada y en parte por auténtica curiosidad—. ¿Dónde duermen los Hermanos?

«¿Dormir?»

La palabra flotó en la oscuridad que había entre ellos. Jace rió, y la llama de la antorcha que sostenía titiló.

—Tenías que preguntarlo.

Al final de la escalera había otro túnel, que se ensanchaba al final en un pabellón cuadrado, con cada esquina marcada por un capitel de hueso tallado. Ardían antorchas en grandes soportes de ónix a los lados del cuadrado, y el aire olía a cenizas y a humo. En el centro del pabellón había una gran mesa de basalto negro con vetas blancas. Detrás de la mesa, en la pared oscura, colgaba una enorme espada de plata, con la punta hacia abajo y la empuñadura tallada en forma de alas extendidas. Sentada a la mesa había una hilera de Hermanos Silenciosos, cada uno cubierto y encapuchado con una túnica del mismo color pergamino que Jeremiah.

Jeremiah no perdió tiempo.

«Hemos llegado. Clarissa, preséntate ante el Consejo.»

Clary echó una mirada rápida a Jace, pero éste pestañeaba, claramente confuso. El hermano Jeremiah debía de haber hablado sólo dentro de su cabeza. Contempló la mesa, la larga fila de figuras silenciosas enfundadas en sus gruesas túnicas. Cuadrados alternos componían el suelo del pabellón: de un color bronce dorado y de un rojo más oscuro. Justo frente a la mesa había un cuadrado más grande, de mármol negro y adornado con un dibujo parabólico de estrellas plateadas.

Clary fue a colocarse en el centro del cuadrado negro como si se pusiera ante un pelotón de fusilamiento. Alzó la cabeza.

—De acuerdo —dijo—. ¿Ahora qué?

Los Hermanos emitieron un sonido, un sonido que a Clary le erizó los pelos de la nuca y los brazos. Fue un sonido parecido a un suspiro o un quejido. Al unísono, alzaron las manos y se echaron las capuchas hacia atrás, dejando al descubierto los rostros marcados con cicatrices y cuencas vacías.

Aunque había visto ya el rostro descubierto del hermano Jeremiah, a Clary se le hizo un nudo en el estómago. Era como mirar una hilera de esqueletos, como uno de aquellos grabados medievales en los que los muertos andaban, hablaban y danzaban sobre los cuerpos

197

amontonados de los vivos. Sus bocas cosidas parecían sonreírle burlonas.

«El Consejo te da la bienvenida, Clarissa Fray», oyó, y no fue sólo una voz silenciosa en su cabeza sino una docena, algunas bajas y ásperas, algunas suaves y monótonas, pero todas eran exigentes, insistentes, ejerciendo presión sobre las frágiles barreras que rodeaban su mente.

—Paren —dijo, y ante su asombro su voz surgió firme y fuerte.

El barullo dentro de su cabeza cesó con la misma rapidez que un disco que ha dejado de girar.

—Pueden entrar en mi cabeza —dijo—, pero sólo cuando esté lista.

«Si no quieres nuestra ayuda, no hay necesidad de esto. Eres tú quien pidió nuestra colaboración, al fin y al cabo.»

—Ustedes quieren saber lo que hay en mi mente, igual que yo —repuso ella—. Eso no significa que no deban hacerlo con cuidado.

El Hermano que se sentaba en el centro juntó los delgados dedos blancos bajo la barbilla.

«Es un rompecabezas interesante, hay que reconocerlo —dijo. Y la voz en el interior de la cabeza de Clary era seca y neutral—. Pero no hay necesidad de emplear la fuerza, si no te resistes.»

Ella apretó los dientes. Quería resistirse a ellos, quería arrancar aquellas voces molestas de su cabeza. Hacerse a un lado y no permitir tal violación de su ser más íntimo y personal...

Pero lo más seguro era que eso ya hubiese ocurrido, se recordó. Eso no era más que la restitución de un crimen del pasado, el robo de su memoria. Si funcionaba, lo que le habían quitado le sería devuelto. Cerró los ojos.

—Adelante —dijo.

El primer contacto llegó como un susurro dentro de su cabeza, delicado como la caricia de una hoja al caer.

«Declara tu nombre para el Consejo.»

«Clarissa Fray.»

A la primera voz se unieron otras.

«¿Quién eres?»

«Soy Clary. Mi madre es Jocelyn Fray. Vivo en el 807 de Berkeley Place en Brooklyn. Tengo quince años. El nombre de mi padre era...»

Su mente pareció retroceder bruscamente sobre sí misma, igual que una goma elástica, y la muchacha empezó a tambalearse en silencio en el centro de un torbellino de imágenes proyectadas sobre el interior de sus párpados cerrados. Su madre la hacía avanzar rápidamente por una calle negra como la noche entre montones de nieve apilada y sucia. Luego apareció un cielo encapotado, gris y plomizo, e hileras de árboles negros sin hojas. Un cuadrado vacío abierto en la tierra, un ataúd sin adornos introducido en él. *Ceniza a las cenizas*. Jocelyn envuelta en su colcha de retazos, con lágrimas corriéndole por las mejillas, cerrando apresuradamente una caja y empujándola bajo un almohadón al entrar Clary en la habitación. Volvió a ver las iniciales en la caja: J. C.

Las imágenes acudían más veloces ahora, como las páginas de uno de esos libros en las que los dibujos parecen moverse cuando se pasan de prisa. Clary estaba de pie en lo alto de un tramo de escalera, contemplando un pasillo estrecho, y ahí volvía a estar Luke, con su bolsa de lona verde a los pies. Jocelyn estaba frente a él, meneando la cabeza y diciendo: «¿Por qué ahora, Lucian? Te creía muerto...». Clary parpadeó; Luke parecía diferente, casi un desconocido, con barba, los cabellos largos y enmarañados..., y unas ramas descendieron para impedirle ver; volvía a estar en el parque, y hadas verdes, diminutas como palillos, zumbaban entre las flores rojas. Alargó la mano para tomar una con deleite, y su madre la alzó en brazos con un grito de terror. Luego volvía a ser invierno en la calle oscura, y avanzaban presurosas, acurrucadas bajo un paraguas, Jocelyn medio empujando y medio arrastrando a Clary entre los imponentes terraplenes de nieve. Una entrada de granito se irguió surgiendo del manto blanco que caía; había palabras esculpidas sobre la puerta: «EL MAGNÍFICO». Entonces se encontró en el interior de una entrada que olía a hierro y a nieve derritiéndose. Tenía los dedos ateridos de frío. Una mano bajo su barbilla la guió para que alzara los ojos, y vio una hilera de palabras garabateadas en la pared. Dos palabras atrajeron su atención, grabándose a fuego en sus ojos: «MAGNUS BANE».

Un dolor repentino le punzó el brazo derecho. Chilló mientras las imágenes se desvanecían y giró en redondo hacia arriba, aflorando a la superficie de la conciencia como un submarinista abriéndose paso a través de una ola. Algo frío le presionaba la mejilla. Abrió los ojos con un esfuerzo y vio estrellas plateadas. Pestañeó dos veces antes de comprender que yacía en el suelo de mármol, con las rodillas dobladas a la altura del pecho. Cuando se movió, un dolor ardiente le recorrió el brazo.

Se incorporó con cautela. La piel que cubría el codo izquierdo estaba desgarrada y sangraba. Sin duda había aterrizado sobre él al caer. Había sangre en su camisa. Miró a su alrededor, desorientada, y vio a Jace mirándola, sin moverse, pero con una expresión tensa en la boca.

«Magnus Bane.» Las palabras significaban algo, pero ¿qué? Antes de que pudiera hacer la pregunta en voz alta, el hermano Jeremiah la interrumpió.

«El bloqueo en el interior de tu cabeza es más fuerte de lo que habíamos previsto —dijo—. Sólo puede anularlo sin peligro aquel que lo puso ahí. Si te lo quitáramos nosotros, te mataríamos.»

Clary se puso en pie apresuradamente, acunando el brazo lastimado.

—Pero yo no sé quién lo puso ahí. Si lo supiera, no habría venido aquí.

«La respuesta a eso está tejida en el entramado de tus pensamientos —dijo el hermano Jeremiah—. Lo viste escrito en tu sueño.»

—¿Magnus Bane? Pero... ¡eso ni siquiera es un nombre!

«Es suficiente.»

El hermano Jeremiah se puso en pie. Como si aquello fuese una señal, el resto de los Hermanos se alzó con él. Inclinaron la cabeza en dirección a Jace, en un gesto de silencioso saludo, antes de desfilar por entre las columnas y desaparecer. Sólo el hermano Jeremiah per-

200

maneció, contemplando impasible cómo Jace se aproximaba presuroso a Clary.

—¿Está bien tu brazo? Déjame ver —pidió, agarrando la muñeca de la joven.

—¡Uy! Está perfectamente. No hagas eso, lo empeoras —dijo ella, intentando desasirse.

—Has sangrado sobre las Estrellas Parlantes —repuso él.

Clary miró y vio que tenía razón. Había una mancha de sangre sobre el mármol blanco y plata.

—Apuesto a que existe una ley en alguna parte sobre eso —siguió él.

El muchacho le movió el brazo, con más delicadeza de la que ella le habría creído capaz. Sujetó el labio inferior entre los dientes y silbó, ella echó una ojeada y vio que una capa de sangre le cubría el antebrazo desde el codo a la muñeca. Sentía punzadas en el brazo, que estaba agarrotado y dolorido.

—¿Es ahora cuando empiezas a romper tiras de tela de tu camiseta para vendarme la herida? —bromeó; odiaba la visión de la sangre, en especial la suya.

—Si lo que quieres es que me arranque la ropa, deberías habérmelo pedido. —Introdujo la mano en el bolsillo y sacó su estela—. Habría sido mucho menos doloroso.

Recordando el escozor que había sentido cuando la estela le había tocado la muñeca, Clary se preparó, pero todo lo que sintió mientras el refulgente instrumento se deslizaba ligeramente sobre la herida fue un leve calorcillo.

—Ya está —anunció él, irguiéndose.

Clary flexionó el brazo maravillada; aunque la sangre seguía allí, la herida había desaparecido, igual que el dolor y el engarrotamiento.

—Y la próxima vez que planees hacerte daño para atraer mi atención, sólo recuerda que una charla dulce hace maravillas.

Clary notó que la boca se le crispaba en una sonrisa.

—Lo tendré en cuenta —respondió, y mientras él se alejaba, añadió—. Y gracias.

Él se metió la estela en el bolsillo posterior sin volverse para mirarla, pero a ella le pareció ver cierta satisfacción en la posición de sus hombros.

—Hermano Jeremiah —dijo él, frotándose las manos—, ha estado muy callado todo este tiempo. ¿Sin duda tendrá algunas ideas que le gustaría compartir?

«Se me ha encomendado conducirlos fuera de la Ciudad Silenciosa, y eso es todo», contestó el archivero.

Clary se preguntó si se lo imaginaba ella, o si no había un ligero tono agraviado en su «voz».

—Podríamos ir hasta la salida nosotros mismos —sugirió Jace esperanzado—. Estoy seguro de recordar el camino...

«Las maravillas de la Ciudad Silenciosa no son para los ojos de los no iniciados —respondió Jeremiah, y les dio la espalda con un mudo revuelo de la túnica—. Por aquí.»

Cuando salieron al aire libre, Clary aspiró profundamente varias veces el aire espeso de la mañana, saboreando el hedor a niebla tóxica, suciedad y humanidad. Jace miró a su alrededor pensativo.

—Va a llover —dijo.

Tenía razón, se dijo Clary, alzando los ojos hacia el cielo gris oscuro.

—¿Tomaremos un carruaje de vuelta al Instituto?

Jace miró al hermano Jeremiah, inmóvil como una estatua, y luego al carruaje, que se alzaba como una sombra negra en la arcada que conducía a la calle. Luego sonrió de oreja a oreja.

—Ni hablar —declaró—. Odio esas cosas. Vayamos a tomar un taxi.

11

MAGNUS BANE

Jace se inclinó hacia adelante y golpeó con la mano la partición que los separaba del conductor del taxi.

—¡Gire a la izquierda! ¡A la izquierda! ¡Dije que tomara por Broadway, tarado imbécil!

El conductor del taxi respondió girando el volante tan violentamente a la izquierda que Clary se vio arrojada contra Jace. Soltó un aullido de enojo.

—¿Por qué tomamos Broadway, de todos modos?

—Me muero de hambre —dijo Jace—. Y no hay nada en casa excepto restos de comida china. —Sacó el celular de su bolsillo y empezó a marcar—. ¡Alec! ¡Despierta! —gritó, y Clary oyó claramente un murmullo irritado al otro lado—. Reúnete con nosotros en Taki's. Desayuno. Sí, ya me oíste. Desayuno. ¿Qué? Sólo está a unas pocas manzanas de distancia. Muévete.

Cortó la comunicación y metió el teléfono en uno de sus innumerables bolsillos mientras se detenían junto a un bordillo. Mientras entregaba al conductor un fajo de billetes, Jace empujó con el codo a Clary para que saliera del coche. Cuando aterrizó en la acera junto a ella, se desperezó como un gato y extendió los brazos a ambos lados.

—Bienvenida al mejor restaurante de Nueva York.

No parecía gran cosa: un edificio bajo de ladrillo que se combaba en la parte central, como un suflé hundido. Un destartalado letrero de neón, que proclamaba el nombre del restaurante, colgaba lateralmente y chisporroteaba. Dos hombres con abrigos largos y sombreros de fieltro echados sobre el rostro estaban repantigados frente a la estrecha entrada. No había ventanas.

—Parece una prisión —dijo Clary.

—Pero —indicó él, apuntándole con un dedo—, ¿en prisión podrías pedir unos espaguetis *fra diavolo* que hacen que te quieras chupar los dedos? No lo creo.

—No quiero espaguetis. Quiero saber qué es un Magnus Bane.

—No es un qué. Es un quién —respondió Jace—. Es un nombre.

—¿Sabes quién es?

—Es un brujo —contestó él en su voz más razonable—. Sólo un brujo podría haber colocado un bloqueo en tu mente como ése. O quizá uno de los Hermanos Silenciosos, pero está claro que no fueron ellos.

—¿Es un brujo del que has oído hablar? —inquirió Clary, que empezaba a cansarse rápidamente de la voz razonable de Jace.

—El nombre sí me suena familiar...

—¡Eh!

Era Alec, con aspecto de haber saltado de la cama y haberse colocado los pantalones sobre la pijama. Los cabellos, sin peinar, le formaban un halo desordenado alrededor de la cabeza. Corría a pasos largos hacia ellos, con los ojos puestos en Jace, haciendo caso omiso de Clary, como de costumbre.

—Izzy viene de camino —anunció—. Trae al mundano.

—¿Simon? ¿De dónde ha salido? —preguntó Jace.

—Se presentó a primera hora de esta mañana. No podía permanecer alejado de Izzy, supongo. Patético. —Alec sonó divertido, y Clary deseó darle una patada—. De todos modos, ¿entramos o qué? Estoy hambriento.

—Yo también —repuso Jace—. Realmente podría pedir unas colas de ratón fritas.

—Unas ¿qué? —preguntó Clary, segura de que había oído mal. Jace le sonrió burlón.

—Tranquilízate —dijo—. Es sólo un restaurante barato.

Les detuvo en la puerta de acceso uno de los hombres repantigados. Cuando se irguió, Clary tuvo una fugaz visión de su rostro bajo el sombrero. Tenía la piel de color rojo oscuro, y las manos cuadradas, acabadas en uñas de color azul negro. Clary sintió que se tensaba, pero Jace y Alec no parecieron preocupados. Dijeron algo al hombre, que asintió y se hizo a un lado, dejándolos pasar.

—Jace —siseó Clary cuando la puerta se cerraba detrás de ellos—, ¿quién era ése?

—¿Te refieres a Clancy? —preguntó él, pasando la mirada por el restaurante, brillantemente iluminado.

El interior resultaba agradable, a pesar de la ausencia de ventanas. Acogedores reservados de madera se acurrucaban unos junto a otros, cada uno cubierto con cojines de colores brillantes. Loza encantadoramente dispareja se alineaba en el mostrador, tras el que había una joven rubia con un delantal de camarera, rosa y blanco, contando ágilmente el cambio que entregaba a un hombre fornido en una camisa de franela. Vio a Jace, le saludó con la mano e indicó que se sentaran donde quisieran.

—Clancy mantiene fuera a los indeseables —indicó Jace, conduciendo a Clary a uno de los reservados.

—Es un demonio —siseó ella.

Varios clientes volvieron la cabeza para mirarla; un chico con puntiagudas rastas azules estaba sentado junto a una hermosa muchacha india de largos cabellos negros y doradas alas, finas como gasa, brotándole de la espalda. El muchacho la miró con cara de pocos amigos. Clary se alegró de que el restaurante estuviese casi vacío.

—No, no lo es —dijo Jace, deslizándose al interior de un reservado.

Clary fue a sentarse a su lado, pero Alec ya estaba allí, así que se instaló con cuidado en el asiento situado frente a ellos, con el brazo entumecido aún a pesar de los cuidados de Jace. Se sentía hueca por dentro, como si los Hermanos Silenciosos hubieran introducido la mano en su interior y le hubieran extraído las entrañas, dejándola ligera y mareada.

—Es un efrit —explicó Jace—. Son brujos sin magia. Medio demonios que no pueden usar hechizos por el motivo que sea.

—Pobres bastardos —comentó Alec, tomando su menú.

Clary tomó también el suyo, y se lo quedó mirando atónita. Saltamontes con miel figuraba como un plato especial, junto a platos de carne cruda, peces crudos enteros y algo llamado sándwich caliente de murciélago. Una página de la sección de bebidas estaba dedicada a las diferentes clases de sangre de barril de que disponían; con gran alivio por parte de Clary, eran diferentes clases de sangre animal, en lugar de tipo A, tipo O, o tipo B negativo.

—¿Quién se come un pescado entero crudo? —preguntó en voz alta.

—Los kelpies —dijo Alec—. Las selkies. Tal vez alguna ondina de tanto en tanto.

—No pidas nada de la comida de las hadas —indicó Jace, mirándola por encima del menú—. Tiende a enloquecer un poco a los humanos. Te comes una ciruela de hada y al poco rato estás corriendo desnuda por la avenida Madison con una cornamenta en la cabeza. No es que eso —se apresuró a añadir— me haya sucedido nunca a mí.

Alec lanzó una carcajada.

—Recuerdas...

Empezó a decir, y se embarcó en un relato que contenía tantos nombres misteriosos y nombres de pila que Clary ni se molestó en intentar seguirlo. En vez de eso, se dedicó a mirar a Alec, observándolo mientras charlaba con Jace. Existía una energía cinética, casi febril, en él que no había estado allí antes. Algo en Jace le avivaba, haciéndole destacar. Si tuviera que dibujarlos juntos, se dijo, haría que Jace apareciera un poco borroso, mientras Alec sobresalía, bien definido, con planos y ángulos nítidos.

Jace miraba hacia abajo mientras Alec hablaba, sonriendo un poco y dando golpecitos a su vaso de agua con una uña. Clary intuyó que pensaba en otras cosas, y sintió un repentino asalto de lástima por Alec. Jace no debía de ser una persona fácil de cuidar. «Me reía de ustedes porque las declaraciones de amor me divierten, en especial cuando no son correspondidas.»

Jace alzó los ojos cuando la camarera pasó.

—¿Nos vas a traer café algún día? —protestó en voz alta, interrumpiendo a Alec en mitad de la frase.

Alec se apagó; su energía se desvaneció.

—Yo...

Clary alzó la voz apresuradamente.

—¿Para quién es toda la carne cruda? —preguntó, indicando la tercera página del menú.

—Para los hombres lobo —respondió Jace—. Aunque no me importa tomar un bistec sanguinolento de vez en cuando. —Alargó el brazo por encima de la mesa y dio la vuelta al menú de Clary—. La comida para humanos está en la parte de atrás.

Ella leyó detenidamente los platos totalmente corrientes del menú con una sensación de estupefacción. Todo aquello era demasiado.

—¿Tienen licuados aquí?

—Hay un licuado de albaricoque y ciruela con miel de milflores que es simplemente divino —comentó Isabelle, que había aparecido con Simon a su lado—. Recórrete un poco —indicó a Clary, que se quedó tan pegada a la pared que sentía los ladrillos fríos presionándole el brazo.

Simon, deslizándose en el asiento junto a Isabelle, le ofreció una sonrisa medio avergonzada, que ella no le devolvió.

—Deberías tomar uno —finalizó Isabelle.

Clary no estaba segura de si Isabelle le hablaba a ella o a Simon, de modo que no dijo nada. Los cabellos de la muchacha le cosquillearon en el rostro, oliendo a algún tipo de perfume de vainilla. Clary contuvo el impulso de estornudar. Odiaba el perfume de vainilla. Jamás había comprendido por qué algunas chicas sentían la necesidad de oler como un postre.

—¿Y qué tal les fue en la Ciudad de Hueso? —preguntó Isabelle, abriendo rápidamente su menú—. ¿Averiguaron lo que hay en la cabeza de Clary?

—Conseguimos un nombre —contestó Jace—, Magnus...

—Calla —siseó Alec, dando un golpe seco a Jace con su menú cerrado.

Jace pareció ofendido.

—¡Vaya! —Se frotó el brazo—. ¿Qué es lo que te pasa?

—Este lugar está repleto de subterráneos. Lo sabes. Creo que deberías intentar mantener en secreto los detalles de nuestra investigación.

—¿Investigación? —Isabelle rió—. ¿Ahora somos detectives? Tal vez deberíamos tener todos nombres en clave.

—Buena idea —replicó Jace—. Yo seré el barón Hotschaft Von Hugenstein.

Alec escupió el agua de nuevo al interior del vaso. En ese momento llegó la camarera para tomarles la orden. Más de cerca, seguía siendo una guapa muchacha rubia, pero sus ojos eran desconcertantes..., totalmente azules, sin blanco ni pupila. Sonrió mostrando unos afilados dientecitos.

—¿Saben ya lo que van a tomar?

Jace sonrió de oreja a oreja.

—Lo de costumbre —dijo, y recibió una sonrisa de la camarera en respuesta.

—Yo también —terció Alec, aunque él no recibió la sonrisa.

Isabelle pidió un licuado de fruta, Simon pidió café y Clary, tras un momento de vacilación, eligió un café largo y tortas de coco. La camarera le guiñó un ojo azul y se alejó con un contoneo.

—¿Es ella un efrit también? —preguntó Clary, observando cómo se alejaba.

—¿Kaelie? No. Es parte duende, creo —respondió Jace.

—Tiene ojos de ondina —indicó Isabelle, pensativa.

—¿Realmente saben lo que es? —preguntó Simon.

Jace negó con la cabeza.

—Respeto su intimidad. —Dio un codazo a Alec—. Eh, déjame salir un segundo.

Frunciendo el entrecejo, Alec se apartó. Clary observó a Jace mientras éste se acercaba a grandes zancadas a Kaelie, que estaba apoyada en la barra, hablando con el cocinero a través de la ventanilla que daba a la cocina. Todo lo que Clary podía ver del cocinero era una cabeza inclinada con un gorro blanco de chef. Altas orejas peludas sobresalían de los agujeros abiertos a ambos lados del gorro.

Kaelie volvió la cabeza para sonreír a Jace, que la rodeó con un brazo. La joven se acurrucó contra él. Clary se preguntó si aquello era lo que Jace quería decir con respetar su intimidad.

Isabelle alzó los ojos al techo.

—No debería provocar a las camareras de ese modo.

Alec la miró.

—¿No pensarás que lo hace en serio? Que le gusta, quiero decir.

Su hermana se encogió de hombros.

—Es una subterránea —replicó, como si eso lo explicara todo.

—No lo capto —dijo Clary.

Isabelle la miró sin el menor interés.

—Captas, ¿qué?

—Todo esto de los subterráneos. No los cazan, porque no son exactamente demonios, pero no son exactamente personas, tampoco. Los vampiros matan, beben sangre...

—Sólo los vampiros delincuentes beben sangre humana de gente viva —interpuso Alec—. Y a ésos, se nos permite matarlos.

—Y los hombres lobo son ¿qué? ¿Simples cachorros demasiado creciditos?

—Matan demonios —explicó Isabelle—. De modo que si no nos molestan a nosotros, nosotros no los molestamos a ellos.

«Como dejar vivir a las arañas porque comen mosquitos», pensó Clary.

—Así que ellos son lo bastante buenos para dejarlos vivir, lo bastante buenos para que les preparen la comida, lo bastante buenos para coquetear con ellos... ¿pero no realmente lo bastante buenos? Quiero decir, no tan buenos como las personas.

Isabelle y Alec la miraron como si estuviera hablando en urdu.

—Diferentes de las personas —dijo por fin Alec.

—¿Mejores que los mundanos? —inquirió Simon.

—No —declaró Isabelle con decisión—. Se puede convertir a un mundano en un cazador de sombras. Quiero decir que nosotros provenimos de los mundanos. Pero jamás se puede convertir a un subterráneo en un miembro de la Clave. No soportan las runas.

—Entonces, ¿son débiles? —preguntó Clary.

—Yo no diría eso —respondió Jace, deslizándose de nuevo en su asiento junto a Alec; tenía los cabellos despeinados y había una marca de pintalabios en su mejilla—. Al menos no con un peri, un genio, un efrit y Dios sabe qué más escuchando.

Sonrió ampliamente cuando Kaelie apareció y sirvió la comida. Clary contempló sus tortas con atención. Tenían un aspecto fantástico: de un tostado dorado, y estaban empapadas de miel. Les dió un mordisco mientras Kaelie se alejaba tambaleándose sobre sus altos tacones.

Estaban deliciosas.

—Ya te dije que era el mejor restaurante de Manhattan —dijo Jace, comiendo papas fritas con los dedos.

Ella dirigió una ojeada a Simon, que removía su café, con la cabeza gacha.

—Mmmm —indicó Alec, que tenía la boca llena.

—Bien —dijo Jace, y miró a Clary—. No es algo unilateral —ex-

210

plicó—. Quizá no siempre nos gusten los subterráneos, pero a ellos tampoco les gustamos siempre. Unos cuantos cientos de años de los Acuerdos no pueden borrar mil años de hostilidad.

—Estoy segura de que ella no sabe lo que son los Acuerdos, Jace —intervino Isabelle metiéndose la cuchara en la boca.

—Lo cierto es que lo sé —respondió Clary.

—Yo no —dijo Simon.

—Sí, pero a nadie le importa lo que sepas. —Jace examinó una papa frita antes de morderla—. Disfruto con la compañía de algunos subterráneos en ciertos momentos y lugares. Pero lo cierto es que no se nos invita a las mismas fiestas.

—Espera. —Isabelle se sentó de improviso muy tiesa—. ¿Cómo has dicho que era ese nombre? —inquirió, volviéndose hacia Jace—. El nombre en la cabeza de Clary.

—No lo dije —respondió él—. Al menos, no acabé de decirlo. Es Magnus Bane. —Dedicó una sonrisa burlona a Alec—. Rima con «pelmazo excesivamente prudente».

Alec farfulló una réplica mientras tomaba su café. Rimaba con algo que se parecía mucho más a «esquivo topo de cristal». Clary sonrió interiormente.

—No puede ser..., pero estoy casi totalmente segura...

Isabelle rebuscó en su monedero y sacó un trozo de papel azul doblado, que agitó entre los dedos.

—Miren esto.

Alec alargó la mano para tomar el papel, le echó un vistazo con un encogimiento de hombros, y se lo pasó a Jace.

—Es una invitación a una fiesta. En algún lugar de Brooklyn —dijo—. Odio Brooklyn.

—No seas tan esnob —le reprendió Jace.

Entonces, tal y como había hecho Isabelle, se sentó muy erguido y lo miró fijamente.

—¿Dónde conseguiste esto, Izzy?

Ella agitó la mano con displicencia.

211

—De aquel kelpie en Pandemónium. Dijo que sería imponente. Tenía un montón de ellas.

—¿Qué es? —exigió Clary con impaciencia—. ¿Nos lo van a mostrar al resto, o no?

Jace le dio la vuelta para que todos pudieran leerlo. Estaba impreso en papel fino, casi pergamino, con una letra delgada, elegante y de trazo alargado. Anunciaba una reunión en el humilde hogar de Magnus *el Magnífico Brujo*, y prometía a los asistentes «una extática velada de placeres más allá de lo que uno era capaz de imaginar».

—Magnus —dijo Simon—. ¿Magnus como Magnus Bane?

—Dudo que existan muchos brujos que se llamen Magnus en la zona metropolitana de Nueva York —indicó Jace.

Alec miró el papel con un pestañeo.

—¿Significa eso que tenemos que ir a la fiesta? —inquirió sin dirigirse a nadie en concreto.

—No tenemos que hacer nada —contestó Jace, que estaba leyendo la letra menuda de la invitación—. Pero según esto, Magnus Bane es el Gran Brujo de Brooklyn. —Miró a Clary—. Yo, por mi parte, siento una cierta curiosidad sobre qué hace el nombre del Gran Brujo de Brooklyn dentro de tu cabeza.

La fiesta no empezaba hasta medianoche, así que con todo un día por delante, Jace y Alec desaparecieron en la habitación de las armas, e Isabelle y Simon anunciaron su intención de ir a dar un paseo por Central Park para que ella pudiera mostrarle los círculos de hadas. Simon preguntó a Clary si deseaba acompañarlos, y ella, sofocando una cólera asesina, se negó alegando agotamiento.

No era exactamente una mentira; realmente estaba agotada, sentía el cuerpo todavía debilitado por los efectos secundarios aún del veneno de aquella criatura que la atacó y el madrugón que se había pegado para hablar con los Hermanos Silenciosos. Se tumbó en su cama del Instituto, dejando caer los zapatos y deseando dormirse, pero el sueño no acudía. La cafeína le burbujeaba en las venas igual que refresco, y su mente estaba llena de imágenes que pasaban como una exhalación. No dejaba de ver el rostro de su madre mirándola desde arriba, con expresión de pánico. No dejaba de ver las Estrellas Parlantes, de oír las voces de los Hermanos Silenciosos en su cabeza. ¿Por qué tenía que haber un bloqueo en su mente? ¿Por qué lo habría puesto allí un brujo poderoso, y con qué propósito? Se preguntó qué recuerdos podría haber perdido, qué experiencias había tenido que ahora no podía recordar. ¿O quizá todo lo que pensaba que sí recordaba era una mentira...?

Se sentó en la cama, incapaz de soportar la dirección que tomaban sus pensamientos. Descalza, salió al pasillo sin hacer ruido y fue hacia la biblioteca. A lo mejor Hodge podría ayudarla.

Pero la biblioteca estaba vacía. La luz de la tarde entraba oblicuamente a través de las cortinas descorridas, proyectando barras doradas sobre el suelo. Sobre el escritorio descansaba el libro que Hodge había leído en voz alta, con la desgastada tapa de cuero reluciendo. A su lado, *Hugo* dormía sobre su percha, con el pico metido bajo el ala.

«Mi madre conocía ese libro —pensó Clary—. Lo tocó, leyó de él.»

El ansia de sostener algo que era una parte de la vida de su madre fue un retortijón en la boca del estómago. Cruzó rápidamente la habitación y posó las manos sobre el libro. Tenía un tacto cálido, por el cuero expuesto a la luz solar. Alzó la tapa.

Algo doblado resbaló de entre las páginas y revoloteó hasta el suelo a sus pies. Se inclinó para recogerlo, alisándolo al tiempo que lo abría sin pensar.

Era una fotografía de un grupo de personas jóvenes, ninguna mucho mayor que la misma Clary. Supo que se había tomado al menos hacía veinte años, no debido a la ropa que vestían, que, como casi todo el vestuario de un cazador de sombras, eran anodinas y negras, sino porque reconoció a su madre al instante: Jocelyn, con no más de

213

diecisiete o dieciocho años. Los cabellos le caían hasta la mitad de la espalda y tenía el rostro un poco más redondeado, la barbilla y la boca menos definidas.

«Se parece a mí», pensó ella, aturdida.

Jocelyn rodeaba con el brazo a un muchacho que Clary no reconoció. Se sobresaltó. Jamás había pensado en que su madre tuviera nada que ver con nadie que no fuera su padre, ya que jamás había tenido citas ni parecía interesada en los hombres. No era como la mayoría de madres solteras, que circulaban por las reuniones de la asociación femenina de padres y maestros en busca de posibles divorciados, o la madre de Simon, que siempre revisaba su perfil en la Web de contactos Meetic. El chico era apuesto, con cabellos tan claros que parecían casi blancos, y ojos negros.

—Ése es Valentine —dijo una voz muy cerca de ella—. Cuando tenía diecisiete años.

Clary dio un salto atrás y casi dejó caer la foto. *Hugo* lanzó un graznido sobresaltado y descontento antes de volver a acomodarse en la percha, con las plumas erizadas.

Era Hodge, que la miraba con ojos curiosos.

—Lo siento mucho —se disculpó Clary, depositando la fotografía sobre el escritorio, y retrocediendo apresuradamente—, no era mi intención husmear en sus cosas.

—No pasa nada.

El hombre tocó la fotografía con una mano curtida y llena de cicatrices; un extraño contraste con el aspecto inmaculado de los puños de su traje de *tweed*.

—Es una parte de tu pasado, al fin y al cabo.

Clary volvió a aproximarse lentamente al escritorio como si la foto ejerciera una atracción magnética. El muchacho de cabellos blancos sonreía a Jocelyn, y sus ojos formaban esas arruguitas que se forman en los ojos de los chicos cuando realmente les gustas. Nadie, se dijo Clary, la había mirado nunca de aquel modo. Valentine, con su rostro frío de facciones delicadas, no se parecía absolutamente en nada a su padre, con su sonrisa franca y los brillantes cabellos que ella había heredado.

—Valentine tiene un aspecto... como de buena persona.

—Buena persona no era —repuso Hodge con una sonrisa crispada—, pero era encantador, listo y muy persuasivo. ¿Reconoces a alguien más?

Ella volvió a mirar. De pie detrás de Valentine, un poco a la izquierda, había un muchacho delgado con una mata de pelo castaño claro. Mostraba las espaldas anchas y muñecas desgarbadas de quien no ha alcanzado aún su altura definitiva.

—¿Es usted?

Hodge asintió.

—¿Y...?

Ella tuvo que mirar dos veces antes de identificar a alguien más: estaba tan joven que resultaba casi irreconocible. Al final, los lentes lo delataron, además de los ojos que había detrás de ellas, azul claro como el agua del mar.

—Luke —dijo.

—Lucian. Y aquí.

Inclinándose sobre la foto, Hodge señaló una pareja de elegantes adolescentes, los dos de cabellos oscuros, la muchacha media cabeza más alta que el chico. Las facciones de ella eran afiladas y rapaces, casi crueles.

—Los Lightwood —indicó él—. Y aquí —señaló a un muchacho muy apuesto de rizados cabellos oscuros, con el rostro de mandíbula cuadrada ruborizado— está Michael Wayland.

—No se parece nada a Jace.

—Jace se parece a su madre.

—¿Es esto, como si dijéramos, una foto escolar? —preguntó Clary.

—No exactamente. Esto es una fotografía del Círculo, tomada el año en que se formó. Es por eso que Valentine, el líder, aparece delante, y Luke está a su derecha; él era el segundo de Valentine.

215

Clary desvió la mirada.

—Todavía no comprendo por qué mi madre se uniría a algo como eso.

—Debes comprender que...

—No hace más que decirme eso —replicó ella enfadada—. No veo por qué debo comprender nada. Cuénteme la verdad, y yo o bien lo comprenderé o no lo haré.

Las comisuras de la boca de Hodge se crisparon.

—Lo que tú digas.

Hizo una pausa para alargar una mano y acariciar a *Hugo*, que paseaba ufano por el borde del escritorio, dándose importancia.

—Los Acuerdos nunca han tenido el apoyo de toda la Clave. Sobre todo las familias más venerables se aferran a los viejos tiempos, en los que a los subterráneos había que matarlos. No sólo por odio sino porque los hacía sentirse más a salvo. Es más fácil enfrentarse a una amenaza vista como una masa, un grupo, no como individuos que hay que evaluar uno a uno..., y la mayoría de nosotros conocía a alguien que había sido herido o asesinado por un subterráneo. No existe nada —añadió— que se parezca al absolutismo moral de los jóvenes. Es fácil, siendo un niño, creer en el bien y el mal, en la luz y la oscuridad. Valentine jamás perdió eso; ni tampoco su idealismo destructivo ni su apasionada aversión a cualquier cosa que considerara «no humana».

—Pero amaba a mi madre —dijo Clary.

—Sí —respondió Hodge—, amaba a tu madre. Y amaba Idris...

—¿Qué había de tan fantástico en Idris? —preguntó ella, notando la aspereza de su propia voz.

—Era —empezó él, y se corrigió—, es, el hogar..., para los nefilim, donde pueden ser ellos mismos, un lugar donde no hay necesidad de ocultarse ni de disfrazar las cosas con un encantamiento o *glamour*. Un lugar bendecido por el Ángel. No has visto nunca una ciudad hasta que hayas visto Alacante, la de las torres de cristal. Es más hermosa de lo que puedes imaginar. —Había un dolor descarnado en su voz.

De repente, Clary pensó en su sueño.

—¿Hubo alguna vez... bailes en la Ciudad de Cristal?

Hodge la miró pestañeando como si despertara de un sueño.

—Todas las semanas. Yo nunca asistí, pero tu madre sí lo hizo. Y Valentine. —Rió entre dientes en voz baja—. Yo era más bien un estudioso. Pasaba los días en la biblioteca de Alacante. Los libros que ves aquí son sólo una mínima parte de los tesoros que ésta contiene. Pensaba que quizá pudiera unirme a la Hermandad algún día, pero tras lo que hice, por supuesto, no me quisieron.

—Lo siento —atinó sólo a decir Clary.

Su mente seguía ocupada con el recuerdo de su sueño.

«¿Había una fuente con una sirena donde bailaban? ¿Iba Valentine vestido de blanco, de modo que mi madre pudiera ver las Marcas en su piel incluso a través de la camisa?»

—¿Puedo quedarme esto? —preguntó, indicando la fotografía.

Una momentánea vacilación apareció en el rostro de Hodge.

—Preferiría que no se la mostrases a Jace —dijo—. Ya tiene bastante con lo que tiene que lidiar, sin que aparezcan fotos de su difunto padre.

—Desde luego. —Clary la apretó contra su pecho—. Gracias.

—De nada. —Él la miró con curiosidad—. ¿Viniste a la biblioteca a verme, o por algún otro motivo?

—Me preguntaba si habría recibido noticias de la Clave. Sobre la Copa. Y... mi madre.

—Recibí una corta respuesta esta mañana.

Clary fue consciente de la ansiedad de su propia voz.

—¿Han enviado a gente? ¿Cazadores de sombras?

Hodge apartó la mirada de ella.

—Sí.

—¿Por qué no están aquí? —preguntó ella.

—Existe cierta inquietud de que Valentine pueda estar vigilando el Instituto. Cuanto menos sepa, mejor. —Hodge vio la expresión desdichada de Clary, y suspiró—. Lo siento, pero no puedo contarte más, Clarissa. La Clave no confía demasiado en mí, ni siquiera ahora. Me contaron muy poco. Ojalá pudiera ayudarte.

Había algo en la tristeza de su voz que hizo que Clary se sintiera reacia a presionarle en busca de más información.

—Puede hacerlo —dijo—. No consigo dormir. Pienso demasiado. Podría...

—Ah, ten la mente intranquila. —La voz de Hodge estaba llena de conmiseración—. Puedo darte algo para eso. Aguarda aquí.

La poción que Hodge le dio olía agradablemente a enebro y otras hierbas. Clary no paraba de abrir el frasco y olerlo en su camino de regreso por el pasillo. Por desgracia seguía abierto cuando entró en su dormitorio y encontró a Jace tumbado sobre la cama, mirando su cuaderno de bocetos. Con un gritito de estupefacción, dejó caer el frasco; éste rebotó por el suelo, derramando un líquido verde pálido sobre la madera.

—¡Vaya! —exclamó Jace, incorporándose y dejando el cuaderno—, espero que eso no fuera nada importante.

—Era una poción para dormir —respondió ella enfurecida, dando un golpecito al frasco con la punta de un tenis—. Ahora ya no.

—Si al menos Simon estuviera aquí... Probablemente te dormiría con su aburrida charla.

Clary no estaba de humor para defender a Simon. En vez de eso se sentó en la cama y tomó su cuaderno de bocetos.

—No acostumbro dejar que la gente mire esto.

—¿Por qué no? —Jace estaba despeinado, como si hubiese estado durmiendo—. Eres una artista muy buena. A veces incluso excelente.

—Bueno, porque... es como un diario. Excepto que no pienso en palabras, pienso en imágenes, de modo que son todo dibujos. Pero sigue siendo algo privado. —Se preguntó si sonaba tan chiflada como sospechaba.

Jace pareció sentirse herido.

—¿Un diario sin dibujos míos en él? ¿Dónde están las tórridas fantasías? ¿Las cubiertas de novelas románticas? El...

—¿Realmente todas las chicas que conoces se enamoran de ti? —preguntó ella en voz baja.

La pregunta pareció bajarle los humos, como un alfiler pinchando un globo.

—No es amor —contestó él, tras una pausa—. Al menos...

—Podrías intentar no ser tan encantador todo el tiempo —indicó Clary—. Sería un alivio para todos.

Jace bajó los ojos hacia las manos. Se parecían ya a las manos de Hodge, cubiertas de diminutas cicatrices blancas, aunque la piel era joven y sin arrugas.

—Si estás realmente cansada, podría hacerte dormir —propuso él—. Contarte un cuento para dormir.

—¿Hablas en serio? —inquirió ella, mirándole.

—Siempre hablo en serio.

Clary se preguntó si estar cansados no les había enloquecido un poco a ambos. Pero Jace no parecía cansado. Parecía casi triste. Clary dejó el cuaderno de dibujo sobre la mesilla de noche, y se tumbó, encogiéndose de lado sobre la almohada.

—De acuerdo.

—Cierra los ojos.

Ella los cerró. Podía ver la imagen residual de la luz de la lámpara reflejada en el interior de los párpados, igual que diminutas estrellas estallando.

—Había una vez un niño —comenzó Jace.

Clary le interrumpió inmediatamente.

—¿Un niño cazador de sombras?

—Por supuesto. —Por un momento, un sombrío tono divertido coloreó su voz; luego desapareció—. Cuando el niño tenía seis años, su padre le dio un halcón para que lo adiestrara. Los halcones son aves rapaces... que matan pájaros, le dijo su padre, son los cazadores de sombras del cielo.

»Al halcón no le gustaba el niño, y al niño tampoco le gustaba él. Su pico afilado lo ponía nervioso, y sus ojos brillantes siempre parecían estarlo vigilando. El ave le atacaba con el pico y las garras cada vez que se acercaba a él. Durante semanas, no dejaron de sangrarle las muñecas y las manos. Él no lo sabía, pero su padre había seleccionado un halcón que había vivido salvaje durante más de un año, y por lo tanto era casi imposible de domesticar. Pero el niño lo intentó, porque su padre le había dicho que hiciera que el halcón le obedeciera, y él quería complacer a su padre.

»Permanecía junto al ave constantemente, hablándole para mantenerla despierta e incluso poniéndole música, porque se suponía que una ave cansada es más fácil de domar. Aprendió a manejar el equipo: las pihuelas, el capuchón, la caperuza, la lonja, la correa que sujetaba el halcón a su muñeca. Se suponía que debía mantener ciego al halcón, pero no tenía valor para hacerlo; en vez de eso intentó sentarse donde el pájaro pudiera verlo mientras le tocaba y le acariciaba las alas, deseando con todas sus fuerzas que aprendiera a confiar en él. Le daba de comer con la mano, y al principio el halcón se negó a comer. Más tarde comió con tanta ferocidad que el pico hirió al niño en la palma de la mano. Pero el niño estaba contento, porque era un progreso, y porque quería que el pájaro le conociese, incluso aunque el ave le dejara sin sangre para conseguirlo.

»Empezó a ver que el halcón era hermoso, que sus alas delgadas estaban pensadas para la velocidad en el vuelo, que era fuerte y rápido, feroz y delicado. Cuando descendía hacia el suelo, se movía como la luz. Cuando aprendió a describir un círculo y posársele en la muñeca, él casi gritó de júbilo. A veces el ave saltaba a su hombro y ponía el pico en sus cabellos. Sabía que su halcón le quería, y cuando estuvo seguro de que no sólo estaba domesticado sino perfectamente domesticado, fue a su padre y le mostró lo que había hecho, esperando que se sentiría orgulloso.

»Pero en vez de eso, su padre tomó al ave, ahora domesticada y confiada, en sus manos y le rompió el cuello. Te dije que hicieras que fuese obediente —le dijo su padre, y dejó caer el cuerpo sin vida del halcón al suelo—. Pero tú le has enseñado a quererte. Los halcones no existen para ser mascotas cariñosas: son feroces y salvajes, despiadados y crueles. Este pájaro no estaba domado; había perdido su identidad.

»Más tarde, cuando su padre le dejó, el niño lloró sobre su mascota, hasta que finalmente el padre envió a un criado para que se llevara el cuerpo del ave y lo enterrara. El niño no volvió a llorar, y nunca olvidó lo que había aprendido: que amar es destruir, y que ser amado es ser destruido.

Clary, que había permanecido tumbada sin moverse, sin apenas respirar, rodó sobre la espalda y abrió los ojos.

—Es una historia horrible —exclamó, indignada.

Jace tenía las piernas dobladas hacia arriba, con la barbilla sobre las rodillas.

—¿Lo es? —inquirió meditabundo.

—El padre del niño es un ser horrible. Es una historia sobre maltrato infantil. Debería de haber previsto que sería algo así lo que los cazadores de sombras consideran que es un cuento para dormir. Cualquier cosa que te proporcione pesadillas aterradoras...

—A veces las Marcas pueden proporcionarte pesadillas aterradoras —dijo Jace—. Si te las hacen cuando eres demasiado joven.

La miró pensativo. La luz de media tarde penetraba a través de las cortinas y convertía el rostro del joven en un estudio de contrastes.

«Claroscuro», pensó ella. El arte de las sombras y la luz.

—Es una buena historia si lo piensas bien —repuso él—. El padre del niño sólo intenta hacerlo más fuerte. Inflexible.

—Pero se debe aprender a ceder un poco —indicó Clary con un bostezo; a pesar del contenido del relato, la cadencia de la voz de Jace la había adormilado—. O se te rompe el corazón.

—No si eres lo bastante fuerte —replicó Jace con firmeza.

Alargó la mano, y ella sintió que le acariciaba la mejilla con el dorso; comprendió que se le cerraban los ojos. El agotamiento le convirtió en líquidos los huesos; sintió como si fuera a ser arrastrada lejos y desaparecer. Mientras se sumía en el sueño, oyó el eco de unas palabras en su mente. «Me daba cualquier cosa que deseara. Caballos, armas, libros, incluso un halcón de caza.»

—Jace —intentó decir.

Pero el sueño la tenía en sus garras; la arrastró hacia abajo, y ella se quedó en silencio.

La despertó una voz apremiante.

—¡Levántate!

Clary abrió los ojos despacio. Parecían pegajosos, enganchados. Algo le hacía cosquillas en el rostro. Era el cabello de alguien. Se incorporó rápidamente, y su cabeza chocó con algo duro.

—¡Ay! ¡Me has golpeado en la cabeza!

Era una voz de chica. Isabelle. Ésta encendió la luz situada junto a la cama y contempló a Clary con resentimiento mientras se frotaba el cuero cabelludo. Parecía refulgir a la luz de la lámpara; llevaba puestos una falda larga plateada y un top de lentejuelas, y las uñas estaban pintadas igual que monedas relucientes. Ristras de cuentas plateadas estaban sujetas a sus cabellos oscuros. Parecía una diosa de la luna. Clary la odió.

—Bueno, nadie te dijo que te inclinaras sobre mí de ese modo. Prácticamente me diste un susto de muerte. —Clary se frotó su propia cabeza; había un punto dolorido justo por encima de la ceja—. ¿Qué quieres, de todos modos?

Isabelle indicó el cielo oscuro del exterior.

—Es casi medianoche. Tenemos que ir a la fiesta, y tú ni siquiera estás vestida aún.

—Me iba a poner esto —respondió Clary, señalando su conjunto de jeans y camiseta—. ¿Algún problema?

—¿Algún problema? —Isabelle pareció estar a punto de des-

222

mayarse—. ¡Claro que es un problema! Ningún subterráneo llevaría esas ropas. Y es una fiesta. No pegarías ni con cola si te vistes tan... informalmente —terminó, dando la impresión de que la palabra que había querido usar era mucho peor que «informalmente».

—No sabía que teníamos que ponernos elegantes —repuso Clary en tono agrio—. No tengo ropa de fiesta aquí.

—Pues tendrás que usar la mía.

—No. —Clary pensó en los pantalones y la camiseta excesivamente grandes—. Quiero decir, no podría. De veras.

La sonrisa de Isabelle fue tan rutilante como sus uñas.

—Insisto.

—Realmente preferiría llevar mi propia ropa —protestó Clary, contorsionándose incómoda mientras Isabelle la situaba frente al espejo de cuerpo entero de su dormitorio.

—Bueno, no puedes —replicó Isabelle—. Parece que tienes ocho años, y lo que es peor, pareces una mundana.

Clary apretó la boca con rebeldía.

—Ninguna de tus prendas me va a ir bien.

—Ya lo veremos.

Clary observó a Isabelle por el espejo mientras ésta revolvía en su armario. Parecía como si una bola de discoteca hubiese estallado en el interior de aquella habitación. Las paredes eran negras y relucían con volutas de pintura dorada. Había ropa esparcida por todas partes: en la arrugada cama negra, colgada de los respaldos de las sillas de madera, derramándose fuera del armario empotrado y del alto ropero apoyado contra una pared. El tocador, con el espejo bordeado por una piel rosa adornada con lentejuelas, estaba cubierto de rubor, lentejuelas y tarros de colorete y polvos.

—Bonita habitación —dijo Clary, pensando con nostalgia en las paredes naranja que tenía en su hogar.

—Gracias. La pinté yo misma.

Isabelle emergió del armario empotrado, sosteniendo algo negro y ceñido que arrojó a Clary.

Clary sostuvo la pieza en alto, dejando que se desdoblara.

—Parece terriblemente pequeño.

—Es elástico —dijo Isabelle—. Ahora póntelo.

Clary se retiró apresuradamente al pequeño cuarto de baño, que estaba pintado de un azul intenso. Se embutió el vestido pasándolo por la cabeza: era ajustado, con unos tirantes finísimos. Intentando no inhalar muy profundamente, regresó al dormitorio, donde Isabelle estaba sentada sobre la cama, colocándose unos anillos enjoyados en los dedos de sus pies calzados con sandalias.

—Tienes tanta suerte de tener el pecho plano —comentó Isabelle—. Yo jamás he podido ponerme eso sin un sujetador.

Clary hizo una mueca.

—Es demasiado corto.

—No es corto. Es magnífico —afirmó Isabelle, hurgando con la punta del pie bajo la cama hasta que consiguió sacar un par de botas y unas medias de malla negras—. Toma, puedes llevar éstas con eso. Harán que parezcas más alta.

—Bien, porque tengo el pecho plano y soy una enana.

Clary tiró hacia abajo del dobladillo del vestido, que le llegaba justo a la parte superior de los muslos. Ella casi nunca llevaba faldas y mucho menos minifaldas, de modo que verse tanta pierna le resultaba alarmante.

—Si esto me queda corto a mí, ¿cuán corto te debe quedar a ti? —reflexionó en voz alta dirigiéndose a Isabelle.

La joven sonrió burlona.

—Yo lo llevo como camiseta.

Clary se dejó caer sobre la cama, y se puso las medias y las botas. El calzado le quedaba un poco holgado en las pantorrillas, pero no le resbalaba hasta los pies. Las acordonó hasta arriba y se puso en pie, mirándose en el espejo. Tuvo que admitir que la combinación del vestido negro corto, las medias de malla y las botas altas resultaba muy llamativa. Lo único que lo estropeaba era...

—Tu cabello —dijo Isabelle—. Necesita un arreglo. Desesperadamente. Siéntate.

Señaló imperiosamente el tocador. Clary se sentó, y bizqueó con fuerza mientras Isabelle le deshacía las trenzas, sin demasiados miramientos, le cepillaba el pelo e introducía lo que parecían pasadores. Clary abrió los ojos justo cuando una borla de empolvar le daba en el rostro, soltando una espesa nube de rubor. Clary tosió y dirigió una feroz mirada acusadora a Isabelle.

La otra joven se echó a reír.

—No me mires a mí. Mírate a ti.

Clary echó una ojeada al espejo y vio que Isabelle le había recogido el cabello en un elegante remolino en lo alto de la cabeza, sujetándolo con pasadores centelleantes. Aquello recordó repentinamente a Clary su sueño, los pesados cabellos que le inclinaban la cabeza, el baile con Simon... Se removió incómoda.

—No te levantes todavía —indicó Isabelle—. No hemos acabado aún. —Agarró un delineador de ojos—. Abre los ojos.

Clary abrió los ojos de par en par, lo que le sirvió para no echarse a llorar.

—Isabelle, ¿puedo preguntarte algo?

—Claro —respondió ella, empuñando el delineador con mano experta.

—¿Alec es gay?

La muñeca de Isabelle dio una sacudida. El delineador resbaló, dibujando una larga línea negra desde el rabillo del ojo de Clary hasta el nacimiento del pelo.

—Demonios —dijo ésta, bajando el lápiz.

—No pasa nada —empezó a decir Clary, alzando la mano hacia el ojo.

—Sí, sí pasa.

Isabelle parecía al borde de las lágrimas mientras buscaba entre

225

los montones de cachivaches de la parte superior del tocador. Finalmente localizó una bola de algodón, que entregó a Clary.

—Toma. Usa esto.

Se sentó en el borde de la cama, con las pulseras de tobillo tintineando, y miró a Clary por entre sus cabellos.

—¿Cómo lo has adivinado? —preguntó por fin.

—¿Yo...?

—No puedes contárselo a nadie —dijo Isabelle.

—¿Ni siquiera a Jace?

—¡Especialmente a Jace no!

—De acuerdo. —Clary percibió la rigidez de su propia voz—. Supongo que no me di cuenta de que era algo tan gordo.

—Lo sería para mis padres —repuso Isabelle en voz baja—. Lo repudiarían y lo arrojarían fuera de la Clave...

—¿Qué, no puedes ser homosexual y ser un cazador de sombras?

—No existe una norma oficial al respecto. Pero a la gente no le gusta. Quiero decir, sucede menos con la gente de nuestra edad..., creo —añadió, no muy segura, y Clary recordó las pocas otras personas de su edad que Isabelle había conocido realmente—. Pero no con las generaciones mayores. Si sucede, no hablas sobre ello.

—Vaya —dijo Clary, deseando no haberlo mencionado nunca.

—Amo a mi hermano —siguió Isabelle—. Haría cualquier cosa por él. Pero no hay nada que pueda hacer.

—Al menos te tiene a ti —repuso Clary con cierta incomodidad, mientras pensaba por un momento en Jace, que consideraba el amor como algo que te hacía pedazos—. ¿Realmente crees que a Jace le... importaría?

—No lo sé —respondió Isabelle, en un tono que indicaba que ya había tenido suficiente de aquel tema—. Pero no soy yo quien debe decidirlo.

—Imagino que no —repuso Clary.

Se inclinó hacia el espejo y usó el algodón que Isabelle le había dado para eliminar el exceso de maquillaje de ojos. Cuando se recostó hacia atrás, estuvo a punto de soltar el algodón debido a la sorpresa. ¿Qué le había hecho Isabelle? Sus pómulos aparecían marcados y angulosos, los ojos hundidos, misteriosos y de un verde luminoso.

—Me parezco a mi madre —exclamó, sorprendida.

Isabelle enarcó las cejas.

—¿Qué? ¿Demasiado mayor? Tal vez necesite un poco más de rubor...

—Más rubor no —se apresuró a responder Clary—. No, está bien. Me gusta.

—Estupendo. —Isabelle saltó de la cama, con las pulseras de tobillo tintineando—. En marcha.

—Tengo que pasar por mi habitación y tomar algo —indicó Clary, levantándose—. Además... ¿necesito algún arma? ¿La necesitas tú?

—Llevo un montón. —Isabelle sonrió, alzando los pies de modo que las pulseras tintinearon como campanillas navideñas—. Éstas, por ejemplo. La izquierda es de oro, que es venenoso para los demonios, y la derecha es de hierro bendecido, por si me tropiezo con algún vampiro poco amistoso o incluso hadas..., las hadas odian el hierro. Ambas tienen runas de poder grabadas, así que puedo asestar una patada tremenda.

—Caza de demonios y moda —comentó Clary—. Jamás hubiera pensado que se pudieran combinar ambas cosas.

Isabelle lanzó una sonora carcajada.

—Hay muchas cosas que te sorprenderían.

Los chicos las aguardaban en la entrada. Iban vestidos de negro, incluso Simon, con un par de pantalones ligeramente grandes y su propia camiseta puesta al revés para ocultar el logotipo de la banda. Permanecía incómodamente a un lado mientras Jace y Alec estaban repantigados juntos contra la pared, con expresión aburrida. Simon alzó la vista justo cuando Isabelle atravesó majestuosamente la entrada, con el látigo de oro enroscado en la muñeca y las pulseras de los tobillos repiqueteando como campanillas. Clary esperó que el chico se quedara pasmado, porque Isabelle realmente estaba asombrosa, pero sus ojos se deslizaron más allá de ella hasta Clary, donde se detuvieron con expresión estupefacta.

—¿Qué es eso? —inquirió, irguiéndose—. Eso que llevas, quiero decir.

Clary bajó los ojos para mirarse. Se había echado una chamarra fina por encima para no sentirse tan desnuda y había tomado la mochila de la habitación. La llevaba colgada sobre los hombros, para sentir sus familiares golpecitos entre los omóplatos. Pero Simon no miraba la mochila; le miraba las piernas como si no se las hubiera visto nunca antes.

—Es un vestido, Simon —respondió ella en tono seco—. Ya sé que no los llevo a menudo, pero la verdad...

—Es tan corto —repuso él, confuso.

Incluso medio vestido de cazador de demonios, se dijo Clary, Simon parecía la clase de chico que iría a recogerte a casa para salir y sería educado con tus padres y simpático con tus mascotas.

Jace, por otra parte, parecía la clase de chico que pasaría por tu casa y la quemaría hasta los cimientos por diversión.

—Me gusta el vestido —dijo éste, desenganchándose de la pared. Sus ojos la recorrieron de arriba abajo perezosamente, como las garras acariciadoras de un gato—. Pero necesita algo extra.

—¿Así que ahora eres un experto en moda? —replicó Clary.

Su voz brotó irregular; él estaba de pie muy cerca de ella, lo bastante cerca como para sentir su calidez y oler el tenue aroma a quemado de Marcas recién aplicadas.

Jace se sacó algo de la chamarra y se lo entregó. Era una daga larga y fina en una funda de cuero. En la empuñadura de la daga había incrustada una única piedra roja tallada con la forma de una rosa.

Ella negó con la cabeza.

—Ni siquiera sabría cómo usar eso...

Él se la puso en la mano y le hizo curvar los dedos a su alrededor.

—Aprenderás. —Bajó la voz—. Lo llevas en la sangre.

Ella apartó la mano lentamente.

—De acuerdo.

—Podría darte una funda de muslo para guardarla —ofreció Isabelle—. Tengo toneladas.

—Ni hablar —soltó Simon.

Clary le lanzó una mirada irritada.

—Gracias, pero no soy realmente la clase de chica que lleva un cuchillo en el muslo —declaró y metió la daga en el bolsillo exterior de la mochila.

Alzó la mirada después de cerrarlo y se encontró con Jace que la observaba con ojos entrecerrados.

—Y una última cosa —dijo él.

Alargó la mano y le retiró los centelleantes pasadores de los cabellos, de modo que estos le cayeron en cálidos y gruesos rizos por el cuello. La sensación de los cabellos haciéndole cosquillas en la piel desnuda le resultó desconocida y curiosamente agradable.

—Mucho mejor —dijo Jace, y esa vez a ella le pareció que tal vez su voz sonaba también ligeramente irregular.

12

LA FIESTA DEL HOMBRE MUERTO

Las indicaciones de la invitación los condujeron a un vecindario industrial de Brooklyn, cuyas calles estaban bordeadas de fábricas y almacenes. Algunos, Clary pudo advertir, habían sido convertidos en lofts y galerías de arte, pero aún había algo intimidatorio en sus imponentes formas cuadradas, que mostraban sólo unas pocas ventanas cubiertas de rejas de hierro.

Se encaminaron hacia allí desde la estación de metro, con Isabelle navegando con el sensor, que parecía disponer de una especie de sistema cartográfico incorporado. Simon, que adoraba los chismes, estaba fascinado..., o al menos fingía que era el sensor lo que le fascinaba. Con la esperanza de evitarlos, Clary se rezagó cuando cruzaron un parque cubierto de maleza, cuyo pasto mal cuidado estaba requemado por el calor del verano. A su derecha, las agujas de una iglesia relucían grises y negras recortadas en un cielo nocturno sin estrellas.

—No te quedes atrás —dijo una voz irritada en su oreja; era Jace, que se había rezagado para andar junto a ella—, no quiero tener que estar mirando todo el rato atrás para asegurarme de que no te ha sucedido nada.

—Pues entonces no lo hagas.

—La última vez que te dejé sola, un demonio te atacó —indicó él.

—Bueno, desde luego odiaría interrumpir su agradable paseo nocturno con mi muerte repentina.

Él pestañeó.

—Existe una fina línea entre el sarcasmo y la franca hostilidad, y parece que la has cruzado. ¿Qué sucede?

—Esta mañana —replicó ella, mordiéndose el labio—, unos tipos extraños y repulsivos han estado hurgando en mi cerebro. Ahora voy a conocer al tipo extraño y repulsivo que originalmente hurgó en mi cerebro. ¿Qué sucede si no me gusta lo que él encuentre?

—¿Qué te hace creer que no te gustará?

Clary se apartó los cabellos de su piel pegajosa.

—Odio cuando respondes a una pregunta con otra pregunta.

—Mentira, te parece encantador. De todos modos, ¿no preferirías conocer la verdad?

—No, quiero decir, tal vez. No lo sé. —Suspiró—. ¿Querrías tú?

—¡Ésta es la calle correcta! —gritó Isabelle, un cuarto de manzana por delante de ellos.

Estaban en una avenida estrecha bordeada de viejos almacenes, aunque la mayoría mostraban señales de estar habitados: jardineras llenas de flores, cortinas de encaje ondeando en la bochornosa brisa nocturna, botes de basura de plástico numerados y apilados en la acera. Clary entrecerró con fuerza los ojos, pero no había modo de saber si se trataba de la calle que había visto en la Ciudad de Hueso..., en su visión había estado casi desdibujada por la nieve.

Notó que los dedos de Jace le rozaban el hombro.

—Rotundamente. Siempre —murmuró él.

Clary le miró de soslayo, sin comprender.

—¿Qué?

—La verdad —contestó Jace—. Querría...

—¡Jace!

Era Alec. Estaba de pie en la acera, no muy lejos; Clary se preguntó por qué su voz había sonado tan fuerte.

231

Jace volvió la cabeza, retirándole la mano del hombro.

—¿Sí?

—¿Crees que estamos en el lugar correcto?

Alec señalaba algo que Clary no podía ver; estaba oculto tras la mole de un enorme coche negro.

—¿Qué es eso?

Jace se reunió con Alec; Clary le oyó reír. Rodeando el coche, la muchacha vio qué era lo que miraban: varias motocicletas, elegantes y plateadas, con un bastidor bajo negro. Tubos de aspecto oleaginoso culebreaban ascendiendo y rodeando los vehículos, hinchados como venas. Las motos ofrecían una nauseabunda sensación de ser algo orgánico, como las biocriaturas en un cuadro de Giger.

—Vampiros —dijo Jace.

—A mí me parecen motocicletas —indicó Simon, uniéndose a ellos con Isabelle a su lado.

La muchacha miró las motos con el entrecejo fruncido.

—Lo son, pero las han alterado para que funcionen con energía demoniaca —explicó—. Los vampiros las utilizan..., les permiten moverse con rapidez de noche. No es estrictamente Alianza, pero...

—He oído decir que algunas de las motos pueden volar —comentó Alec con entusiasmo; sonaba como Simon con un nuevo videojuego—. O volverse invisibles con sólo pulsar un interruptor. O funcionar bajo el agua.

Jace había bajado del bordillo y se dedicaba a dar vueltas alrededor de las motos, examinándolas. Alargó una mano y acarició una de las motos a lo largo del elegante armazón. Tenía unas palabras pintadas a lo largo del costado: NOX INVICTUS.

—Noche victoriosa —tradujo.

Alec le miraba de un modo extraño.

—¿Qué haces?

A Clary le pareció ver que Jace volvía a meter la mano en el interior de su chamarra.

—Nada.

—Bien, démonos prisa —indicó Isabelle—. No me he arreglado tanto para contemplar cómo se entretienen en la cuneta con un montón de motocicletas.

—Son bonitas —repuso Jace, volviendo a subir a la acera—. Tienes que admitirlo.

—También yo —replicó Isabelle, que no parecía inclinada a admitir nada—. Ahora démonos prisa.

Jace miraba a Clary.

—Este edificio —dijo, señalando el almacén de ladrillo rojo—. ¿Es éste el que viste?

Clary exhaló profundamente.

—Eso creo —respondió con aire vacilante—. Todos se parecen.

—Hay un modo de averiguarlo —anunció Isabelle, ascendiendo los peldaños con paso decidido.

El resto la siguió, amontonándose unos sobre otros en la apestosa entrada. Un foco desnudo colgaba de un cable sobre sus cabezas, iluminando una enorme puerta revestida de metal y una hilera de timbres de apartamentos en la pared izquierda. Sólo uno tenía un nombre escrito encima: BANE.

Isabelle presionó el timbre. No sucedió nada. Volvió a presionarlo. Estaba a punto de presionarlo por tercera vez cuando Alec le sujetó la muñeca.

—No seas maleducada —dijo.

Ella le lanzó una mirada iracunda.

—Alec...

La puerta se abrió de golpe.

Un hombre delgado en el umbral los contempló con curiosidad. Isabelle fue la primera en recuperarse, ofreciéndole una sonrisa radiante.

—¿Magnus? ¿Magnus Bane?

—Ése soy yo.

El hombre que bloqueaba la entrada era tan alto y delgado como un raíl, y los cabellos, una corona de espesas púas negras. Clary supuso, por la curva de sus ojos somnolientos y el tono dorado de su piel uniformemente bronceada, que era en parte asiático. Llevaba mezclilla y una camiseta negra cubierta con docenas de hebillas de metal. Sus ojos estaban cubiertos de una capa de sombra negra, que le daba el aspecto de un mapache, y tenía los labios pintados de azul oscuro. Pasó una mano cargada de anillos por los erizados cabellos y les contempló pensativo.

—Hijos de los nefilim —dijo—. Vaya, vaya. No recuerdo haberlos invitado.

Isabelle sacó la invitación y la agitó como una bandera blanca.

—Tengo una invitación. Éstos —indicó al resto del grupo con un grandilocuente movimiento de su brazo—... son mis amigos.

Magnus le arrancó la invitación de la mano y miró el papel con desagrado.

—Sin duda estaba borracho —declaró, y abrió la puerta de par en par—. Entren. E intenten no asesinar a ninguno de mis invitados.

Jace se metió en el umbral, evaluando a Magnus con la mirada.

—¿Incluso si uno de ellos derrama una bebida en mis zapatos nuevos?

—Incluso así.

La mano de Magnus salió disparada, tan veloz que resultó apenas una visión borrosa, y le arrancó la estela de la mano a Jace —Clary ni siquiera había advertido que él la sostuviera— y la alzó. Jace se mostró ligeramente avergonzado.

—Y en cuanto a esto —siguió Magnus, metiéndola dentro del bolsillo de los pantalones de Jace—, mantenlo en tus pantalones, cazador de sombras.

Magnus sonrió burlón e inició la ascensión por la escalera, dejando a un Jace de expresión sorprendida sujetando la puerta.

—Vamos —dijo éste, haciendo una seña al resto para que entraran—. Antes de que alguien piense que es mi fiesta.

Se abrieron paso junto a Jace, riendo nerviosamente. Únicamente Isabelle se detuvo para menear la cabeza.

—Intenta no molestarlo, por favor. De lo contrario no nos ayudará.

Jace adoptó una expresión aburrida.

—Sé lo que hago.

—Eso espero.

Isabelle pasó junto a él, muy digna, en medio de un remolino de faldas.

El apartamento de Magnus estaba en lo alto de un largo tramo de destartalados escalones. Simon apresuró el paso para alcanzar a Clary, que lamentaba haber puesto la mano en la barandilla para mantener el equilibrio. Estaba pegajosa con algo que tenía un tenue y enfermizo brillo verdoso.

—Ecs —exclamó Simon, y le ofreció una esquina de su camiseta para que se limpiara la mano, lo que ella hizo—. ¿Va todo bien? Pareces... angustiada.

—Es que me resulta tan familiar. Magnus, quiero decir.

—¿Crees que va a San Javier?

—Muy divertido. —Le miró con expresión agria.

—Tienes razón. Es demasiado mayor para ser un alumno. Creo que lo tuve en química el año pasado.

Clary lanzó una fuerte carcajada. Isabelle fue a colocarse inmediatamente junto a ella, respirándole en la nuca.

—¿Me estoy perdiendo algo? ¿Simon?

Simon tuvo la gentileza de mostrarse turbado, pero no dijo nada. Clary masculló: «No te estás perdiendo nada», y se quedó un poco atrás. Las botas de suela gruesa de Isabelle empezaban a hacerle daño en los pies, y para cuando llegó a lo alto de la escalera cojeaba, aunque se olvidó del dolor en cuanto cruzó la puerta del piso de Magnus.

El loft era enorme y casi totalmente desprovisto de mobiliario. Ventanas que iban del suelo al techo estaban embadurnadas de una gruesa película de suciedad y pintura, que cerraba el paso a la mayor parte de la luz ambiental proveniente de la calle. Grandes columnas de metal rodeadas de luces de colores sostenían un techo abovedado y cubierto de hollín. Puertas arrancadas de sus goznes y colocadas sobre abollados botes de basura de metal hacían de improvisado bar en un extremo de la habitación. Una mujer de piel de color lila vestida con un bustier metálico se dedicaba a alinear bebidas a lo largo de la barra en vasos altos de fuertes colores que teñían los líquidos de su interior: rojo sangre, azul cianosis, verde ponzoñoso. Incluso comparada con un barman de Nueva York, la mujer trabajaba con una sorprendente y rápida eficiencia..., probablemente ayudada por el hecho de tener un segundo par de largos y gráciles brazos para complementar al primero. A Clary le recordó la estatua de la diosa hindú de Luke.

El resto de la gente era igual de extraña. Un chico apuesto, de cabellos mojados de un verde negruzco, le sonrió ampliamente por encima de un plato de lo que parecía ser pescado crudo. Tenía los dientes afilados, como los de un tiburón. Junto a él había una chica de largos cabellos de un rubio sucio, trenzados con flores. Bajo la falda de su corto vestido verde, los pies eran palmeados como los de una rana. Un grupo de mujeres jóvenes, tan pálidas que Clary se preguntó si no llevarían maquillaje teatral blanco, sorbían un líquido escarlata demasiado espeso para ser vino en unas copas aflautadas de cristal. El centro de la habitación estaba atestado de cuerpos que bailaban siguiendo el ritmo machacante que rebotaba en las paredes, aunque Clary no consiguió ver a una banda por ninguna parte.

—¿Te gusta la fiesta?

Se volvió y vio a Magnus apoyado contra uno de los pilares. Los ojos le brillaban en la oscuridad. Echando una ojeada a su alrededor, vio que Jace y los demás habían desaparecido, engullidos por la multitud.

Intentó sonreír.

—¿Es en honor de alguien?

—El cumpleaños de mi gato.

—Ah. —Paseó la mirada por la estancia—. ¿Dónde está tu gato? El brujo se despegó del pilar, con expresión solemne.

—No lo sé. Se escapó.

La aparición de Jace y Alec ahorró a Clary tener que responder a aquello. Alec se mostraba huraño, como de costumbre. Jace lucía una sarta de diminutas flores relucientes alrededor del cuello y parecía satisfecho consigo mismo.

—¿Dónde están Simon e Isabelle? —preguntó Clary.

—En la pista de baile. —Señaló con el dedo.

Ella les vislumbró apenas en el borde del atestado cuadrado de cuerpos. Simon hacía lo que acostumbraba a hacer en lugar de bailar, que era brincar sobre las puntas de los pies, y parecía sentirse incómodo. Isabelle se cimbreaba describiendo un círculo a su alrededor, sinuosa como una serpiente, arrastrando los dedos sobre el pecho de su pareja. Le contemplaba como si estuviera planeando arrastrarlo fuera a un rincón y hacer el amor con él. Clary se abrazó, haciendo que sus pulseras tintinearan entre sí.

«Si empiezan a bailar más pegados, no necesitarán irse a un rincón para hacer el amor.»

—Oye —dijo Jace, volviéndose hacia Magnus—, lo cierto es que tenemos que hablar de...

—¡MAGNUS BANE!

La profunda voz retumbante pertenecía a un hombre sorprendentemente bajo que parecía haber superado apenas los treinta. Poseía una musculatura compacta, con una cabeza calva afeitada por completo y una perilla puntiaguda. Apuntó con un dedo tembloroso a Magnus.

—Alguien vertió agua bendita dentro del depósito de gasolina de mi moto. Está estropeada. Destrozada. Todos los conductos se han derretido.

—¿Derretido? —murmuró Magnus—. ¡Qué horror!

—Quiero saber quién lo hizo.

El hombre mostró los dientes, exhibiendo largos caninos afilados. Clary le miró fijamente, fascinada. No se parecían en nada a como había imaginado los colmillos de los vampiros: éstos era tan finos y afilados como agujas.

—Pensaba que habías jurado que no habría hombres lobo aquí esta noche, Bane.

—No invité a ninguno de los Hijos de la Luna —repuso Magnus, examinando sus relucientes uñas—. Precisamente debido a su estupida enemistad. Si alguno de ellos decidió sabotear tu moto, no era mi invitado, y por lo tanto no es... —Le dedicó una sonrisa encantadora— mi responsabilidad.

El vampiro rugió de rabia, señalando a Magnus con el dedo.

—Intentas decirme que...

El dedo índice cubierto de una capa de sombra de Magnus se movió apenas un milímetro, tan levemente que Clary casi pensó que no se había movido en absoluto. En mitad de su rugido, el vampiro boqueó y se llevó las manos a la garganta. Su boca se movió, pero no surgió ningún sonido.

—Has abusado de mi hospitalidad —dijo Magnus con indolencia, abriendo mucho los ojos.

Clary vio, con un sobresalto de sorpresa, que sus pupilas eran rendijas verticales, como las de un gato.

—Ahora vete —añadió.

Magnus separó los dedos de la mano, y el vampiro se dio la vuelta con la misma rapidez que si alguien lo hubiese agarrado por los hombros y le hubiese hecho girar. Volvió a marchar al interior de la multitud, dirigiéndose a la puerta.

Jace silbó en voz baja.

—Eso fue impresionante.

—¿Te refieres a esta pequeña rabieta? —Magnus alzó los ojos hacia el techo—. Lo sé. ¿Qué problema tiene ella?

Alec profirió un sonido estrangulado y, al cabo de un instante, Clary lo reconoció como una carcajada.

«Debería hacer eso más a menudo.»

—Nosotros pusimos el agua bendita en su depósito de gasolina, ya sabes —dijo.

—ALEC —intervino Jace—. Cállate.

—Lo supuse —repuso Magnus con expresión divertida—. Son unos bastardos vengativos, ¿no es cierto? Saben que sus motos funcionan con energías demoniacas. Dudo que vaya a poder repararla.

—Una sanguijuela menos dando un paseíto por ahí —se burló Jace—. Mi corazón sangra.

—Oí que algunos de ellos pueden hacer que sus motos vuelen —intervino Alec, que por una vez parecía animado y casi sonreía.

—No es más que un viejo cuento de brujas —respondió Magnus, y sus ojos de gato centellearon—. Así que ¿por eso se querían colar en mi fiesta? ¿Sólo para destrozar las motos de unos cuantos chupasangres?

—No. —Jace volvía a establecer la labor—. Necesitamos hablar contigo. Preferiblemente en un lugar privado.

Magnus enarcó una ceja.

«Maldita sea —pensó Clary—, otro que sabe hacerlo.»

—¿Tengo problemas con la Clave?

—No —respondió Jace.

—Probablemente no —corrigió Alec—. ¡Uy!

Dedicó una mirada furiosa a Jace, que le había asestado una fuerte patada en el tobillo.

—No —repitió Jace—. Podemos hablar contigo bajo el sello de la Alianza. Si nos ayudas, cualquier cosa que digas será confidencial.

—¿Y si no os ayudo?

Jace extendió totalmente las manos. Los tatuajes de las runas de sus palmas resaltaron severos y negros.

—Tal vez nada. Tal vez una visita procedente de la Ciudad Silenciosa.

La voz de Magnus fue miel vertida sobre fragmentos de hielo.

—Es toda una elección la que me ofreces, pequeño cazador de sombras.

—No es ninguna elección —dijo Jace.

—Sí —repuso el brujo—. Eso es exactamente a lo que me refería.

El dormitorio de Magnus era un desmadre de color: sábanas y colchas amarillo canario extendidas sobre un colchón colocado en el suelo, un tocador azul eléctrico con más tarros de pintura y maquillaje revueltos por su superficie que el de Isabelle. Cortinas de terciopelo con los colores del arco iris ocultaban las ventanas, que iban del suelo al techo, y una alfombra de lana enmarañada cubría el suelo.

—Bonito lugar —comentó Jace, apartando a un lado un grueso trozo de cortina—. Imagino que da dinero ser el Gran Brujo de Brooklyn.

—Da dinero —repuso Magnus—. Aunque no conlleva un gran paquete de prestaciones, de todos modos. No hay póliza dental.

Cerró la puerta tras él y se recostó en la cama. Al cruzar los brazos, se le subió la camiseta, mostrando un pedazo de plano estómago dorado que carecía de ombligo.

—Así pues —comenzó—, ¿qué hay en sus pequeñas mentes tortuosas?

—No son ellos en realidad —intervino Clary, encontrando su propia voz antes de que Jace pudiera responder—. Yo soy quien quería hablar contigo.

Magnus volvió sus inhumanos ojos hacia ella.

—Tú no eres uno de ellos —afirmó—. No eres de la Clave. Pero puedes ver el Mundo Invisible.

—Mi madre pertenecía a la Clave —contestó Clary. Era la primera vez que lo decía en voz alta y sabiendo que era verdad—. Pero ella nunca me lo dijo. Lo mantuvo en secreto. No sé por qué.

—Pues pregúntale.

—No puedo. Ella ha... —Clary vaciló—. No está.

—¿Y tu padre?

—Murió antes de que yo naciera.

Magnus soltó aire, irritado.

—Como dijo Oscar Wilde en una ocasión: «Perder un progenitor puede considerarse una desgracia. Perder a ambos parece una negligencia».

Clary oyó cómo Jace emitía un pequeño siseo, como aspirando por entre los dientes.

—No perdí a mi madre —siguió—. Me la quitaron. Lo hizo Valentine.

—No conozco a ningún Valentine —repuso Magnus, pero sus ojos pestañearon igual que la llama oscilante de una vela, y Clary supo que mentía—. Lamento tus trágicas circunstancias, pero no consigo ver qué tiene que ver conmigo. Si pudieras decirme...

—No puede decirte, porque no recuerda —le cortó Jace con severidad—. Alguien borró sus recuerdos. Así que fuimos a la Ciudad Silenciosa para ver qué podían sacar los Hermanos de su cabeza. Obtuvieron dos palabras. Creo que puedes imaginar cuáles fueron.

Hubo un corto silencio. Finalmente, Magnus dejó que su boca se alzara en las comisuras. Su sonrisa era amarga.

—Mi firma —dijo—. Sabía que era una locura cuando lo hice. Un acto de arrogancia...

—¿Firmaste mi mente? —inquirió Clary con incredulidad.

Magnus alzó la mano, trazando los llameantes contornos de letras en el aire. Cuando bajó la mano, permanecieron allí, ardientes y doradas, haciendo que los contornos pintados de sus ojos y boca ardieran con la luz reflejada. MAGNUS BANE.

—Estaba orgulloso del trabajo realizado contigo —dijo despacio, mirando a Clary—. Tan limpio. Tan perfecto. Lo que vieras lo olvidarías, incluso mientras lo veías. Ninguna imagen de duendecillo o trasgo o animalillo de patas largas permanecería para inquietar tu intachable sueño mortal. Era tal y como lo quería ella.

La voz de Clary sonó apenas audible por la tensión.

—¿Tal y como lo quería quién?

Magnus suspiró, y al contacto de su aliento, las letras de fuego se deshicieron convertidas en relucientes cenizas. Finalmente habló... y aunque Clary no se sorprendió, porque sabía exactamente lo que iba a decir, de todos modos sintió las palabras como un mazazo en su corazón.

—Tu madre —contestó él.

13

EL RECUERDO DE ALGO BLANCO

—¿Mi madre me hizo esto? —inquirió Clary, pero su sorprendida indignación no sonó convincente, ni siquiera a sus propios oídos.

Mirando a su alrededor, vio compasión en los ojos de Jace, y en los de Alec..., incluso Alec lo había adivinado y sentía lástima por ella.

—¿Por qué?

—No lo sé. —Magnus extendió las largas manos blancas—. No es mi trabajo hacer preguntas. Hago aquello por lo que me pagan.

—Dentro de los límites de la Alianza —le recordó Jace, la voz suave como el ronroneo de un gato.

Magnus asintió con la cabeza.

—Dentro de los límites de la Alianza, por supuesto.

—¿De modo que a la Alianza le parece bien esto..., esta violación de la mente? —preguntó Clary con amargura.

Al ver que nadie respondía, se dejó caer sobre el borde de la cama de Magnus.

—¿Fue sólo una vez? ¿Hubo algo específico que ella quiso que yo olvidara? ¿Sabes lo que fue?

Magnus paseó nerviosamente hasta la ventana.

—No creo que lo comprendas. La primera vez que te vi, debías de tener unos dos años. Yo observaba por esta ventana —dio un golpecito al cristal, liberando una lluvia de polvo y pedacitos de pintura—, y la vi a ella viniendo a toda prisa por la calle, sosteniendo algo envuelto en una manta. Me sorprendí cuando se detuvo ante mi puerta. Parecía tan corriente, tan joven.

La luz de la luna pintó de plata su perfil aguileño.

—Desenvolvió la manta cuando atravesó mi puerta. Tú estabas dentro. Te depositó en el suelo y empezaste a deambular por todas partes, tomando cosas, tirándole de la cola a mi gato; chillaste como una banshee cuando el gato te arañó, así que le pregunté a tu madre si tenías una parte de banshee. No se rió.

Hizo una pausa. En aquellos instantes todos le contemplaban con atención, incluso Alec.

—Me contó que era una cazadora de sombras. No valía la pena que mintiera sobre eso; las Marcas de la Alianza salen a la luz, incluso cuando se han desvanecido con el paso del tiempo, en forma de tenues cicatrices plateadas sobre la piel. Titilaban cuando se movía.
—Se frotó el maquillaje de sombra que le rodeaba los ojos—. Me dijo que había esperado que nacieras con un Ojo Interior ciego..., a algunos cazadores de sombras hay que enseñarles a ver el Mundo de las Sombras. Pero te había pescado aquella tarde martirizando a una hadita atrapada en un seto. Sabía que podías ver. Así que me preguntó si era posible cegarte la Visión.

Clary emitió un ruidito, una dolorida exhalación de aire, pero Magnus siguió adelante sin piedad.

—Le dije que inutilizar esa parte de tu mente podría dañarte, incluso volverte loca. Ella no lloró. No era la clase de mujer que llora con facilidad, tu madre. Me preguntó si había otro modo, y le dije que se te podía hacer olvidar aquellas partes del Mundo de las Sombras que podías ver, incluso mientras las veías. La única salvedad era que ella tendría que venir a verme cada dos años, que es cuando los resultados del hechizo empiezan a desvanecerse.

—¿Y lo hizo? —inquirió ella.

Magnus asintió.

—Te he visto cada dos años desde esa primera vez... te he observado crecer. Eres la única criatura que he visto crecer, ya sabes. En mi negocio uno no es generalmente tan bien recibido cerca de niños humanos.

—Así que reconociste a Clary cuando entró —dijo Jace—. Debes de haberlo hecho.

—Claro que lo hice. —Magnus sonó exasperado—. Y fue todo un sobresalto, también. Pero ¿qué habrían hecho ustedes? Ella no me conocía. Se suponía que no me conocía. Sólo el hecho de que estuviera aquí significaba que el hechizo había empezado a desvanecerse... y de hecho, debíamos habernos visto hará aproximadamente un mes. Incluso pasé por tu casa cuando regresé de Tanzania, pero Jocelyn dijo que se habían peleado y te habías ido de casa. Dijo que iría a verme cuando regresaras, pero —se encogió de hombros elegantemente— jamás lo hizo.

Un frío flujo de recuerdos le puso la carne de gallina a Clary. Recordaba estar de pie en el vestíbulo junto a Simon, esforzándose por recordar algo que danzaba justo en el límite de su visión... «Me ha parecido ver el gato de Dorothea, pero sólo ha sido la luz.»

Pero Dorothea no tenía un gato.

—Tú estabas allí, ese día —afirmó Clary—. Te vi salir del departamento de Dorothea. Recuerdo tus ojos.

Magnus la miró como si fuera a ponerse a ronronear.

—Soy memorable, es cierto —presumió; luego meneó la cabeza—. No deberías recordarme —dijo—. Alcé un *glamour* tan fuerte como un muro en cuanto te vi. Deberías haberte dado de bruces contra él... psíquicamente hablando.

«¿Si te das de bruces contra una pared psíquica, acabas con moretones psíquicos?», pensó ella.

—Si me quitas el hechizo —dijo Clary—, ¿podré recordar todas las cosas que he olvidado? ¿Todos los recuerdos que me robaste?

—No te lo puedo quitar. —Magnus parecía sentirse violento.

—¿Qué? —Jace sonó furioso—. ¿Por qué no? La Clave te exige...
El brujo le miró con frialdad.

—No me gusta que me digan lo que debo hacer, pequeño cazador de sombras.

Clary se dio cuenta de lo mucho que le disgustaba a Jace que se refirieran a él como «pequeño», pero antes de que éste pudiera espetar una respuesta, Alec habló. Su voz era suave y meditabunda.

—¿No sabes cómo invertirlo? —preguntó—. El hechizo, quiero decir.

Magnus suspiró.

—Deshacer un hechizo es mucho más difícil que crearlo en primer lugar. La complejidad de éste en particular, el cuidado que puse al entretejerlo..., si cometiera aunque fuera el más mínimo error al desentrañarlo, su mente podría quedar dañada para siempre. Además —añadió—, ya ha empezado a desvanecerse. Los efectos desaparecerán por sí solos con el tiempo.

Clary le miró con severidad.

—¿Recuperaré todos mis recuerdos entonces? ¿Lo que fuera que sacó de mi cabeza?

—No lo sé. Podrían regresar todos de golpe, o por etapas. O podrías no recordar nunca lo que has olvidado a lo largo de los años. Lo que tu madre me pidió que hiciera fue algo excepcional, en mi experiencia. No tengo ni idea de qué sucederá.

—Pero no quiero esperar. —Clary entrelazó las manos con fuerza sobre el regazo, los dedos sujetos con tanta energía que las yemas se tornaron blancas—. Toda mi vida he sentido como si hubiera algo que estaba mal en mí. Que algo faltaba o no funcionaba bien. Ahora sé...

—Yo no te hice daño. —La interrumpió Magnus, con los labios hacia atrás con enojo para mostrar unos dientes afilados y blancos—. Cualquier adolescente se siente así, se siente roto o fuera de lugar, diferente de algún modo, un miembro de la realeza nacido por equivocación en una familia de campesinos. La diferencia en tu caso es que es cierto. Tú sí eres diferente. Quizá no mejor..., pero diferente. Y no es ninguna broma ser diferente. ¿Quieres saber qué se siente cuando tus padres son unas buenas personas devotas y resulta que tú naces con la marca del diablo? —Señaló sus ojos, con los dedos abiertos—. ¿Cuándo tu padre se estremece al verte y tu madre se cuelga en el granero, enloquecida por lo que ha hecho? Cuando tenía diez años, mi padre intentó ahogarme en el arroyo. Arremetí contra él con todo lo que tenía..., lo incineré allí mismo. Acudí a los padres de la iglesia finalmente, en busca de refugio. Ellos me escondieron. Dicen que la compasión es algo amargo, pero es mejor que el odio. Cuando descubrí lo que era en realidad, un ser sólo humano a medias, me odié a mí mismo. Cualquier cosa es mejor que eso.

Hubo un silencio cuando Magnus dejó de hablar. Ante la sorpresa de Clary, fue Alec quien lo rompió.

—No fue culpa tuya —dijo—. No puedes evitar cómo naciste.

La expresión del brujo era dura.

—Lo he superado —replicó—. Creo que comprendes lo que quiero decir. Ser diferente no es mejor, Clary. Tu madre intentaba protegerte. No se lo eches en cara.

Las manos de Clary relajaron la presión entre ellas.

—No me importa si soy diferente —indicó—. Sólo quiero saber quién soy en realidad.

Magnus lanzó una imprecación, en una lengua que ella desconocía, pero que sonó a llamas chisporroteando.

—De acuerdo. Escucha. No puedo deshacer lo que he hecho, pero te puedo dar otra cosa. Un pedazo de lo que habría sido tuyo de haber sido criada como una auténtica hija de los nefilim. —Cruzó majestuoso la habitación hasta la librería y extrajo con cierta dificultad un pesado tomo encuadernado en deteriorado terciopelo verde. Pasó rápidamente las hojas, derramando polvo y pedacitos de tela ennegrecida. Las páginas eran finas, de un pergamino semimate y casi traslúcido, cada una marcada con una austera runa negra.

—¿Es eso una copia del «Libro Gris»? —inquirió Jace, enarcando las cejas.

Magnus, que pasaba febrilmente las hojas, no dijo nada.

—Hodge tiene una —comentó Alec—. Me la mostró una vez.

—No es gris. —Clary se sintió obligada a señalar—. Es verde.

—Qué poco sentido del humor... —replicó Jace, limpiando el polvo del alféizar y contemplándolo con atención, como considerando si estaba lo bastante limpio para sentarse encima—. En inglés antiguo su nombre es «Gramarye», que significa «magia, conocimientos ocultos», pero, para acortar, se acostumbraba a denominarle «Gray». Lo que sucede es que, en inglés, «gray» significa «gris» y al final en todas partes se le ha acabado llamando así. En él están copiadas todas y cada una de las runas que el ángel Raziel escribió en el Libro de la Alianza. No existen muchas copias, porque cada una debe hacerse especialmente. Algunas de las runas son tan poderosas que quemarían páginas normales.

Alec se mostró impresionado.

—No sabía todo eso.

Jace se sentó de un salto en el alféizar y balanceó las piernas.

—No todos nosotros nos dormimos durante las clases de historia.

—Yo no me...

—No, qué va, y además babeas sobre el pupitre.

—Cállense —dijo Magnus, pero lo dijo con suavidad.

El hombre curvó un dedo entre dos páginas del libro y fue hacia Clary, depositándolo con cuidado sobre su regazo.

—Ahora, cuando abra el libro, quiero que estudies la página. Mírala hasta que sientas que algo cambia dentro de tu mente.

—¿Dolerá? —preguntó ella nerviosamente.

—Todo conocimiento duele —replicó él, y se irguió, dejando que el libro cayera abierto sobre el regazo de Clary.

Clary bajó la mirada, clavándola en la página blanca con la runa negra de la Marca dibujada sobre ella. Parecía algo similar a una espiral con alas, hasta que ella ladeó la cabeza, y entonces pareció un bastón rodeado de enredaderas. Las esquinas cambiantes del dibujo cosquillearon en su mente como plumas pasadas sobre una piel sensible. Percibió el estremecido parpadeo de una reacción, que hacía que quisiera cerrar los ojos, pero los mantuvo abiertos hasta que le ardieron y se le nublaron. Estaba punto de parpadear cuando lo sintió: un chasquido en la cabeza, como una llave girando en una cerradura.

La runa de la página pareció destacar nítidamente de improviso, y ella pensó, involuntariamente: «Recuerda». De haber sido la runa una palabra, habría sido ésa, pero había más significado en ella que en cualquier palabra que pudiese imaginar. Era el primer recuerdo de una criatura de luz cayendo a través de los barrotes de la cuna, el aroma rememorado de la lluvia y las calles de una ciudad, el dolor de una pérdida no olvidada, el aguijonazo de una humillación recordada y el cruel olvido de la vejez, cuando los recuerdos más antiguos destacan con una precisión angustiosamente nítida y los incidentes más inmediatos se pierden sin posibilidad de recuperación.

Con un leve suspiro pasó a la página siguiente, y a la siguiente, dejando que las imágenes y las sensaciones fluyeran por ella. «Pesar. Pensamiento. Fuerza. Protección. Gracia...» y a continuación lanzó un sorprendido grito de reproche cuando Magnus le arrebató el libro del regazo.

—Es suficiente —dijo él y metió el libro de vuelta en su estante; se sacudió el polvo de las manos sobre los coloridos pantalones, dejando rastros grises—. Si lees todas las runas de una vez, acabarás con dolor de cabeza.

—Pero...

—La mayoría de los niños cazadores de sombras crecen aprendiendo las runas de una en una a lo largo de un periodo de años —explicó Jace—. El Libro Gris contiene runas que ni siquiera yo conozco.

—Figúrate —comentó Magnus.

Jace hizo como si no existiera.

—Magnus te mostró la runa de la comprensión y el recuerdo. Ésta abre tu mente para que leas y reconozcas el resto de las Marcas.

—También puede servir como detonante para activar recuerdos dormidos —indicó Magnus—. Podrían regresar a ti más de prisa de lo que lo harían de otro modo. Es lo mejor que puedo hacer.

Clary bajó la mirada hacia su regazo.

—Todavía sigo sin recordar nada sobre la Copa Mortal.

—¿Es de eso de lo que se trata? —Magnus parecía realmente estupefacto—. ¿Buscan la Copa del Ángel? Mira, yo he recorrido tus recuerdos. No había nada en ellos sobre los Instrumentos Mortales.

—¿Instrumentos Mortales? —repitió Clary, desconcertada—. Pensaba que...

—El Ángel entregó tres objetos a los primeros cazadores de sombras. Una copa, una espada y un espejo. Los Hermanos Silenciosos tienen la espada; la copa y el espejo estaban en Idris, al menos hasta que llegó Valentine.

—Nadie sabe dónde está el espejo —dijo Alec—. Nadie lo ha sabido desde hace una eternidad.

—Es la Copa lo que nos interesa —indicó Jace—. Valentine la está buscando.

—¿Y ustedes quieren conseguirla antes de que lo haga él? —inquirió Magnus, alzando mucho las cejas.

—¿Pensaba que habías dicho que no sabías quién era Valentine? —señaló Clary.

—Mentí —admitió él con candidez—. Yo no pertenezco a la raza de las hadas, ya sabes. A mí no se me exige ser sincero. Y sólo un loco se interpondría entre Valentine y su venganza.

—¿Es eso lo que crees que él busca? ¿Venganza? —preguntó Jace.

—Yo diría que sí. Sufrió una grave derrota, y no parecía precisamente..., no parece la clase de hombre que acepta la derrota con elegancia.

Alec miró a Magnus con más intensidad.

—¿Estuviste en el Levantamiento?

Magnus mantuvo la mirada de Alec.

—Estuve. Maté a varios de los suyos.

—Miembros del Círculo —corrigió Jace rápidamente—. No de nuestro...

—Si insisten en repudiar aquello que es desagradable en lo que hacen —dijo Magnus, mirando aún a Alec—, jamás aprenderán de sus errores.

Alec, dando tirones a la colcha con una mano, se sonrojó violentamente.

—No parece sorprenderte el averiguar que Valentine sigue vivo —dijo, evitando la mirada del brujo.

Magnus extendió las manos a ambos lados.

—¿Lo están ustedes?

Jace abrió la boca, luego volvió a cerrarla. Parecía realmente desconcertado.

—¿Así que no nos ayudarás a encontrar la Copa Mortal? —dijo finalmente.

—No lo haría aunque pudiera —respondió él—. Pero la verdad es que no puedo. No tengo ni idea de dónde está, y no me interesa saberlo. Únicamente a un loco, como ya les dije.

Alec se sentó más erguido.

—Pero sin la Copa, no podemos...

—Crear más de ustedes. Lo sé —repuso Magnus—. Tal vez no todo el mundo considera eso algo tan desastroso como lo hacen ustedes. Aunque claro —añadió—, si tuviera que escoger entre la Clave y Valentine, elegiría la Clave. Al menos ellos no han jurado eliminar a los de mi especie. Pero nada de lo que la Clave ha hecho se ha ganado mi lealtad inquebrantable tampoco. Así que no, me quedaré sentado tranquilamente. Ahora, si hemos terminado aquí, me gustaría regresar a mi fiesta antes de que algunos de mis invitados se coman entre sí.

Jace, que había estado abriendo y cerrando las manos, dio la impresión de estar a punto de decir algo furibundo, pero Alec, poniéndose en pie, le puso una mano sobre el hombro. Clary no pudo estar segura en la penumbra, pero pareció como si Alec apretara con bastante fuerza.

—¿Que se coman? —preguntó el muchacho.

Magnus lo contemplaba con cierta expresión divertida.

—No sería la primera vez.

Jace masculló algo a Alec, que le soltó. Separándose, se acercó a Clary.

—¿Estás bien? —preguntó en voz baja.

—Eso creo. No me siento nada diferente...

Magnus, de pie junto a la puerta, tronó los dedos con impaciencia.

—Vayan desfilando, adolescentes. La única persona que puede achucharse lote en mi dormitorio es mi magnífica persona.

—¿Achucharse? —repitió Clary, que jamás había oído la expresión antes.

—¿Magnífica? —repitió Jace, que se limitaba a mostrarse desagradable.

Magnus gruñó, y el gruñido sonó a algo parecido a «fuera de aquí».

Salieron. Magnus cerró la marcha y se detuvo para cerrar con llave la puerta del dormitorio. El carácter de la fiesta le pareció sutilmente distinto a Clary. Tal vez fuera tan sólo su visión levemente alterada: todo parecía más claro, con bordes cristalinos claramente definidos. Contempló cómo un grupo de músicos ocupaba el pequeño escenario situado en el centro de la habitación. Llevaban prendas largas y sueltas de intensos colores dorados, morado y verde, y sus voces agudas eran penetrantes y etéreas.

—Odio las bandas de hadas —masculló Magnus mientras los músicos efectuaban la transición a otra perturbadora canción, la melodía tan delicada y traslúcida como el cristal de roca—. Todo lo que saben interpretar son baladas deprimentes.

Jace, paseando la mirada por la habitación, lanzó una carcajada.

—¿Dónde está Isabelle?

Un torrente de inquietud culpable golpeó a Clary. Se había olvidado de Simon. Se volvió en redondo, buscando los familiares hombros flacuchos y la mata de pelo oscuro.

—No lo veo. Los veo, quiero decir.

—Ahí está ella. —Alec distinguió a su hermana y la llamó con la mano, mostrando una expresión de alivio—. Estamos aquí. Y ten cuidado con el pooka.

—¿Cuidado con el pooka? —repitió Jace, echando una ojeada en dirección a un hombre delgado de piel morena y con un chaleco verde con estampado de cachemira, que miró a Isabelle pensativo cuando ésta pasó por su lado.

—Me pellizcó cuando pasé antes por su lado —explicó Alec muy estirado—. En una zona sumamente personal.

—Odio darte la noticia, pero si está interesado en tus zonas sumamente personales, probablemente no esté interesado en las de tu hermana.

—No necesariamente —indicó Magnus—. Los seres mágicos no tienen preferencias.

Jace frunció el labio con desdén en dirección al brujo.

—¿Sigues aquí?

Antes de que Magnus pudiera responder, Isabelle cayó sobre ellos, con el rostro arrebolado y con manchas rojas, y oliendo fuertemente a alcohol.

—¡Jace! ¡Alec! ¿Dónde han estado? Los estuve buscando por todas...

—¿Dónde está Simon? —interrumpió Clary.

Isabelle se tambaleó.

—Es una rata —respondió en tono misterioso.

—¿Te ha hecho algo? —Alec estaba lleno de fraternal preocupación—. ¿Te ha tocado? Si ha intentado algo...

—No, Alec —respondió ella con irritación—. No es eso. Es una rata.

—Está borracha —espetó Jace, empezando a alejarse con repugnancia.

—No lo estoy —replicó ella indignada—. Bueno, a lo mejor un poco, pero ésa no es la cuestión. La cuestión es que Simon bebió una de esas bebidas azules..., le dije que no lo hiciera, pero no me escuchó..., y se ha convertido en una rata.

—¿Una rata? —repitió Clary con incredulidad—. No te refieres a...

—Me refiero a una rata —insistió Isabelle—. Pequeña. Marrón. Cola escamosa.

—A la Clave no le va a gustar —indicó Alec en tono receloso—. Estoy más que seguro de que convertir a mundanos en ratas va en contra de la Ley.

—Técnicamente ella no le convirtió en una rata —indicó Jace—. De lo peor que podrían acusarla es de negligencia.

—¿A quién le importa la estúpida Ley? —chilló Clary, agarrando la muñeca de Isabelle—. ¡Mi mejor amigo es una rata!

—¡Ay! —Isabelle intentó desasir su muñeca—. ¡Suéltame!

—No hasta que me digas dónde está. —Jamás había deseado tanto abofetear a alguien como deseaba abofetear a Isabelle justo en ese momento—. No puedo creer que lo hayas abandonado; probablemente esté aterrado...

—Si es que no lo han pisado —indicó Jace, no ayudando precisamente con el comentario.

—No lo abandoné. Corrió a meterse bajo el bar —protestó Isabelle, señalando—. ¡Suéltame! Me estás abollando la pulsera.

—Zorra —le espetó Clary, rabiosa, y soltó la mano de una sorprendida Isabelle lanzándosela hacia ella, con furia.

No aguardó una reacción; salió corriendo hacia el bar y, dejándose caer de rodillas, miró en el oscuro espacio que había debajo. En la penumbra, que olía a moho, le pareció detectar un par de ojillos relucientes.

—¿Simon? —llamó con voz estrangulada—. ¿Eres tú?

La rata Simon se arrastró ligeramente hacia adelante, con los bigotes estremecidos. Clary pudo distinguir la forma de sus pequeñas orejas redondeadas, pegadas a la cabeza, y la afilada punta del hocico. Reprimió un sentimiento de repugnancia: jamás le habían gustado las ratas, con sus dientes cuadrados y amarillentos siempre listos para morder. Deseó que lo hubieran convertido en un hámster.

—Soy yo, Clary —dijo lentamente—. ¿Estás bien?

Jace y el resto llegaron y se colocaron detrás de ella, Isabelle estaba ahora más enojada que llorosa.

—¿Está ahí debajo? —preguntó Jace con curiosidad.

Clary, todavía a cuatro gatas, asintió.

—Chisst. Le harás huir. —Introdujo los dedos con delicadeza bajo el borde de la barra y los meneó—. Por favor sal, Simon. Haremos que Magnus invierta el hechizo. Todo irá bien.

Escuchó un chillido agudo, y el hocico rosado de la rata asomó por debajo de la barra. Con una exclamación de alivio, Clary cogió al animal en sus manos.

—¡Simon! ¡Me has entendido!

La rata, acurrucada en el hueco de sus palmas, chilló entristecida. Clary la apretó contra su pecho.

—Ah, pobrecito mío —arrulló, casi como si se tratara de una mascota—. Pobre Simon, todo irá bien, te prometo...

—Yo no sentiría lástima por él —se burló Jace—. Eso es probablemente lo más cerca que llegará a estar de la segunda base.

—¡Cállate!

Clary dedicó una mirada furibunda al muchacho, pero no aflojó las manos que sujetaban a la rata. Los bigotes del animal temblaban, si era de cólera, agitación o simple terror, ella no lo sabía.

—Trae a Magnus —ordenó tajante—. Tenemos que hacer que Simon regrese.

—No nos precipitemos. —Jace sonreía de oreja a oreja en aquel momento, el muy burro, mientras alargaba una mano hacia Simon como si quisiera hacerle mimos—. Está mono así. Mira su naricilla rosa.

Simon le mostró unos largos dientes amarillentos e hizo un amago de morderle. Jace retiró apresuradamente la mano.

—Izzy, ve en busca de nuestro magnífico anfitrión.

—¿Por qué yo? —Isabelle adoptó una expresión petulante.

—Porque es culpa tuya que el mundano sea una rata, idiota —replicó él, y Clary se sorprendió al darse cuenta de que raramente ninguno de ellos, aparte de Isabelle, pronunciaba el nombre de Simon—. Y no podemos dejarlo aquí.

—Estarías encantado de dejarlo aquí si no fuera por ella —replicó Isabelle, consiguiendo inyectar la palabra con el veneno suficiente para matar a un elefante.

La muchacha se alejó muy ofendida, con la falda bamboleándose alrededor de las caderas.

—No puedo creer que te dejara beber esa bebida azul —dijo Clary a la rata que era Simon—. Ahora mira lo que has conseguido por ser tan tonto.

Simon lanzó unos chillidos irritados. Clary oyó que alguien reía por lo bajo y al alzar la mirada se encontró con Magnus, que se inclinaba sobre ella. Isabelle estaba detrás de él, con expresión furiosa.

—*Rattus norvegicus* —dijo Magnus, mirando con atención a Simon—. Una rata común marrón, nada exótico.

—No me importa qué clase de rata sea —replicó Clary enfadada—. Lo quiero de vuelta a su forma.

Magnus se rascó la cabeza pensativo, esparciendo maquillaje.

—No tiene sentido hacerlo —repuso.

—Eso es lo que yo dije. —Jace pareció complacido.

—¿NO TIENE SENTIDO? —chilló Clary, tan fuerte que Simon ocultó la cabeza bajo su pulgar—. ¿CÓMO PUEDES DECIR QUE NO TIENE SENTIDO HACERLO?

—Porque volverá a ser él por sí mismo en unas pocas horas —respondió Magnus—. El efecto de los cócteles es temporal. No tiene sentido elaborar un hechizo de transformación; simplemente lo traumatizaría. Demasiada magia resulta dura para los mundanos, sus sistemas no están acostumbrados a ella.

—Dudo también de que su sistema esté acostumbrado a ser una rata —indicó Clary—. Eres un brujo, ¿no puedes simplemente invertir el hechizo?

Magnus lo meditó.

—No —dijo.

—¿Quieres decir que no quieres hacerlo?

—No gratis, cariño, y tú no puedes pagar mis honorarios.

—No puedo llevarme a una rata a casa en el metro, tampoco —repuso ella, quejumbrosa—. Se me caerá, o uno de los de seguridad del metro me arrestará por llevar animales dañinos en el sistema de transporte. —Simon chirrió su fastidio—. No es que tú seas un animal dañino, desde luego.

A una chica que había estado gritando junto a la puerta se le unieron entonces otras seis o siete. El sonido de las voces enojadas se alzó por encima del zumbido de la fiesta y los sones de la música. Magnus puso los ojos en blanco.

—Perdónenme —dijo, retrocediendo al interior de la multitud, que se cerró tras él al instante.

Isabelle, balanceándose sobre sus sandalias, profirió un explosivo suspiro.

—Pues sí que nos ha ayudado.

—Sabes —dijo Alec—, siempre podrías meter a la rata en tu mochila.

Clary le miró con dureza, pero no encontró nada de malo en la idea, ya que ella no tenía ningún bolsillo donde poder meterla. La ropa de Isabelle no permitía bolsillos; era demasiado ajustada. A Clary le sorprendía que Isabelle pudiera caber en ella.

Quitándose la mochila de la espalda, encontró un escondite para la pequeña rata marrón que antes había sido Simon, entre el suéter enrollado y el cuaderno de bocetos. El roedor se enroscó encima del billetero, con una expresión llena de reproche.

—Lo siento —dijo ella, afligida.

—No te preocupes —indicó Jace—. Es un misterio para mí por qué los mundanos insisten siempre en hacerse responsables de cosas que no son su culpa. Tú no obligaste a ese idiota a beberse el cóctel.

—De no ser por mí, él ni siquiera habría estado aquí —repuso Clary con voz débil.

—No te hagas ilusiones. Ha venido por Isabelle.

Enojada, Clary cerró de un tirón la parte superior de la bolsa y se puso en pie.

—Salgamos de aquí. Estoy harta de este lugar.

El apretado corrillo de gente que gritaba junto a la puerta resultó ser más vampiros, fácilmente reconocibles por la palidez de su tez y la intensa negrura de sus cabellos.

«Se lo deben de teñir», pensó Clary, no era posible que todos fueran morenos naturales, y además, algunos tenían las cejas rubias.

Se quejaban a voz en grito por sus motocicletas estropeadas y el hecho de que algunos de sus amigos estuvieran ausentes y no se les encontrara.

—Probablemente estén borrachos y desvanecidos en alguna parte —dijo Magnus, agitando los largos dedos blancos en actitud aburrida—. Ya saben el modo en que todos ustedes acostumbran convertirse en murciélagos y en montones de polvo cuando se han tomado demasiados bloody marys.

—Mezclan su vodka con sangre auténtica —explicó Jace al oído de Clary.

La presión de su aliento le produjo un escalofrío.

—Sí, ya lo he entendido, gracias.

—No podemos ir por ahí recogiendo cada montón de polvo del lugar por si acaso resulta que por la mañana es Gregor —dijo una chica con un mohín en la boca y unas cejas pintadas.

—Gregor estará perfectamente. Yo raras veces barro —la tranquilizó Magnus—. No me importa enviar a cualquier rezagado de vuelta al hotel mañana... en un coche con los cristales pintados de negro, desde luego.

—Pero ¿qué pasa con nuestras motos? —preguntó un muchacho

delgado, cuyas raíces rubias aparecían por debajo de su teñido de poca calidad; un pendiente de oro en forma de estaca colgaba de su lóbulo izquierdo—. Nos llevará horas arreglarlas.

—Tienen hasta el amanecer —respondió Magnus, que empezaba a perder los nervios—. Sugiero que se aboquen a ello. —Alzó la voz—. ¡Muy bien, SE ACABÓ! ¡La fiesta ha terminado! ¡Todo el mundo fuera! —Agitó las manos derramando una lluvia de maquillaje.

Con un único y sonoro tañido, la banda dejó de tocar. Un zumbido de sonoras quejas se alzó entre los asistentes a la fiesta, pero se movieron obedientemente hacia la puerta. Ninguno de ellos se detuvo para dar las gracias a Magnus por la fiesta.

—Vamos. —Jace empujó a Clary en dirección a la salida.

La multitud era compacta, y ella sostuvo la mochila al frente, rodeándola protectora con las manos. Alguien chocó con fuerza contra su hombro, y ella lanzó un chillido y se hizo a un lado, alejándose de Jace. Una mano rozó la mochila. Alzó los ojos y vio al vampiro del pendiente con la estaca, que le sonreía de oreja a oreja.

—Hola, bonita —dijo—. ¿Qué hay en la bolsa?

—Agua bendita —respondió Jace, reapareciendo junto a ella como si lo hubiesen invocado igual que a un genio.

Un genio rubio y sarcástico con mala baba.

—Aaah, un cazador de sombras —exclamó el vampiro—. ¡Qué miedo!

Guiñando un ojo, se fundió de nuevo entre la multitud.

—Los vampiros son tan *prima donna* —suspiró Magnus desde el umbral—. Francamente, no sé por qué doy estas fiestas.

—Por tu gato —le recordó Clary.

Magnus se animó.

—Es cierto. *Presidente Miau* se merece todos mis esfuerzos. —Le dirigió una mirada a ella y al apretado grupo de cazadores de sombras, que iba justo detrás de Clary—. ¿Se van ya?

Jace asintió.

—No queremos abusar de tu hospitalidad.

—¿Qué hospitalidad? —inquirió el brujo—. Diría que ha sido un placer conocerlos, pero no es cierto. Aunque no es que no sean todos absolutamente encantadores, y en cuanto a ti... —Dedicó un reluciente guiño a Alec, que se mostró estupefacto—. ¿Me llamarás?

Alec se ruborizó, tartamudeó y probablemente se habría quedado allí parado toda la noche si Jace no le hubiese agarrado por el codo y arrastrado hacia la puerta, con Isabelle pegada a sus talones. Clary estaba a punto de ir detrás cuando sintió un leve golpecito en el brazo; era Magnus.

—Tengo un mensaje para ti —dijo—. De tu madre.

Clary se sorprendió tanto que casi dejó caer la mochila.

—¿De mi madre? ¿Quieres decir que te pidió que me dijeras algo?

—No exactamente —respondió él.

Su ojos felinos, hendidos por las pupilas verticales como fisuras en una pared de un verde dorado, estaban serios por una vez.

—Pero la conocí en un modo en el que tú no la conociste. Hizo lo que hizo para mantenerte fuera de un mundo que odiaba. Toda su existencia, la huida, el ocultarse..., las mentiras, como tu las llamaste..., tenían la intención de mantenerte a salvo. No desperdicies sus sacrificios arriesgando tu vida. Ella no lo querría.

—¿No querría que la salvase?

—No si significaba ponerte a ti en peligro.

—Pero soy la única persona a la que le importa lo que le suceda...

—No —dijo Magnus—. No lo eres.

Clary pestañeó.

—No comprendo. Hay..., Magnus, si sabes algo...

Él la interrumpió con brutal precisión.

—Y una última cosa. —Sus ojos se desviaron veloces hacia la puerta, a través de la cual habían desaparecido Jace, Alec e Isabelle—. Ten en cuenta que cuando tu madre huyó del Mundo de las Sombras, no era de los monstruos de quienes se ocultaba. Ni de los brujos, los hombres lobo, los seres fantásticos, ni siquiera de los mismos demonios. Era de ellos. Era de los cazadores de sombras.

La estaban esperando fuera del almacén. Jace, con las manos en los bolsillos, estaba apoyado contra la barandilla de la escalera y observaba cómo los vampiros daban cautelosas vueltas alrededor de sus estropeadas motos, maldiciendo y lanzando palabrotas. Su rostro mostraba una tenue sonrisa. Alec e Isabelle estaban algo más allá. Isabelle se secaba los ojos, y Clary sintió una oleada de rabia irracional; Isabelle apenas conocía a Simon. Aquello no era su desastre. Clary era quien tenía derecho a montar un número, no la cazadora de sombras.

Jace se separó de la barandilla cuando Clary emergió, y empezó a andar a su lado, sin hablar. Parecía absorto en sus pensamientos. Isabelle y Alec, que avanzaban a buen paso por delante, daban la impresión de estar discutiendo entre ellos. Clary aceleró un poco el paso, estirando el cuello para oírles mejor.

—No es tu culpa —decía Alec.

El muchacho sonaba cansado, como si ya hubiera pasado por aquella clase de cosa con su hermana antes. Clary se preguntó cuántos novios había convertido ella en ratas accidentalmente.

—Pero eso debería enseñarte a no ir a tantas fiestas del Submundo —añadió—. No valen la pena.

Isabelle sorbió sonoramente.

—Si le hubiese sucedido algo, no... no sé qué habría hecho.

—Probablemente lo que fuera que hacías antes —repuso Alec en tono aburrido—. Tampoco es que le conocieras tan bien.

—Eso no significa que no..

—¿Qué? ¿Que le amas? —Alec se mofó, alzando la voz—. Tienes que conocer a alguien para amarle.

—Pero eso no es todo. —Isabelle sonaba casi triste—. ¿No te divertiste en la fiesta, Alec?

—No.

—Pensé que podría gustarte Magnus. Es simpático, ¿verdad?

—¿Simpático? —Alec la miró como si estuviera loca—. Los gatitos son simpáticos. Los brujos son... —Vaciló—. No —finalizó, sin convicción.

—Pensé que podrían congeniar. —El maquillaje de ojos de Isabelle centelleó tan brillante como las lágrimas cuando echó una rápida mirada a su hermano—. Que se harían amigos.

—Tengo amigos —afirmó Alec, y miró por encima del hombro, casi como si no pudiera evitarlo, a Jace.

Pero Jace, con la dorada cabeza gacha, inmerso en sus pensamientos, no se dio cuenta.

Siguiendo un impulso, Clary alargó la mano para abrir la mochila y echar una ojeada a su interior... y frunció el entrecejo. La bolsa estaba abierta. Rememoró rápidamente la fiesta: había levantado la mochila, cerrado el cierre. Estaba segura de ello. Abrió de un tirón la bolsa, con el corazón latiéndole violentamente.

Recordó la vez que le habían robado la billetera en el metro. Recordó haber abierto el bolso y no haberlo visto en su interior, haber sentido la boca seca por la sorpresa: «¿Se me ha caído? ¿Lo he perdido?». Y haber comprendido: «Ha desaparecido». Aquello era parecido, sólo que mil veces peor. Con la boca seca como un hueso, Clary toqueteó el interior de la mochila, apartando ropa y cuaderno de bocetos, llenándose las uñas de mugre. Nada.

Había dejado de andar. Jace permanecía inmóvil justo delante de ella, con expresión impaciente. Alec e Isabelle estaban ya una manzana más allá.

—¿Qué sucede? —preguntó Jace, y ella se dio cuenta de que estaba a punto de añadir algo sarcástico; pero sin duda advirtió la expresión de su rostro, porque no lo hizo—. ¿Clary?

—Se ha ido —musitó ella—. Simon. Estaba en mi mochila...

—¿Ha trepado fuera?

No era una pregunta tonta, pero Clary, agotada y aterrorizada, reaccionó de un modo poco razonable.

—¡Desde luego que no! —le chilló—. ¿Es que crees que quiere acabar aplastado bajo el coche de alguien, asesinado por un gato...?

—Clary...

—¡Cállate! —le gritó, blandiendo la mochila contra él—. Tú fuiste quien dijo que no nos molestáramos en devolverle su aspecto...

Jace atrapó la mochila hábilmente cuando ella la balanceó. Quitándosela de la mano, la examinó.

—El cierre está roto —dijo—. Por fuera. Alguien ha desgarrado la bolsa.

Sacudiendo la cabeza como atontada, Clary sólo pudo musitar.

—Yo no...

—Lo sé.

La voz del muchacho era dulce.

—¡Alec! ¡Isabelle! ¡Adelántense! Los alcanzaremos. —Gritó haciendo bocina con las manos.

Las dos figuras, ya muy por delante, se detuvieron; Alec vaciló, pero su hermana lo agarró del brazo y lo arrastró con firmeza hacia la entrada del metro. Algo presionó contra la espalda de Clary: era la mano de Jace, que la hizo girar con suavidad. Ella le dejó que la condujera hacia adelante, dando traspiés en las grietas de la acera, hasta que volvieron a estar en la entrada del edificio de Magnus. El hedor a alcohol rancio y el olor dulzón y extraño que Clary había acabado por asociar con los subterráneos inundaba el diminuto espacio. Retirando la mano de la mochila de la joven, Jace oprimió el timbre que había sobre el nombre de Magnus.

—Jace —dijo ella.

El bajó los ojos para mirarla.

—¿Qué?

Clary buscó las palabras.

—¿Crees que está bien?

—¿Simon?

El joven vaciló, y ella pensó en las palabras de Isabelle: «No le ha-

263

gas una pregunta a menos que sepas que puedes soportar la respuesta». En lugar de decir nada, él volvió a presionar el timbre, con más fuerza esta vez.

En esta ocasión, Magnus respondió, su voz retumbando a través de la diminuta entrada.

—¿Quién osa molestar mi descanso?

Jace pareció casi nervioso.

—Jace Wayland. ¿Recuerdas? Soy de la Clave.

—Ah, sí. —Magnus pareció haberse animado—. ¿Eres el de los ojos azules?

—Se refiere a Alec —dijo Clary amablemente.

—No. Mis ojos se acostumbran a describir como dorados —indicó Jace al intercomunicador—. Y luminosos.

—Ah, eres ése. —Magnus pareció decepcionado; de no haber estado tan trastornada, Clary habría lanzado una carcajada—. Supongo que será mejor que subas.

El brujo abrió la puerta vestido con un kimono de seda estampado con dragones, un turbante dorado y una expresión de irritación apenas contenida.

—Estaba durmiendo —dijo con altivez.

Jace pareció a punto de ir a decir algo desagradable, posiblemente respecto al turbante, así que Clary le interrumpió.

—Lamentamos molestarte, pero...

Algo pequeño y blanco sacó el morro desde detrás de los tobillos del brujo. Tenía unas rayas grises en zigzag y orejas rosadas terminadas en unos mechones de pelo que le daban más el aspecto de un ratón grande que el de un gato pequeño.

—¿*Presidente Miau*? —adivinó Clary.

Magnus asintió.

—Ha regresado.

Jace contempló al pequeño gato atigrado con cierto desdén.

—Eso no es un gato —observó—. Tiene el tamaño de un hámster.

—Voy a olvidar muy amablemente lo que has dicho —indicó Magnus, usando el pie para empujar a *Presidente Miau* detrás de él—. Ahora, exactamente ¿a qué habéis venido aquí?

Clary alargó la mochila rota.

—Es Simon. Ha desaparecido.

—Ah —exclamó Magnus, con delicadeza—, ¿le ha desaparecido qué, exactamente?

—Desaparecido —repitió Jace—, se ha ido, ausente, no está presente, desvanecido.

—Quizá ha ido a esconderse en alguna parte —sugirió Magnus—. No puede resultar fácil acostumbrarse a ser una rata, en especial para alguien tan estúpido para empezar.

—Simon no es estúpido —protestó Clary airadamente.

—Es cierto —coincidió Jace—. Simplemente parece estúpido. En realidad tiene una inteligencia más bien normal. —Su tono era ligero, pero sus hombros estaban tensos cuando se volvió hacia Magnus—. Cuando nos íbamos, uno de tus invitados pasó rozando a Clary. Creo que le desgarró la mochila y tomó a la rata. A Simon, quiero decir.

—¿Y? —inquirió Magnus, mirándole.

—Y necesito averiguar quién era —concluyó Jace sin apartar la vista—. Imagino que lo sabes. Eres el Gran Brujo de Brooklyn. Yo diría que no suceden demasiadas cosas en tu apartamento de las que no estés enterado.

Magnus se inspeccionó una reluciente uña.

—No te equivocas.

—Por favor, dínoslo —rogó la chica.

La mano de Jace se cerró con fuerza sobre la muñeca de Clary. Sabía que él quería que permaneciera callada, pero eso era imposible.

—Por favor.

Magnus dejó caer la mano con un suspiro.

—Está bien. Vi a uno de los vampiros de la guarida de la zona residencial marchar con una rata marrón en las manos. Francamente, imaginé que era uno de los suyos. A veces los Hijos de la Noche se convierten en ratas o murciélagos cuando se emborrachan.

Las manos de Clary temblaban.

—¿Pero ahora crees que era Simon?

—Es sólo una suposición, pero parece probable.

—Hay una cosa más. —Jace hablaba con bastante calma, pero estaba alerta ahora, igual que lo había estado en el departamento antes de que encontraran al repudiado—. ¿Dónde está su guarida?

—¿Su qué?

—La guarida de los vampiros. Ahí es a donde fueron, ¿verdad?

—Eso diría yo. —Magnus daba la impresión de desear estar en cualquier parte menos allí.

—Necesito que me digas dónde está.

Magnus sacudió negativamente la cabeza cubierta con el turbante.

—No voy a enemistarme con los Hijos de la Noche por un mundano que ni siquiera conozco.

—Espera —interrumpió Clary—. ¿Para qué querrían a Simon? Pensaba que no se les permitía hacer daño a la gente...

—¿Sabes lo que creo? —repuso Magnus, sin querer ser cruel—. Dieron por supuesto que era una rata domesticada y pensaron que sería divertido matar la mascota de un cazador de sombras. No les gustan mucho, digan lo que digan los Acuerdos... y no hay nada en la Alianza sobre no matar animales.

—¿Van a matarlo? —inquirió Clary, mirándole fijamente.

—No necesariamente —se apresuró a decir él—. Podrían haber pensado que era uno de los suyos.

—En cuyo caso, ¿qué le sucederá? —quiso saber ella.

—Bueno, cuando recupere la forma humana, le matarán igualmente. Pero podrían tener unas cuantas horas más.

—Entonces tienes que ayudarnos —dijo Clary al brujo—. De lo contrario Simon morirá.

Magnus la miró de arriba abajo con una especie de simpatía aséptica.

—Todos mueren, querida —repuso—. Será mejor que te acostumbres a ello.

Empezó a cerrar la puerta. Jace introdujo un pie, para impedírselo. Magnus suspiró.

—¿Ahora qué?

—Todavía no nos has dicho dónde esta la guarida —insistió el joven.

—No voy a hacerlo. Les dije que...

Fue Clary quien lo interrumpió, abriéndose paso frente a Jace.

—Me revolviste el cerebro —dijo—. Me arrebataste mis recuerdos. ¿No puedes hacer esta única cosa por mí?

Magnus entrecerró sus brillantes ojos felinos. En algún lugar a lo lejos, *Presidente Miau* chillaba. Lentamente, el brujo bajó la cabeza y se la golpeó una vez, no con demasiada suavidad, contra la pared.

—El viejo hotel Dumort —dijo—. En la zona residencial.

—Sé dónde está. —Jace parecía complacido.

—Necesitamos llegar allí inmediatamente. ¿Tienes un Portal? —inquirió Clary, dirigiéndose a Magnus.

—No. —Pareció molesto—. Los Portales son bastante difíciles de construir y representan un gran riesgo para su propietario. Cosas desagradables pueden pasar por ellos si no están protegidos correctamente. Los únicos que conozco en Nueva York son el que está en casa de Dorothea y el de Renwick, pero ambos están demasiado lejos para que merezca la pena molestarse en ir hasta allí, incluso aunque estuvieran seguros de que sus propietarios los dejaran usarlos, lo que probablemente no harían. ¿Entendido? Ahora marchense.

Magnus miró significativamente el pie de Jace, que seguía bloqueando la puerta. Jace no se movió.

—Una cosa más —dijo Jace—. ¿Hay algún sitio sagrado por aquí?

—Buena idea. Si vas a entrar en una guarida de vampiros tú solito, será mejor que reces antes.

—Necesitamos armas —repuso Jace, lacónico—. Más de las que llevamos con nosotros.

Magnus señaló con el dedo.

—Hay una iglesia católica bajando en la calle Diamond. ¿Servirá eso?

Jace asintió, retrocediendo.

—Eso...

La puerta se les cerró en la cara. Clary, jadeando, la siguió mirando fijamente hasta que Jace la cogió del brazo y la condujo escaleras abajo, de vuelta a la noche.

14

EL HOTEL DUMORT

Por la noche, la iglesia de la calle Diamond resultaba espectral, con sus ventanales góticos reflejando la luz de la luna como espejos plateados. Una reja de hierro forjado rodeaba el edificio y estaba pintada de un negro mate. Clary sacudió la reja delantera, pero un sólido candado la mantenía bloqueada.

—Está cerrada con llave —dijo, echando una ojeada a Jace por encima del hombro.

Éste blandió su estela.

—Déjame a mí.

Clary le observó mientras trabajaba con el candado, observó la delgada curva de su espalda, el ondular de los músculos bajo las mangas cortas de su camiseta. La luz de la luna le eliminaba el color de los cabellos, volviéndolos más plateados que dorados.

El candado golpeó contra el suelo con un sonido metálico, convertido en un retorcido pedazo de metal. Jace pareció complacido consigo mismo.

—Como de costumbre —declaró—. Soy sorprendentemente bueno en eso.

Clary se sintió repentinamente enojada.

—Cuando la parte de autofelicitación de la noche haya concluido, ¿podríamos regresar a la tarea de salvar a mi amigo de ser desangrado hasta la muerte?

—Desangrado —repitió Jace, impresionado—. Ésa es una gran palabra.

—Y tú eres un gran...

—Chist, chist —la interrumpió él—. No se deben decir palabrotas en la iglesia.

—Aún no estamos en la iglesia —masculló Clary, siguiéndole por el sendero de piedra hasta las dobles puertas delanteras.

El arco de piedra sobre la entrada estaba bellamente esculpido, con un ángel mirando al suelo desde su punto más alto. Agujas sumamente afiladas se recortaban negras en el cielo nocturno, y Clary comprendió que era la iglesia que ya había vislumbrado aquella noche desde el McCarren Park. Se mordió el labio.

—En cierto modo, no parece correcto forzar la cerradura de la puerta de una iglesia.

El perfil de Jace parecía sereno bajo la luz de la luna.

—No vamos a hacerlo —contestó, deslizando su estela al interior del bolsillo.

Posó una delgada mano morena, marcada toda ella con delicadas cicatrices blancas como un velo de encaje, sobre la madera de la puerta, justo por encima del pestillo.

—En el nombre de la Clave —recitó—, solicito entrada a este lugar sagrado. En el nombre de la Batalla Que Nunca Termina, solicito el uso de tus armas. Y en el nombre del ángel Raziel, solicito tu bendición en mi misión contra las tinieblas.

Clary le miró con asombro. Él no se movió, aunque el viento nocturno le arrojó los cabellos a los ojos; parpadeó, y justo cuando ella estaba a punto de hablar, la puerta se abrió con un chasquido y un crujido de goznes. Giró hacia dentro con suavidad ante ellos, dando paso a un lugar vacío y fresco, iluminado por puntos llameantes.

Jace dio un paso atrás.

—Después de ti.

Cuando Clary pasó al interior, una oleada de aire fresco la envolvió, junto con el olor a piedra y a cera. Hileras de bancos de iglesia, tenuemente iluminados, se extendían en dirección al altar, y un montículo de velas brillaba como un lecho de chispas sobre la pared opuesta. Se dio cuenta de que, aparte del Instituto, que en realidad no contaba nunca antes había estado dentro de una iglesia. Había visto cuadros, y visto el interior de iglesias en películas y en programas anime, donde aparecían regularmente. Una escena en una de sus series anime favoritas tenía lugar en una iglesia con un monstruoso sacerdote vampiro. Se suponía que uno debía sentirse a salvo dentro de una iglesia, pero ella no se sentía así. Formas extrañas parecían erguirse ante ella surgiendo de la oscuridad. Se estremeció.

—Las paredes de piedra mantienen fuera el calor —explicó Jace al advertirlo.

—No es eso —replicó ella—. ¿Sabes que nunca he estado en una iglesia antes?

—Has estado en el Instituto.

—Quiero decir en una iglesia auténtica. Para asistir a misa. Esa clase de cosa.

—¿De veras? Bueno, esto es la nave, donde están los bancos. Es donde se sienta la gente durante la misa. —Avanzaron, sus voces resonando en las paredes de piedra—. Aquí arriba está el ábside. Aquí es donde estábamos nosotros. Y esto es el altar, donde el sacerdote celebra la Eucaristía, siempre en el lado este de la iglesia.

Se arrodilló frente al altar, y ella pensó por un momento que rezaba. El altar era alto, construido en granito oscuro y adornado con una tela roja. Detrás de él, se alzaba un ornamentado retablo dorado, grabada con figuras de santos y mártires, cada uno con un disco plano dorado tras la cabeza representando un halo.

—Jace —murmuró—, ¿qué estás haciendo?

Él había posado las manos sobre el suelo de piedra y las movía de un lado a otro con rapidez, como si buscara algo, removiendo el polvo con las yemas de los dedos.

—Buscar armas.

—¿Aquí?

—Se supone que están ocultas, por lo general alrededor del altar. Guardadas para nuestro uso en caso de emergencias.

—¿Y esto es alguna clase de trato que tienen con la Iglesia católica?

—No específicamente. Los demonios llevan en la Tierra tanto tiempo como nosotros. Están por todo el mundo, en sus distintas formas: demonios griegos, *daevas* persas, *asuras* hindúes, *oni* japoneses. La mayoría de creencias tienen algún método para incorporar tanto su existencia como la lucha contra ellos. Los cazadores de sombras no se adhieren a ninguna religión única, y por su parte todas las religiones nos ayudan en nuestra batalla. Podría haber ido igualmente en busca de ayuda a una sinagoga judía o a un templo sintoísta o... Ah. Aquí está.

Quitó el polvo con la mano mientras ella se arrodillaba a su lado. Esculpida en una de las piedras octogonales situadas ante el altar, había una runa. Clary la reconoció, casi con la misma facilidad que si estuviera leyendo la palabra en su idioma. Era la runa que significaba «nefilim».

Jace sacó su estela y tocó la piedra con ella. Con un chirrido, ésta se movió hacia atrás, mostrando un compartimiento oscuro debajo. Dentro del compartimiento había una caja alargada de madera; Jace alzó la tapa y contempló con satisfacción los objetos pulcramente dispuestos en el interior.

—¿Qué es todo esto? —preguntó Clary.

—Frascos de agua bendita, cuchillos bendecidos, hojas de acero y plata —explicó él, amontonando las armas sobre el suelo a su lado—. Cable de oro argentífero..., aunque no nos sirve de gran cosa en este momento, pero siempre es bueno tener una reserva..., balas de plata, amuletos de protección, crucifijos, estrellas de David.

—Jesús —exclamó Clary.

—Dudo que él cupiera aquí.

—Jace. —Clary estaba consternada.

—¿Qué?

—No sé, no parece que esté bien hacer chistes como ése en una iglesia.

—En realidad no soy creyente —explicó él, encogiéndose de hombros.

Clary le miró sorprendida.

—¿No?

Él negó con la cabeza. Le cayeron cabellos sobre el rostro, pero estaba examinando un frasco de líquido transparente y no alzó la mano para echarlos atrás. Los dedos de Clary se morían de ganas de hacerlo por él.

—¿Pensabas que yo era religioso? —preguntó él.

—Bueno... —Vaciló—. Si hay demonios, entonces debe de haber...

—Debe de haber ¿qué? —Jace se metió el bote en el bolsillo—. Ah —siguió—. Te refieres a que si hay esto —señaló abajo, al suelo—, debe haber esto. —Señaló arriba, en dirección al techo.

—Es lo lógico. ¿No es cierto?

Jace bajó la mano y levantó un cuchillo, examinando la empuñadura.

—Te diré algo —comenzó—. He estado matando demonios durante un tercio de mi vida. Debo de haber enviado a quinientos de ellos de vuelta a cualquiera que fuera la dimensión demoníaca desde la que reptaron. Y en todo ese tiempo..., en todo ese tiempo..., no he visto nunca un ángel. Jamás he oído hablar siquiera de nadie que lo haya visto.

—Pero fue un ángel quien creó a los cazadores de sombras para empezar —replicó Clary—. Eso es lo que Hodge dijo.

—Es una historia bonita. —Jace la miró a través de unos ojos entrecerrados, como los de un gato—. Mi padre creía en Dios —dijo—. Yo no.

—¿En absoluto?

No estaba segura de por qué le afectaba; ella jamás había pensado en si ella misma creía en Dios y en ángeles y en todo eso, y de habérsele preguntado, habría dicho que no. No obstante, había algo en Jace que la impulsaba a querer presionarle, a quebrar aquel caparazón de cinismo y hacerle confesar que creía en algo, que sentía algo, que le importaba alguna cosa.

—Deja que lo exponga de este modo —continuó él, deslizando un par de cuchillos en su cinturón.

La poca luz que se filtraba a través de los vitrales proyectaba cuadrados de colores sobre su rostro.

—Mi padre creía en un Dios justo. *Deus volt*, ése era su lema: «Porque Dios lo quiere». Era el lema de los cruzados, y partieron a la batalla y los masacraron, igual que a mi padre. Y cuando lo vi allí, muerto en un charco de su propia sangre, supe entonces que yo no había dejado de creer en Dios. Simplemente había dejado de creer que a Dios le importáramos. Puede que haya un Dios, Clary, y puede que no lo haya, pero no creo que tenga importancia. En cualquier caso, estamos solos.

Eran los únicos pasajeros en el vagón del metro que se dirigía al distrito residencial. Clary permaneció sentada sin hablar, pensando en Simon. De vez en cuando, Jace le dirigía una mirada, como si estuviera a punto de decir algo, antes de volver a sumirse en un desacostumbrado silencio.

Cuando salieron del metro, las calles estaban desiertas; el aire era pesado y con regusto a metal; las tiendas de vinos y licores, las lavanderías automáticas y los centros de cobro de cheques permanecían silenciosos tras sus persianas nocturnas de chapa de acero. Tras una hora de búsqueda finalmente localizaron el hotel, en una calle lateral que salía de la 116. Pasaron dos veces por delante, pensando que no era más que otro edificio de apartamentos abandonado, antes de que Clary viera el letrero. Se había desprendido de un clavo y colgaba oculto tras un árbol achaparrado. HOTEL DUMONT debería haber puesto, pero alguien había pintado encima de la N y la había reemplazado por una R.

—Hotel Dumort —leyó Jace cuando ella se lo señaló—. Encantador.

Clary sólo había hecho dos años de francés, pero fueron suficiente para entender el chiste.

—*Du mort* —dijo—. De la muerte.

Jace asintió. Todo él se había puesto en alerta, como un gato que ve un ratón escurriéndose tras un sofá.

—Pero no puede ser el hotel —observó Clary—. Las ventanas están tapadas con tablones, y la puerta tapiada... Ah —finalizó, captando su mirada—. De acuerdo. Vampiros. Pero ¿cómo entran?

—Vuelan —respondió Jace, e indicó los pisos superiores del edificio.

Estaba claro que, en otra época, había sido un hotel elegante y lujoso. La fachada de piedra estaba bellamente decorada con esculturas de arabescos y flores de lis, oscuras y erosionadas por años de exposición al aire contaminado y la lluvia ácida.

—Nosotros no volamos —se sintió impelida a indicar ella.

—No —estuvo de acuerdo él—. Nosotros no volamos. Forzaremos una entrada.

Empezó a cruzar la calle en dirección al hotel.

—Lo de volar suena más divertido —bromeó Clary, apresurando el paso para ponerse a su altura.

—Justo ahora todo suena más divertido.

La muchacha se preguntó si lo decía en serio. Había una excitación en él, una expectación ante la caza, que le hizo pensar que no se sentía tan desdichado como afirmaba. «Ha matado más demonios que nadie de su edad.» Uno no mata tantos demonios haciéndose el remolón en una pelea.

Se alzó un viento tórrido, que agitó las ramas del árbol achaparrado situado frente al hotel e hizo rodar la basura de las alcantarillas y la acera por el pavimento. La zona estaba curiosamente desierta; por lo general, en Manhattan, siempre había alguien en la calle, incluso a las cuatro de la mañana. Varias de las farolas que bordeaban la acera estaban apagadas, aunque la más próxima al hotel proyectaba un tenue resplandor amarillo sobre el agrietado camino que conducía hasta lo que, en el pasado, había sido la entrada principal.

—Mantente fuera de la luz —advirtió Jace, tirándole de la manga para acercarla a él—. Podrían estar vigilando desde las ventanas. Y no mires arriba —añadió, aunque ya era demasiado tarde.

Clary ya había echado un vistazo a las ventanas rotas de los pisos superiores. Por un momento pensó que le había parecido ver un leve movimiento en una de las ventanas, un destello blanco, que podría haber sido un rostro o una mano apartando una gruesa colgadura...

—Vamos.

Jace la arrastró con él para que se fundiera con las sombras más próximas al hotel. Clary sintió su desbocado nerviosismo en la columna vertebral, en el pulso de las muñecas, en el fuerte martilleo de la sangre en los oídos. El tenue zumbido de coches distantes parecía muy lejano; el único sonido era el crujir de sus botas sobre la acera repleta de basura desperdigada. Deseó poder andar sin hacer ruido, como un cazador de sombras. Quizá algún día le pediría a Jace que le enseñara.

Doblaron sigilosamente la esquina del hotel y entraron en un callejón, que probablemente había sido una entrada de servicio para las entregas. Era estrecho y estaba lleno de basura: cajas mohosas de cartón; botellas de cristal vacías; plástico hecho trizas; cosas esparcidas que Clary pensó en un principio que eran mondadientes, pero que de más de cerca parecían...

—Huesos —afirmó Jace categórico—. Huesos de perro, huesos de gato. No mires con demasiada atención; revisar la basura de los vampiros raras veces resulta agradable.

Clary se tragó las náuseas.

—Bueno —repuso—, al menos sabemos que estamos en el lugar

correcto. —Y se vio recompensada por la chispa de respeto que apareció, brevemente, en los ojos de Jace.

—Desde luego que estamos en el lugar correcto —dijo él—. Ahora sólo tenemos que averiguar cómo entrar.

Era evidente que habían existido ventanas allí en el pasado, pero estaban tapiadas. No había ninguna puerta ni ningún letrero de una salida de emergencia.

—Cuando esto era un hotel —comenzó Jace despacio—, tenían que haber recibido las entregas aquí. Quiero decir que no les habrían entrado las cosas por la puerta principal, y no hay ningún otro lugar para que los camiones se detengan. Así que debe existir una entrada.

Clary pensó en las tienditas y colmados que había cerca de su casa en Brooklyn. Les había visto recibir los suministros, temprano por la mañana mientras ella iba a la escuela; había visto a los propietarios de la charcutería coreana abrir las puertas de metal que estaban frente a las puertas de acceso, para así poder transportar las cajas de servilletas de papel y la comida de gato al interior de los sótanos que les servían de almacén.

—Apuesto a que las puertas están en el suelo. Probablemente enterradas bajo toda esta porquería.

Jace, justo detrás de ella, asintió.

—Eso es lo que estaba yo pensando —Suspiró—. Supongo que será mejor que movamos la basura. Podemos empezar con el contenedor. —Lo señaló con el dedo, con una expresión claramente poco entusiasta.

—Preferirías enfrentarte a una horda de demonios famélicos, ¿verdad? —dijo Clary.

—Al menos, ellos no estarían infestados de gusanos. Bueno —añadió pensativamente—, no la mayoría de ellos, de todos modos. Hubo aquel demonio, una vez, que perseguí y atrapé en las alcantarillas de debajo de Grand Central...

—No sigas —Clary alzó una mano a modo de advertencia—, no estoy realmente de humor en estos instantes.

—Ésta debe de ser la primera vez que una chica me dice eso a mí —reflexionó Jace.

—No te separes de mí y no será la última.

Las comisuras de la boca de Jace se tensaron.

—Éste no es precisamente el momento para bromas. Tenemos basura que acarrear. —Se aproximó con cuidado al contenedor y agarró uno de los lados—. Tú sujeta el otro. Lo volcaremos.

—Volcarlo hará demasiado ruido —argumentó ella, colocándose en el otro lado del enorme contenedor.

Era un contenedor de basura corriente de la ciudad, pintado de verde oscuro y salpicado de manchas extrañas. Apestaba, aún más que la mayoría de contenedores, a basura y a algo más, algo espeso y dulzón que le inundó la garganta y le provocó ganas de vomitar.

—Deberíamos empujarlo —indicó ella.

—Oye, mira... —empezó a decir él, cuando una voz habló, de improviso, surgiendo de las sombras detrás de ellos.

—¿Realmente creen que deberían estar haciendo esto? —preguntó.

Clary se quedó paralizada, con la vista fija en las sombras de la entrada del callejón. Por un aterrado instante se preguntó si había imaginado la voz, pero Jace también estaba paralizado, con el asombro pintado en el rostro. Era raro que nada le sorprendiera, más raro aún que nadie se le aproximara sin que se diera cuenta. El muchacho se apartó del contenedor, deslizando la mano hacia el cinturón, la voz apagada.

—¿Hay alguien ahí?

—Dios mío. —La voz era masculina, divertida, y hablaba con acento chicano—. No son de este vecindario, ¿verdad?

Se adelantó, saliendo de las sombras más espesas. Su forma fue revelándose poco a poco: un muchacho, no mucho mayor que Jace y probablemente unos quince centímetros más bajo. Era delgado, con los enormes ojos oscuros y la tez color miel de una pintura de Diego Rivera. Llevaba pantalones deportivos negros y una cadena de oro alrededor del cuello, que centelló débilmente cuando se acercó más a la luz.

—Podrías decirlo así —contestó Jace con cautela y sin apartar la mano del cinturón.

—No deberían estar aquí. —El muchacho se pasó una mano por los gruesos rizos negros que se le derramaban sobre la frente—. Este lugar es peligroso.

«Se refiere a que es un mal vecindario.» A Clary casi le entró la risa, a pesar de que no era en absoluto divertido.

—Lo sabemos —repuso ella—. Sólo nos hemos perdido un poco, eso es todo.

El muchacho indicó el contenedor con un gesto.

—¿Qué están haciendo con eso?

«No sirvo para improvisar mentiras», pensó Clary, y miró a Jace, quien, esperó, sería excelente en eso.

Él la decepcionó inmediatamente.

—Intentábamos entrar en el hotel. Pensábamos que podría haber una puerta de un sótano detrás del cubo de la basura.

Los ojos del muchacho se abrieron de par en par, incrédulos.

—Puta madre... ¿por qué quieren hacer algo así?

—Para hacer una travesura, ya sabes —respondió Jace, encogiéndose de hombros—. Un poco de diversión.

—No lo entienden. Este lugar está encantado, maldito. Mala suerte.

Meneó la cabeza enérgicamente y dijo varias cosas en castellano que Clary sospechó tenían que ver con la estupidez de los malcriados chicos blancos en general y la estupidez de ellos dos en particular.

—Vengan conmigo, los llevaré al metro.

—Sabemos dónde está el metro —replicó Jace.

El muchacho rió con una suave risa vibrante.

—Claro. Por supuesto que lo saben, pero si van conmigo, nadie los molestará. No quieren problemas, ¿verdad?

—Eso depende —contestó Jace, y se movió de modo que su chamarra se abriera ligeramente, mostrando el destello de las armas metidas en su cinturón—. ¿Cuánto te están pagando para mantener a la gente alejada del hotel?

El muchacho echó una ojeada a su espalda, y los nervios de Clary vibraron mientras imaginaba la entrada del estrecho callejón llenándose con otras figuras sombrías, de rostros blancos, bocas rojas y con el destello de colmillos tan repentino como metal arrancando chispas de la acera. Cuando volvió a mirar a Jace, la boca de éste era una fina línea.

—¿Cuánto me está pagando quién, chico?

—Los vampiros. ¿Cuánto te están pagando? O es algo diferente... ¿te dijeron acaso que te convertirían en uno de ellos, te ofrecieron vida eterna, sin dolor, sin enfermedades, vivir para siempre? Porque no vale la pena. La vida se hace muy larga cuando uno no ve nunca la luz del sol, chico —dijo Jace.

El muchacho ni se inmutó.

—Mi nombre es Raphael. No chico.

—Pero sabes de qué te estamos hablando. ¿Sabes que hay vampiros? —preguntó Clary.

Raphael volvió la cabeza a un lado y escupió. Cuando los volvió a mirar, sus ojos estaban repletos de reluciente odio.

—Los vampiros, sí, esos animales bebedores de sangre. Ya antes de que tapiaran el hotel corrían historias, las carcajadas a altas horas de la noche, los animales pequeños que desaparecían, los sonidos... —Se detuvo, sacudiendo la cabeza—. Todo el mundo en el vecindario sabe que es mejor mantenerse apartado, pero ¿qué se puede hacer? No se puede llamar a la policía y decirle que tu problema son vampiros.

—¿Los has visto alguna vez? —preguntó Jace—. ¿O conoces a alguien que lo haya hecho?

El otro respondió lentamente.

—Hubo unos chicos una vez, un grupo de amigos. Pensaron que tenían una buena idea: entrar en el hotel y matar a los monstruos del interior. Llevaron pistolas, también cuchillos, todo bendecido por un sacerdote. Jamás salieron. Mi tía, ella encontró sus ropas más tarde, frente a la casa.

—¿La casa de tu tía? —inquirió Jace.

—Sí. Uno de los muchachos era mi hermano —explicó Raphael en tono cansino—. Así que ahora ya sabes por qué, a veces, paso por aquí en plena noche, de camino a casa desde la casa de mi tía, y por qué les advertí que se marcharan. Si entran ahí, no volverán a salir.

—Mi amigo está ahí dentro —declaró Clary—. Hemos venido a buscarlo.

—Ah —exclamó Raphael—, entonces tal vez no pueda hacer que se marchen.

—No —repuso Jace—, pero no te preocupes. Lo que les pasó a tus amigos no nos pasará a nosotros.

Sacó uno de los cuchillos de ángel de su cinturón y lo sostuvo en alto, la tenue luz que emanaba de él iluminó los huecos bajo sus pómulos y le ensombreció los ojos.

—He matado a gran cantidad de vampiros antes. Sus corazones no laten, pero pueden morir de todos modos.

Raphael aspiró con fuerza y dijo algo en castellano en voz demasiado baja y veloz para que Clary lo entendiera. Fue hacia ellos, casi dando un traspié en un montón de envoltorios arrugados de plástico en su precipitación.

—Sé lo que son..., he oído historias sobre los de su clase, del anciano padre de Santa Cecilia. Pensaba que no era más que un cuento.

—Todos los cuentos son ciertos —dijo Clary, pero en un tono tan bajo que él no pareció oírla.

El muchacho miraba a Jace, con los puños apretados.

—Quiero ir con ustedes —dijo.

Jace negó con la cabeza.

—No, terminantemente no.

—Puedo enseñarles cómo entrar —indicó Raphael.

Jace titubeó, la tentación bien clara en su rostro.

—No podemos llevarte.

—Muy bien.

Raphael pasó majestuosamente por su lado y apartó de una patada un montón de basura apilada contra una pared. Allí había una rejilla de metal con delgados barrotes recubiertos de una fina capa de óxido marrón rojizo. Se arrodilló, sujetó los barrotes y alzó la rejilla, apartándola.

—Así es como mi hermano y sus amigos entraron. Desciende hasta el sótano, creo.

Alzó los ojos cuando Jace y Clary se reunieron con él. Clary contuvo a medias la respiración; el olor de la basura era abrumador, e incluso en la oscuridad podía ver las formas veloces de las cucarachas reptando por los montones.

Una fina sonrisa se había formado justo en las comisuras de los labios de Jace. Sostenía aún en su mano el cuchillo del ángel, y la luz mágica que surgía de él prestaba a su rostro un tinte espectral, recordando a Clary el modo en que Simon había sostenido una linterna bajo su barbilla mientras le contaba historias de terror cuando los dos tenían once años.

—Gracias —dijo Jace a Raphael—. Esto servirá estupendamente.

El rostro del otro muchacho estaba pálido.

—Entren ahí dentro y hagan por su amigo lo que yo no pude hacer por mi hermano.

Jace se volvió a meter el cuchillo serafín en el cinturón y echó una rápida mirada a Clary.

—Sígueme —dijo, y se escurrió a través de la rejilla en un único movimiento uniforme, con los pies por delante. Ella contuvo la respiración, aguardando oír un grito de dolor o de sorpresa, pero sólo hubo el suave golpe sordo de pies aterrizando sobre suelo firme.

—Está bien —le indicó él desde abajo con voz amortiguada—. Salta aquí abajo y yo te atraparé.

La muchacha miró a Raphael.

—Gracias por tu ayuda.

Él no dijo nada, se limitó a extender la mano, que ella usó para sujetarse mientras maniobraba en posición. El muchacho tenía los dedos fríos. La soltó cuando ella se dejó caer a través de la rejilla. La caída duró un segundo, y Jace la atrapó. El vestido se le subió por los muslos y las manos de él le rozaron las piernas mientras ella aterrizaba entre sus brazos. El joven la soltó casi inmediatamente.

—¿Estás bien?

Ella tiró hacia abajo del vestido, contenta de que él no pudiera verla en la oscuridad.

—Estoy perfectamente.

Jace extrajo el cuchillo del ángel, levemente incandescente, del cinturón y lo alzó, dejando que su creciente luz cayera sobre lo que los rodeaba. Estaban de pie en un espacio llano, de techo bajo, con un suelo agrietado de hormigón. Se veían recuadros de mugre en los lugares donde el suelo estaba roto, y Clary se fijó en enredaderas negras que habían empezado a enroscarse por las paredes. Una entrada, a la que faltaba la puerta, daba a otra habitación.

Un fuerte golpe sordo le hizo dar un brinco, y al volverse vio a Raphael que aterrizaba, con las rodillas dobladas, justo a pocos centímetros de ella. Los había seguido a través de la rejilla. Se irguió y sonrió como un maniaco.

Jace se puso furioso.

—Te dije...

—Y te oí. —Raphael agitó una mano en actitud desdeñosa—. ¿Qué vas a hacer? No puedo regresar por donde entramos, y no puedes simplemente dejarme aquí para que los muertos me encuentren... ¿no es cierto?

—Lo estoy pensando —replicó Jace.

Parecía cansado, advirtió Clary con cierta sorpresa; las sombras bajo sus ojos eran más pronunciadas.

Raphael señaló.

—Debemos ir en esa dirección, hacia las escaleras. Ellos están arriba, en los pisos superiores del hotel. Ya verán.

Se abrió paso por delante de Jace y atravesó la estrecha entrada. Jace le siguió con la mirada, negando con la cabeza.

—Realmente empiezo a odiar a los mundanos —exclamó.

La planta más baja del hotel era un conjunto de pasillos laberínticos que daban a cuartos de almacenaje vacíos, una lavandería abandonada con montones mohosos de toallas de hilo colocadas en grandes pilas en el interior de cestos de mimbre podrido, e incluso una cocina fantasmal, con hileras de mostradores de acero, que se perdían a lo lejos en las sombras. La mayoría de las escaleras que conducían arriba habían desaparecido; no se habían podrido sino que las habían hecho pedazos deliberadamente, reducidas a montones de leña apilados contra las paredes, con pedazos de la que había sido una lujosa alfombra persa pegados a la madera como flores de moho peludo.

La desaparición de las escaleras desconcertó a Clary. ¿Qué tenían los vampiros contra las escaleras? Finalmente localizaron unas que estaban intactas, situadas detrás de la lavandería. Las doncellas debían de haberlas utilizado para transportar la ropa blanca arriba y abajo antes de que hubiera ascensores. En los peldaños había ahora una gruesa capa de polvo, como una capa de polvorienta nieve gris, que hizo toser a Clary.

—Chisst —siseó Raphael—. Te oirán. Estamos cerca de donde duermen.

—¿Cómo lo sabes? —le susurró ella a su vez.

Se suponía que él no debía estar allí. ¿Qué le daba a él derecho a sermonearla sobre ruido?

—Puedo sentirlo. —El rabillo del ojo se le crispó, y Clary reparó en que estaba tan asustado como ella—. ¿Tú no puedes?

Ella negó con la cabeza. No notaba nada, aparte de sentirse extrañamente helada; tras el sofocante calor de la noche en el exterior, el frío dentro del hotel era intenso.

En lo alto de la escalera había una puerta en la que la palabra pintada «vestíbulo» resultaba apenas legible bajo años de mugre acumulada. La puerta lanzó una rociada de herrumbre cuando Jace la empujó para abrirla. Clary se preparó para...

Pero la habitación del otro lado estaba vacía. Se hallaron en un gran vestíbulo, con la moqueta podrida arrancada hacia atrás para mostrar las tablas astilladas del suelo. En el pasado, el punto central de aquella habitación había sido una escalinata magnífica, que describía una elegante curva, bordeada por una barandilla dorada y lujosamente enmoquetada en oro y escarlata. En aquellos momentos, todo lo que quedaba eran los peldaños superiores, que ascendían al interior de la oscuridad. Lo que quedaba de la escalinata finalizaba justo por encima de su cabeza, en el aire. La visión resultaba tan surrealista como una de aquellas pinturas abstractas de Magritte que Jocelyn adoraba. Aquélla, se dijo Clary, podría llamarse *La escalera a ninguna parte*.

Su voz sonó tan seca como el polvo que lo recubría todo.

—¿Qué tienen los vampiros contra las escaleras?

—Nada —contestó Jace—. Simplemente no necesitan usarlas.

—Es un modo de mostrar que este lugar es uno de los suyos.

Los ojos de Raphael brillaban. Parecía casi entusiasmado. Jace le dirigió una ojeada de soslayo.

—¿Has visto realmente un vampiro alguna vez, Raphael? —preguntó.

Él le miró casi como si estuviera ausente.

—Sé que aspecto tienen. Son más pálidos y más delgados que los seres humanos, pero muy fuertes. Andan como gatos y saltan con la velocidad de las serpientes. Son hermosos y terribles. Como este hotel.

—¿Te parece hermoso? —preguntó Clary, sorprendida.

—Puedes ver cómo era, hace años. Como una mujer anciana que en un tiempo fue hermosa, pero a la que la vida le ha arrebatado la belleza. Debes imaginar esta escalinata como fue, con las lámparas de gas ardiendo a lo largo de todos los peldaños, como luciérnagas en la oscuridad, y las galerías llenas de gente. No como es ahora, tan... —Se interrumpió, buscando una palabra.

—¿Truncada? —sugirió Jace en tono seco.

Raphael pareció casi sobresaltado, como si Jace lo hubiese arrancado de su ensoñación. Rió trémulamente y se dio la vuelta.

Clary se volvió hacia Jace.

—¿Dónde están, de todos modos? Los vampiros, quiero decir.

—Arriba, probablemente. Les gusta estar altos cuando duermen, como murciélagos. Y es casi el amanecer.

Igual que marionetas sujetas a hilos, Clary y Raphael alzaron los dos la cabeza al mismo tiempo. No había nada por encima de ellos aparte del techo cubierto de frescos, agrietado y ennegrecido a trechos, como si se hubiera quemado en un incendio. Una arcada a su izquierda conducía más al interior de la oscuridad; las columnas a ambos lados estaban esculpidas con un motivo de hojas y flores. Cuando Raphael volvió a mirar abajo, una cicatriz en la base de su garganta, muy blanca sobre la piel morena, centelleó como el guiño de un ojo. Clary se preguntó cómo se la habría hecho.

—Creo que deberíamos regresar a la escalera de servicio —murmuró—. Me siento demasiado desprotegida aquí.

Jace asintió.

—¿Te das cuenta de que, una vez estemos allí, tendrás que llamar a Simon y esperar que te pueda oír?

La muchacha se preguntó si el miedo que sentía se le reflejaba en el rostro.

—Yo...

Sus palabras quedaron bruscamente interrumpidas por un alarido espeluznante. Clary se volvió en redondo.

Raphael. Había desaparecido, no había marcas en el polvo que mostraran adónde podía haber ido... o sido arrastrado. Clary alargó la mano hacia Jace, de un modo reflejo, pero él ya estaba en movimiento, corriendo hacia el arco abierto en la pared opuesta y las sombras situadas más allá. Ella no le veía, pero siguió la veloz luz mágica que él transportaba, como un viajero siendo conducido a una ciénaga por un traicionero fuego fatuo.

Al otro lado de la arcada había lo que en el pasado había sido un gran salón de baile. El suelo de mármol blanco estaba tan resquebrajado que parecía un mar de flotante hielo ártico. Galerías curvas discurrían a lo largo de las paredes; las barandillas estaban cubiertas con un velo de óxido. Espejos con marcos dorados colgaban a intervalos entre ellas, cada uno coronado por la cabeza dorada de un cupido. Telarañas flotaban en el aire bochornoso igual que antiguos velos nupciales.

Raphael estaba de pie en el centro de la habitación, con los brazos a los costados. Clary corrió hacia él, seguida más despacio por Jace.

—¿Estás bien? —preguntó ella sin aliento.

El muchacho asintió despacio.

—Creí ver un movimiento en las sombras. No era nada.

—Hemos decidido encaminarnos otra vez a la escalera de servicio —indicó Jace—. No hay nada en este piso.

—Buena idea —dijo él, asintiendo.

Marchó hacia la puerta, sin mirar para comprobar si le seguían. Sólo había dado unos pocos pasos cuando Jace le llamó.

—¿Raphael?

El muchacho se volvió, los ojos abriéndose inquisitivos, y Jace lanzó el cuchillo.

Los reflejos de Raphael fueron rápidos, pero no lo bastante. La hoja dio en el blanco, y la fuerza del impacto lo derribó. Los pies perdieron el contacto con el suelo y cayó pesadamente sobre el suelo de mármol agrietado. Bajo la tenue luz mágica su sangre pareció negra.

—Jace —siseó Clary, incrédula, conmocionada.

Él había dicho que odiaba a los mundanos, pero jamás habría...

Cuando volvía para ir hacia Raphael, Jace la apartó de un violento empujón y se abalanzó sobre el otro muchacho, intentando agarrar el cuchillo que sobresalía del pecho del caído.

Pero Raphael fue más veloz. Agarró el cuchillo, y luego chilló cuando su mano entró en contacto con la empuñadura en forma de cruz. El arma cayó al suelo con un tintineo, la hoja manchada de negro. Jace tenía una mano cerrada sobre el tejido de la camisa de Raphael y a *Sanvi* en la otra. El arma refulgía con una luz tan brillante que Clary volvió a ver los colores: el despegado empapelado azul cobalto, las manchas doradas en el suelo de mármol, la mancha roja que se extendía por el pecho de Raphael.

Pero Raphael reía.

—Fallaste —dijo, y sonrió por primera vez, mostrando afilados incisivos blancos—. No me alcanzaste el corazón.

Jace le sujetó con más fuerza.

—Te moviste en el último minuto —dijo—. Eso ha sido muy desconsiderado.

Raphael frunció el entrecejo y escupió sangre. Clary retrocedió, contemplándole de hito en hito mientras comprendía horrorizada.

—¿Cuándo lo averiguaste? —contestó él; su acento había desaparecido, sus palabras eran más precisas y cortantes.

—Lo adiviné en el callejón —dijo Jace—. Pero imaginé que nos llevarías al interior del hotel y luego te volverías contra nosotros. Una vez que hubiésemos entrado sin autorización, habríamos estado fuera de la protección de la Alianza. Blancos legítimos. Cuando no lo hiciste, pensé que podría haberme equivocado. Entonces vi esa cicatriz de tu garganta. —Se sentó hacia atrás un poco, sin dejar de mantener el cuchillo sobre la garganta del caído—. Al ver esa cadena por primera vez, pensé que se parecía a la clase de cadenas de las que uno cuelga una cruz. ¿Y la llevabas colgada, no es cierto, cuando salías a visitar a tu familia? ¿Qué importa la cicatriz de una leve quemadura cuando los de tu especie curan tan de prisa?

El otro lanzó una carcajada.

—¿Fue eso todo? ¿Mi cicatriz?

—Cuando abandonaste el vestíbulo, tus pies no dejaron marcas en el polvo. Entonces lo supe.

—No fue tu hermano quien entró aquí en busca de monstruos y nunca salió, ¿verdad? —dijo Clary, comprendiendo—. Fuiste tú.

—Los dos son muy listos —dijo Raphael—. Aunque no lo bastante listos. Miren arriba —indicó, y alzó una mano para señalar el techo.

Jace apartó la mano de un manotazo sin desviar la mirada de Raphael.

—Clary, ¿qué ves?

Ella alzó la cabeza despacio, con el temor cuajando en la boca del estómago. «Debes imaginar esta escalinata del modo en que fue, con las lámparas de gas ardiendo a lo largo de todos los peldaños, como luciérnagas en la oscuridad, y las galerías llenas de gente.» Estaban llenas de gente ahora, una hilera tras otra de vampiros con los rostros de un blanco lívido y las bocas rojas tensas, mirando hacia abajo perplejos.

Jace seguía mirando a Raphael.

—Tú los has llamado. ¿Verdad?

Raphael seguía sonriendo burlón. La sangre había dejado de extenderse desde la herida de su pecho.

—¿Importa? Hay demasiados, incluso para ti, Wayland.

Jace no dijo nada. Aunque no se había movido, respiraba a base de cortos jadeos rápidos, y Clary casi podía sentir la fuerza de su deseo de matar al muchacho vampiro, de atravesarle el corazón con el cuchillo y borrarle aquella sonrisa de la cara para siempre.

—Jace —dijo ella en tono de advertencia—. No lo mates.

—¿Por qué no?

—A lo mejor podemos usarlo como rehén.

Los ojo de Jace se abrieron de par en par.

—¿Un rehén?

Ella podía verlos, eran cada vez más y llenaban la entrada en forma de arco, avanzando tan silenciosamente como los Hermanos de la Ciudad de Hueso. Pero los Hermanos no tenían una tez tan blanca e incolora, ni manos que se curvaban en zarpas...

Clary se lamió los labios secos.

—Sé lo que hago. Ponlo en pie, Jace.

Jace la miró, luego se encogió de hombros.

—De acuerdo.

—No es divertido —le espetó Raphael.

—Es por eso que nadie se ríe. —Jace se puso en pie, tirando del otro para incorporarlo, a la vez que le colocaba la punta del cuchillo entre los omóplatos.

—Puedo agujerearte el corazón con igual facilidad por la espalda —dijo—. Yo no me movería si fuera tú.

Clary les dio la espalda para colocarse de cara a las figuras oscuras que se aproximaban. Extendió una mano.

—Deténganse aquí mismo —dijo—. O clavará el cuchillo en el corazón de Raphael.

Una especie de murmullo, que podría haber sido de susurros o risas, recorrió la multitud.

—Deténganse —volvió a decir Clary, y esa vez Jace hizo algo, ella no vio qué, que hizo que Raphael lanzara un grito de sorprendido dolor.

Uno de los vampiros extendió un brazo para frenar el avance de sus compañeros. Clary lo reconoció como el delgado muchacho rubio del pendiente que había visto en la fiesta de Magnus.

—Lo dice en serio —dijo el joven—. Son cazadores de sombras.

Otro vampiro se abrió paso por entre la multitud: una linda muchacha asiática de cabellos azules, vestida con una falda de papel de aluminio. Clary se preguntó si existirían vampiros feos, o tal vez alguno que estuviera gordo. Tal vez no convertían en vampiros a gente fea. O quizá la gente fea simplemente no deseaba vivir eternamente.

—Cazadores de sombras entrando en una propiedad privada —observó la chica—. Están fuera de la protección de la Alianza, yo digo que los matemos..., han matado a muchos de nosotros.

—¿Quién de ustedes es el señor del lugar? —preguntó Jace en tono categórico—. Que se adelante.

La muchacha mostró los afilados dientes.

—No uses el lenguaje de la Clave con nosotros, cazador de sombras. Has violado vuestra preciosa Alianza al venir aquí. La Ley no los protegerá.

—Ya es suficiente, Lily —replicó el chico rubio en tono tajante—. Nuestra señora no está aquí. Está en Idris.

—Alguien debe de mandar en su lugar —comentó Jace.

Se produjo un silencio. Los vampiros de las galerías sacaban el cuerpo por encima de las barandillas, inclinándose hacia abajo para oír lo que se decía.

—Raphael nos manda —dijo, finalmente, el vampiro rubio.

La muchacha de cabellos azules, Lily, soltó un siseo de desaprobación.

—Jacob...

—Propongo un cambio —cortó Clary rápidamente, interrumpiendo la diatriba de Lily y la réplica de Jacob—. A estas alturas ya deben de saber que se llevaron demasiada gente a casa desde la fiesta de esta noche. Una de ellas es mi amigo Simon.

Jacob enarcó las cejas.

—¿Eres amiga de un vampiro?

—No es un vampiro. Y no es un cazador de sombras, tampoco —añadió, viendo cómo los ojos pálidos de Lily se entrecerraban—. Es sólo un chico humano corriente.

—No nos llevamos a ningún chico humano con nosotros de la fiesta de Magiar. Eso habría sido una violación de la Alianza.

—Había sido transformado en una rata. Una pequeña rata marrón —indicó Clary—. Alguien podría haber pensado que era una mascota, o...

Su voz se apagó. La miraban como si estuviera chalada. Una desesperación fría le caló los huesos.

—Deja que me aclare —dijo Lily—. ¿Nos estás ofreciendo canjear a Raphael por una rata?

Clary miró a Jace con impotencia. Él le devolvió una mirada que indicaba: «Esto fue idea tuya. Arréglatelas».

—Sí —respondió ella, volviendo de nuevo la cabeza hacia los vampiros—. Ése es el trueque que ofrezco.

La contemplaron fijamente, con los rostros blancos casi inexpresivos. En otro contexto, Clary habría dicho que parecían perplejos.

Percibía a Jace detrás de ella, oía el sonido áspero de su respiración y se preguntó si él se estaría devanando los sesos para intentar averiguar por qué había permitido que ella lo arrastrara hasta allí en primer lugar. Se preguntó si no estaría empezando a odiarla.

—¿Te refieres a esta rata?

Clary pestañeó. Otro vampiro, un delgado muchacho negro con rastas, se había abierto paso al frente de la multitud. Sostenía algo en las manos, algo marrón que se retorcía débilmente.

—¿Simon? —murmuró ella.

La rata chilló y empezó a debatirse violentamente en las manos del muchacho. Éste bajó la mirada hacia el roedor cautivo con expresión de disgusto.

—Tío, creí que era Zeke. Me preguntaba por qué actuaba de ese modo. —Sacudió la cabeza haciendo brincar las rastas—. Yo digo que se lo quede, tío. Ya me ha mordido cinco veces.

Clary alargó los brazos para tomar a Simon, las manos ansiando sostenerlo. Pero Lily se colocó frente a ella antes de que pudiera dar más de un paso en dirección al muchacho.

—Aguarda —dijo Lily—. ¿Cómo sabemos que no tomarán la rata y matarán igualmente a Raphael?

—Les daremos nuestra palabra —respondió Clary al instante, luego se quedó tensa, esperando que rieran.

Nadie rió. Raphael soltó una palabrota por lo bajo. Lily miró a Jace con curiosidad.

—Clary —comenzó él, y había un trasfondo de exasperación desesperada en su voz—. ¿Es realmente...?

—Sin juramento no hay canje —declaró Lily inmediatamente, aprovechando su tono dubitativo—. Elliot, no sueltes esa rata.

El chico de las rastas asió con más fuerza a Simon, que le hundió con ferocidad los dientes en la mano.

—Tío —protestó apesadumbrado—, eso me dolió.

Clary aprovechó la oportunidad para susurrar a Jace.

—¡Sólo jura! ¿Qué daño puede hacer?

—Jurar para nosotros no es lo mismo que para ustedes los mundanos —le espetó él enojado—. Estaré ligado para siempre a cualquier juramento que haga.

—¿Ah, sí? ¿Qué sucedería si lo rompieses?

—Yo no lo rompería, ése es el motivo...

—Lily tiene razón —dijo Jacob—. Es necesario un juramento. Jura que no le harás daño a Raphael si les devolvemos la rata.

—No le haré daño a Raphael —dijo Clary inmediatamente—. De ningún modo.

Lily le sonrió tolerante.

—No eres tú quien nos preocupa.

Dirigió una mirada significativa a Jace, que sujetaba a Raphael con tanta fuerza que sus nudillos estaban blancos. Una mancha de sudor le oscurecía la tela de la camiseta, justo entre los omóplatos.

—De acuerdo —dijo—. Lo juro.

—Pronuncia el juramento —replicó Lily con rapidez—. Jura por el Ángel. Dilo todo.

Jace negó con la cabeza.

—Jura tú primero.

Sus palabras cayeron como piedras en el silencio, haciendo que un murmullo ondulara por la multitud. Jacob parecía preocupado, Lily furiosa.

—Ni en broma, cazador de sombras.

—Tenemos a su jefe. —La punta del cuchillo de Jace se clavó firmemente en la garganta del vampiro—. ¿Y qué tienen ustedes ahí? Una rata.

Simon, inmovilizado en las manos de Elliot, chirrió furioso. Clary ansiaba agarrarlo, pero se contuvo.

—Jace...

Lily miró hacia Raphael.

—¿Señor?

Raphael tenía la cabeza baja, con los rizos oscuros cayéndole para ocultarle el rostro. La sangre le manchaba el cuello de la camisa y caía en un hilillo por la morena piel desnuda de debajo.

—Una rata muy importante —repuso—, para que hayan venido hasta aquí a por ella. Creo que eres tú, cazador de sombras, quién jurará primero.

La mano con que Jace le sujetaba lo apretó con más fuerza. Clary contempló cómo se hinchaban los músculos de Jace bajo la piel, el modo en que los dedos se le tornaban más blancos, y al igual que las comisuras de los labios, mientras reprimía su cólera.

—La rata es un mundano —afirmó cortante—. Si lo matan, estarán sujetos a la Ley...

—Está en nuestro territorio. Los intrusos no están protegidos por la Alianza, ya sabes que...

—Ustedes lo trajeron aquí —terció Clary—. Él no se metió aquí sin permiso.

—Tecnicismos —repuso Raphael, sonriéndole burlón a pesar del cuchillo colocado contra su garganta—. Además, ¿crees que no oímos los rumores, la noticia que corre por el Submundo como sangre por las venas? Valentine ha vuelto. Dentro de muy poco no existirán Acuerdos y tampoco Alianza.

La cabeza de Jace se irguió violentamente.

—¿Dónde has oído eso?

Raphael frunció el entrecejo con desdén.

—Todo el Submundo lo sabe. Pagó a un brujo para que invocara a una jauría de rapiñadores hace sólo una semana. Ha traído a sus repudiados para que busquen la Copa Mortal. Cuando la encuentre, ya no habrá paz entre nosotros, sólo guerra. Ninguna Ley me impedirá arrancarte el corazón en plena calle, cazador de sombras...

Aquello fue suficiente para Clary. Se abalanzó hacia adelante, apartando a Lily de un empujón, y le arrebató la rata a Elliot de las manos. Simon trepó rápidamente por su brazo, aferrándose a la manga con zarpas desesperadas.

—Todo va bien —susurró ella—, todo va bien.

Aunque sabía que no era así. Se volvió para huir, y notó que unas manos le agarraban la chamarra, reteniéndola. Forcejeó, pero sus esfuerzos por liberarse de las manos que la sujetaban, las manos estrechas y huesudas de Lily, con sus uñas negras, se veían obstaculizados por el miedo a que Simon, que se aferraba a la chamarra con zarpas y dientes, cayera.

—¡Suéltame! —chilló, pateando a la muchacha vampiro.

La punta de su bota la alcanzó, con violencia, y Lily gritó de dolor y rabia. Lanzó un manotazo y golpeó a Clary en la mejilla con fuerza suficiente para hacerle echar la cabeza atrás.

Clary dio un traspié y casi cayó. Oyó a Jace gritar su nombre, y al volver la mirada vio que había soltado a Raphael y corría hacia ella a toda velocidad. Clary intentó ir hacia él, pero Jacob la agarró por los hombros, clavándole los dedos en la carne.

Clary chilló, pero el grito se perdió en un alarido más potente cuando Jace, extrayendo uno de los frascos de su chamarra, arrojó el contenido hacia ella. Clary notó cómo un líquido fresco le salpicaba el rostro y oyó el alarido de Jacob cuando el agua le tocó la carne. Surgió humo de sus dedos, y el vampiro soltó a Clary, chillando con un agudo aullido animal. Lily corrió hacia él, gritando su nombre, y en medio del caos, Clary notó que alguien la agarraba de la muñeca. Forcejeó para desasirse.

—Para..., idiota..., soy yo —jadeó Jace en su oído.

—¡Ah!

Se relajó momentáneamente, luego volvió a ponerse en tensión, viendo una figura familiar alzándose detrás de Jace. Le advirtió con un grito, y Jace se agachó y se volvió justo cuando Raphael saltaba sobre él, mostrando los dientes, veloz como un gato. Los colmillos atraparon la camiseta de Jace cerca del hombro y desgarraron la tela longitudinalmente mientras Jace se tambaleaba. El jefe de los vampiros se aferró a él como una araña, chasqueando los dientes en dirección a la garganta del cazador de sombras. Clary buscó en su mochila la daga que Jace le había dado...

Una pequeña figura marrón cruzó veloz el suelo, pasó como una exhalación por entre los pies de Clary y se abalanzó sobre Raphael.

Raphael chilló, pero Simon se aferró con fuerza a su antebrazo, con los afilados dientes de rata hundidos profundamente en la carne. El vampiro soltó a Jace, tambaleándose hacia atrás, mientras la sangre salía a chorros y un torrente de obscenidades brotaba por su boca.

Jace le miró boquiabierto.

—Hijo de...

Recuperando el equilibrio, Raphael se arrancó la rata del brazo y la arrojó al suelo de mármol. Simon profirió un chillido de dolor, luego corrió hacia Clary. Ésta se agachó y lo alzó del suelo, apretándolo contra el pecho tan fuerte como podía sin hacerle daño. Notaba el martilleo de su diminuto corazón contra los dedos.

—Simon —murmuró—. Simon.

—No hay tiempo para eso. Sujétalo bien.

Jace la había agarrado por el brazo derecho, apretando con dolorosa fuerza. En la otra mano empuñaba un refulgente cuchillo serafín.

—Muévete.

Empezó a medio empujarla, medio tirar de ella, hacia el extremo de la multitud. Con una mueca los vampiros se iban apartando de la luz del arma a medida que pasaba ante ellos, todos siseando igual que gatos escaldados.

—¡Se acabó, quédense ahí parados!

Era Raphael. El brazo le chorreaba sangre; los labios estaban echados hacia atrás para mostrar los puntiagudos incisivos. Fulminó con la mirada a la ingente masa de vampiros que se arremolinaba desconcertada.

—Agarren a los intrusos —gritó—. Mátenlos a los dos... ¡a la rata también!

Los vampiros empezaron a avanzar hacia Jace y Clary. Algunos de ellos andando, otros flotando y otros más lanzándose en picada desde lo alto de las galerías igual que negros murciélagos aleteando. Jace aceleró el paso a medida que iban saliendo de entre la multitud, encaminándose hacia la pared opuesta. Clary se medio volvió para mirarle.

—¿No deberíamos colocarnos espalda con espalda o algo?

—¿Qué? ¿Por qué?

—No lo sé. En las películas eso es lo que hacen en esta clase de... situación.

Sintió cómo él temblaba. ¿Estaba asustado? No, reía.

—Eres —musitó él—. Eres la más...

—La más ¿qué? —inquirió ella con indignación.

Seguían retrocediendo, andando con cuidado para evitar los pedazos de mobiliario roto y mármol destrozado, que cubrían el suelo. Jace sostenía el cuchillo del ángel muy por encima de sus cabezas. Clary pudo ver cómo los vampiros rodeaban los bordes del reluciente círculo que proyectaba. Se preguntó cuánto tiempo los contendría.

—Nada —contestó él—. Esto no es una situación, ¿vale? Guardo esa palabra para cuando las cosas se ponen realmente feas.

—¿Realmente feas? ¿Esto no es realmente feo? ¿Qué quieres, una explosión nuclear...?

Se interrumpió con un chillido cuando Lily, desafiando a la luz, se arrojó sobre Jace, mostrando los dientes con un agudo gruñido. Jace sacó el segundo cuchillo de su cinturón y lo lanzó por el aire. Lily retrocedió chillando como un animal, con una larga brecha chisporroteando en el brazo. Mientras se tambaleaba, los demás vampiros se abalanzaron hacia adelante, rodeándola. Había tantos, se dijo Clary, tantísimos...

Buscó a tientas en su cinturón, y los dedos se le cerraron alrededor de la empuñadura de la daga. La sintió fría y ajena en su mano.

No sabía cómo usar un cuchillo. Jamás había pegado a nadie, y mucho menos acuchillado. Incluso se había saltado la clase de gimnasia el día que habían enseñado cómo protegerse de atracadores y violadores con objetos corrientes como las llaves del coche y lápices. Sacó el cuchillo y lo alzó con mano temblorosa...

Las ventanas estallaron hacia el interior en una lluvia de cristales rotos. Se oyó a sí misma chillar asustada, vio a los vampiros, apenas a unos centímetros de ella y Jace, volverse estupefactos, con la sorpresa y el terror mezclados en sus rostros. A través de las ventanas hechas añicos penetraron docenas de estilizantes siluetas de cuatro patas; sus pelajes dispersaban la luz de la luna y los fragmentos de cristal. Sus ojos eran fuego azul, y de sus gargantas surgió a coro un gruñido sordo, que sonó como el turbulento estrépito de una cascada.

Lobos.

—Bueno, esto sí que es una situación —dijo Jace.

15

EN LA ESTACADA

Los lobos se agacharon, pegados al suelo y gruñendo, y los vampiros, atónitos, retrocedieron. Únicamente Raphael se mantuvo firme. Seguía sujetándose el brazo herido, y su camisa estaba totalmente manchada de sangre y mugre.

—Los hijos de la Luna —siseó.

Incluso Clary, que no estaba muy familiarizada con la jerga del Submundo, supo que se había referido a los hombres lobo.

—Pensaba que se odiaban unos a otros —susurró a Jace—. Los vampiros y los hombres lobo.

—Así es. Jamás se visitan en sus respectivas guaridas. Jamás. La Alianza lo prohíbe —Sonó casi indignado—. Algo debe de haber sucedido. Esto es malo. Muy malo.

—¿Cómo puede ser peor de lo que era antes?

—Porque —repuso él— estamos a punto de encontrarnos en medio de una guerra.

—¿CÓMO SE ATREVEN A ENTRAR EN NUESTRO TERRENO? —chilló Raphael, que tenía la cara escarlata, con la sangre fluyéndole a las mejillas.

El lobo de mayor tamaño, un monstruo manchado de color gris con dientes como los de un tiburón, lanzó una jadeante risita perruna. Mientras se adelantaba, entre un paso y el siguiente pareció ondular y cambiar, como una ola que se alzara y enroscara. Se convirtió entonces en un hombre alto, de poderosa musculatura, con largos cabellos que le colgaban en grises marañas gruesas como cuerdas. Llevaba mezclilla y una gruesa chamarra de cuero, y seguía existiendo algo lobuno en su rostro enjuto y curtido.

—No hemos venido a derramar sangre —dijo—. Hemos venido por la chica.

Raphael se las arregló para mostrarse enfurecido y atónito al mismo tiempo.

—¿Quién?

—La chica humana.

El hombre lobo alargó un brazo para señalar a Clary.

Ésta estaba demasiado atónita para moverse. Simon, que se había estado retorciendo en sus manos, se quedó quieto. Detrás de ella, Jace masculló algo que sonó claramente blasfemo.

—No me has dicho que conocieras a ningún hombre lobo.

Ella percibió el leve temblor bajo el tono inexpresivo..., estaba tan sorprendido como ella.

—No conozco a ninguno —contestó ella.

—Esto es malo —indicó Jace.

—Eso lo has dicho antes.

—Parecía que valía la pena repetirlo.

—Bueno, pues no es así. —Clary se encogió contra él—. Jace. Todos me miran.

Todos y cada uno de los rostros estaban vueltos hacia ella; la mayoría parecían atónitos. Raphael tenía los ojos entrecerrados. Se volvió otra vez hacia el hombre lobo, lentamente.

—No podrán tenerla —dijo—. Entró sin permiso en nuestro terreno; por lo tanto es nuestra.

El hombre lobo lanzó una carcajada.

—Cómo me alegro de que hayas dicho esto —exclamó, y saltó hacia adelante.

En pleno vuelo, su cuerpo onduló, y volvió a ser un lobo, con el pelaje erizado, las fauces bien abiertas, listas para desgarrar.

Alcanzó a Raphael en pleno pecho, y ambos cayeron al suelo en una masa confusa que se retorcía y gruñía. Respondiendo con alaridos coléricos, los vampiros atacaron a los hombres lobo, que los recibieron de frente en el centro del salón de baile.

El ruido no se parecía a nada que Clary hubiese oído nunca. Si los cuadros del infierno del Bosco hubiesen ido acompañados de una banda sonora, habrían sonado como aquello.

—Realmente Raphael está teniendo una noche excepcionalmente mala —comentó Jace con un silbido.

—¿Y qué? —Clary no sentía la menor lástima por el vampiro—. ¿Qué vamos a hacer?

Él echó una ojeada a su alrededor. Estaban inmovilizados en un rincón por la masa arremolinada de cuerpos; aunque por el momento nadie les prestaba atención, eso no duraría. Antes de que Clary pudiera decir nada, Simon se soltó de sus manos con una violenta sacudida y saltó al suelo.

—¡Simon! —chilló ella mientras él corría veloz hacia la esquina, donde había un montón mohoso de colgaduras de terciopelo podridas—. ¡Simon, detente!

Las cejas de Jace se enarcaron en burlones ángulos agudos.

—¿Qué es lo que...? —La sujetó del brazo, tirando de ella—. Clary, no persigas a la rata. Está huyendo. Eso es lo que hacen las ratas.

—Él no es una rata. —Clary le lanzó una mirada furiosa—. Es Simon. Y mordió a Raphael para ayudarte, cretino desagradecido.

Se soltó violentamente el brazo y se lanzó tras Simon, que estaba sobre los pliegues de las colgaduras, chirriando nerviosamente a la vez que las toqueteaba. Clary tardó un momento en comprender lo que Simon intentaba decirle, apartó las colgaduras de un tirón. Estaban viscosas debido al moho, pero detrás de ellas había...

—Una puerta —musitó—. Rata genial.

Simon chilló modestamente cuando ella le levantó del suelo. Jace estaba justo detrás de ella.

—Una puerta, ¿eh? Bueno, ¿se abre?

La muchacha agarró el pomo y se volvió hacia él, alicaída.

—Está cerrada con llave. O atascada.

Jace se lanzó contra la puerta. Ésta no se movió, y él lanzó una imprecación.

—Mi hombro no volverá a ser nunca el mismo. Espero que me cuides hasta que me reponga.

—Limítate a romper la puerta, ¿quieres?

Él miró más allá de ella con los ojos muy abiertos.

—Clary...

Volvió la cabeza. Un lobo enorme se había separado de la refriega y corría veloz hacia ellos, con las orejas pegadas a la estrecha cabeza. Era imponente, gris negro y leonado, con una larga lengua roja colgando. Clary chilló con todas sus fuerzas. Jace volvió a arrojarse contra la puerta, sin dejar de maldecir. Ella se llevó la mano al cinturón, sacó la daga y la lanzó.

Nunca antes había arrojado una arma, nunca se le había ocurrido siquiera lanzar una. Lo más cerca que había estado de las armas antes de esa semana había sido dibujándolas, así que Clary se sorprendió más que nadie cuando la daga voló, bamboleante pero certera, y se hundió en el costado del hombre lobo.

Éste lanzó un gañido, aminorando el paso, pero tres de sus camaradas corrían ya hacia ellos. Uno se detuvo junto al lobo herido, pero los otros cargaron hacia la puerta. Clary volvió a chillar al mismo tiempo que Jace lanzaba todo el peso de su cuerpo contra la puerta por tercera vez. Ésta cedió con una explosiva combinación de chirrido de óxido y madera haciéndose pedazos.

—Funciona a la tercera —jadeó él, sujetándose el hombro.

Se agachó para penetrar en la oscura abertura del otro lado de la puerta rota, y se volvió para tender a Clary una mano impaciente.

—Clary, vamos.

Con un grito ahogado, ella fue rauda tras él y cerró la puerta de golpe, justo cuando dos cuerpos pesados chocaban contra ella. Buscó a tientas el pestillo, pero había desaparecido, arrancado cuando Jace había hecho saltar la puerta.

—Agáchate —ordenó él, y mientras ella lo hacía, la estela se agitó veloz sobre su cabeza, tallando oscuras líneas en la enmohecida madera de la puerta.

Clary alargó el cuello para ver qué había grabado: una curva en forma de hoz, tres líneas paralelas, una estrella con rayos: «Para impedir persecución».

—He perdido tu daga —confesó ella—. Lo siento.

—Eso sucede a veces.

Jace guardó la estela en el bolsillo. Ella oyó golpes débiles mientras los lobos se arrojaban contra la puerta una y otra vez, pero ésta aguantó.

—La runa los contendrá, pero no por mucho tiempo. Será mejor que nos demos prisa.

Clary alzó los ojos. Estaban en un corredor frío y húmedo; un estrecho tramo de escaleras ascendía perdiéndose en la oscuridad. Los peldaños eran de madera; las barandillas estaban recubiertas de polvo. Simon sacó el hocico fuera del bolsillo de la chaqueta de Clary, los redondos ojillos negros centelleando en la escasa luz.

—De acuerdo. —Hizo una seña a Jace con la cabeza—. Ve tú primero.

Jace dio la impresión de querer sonreír, pero estaba demasiado cansado.

—Ya sabes cómo me gusta ser el primero. Pero despacio —añadió—. No estoy seguro de que los escalones puedan soportar nuestro peso.

Clary tampoco lo estaba. Los escalones crujieron y gimieron mientras ascendían, igual que una anciana quejándose de sus achaques y dolores. Se sujetó con fuerza a la barandilla para no caer, y un pedazo se le partió en la mano, provocando que lanzara un chi-

303

llido agudo y arrancando una risita agotada a Jace. Él la tomó de la mano.

—Ya está. Tranquila.

Simon emitió un sonido que, para ser una rata, sonó muy parecido a un resoplido. Jace no pareció oírlo. Empezaron a subir a trompicones por los peldaños tan rápido como se atrevieron a hacerlo. Los escalones formaban una alta escalera de caracol que atravesaba el edificio. Dejaron atrás un rellano tras otro, pero no vieron ninguna puerta. Habían alcanzado la cuarta curva, idéntica a las anteriores, cuando una explosión ahogada estremeció la escalera, y una nube de polvo ascendió hasta ellos.

—Han conseguido franquear la puerta —exclamó Jace, sombrío—. Maldita sea..., pensé que resistiría más tiempo.

—¿Corremos ahora? —inquirió Clary.

—Ahora corremos —contestó él, y subieron ruidosamente las escaleras, que chirriaron y gimieron bajo su peso, con los clavos saltando como disparos.

Ya estaban en el quinto rellano..., Clary podía oír el golpeteo sordo de las patas de los lobos en los escalones, mucho más abajo, o tal vez fuera sólo su imaginación. Sabía que, en realidad, no había ningún aliento caliente en su nuca, pero los gruñidos y aullidos, que eran cada vez más fuertes a medida que se acercaban, eran reales y aterradores.

El sexto rellano se alzó frente a ellos y medio se arrojaron a él. Clary jadeaba, la respiración chirriándole dolorosamente en los pulmones, pero consiguió soltar un débil gritito de alegría cuando vio la puerta. Era de grueso acero, remachada con clavos, y un ladrillo impedía que se cerrara. Apenas tuvo tiempo de preguntarse el motivo antes de que Jace la abriera de una patada, la hiciera pasar por ella y, siguiéndola, la cerrara de golpe. La muchacha oyó un claro clic cuando se cerró tras ellos. «Gracias a Dios», pensó.

Entonces se volvió en redondo.

El cielo nocturno describía un círculo sobre su cabeza, sembrado de estrellas desparramadas, como si fueran un puñado de diamantes sueltos. No era negro sino de un nítido azul oscuro, el color del amanecer que se acercaba. Estaban de pie en un tejado de pizarra guarnecido con torres de chimeneas de ladrillos. Un antiguo depósito de agua, ennegrecido por el abandono, se alzaba sobre una plataforma elevada en un extremo; una lona gruesa ocultaba una desigual pila de trastos en el otro.

—Por aquí deben de entrar y salir —supuso Jace, volviendo la cabeza para mirar la puerta.

Clary pudo verle bien bajo la pálida luz, con las arrugas de tensión bajo los ojos igual que cortes. La sangre de su ropa, la mayoría de Raphael, parecía negra.

—Vuelan hasta aquí arriba. No es que eso nos sirva de mucho a nosotros.

—Podría haber una escalera de incendios —sugirió Clary.

Juntos se abrieron paso con cautela hasta el borde del tejado. A Clary jamás le habían gustado las alturas, y la distancia de diez pisos hasta la calle le revolvió el estómago. Lo mismo hizo la visión de la escalera de incendios, un trozo de metal retorcido e inutilizable pegado aún al lateral de la fachada del hotel.

—O no —concluyó la joven.

Echó una ojeada hacia la puerta por la que habían salido. Estaba colocada en una estructura en forma de cabina en el centro del tejado. Vibraba, la perilla moviéndose violentamente. Sólo resistiría unos pocos minutos más, quizá menos.

Jace se presionó el dorso de las manos contra los ojos. El aire pesado era agobiante y hacía que a Clary le picara la nuca. Vio cómo el sudor caía por el cuello de la camiseta de Jace y deseó, de un modo irrelevante, que lloviera. La lluvia reventaría aquella burbuja de calor como una ampolla pinchada.

Jace mascullaba para sí.

—Piensa, Wayland, piensa...

Algo empezó a tomar forma en el fondo de la mente de Clary.

Una runa danzó sobre la parte interior de sus párpados: dos triángulos puestos hacia abajo, unidos por una única barra; una runa que parecía un par de alas...

—Eso es —musitó Jace, dejando caer las manos, y por un sobresaltado instante, Clary se preguntó si le habría leído la mente.

El muchacho tenía un aspecto febril, sus dorados ojos estaban muy brillantes.

—No puedo creer que no se me ocurriera antes —exclamó.

Corrió al otro extremo del tejado, luego se detuvo y volvió la cabeza para mirarla. Clary seguía parada, totalmente aturdida, con los pensamientos llenos de formas relucientes.

—Vamos, Clary.

Ésta le siguió, apartando los pensamientos de runas de su mente. Él había llegado junto a la lona y tiraba de su extremo. Ésta se desprendió, mostrando no trastos sino cromo centelleante, cuero labrado y pintura reluciente.

—¿Motocicletas?

Jace alargó la mano hacia la más cercana, una enorme Harley roja con llamas doradas en el depósito y los guardabarros. Pasó una pierna sobre ella y miró por encima del hombro hacia Clary.

—Sube.

—¿Estás bromeando? —Clary le miró atónita—. ¿Sabes siquiera cómo manejar esa cosa? ¿Tienes las llaves?

—No necesito las llaves —explicó Jace con infinita paciencia—. Funciona con energías demoniacas. Ahora, vas a subir, ¿o quieres montar en la tuya propia?

Como aturdida, Clary montó en la moto detrás de él. En algún sitio, en alguna parte de su cerebro, una vocecita le chillaba que aquello era muy mala idea.

—Bueno —dijo Jace—. Ahora agárrate a mí.

Ella lo hizo, notando cómo los duros músculos del abdomen se le contraían cuando él se inclinó al frente y metió con energía la punta de la estela en el contacto. Con gran asombro, Clary sintió cómo la moto se ponía en marcha con un retumbo. En su bolsillo, Simon lanzó un sonoro chillido.

—Todo va bien —le aseguró ella, en el tono más consolador que pudo—. ¡Jace! —gritó, por encima del sonido del motor de la moto—. ¿Qué estás haciendo?

Él le aulló como respuesta algo que sonó parecido a: «Darle al estárter».

Clary pestañeó.

—¡Bien, pues date prisa! La puerta...

Como si la hubiese oído, la puerta del tejado se abrió violentamente con un gran estrépito, arrancada de los goznes. Por la abertura salieron lobos en tropel, que corrieron por el tejado directamente hacia ellos, con los vampiros sobrevolándolos entre siseos y chirridos, llenando la noche con sus gritos de depredador.

Clary sintió que el brazo de Jace se movía hacia atrás y la motocicleta dio un bandazo al frente, lanzándole el estómago contra la columna vertebral. Se aferró con fuerza al cinturón del muchacho mientras salían disparados hacia adelante, con los neumáticos patinando sobre las piezas de pizarra y separando a los lobos, que lanzaron gañidos mientras saltaban a un lado. Oyó que Jace chillaba algo, pero las palabras se perdieron entre el ruido de las ruedas, el viento y el motor. El borde del tejado se acercaba a gran velocidad, a una velocidad enorme. Clary quiso cerrar los ojos, pero algo se los mantuvo abiertos de par en par mientras la motocicleta se precipitaba a toda velocidad por encima del parapeto y caía en picada como una roca en dirección al suelo, diez pisos más abajo.

Clary no recordaba más tarde si llegó a chillar. Fue como el primer descenso en una montaña rusa, cuando los raíles desaparecen y parece que se caen al vacío, agitando inútilmente las manos en el aire y con el estómago en la garganta. Cuando la moto se enderezó con un petardeo y una sacudida, casi no se sorprendió. En lugar de precipitarse hacia abajo, corrían veloces hacia arriba, en dirección al cielo cubierto de diamantes.

La muchacha echó un vistazo atrás y vio a un montón de vampiros de pie en el tejado del hotel, rodeados de lobos. Desvió la mirada; si nunca volvía a ver ese hotel, no lo lamentaría.

Jace chillaba; eran estruendosos alaridos de júbilo y alivio. Clary se inclinó hacia adelante, apretando los brazos a su alrededor.

—Mi madre siempre me dijo que si me montaba en una moto con un chico, me mataría —gritó por encima del ruido del viento que le azotaba los oídos y el ensordecedor retumbo del motor.

No pudo oírlo reír, pero notó cómo su cuerpo se agitaba.

—No diría eso si me conociera —le contestó a gritos muy seguro de sí mismo. Con cierto retraso, Clary recordó algo.

—¿Pensé que habías dicho que sólo algunas de las motos de los vampiros pueden volar?

Con destreza, Jace hizo pasar la moto ante un semáforo que estaba pasando de rojo a verde. Abajo, Clary pudo oír coches que tocaban la bocina, sirenas de ambulancia sonando y autobuses deteniéndose en sus paradas con un resoplido, pero no se atrevió a mirar al suelo.

—¡Sólo algunas pueden!

—¿Cómo sabías que ésta era una de ellas?

—¡No lo sabía! —gritó alegremente, e hizo algo que provocó que la moto se alzara casi vertical en el aire.

Clary profirió un agudo chillido y volvió a agarrarle el cinturón.

—¡Deberías mirar abajo! —gritó Jace—. ¡Es impresionante!

Auténtica curiosidad se abrió paso más allá del terror y el vértigo. Tragando saliva con fuerza, Clary abrió los ojos.

Estaban más altos de lo que había pensado, y por un momento, la tierra se balanceó vertiginosamente bajo ella, en forma de un paisaje borroso de sombra y luz. Volaban hacia el este, lejos del parque, en dirección a la carretera que serpenteaba a lo largo de la orilla derecha de la ciudad.

Clary sentía las manos entumecidas y una fuerte presión en el pecho. Era precioso, eso podía verlo: la ciudad se alzaba a su alrededor como un imponente bosque de plata y cristal, con el apagado brillo gris del East River abriéndose paso entre Manhattan y los distritos como una cicatriz. El viento soplaba fresco en sus cabellos, en su piel, delicioso tras tantos días de calor y bochorno. Con todo, ella nunca había volado, ni siquiera en un aeroplano, y el inmenso espacio vacío entre ellos y el suelo la aterraba. No pudo evitar casi cerrar los ojos cuando pasaron como una exhalación sobre el río. Justo debajo del puente Queensboro, Jace giró la moto hacia el sur y se encaminó a la parte baja de la isla. El cielo había empezado a clarear, y a lo lejos, Clary vio el reluciente arco del puente de Brooklyn, y más allá, una mancha en el horizonte, la Estatua de la Libertad.

—¿Estás bien? —gritó Jace.

Clary no contestó, sólo se aferró a él con más fuerza. Él ladeó la moto, y se encontraron volando en dirección al puente. Clary pudo ver las estrellas a través de los cables de suspensión. Un metro de primeras horas de la mañana traqueteaba sobre él; el Q, que transportaba un cargamento de adormilados residentes de los barrios periféricos. Una oleada de vértigo la inundó, y cerró los ojos con fuerza, jadeando con una sensación de náuseas.

—¿Clary? —chilló Jace—. Clary, ¿estás bien?

Ella sacudió la cabeza con los ojos todavía cerrados, atrapada entre la oscuridad y el viento desgarrador, acompañada tan sólo por el latido de su corazón. Algo afilado le arañó el pecho. No le hizo caso hasta que volvió a repetirse, más insistente. Abriendo apenas un ojo, vio que era Simon, que asomaba la cabeza por el bolsillo, y tiraba de la chamarra con una zarpa apremiante.

—Todo va bien, Simon —aseguró ella con un esfuerzo, sin mirar al suelo—. No es más que el puente...

Él volvió a arañarla, luego indicó con una insistente zarpa hacia los muelles de Brooklyn, que se alzaban a la izquierda. Aturdida y mareada, Clary miró, y vio, más allá de lo contornos de los almacenes y las fábricas, una esquirla de dorado amanecer apenas visible, como el borde de una pálida moneda dorada.

—Sí, muy bonito —repuso Clary, cerrando los ojos otra vez—. Un bonito amanecer.

Jace se quedó totalmente rígido, como si le hubiesen disparado.

—¿Amanecer? —chilló, luego hizo girar violentamente la motocicleta a la derecha.

Los ojos de Clary se abrieron de golpe mientras se precipitaban hacia el agua, que había empezado a brillar con el azul del amanecer que se aproximaba.

Se apoyó contra Jace tanto como pudo sin aplastar a Simon entre ambos.

—¿Qué es tan malo del amanecer?

—¡Te lo dije! ¡La moto funciona con energías demoniacas!

Tiró de la moto hacia atrás de modo que estuvieran a ras del río, justo rozando la superficie con las ruedas, salpicando agua. El agua del río mojó el rostro de Clary.

—En cuanto salga el sol...

La moto empezó a petardear. Jace lanzó toda una gama de palabrotas, acelerando. La moto dio un salto hacia el frente, luego empezó a calarse, sacudiéndose bajo ellos como un caballo que corcovea. Jace seguía maldiciendo cuando el sol asomó por encima de los desmoronados embarcaderos de Brooklyn, iluminando el mundo con devastadora luminosidad. Clary pudo ver cada roca, cada guijarro bajo ellos, mientras abandonaban el río y pasaban a toda velocidad por encima de la estrecha orilla. Debajo de ellos estaba la carretera, repleta con el tráfico de primera hora del día. La dejaron atrás por muy poco, las ruedas arañando el techo de un camión que pasaba. Más allá el aparcamiento, repleto de basura, de un enorme supermercado.

—¡Sujétate a mí! —gritaba Jace, mientras la moto daba sacudidas y petardeaba bajo ellos—. Sujétate a mí, Clary, y no dejes...

La moto se ladeó y golpeó el asfalto del estacionamiento con la rueda delantera. Salió disparada hacia adelante, bamboleándose violentamente mientras patinaba, rebotando y golpeando contra el suelo desigual. La cabeza de Clary iba delante y atrás con una violencia capaz de partirle el cuello. El aire apestaba a neumático quemado. Pero la moto iba perdiendo velocidad, frenando a medida que patinaba... y entonces golpeó una barrera de hormigón del estacionamiento con tal fuerza que la joven salió por los aires hacia un lado, incapaz de seguir agarrada al cinturón de Jace. Apenas tuvo tiempo de enroscarse en una bola protectora, con los brazos tan rígidos como le fue posible y rezando para que Simon no resultara aplastado cuando se golpearan contra el suelo.

Chocó con fuerza, y un dolor terrible le ascendió por el brazo. Algo le salpicó el rostro, y se encontró tosiendo mientras se daba la vuelta y rodaba sobre la espalda. Alargó la mano hacia el bolsillo. Estaba vacío. Intentó pronunciar el nombre de Simon, pero se había quedado sin resuello. Su respiración silbaba mientras tragaba aire. Tenía el rostro mojado y la humedad le bajaba por el interior del cuello de la chamarra.

«¿Es eso sangre?» Abrió los ojos mareada. Se notaba el rostro como si fuera un enorme moretón; tenía los brazos doloridos y le ardían, igual que si se los hubiera despellejado. Había rodado de costado y yacía ahí, medio dentro y medio fuera de un charco de agua sucia. Realmente había amanecido; pudo ver cómo los restos de la moto se transformaban en un montón de cenizas irreconocibles cuando los rayos del sol los alcanzaron.

Y allí estaba Jace, incorporándose con un terrible esfuerzo. Empezó a avanzar de prisa hacia ella, luego aminoró la marcha a medida que se acercaba. La manga de su camisa estaba desgarrada y tenía un largo rasguño ensangrentado que le atravesaba el brazo izquierdo. El rostro, bajo el manto de rizos dorado oscuro apelmazados de sudor, polvo y sangre, estaba blanco como el papel. Clary se preguntó por qué tendría aquella expresión. ¿Tenía ella acaso una pierna arrancada, que yacía en alguna parte del aparcamiento en un charco de sangre?

Empezó a incorporarse con dificultad y sintió una mano sobre el hombro.

—¿Clary?

—¡Simon!

Él estaba arrodillado junto a ella, parpadeando como si tampoco pudiera creerlo del todo. Tenía la ropa arrugada y mugrienta, y había perdido las gafas en alguna parte, pero aparte de eso, había resultado ileso. Sin las gafas se veía más joven, indefenso y un poco aturdido. Alargó la mano para tocar el rostro de Clary, pero ella se echó hacia atrás con un estremecimiento.

—¡Ay!

—¿Estás bien? Tienes un aspecto estupendo —dijo, con un temblor en la voz—. Lo mejor que he visto nunca...

—Eso es porque no llevas las gafas puestas —replicó ella con voz débil, pero si había esperado una respuesta de sabelotodo, no la obtuvo.

En su lugar, él la abrazó con fuerza. La ropa le olía a sangre, sudor y suciedad; el corazón le latía a mil por hora y su abrazo le apretaba las magulladuras, pero de todos modos era un alivio estar en sus brazos y saber, saber realmente, que él estaba bien.

—Clary —soltó Simon con brusquedad—, pensé..., pensé que tú...

—¿No regresaría a buscarte? Pues claro que lo hice —contestó ella—. Desde luego que sí.

Lo rodeó con los brazos. Todo en él resultaba tan familiar, desde la tela mil veces lavada de su camiseta al agudo ángulo de la clavícula, que descansaba ahora justo bajo su barbilla. Él pronunció su nombre, y ella le acarició la espalda para tranquilizarlo. Cuando echó un rápido vistazo atrás, Clary vio que Jace se daba la vuelta, como si el brillo del sol naciente le hiriera los ojos.

16

ÁNGELES CAÍDOS

Hodge estaba enfurecido. Los esperaba en el vestíbulo, con Isabelle y Alec detrás de él, cuando Clary y los chicos entraron cojeando, sucios y cubiertos de sangre, e inmediatamente se embarcó en un sermón del que la misma madre de Clary se habría sentido orgullosa. No olvidó incluir la parte sobre haberle mentido respecto al lugar al que iban —lo que Jace, al parecer, había hecho— o la parte sobre nunca volver a confiar en Jace, e incluso añadió adornos extra, como algunas partes sobre violar la Ley, ser expulsado de la Clave y traer el deshonor al antiguo y orgulloso nombre de Wayland. Relajándose, clavó en Jace una mirada iracunda.

—Has puesto en peligro a otras personas con tu terquedad. ¡Éste es un incidente ante el que no permitiré que te limites a encogerte de hombros!

—No planeaba hacerlo —replicó Jace—. No puedo encogerme de hombros ante nada. Tengo el hombro dislocado.

—Ojalá pudiera creer que el dolor físico realmente te iba a cambiar —siguió Hodge con sombría furia—. Pero pasarás los próximos días en la enfermería con Alec e Isabelle desviviéndose por ti. Probablemente incluso te gustará.

Hodge había estado en lo cierto en dos terceras partes: Jace y

Simon fueron a parar a la enfermería, pero sólo Isabelle estaba desviviéndose por ellos cuando Clary, que había ido a lavarse, entró unas cuantas horas más tarde. Hodge se había ocupado de la magulladura, cada vez más hinchada, de su brazo, y veinte minutos en la ducha habían eliminado la mayor parte del asfalto incrustado en su piel, pero todavía se sentía en carne viva y adolorida.

Alec, sentado en el alféizar y con mirada tormentosa, puso mala cara cuando la puerta se cerró tras ella.

—Ah, eres tú.

Ella no le hizo el menor caso.

—Hodge dice que viene hacia aquí y que espera que ambos puedan aferrarse a sus trémulas chispas de vida hasta que llegue —dijo a Simon y a Jace—. O algo por el estilo.

—Ojalá se dé prisa —replicó Jace enojado.

Estaba sentado en la cama, recostado en un par de mullidas almohadas blancas, vestido aún con su ropa mugrienta.

—¿Por qué? ¿Te duele? —preguntó Clary.

—No; mi umbral de dolor es muy alto. De hecho, no es tanto un umbral como un vestíbulo enorme y decorado con sumo gusto. Pero sí me aburro con facilidad. —La miró con ojos entrecerrados—. ¿Recuerdas allá en el hotel cuando prometiste que si vivíamos, te vestirías de enfermera y me darías un baño con esponja?

—En realidad, creo que lo oíste mal —repuso ella—. Fue Simon quien te prometió el baño con esponja.

Jace dirigió involuntariamente la mirada a Simon, que le sonrió ampliamente.

—En cuanto vuelva a estar en pie, guapo.

—Ya sabía yo que deberíamos haberte dejado convertido en rata —bromeó Jace.

Clary rió y fue hacia Simon, que parecía terriblemente incómodo rodeado por docenas de almohadas y con mantas apiladas sobre las piernas.

—¿Cómo te encuentras? —preguntó Clary, sentándose en el borde de la cama.

—Como alguien al que han dado un masaje con un rallador de queso —respondió Simon, haciendo una mueca de dolor al subir las piernas—. Me rompí un hueso del pie. Estaba tan hinchado, que Isabelle me tuvo que cortar el zapato para quitármelo.

—Me alegro de que se ocupe tan bien de ti. —Clary dejó que una pequeña cantidad de ácido se deslizara al interior de su voz.

Simon se inclinó hacia adelante, sin apartar los ojos de Clary.

—Quiero hablar contigo.

Clary asintió un poco reacia.

—Voy a mi habitación. Ven a verme después de que Hodge te arregle, ¿de acuerdo?

—Claro.

Ante su sorpresa, él se inclinó y la besó en la mejilla. Fue un beso que apenas la rozó, un veloz contacto de labios sobre la piel, pero mientras se apartaba, supo que estaba ruborizada. Probablemente, se dijo poniéndose en pie, por el modo en que todos los demás les miraban fijamente.

En el pasillo, se tocó la mejilla, perpleja. Un beso en la mejilla no significaba gran cosa, pero era tan poco típico de Simon. ¿Tal vez intentaba dejarle algo claro a Isabelle? Hombres, se dijo Clary, resultaban tan desconcertantes. Y Jace, montando su numerito del príncipe herido. Ella se había marchado antes de que él pudiera empezar a quejarse del número de hilos de las sábanas.

—¡Clary!

Se dio la vuelta sorprendida. Alec corría a pasos largos por el pasillo hacia ella, apresurándose para alcanzarla. Se detuvo cuando ella lo hizo.

—Necesito hablar contigo.

Le miró sorprendida.

—¿Sobre qué?

Él vaciló. Con la tez pálida y los ojos azul oscuro resultaba tan

315

atractivo como su hermana, pero a diferencia de Isabelle, hacía todo lo posible por quitar importancia a su aspecto. Los suéteres deshilachados y los cabellos, que parecía como si se los hubiera cortado él mismo a oscuras, eran sólo parte de ello. Parecía incómodo en su propia piel.

—Creo que deberías irte. Irte a casa —soltó.

Había sabido que ella no le gustaba, pero con todo, le sentó como un bofetón.

—Alec, la última vez que estuve en mi casa, estaba infestada de repudiados. Y rapiñadores. Con colmillos. Nadie quiere irse a casa más que yo, pero...

—¿Debes tener parientes con los que puedas quedarte? —Había un deje de desesperación en su voz.

—No, además Hodge quiere que me quede —contestó ella en tono cortante.

—No es posible que lo quiera. Quiero decir, no después de lo que has hecho...

—¿Qué he hecho?

Alec tragó saliva con fuerza.

—Casi haces que maten a Jace.

—¡Que yo casi...! ¿De qué estás hablando?

—Salir corriendo detrás de tu amigo de ese modo... ¿Sabes en cuánto peligro le pusiste? ¿Sabes...?

—¿A él? ¿Te refieres a Jace? —Clary le interrumpió en mitad de la frase—. Para tu información todo eso fue idea suya. Fue él quien preguntó a Magnus dónde estaba la guarida. Él fue a la iglesia en busca de armas. Si yo no hubiese ido con él, él habría ido igualmente.

—No lo comprendes —insistió Alec—. Tú no lo conoces. Yo sí. Cree que tiene que salvar el mundo; estaría encantado de morir intentándolo. A veces pienso que incluso quiere morir, pero eso no significa que debas animarle a hacerlo.

—No lo entiendo —replicó ella—. Jace es un nefilim. Esto es lo que ustedes hacen, rescatan a la gente, matan demonios, se ponen en peligro. ¿En qué fue diferente anoche?

El control de Alec se hizo añicos.

—¡Porque me dejó atrás! —gritó—. Normalmente yo estaría con él, vigilándole, cubriéndole la espalda, manteniéndolo a salvo. Pero tú..., tú eres un peso muerto, una mundana.

Escupió la palabra como si fuera una obscenidad.

—No —corrigió Clary—. No lo soy. Soy nefilim... igual que tú.

El labio del muchacho se crispó en las comisuras.

—Quizá —repuso—. Pero sin preparación, sin nada, sigues sin servir de demasiado, ¿no es cierto? Tu madre te crió en el mundo de los mundanos, y ahí es donde perteneces. No aquí, haciendo que Jace actúe como..., como si no fuera uno de nosotros. Haciendo que viole su juramento a la Clave, haciendo que infrinja la Ley...

—Noticia de última hora —le espetó Clary—. Yo no obligo a Jace a hacer nada. Él hace lo que quiere. Deberías saberlo.

La miró como si ella fuese una clase de demonio especialmente repulsivo que no había visto nunca antes.

—Ustedes los mundanos son totalmente egoístas, ¿verdad? ¿Es que no tienes ni idea de lo que ha hecho por ti, qué clase de riesgos personales ha corrido? No hablo simplemente de su seguridad. Podría perderlo todo. Ya perdió a su padre y a su madre; ¿quieres asegurarte de que también pierda la familia que le queda?

Clary retrocedió y la rabia se alzó en su interior igual que una negra ola; rabia contra Alec, porque en parte tenía razón, y rabia contra todo y todos los demás: contra la carretera helada que le había arrebatado a su padre antes de que ella naciera, contra Simon por conseguir que casi lo mataran, contra Jace por ser un mártir y no importarle vivir o morir. Contra Luke por fingir que ella le importaba cuando todo era una mentira. Y contra su madre por no ser la madre aburrida, normal e incoherente que siempre fingió ser, sino otra persona totalmente distinta: alguien heroico, espectacular y valeroso a quien Clary no conocía en absoluto. Alguien que no estaba allí en aquel momento, cuando Clary la necesitaba desesperadamente.

—Tú no eres quién para hablar de egoísmo —siseó, con tanta ferocidad que él dio un paso atrás—. A ti no te importa nadie en este mundo excepto tú, Alec Lightwood. No me extraña que no hayas matado a un solo demonio, tienes demasiado miedo.

Alec se mostró atónito.

—¿Quién te ha dicho eso?

—Jace.

Pareció como si le hubiese abofeteado.

—No puede ser. Él no diría eso.

—Pues créetelo.

Clary vio cómo lo hería al decirlo, y eso le produjo satisfacción. Alguien más debería sentir dolor, para variar.

—Puedes despotricar todo lo que quieras sobre honor y honestidad, y sobre cómo los mundanos no tienen ninguna de las dos cosas, pero si realmente fueras honesto, admitirías que este berrinche se debe simplemente a que estás enamorado de él. No tiene nada que ver con...

Alec se movió, a una velocidad cegadora, y un agudo chasquido resonó en la cabeza de Clary. La había empujado con tal fuerza que la parte posterior del cráneo había golpeado contra la pared. El rostro de Alec estaba a centímetros del de ella, los ojos enormes y negros.

—Que no se te ocurra jamás —susurró, con la boca convertida en un línea pálida—, jamás, decirle nada o te mataré. Lo juro por el Ángel, te mataré.

El dolor en sus brazos, donde él los sujetaba, era intenso, y en contra de su voluntad, lanzó una exclamación ahogada. Alec pestañeó como si despertara de un sueño y la soltó, apartando las manos tan violentamente como si su piel le hubiese quemado. Sin una palabra, se volvió y se alejó corriendo de regreso a la enfermería. Daba traspiés al andar, como alguien borracho o mareado.

Clary se frotó los brazos adoloridos, siguiéndole con la mirada, consternada ante lo que había hecho.

«Buen trabajo, Clary. Ahora sí que has conseguido hacer que te odie.»

Se habría ido inmediatamente a la cama, pero a pesar de su agotamiento, el sueño seguía estando fuera de su alcance. Finalmente sacó su bloc de dibujo de la mochila y empezó a dibujar, apoyando el cuaderno contra las rodillas. Garabatos al principio..., un detalle de la fachada medio desmoronada del hotel de los vampiros: una gárgola con colmillos y ojos saltones. Una calle vacía, con una única farola proyectando un charco de luz amarilla y una figura borrosa colocada en el filo de la luz. Dibujó a Raphael con su camisa blanca ensangrentada y con la cicatriz de la cruz en la garganta. Y luego dibujó a Jace de pie en el tejado, contemplando la distancia de diez pisos que lo separaba del suelo. No asustado, sino más bien como si el descenso significara un desafío; como si no existiera un espacio vacío que no pudiera llenar con su confianza en su propia invencibilidad. Como en su sueño, lo dibujó con alas que se curvaban hacia afuera tras los hombros en un arco, como las alas de la estatua del ángel de la Ciudad de Hueso.

Intentó dibujar a su madre, por último. Había dicho a Jace que no se sentía en absoluto diferente tras leer el Libro Gris, y era cierto en su mayor parte. En aquel momento, no obstante, mientras intentaba visualizar el rostro de su madre, comprendió que había una cosa que era diferente en sus recuerdos de Jocelyn: veía las cicatrices de su madre, las diminutas marcas blancas que le cubrían la espalda y los hombros como si hubiese estado de pie bajo una nevada.

Dolía, dolía saber que el modo en que siempre había visto a su madre, toda su vida, había sido una mentira. Deslizó el bloc de dibujo bajo la almohada, con los ojos ardiendo.

Sonó un golpe en la puerta... suave, vacilante. Se restregó los ojos a toda prisa.

—Adelante.

Era Simon. Clary no se había dado cuenta realmente del estado en que estaba su amigo. Éste no se había bañado, y su ropa estaba desgarrada y manchada, y tenía los cabellos enmarañados. El muchacho vaciló en la entrada, curiosamente formal.

Ella se hizo a un lado, dejándole espacio en la cama. No había nada extraño en sentarse en la cama con Simon; habían dormido el uno en casa del otro durante años, habían construido tiendas de campaña y fuertes con mantas cuando eran pequeños, habían permanecido despiertos leyendo cómics cuando eran más mayores.

—Encontraste tus lentes —exclamó ella.

Una lente estaba resquebrajada.

—Estaban en mi bolsillo. Salieron mejor paradas de lo que habría esperado. Tendré que escribir una nota de agradecimiento a la óptica. —Se acomodó junto a ella con cautela.

—¿Te ha curado Hodge?

—Sí —contestó él, asintiendo—. Todavía me siento como si me hubiesen dado una paliza con una llave de ruedas, pero no hay nada roto..., ya no.

Se volvió para mirarla. Sus ojos tras los lentes destrozados eran los ojos que recordaba: oscuros y serios, bordeados por la clase de pestañas que a los muchachos les traían sin cuidado y que las chicas matarían por tener.

—Clary, que vinieras por mí... que arriesgaras tan...

—No. —Alzó una mano torpemente—. Tú lo habrías hecho por mí.

—Desde luego —afirmó él, sin arrogancia ni pretensiones—, pero siempre pensé que así era como eran las cosas entre nosotros. Ya sabes.

Clary torció el cuerpo para mirarle a la cara, perpleja.

—¿Qué quieres decir?

—Quiero decir —dijo Simon, como si le sorprendiera verse explicando algo que debería haber sido obvio—, que yo he sido siempre el que te necesitaba más de lo que tú me necesitabas a mí.

—Eso no es cierto. —Clary estaba anonadada.

—Lo es —repuso Simon con la misma tranquilidad desconcertante—. Tú nunca has parecido necesitar realmente a nadie, Clary. Siempre has sido tan... contenida. Todo lo que has necesitado han sido tus lápices y tus mundos imaginarios. Tantísimas veces he tenido que decir cosas seis, siete veces antes de que me respondieras, de tan lejos como estabas. Y entonces te volvías hacia mí y me dedicabas esa curiosa sonrisa tuya, y yo sabía que te habías olvidado completamente de mí y acababas de acordarte..., pero nunca me enojé contigo. La mitad de tu atención es mejor que toda la de cualquier otra persona.

Ella intentó tomarle la mano, pero le agarró la muñeca. Pudo percibir el pulso bajo la piel.

—Únicamente he querido a tres personas en mi vida —explicó Clary—. Mi madre, Luke y tú. Y las he perdido a todas excepto a ti. No imagines nunca que no eres importante para mí..., no lo pienses siquiera.

—Mi madre dice que sólo se necesitan tres personas en las que puedas confiar para poder sentirte realizado —indicó Simon; el tono era ligero, pero su voz se quebró antes de terminar «realizado»—. Dice que tú pareces muy realizada.

Clary le sonrió con pesar.

—¿Ha tenido tu madre algunas otras sabias palabras respecto a mí?

—Sí. —Le devolvió la sonrisa con una igual de torcida—. Pero no voy a decirte cuáles fueron.

—¡No es justo guardar secretos!

—¿Quién ha dicho que el mundo sea justo?

Al final, se tumbaron el uno junto al otro como hacían cuando eran niños: hombro con hombro, las piernas de Clary sobre las de Simon. Los dedos de los pies de ella llegaban justo por debajo de la rodilla de él. Tumbados sobre la espalda, contemplaron el techo mientras hablaban, una costumbre que les había quedado de la época en que el techo de Clary había estado cubierto con estrellas pegadas que brillaban en la oscuridad. Si Jace había olido a jabón y limoncillos, Simon olía como alguien que ha estado rodando por el estacionamiento de un supermercado, pero a Clary no le importó.

—Lo extraño es... —Simon enrolló un rizo de los cabellos de la joven en su dedo— que había estado bromeando con Isabelle sobre vampiros justo antes de que todo sucediera. Sólo intentando hacerla reír, ¿sabes?, con tonterías del tipo: «¿Qué repele a un vampiro judío? Una estrella de David de plata».

Clary rió.

Simon pareció complacido.

—Isabelle no se rió.

Clary pensó en cierto número de cosas que quería decir, y no las dijo.

—No estoy segura de que sea la clase de humor que le gusta a Isabelle.

Simon le lanzó una mirada de soslayo por debajo de las pestañas.

—¿Se acuesta con Jace?

El chillido de sorpresa de Clary se convirtió en tos. Le dirigió una mirada fulminante.

—Oh, no. Prácticamente son como parientes. No, qué va. —Hizo una pausa—. No lo creo, al menos.

Simon se encogió de hombros.

—Tampoco es que me importe —afirmó con firmeza.

—Seguro que no.

—¡Claro que no! —Rodó sobre el costado—. Ya sabes, inicialmente pensé que Isabelle parecía, no sé...increíble. Excitante. Diferente. Entonces, en la fiesta, comprendí que en realidad estaba loca.

Clary le miró entrecerrando los ojos.

—¿Te dijo que bebieras el cóctel azul?

Él negó con la cabeza.

—Eso fue cosa mía. Te vi marchar con Jace y Alec, y no sé... Estabas tan diferente de como eres siempre. Muy distinta. No pude evitar pensar que ya habías cambiado, y que este nuevo mundo tuyo me dejaría fuera. Quise hacer algo que me hiciera formar más parte de él. Así que cuando el tipejo verde pasó con la bandeja de bebidas...

—Eres un idiota —gimió Clary.

—Jamás he afirmado lo contrario.

—Lo siento. ¿Fue horrible?

—¿Ser una rata? No. Al principio fue un tanto desorientador. De repente, me encontraba a la altura del tobillo de todo el mundo. Pensé que había bebido una poción reductora, pero no podía entender por qué tenía aquellas enormes ganas de masticar envolturas usadas de chicle.

Clary lanzó una risita divertida.

—No, me refiero al hotel de los vampiros... ¿fue eso horrible?

Algo titiló detrás de los ojos de Simon. Desvió la mirada.

—No. Realmente no recuerdo gran cosa del periodo entre la fiesta y el aterrizaje en la zona de estacionamiento.

—Probablemente sea mejor así.

Él empezó a decir algo, pero se detuvo en mitad de un bostezo. La luz se había desvanecido lentamente en la habitación. Desenredándose de Simon y de las sábanas, Clary se levantó y apartó a un lado las cortinas de la ventana. Afuera, la ciudad estaba bañada por el resplandor rojizo de la puesta de sol. El tejado plateado del edificio Chrysler, a cincuenta manzanas de allí, en el centro, refulgía como un atizador dejado demasiado tiempo sobre el fuego.

—El sol se pone. Quizá deberíamos ir en busca de algo de cenar.

No hubo respuesta. Se volvió y vio que Simon estaba dormido, con los brazos cruzados bajo la cabeza, las piernas extendidas. Suspiró, se acercó a la cama, le quitó los lentes y los dejó sobre la mesilla de noche. No podía contar las veces que él se había quedado dormido con ellas y lo había despertado el sonido de lentes al romperse.

«¿Ahora dónde voy a dormir?» No era que le importara compartir una cama con Simon, pero él no le había dejado mucho espacio. Consideró despertarlo con un golpecito, pero parecía tan tranquilo. Además, ella no tenía sueño. Alargaba la mano para sacar el bloc de dibujo de debajo de la almohada cuando llamaron a la puerta.

Cruzó la habitación descalza sin hacer ruido y giró la perilla silenciosamente. Era Jace. Limpio, con mezclilla y una camiseta gris, los cabellos lavados convertidos en un halo de oro húmedo. Las magulladuras del rostro se desvanecían ya, pasando del morado a un gris tenue, y llevaba las manos a la espalda.

—¿Dormías? —preguntó.

No había contrición en la voz, sólo curiosidad.

—No. —Clary salió al pasillo, cerrando la puerta tras ella—. ¿Por qué lo has pensado?

Él echó una mirada a su conjunto de camiseta azul sin mangas y pantalón corto de pijama.

—Por nada.

—He pasado en la cama la mayor parte del día —explicó ella, lo que era técnicamente cierto.

Al verle, los nervios se le habían disparado a mil por hora, pero no veía motivo para compartir esa información.

—¿Qué tal tú? ¿No estás agotado?

Él negó con la cabeza.

—Como el servicio postal, los cazadores de demonios nunca duermen. «Ni la nieve, ni la lluvia, ni el calor, ni la oscuridad de la noche pueden detener a estos...»

—Tendrías un gran problema si la oscuridad de la noche te detuviera —indicó ella.

Jace sonrió abiertamente. Al contrario que sus cabellos, sus dientes no eran perfectos. Un incisivo superior estaba ligera y atractivamente roto.

Clary se abrazó los codos. Hacía frío en el pasillo y notaba cómo empezaba a ponérsele la carne de gallina en los brazos.

—¿Qué haces aquí, de todos modos?

—¿«Aquí» indicando tu dormitorio o «aquí» indicando la gran cuestión espiritual de nuestro propósito en este planeta? Si estás preguntando si es todo simplemente una coincidencia cósmica o existe un mayor propósito meta-ético en la vida, entonces, bien, ése es el eterno rompecabezas. Me refiero a que el simple reduccionismo ontológico es a todas luces un argumento falaz, pero...

—Regreso a la cama. —Clary alargó la mano hacia la perilla de la puerta.

Él se deslizó ágilmente entre ella y la puerta.

—Estoy aquí —dijo— porque Hodge me recordó que era tu cumpleaños.

Clary soltó aire, exasperada.

—No hasta mañana.

—No hay motivo para no empezar a celebrarlo ahora.

Le miró con atención.

—Estás evitando a Alec y a Isabelle.

—Los dos están tratando de pelearse conmigo —respondió él, asintiendo.

—¿Por el mismo motivo?

—No sabría decir. —Dirigió furtivas miradas arriba y abajo del pasillo—. Hodge, también. Todo el mundo quiere hablar conmigo. Excepto tú. Apuesto a que tú no quieres hablar conmigo.

—No —repuso ella—. Quiero comer. Estoy hambrienta.

Jace sacó la mano de detrás de la espalda. En ella sujetaba una bolsa de papel ligeramente arrugada.

—Tomé un poco de comida en la cocina cuando Isabelle no miraba.

Clary sonrió ampliamente.

—¿Un picnic? Es un poco tarde para ir a Central Park, ¿no crees? Está lleno de...

Él agitó una mano.

—Hadas. Ya lo sé.

—Iba a decir atracadores —replicó Clary—. Aunque compadezco al atracador que vaya a por ti.

—Ésa es una actitud sensata, y te alabo por ella —replicó él, mostrándose satisfecho—. Pero no pensaba en Central Park. ¿Qué tal el invernadero?

—¿Ahora? ¿De noche? ¿No estará... oscuro?

Él sonrió como si tuviera un secreto.

—Vamos. Te lo mostraré.

17

LA FLOR DE MEDIANOCHE

En la penumbra, las enormes habitaciones vacías que atravesaron en su camino al tejado parecían tan desiertas como escenarios teatrales; el mobiliario, cubierto con telas blancas, se alzaba bajo la tenue luz como icebergs saliendo de la niebla.

Cuando Jace abrió la puerta del invernadero, el aroma golpeó a Clary con la suavidad del zarpazo enguantado de un gato: el intenso olor oscuro de la tierra y el aroma más potente y jabonoso de las flores que se abren por la noche —la campanilla tropical americana, la reina de la noche, las maravillas— y algunas que no reconoció, como una planta que lucía una flor amarilla en forma de estrella y cuyos pétalos estaban cubiertos de medallones de polen dorado. A través de las paredes de vidrio del recinto pudo ver las luces de Manhattan, brillando como frías joyas.

—¡Vaya! —Se fue volviendo despacio, absorbiéndolo—. Esto es muy bonito por la noche.

Jace sonrió burlón.

—Y es sólo para nosotros. Alec e Isabelle odian estar aquí arriba. Sufren alergia.

Clary se estremeció, aunque no tenía nada de frío.

—¿Qué clase de flores son éstas?

Jace se encogió de hombros y se sentó, con cuidado, junto a un lustroso arbusto verde, salpicado todo él de capullos firmemente cerrados.

—Ni idea. ¿Crees que presto atención en la clase de botánica? No voy a ser un archivero. No necesito saber esas cosas.

—¿Sólo necesitas saber cómo matar?

Él alzó los ojos hacia ella y sonrió. Parecía un ángel rubio de un cuadro de Rembrandt, excepto por aquella boca perversa.

—Eso es. —De la bolsa, sacó un paquete envuelto en una servilleta y se lo ofreció—. También —añadió—, preparo un sándwich de queso genial. Prueba uno.

Clary sonrió a regañadientes y se sentó frente a él. El suelo de piedra del invernadero resultaba frío en contacto con sus piernas desnudas, pero era agradable después de tantos días de calor incesante. De la bolsa de papel, Jace sacó unas manzanas, una tableta de chocolate de fruta y nueces y una botella de agua.

—No es un mal botín —bromeó ella con admiración.

El sándwich de queso estaba caliente y un poco flácido, pero el sabor era excelente. De uno de los innumerables bolsillos del interior de su chamarra, Jace sacó un cuchillo con mango de hueso, que parecía capaz de destripar a un oso pardo, y se puso a trabajar en las manzanas, cortándolas en meticulosas porciones.

—Bueno, no es un pastel de cumpleaños —dijo, pasándole un pedazo—, pero espero que sea mejor que nada.

—«Nada» era lo que esperaba, así que gracias.

Le dio un mordisco. La manzana sabía a verde y estaba fresca.

—Nadie debería quedarse sin recibir algo el día de su cumpleaños. —Jace estaba pelando la segunda manzana, cuya piel se desprendía en largas tiras curvas—. Los cumpleaños deberían ser especiales. Mi cumpleaños era siempre el día en el que mi padre decía que podía hacer o tener cualquier cosa que quisiera.

—¿Cualquiera? —Clary lanzó una carcajada—. ¿Y qué pedías?

—Bueno, cuando tenía cinco años, quise tomar un baño de espaguetis.

—Pero no te dejó, ¿verdad?

—No, ése es el tema. Me dejó. Dijo que no era caro, y ¿por qué no si era lo que yo quería? Hizo que los criados llenaran una bañera de agua hirviendo y pasta, y cuando se enfrió... —Se encogió de hombros—. Me bañé en ella.

«¿Criados?» pensó Clary.

—¿Qué tal fue? —dijo en voz alta.

—Resbaladizo.

—Apuesto a que sí.

Intentó imaginarle de niño, riendo tontamente, hundido hasta las orejas en pasta. La imagen no quiso formarse. Sin duda Jace no reía tontamente nunca, ni siquiera a los cinco años.

—¿Qué otras cosas pediste?

—Armas, principalmente —respondió él—, lo que estoy seguro que no te sorprende. Libros, leía una barbaridad por mi cuenta.

—¿No fuiste a la escuela?

—No —respondió, y ahora hablaba despacio, casi como si se aproximaran a un tema que no quería discutir.

—Pero tus amigos...

—No tenía amigos —repuso—. Excepto mi padre. Él era todo lo que necesitaba.

Ella le miró fijamente.

—¿Ningún amigo?

Él sostuvo su mirada con firmeza.

—La primera vez que vi a Alec —explicó—, cuando tenía diez años, fue la primera vez que me encontraba con otro niño de mi misma edad. La primera vez que tenía un amigo.

Clary bajó la mirada. Una imagen se formaba en aquel momento, inoportuna, en su cabeza. Pensó en Alec, el modo en que la había mirado. «Él no diría eso.»

—No me tengas lástima —siguió Jace, como adivinando sus pen-

329

samientos, aunque no había sido por él por quien había sentido lástima—. Él me dio la mejor educación, el mejor adiestramiento. Me llevó con él por todo el mundo. Londres. San Petersburgo. Egipto. Adorábamos viajar. —Sus ojos estaban sombríos—. No he estado en ninguna parte desde que murió. En ningún lugar aparte de Nueva York.

—Tienes suerte —repuso Clary—. Yo no he salido de este estado en toda mi vida. Mi madre ni siquiera quería dejarme ir a Washington D.C. en viajes del colegio. Supongo que ahora sé el motivo —añadió pesarosa.

—¿Tenía miedo de que enloquecieras? ¿De que empezaras a ver demonios en la Casa Blanca?

Clary mordisqueó un trozo de chocolate.

—¿Hay demonios en la Casa Blanca?

—Bromeaba —contestó Jace—, creo. —Se encogió de hombros filosóficamente—. Si los hubiera, seguro que alguien lo habría mencionado.

—Creo —insistió Clary—, que sencillamente no quería que estuviera lejos de ella. Mi madre, quiero decir. Después de la muerte de mi padre, cambió una barbaridad.

La voz de Luke resonó en su mente. «Nunca has sido la misma desde que sucedió, pero Clary no es Jonathan.»

Jace la miró irguiendo una ceja.

—¿Recuerdas a tu padre?

Ella negó con la cabeza.

—No. Murió antes de que yo naciera.

—Tienes suerte. De ese modo no le echas de menos.

Viniendo de cualquier otra persona habría sido una cosa atroz, pero no había amargura en su voz, para variar, únicamente una sensación de soledad por la falta de su propio padre.

—¿Desaparece? —preguntó ella—. El echarle en falta, quiero decir.

Él la miró de soslayo, pero en lugar de responder preguntó:

—¿Piensas en tu madre?

No. Clary no quería pensar en su madre como si estuviera muerta.

—En estos momentos pensaba en Luke, en realidad.

—Ahora ya sabes que ése no es su nombre de verdad. —Jace dio un pensativo mordisco a la manzana y añadió—: He estado pensando en él. Algo en su comportamiento no cuadra...

—Es un cobarde. —La voz de Clary sonó resentida—. Ya lo oíste. No irá en contra de Valentine. Ni siquiera por mi madre.

—Pero eso es exactamente...

Una larga reverberación repiqueteante le interrumpió. En alguna parte, tañía una campana.

—Medianoche —exclamó Jace, dejando el cuchillo en el suelo.

Se puso de pie, extendiendo la mano para acercar a Clary junto a él. Los dedos estaban ligeramente pegajosos con jugo de manzana.

—Ahora, observa.

Tenía la mirada fija en el arbusto verde junto al que habían estado sentados, con sus docenas de brillantes capullos cerrados. Ella fue a preguntar qué se suponía que debía mirar, pero él alzó una mano para callarla. Le brillaban los ojos.

—Aguarda —le dijo.

Las hojas del arbusto colgaban totalmente inmóviles. De improviso, uno de los capullos cerrados empezó a agitarse y a temblar. Se hinchó hasta alcanzar dos veces su tamaño y se abrió de golpe. Era como contemplar una película a cámara rápida de una flor que florece: los delicados sépalos verdes se abrieron hacia fuera para liberar los pétalos apelotonados del interior. Estaban espolvoreados de un polen dorado pálido, tan ligero como el talco.

—¡Ah! —exclamó Clary, y al alzar los ojos vio que Jace la observaba con atención—. ¿Florecen todas las noches?

—Sólo a medianoche —respondió—. Feliz cumpleaños, Clarissa Fray.

Clary se sintió extrañamente conmovida.

—Gracias.

—Tengo una cosa para ti —dijo él.

Metió la mano en el bolsillo y sacó algo, que le puso en la mano.

Era una piedra gris, ligeramente irregular, desgastada hasta quedar lisa en algunos puntos.

—¡Ja! —exclamó ella, haciéndola girar en los dedos—. Sabes, cuando la mayoría de chicas dicen que quieren una piedra, no se refieren, ya sabes, literalmente a una piedra.

—Muy divertido, mi sarcástica amiga. No es una piedra, precisamente. Todos los cazadores de sombras tienen una piedra-runa de luz mágica.

—Ah.

La miró con renovado interés, cerrando los dedos sobre ella como había visto a Jace hacer en el sótano. No estaba segura, pero le pareció poder ver un destello de luz asomando por entre los dedos.

—Te proporcionará luz —explicó Jace—, incluso entre las tinieblas más oscuras de este mundo y de otros.

Clary se la metió en el bolsillo.

—Bueno, gracias. Has sido muy amable al darme un regalo. —La tensión entre ellos parecía oprimirla igual que el aire húmedo—. Mejor que un baño en espaguetis.

—Si compartes ese pedazo de información personal con alguien —le amenazó él en tono sombrío—, puede que tenga que matarte.

—Bueno, cuando yo tenía cinco años, quise que mi madre me dejara dar vueltas y vueltas dentro de la secadora junto con la ropa —contestó Clary—. La diferencia es que no me dejó.

—Probablemente porque dar vueltas dentro de una secadora puede resultar fatal —indicó Jace—, mientras que la pasta raramente es fatal. A menos que Isabelle la prepare.

La flor de medianoche derramaba ya sus pétalos, que descendían suavemente hasta el suelo, brillando como fragmentos de luz de estrellas.

—Cuando tenía doce años, quise un tatuaje —continuó Clary—. Mi madre tampoco me dejó hacerlo.

Jace no rió.

—La mayoría de los cazadores de sombras reciben sus primeras Marcas a los doce. Debías de llevarlo en la sangre.

—Quizá. Aunque dudo que muchos cazadores de sombras reciban un tatuaje de Donatello de las Tortugas Ninja Mutantes Adolescentes en el hombro izquierdo.

Jace parecía perplejo.

—¿Querías una tortuga en el hombro?

—Quería cubrir mi cicatriz de la varicela.

Apartó ligeramente a un lado el tirante de la camiseta, mostrando la marca blanca en forma de estrella que tenía en la parte superior del hombro.

—¿Ves?

Él apartó la mirada.

—Se hace tarde —soltó—. Deberíamos volver a bajar.

Clary volvió a subirse el tirante, algo incómoda. ¡Cómo si él quisiera ver sus estúpidas cicatrices!

Las siguientes palabras brotaron de su boca sin que fuera su voluntad.

—¿Isabelle y tú han... salido alguna vez?

Entonces sí que él la miró. La luz de la luna disolvió el color de sus ojos, que parecieron más plateados que dorados.

—¿Isabelle? —preguntó, sin comprender.

—Pensé... —En aquel momento se sintió aún más violenta—. Simon quería saberlo.

—A lo mejor debería preguntárselo a ella.

—No creo que quiera hacerlo —repuso Clary—. De todos modos, no importa. No es asunto mío.

Jace sonrió de un modo desconcertante.

—La respuesta es no. Quiero decir, puede que hubiese un momento en que uno u otro lo considerara, pero es casi como una hermana para mí. Sería extraño.

—Quieres decir que Isabelle y tú nunca...

—Nunca —afirmó Jace.

—Ella me odia —observó Clary.

—No, no te odia —respondió él, ante la sorpresa de Clary—. Simplemente la pones nerviosa, porque siempre ha sido la única chica en una multitud de chicos que la adoran, y ahora ya no lo es.

—Pero es tan hermosa.

—También lo eres tú —repuso él—, y muy diferente de cómo es ella, y ella no puede evitar darse cuenta de eso. Siempre ha querido ser menuda y delicada, ya sabes. Odia ser más alta que la mayoría de los chicos.

Clary no dijo nada, porque no tenía nada que decir. Hermosa. La había llamado hermosa. Nadie la había llamado eso antes, excepto su madre, lo que no contaba. Las madres estaban obligadas a pensar que sus hijas eran hermosas. Le miró fijamente.

—Probablemente deberíamos bajar —volvió a decir él.

Clary estaba segura de que le hacía sentirse incómodo mirándolo fijamente, pero no parecía poder dejar de hacerlo.

—De acuerdo —contestó por fin.

Se sintió aliviada cuando oyó que su voz sonaba normal. También fue un alivio poder apartar la mirada de él dándose la vuelta. La luna, directamente sobre sus cabezas, lo iluminaba todo casi como si fuera de día. Entre un paso y el siguiente vio el destello blanco de algo que había en el suelo: era el cuchillo que Jace había estado usando para cortar manzanas, caído de costado. Se quitó repentinamente para no pisarlo, y su hombro chocó contra el del muchacho..., éste alargó una mano para sujetarla, justo cuando ella se daba la vuelta para disculparse, y entonces, ella se encontró de algún modo en el círculo de sus brazos y él la besaba.

Al principio fue casi como si él no hubiera querido besarla: su boca era dura contra la de ella, inflexible; luego la rodeó con ambos brazos y la apretó contra sí. Sus labios se ablandaron. Ella percibió el rápido latido de su corazón, paladeó el dulce sabor a manzanas que él aún tenía en la boca. Enredó las manos en sus cabellos, tal y como había querido hacer desde la primera vez que le había visto, y éstos se enroscaron en los dedos, sedosos y finos. A Clary, el corazón le latía con fuerza, y había un tronar en sus oídos, como de alas batiendo...

Jace se apartó de ella con una exclamación ahogada, aunque sus brazos siguieron rodeándola.

—No te asustes, pero tenemos público.

Clary volvió la cabeza. Posado en la rama de un árbol cercano estaba *Hugo*, contemplándoles fijamente con sus ojillos brillantes y negros. Así que el ruido que había oído sí habían sido alas y no el sonido de una pasión enloquecida. Aquello era decepcionante.

—Si él está aquí, Hodge no estará lejos —masculló Jace entre dientes—. Deberíamos irnos.

—¿Te está espiando? —siseó Clary—. Hodge, quiero decir.

—No. Simplemente le gusta venir aquí a pensar. Es una pena..., estábamos teniendo una conversación tan entretenida. —Rió en silencio.

Bajaron por donde habían subido, pero pareció un viaje totalmente distinto para Clary. Jace mantuvo la mano de Clary en la de él, enviándole diminutas descargas eléctricas que le subían y bajaban por las venas desde todos los puntos donde la tocaba: los dedos, la muñeca, la palma de la mano. La mente de Clary era un hervidero de preguntas, pero tenía demasiado miedo de romper la atmósfera reinante para hacerle ninguna. Él había dicho «es una pena», así que adivinaba que la velada había finalizado, al menos la parte en la que se besaban.

Llegaron a su puerta, y Clary se apoyó en la pared junto a ella, alzando los ojos hacia Jace.

—Gracias por el picnic de cumpleaños —dijo, intentando mantener la voz neutra.

Él parecía reacio a soltarle la mano.

—¿Te vas a dormir?

«Simplemente está siendo cortés», se dijo. Pero por otra parte, era Jace. Él nunca era cortés. Decidió responder a su pregunta con otra.

—¿No estás cansado?

—Nunca he estado más despierto —contestó él, y su voz era queda.

Se inclinó para besarla, sujetándole el rostro con la mano libre. Sus labios se tocaron, levemente al principio, y luego con una presión mayor. Fue precisamente en ese momento cuando Simon abrió completamente la puerta del dormitorio y salió al pasillo.

Parpadeaba, estaba despeinado e iba sin lentes, pero podía ver bastante bien.

—¿Qué demonios? —inquirió, en voz tan sonora que Clary se apartó de un brinco de Jace como si su contacto la quemara.

—¡Simon! ¿Qué estás...? Quiero decir, pensaba que estabas...

—¿Dormido? Lo estaba —repuso él.

La parte superior de los pómulos se le había enrojecido violentamente a través de su bronceado, como siempre le pasaba cuando se sentía violento o alterado.

—Entonces me he despertado y no estabas ahí, así que pensé...

A Clary no se le ocurrió qué decir. ¿Por qué no había pensado que esto podría suceder? ¿Por qué no había dicho que fueran a la habitación de Jace? La respuesta era tan simple como horrible: se había olvidado completamente de Simon.

—Lo siento —dijo, no muy segura de a quién hablaba.

Por el rabillo del ojo, le pareció ver que Jace le lanzaba una mirada colérica; pero cuando le dirigió una ojeada, parecía estar como siempre: tranquilo, seguro de sí mismo, ligeramente aburrido.

—En el futuro, Clarissa —dijo—, podría ser prudente mencionar que ya tienes a un hombre en tu cama, para evitar situaciones fastidiosas como ésta.

—¿Le has invitado a tu cama? —inquirió Simon, anonadado.

—Ridículo, ¿verdad? —repuso Jace—. No habríamos cabido todos.

—No le he invitado a mi cama —replicó ella con brusquedad—. Solamente nos estábamos besando.

—¿Solamente besando? —El tono de Jace se burlaba de ella fingiendo dolor—. Qué de prisa desechas nuestro amor.

336

—Jace...

Clary vio el brillo malicioso de sus ojos y no acabó la frase. No tenía sentido. Sintió un repentino peso en el estómago.

—Simon, es tarde —concluyó con voz cansada—. Siento que te hayamos despertado.

—También yo.

Volvió a entrar muy digno en el dormitorio, dando un portazo tras sí.

La sonrisa de Jace era suave como una tostada con mantequilla.

—Anda, ve tras él. Dale palmaditas en la cabeza y dile que todavía es tu amiguito superespecial. ¿No es eso lo que quieres hacer?

—Para —exclamó ella—. Para de comportarte así.

La sonrisa del muchacho se hizo más amplia.

—Así ¿cómo?

—Si estás enfadado, simplemente dilo. No actúes como si nada te afectara jamás. Como si jamás sintieras nada en absoluto.

—Quizá deberías haber pensado en ello antes de besarme —replicó él.

Le miró con incredulidad.

—¿Yo te besé?

Él la miró con malicia.

—No te preocupes —repuso—, tampoco ha sido tan memorable para mí.

Lo contempló alejarse, y sintió una mezcla de ganas de echarse a llorar y de correr detrás de él para darle una patada en el tobillo. Sabiendo que cualquiera de esas acciones llenaría a Jace de satisfacción, no llevó a cabo ninguna, sino que volvió a entrar cautelosamente en el dormitorio.

Simon estaba de pie en mitad de la habitación, con expresión perdida. Se había vuelto a poner los lentes. Clary oyó la voz de Jace en su cabeza, diciendo en tono ofensivo: «Dale palmaditas en la cabeza y dile que todavía es tu amiguito superespecial».

Dio un paso hacia Simon, luego se detuvo al darse cuenta de lo que él sostenía en la mano. Su bloc de dibujo, abierto por el dibujo que había estado haciendo, el de Jace con alas de ángel.

—Bonito —exclamó él—. Todas esas clases de Tisch deben de estar valiendo la pena.

Normalmente, Clary le habría regañado por mirar su cuaderno, pero ése no era el momento.

—Simon, oye...

—Reconozco que entrar todo indignado al interior de tu dormitorio puede no haber sido el paso más acertado —la interrumpió con frialdad, arrojando el bloc de dibujo de vuelta sobre la cama—. Pero tenía que recoger mis cosas.

—¿Adónde vas? —preguntó ella.

—A casa. He estado aquí demasiado tiempo, creo. Los mundanos como yo no pertenecen a un lugar como éste.

Ella lanzó un suspiro.

—Oye, lo siento, ¿de acuerdo? No era mi intención besarlo; simplemente sucedió. Sé que no te gusta.

—No —respondió Simon con mayor frialdad aún—, no me gusta el refresco sin gas. No me gustan los grupos pop cutres. No me gusta verme atrapado en el tráfico. No me gustan los deberes de matemáticas. Odio a Jace. ¿Ves la diferencia?

—Te salvó la vida —indicó Clary, sintiéndose como una farsante; al fin y al cabo, Jace había ido al Dumort sólo porque le había preocupado poder tener problemas si ella acababa muerta.

—Detalles —replicó Simon, desdeñoso—. Es un imbécil. Pensaba que eras mejor que eso.

Clary se encolerizó.

—Ah, ¿y ahora vienes tú a darte aires conmigo? —le soltó con brusquedad—. Eres tú el que iba a pedir a la chica con el cuerpo más «rocanrolero» que te acompañara al Baile de Otoño. —Imitó el tono perezoso de Eric y la boca de Simon se convirtió en una fina línea enojada—. ¿Y qué si Jace es un estúpido de vez en cuando? Tú no eres mi hermano, no eres mi padre, no tiene que gustarte. A mí nunca me ha gustado ninguna de tus novias, pero al menos he tenido la decencia de guardármelo para mí.

—Esto —replicó Simon, hablando entre dientes—, es diferente.

—¿Cómo? ¿Cómo es diferente?

—¡Porque veo el modo en que lo miras! —gritó él—. ¡Y yo nunca he mirado a ninguna de esas chicas así! Era simplemente algo que hacer, un modo de practicar, hasta...

—Hasta ¿qué?

Clary sabía de un modo vago que se estaba portando horriblemente, todo aquello era horrible; nunca antes habían tenido siquiera una pelea que fuera algo más serio que una discusión sobre quién se había comido el último pastelito de la caja en la casa del árbol, pero no parecía capaz de parar.

—¿Hasta que apareció Isabelle? ¡No puedo creer que me estés sermoneando sobre Jace cuando tú te comportas del modo más ridículo con ella! —Su voz se elevó hasta convertirse en un grito agudo.

—¡Intentaba ponerte celosa! —le chilló Simon, a su vez, con las manos apretadas en puños a los costados—. Eres tan estúpida, Clary. Eres tan estúpida, ¿es que no entiendes nada?

Ella le miró con perplejidad. ¿A qué diablos se refería?

—¿Intentando ponerme celosa? ¿Por qué ibas a querer hacer eso?

Comprendió al instante que aquello era lo peor que podría haberle preguntado.

—Porque —contestó él, con tanta amargura que la sobresaltó—, he estado enamorado de ti durante diez años, así que pensé que parecía haber llegado la hora de averiguar si tú sentías lo mismo por mí. Lo que, adivino, no es así.

Fue como si él le hubiera pateado el estómago. Clary no pudo hablar; le habían arrebatado el aire de los pulmones. Le miró fijamente, intentando formular una respuesta, cualquier respuesta.

Él la atajó con dureza.

—No. No hay nada que puedas decir.

Clary le contempló dirigirse a la puerta como paralizada; no podía moverse para retenerle, por mucho que deseara hacerlo. ¿Qué podía decir? ¿«Yo también te quiero»? Pero no le quería... ¿verdad?

Él se detuvo en la puerta, la mano sobre la perilla, y se volvió para mirarla. Sus ojos, tras los lentes, parecían más cansados que enojados en aquel momento.

—¿Realmente quieres saber qué más fue lo que mi madre dijo sobre ti? —preguntó.

Ella negó con la cabeza.

Él pareció no advertirlo.

—Dijo que me romperías el corazón —dijo, y se marchó.

La puerta se cerró tras él con un decidido chasquido, y Clary se quedó sola.

Una vez que Simon se hubo marchado, Clary se dejó caer sobre la cama y tomó su bloc de dibujo. Lo acunó contra el pecho, sin querer dibujar en él, ansiando simplemente el contacto y el olor de cosas familiares: tinta, papel, tiza.

Pensó en correr tras Simon, intentar alcanzarle. Pero ¿qué le diría? ¿Qué podía decirle? «Eres tan estúpida, Clary —le había dicho él—. ¿Es que no entiendes nada?»

Pensó en un centenar de cosas que él había dicho o hecho, bromas que Eric y los demás habían hecho sobre ellos, conversaciones acalladas cuando ella había entrado en la habitación. Jace lo había sabido desde el principio. «Me reía de ustedes porque las declaraciones de amor me divierten, en especial cuando no son correspondidas.» Ella no se había parado a preguntarse de qué estaba hablando, pero ahora lo sabía.

Había dicho a Simon un poco antes que ella sólo había querido a tres personas: su madre, Luke y él. Se preguntó si realmente era posible, en el espacio de una semana, perder a todas las personas que se amaba. Se preguntó si era la clase de cosa a la que se sobrevivía o no. Y sin embargo... durante aquellos breves instantes, arriba en el tejado con Jace, se había olvidado de su madre. Se había olvidado de Luke. Se había olvidado de Simon. Y había sido feliz. Aquélla era la peor parte, que había sido feliz.

«Quizá esto —pensó—, perder a Simon, quizá esto es mi castigo por el egoísmo de ser feliz, aunque fuera sólo un instante, cuando mi madre sigue desaparecida.» Nada de ello había sido real, de todos modos. Jace podría besar de maravilla, pero ella no le importaba en absoluto. Había dicho tanto como eso.

Bajó el bloc de dibujo lentamente hasta su regazo. Simon había tenido razón; era un buen retrato de Jace. Había capturado la dura línea de la boca, los ojos incongruentemente vulnerables. Las alas parecían tan reales que imaginó que si pasaba los dedos por encima, serían suaves. Dejó que la mano discurriera por la página, la mente vagando sin rumbo...

Y apartó violentamente la mano, mirando con fijeza. Sus dedos habían tocado no papel seco sino el blando plumón de unas plumas. Los ojos relampaguearon hacia arriba en dirección a las runas que había garabateado en la esquina de la página. Brillaban, del modo que había visto brillar a las runas que Jace dibujaba con su estela.

El corazón le empezó a latir con una rápida y firme intensidad. Si una runa podía hacer que un dibujo cobrara vida, entonces a lo mejor...

Sin apartar los ojos del dibujo, buscó a tientas sus lápices. Jadeante, pasó a una hoja nueva y limpia, y empezó a dibujar a toda prisa lo primero que le vino a la mente. Era la taza de café que había en la mesilla de noche junto a su cama. Haciendo uso de sus recuerdos de la clase de bodegones, la dibujó con todo detalle: el borde manchado, la rajadura en el asa. Cuando terminó, era tan exacta como era capaz de hacerla. Impulsada por algún instinto que no comprendía del todo, alargó la mano para coger la taza y la colocó sobre el papel. Luego, con sumo cuidado, empezó a bosquejar las runas junto a ella.

18

LA COPA MORTAL

Jace estaba tumbado en su cama fingiendo estar dormido —por su propio bien, no el de nadie más— cuando los golpes en la puerta finalmente fueron demasiado para él. Se arrastró fuera de la cama, haciendo una mueca de dolor. No obstante lo mucho que había fingido encontrarse perfectamente arriba en el invernadero, todo el cuerpo le seguía doliendo debido a los golpes recibidos la noche anterior.

Sabía quién iba a ser antes de abrir la puerta. A lo mejor Simon se las había arreglado para que volvieran a convertirle en rata. En esta ocasión, Simon podría seguir siendo una maldita rata para siempre, si ello dependía de lo que él, Jace Wayland, pensaba hacer al respecto.

Ella aferraba su bloc de bocetos, con los cabellos brillantes escapándole de las trenzas. Se apoyó en el marco de la puerta, haciendo caso omiso del subidón de adrenalina que la visión de la joven le produjo. Se preguntó por qué, y no por primera vez. Isabelle usaba su belleza como usaba su látigo, pero Clary no sabía que era hermosa. A lo mejor ése era el motivo.

No se le ocurrió más que una razón para que ella estuviera allí, aunque no tenía sentido después de lo que le había dicho. Las palabras eran armas, su padre se lo había enseñado, y él había querido herir a Clary más de lo que nunca había querido herir a ninguna chica. De hecho, no estaba seguro de que hubiera querido hacer daño a una chica antes. Por lo general se limitaba a desearlas, y luego a desear que lo dejaran tranquilo.

—No me digas —empezó, arrastrando las palabras de aquel modo que ella odiaba—. Simon se ha convertido en un ocelote, y tú quieres que yo haga algo antes de que Isabelle lo convierta en una estola. Bueno, pues tendrás que esperar a mañana. Estoy fuera de servicio. —Se señaló a sí mismo; llevaba un pijama azul con un agujero en la manga—. Mira. Pijama.

Clary apenas pareció haberle oído. Reparó en que sujetaba con fuerza algo en las manos: su cuaderno de dibujo.

—Jace —dijo ella—, esto es importante.

—No me digas —replicó—. Tienes una emergencia relacionada con dibujos. Necesitas un modelo que pose desnudo. Bien, no estoy de humor. Podrías preguntarle a Hodge —añadió, como si se le acabara de ocurrir—. He oído que haría cualquier cosa por...

—¡JACE! —le interrumpió ella, la voz elevándose hasta convertirse en un grito—. LIMÍTATE A CALLAR POR UN SEGUNDO Y A ESCUCHAR, ¿QUIERES?

Él pestañeó.

Clary aspiró profundamente y alzó los ojos hacia él, ojos que estaban llenos de incertidumbre. Un impulso desconocido se alzó dentro de él: el impulso de rodearla con los brazos y decirle que todo iba bien. No lo hizo. Por lo que él sabía, las cosas raras veces iban bien.

—Jace —insistió ella, en voz tan queda que él tuvo que inclinarse para captar las palabras—. Creo que sé dónde escondió mi madre la Copa Mortal. Está dentro de un cuadro.

—¿Qué?

Jace seguía mirándola atónito como si le hubiese dicho que había encontrado a uno de los Hermanos Silenciosos haciendo volatines desnudo en el pasillo.

—¿Quieres decir que la ocultó detrás de un cuadro? Todas las pinturas de tu apartamento las arrancaron de los marcos.

—Lo sé.

Clary echó una mirada más allá de él al interior del dormitorio. No parecía que hubiera nadie más allí dentro, observó con gran alivio por su parte.

—Oye, ¿puedo entrar? Quiero mostrarte algo.

Él se despegó de la puerta.

—Si es necesario.

Clary se sentó en la cama, sosteniendo en equilibrio el cuaderno de dibujo sobre las rodillas. La ropa que él había llevado antes estaba tirada sobre el cobertor, pero el resto de la habitación estaba ordenado y pulcro como la celda de un monje. No había cuadros en las paredes, ni pósters, ni fotos de amigos o familia. Las mantas eran blancas y colocadas muy tirantes y planas sobre la cama. No era exactamente el típico dormitorio de un adolescente.

—Aquí —dijo, pasando las hojas hasta que encontró el dibujo de la taza de café—. Mira esto.

Jace se sentó a su lado, arrojando la camiseta sucia fuera de la cama.

—Es una taza de café.

Clary notó la irritación de su propia voz.

—Ya sé que es una taza de café.

—Me muero de ganas por que dibujes algo realmente complicado, como el puente de Brooklyn o una langosta. Probablemente me enviarás un telegrama cantado.

Ella hizo como si no le oyera.

—Mira. Esto es lo que quería que vieras.

Pasó la mano sobre el dibujo; luego, con un rápido movimiento, la introdujo dentro del papel. Cuando sacó la mano al cabo de un momento, allí estaba la taza de café, balanceándose en sus dedos.

Había imaginado a Jace saltando de la cama asombrado y jadeando algo parecido a «¡Pardiez!». Pero eso no sucedió, en buena parte, sospechó, porque Jace había visto cosas mucho más extrañas en su vida, y también porque nadie usaba ya la palabra «¡Pardiez!». Con todo, los ojos del joven se abrieron de par en par.

—¿Tú has hecho eso?

Clary asintió.

—¿Cuándo?

—Justo ahora, en mi dormitorio, después... después de que Simon se marchara.

La mirada de Jace se agudizó, pero no siguió con el tema.

—¿Has usado runas? ¿Cuáles?

Ella sacudió la cabeza negativamente, toqueteando la página ahora en blanco.

—No lo sé. Me vinieron a la cabeza y las dibujé exactamente como las vi.

—¿Unas que viste antes en el Libro Gris?

—No lo sé. —Seguía negando con la cabeza—. No podría decirte.

—¿Y nadie te enseñó nunca cómo hacer esto? ¿Tu madre, por ejemplo?

—No. Ya te lo dije antes, mi madre siempre me dijo que no existía algo como la magia...

—Apuesto a que sí te enseñó —interrumpió él—. E hizo que lo olvidaras luego. Magnus sí dijo que tus recuerdos regresarían poco a poco.

—Tal vez.

—Por supuesto —Jace se puso en pie y empezó a pasear—, probablemente sea en contra de la Ley usar runas así a menos que estés autorizado. Pero eso no importa ahora. ¿Piensas que tu madre colocó la Copa en un cuadro? ¿Igual que tú has hecho con esa taza?

Clary asintió.

—Pero no en uno de los cuadros del apartamento.

—¿En qué otro lugar? ¿Una galería de arte? Podría estar en cualquier parte...

—No en un cuadro —insistió Clary—. En un naipe.

Jace se detuvo, volviéndose hacia ella.

—¿Un naipe?

—¿Recuerdas aquella baraja del tarot en casa de madame Dorothea? ¿La que mi madre pintó para ella?

Él asintió.

—¿Y recuerdas cuando yo saqué el as de copas? Más tarde cuando vi la estatua del ángel, la copa me resultó familiar. Fue porque la había visto antes, en el as. Mi madre pintó la Copa Mortal dentro de la baraja del tarot de madame Dorothea.

Jace iba un paso por detrás de ella.

—Porque sabía que estaría a salvo con un Control, y era un modo de que pudiera dársela a Dorothea sin decirle en realidad lo que era o por qué tenía que mantenerla oculta.

—O incluso que tenía que mantenerla oculta. Dorothea jamás sale, ella jamás la regalaría...

—Y tu madre estaba en un lugar ideal para no perder de vista a ambas: a la Copa y a ella. —Jace sonó casi impresionado—. No es una mala medida.

—Eso supongo. —Clary luchó por controlar el temblor de su voz—. Ojalá no hubiese sido tan buena escondiéndola.

—¿Qué quieres decir?

—Quiero decir que si la hubiesen encontrado, a lo mejor la habrían dejado tranquila. Si todo lo que querían era la Copa...

—La habrían matado, Clary —dijo Jace, y ella supo que decía la verdad—. Éstos son los mismos hombres que mataron a mi padre. La única razón de que pueda seguir viva ahora es que no encuentran la Copa. Alégrate de que la ocultara tan bien.

—Realmente no veo qué tiene que ver nada de esto con nosotros —dijo Alec, mirando adormilado por entre sus cabellos.

Jace había despertado al resto de los residentes del Instituto al despuntar el día y los había arrastrado a la biblioteca para, como dijo,

346

«planear estrategias de combate». Alec iba aún en pijama, Isabelle con un salto de cama rosa. Hodge en su acostumbrado severo traje de *tweed*, bebía café en una despostillada taza de cerámica azul. Únicamente Jace, con los ojos brillantes a pesar de los moretones, que empezaban a borrarse, parecía realmente despierto.

—Pensaba que la búsqueda de la Copa estaba ahora en manos de la Clave —siguió Alec.

—Simplemente es mejor si hacemos esto nosotros —repuso Jace en tono impaciente—. Hodge y yo ya lo hemos discutido y está decidido.

—Bien —Isabelle se puso una trenza sujeta con una cinta rosa tras la oreja—, estoy dispuesta.

—Yo no. —dijo Alec—. En estos momentos hay agentes de la Clave en la ciudad buscando la Copa. Pásenle la información a ellos y dejen que se hagan con ella.

—No es tan sencillo —replicó Jace.

—Es sencillo. —Alec se inclinó hacia adelante en su asiento, frunciendo el entrecejo—. Esto no tiene nada que ver con nosotros y con tu... tu adicción al peligro.

Jace sacudió la cabeza, claramente exasperado.

—No comprendo por qué te enfrentas a mí en esto.

«Porque no quiere que resultes herido», pensó Clary, y se asombró de la total incapacidad del muchacho para ver lo que realmente sucedía con Alec. Pero claro, ella tampoco lo había visto en el caso de Simon. ¿Quién era ella para hablar?

—Miren, Dorothea, la propietaria del Santuario, no confía en la Clave. Los odia, de hecho. Pero sí que confía en nosotros.

—Confía en mí —puntualizó Clary—. No sé en lo referente a ti. No estoy segura de que le agrades nada.

Jace no le hizo el menor caso.

—Vamos, Alec. Será divertido. ¡Y piensa en la gloria si llevamos la Copa Mortal de vuelta a Idris! Jamás se olvidarán nuestros nombres.

—No me importa la gloria —repuso él, sin apartar los ojos ni un momento de Jace—. Me preocupa no cometer ninguna estupidez.

—En este caso, no obstante, Jace tiene razón —intervino Hodge—. Si la Clave se presentara en el Santuario, sería un desastre. Dorothea huiría con la Copa y probablemente nunca la encontrarían. No, está claro que Jocelyn sólo quería que una persona fuese capaz de encontrar la Copa, y ésa es Clary, y sólo Clary.

—Entonces que vaya ella sola —dijo Alec.

Incluso Isabelle lanzó una leve exclamación de sorpresa ante aquello. Jace, que había estado inclinado con las manos planas sobre el escritorio, se incorporó muy tieso y miró a Alec con frialdad. Únicamente Jace, se dijo Clary, podía mostrarse glacial vestido con el pantalón de un pijama y una camiseta vieja.

—Si tienes miedo de unos cuantos repudiados, quédate en casa, por supuesto —dijo con suavidad.

Alec palideció.

—No tengo miedo —afirmó.

—Bien —repuso Jace—. Entonces no hay problema, ¿verdad? —Paseó la mirada por la habitación—. Estamos todos juntos en esto.

Alec farfulló una afirmación, mientras que Isabelle movía la cabeza con un enérgico asentimiento.

—Desde luego —dijo—; suena divertido.

—No sé si será divertido —dijo Clary—. Pero yo me apunto, desde luego.

—Pero Clary —se apresuró a decir Hodge—. Si estás preocupada por el peligro, no necesitas ir. Podemos notificar a la Clave...

—No —respondió ella, sorprendiéndose a sí misma—, mi madre quería que la encontrara. No Valentine, ni ellos, tampoco —«No era de los monstruos de quienes se escondía», había dicho Magnus—. Si realmente se pasó toda la vida intentando mantener a Valentine lejos de la Copa, esto es lo mínimo que puedo hacer.

Hodge le sonrió.

—Creo que ella sabía que dirías eso —dijo.

—No te preocupes —interpuso Isabelle—. Estarás perfectamente. Podemos manejar a un par de repudiados. Están locos, pero no son muy listos.

—Y es mucho más fácil ocuparse de ellos que de los demonios —dijo Jace—. No son tan tramposos. Ah, y necesitaremos un coche —añadió—. Preferiblemente uno grande.

—¿Por qué? —inquirió Isabelle—. Nunca antes hemos necesitado un coche.

—Nunca antes hemos tenido que preocuparnos por llevar un objeto inconmensurablemente precioso con nosotros. No quiero transportarlo en la línea L —explicó Jace.

—Hay taxis —indicó ella—. Y camionetas de alquiler.

Jace negó con la cabeza.

—Quiero un entorno que controlemos. No quiero tener que tratar con taxistas o compañías mundanas de alquiler de vehículos cuando estamos haciendo algo tan importante.

—¿No tienes permiso de conducir o un coche? —preguntó Alec a Clary, mirándola con velada aversión—. Creía que todos los mundanos tenían.

—No cuando tienes quince años —repuso ella enojada—. Se suponía que conseguiría uno este año, pero aún no.

—Pues sí que sirves de mucho.

—Al menos mis amigos conducen —le replicó—. Simon tiene permiso de conducir.

Lamentó al instante haberlo dicho.

—¿Lo tiene? —inquirió Jace, en un tono incordiantemente pensativo.

—Pero no tiene coche —añadió ella con rapidez.

—¿Así que conduce el coche de sus padres? —preguntó Jace.

Clary suspiró, recostándose hacia atrás contra el escritorio.

—No, por lo general conduce la camioneta de Eric. Para las actuaciones y esas cosas. Y en ocasiones, Eric se la presta. Como cuando tiene una cita.

Jace lanzó un bufido.

—¿Recoge a sus citas en una camioneta? No me sorprende que tenga tanto éxito con las damas.

—Es un coche —replicó Clary—. Simplemente te enfurece que Simon tenga algo que tú no tienes.

—Él tiene muchas cosas que yo no tengo —replicó Jace—. Como miopía, mala postura y una sorprendente falta de coordinación.

—Sabes —indicó Clary—, la mayoría de psicólogos están de acuerdo en que la hostilidad es en realidad simple atracción sexual sublimada.

—Vaya —exclamó Jace con despreocupación—, eso podría explicar por qué me tropiezo tan a menudo con gente a la que parece que le desagrado.

—A mí no me desagradas —soltó Alec con rapidez.

—Eso se debe a que compartimos un afecto fraternal —indicó él, acercándose de una zancada al escritorio.

Tomó el teléfono negro y se lo tendió a Clary.

—Llámale.

—¿Llamar a quién? —preguntó ella, buscando ganar tiempo—. ¿A Eric? Jamás me prestará su coche.

—A Simon —contestó Jace—. Llama a Simon y pregúntale si nos llevaría en coche a tu casa.

Clary hizo un último esfuerzo.

—¿No conocen a ningún cazador de sombras que tenga coche?

—¿En Nueva York? —La mueca burlona de Jace se esfumó—. Oye, todo el mundo está en Idris para los Acuerdos, y de todos modos, insistirían en venir con nosotros. Es esto o nada.

Trabó la mirada con él por un instante. Había un reto en sus ojos, y algo más, como si él la desafiara a explicar su renuencia. Con una mueca de enojo, se acercó al escritorio y le arrancó el teléfono de la mano.

No tuvo que pensar antes de marcar. El número de Simon le era tan familiar como el suyo propio. Se preparó para tener que vérselas con su madre o su hermana, pero descolgó él el aparato al segundo timbre.

—¿Sí?

—¿Simon?

Silencio.

Jace la miraba. Clary cerró los ojos con fuerza, intentando fingir que él no estaba allí.

—Soy yo —dijo—, Clary.

—Sé perfectamente quién eres. —Sonaba irritado—. Dormía, ¿sabes?

—Lo sé. Es temprano. Lo siento. —Se enroscó el cordón del teléfono en el dedo—. Necesito pedirte un favor.

Se produjo otro silencio antes de que él riera sombrío.

—Estás bromeando.

—No estoy bromeando —dijo ella—. Sabemos dónde está la Copa Mortal, y estamos dispuestos a ir a buscarla. La única cosa es que necesitamos un coche.

Él volvió a reír.

—Lo siento, ¿me estás diciendo que tus colegas matademonios necesitan que mi madre los lleve en coche a su siguiente misión contra las fuerzas de la oscuridad?

—En realidad, pensaba que podrías pedir a Eric que te prestara la camioneta.

—Clary, si piensas que...

—Si conseguimos la Copa Mortal, tendré un modo de recuperar a mi madre. Es la única razón por la que Valentine no la ha matado ni liberado.

Simon lanzó un prolongado y sibilante soplido.

—¿Crees que va a ser tan sencillo hacer un cambio? Clary, no lo sé.

—Yo tampoco lo sé. Sólo sé que es una oportunidad.

—Esta cosa es poderosa, ¿verdad? En *Dragones y mazmorras* por lo general es mejor no tontear con objetos poderosos hasta que uno sabe qué hacen.

—No voy a tontear con ella. Simplemente voy a usarla para recuperar a mi madre.

—Eso no tiene ningún sentido, Clary.

—¡Esto no es *Dragones y mazmorras*, Simon! —medio le chilló—. No es un divertido juego donde lo peor que sucede es que te sale una mala tirada en los dados. Es de mi madre de quien estamos hablando, y Valentine podría estar torturándola. Podría matarla. Debo hacer cualquier cosa que pueda para recuperarla..., igual que hice contigo.

Hubo una pausa.

—Puede que tengas razón. No lo sé, éste no es realmente mi mundo. Mira, ¿adónde vamos a ir con el coche, exactamente? Para que pueda decírselo a Eric.

—No lo traigas —se apresuró a decir ella.

—Ya lo sé —replicó él con exagerada paciencia—. No soy tonto.

—Vamos a ir a mi casa. Está en mi casa.

Se produjo un corto silencio..., su voz mostró desconcierto cuando volvió a hablar.

—¿En tu casa? Pensaba que tu casa estaba llena de zombies.

—Guerreros repudiados. No son zombies. De todos modos, Jace y los demás pueden ocuparse de ellos mientras yo me hago de la Copa.

—¿Por qué tienes que hacerte tú de la Copa? —Sonó alarmado.

—Porque soy la única que puede —respondió ella—. Recógenos en la esquina tan pronto como puedas.

Él masculló algo casi inaudible.

—De acuerdo —dijo luego.

Clary abrió los ojos. El mundo giró a su alrededor difuminado por las lágrimas.

—Gracias, Simon. Eres un...

Pero él había colgado.

—Se me ocurre —dijo Hodge—, que los dilemas del poder son siempre los mismos.

Clary le dirigió una mirada de soslayo.

—¿A qué te refieres?

Estaba sentada en el asiento de la ventana en la biblioteca, y Hodge estaba en su silla con *Hugo* posado en el brazo del asiento. Los restos del desayuno, mermelada pegajosa, migajas de pan tostado y manchas de mantequilla, estaban adheridos a un montón de platos sobre la mesita baja que nadie había parecido tener ganas de llevarse de allí. Trás el desayuno se habían separado para prepararse, y Clary había sido la primera en regresar. Eso no podía considerarse sorprendente, teniendo en cuenta que todo lo que tuvo que hacer fue ponerse los jeans y una camiseta, y pasarse un cepillo por los cabellos, mientras todos los demás tenían que armarse profusamente. Habiendo perdido la daga de Jace en el hotel, el único objeto remotamente sobrenatural que llevaba encima era la piedra de luz mágica de su bolsillo.

—Pensaba en tu Simon —explicó Hodge—, y en Alec y Jace, entre otros.

La joven echó una ojeada por la ventana. Llovía, con gruesas gotas espesas salpicando los cristales. El cielo era de un gris impenetrable.

—¿Qué tienen que ver unos con otros?

—Donde existe un sentimiento que no es correspondido —respondió Hodge—, existe un desequilibrio de poder. Es un desequilibrio que es fácil de aprovechar, pero no es un modo de actuar sensato. Donde hay amor, también hay a menudo odio. Pueden existir el uno al lado del otro.

—Simon no me odia.

—Puede llegar a hacerlo, con el tiempo, si siente que lo estás utilizando. —Hodge alzó una mano—. Ya sé que tú no tienes intención de hacerlo, y en algunos casos la necesidad pasa por encima de la delicadeza de sentimientos. Pero la situación me ha traído otra a la mente. ¿Todavía tienes esa fotografía que te di?

Clary negó con la cabeza.

—No encima. Está en mi habitación. Podría ir a buscarla...

—No. —Hodge acarició las plumas negras como el ébano de *Hugo*—. Cuando tu madre era joven, tenía un mejor amigo, igual a como tú tienes a Simon. Estaban tan unidos como hermanos. De hecho, a menudo les confundían por hermanos. A medida que crecieron, resultó claro para todos los que los rodeaban que él estaba enamorado de ella, pero ella nunca se dio cuenta. Siempre le llamó un «amigo».

Clary miró fijamente a Hodge.

—¿Te refieres a Luke?

—Sí —contestó él—, Lucian siempre pensó que él y Jocelyn estarían juntos. Cuando ella conoció a Valentine y se enamoró, no pudo soportarlo. Después de que se casaran, abandonó el Círculo, desapareció... y nos dejó pensar que estaba muerto.

—Él nunca dijo..., jamás insinuó siquiera nada parecido —repuso Clary—. Todos estos años, podría haberle pedido...

—Sabía cuál sería su respuesta —repuso Hodge, mirando más allá de ella en dirección del ventanal salpicado de lluvia—. Lucian no fue nunca la clase de hombre que se habría engañado a sí mismo. No, se contentó con estar cerca de ella... suponiendo, quizá, que con el tiempo sus sentimientos podrían cambiar.

—Pero si la amaba, ¿por qué dijo a aquellos hombres que no le importaba lo que le sucediera? ¿Por qué se negó a permitirles que le dijeran dónde estaba?

—Como dije antes, donde hay amor, también hay odio —respondió Hodge—. Ella le hirió terriblemente hace todos esos años. Le dio la espalda. Y sin embargo él ha actuado como su fiel perrillo faldero desde entonces, sin quejarse nunca, sin hacer acusaciones, sin plantearle nunca sus sentimientos. A lo mejor vio una oportunidad de devolverle las tornas. De lastimarla como había sido lastimado él.

—Luke no haría eso.

Pero Clary recordaba su tono gélido cuando le dijo que no le pidiera favores. Vio la dura mirada de sus ojos al enfrentarse a los hombres de Valentine. Aquél no era el Luke que había conocido, el Luke junto al que había crecido. Ese otro Luke jamás habría querido castigar a su madre por no amarle lo suficiente o del modo correcto.

—Pero ella lo amaba —dijo Clary, hablando en voz alta sin darse cuenta—. Sólo que no del mismo modo en que él la amaba, ¿no es eso suficiente?

—A lo mejor él no lo pensó así.

—¿Qué sucederá una vez que tengamos la Copa? —preguntó ella—. ¿Cómo nos pondremos en contacto con Valentine para hacerle saber que la tenemos?

—*Hugo* lo localizará.

La lluvia golpeó contra las ventanas. Clary tiritó.

—Voy a buscar una chamarra —avisó, deslizándose fuera del asiento de la ventana.

Encontró su sudadera con capucha verde y rosa metida en el fondo de su mochila. Cuando la sacó, oyó crujir algo. Era la fotografía del Círculo, su madre y Valentine. La contempló durante un largo momento antes de volverla a meter en la bolsa.

De vuelta a la biblioteca, todos los demás ya estaban reunidos allí: Hodge sentado vigilante en el escritorio con *Hugo* sobre el hombro, Jace todo de negro, Isabelle con sus botas de pisotear demonios y el látigo de oro y Alec con una aljaba de flechas al hombro y un brazal de cuero cubriendo el brazo derecho desde la muñeca al codo. Todo el mundo excepto Hodge iba cubierto de Marcas recién aplicadas, cada centímetro de piel desnuda pintado con arremolinados dibujos. Jace tenía la manga izquierda arremangada, la barbilla apoyada en el hombro, y fruncía el entrecejo mientras garabateaba una Marca octogonal en la piel del brazo.

Alec le echó una mirada.

—Lo estás haciendo mal —advirtió—. Deja que lo haga.

—Soy zurdo —indicó Jace, pero lo dijo con suavidad y alargó su estela.

Alec pareció aliviado cuando la tomó, como si no hubiera estado

355

seguro hasta aquel momento de que se le había perdonado su anterior comportamiento.

—Es un *iratze* básico —explicó Jace mientras Alec inclinaba la oscura cabeza sobre el brazo de su amigo, trazando con cuidado las líneas de la runa sanadora.

Jace hizo una mueca de dolor mientras la estela se deslizaba sobre su piel, los ojos medio cerrándose y el puño apretándose hasta que los músculos del brazo izquierdo sobresalieron igual que cordones.

—Por el Ángel, Alec...

—Intento tener cuidado —dijo él.

Soltó el brazo de Jace y retrocedió para admirar su obra.

—Ya está.

Jace abrió el puño, bajando el brazo.

—Gracias.

Entonces pareció percibir la presencia de Clary, echando una mirada en su dirección a la vez que entrecerraba los dorados ojos.

—Clary.

—Parecen preparados —dijo ella mientras Alec, repentinamente ruborizado, se apartaba de Jace y se ocupaba de sus flechas.

—Lo estamos —respondió Jace—. ¿Todavía tienes la daga que te di?

—No, la perdí en el Dumort, ¿recuerdas?

—Es cierto. —Jace la miró, complacido—. Casi mató a un hombre lobo con ella. Lo recuerdo.

Isabelle, que había estado de pie junto a la ventana, puso los ojos en blanco.

—Olvidé que eso es lo que tanto te impresiona, Jace. Chicas que maten cosas.

—Me gusta cualquiera que mate cosas —repuso él con ecuanimidad—. Especialmente yo.

Clary dirigió una mirada ansiosa al reloj del escritorio.

—Deberíamos bajar. Simon estará aquí en cualquier momento.

Hodge se levantó de su asiento. Parecía muy cansado, se dijo Clary, como si no hubiera dormido en días.

—Qué el Ángel los guarde a todos —dijo, y *Hugo* se alzó de su hombro y revoloteó graznando sonoramente, justo cuando empezaban a sonar las campanadas de las doce.

Seguía lloviznando cuando Simon detuvo la camioneta en la esquina e hizo sonar la bocina dos veces. A Clary le dio un vuelco el corazón; alguna parte de ella había temido que no fuera a aparecer.

Jace bizqueó a través de la empapadora lluvia. Los cuatro se habían refugiado bajo una cornisa de piedra esculpida.

—¿Esa cosa es la camioneta? Parece un plátano podrido.

Eso era innegable: Eric había pintado la furgoneta de un tono amarillo fluorescente, y ésta estaba cubierta de abolladuras y óxido como si fueran marcas de podredumbre. Simon volvió a hacer sonar el claxon. Clary podía distinguir su figura borrosa a través de las ventanillas mojadas. Suspiró y se subió la capucha para taparse el pelo.

—Vamos.

Chapotearon por los sucios charcos que se habían acumulado en la acera, con las enormes botas de Isabelle emitiendo un gratificante sonido cada vez que sus pies tocaban el suelo. Simon, dejando el motor encendido, fue al lateral para correr la puerta a un lado, mostrando asientos cuya tapicería estaba medio podrida. Muelles de aspecto peligroso asomaban por las aberturas. Isabelle arrugó la nariz.

—¿Es seguro sentarse?

—Más seguro que ir atado al techo —respondió Simon con afabilidad—, que es tu otra opción. —Saludó con un movimiento de cabeza a Jace y Alec, e ignoró completamente a Clary—. ¡Eh!

—¡Eh! a ti —repuso Jace, y alzó la tintineante bolsa de lona que contenía sus armas—. ¿Dónde puedo poner estas cosas?

Simon le indicó la parte trasera, donde los muchachos colocaban por lo general sus instrumentos, mientras Alec e Isabelle trepaban al interior de la camioneta y se instalaban en los asientos.

—¡Copiloto! —anunció Clary cuando Jace regresó de detrás de la camioneta.

Alec, sobresaltado, hizo intención de tomar su arco, que llevaba sujeto a la espalda.

—¿Qué sucede?

—Quiere decir que quiere el asiento delantero —explicó Jace, apartándose el pelo mojado de los ojos.

—Ése es un arco muy bonito —comentó Simon, haciendo un gesto con la cabeza en dirección a Alec.

Alec pestañeó, con gotas de lluvia cayendo de sus pestañas.

—¿Sabes mucho sobre tiro con arco? —preguntó, en un tono que sugería que lo dudaba.

—Practiqué el tiro con arco en el campamento —contestó Simon—. Seis años seguidos.

La respuesta a eso fueron tres miradas inexpresivas y una sonrisa de apoyo por parte de Clary, que Simon hizo como si no viera. Echó una ojeada al cielo encapotado.

—Deberíamos marcharnos antes de que empiece a diluviar otra vez.

El asiento delantero del vehículo estaba cubierto de envoltorios de Doritos y migas de barritas de cereales. Clary retiró con la mano lo que pudo. Simon puso en marcha el coche antes de que hubiera terminado, arrojándola de espaldas contra el asiento.

—¡Ay! —exclamó ella en tono recriminatorio.

—Lo siento. —Ni la miró.

Clary oyó cómo los demás hablaban en voz baja entre ellos en la parte de atrás; probablemente discutiendo estrategias de combate y el mejor modo de decapitar un demonio sin que caiga icor en las botas nuevas de piel. Aunque no había nada que separara el asiento delantero del resto de la camioneta, Clary percibió el incómodo silencio entre Simon y ella como si estuvieran solos.

—¿Y qué es esa cosa del «¡eh!»? —preguntó mientras Simon maniobraba el coche para entrar en el paseo Franklin Delano Roosevelt, la autovía que discurría a lo largo del East River.

—¿Qué «¡eh!» cosa? —replicó él, cortando el paso a un deportivo negro cuyo ocupante, un hombre trajeado con un celular en la mano, les dedicó un gesto obsceno a través de los cristales opacos.

—Ése «¡eh!» que los chicos siempre dicen. Como cuando viste a Jace y a Alec, dijiste «¡eh!», y ellos contestaron «¡eh!». ¿Qué hay de malo con «¡hola!»?

Le pareció ver que se le crispaba un músculo de la mejilla.

—«¡Hola!» es de chicas —le informó él—. Los hombres de verdad son sucintos. Lacónicos.

—Así que ¿cuanto más varonil eres, menos dices?

—Exacto —asintió Simon.

Más allá de él, Clary podía ver cómo la niebla húmeda descendía sobre el East River, envolviendo la zona de los muelles en una ligera bruma gris. El agua misma era color plomo, revuelta hasta adquirir una consistencia cremosa por el constante viento.

—Es por eso que cuando tipos con malas pulgas se saludan en las películas no dicen nada, se limitan a mover la cabeza. El gesto significa: «Tengo malas pulgas, y reconozco que también tú tienes malas pulgas», pero no dicen nada porque son Lobezno y Magneto, y explicarlo echaría a perder sus vibraciones.

—No tengo ni idea de qué estás hablando —dijo Jace, desde el asiento trasero.

—Estupendo —exclamó Clary, y se vio recompensada por la más imperceptible de las sonrisas de Simon mientras éste introducía la camioneta en el puente de Manhattan, dirigiéndose a Brooklyn y a casa.

Para cuando llegaron a casa de Clary, finalmente había dejado de llover. Finos haces de luz solar consumían los restos de bruma, y los charcos de la acera empezaban a secarse. Jace, Alec e Isabelle hicieron que Simon y Clary aguardaran junto a la camioneta mientras ellos iban a comprobar, como dijo Jace, los «niveles de actividad demoniaca».

Simon les observó mientras los tres cazadores de sombras avanzaban por el camino bordeado de rosas hasta la casa.

—¿«Niveles de actividad demoniaca»? ¿Tienen un aparato que mide si los demonios del interior de la casa están realizando power yoga?

—No —respondió Clary, echando hacia atrás la capucha húmeda para poder disfrutar del contacto del sol en sus cabellos empapados—. El sensor les dice lo poderosos que son los demonios..., si es que hay demonios.

—Eso es útil. —Simon se mostró impresionado.

Clary se volvió hacia él.

—Simon, respecto a lo de anoche...

Él alzó una mano.

—No tenemos que hablar sobre ello. De hecho, preferiría no hacerlo.

—Sólo deja que diga una cosa. —Habló a toda prisa—. Sé que cuando dijiste que me amabas, lo que yo respondí no era lo que tú querías oír.

—Cierto. Siempre había esperado que cuando finalmente dijera «te amo» a una chica, ella respondería «lo sé», como dijo Leia a Han Solo en *El retorno del Jedi*.

—Eso es tan tonto —dijo ella, incapaz de contenerse.

Él la miró airado.

—Lo siento —añadió ella—. Mira, Simon...

—No —replicó él—, mira tú, Clary. Quiero que me mires y me veas realmente. ¿Puedes hacer eso?

Le miró. Miró los ojos oscuros, pintados de un color más claro hacia los bordes exteriores del iris, las familiares e irregulares cejas, las largas pestañas, el cabello oscuro, la sonrisa vacilante y las elegantes manos musicales que eran todo parte de Simon, que a su vez era parte de ella. Si tenía que decir la verdad, ¿diría realmente que nunca había sabido que él la amaba? ¿O simplemente que nunca había sabido qué haría ella al respecto si él lo hacía?

Suspiró.

—Ver a través de un *glamour* o encanto es fácil. Es la gente la que resulta difícil.

—Todos vemos lo que queremos ver —replicó él en voz baja.

—No Jace —repuso ella, incapaz de contenerse, pensando en aquellos ojos claros e impasibles.

—Él más que nadie.

Clary frunció el entrecejo.

—¿Qué quieres...?

—Todo bien —les llegó la voz de Jace, interrumpiéndoles.

Clary se volvió precipitadamente.

—Hemos comprobado las cuatro esquinas de la casa..., nada. Baja actividad. Probablemente sólo los repudiados, y podría ser que ellos ni siquiera nos molesten a menos que intentemos entrar en el departamento del piso de arriba.

—Y si lo hacen —añadió Isabelle, con una sonrisa tan reluciente como su látigo—, estaremos preparados.

Alec arrastró la pesada bolsa de lona fuera de la parte posterior de la camioneta y la dejó caer sobre la acera.

—Listos —anunció—. ¡Vayamos a patear algunos traseros diabólicos!

Jace le miró con cierta extrañeza.

—¿Estás bien?

—Estupendamente.

Sin mirarle, Alec desechó el arco y las flechas a favor de una lustrosa horca de guerra de madera, con dos relucientes cuchillas que aparecían con una ligera presión de los dedos.

—Esto está mejor.

Isabelle miró a su hermano con inquietud.

—Pero el arco...

Alec le cortó.

—Sé lo que estoy haciendo, Isabelle.

El arco yacía atravesado en el asiento trasero, centelleando a la luz del sol. Simon alargó la mano hacia él, luego apartó la mano cuando un grupo de mujeres que reían y empujaban cochecitos pasó calle arriba en dirección al parque. No prestaron la menor atención a los tres adolescentes armados, acurrucados junto a la camioneta amarilla.

—¿Cómo es que yo puedo verlos, chicos? —preguntó Simon—. ¿Qué le sucedió a esa invisibilidad mágica vuestra?

—Nos puedes ver —explicó Jace—, porque ahora conoces la verdad de lo que miras.

—Ya —repuso él—, imagino que sí.

Protestó un poco cuando le pidieron que se quedara junto a la camioneta, pero Jace le recalcó la importancia de tener un vehículo de huida en marcha junto al bordillo.

—La luz del sol es fatal para los demonios, pero no lastima a los repudiados. ¿Y si salen en nuestra persecución? ¿Y si la grúa se lleva el coche?

Lo último que Clary vio de Simon cuando se volvió para agitar la mano desde el porche fueron sus largas piernas recostadas en el salpicadero mientras revisaba la colección de CD de Eric. Soltó un suspiro de alivio. Al menos Simon estaba a salvo.

El olor la golpeó en cuanto cruzaron la puerta principal. Era casi indescriptible, como huevos pasados, carne agusanada y algas pudriéndose en una playa calurosa. Isabelle arrugó la nariz, y Alec se puso verdoso, pero Jace dio la impresión de estar inhalando un raro perfume.

—Han habido demonios aquí —anunció, con impasible satisfacción—. Recientemente, además.

Clary le miró con preocupación.

—Pero no están ya...

—No. —Negó con la cabeza—. Lo habríamos captado. —Movió

362

la barbilla en dirección a la puerta de Dorothea, firmemente cerrada, sin una brizna de luz asomando por debajo—. Podría tener que responder a algunas preguntas si la Clave se entera de que ha estado agasajando a demonios.

—Dudo que la Clave vaya a estar demasiado satisfecha sobre nada de esto —replicó Isabelle—. En comparación, probablemente saldría mejor parada que nosotros.

—No les importará siempre y cuando consigamos la Copa al final. —Alec miraba a su alrededor, con los ojos azules evaluando el vestíbulo, de proporciones considerables, la escalera curva que conducía arriba, las manchas en las paredes—. En especial si eliminamos a unos cuantos repudiados mientras lo hacemos.

Jace negó con la cabeza.

—Están en el departamento del piso de arriba. Mi opinión es que no nos molestarán a menos que intentemos entrar.

Isabelle se apartó un mechón pegajoso del rostro de un soplido y miró a Clary torciendo el gesto.

—¿Qué estás esperando?

Clary dirigió una involuntaria mirada a Jace, que le dedicó una sonrisa de soslayo. Adelante, dijeron sus ojos.

La muchacha cruzó el vestíbulo hacia la puerta de Dorothea, pisando con cuidado. Con el ventanal ennegrecido por la suciedad y el foco de la entrada aún fundido, la única iluminación provenía de la luz mágica de Jace. La atmósfera era muy calurosa y pesada, y las sombras parecían alzarse ante ella igual que plantas que crecieran mágicamente a toda velocidad en un bosque de pesadilla. Alzó el brazo y golpeó con los nudillos la puerta de Dorothea, una vez ligeramente y luego otra vez con más fuerza.

Se abrió de golpe, derramando un gran chorro de luz dorada sobre el vestíbulo. Dorothea estaba allí de pie, colosal e imponente, envuelta en bandas de tela verde y naranja. Ese día, el turbante era amarillo fluorescente, adornado con un canario disecado y un reborde de cinta en zigzag. Unos pendientes de colgante se balanceaban contra sus cabellos y llevaba los enormes pies descalzos. Clary se sorprendió: nunca antes había visto descalza a Dorothea, o calzando otra cosa que sus desgastadas zapatillas.

Las uñas de los dedos de los pies eran de un tono rosa pálido, de muy buen gusto.

—¡Clary! —exclamó, y envolvió a la muchacha en un abrumador abrazo.

Por un momento, Clary se debatió, enredada en un mar de carne perfumada, tiras de terciopelo y los extremos adornados con borlas del chal de Dorothea.

—¡Dios bendito, muchacha! —exclamó la bruja, meneando la cabeza hasta que los pendientes se balancearon igual que un móvil de campanillas en medio de una tormenta—. La última vez que te vi, desaparecías por mi Portal. ¿Adónde fuiste a parar?

—A Williamsburg —dijo Clary, recuperando el aliento.

Las cejas de Dorothea se alzaron hacia el cielo.

—Y dicen que no hay un buen transporte público en Brooklyn —abrió de par en par la puerta y les hizo una señal para que entraran.

El lugar no parecía haber cambiado desde la última vez que Clary lo había visto: había las mismas cartas del tarot y la bola de cristal esparcidas por la mesa. Sus dedos ansiaban tocar las cartas, ansiaban hacerse con ellas y ver qué podría estar oculto en el interior de sus impecables superficies pintadas.

Dorothea se dejó caer en un sillón y contempló a los cazadores de sombras con una mirada fija, tan brillante como los ojos del canario disecado de su sombrero. Velas perfumadas ardían sobre platos a ambos lados de la mesa, lo que no ayudaba precisamente a disipar el denso hedor que dominaba cada centímetro de la casa.

—¿Supongo que no has encontrado a tu madre? —preguntó a Clary.

Clary negó con la cabeza.

—No, pero sé quién se la llevó.

Los ojos de Dorothea se movieron veloces más allá de Clary hacia Alec e Isabelle, que examinaban la Mano del Destino de la pared. Jace, con un aspecto sumamente indiferente en su papel de guardaespaldas, estaba apoyado en el brazo de un sillón. Una vez que se hubo asegurado de que ninguna de sus pertenencias estaba siendo destruida, Dorothea devolvió la mirada a Clary.

—¿Fue...?

—Valentine —confirmó Clary—. Sí.

Dorothea suspiró.

—Ya me lo temía. —Volvió a acomodarse en los almohadones—. ¿Sabes lo que quiere de ella?

—Sé que estuvo casada con él...

La bruja lanzó un gruñido.

—Amor que se estropeó. El peor.

Jace emitió un sonido apagado, casi inaudible, ante aquello..., una risita. Las orejas de Dorothea se erizaron como las de un gato.

—¿Qué es tan divertido, muchacho?

—¿Qué podría saber usted sobre ello? —preguntó—. El amor, quiero decir.

Dorothea enlazó las suaves manos blancas sobre el regazo.

—Más de lo que puedes imaginar —contestó—. ¿No leí tus hojas del té, cazador de sombras? ¿Te has enamorado ya de la persona equivocada?

—Por desgracia, Señora del Refugio, mi único amor verdadero sigo siendo yo mismo.

Dorothea rió estrepitosamente ante aquello.

—Al menos —dijo—, no tienes que preocuparte por el rechazo, Jace Wayland.

—No necesariamente. Me rechazo a mí mismo de vez en cuando, sólo para mantener el interés.

Dorothea volvió a reír. Clary la interrumpió.

—Debe de estarse preguntando por qué estamos aquí, madame Dorothea.

Dorothea se calmó, secándose los ojos.

—Por favor —dijo—, no tengas reparos en llamarme por mi título correcto, como hizo el muchacho. Puedes llamarme Señora. Y yo que suponía —añadió— que habían venido por el placer de mi compañía. ¿Me equivoqué?

—No tengo tiempo para disfrutar del placer de la compañía de nadie. Tengo que ayudar a mi madre, y para hacerlo, hay algo que necesito.

—¿Y qué es eso?

—Es algo llamado la Copa Mortal —contestó Clary—, y Valentine pensó que mi madre la tenía. Es por eso que se la llevó.

Dorothea se mostró total y realmente atónita.

—¿La Copa del Ángel? —preguntó, y la incredulidad tiñó su voz—. ¿La Copa de Raziel, en la que mezcló la sangre de ángeles y de hombres, y dio de beber de esta mezcla a un hombre, creando así al primer cazador de sombras?

—Ésa precisamente —respondió Jace, con cierta sequedad en su tono.

—¿Por qué diablos iba él a pensar que ella la tenía? —inquirió Dorothea—. ¿Jocelyn, precisamente? —La comprensión apareció en su rostro antes de que Clary pudiera hablar—. Porque ella no era Jocelyn Fray en absoluto, claro. Ella era Jocelyn Fairchild, su esposa. La que todo el mundo pensó que había muerto. Cogió la Copa y huyó, ¿verdad?

Algo titiló en el fondo de los ojos de la bruja, pero bajó los párpados tan de prisa que Clary pensó que podría habérselo imaginado.

—Así que —continuó Dorothea—, ¿sabes lo que vas a hacer ahora? Dondequiera que la haya escondido, no puede ser fácil de encontrar..., si es que deseas que sea encontrada. Valentine podría hacer cosas terribles si pone las manos en esa Copa.

—Quiero que sea encontrada —declaró Clary—. Queremos que...

Jace la interrumpió con suavidad.

—Sabemos dónde está —afirmó—. Es sólo cuestión de recuperarla.

Los ojos de la mujer se abrieron de par en par.

—Bien, ¿dónde está?

—Aquí —respondió Jace, en un tono tan petulante que Isabelle y Alec fueron hacia allí abandonando su examen detenido de la librería para ver qué sucedía.

—¿Aquí? ¿Queréis decir que la llevan con ustedes?

—No exactamente, querida señora —indicó Jace, que, intuyó Clary, estaba disfrutando de un modo realmente vergonzoso—. Me refiero a que usted la tiene.

La boca de Dorothea se cerró violentamente.

—Déjate de bromas —protestó, con un tono tan severo que Clary empezó a temer que aquello estaba saliendo terriblemente mal.

¿Por qué tenía Jace que provocar siempre el antagonismo de todo el mundo?

—La tiene usted —interrumpió Clary apresuradamente—, pero no...

Dorothea se alzó del sillón en toda su espléndida estatura y les fulminó con la mirada.

—Te equivocas —le cortó fríamente—. Tanto al imaginar que tengo la Copa, como al atreverte a venir aquí y llamarme mentirosa.

La mano de Alec fue hacia su horca de guerra.

—Ah, cielos —exclamó por lo bajo.

Desconcertada, Clary negó con la cabeza.

—No —insistió a toda prisa—, no la estoy llamando mentirosa, lo prometo. Lo que digo es que la Copa está aquí, pero usted nunca lo ha sabido.

Madame Dorothea la miró fijamente. Los ojos, casi ocultos en los pliegues del rostro, eran duros como canicas.

—Explícate —ordenó.

—Lo que digo es que mi madre la ocultó aquí —dijo Clary—. Hace años. Jamás se lo dijo porque no quería involucrarla.

—Así que se la dio camuflada —explicó Jace—, bajo la forma de un regalo.

367

Dorothea le miró sin comprender.

«¿No lo recuerda?», pensó Clary, perpleja.

—La baraja del tarot —dijo—. Las cartas que pintó para usted.

La mirada de la bruja se dirigió a las cartas, colocadas en su envoltura de seda sobre la mesa.

—¿Las cartas?

Mientras los ojos de la mujer se abrían más, Clary fue hacia la mesa y levantó la baraja. Eran cálidas al tacto, casi resbaladizas. En aquel momento, como no había podido hacerlo antes, percibió el poder de las runas pintadas en el dorso pulsando a través de las puntas de sus dedos. Localizó el As de Copas por el tacto y lo sacó, depositando el resto de las cartas de nuevo sobre la mesa.

—Aquí está —afirmó.

Todos la miraban, expectantes, totalmente inmóviles. Giró la carta lentamente y volvió a mirar la obra de su madre: la delgada mano pintada, los dedos rodeando el dorado pie de la Copa Mortal.

—Jace —dijo—, dame tu estela.

Él se la puso, cálida y dando la impresión de estar viva, en su palma. Clary dio la vuelta a la carta y repasó las runas dibujadas en el dorso: un giro aquí y una línea allí, y significaban algo totalmente distinto. Cuando volvió a girar la carta, el dibujo había cambiado sutilmente. Los dedos habían dejado de sujetar el pie de la Copa, y la mano parecía casi estarle ofreciendo la Copa como diciendo: «Toma, tómala».

Se metió la estela en el bolsillo. Luego, aunque el rectángulo pintado no era mayor que su mano, la metió en su interior como si la introdujera en una enorme abertura. Su mano rodeó la base de la Copa y sus dedos se cerraron sobre ella, y cuando la retiró, con la Copa firmemente sujeta en ella, le pareció oír el más quedo de los suspiros antes de que la carta, ahora en blanco y vacía, se convirtiera en cenizas que se escurrieron por entre sus dedos hasta el suelo alfombrado.

19

ABBADON

Clary no estaba segura de qué había esperado; exclamaciones de placer, tal vez algunos aplausos. En su lugar hubo silencio, roto sólo por Jace:

—En cierto modo, pensaba que sería más grande —comentó éste.

Clary contempló la Copa que tenía en la mano. Era del tamaño de una copa de vino corriente, sólo que mucho más pesada. El poder latía en ella, como sangre corriendo por las venas.

—Es un tamaño perfecto —replicó Clary con indignación.

—Ah, es grande desde luego —repuso él en tono condescendiente—, pero de algún modo esperaba algo... ya sabes.

Gesticuló con las manos, indicando algo aproximadamente del tamaño de un gato doméstico.

—Es la Copa Mortal, Jace, no la Taza del Inodoro Mortal —se burló Isabelle—. ¿Hemos acabado ya? ¿Podemos marcharnos?

Dorothea tenía la cabeza ladeada, los ojillos brillantes e interesados.

—¡Pero está dañada! —exclamó—. ¿Cómo ha pasado?

—¿Dañada?

Clary miró la Copa con perplejidad. A ella le parecía que estaba perfectamente.

—Aquí —insistió la bruja—, deja que te lo muestre.

Y la mujer dio un paso hacia Clary, alargando las manos de uñas rojas para tomar la Copa. Clary, sin saber el motivo, se echó hacia atrás. De improviso, Jace estaba entre ellas, con la mano flotando cerca de la espada que llevaba sujeta a la cadera.

—Sin ánimo de ofender —dijo con tranquilidad—, pero nadie toca la Copa Mortal excepto nosotros.

Dorothea le miró por un momento, y aquella misma extraña vacuidad regresó a sus ojos.

—Veamos —comenzó—, no nos precipitemos. Valentine se disgustaría si algo fuera a sucederle a la Copa.

Con un suave sonido metálico, la espada que Jace llevaba a la cintura quedó libre y la punta se detuvo en el aire justo debajo de la barbilla de la mujer. La mirada de Jace era firme.

—No sé de qué trata todo esto —indicó—. Pero nos vamos.

Los ojos de la anciana brillaron.

—Por supuesto, cazador de sombras —dijo, retrocediendo hasta la pared cubierta por la cortina—. ¿Te gustaría usar el Portal?

La punta de la espada de Jace vaciló mientras él se quedaba mirando en momentánea confusión. Entonces Clary vio que se le tensaba la mandíbula.

—No toque esa...

Dorothea lanzó una risita, y como un rayo tiró hacia abajo de las cortinas que colgaban a lo largo de la pared. Éstas cayeron con un sonido blando. El Portal situado detrás estaba abierto.

Clary oyó que Alec, detrás de ella, aspiraba violentamente.

—¿Qué es eso?

Clary había llegado a atisbar lo que resultaba visible a través de la puerta —turbulentas nubes rojas atravesadas por negros relámpagos, y una terrible y veloz forma oscura que se dirigía como una exhalación hacia ellos— cuando Jace les gritó que se agacharan. El muchacho se dejó caer al suelo, derribando a Clary con él. Tumbada sobre el estómago en la alfombra, la muchacha alzó la cabeza a tiempo de ver cómo la veloz forma oscura golpeaba a madame Dorothea, que chilló, alzando los brazos. En lugar de tirarla al suelo, la cosa oscura la envolvió como una mortaja y su oscuridad pareció filtrarse dentro de ella igual que tinta penetrando en un papel. La espalda de la mujer se encorvó monstruosamente y toda su figura se alargó a medida que se alzaba más y más en el aire, su forma estirándose y reformándose. Un agudo tintineo de objetos golpeando el suelo hizo que Clary mirara hacia allí: eran los brazaletes de Dorothea, retorcidos y rotos. Desparramadas por entre las joyas había lo que parecían pequeñas piedras blancas, y Clary tardó un momento en darse cuenta de que eran dientes.

Junto a ella Jace murmuró algo. Sonó como una exclamación de incredulidad. Cerca de él, oyó a Alec hablar con voz estrangulada.

—Pero tú dijiste que no había demasiada actividad demoniaca... ¡dijiste que los niveles eran bajos!

—Eran bajos —gruñó Jace.

—¡Tu versión de bajo debe de ser distinta de la mía! —gritó Alec, mientras la cosa que había sido Dorothea aullaba y se retorcía.

El ser parecía extenderse, jorobado, nudoso y grotescamente deforme...

Clary apartó con un esfuerzo los ojos mientras Jace se ponía en pie, tirando de ella. Isabelle y Alec se incorporaron penosamente, sujetando con fuerza sus armas. La mano que empuñaba el látigo de Isabelle temblaba ligeramente.

—¡Muévanse!

Jace empujó a Clary hacia la puerta del apartamento. Cuando ella intentó mirar por encima del hombro, vio sólo una espesa masa gris arremolinada, como nubes de tormenta, con una figura oscura en su centro...

Los cuatro salieron disparados al vestíbulo del edificio, con Isabelle en cabeza. La muchacha corrió hacia la puerta principal, intentó abrirla, y se volvió con el rostro aterrado.

—Se resiste. Debe de ser un hechizo...

Jace lanzó un juramento y rebuscó en su chamarra.

—¿Dónde demonios está mi estela?

—Yo la tengo —contestó Clary, recordándolo.

Mientras metía la mano en el bolsillo, un sonido parecido a un trueno estalló a través de la habitación. El suelo se alzó bajo sus pies, y ella dio un traspié y casi cayó, antes de agarrarse a la barandilla de la escalera para sostenerse. Cuando alzó la vista, vio un enorme agujero nuevo en la pared que separaba el vestíbulo del departamento de Dorothea, con bordes irregulares de madera y restos de yeso, a través del cual algo trepaba..., rezumaba casi...

—¡Alec!

Era Jace quien gritaba; Alec estaba de pie frente al agujero, con el rostro blanco y una expresión horrorizada. Con una imprecación, Jace corrió hasta él y lo agarró, arrastrándolo hacia atrás justo en el momento en que la cosa rezumante se liberaba de la pared y penetraba en el vestíbulo.

Clary sintió que se le cortaba la respiración. La carne de la criatura era lívida y como magullada. A través de la rezumante piel, sobresalían huesos..., no huesos nuevos y blancos, sino huesos que parecían haber estado bajo tierra un millar de años, negros, agrietados y mugrientos. Los dedos estaban descarnados y esqueléticos; los brazos, apenas cubiertos de carne, llenos de llagas negras rezumantes, a través de las cuales se veían más huesos amarillentos. El rostro era una calavera; la nariz y los ojos, agujeros hundidos. Los dedos, terminados en zarpas, rozaron el suelo. Enredadas alrededor de las muñecas y los hombros había tiras brillantes de tela: todo lo que quedaba de los pañuelos de seda y el turbante de madame Dorothea. La criatura medía casi tres metros.

Contempló a los cuatro adolescentes con las vacías cuencas de sus ojos.

—Dénme la Copa Mortal —dijo, en una voz que era como el viento arrastrando basura por una acera vacía—. Dénmela, y los dejaré vivir.

Presa del pánico, Clary clavó la vista en los demás. A Isabelle la visión de aquella cosa parecía haberle hecho el mismo efecto que un puñetazo en el estómago. Alec estaba inmóvil. Fue Jace, como siempre, quien habló.

—¿Qué eres? —preguntó con voz firme, aunque parecía más nervioso de lo que Clary lo había visto jamás.

La cosa inclinó la cabeza.

—Soy Abbadon. Soy el Demonio del Abismo. Míos son los lugares vacíos entre los mundos. Mío es el viento y la oscuridad aullante. Soy tan distinto de esas cosas lloriqueantes que llaman demonios como un águila lo es de una mosca. No tienen la menor posibilidad de vencerme. Dénme la Copa o mueran.

El látigo de Isabelle tembló.

—Es un Demonio Mayor —exclamó—. Jace, si nosotros...

—¿Qué hay de Dorothea? —La voz de Clary surgió aguda de su boca antes de que pudiera impedirlo—. ¿Qué le ha sucedido?

Los ojos vacíos del demonio giraron para contemplarla.

—Era un recipiente tan sólo —respondió—. Abrió el Portal y tomé posesión de ella. Su muerte fue rápida. —Su mirada se trasladó a la Copa que ella sostenía—. La tuya no lo será.

Empezó a avanzar hacia la muchacha. Jace le cerró el paso, la espada reluciente en una mano en tanto que un cuchillo serafín hacía su aparición en la otra. Alec lo observaba aterrado.

—Por el Ángel —dijo Jace, mirando al demonio de arriba abajo—. Sabía que los Demonios Mayores tenían que ser feos, pero nadie me advirtió jamás sobre el olor.

Abbadon abrió la boca y siseó. En el interior de ésta había dos hileras de dientes irregulares afilados como cristales.

—No estoy muy seguro sobre esto del viento y la oscuridad aullante —prosiguió Jace—, me huele más a vertedero. ¿Estás seguro de no proceder de Staten Island?

El demonio saltó sobre él. Jace movió rápidamente las armas arriba y afuera a una velocidad casi terrorífica; ambas se hundieron en la parte más carnosa del demonio, su abdomen. El ser aulló y le golpeó, arrojándolo a un lado igual que un gato podría apartar con la pata a una cría. Jace rodó por el suelo y se incorporó, pero Clary advirtió por el modo en que se sujetaba el brazo que había resultado herido.

Aquello fue suficiente para Isabelle. Lanzándose al frente, asestó un latigazo al demonio. El látigo golpeó el pellejo gris de la criatura y apareció un verdugón rojo del que manó sangre. Abbadon no prestó la menor atención a la muchacha y avanzó hacia Jace.

Con la mano ilesa, Jace sacó un segundo cuchillo serafín. Le susurró y éste se abrió, brillante y luminoso. Lo levantó mientras el demonio se alzaba imponente ante el arma; resultaba terriblemente pequeño frente a aquel ser, una criatura empequeñecida por un monstruo. Y el muchacho sonreía burlón, incluso mientras el demonio alargaba la mano para agarrarlo. Isabelle, chillando, volvió a asestarle un latigazo, arrojando una espesa rociada de sangre por todo el suelo...

El demonio golpeó, la zarpa afilada descendiendo sobre Jace. El muchacho retrocedió tambaleante, pero seguía indemne. Algo se había arrojado entre él y el demonio, una delgada sombra negra que empuñaba una centelleante arma. Alec. El demonio lanzó un chillido agudo; la horca de guerra del joven le había perforado la carne. Con un gruñido, volvió a atacar, las zarpas de hueso asestando a Alec un feroz golpe, que lo levantó por los aires y lo arrojó contra la pared opuesta. El muchacho chocó contra ella con un chasquido escalofriante y resbaló hasta el suelo.

Isabelle chilló el nombre de su hermano, pero éste no se movió. Bajando el látigo, echó a correr hacia él. El demonio, girando, le asestó un golpe de revés que la envió rodando al suelo. Tosiendo sangre, Isabelle empezó a incorporarse; Abbadon la golpeó de nuevo, y en esta ocasión ella ya no se movió.

El demonio se volvió en dirección a Clary.

Jace estaba paralizado, con la vista fija en el cuerpo desmadejado de Alec, como quien está atrapado en un sueño. Clary chilló cuando Abbadon se aproximó a ella. Empezó a retroceder escaleras arriba, dando un traspié en los peldaños rotos. La estela ardía contra su carne. Si al menos tuviera una arma, cualquier cosa...

Isabelle había conseguido incorporarse hasta sentarse y, echando hacia atrás los cabellos ensangrentados, chilló a Jace para advertirle. Clary oyó su propio nombre en los gritos de la joven y vio a Jace, pestañeando como si le hubiesen despertado a bofetones, que se volvía hacia ella y empezaba a correr. El demonio estaba lo bastante cerca ya para que Clary pudiera distinguir las negras úlceras de su carne, pudiera distinguir que había cosas que reptaban por su interior. El ser alargó las manos hacia ella...

Pero Jace ya estaba allí, apartando la mano de Abbadon de un golpe. Arrojó el cuchillo serafín al demonio; éste se clavó en el pecho de la criatura, cerca de las dos cuchillas que ya había allí. El demonio gruñó como si los cuchillos fueran simplemente un incordio.

—Cazador de sombras —rugió—, será un placer para mí matarte, oír cómo se aplastan tus huesos igual que hicieron los de tu amigo...

Saltando sobre la barandilla, Jace se arrojó contra Abbadon. La fuerza del salto lanzó al demonio hacia atrás; el ser se tambaleó, con el cazador de sombras aferrado a su espalda. Jace extrajo el cuchillo serafín que le había clavado en el pecho, lanzando hacia lo alto un chorro de icor, y volvió a clavar la hoja, una y otra vez, en la espalda del demonio, cuyos hombros empezaron a cubrirse de un fluido negro.

Rugiendo, Abbadon retrocedió hacia la pared. Jace tenía que saltar o lo aplastaría. Cayó al suelo, aterrizó con suavidad y volvió a levantar el cuchillo. Pero el demonio fue demasiado veloz para él; su mano salió disparada, derribando a su oponente contra la escalera. Jace cayó al suelo con un círculo de zarpas sobre la garganta.

—Diles que me den la Copa —gruñó Abbadon, las zarpas flotando justo por encima de la piel del muchacho—. Diles que me la den y los dejaré vivir.

Jace tragó saliva.

—Clary...

Pero Clary jamás llegaría a saber qué habría dicho, porque en ese momento, la puerta de entrada se abrió de golpe. Por un instante, todo lo que vio fue luminosidad. Luego, pestañeando para desprenderse de la llameante imagen residual, vio a Simon de pie en la entrada abierta. Simon. Había olvidado que él estaba en la calle, casi había olvidado su existencia.

Él la vio, acurrucada en la escalera, y su mirada pasó veloz por ella y se dirigió a Abbadon y Jace. Alargó el brazo atrás por encima de la cabeza, y ella advirtió que su amigo sostenía el arco de Alec y que llevaba el carcaj sujeto a la espalda. Simon sacó una flecha de él, la encajó en la cuerda y alzó el arco expertamente, como si hubiera hecho la misma cosa cientos de veces antes.

El proyectil salió volando, emitiendo un zumbido parecido al de un abejorro, mientras pasaba raudo por encima de la cabeza de Abbadon, se precipitaba en dirección al techo...

Y hacía añicos el tragaluz. El sucio cristal ennegrecido cayó convertido en una lluvia de fragmentos, y a través del cristal roto penetró a raudales la luz del sol, una gran cantidad de luz solar, enormes haces dorados de ella, que descendieron hacia el suelo e inundaron el vestíbulo de luz.

Abadán aulló y retrocedió tambaleante, protegiéndose la deforme cabeza con las manos. Jace se llevó una mano a la indemne garganta, contemplando con incredulidad cómo el demonio se encogía, entre alaridos, sobre el suelo. Clary medio esperó verlo estallar en llamas, pero en vez de eso, empezó a doblarse sobre sí mismo. Las piernas se plegaron hacia el torso, el cráneo se encogió igual que papel ardiendo, y en un minuto todo él ya había desaparecido por completo, dejando únicamente manchas de quemaduras.

Simon bajó el arco. Pestañeaba detrás de los lentes y tenía la boca entreabierta. Parecía tan atónito como lo estaba Clary.

Jace yacía en la escalera, a donde el demonio lo había arrojado. Intentaba incorporarse cuando Clary bajó por los peldaños y cayó de rodillas junto a él.

—Jace...

—Estoy bien.

Se sentó, limpiándose la sangre de la boca. Tosió y escupió rojo.

—Alec...

—Tu estela —le interrumpió ella, llevándose la mano al bolsillo—. ¿La necesitas para curarte?

Jace la miró. La luz del sol, que entraba a raudales por el tragaluz roto, le iluminó el rostro. Pareció como si se contuviera de hacer algo con un terrible esfuerzo.

—Estoy bien —volvió a decir, y la apartó a un lado, sin demasiados miramientos.

Se puso en pie, se tambaleó y estuvo a punto de caer; la primera cosa falta de elegancia que le veía hacer.

—¿Alec?

Clary le observó cojear por el vestíbulo en dirección a su inconsciente amigo. Luego metió la Copa Mortal en el bolsillo con cremallera de su sudadera y se levantó. Isabelle se había arrastrado junto a su hermano y le acunaba la cabeza en el regazo, acariciándole los cabellos. El pecho del muchacho ascendía y descendía... respiraba lentamente. Simon, apoyado contra la pared contemplándoles, parecía totalmente exhausto. Clary le oprimió la mano al pasar por su lado.

—Gracias —musitó—. Eso fue alucinante.

—No me des las gracias a mí —respondió él—, dale las gracias al programa de tiro con arco del campamento de verano B'nai B'rith.

—Simon, no...

—¡Clary! —Era Jace, llamándola—. Trae mi estela.

Simon la dejó ir de mala gana. La muchacha se arrodilló junto a los cazadores de sombras, con la Copa Mortal golpeándole pesadamente el costado. El rostro de Alec estaba lívido, salpicado de gotas de sangre, los ojos de un azul que no era normal. Su mano, apretada sobre la muñeca de Jace, dejó manchas de sangre.

—Lo... —empezó a decir, luego pareció ver a Clary, como por primera vez.

En la expresión del herido había algo que ella no había esperado. Triunfo.

—¿Lo maté?

El rostro de Jace se contrajo dolorosamente.

—Tú...

—Sí —afirmó Clary—. Está muerto.

Alec la miró y rió. En su boca asomaron burbujas de sangre. Jace se soltó la muñeca y acercó los dedos a ambos lados del rostro de Alec.

—No —dijo—. Quédate quieto, simplemente quédate quieto.

Alec cerró los ojos.

—Haz lo que tengas que hacer —murmuró.

Isabelle tendió su estela a Jace.

—Tómala.

Él asintió, y pasó la punta de la estela a lo largo de la parte delantera de la camiseta de Alec. La tela se abrió como si la hubiera cortado con un cuchillo. Isabelle le observó con ojos frenéticos mientras él separaba de un tirón los dos trozos de camiseta para dejar al descubierto el pecho del herido. Éste tenía la piel muy blanca, marcada aquí y allá por viejas cicatrices traslúcidas. También había otras heridas: un entramado de marcas de zarpas que se oscurecía por momentos, cada agujero rojo y supurante. Con la boca muy apretada, Jace colocó la estela sobre la piel de Alec, moviéndola de un lado a otro con la facilidad propia de una larga práctica. Pero algo no funcionaba. A medida que dibujaba las marcas curativas, éstas parecían desvanecerse como si estuviera escribiendo sobre agua.

—Maldita sea —exclamó Jace, apartando la estela.

La voz de Isabelle sonó muy aguda.

—¿Qué es lo que pasa?

—Le hirió con las zarpas —indicó Jace—. Hay veneno de demonio en su interior. Las Marcas no funcionan. —Volvió a tocar el rostro de Alec con suavidad—. Alec. ¿Me oyes?

Alec no se movió. Las sombras bajo sus ojos tenían un tono azul y eran tan oscuras como moretones. De no ser por su respiración, Clary habría pensado que ya estaba muerto.

Isabelle inclinó la cabeza y los cabellos cubrieron el rostro de Alec. Le rodeaba con sus brazos.

—Quizá —susurró— podríamos...

—Llevarle al hospital. —Era Simon, inclinado sobre ellos, con el arco balanceándose en su mano—. Les ayudaré a transportarlo a la camioneta. Hay uno metodista en la Sexta Avenida...

—Hospitales no —dijo Isabelle—. Tenemos que llevarle al Instituto.

—Pero...

—No sabrían cómo tratarlo en un hospital —explicó Jace—. Lo ha herido un Demonio Mayor. Ningún médico mundano sabría cómo curar esas heridas.

—De acuerdo —repuso Simon, asintiendo—. Llevémoslo al coche.

Por un golpe de suerte, ninguna grúa se había llevado la camioneta. Isabelle extendió una manta sucia sobre el asiento trasero y tendieron a Alec encima, con la cabeza en el regazo de su hermana. Jace se acuclilló en el suelo junto a su amigo. Tenía las mangas y la parte delantera de la camiseta llena de manchas oscuras de sangre, de demonio y de humano. Cuando miró a Simon, Clary vio que todo el color dorado parecía haber sido borrado de sus ojos por algo que nunca antes había visto en ellos. Pánico.

—Conduce de prisa, mundano —pidió—. Conduce como si el infierno te persiguiera.

Simon condujo.

379

Descendieron a toda velocidad por Flatbush y entraron como una bala en el puente, manteniéndose a la altura del metro de la línea Q, que cruzaba estruendosamente por encima de las azules aguas. El sol resultaba dolorosamente brillante en los ojos de Clary, arrancando destellos dorados al río. Se aferró a su asiento cuando Simon tomó la rampa en curva que salía del puente a ochenta kilómetros por hora.

Pensó en las cosas horribles que había dicho a Alec, en el modo en que éste se había lanzado sobre Abbadon, con una expresión triunfal en su rostro. Se volvió y vio a Jace arrodillado junto a su amigo mientras la sangre empapaba la manta. Pensó en el niño con el halcón muerto. «Amar es destruir.»

Clary volvió otra vez la cabeza al frente, con un fuerte nudo en la garganta. Isabelle resultaba visible en el retrovisor mal orientado, colocando la manta alrededor de la garganta de Alec. Alzó los ojos y los trabó con los de Clary.

—¿Cuánto falta?

—Tal vez diez minutos. Simon conduce tan de prisa como puede.

—Lo sé —respondió Isabelle—. Simon..., lo que hiciste, fue increíble. Actuaste tan de prisa. Jamás habría pensado que a un mundano se le pudiera ocurrir algo así.

Simon no pareció inmutarse por un elogio proveniente de un lugar tan inesperado; sus ojos estaban puestos en la carretera.

—¿Te refieres a disparar al tragaluz? Se me ocurrió después de que ustedes entraran. Pensaba en el tragaluz y en lo que habían dicho sobre que los demonios no soportaban la luz directa del sol. Así que, en realidad, tardé un poco en atar cabos. No te sientas mal —añadió—, ese tragaluz no se ve, tienes que saber que está allí.

«Yo sabía que estaba allí —pensó Clary—. Yo tendría que haber actuado. Incluso sin tener un arco y una flecha como Simon, podría haberle arrojado algo o mencionado su existencia a Jace.» Se sintió estúpida, inútil y torpe, como si tuviera la cabeza repleta de algodón.

Lo cierto era que había estado asustada. Demasiado asustada para pensar correctamente. Sintió una oleada de vergüenza que estalló tras sus párpados como un pequeño sol.

Jace habló entonces.

—Fue algo muy bien hecho —le elogió.

Los ojos de Simon se entrecerraron.

—Bien, si no tienen inconveniente en decírmelo... esa cosa, el demonio... ¿de dónde salió?

—Era madame Dorothea —respondió Clary—. Quiero decir, era más o menos ella.

—Jamás fue una mujer atractiva, pero no la recuerdo con tan mal aspecto.

—Creo que la poseyeron —repuso Clary lentamente, intentando componer el rompecabezas en su mente—. Quería que le diera la Copa. Luego abrió el Portal...

—Fue algo inteligente —explicó Jace—. El demonio la poseyó, luego ocultó la mayor parte de su forma etérea justo fuera del Portal, donde el sensor no pudiera registrarla. De modo que entramos esperando enfrentarnos a unos pocos repudiados y en su lugar nos encontramos ante un Demonio Mayor, Abbadon..., uno de los Antiguos. El Señor de los Caídos.

—Bueno, pues parece que los Caídos tendrán que aprender a arreglárselas sin él a partir de ahora —replicó Simon, girando para entrar en la calle.

—No está muerto —respondió Isabelle—. No hay apenas nadie que haya conseguido matar a un Demonio Mayor. Tienes que matarlos en sus formas físicas y etéreas para que mueran. Simplemente le ahuyentamos.

—Vaya. —Simon pareció decepcionado—. ¿Qué hay de madame Dorothea? ¿Estará bien ahora que...?

Se interrumpió, porque Alec había empezado a boquear, la respiración convertida en estertores. Jace lanzó una palabrota por lo bajo con feroz precisión.

—¿Por qué no hemos llegado aún?

—Sí hemos llegado. Simplemente no quiero estrellarme contra un muro.

Mientras Simon frenaba con cuidado en la esquina, Clary vio que la puerta del Instituto estaba abierta, con Hodge de pie bajo el arco. La camioneta paró con una sacudida, y Jace saltó fuera, alargando luego los brazos al interior para alzar a Alec como si éste no pesara más que un niño. Isabelle le siguió por el sendero, sosteniendo la horca de guerra ensangrentada de su hermano. La puerta del Instituto se cerró de golpe tras ellos.

Con el cansancio apoderándose de ella, Clary miró a Simon.

—Lo siento. No sé cómo le vas a explicar toda la sangre a Eric.

—Al diablo con Eric —respondió él con convicción—. ¿Tú estás bien?

—Ni un arañazo. Todos los demás resultaron heridos, pero yo no.

—Es su trabajo, Clary —repuso él con suavidad—. Pelear con demonios..., es lo que hacen. No lo que haces tú.

—¿Qué hago yo, Simon? —preguntó ella, escudriñando su rostro en busca de una respuesta—. ¿Qué es lo que hago yo?

—Bueno..., conseguiste la Copa —respondió él—. ¿No es cierto?

Ella asintió, y dio unos golpecitos sobre el bolsillo.

—Sí.

El muchacho pareció aliviado.

—Casi no me atrevía a preguntar —dijo—. Eso está bien, ¿verdad?

—Sí —respondió ella. Pensó en su madre, y su mano se cerró con más fuerza sobre la Copa—. Muy bien.

Iglesia fue a su encuentro en lo alto de la escalera, maullando como una sirena de niebla, y la condujo a la enfermería. Las puertas dobles estaban abiertas, y a través de ellas pudo ver la figura inmóvil de Alec, tendida en una de las camas blancas. Hodge estaba inclinado sobre él; Isabelle, situada junto a éste, sostenía una bandeja de plata en las manos.

Jace no les acompañaba. No estaba con ellos porque se encontraba de pie fuera de la enfermería, apoyado contra la pared, con las manos desnudas y ensangrentadas cerradas a los costados. Cuando Clary se detuvo frente a él, sus párpados se abrieron de golpe, y vio que las pupilas de los ojos estaban dilatadas, todo el dorado engullido por el negro.

—¿Cómo está? —preguntó con toda la delicadeza de que fue capaz.

—Ha perdido una barbaridad de sangre. Los envenenamientos provocados por demonios son corrientes, pero puesto que era un Demonio Mayor, Hodge no está seguro de si el antídoto que acostumbra a usar será viable.

La muchacha alargó la mano para tocar su brazo.

—Jace...

Él se echó hacia atrás.

—No.

Ella aspiró con fuerza.

—Jamás habría querido que le sucediera nada a Alec. Lo siento tanto.

Él la miró como si la viera allí por primera vez.

—No es tu culpa —afirmó—. Es la mía.

—¿Tuya? Jace, no es...

—Oh, claro que sí —respondió, con una voz tan quebradiza como una astilla de hielo—. *Mea culpa, mea maxima culpa.*

—¿Qué significa eso?

—Mi culpa —tradujo—, mi propia culpa, mi grandísima culpa. Es latín. —Se apartó un mechón de cabellos de la frente con aire ausente, como si no se diera cuenta de que lo hacía—. Es parte de la misa.

—Pensaba que no creías en la religión.

—Tal vez no crea en el pecado —repuso él—, pero sí siento culpa-

383

bilidad. Nosotros, los cazadores de sombras, vivimos según un código, y ese código no es flexible. Honor, culpa, penitencia, esas cosas son reales para nosotros, y no tienen nada que ver con la religión y todo que ver con lo que somos. Esto es quien yo soy, Clary —insistió con desesperación—. Soy un miembro de la Clave. Está en mi sangre y mis huesos. Así que dime, si estás tan segura de que no fue mi culpa, ¿cómo es que el primer pensamiento que cruzó mi mente cuando vi a Abbadon no fue para mis compañeros guerreros sino para ti? —Alzó las manos; ahora sostenía el rostro de la joven entre las dos palmas—. Sé..., sabía..., que Alec no estaba actuando como era normal en él. Sabía que algo no iba bien. Pero en lo único que podía pensar era en ti...

Inclinó la cabeza hacia adelante, de modo que sus frentes se tocaron. Clary sintió cómo su aliento le agitaba las pestañas. Cerró los ojos, dejando que la cercanía del muchacho la envolviera como una marea.

—Si muere, será como si lo hubiera matado —dijo él—. Dejé morir a mi padre, y ahora he matado al único hermano que he tenido nunca.

—Eso no es cierto —susurró ella.

—Sí, lo es.

Estaban lo bastante cerca como para besarse. Y con todo él la sujetaba con fuerza, como si nada pudiera darle la seguridad de que ella era real.

—Clary —exclamó—. ¿Qué me está sucediendo?

Ella rebuscó en su mente para encontrar una respuesta... y oyó que alguien carraspeaba. Abrió los ojos. Hodge estaba junto a la puerta de la enfermería, con el pulcro traje manchado con marcas de óxido.

—He hecho lo que está en mi mano. Está sedado, no tiene dolor, pero... —Meneó la cabeza—. Debo contactar con los Hermanos Silenciosos. Esto va más allá de mis capacidades.

Jace se apartó despacio de Clary.

—¿Cuánto tardarán en llegar aquí?

—No lo sé. —Hodge empezó a recorrer el pasillo, sacudiendo la cabeza—. Enviaré a *Hugo* inmediatamente, pero los Hermanos acuden siguiendo su propio criterio.

—Pero por esto...

Incluso Jace tenía que corretear para poder seguir las largas zancadas del hombre; Clary se había quedado irremediablemente por detrás de ambos y tenía que aguzar el oído para captar lo que él decía.

—Podría morir de lo contrario.

—Podría —fue todo lo que Hodge dijo como respuesta.

La biblioteca estaba oscura y olía a lluvia. Habían dejado abierta una de las ventanas y se había formado un charco de agua bajo las cortinas. *Hugo* gorjeó y saltó sobre su percha cuando Hodge avanzó a grandes zancadas hacia él, deteniéndose sólo para encender la lámpara que había sobre su escritorio.

—Es una lástima —se lamentó Hodge, alargando la mano en busca de papel y una pluma— que no recuperaran la Copa. Habría proporcionado, creo, cierto consuelo a Alec y desde luego a sus...

—Sí la hemos recuperado —dijo Clary, sorprendida—. ¿No se lo has dicho, Jace?

Jace parpadeaba, aunque si era debido a la sorpresa o a la repentina luz, Clary no estuvo segura.

—No tuve tiempo... estaba llevando a Alec arriba...

Hodge se había quedado muy quieto, con la pluma inmóvil entre sus dedos.

—¿Tienen la Copa?

—Sí.

Clary sacó la Copa del bolsillo: seguía estando fría, como si el contacto con su cuerpo no pudiera calentar el metal. Los rubíes parpadearon igual que ojos rojos.

—La tengo aquí.

La pluma resbaló de la mano de Hodge y golpeó el suelo a sus

385

pies. La luz de la lámpara, proyectada hacia arriba, no fue benévola con su rostro: mostró cada una de las líneas dibujadas por el rigor, la preocupación y la desesperanza.

—¿Ésa es la Copa del Ángel?

—Ésa es —afirmó Jace—. Estaba...

—Eso ya no importa —le interrumpió Hodge.

Depositó el papel sobre el escritorio, fue hacia Jace y le tomó por los hombros.

—Jace Wayland, ¿sabes lo que has hecho?

Jace alzó los ojos hacia Hodge, sorprendido. Clary reparó en el contraste: el rostro contorsionado del hombre de más edad y el rostro sin arrugas del muchacho, con los pálidos mechones de cabello cayéndole sobre los ojos y haciendo que pareciera aún más joven.

—No estoy seguro de lo que quieres decir —dijo Jace.

El aliento de Hodge siseó por entre sus dientes.

—Te pareces tanto a él.

—¿A quién? —preguntó Jace con asombro; estaba claro que nunca antes había oído a Hodge hablar de aquel modo.

—A tu padre —respondió el hombre, y alzó los ojos hacia donde *Hugo*, con las negras alas agitando el aire húmedo, revoloteaba sobre su cabeza.

Hodge entrecerró los ojos.

—*Hugin* —dijo, y con un graznido sobrenatural el ave se lanzó directamente al rostro de Clary, con las garras extendidas.

Clary oyó chillar a Jace, y luego el mundo fue un remolino de plumas, y un pico y unas garras que atacaban. Sintió un fuerte dolor a lo largo de la mejilla y lanzó un alarido, alzando instintivamente las manos para cubrirse la cara.

Sintió cómo le arrancaban la Copa Mortal de la mano.

—No —chilló, intentando sujetarla.

Un dolor atroz le recorrió el brazo. Las piernas parecieron doblársele. Resbaló y cayó, golpeándose violentamente las rodillas contra el duro suelo. Unas garras le arañaron la frente.

—Es suficiente, *Hugo* —dijo Hodge con su voz sosegada.

Obediente, el ave se alejó de Clary. Boqueando, la joven pestañeó para eliminar la sangre de los ojos. Sentía el rostro desgarrado.

Hodge no se había movido; estaba en el mismo sitio, sosteniendo la Copa Mortal. *Hugo* daba vueltas a su alrededor, describiendo agitados círculos mientras graznaba en voz baja. Y Jace..., Jace yacía en el suelo a los pies de Hodge, muy quieto, como si se hubiera quedado dormido de repente.

Cualquier otro pensamiento desapareció de la mente de Clary.

—¡Jace!

Hablar le causaba daño; el dolor de la mejilla era sobrecogedor y notaba el sabor de la sangre en la boca. Jace no se movió.

—No está herido —dijo Hodge.

Clary empezó a ponerse en pie, con la intención de abalanzarse sobre él..., luego retrocedió tambaleante al chocar contra algo invisible pero tan duro y resistente como el cristal. Enfurecida, golpeó el aire con el puño.

—¡Hodge! —chilló. Dio una patada, magullándose casi el pie en la misma pared invisible—. No sea estúpido. Cuando la Clave averigüe lo que ha hecho...

—Hará mucho que me habré ido —concluyó él, arrodillándose sobre Jace.

—Pero... —Sintió como si una descarga la recorriera, una especie de sacudida eléctrica de comprensión—. Nunca envió un mensaje a la Clave, ¿verdad? Por eso se puso tan raro cuando le pregunté sobre ello. Quería la Copa para usted.

—No —respondió Hodge—, no para mí.

La garganta de Clary estaba seca como el polvo.

—Trabaja para Valentine —musitó.

—No trabajo para Valentine —contradijo él.

Alzó la mano de Jace y sacó algo de ella. Era el anillo grabado que Jace siempre llevaba. Lo deslizó en su propio dedo.

—Pero pertenezco a Valentine, es cierto.

Con un veloz movimiento hizo girar el anillo tres veces alrededor del dedo. Por un momento nada sucedió; luego Clary oyó el sonido de una puerta al abrirse y volvió la cabeza instintivamente para ver quién entraba en la biblioteca. Cuando volvió otra vez la cabeza, vio que el aire junto a Hodge brillaba, como la superficie de un lago vista desde lejos. La reluciente pared de aire se abrió igual que una cortina de plata, y entonces un hombre alto apareció junto a Hodge, como si hubiera cobrado forma a partir del aire húmedo.

—Starkweather —dijo el recién llegado—, ¿tienes la Copa?

Hodge alzó la Copa que tenía en las manos, pero no dijo nada. Parecía paralizado, aunque si era de miedo o de estupefacción, era imposible decirlo. A Clary siempre le había parecido alto, pero en aquellos momentos parecía encorvado y pequeño.

—Mi señor Valentine —dijo Hodge, finalmente—, no esperaba que acudieras con tanta rapidez.

Valentine. Se parecía muy poco al apuesto joven de la fotografía, aunque sus ojos seguían siendo negros. El rostro no era lo que ella había esperado: una cara sobria, reservada, interiorizada, la cara de un sacerdote, con los ojos apesadumbrados. Asomando de debajo de los negros puños de su traje hecho a medida, aparecían las irregulares cicatrices blancas que hablaban de años de uso de la estela.

—Te dije que vendría a ti a través de un Portal —dijo; su voz era resonante y extrañamente familiar—. ¿No me creíste?

—Sí; es sólo que... pensé que enviarías a Pangborn o a Blackwell, no que vendrías tu mismo.

—¿Crees que los enviaría a recoger la Copa? No soy un estúpido. Conozco su atractivo. —Valentine tendió la mano, y Clary vio, reluciendo en su dedo, un anillo que era el gemelo del de Jace—. Dámela.

Pero Hodge agarró con fuerza la Copa.

—Primero quiero lo que me prometiste.

—¿Primero? ¿No confías en mí, Starkweather? —Valentine sonrió, y fue una sonrisa no carente de humor—. Haré lo que pediste. Un trato es un trato. Aunque debo decir que me sentí atónito al recibir tu mensaje. No se me habría ocurrido que te molestase una vida de oculta contemplación, por así decirlo. Nunca fuiste muy dado al campo de batalla.

—No sabes lo que es —repuso Hodge, soltando aire con un jadeo sibilante—. Estar asustado todo el tiempo...

—Eso es cierto. No lo sé.

La voz de Valentine sonó tan afligida como lo estaban sus ojos, como si compadeciera a Hodge. Pero también había desagrado en sus ojos, un vestigio de desdén.

—Si no tenías intención de entregarme la Copa —dijo—, no deberías haberme hecho venir aquí.

El rostro de Hodge se crispó.

—No es fácil traicionar aquello en lo que crees..., y a aquellos que confían en ti.

—¿Te refieres a los Lightwood, o a sus hijos?

—Ambos —respondió Hodge.

—Ah, los Lightwood.

Valentine alargó un brazo, y con una mano acarició el globo de latón que había sobre el escritorio, resiguiendo con los largos dedos los contornos de continentes y mares.

—Pero ¿qué les debes, realmente? El tuyo es el castigo que debería haber sido el suyo. De no haber tenido conexiones a tan alto nivel en la Clave, los dos habrían recibido la maldición junto contigo. Tal y como están las cosas, ellos son libres de ir y venir, de andar a la luz del sol igual que personas corrientes. Son libres de ir a casa.

Su voz cuando dijo «casa» estaba cargada de la emoción que conllevaba todo el significado de la palabra. El dedo había dejado de moverse sobre el globo; Clary tuvo la seguridad de que tocaba el lugar en el que se encontraba Idris.

Los ojos de Hodge se apartaron veloces.

389

—Hicieron lo que cualquiera haría.

—Tú no lo habrías hecho. Yo no lo habría hecho. ¿Dejar que un amigo sufra en mi lugar? Y sin duda debe engendrar cierta amargura en ti, Starkweather, saber que ellos te dejaron con tanta facilidad ese destino a ti...

Los hombros de Hodge se estremecieron.

—Pero no es culpa de los niños. Ellos no han hecho nada...

—Nunca imaginé que te gustaran tanto los niños, Starkweather —repuso Valentine, como si la idea le divirtiera.

El aliento traqueteó en el pecho de Hodge.

—Jace...

—No quiero que hables de Jace.

Por primera vez Valentine pareció enojado. Dirigió una ojeada a la figura inmóvil en el suelo.

—Sangra —observó—. ¿Por qué?

Hodge apretó la Copa contra su corazón. Los nudillos estaban blancos.

—No es su sangre. Está inconsciente, pero no herido.

Valentine alzó la cabeza con una sonrisa afable.

—Me pregunto —dijo— qué pensará de ti cuando despierte. La traición no es nunca algo bonito, pero traicionar a un niño..., eso es una doble traición, ¿no te parece?

—No le harás daño —murmuró Hodge—. Juraste que no le harás daño.

—No juré nada —respondió Valentine—. Vamos, dámela.

Se apartó del escritorio, avanzando hacia Hodge, que se echó hacia atrás como un animalillo atrapado. Clary advirtió su suplicio.

—¿Y qué harías si yo te dijese que planeaba hacerle daño? ¿Pelearías contra mí? ¿Me impedirías tener la Copa? Incluso aunque pudieras matarme, la Clave jamás levantará tu maldición. Te ocultarás aquí hasta que mueras, sintiendo terror incluso de abrir demasiado una ventana. ¿Qué no darías a cambio de no sentir miedo nunca más? ¿A qué no renunciarías por regresar a casa?

Clary apartó violentamente la mirada. Ya no podía soportar la expresión del rostro de Hodge.

—Dime que no le harás daño, y te la daré —dijo éste, con una voz entrecortada.

—No —respondió Valentine, en voz aún más baja—. Me la darás de todos modos.

Y alargó la mano.

Hodge cerró los ojos. Por un momento, su rostro fue el rostro de uno de los ángeles de mármol que sujetaban el escritorio, dolorido, serio y aplastado bajo un peso terrible. Luego lanzó una imprecación, patéticamente entre dientes, y alargó la Copa Mortal para que Valentine la tomara, aunque su mano temblaba como una hoja bajo un vendaval.

—Gracias —dijo Valentine; tomó la Copa y la observó pensativamente—. Realmente creo que has abollado el borde.

Hodge no dijo nada. Tenía el rostro ceniciento. Valentine se inclinó y recogió a Jace del suelo; mientras lo alzaba con facilidad, Clary vio que la americana de impecable corte se tensaba sobre los brazos y la espalda, y comprendió que era un hombre más enorme de lo que parecía, con un torso como el tronco de un roble. En comparación, Jace, flácido en sus brazos, parecía una criatura.

—Estará con su padre pronto —comentó Valentine, bajando la mirada hacia el rostro blanco del muchacho—. Donde pertenece.

Hodge retrocedió alarmado. Valentine le dio la espalda y se encaminó de regreso a la titilante cortina de aire de la que había salido. Sin duda había dejado el Portal abierto tras él, advirtió Clary. Mirarlo era como contemplar la luz del sol rebotando en la superficie de un espejo.

Hodge alargó un brazo en actitud implorante.

—¡Aguarda! —gritó—. ¿Qué hay de tu promesa? Juraste poner fin a mi maldición.

—Es cierto —aceptó Valentine.

El hombre hizo una pausa, y miró intensamente a Hodge, que jadeó y retrocedió, llevándose rápidamente la mano al pecho como si algo le hubiese golpeado en el corazón. Un fluido negro se filtró al exterior entre los dedos abiertos y separados, y goteó al suelo. Hodge alzó el rostro desfigurado hacia Valentine.

—¿Ya está? —preguntó muy excitado—. La maldición... ¿se ha roto?

—Sí —respondió Valentine—. Y espero que la libertad que has comprado te proporcione felicidad.

Y dicho eso atravesó la cortina de refulgente aire. Por un instante, él mismo pareció titilar, como si estuviera bajo el agua. Luego desapareció, llevándose a Jace con él.

20

EN EL CALLEJÓN DE LAS RATAS

Hodge, jadeando, le siguió con la mirada, abriendo y cerrando los puños a los costados. Tenía la mano izquierda recubierta del líquido húmedo y oscuro que había rezumado de su pecho, y la expresión de su rostro era una mezcla de júbilo y aversión a sí mismo.

—¡Hodge!

Clary golpeó con la mano la pared invisible que los separaba. Un fuerte dolor le recorrió el brazo, pero no era nada comparado con el dolor punzante de su pecho. Le parecía como si el corazón fuera a abrírsele paso violentamente fuera de la caja torácica. Jace, Jace, Jace..., las palabras resonaban en su mente, deseando que las gritaran con fuerza. Las reprimió.

—¡Hodge, déjeme salir!

Hodge se volvió, negando con la cabeza.

—No puedo —contestó, usando su inmaculado pañuelo doblado para frotarse la mano manchada, y parecía lamentarlo de verdad—. No harías más que intentar matarme.

—No lo haré —aseguró ella—. Lo prometo.

—Pero a ti no te han criado como una cazadora de sombras —replicó él—, y tus promesas no significan nada.

El extremo del pañuelo humeaba en aquellos momentos, como si lo hubiese sumergido en ácido, y la mano seguía igual de ennegrecida. Frunciendo el entrecejo, abandonó el intento.

—Pero Hodge —insistió ella con desesperación—, ¿es que no lo has oído? ¡Va a matar a Jace!

—No ha dicho eso.

Hodge estaba junto al escritorio, abriendo un cajón para sacar una hoja de papel. Extrajo una pluma del bolsillo y la golpeó con fuerza contra el borde del escritorio para hacer fluir la tinta. Clary le contempló atónita. ¿Estaba escribiendo una carta?

—Hodge —comenzó con cuidado—, Valentine ha dicho que Jace estaría pronto con su padre. El padre de Jace está muerto. ¿Qué otra cosa puede haber querido decir?

Hodge no alzó la mirada del papel sobre el que garabateaba.

—Es complicado. No lo comprenderías.

—Comprendo suficientes cosas. —Le pareció como si su amargura fuera a abrasarle la lengua—. Comprendo que Jace confiaba en usted, y usted lo ha entregado a un hombre que odiaba a su padre y que probablemente odia también a Jace, sólo porque es usted demasiado cobarde para vivir con una maldición que se mereció.

La cabeza de Hodge se alzó violentamente.

—¿Es eso lo que piensas?

—Es lo que sé.

Él dejó la pluma, sacudiendo la cabeza. Parecía cansado, y tan viejo, muchísimo más viejo de lo que Valentine había parecido, aunque tenían la misma edad.

—Tú sólo conoces partes y fragmentos, Clary. Y es mucho mejor para ti.

Dobló el papel en el que había estado escribiendo en un pulcro cuadrado y lo arrojó al fuego, que llameó de un brillante verde ácido antes de perder intensidad.

—¿Qué está haciendo? —exigió saber Clary.

—Enviar un mensaje.

Hodge dio la espalda al fuego. Se encontraba cerca de ella, separado únicamente por la pared invisible. La muchacha presionó los dedos contra ella, deseando poder hundírselos en los ojos a él..., aunque éstos aparecían tan tristes como enojados habían estado los de Valentine.

—Eres joven —continuó Hodge—. El pasado no es nada para ti, ni siquiera otro país como lo es para los viejos, o una pesadilla como lo es para los culpables. La Clave me puso esta maldición porque ayudé a Valentine. Pero yo no era el único miembro del Círculo que le servía... ¿No eran los Lightwood tan culpables como yo? ¿No lo eran los Wayland? Sin embargo, yo fui el único condenado a pasar toda mi vida sin poder sacar ni un pie fuera de aquí, ni siquiera la mano por la ventana.

—Eso no es culpa mía —replicó Clary—. Y tampoco es culpa de Jace. ¿Por qué castigarlo por lo que la Clave le hizo a usted? Puedo entender que entregase la Copa a Valentine, ¿pero Jace? Matará a Jace, tal y como mató al padre de Jace...

—Valentine —repuso Hodge— no mató al padre de Jace.

Un sollozo surgió del pecho de Clary.

—¡No le creo! ¡Todo lo que hace es decir mentiras! ¡Todo lo que ha dicho siempre eran mentiras!

—Vaya —repuso él—, el absolutismo moral de la juventud, que no permite concesiones. ¿No te das cuenta, Clary, de que a mi manera intento ser un buen hombre?

Ella negó con la cabeza.

—No funciona así. Las cosas buenas que haga no compensan las malas. Pero... —Se mordió el labio—. Si me dijera dónde está Valentine...

—No. —Hodge musitó la palabra—. Se dice que los nefilim son los hijos de los hombres y los ángeles. Todo lo que esta herencia angélica nos ha dado es una distancia mayor desde la que caer. —Tocó la superficie invisible de la pared con las yemas de los dedos—. No te criaron como uno de nosotros. No formas parte de esta vida de cicatrices y matanzas. Todavía puedes escapar. Abandona el Instituto, Clary, tan pronto como puedas. Márchate, y no regreses jamás.

—No puedo —contestó ella, negando con la cabeza—. No puedo hacerlo.

—Entonces te doy el pésame —dijo él, y abandonó la habitación.

La puerta se cerró tras Hodge, dejando a Clary en silencio. Sólo oía su propia respiración agitada y el escarbar de sus dedos contra la implacable barrera transparente situada entre ella y la puerta. La muchacha hizo exactamente lo que se había dicho que no haría, y se arrojó contra ella, una y otra vez, hasta quedar exhausta y conseguir que le dolieran los costados; luego se dejó caer al suelo e intentó no llorar.

En algún lugar al otro lado de la barrera, Alec se moría, mientras Isabelle esperaba a que Hodge apareciera y le salvara. En algún lugar más allá de aquella habitación, Valentine se dedicaba a zarandear violentamente a Jace para despertarlo. En algún lugar, las posibilidades de su madre disminuían por momentos, segundo a segundo. Y ella estaba atrapada allí, tan inútil e impotente como la criatura que era.

Entonces se sentó muy erguida, recordando el momento en casa de madame Dorothea cuando Jace le había puesto la estela en la mano. ¿Se la había llegado a devolver? Conteniendo la respiración, buscó en el bolsillo izquierdo; estaba vacío. Lentamente, introdujo la mano en el bolsillo derecho; los dedos sudorosos encontraron pelusa y luego resbalaron sobre algo duro, liso y redondo: ¡la estela!

Se puso en pie de un salto, con el corazón latiéndole apresuradamente, y palpó con la mano izquierda en busca de la pared invisible. Cuando la encontró, se apuntaló bien, haciendo avanzar muy despacio la punta de la estela con la otra mano hasta apoyarla sobre el aire suave y plano. Una imagen se formaba ya en su mente, parecida a un pez alzándose por entre aguas turbias, con el dibujo de las escamas tornándose cada vez más claro a medida que se acercaba a la superficie. Despacio primero, y luego con más seguridad, movió la estela sobre la pared, dejando unas llameantes líneas de un blanco ceniza flotando en el aire ante ella.

Percibió cuando la runa estaba finalizada, y bajó la mano, respirando pesadamente. Durante un momento, todo permaneció inmóvil y silencioso, y la runa flotó igual que un neón reluciente, abrasándole los ojos. Entonces se oyó el sonido de algo al quebrarse más fuerte de lo que ella había oído jamás, como si estuviera bajo una cascada de piedras que se estrellaban contra el suelo a su alrededor. La runa que había dibujado se tornó negra y se desmenuzó como si estuviera hecha de ceniza; el suelo tembló bajo sus pies; luego todo terminó, y supo, sin la menor duda, que era libre.

Sosteniendo aún la estela, corrió a la ventana y empujó la cortina a un lado. El crepúsculo descendía, y las calles estaban bañadas por un resplandor rojo violeta. Captó una clara visión de Hodge cruzando una calle, con rapidez con la cabeza gris balanceándose por encima de la multitud.

Salió disparada de la biblioteca, escaleras abajo, y sólo se detuvo para meterse la estela de nuevo en el bolsillo de la chaqueta. Descendió los peldaños a la carrera y alcanzó la calle con unas primeras punzadas de flato en el costado. La gente que paseaba a sus perros en el húmedo crepúsculo se apartó de un salto cuando ella pasó como una exhalación por la acera paralela al East River. Se vislumbró a sí misma en la ventana oscurecida de un edificio de apartamentos mientras doblaba una esquina a toda velocidad. Tenía los sudorosos cabellos aplastados contra la frente y el rostro cubierto por una costra de sangre seca.

Alcanzó el cruce donde había visto a Hodge. Por un momento pensó que lo había perdido. Pasó como una flecha por entre la multitud que se hallaba cerca de la entrada del metro, apartando a la gente a empujones, usando las rodillas y los codos como armas. Sudorosa y magullada, Clary salió libre de entre la multitud justo a tiempo de atisbar el traje de *tweed*, que desaparecía por la esquina de un estrecho callejón de servicio entre dos edificios.

Esquivó un contenedor y alcanzó la entrada del callejón. La garganta le ardía cada vez que respiraba. Aunque en la calle atardecía, en el callejón la oscuridad era total. Consiguió distinguir apenas a Hodge, de pie en el extremo opuesto del callejón, donde éste finalizaba sin salida en la parte trasera de un restaurante de comida rápida. Había basura del restaurante apilada en el exterior: con motones de bolsas de comida, platos sucios de papel y cubiertos de plástico, que crujieron con un sonido desagradable bajo las botas de Hodge cuando éste se volvió para mirarla. Clary recordó un poema que había leído en clase de inglés: «Creo que estamos en el callejón de las ratas / Donde los hombres muertos perdieron sus huesos».

—Me has seguido —dijo él—. No deberías haberlo hecho.

—Lo dejaré tranquilo si me dice dónde está Valentine.

—No puedo —respondió él—. Sabrá que te lo he dicho, y mi libertad será tan corta como mi vida.

—Lo será de todos modos cuando la Clave descubra que entregó la Copa Mortal a Valentine —indicó Clary—. Después de engañarnos para que la encontrásemos para usted. ¿Cómo puede vivir consigo mismo sabiendo lo que él planea hacer con ella?

Él la interrumpió con una corta carcajada.

—Temo más a Valentine que a la Clave, y también deberías hacerlo tú, si fueras sensata —explicó—. Habría hallado la Copa, tanto si yo le ayudaba como si no.

—¿Y no le importa que vaya a usarla para matar niños?

Un espasmo cruzó el rostro del tutor mientras daba un paso al frente; Clary vio brillar algo en su mano.

—¿Realmente todo esto te importa tanto?

—Ya se lo dije antes —respondió ella—. No puedo desentenderme por las buenas.

—Es una lástima —repuso él, y ella le vio alzar el brazo... y recordó a Jace diciéndole que el arma de Hodge había sido el *chakram*, el disco volante.

Se agachó incluso antes de ver el brillante círculo de metal silbando en dirección a su cabeza; el arma le pasó, zumbando, a pocos centímetros del rostro y se incrustó en la escalera de incendios de metal situada a su izquierda.

Alzó los ojos. Hodge la contemplaba, con un segundo disco de metal bien sujeto en la mano derecha.

—Todavía puedes huir —advirtió.

Ella alzó instintivamente las manos, aunque la lógica le indicaba que el *chakram* simplemente se las rebanaría en pedacitos.

—Hodge...

Algo pasó como una exhalación por delante de ella, algo enorme, gris, negro y vivo. Oyó que Hodge lanzaba un grito horrorizado. Retrocediendo con un traspié, Clary vio la cosa con más claridad cuando ésta se puso a andar de un lado a otro entre ella y Hodge. Era un lobo, de casi metro noventa de longitud, con un pelaje negro como el azabache recorrido por una única lista de pelo gris.

Hodge, con el disco de metal bien sujeto en la mano, estaba blanco como un hueso.

—Tú —musitó, y con una vaga sensación de sorpresa, Clary comprendió que le hablaba al lobo—. Pensaba que habías huido...

Los labios del lobo se echaron hacia atrás para mostrar los dientes, y la muchacha le vio la lengua colgando fuera. Había odio en los ojos del animal al mirar a Hodge, un odio total y humano.

—¿Has venido a por mí o a por la chica? —inquirió Hodge.

El sudor le caía por las sienes, pero la mano se mantenía firme.

El lobo avanzó despacio hacia él, gruñendo por lo bajo.

—Todavía hay tiempo —dijo Hodge—. Valentine volvería a aceptarte...

Lanzando un aullido, el lobo saltó. Hodge volvió a chillar; luego hubo un destello plateado, y un sonido escalofriante cuando el *chakram* se incrustó en el costado del animal. El lobo se alzó sobre las patas traseras, y Clary vio el borde del disco sobresaliendo del pelaje de la criatura, la sangre manando, justo cuando el animal caía sobre Hodge.

Hodge gritó una vez mientras se desplomaba, con las mandíbulas del lobo cerradas firmemente sobre el hombro. Un chorro de sangre saltó al aire igual que una rociada de pintura de una lata rota, salpicando de rojo la pared de cemento. El lobo alzó la cabeza del cuerpo inerte del tutor y giró la lobuna mirada gris hacia Clary, con los dientes chorreando líquido escarlata.

Ella no chilló. No le quedaba aire en los pulmones para poder emitir un sonido; se incorporó apresuradamente y corrió, corrió hacia la entrada del callejón y las familiares luces de neón de la calle, corrió hacia la seguridad del mundo real. Oyó al lobo gruñendo tras ella, sintió su ardiente respiración en las desnudas pantorrillas, e hizo un último esfuerzo, arrojándose hacia la calle...

Las mandíbulas del lobo se cerraron sobre su pierna, tirando de ella hacia atrás. Justo antes de que la cabeza golpeara en el duro pavimento, sumiéndola en la oscuridad, descubrió que, después de todo, sí tenía aire suficiente para gritar.

El sonido de agua goteando la despertó. Lentamente, Clary fue abriendo los ojos. No había mucho que ver. Yacía sobre un amplio catre que habían colocado en el suelo de una pequeña habitación de paredes sucias. Había una mesa desvencijada apoyada contra una pared, y sobre ella una palmatoria de latón barato donde lucía una gruesa vela roja, que proyectaba la única luz de la habitación. El techo estaba agrietado y manchado, con la humedad filtrándose por las fisuras de la piedra. Clary tuvo la vaga sensación de que le faltaba algo a la habitación, pero esa preocupación quedó superada por el fuerte olor a perro mojado.

Se sentó en la cama e inmediatamente deseó no haberlo hecho. Un dolor lacerante le atravesó la cabeza igual que un pico, seguido por una atroz oleada de náusea. De haber habido alguna cosa en su estómago, habría vomitado.

Sobre el catre colgaba un espejo, balanceándose de un clavo hundido entre dos piedras. Le echó un vistazo y se sintió anonadada. No era extraño que le doliera la cara: largos arañazos paralelos discurrían desde el rabillo del ojo derecho a la comisura de la boca. Tenía una capa de sangre seca sobre la mejilla derecha, y manchas de sangre en el cuello y por toda la parte delantera de la camiseta y la chaqueta. Con un repentino ataque de pánico se llevó la mano al bolsillo, luego se tranquilizó. La estela seguía allí.

Fue entonces cuando reparó en lo que era raro de esa habitación. Un pared estaba formada por barrotes: gruesos barrotes de hierro que iban del suelo al techo. Estaba en una celda.

Con las venas cargadas de adrenalina, Clary se puso en pie tambaleándose. Una oleada de mareo la embargó, y se aferró a la mesa para mantener el equilibrio.

«No me desmayaré», se dijo en tono lúgubre. Entonces oyó pisadas.

Alguien venía por el pasillo que había fuera de la celda. Clary retrocedió contra la mesa.

Era un hombre. Llevaba una lámpara; su luz era más potente que la de la vela, lo que la hizo pestañear y lo convirtió a él en una sombra iluminada por detrás. Vio altura, espaldas cuadradas, cabellos desgreñados; hasta que él no empujó la puerta de la celda para abrirla y entró, no comprendió quién era.

Tenía el mismo aspecto: pantalones desgastados, camisa de tela vaquera, botas de trabajo, el mismo cabello irregular, los mismos lentes colocados sobre la parte baja del puente de la nariz. Las cicatrices que había observado a lo largo del costado de la garganta la última vez que le había visto eran ya zonas de piel brillante en vías de cicatrización.

Luke.

Todo aquello era demasiado para Clary. Agotamiento, falta de sueño y de comida, terror y pérdida de sangre, todo junto pudo más que ella y la envolvió como un torrente. Sintió que las rodillas se le doblaban mientras resbalaba hacia el suelo.

En unos segundos, Luke ya había cruzado la habitación. Se movió a tal velocidad que la agarró antes de que llegara a tocar el suelo, alzándola en brazos como lo había hecho cuando era una niña pequeña. La depositó sobre el catre y retrocedió, mirándola con ansiedad.

—¿Clary? —preguntó, alargando los brazos hacia ella—. ¿Estás bien?

Ella se echó hacia atrás, alzando las manos para rechazarle.

—No me toques.

Una expresión profundamente dolorida recorrió el rostro del hombre y, con gesto cansado, se pasó una mano por la frente.

—Imagino que me lo merezco —dijo.

—Sí. Ya lo creo.

La expresión del rostro de Luke era inquieta.

—No espero que vayas a confiar en mí...

—Mejor. Porque no confío.

—Clary... —Empezó a pasear a lo largo de la celda—. Lo que hice..., no espero que lo comprendas. Sé que crees que te abandoné...

—Desde luego que me abandonaste —replicó ella—. Me dijiste que no volviera a llamarte jamás. Nunca te importé. Nunca te importó mi madre. Mentiste respecto a todo.

—No —repuso—, no respecto a todo.

—Entonces, ¿es tu nombre realmente Luke Garroway?

Sus hombros se hundieron apreciablemente.

—No —contestó, luego bajó rápidamente los ojos.

Una mancha rojo oscuro empezaba a extenderse por la parte frontal de su camisa de tela vaquera azul.

Clary se sentó muy erguida.

—¿Es eso sangre? —inquirió, y por un momento olvidó mostrarse furiosa.

—Sí —respondió Luke, oprimiéndose el costado con la mano—. La herida se debe haber vuelto a abrir cuando te levanté.

—¿Qué herida? —No pudo evitar preguntar Clary.

—Los discos de Hodge siguen siendo afilados —respondió él con deliberación—, aunque su brazo ya no lanza como antes. Creo que es posible que le haya dado a una costilla.

—¿Hodge? —inquirió ella—. ¿Cuándo te...?

Él la miró, sin decir nada, y ella recordó de repente al lobo del callejón, todo negro excepto por una franja gris a lo largo de un costado, y recordó que el disco lo había alcanzado, y comprendió.

—Eres un hombre lobo.

Luke apartó la mano de la camisa; los dedos estaban manchados de rojo.

—Ajá —respondió, lacónico.

Fue hacia la pared y golpeó con vivacidad: una, dos, tres veces. Luego se volvió otra vez hacia ella.

—Lo soy.

—Has matado a Hodge —exclamó ella, recordando.

—No. —Negó con la cabeza—. Le he herido de gravedad, creo, pero cuando regresé en busca del cuerpo, había desaparecido. Debió de arrastrarse lejos de allí.

—Le desgarraste el hombro —replicó ella—. Lo vi.

—Sí. Aunque vale la pena hacer notar que, en aquellos momentos, estaba intentando matarte. ¿Hizo daño a alguien más?

Clary hundió los dientes en el labio. Notó el sabor de la sangre, pero era sangre antigua de cuando *Hugo* la había atacado.

—Jace —contestó en un susurro—. Hodge lo dejó inconsciente y lo entregó a... a Valentine.

—¿A Valentine? —exclamó Luke con aspecto atónito—. Sabía que Hodge había dado a Valentine la Copa Mortal, pero no me había dado cuenta de que...

—¿Cómo sabías eso? —empezó a decir Clary, antes de recordar—. Me oíste hablar con Hodge en el callejón —siguió—. Antes de que saltases sobre él.

—Salté sobre él, como tú dices, porque estaba a punto de rebanarte la cabeza —indicó Luke, entonces alzó la vista cuando la puerta de la celda se abrió otra vez y entró un hombre alto, seguido por una mujer diminuta, tan baja que parecía una niña. Ambos vestían ropas sencillas e informales: pantalones y camisas de algodón, y los

403

dos mostraban los mismos cabellos desaliñados y lacios, aunque los de la mujer eran rubios y los del hombre grises y negros como los de un tejón. Los dos tenían la misma clase de rostro joven y viejo a la vez, sin arrugas, pero con ojos cansados.

—Clary —dijo Luke—, te presento a mis segundo y tercero, Gretel y Alaric.

Alaric inclinó la enorme cabeza ante ella.

—Nos hemos visto antes.

Clary se sobresaltó, alarmada.

—¿Lo hemos hecho?

—En el hotel Dumort —respondió él—. Clavaste tu cuchillo en mis costillas.

La muchacha se encogió contra la pared.

—Yo, bueno... Lo siento.

—No lo sientas —repuso él—. Fue un lanzamiento excelente.

Deslizó una mano al interior del bolsillo superior de la camisa y extrajo el cuchillo de Jace, con su parpadeante ojo rojo. Se lo tendió.

—Creo que esto es tuyo.

Clary lo miró fijamente.

—Pero...

—No te preocupes —le aseguró él—. He limpiado la hoja.

Incapaz de hablar, ella lo tomó. Luke reía entre dientes por lo bajo.

—Mirándolo a posteriori —comentó—, tal vez el ataque al Dumort no estuvo tan bien planeado como podría haberlo estado. Había puesto a un grupo de mis lobos a vigilarte, y debían protegerte si parecías hallarte en algún peligro. Cuando entraste en el Dumort...

—Jace y yo podíamos habérnoslas arreglado. —Clary metió la daga en su cinturón.

Gretel le dirigió una sonrisa tolerante.

—¿Es para eso para lo que nos ha llamado, señor?

—No —respondió Luke, y se tocó el costado—. La herida se ha abierto, y Clary tiene también algunas lesiones a las que no les irían mal unos pocos cuidados. Si no les importa traer los materiales...

Gretel inclinó la cabeza.

—Regresaré con el equipo de curación —indicó, y se marchó, con Alaric siguiéndola como una sombra de talla gigante.

—Te ha llamado «señor» —exclamó Clary, en cuanto la puerta de la celda se cerró tras ellos—. Y ¿qué significa eso de tu segundo y tu tercero? ¿Segundo y tercero qué?

—En el mando —respondió Luke lentamente—. Soy el líder de esta jauría de lobos. Por eso Gretel me ha llamado «señor». Créeme, me costó mi buen trabajo hacerle abandonar la costumbre de llamarme «amo».

—¿Lo sabía mi madre?

—¿Sabía qué?

—Que eres un hombre lobo.

—Sí, lo ha sabido desde que sucedió.

—Ninguno de ustedes, por supuesto, pensó en mencionármelo.

—Yo te lo habría dicho —repuso Luke—. Pero tu madre fue categórica respecto a que no supieras nada sobre cazadores de sombras ni sobre el Mundo de las Sombras. Yo no podía explicar que era un hombre lobo como alguna especie de incidente aislado, Clary. Todo forma parte del esquema más amplio que tu madre no quería que vieras. No sé lo que has averiguado...

—Una barbaridad —respondió ella con rotundidad—. Sé que mi madre era una cazadora de sombras. Sé que estuvo casada con Valentine, que le robó la Copa Mortal y se ocultó. Sé que después de tenerme, me llevó a ver a Magnus Bane cada dos años para que me eliminara la Visión. Sé que cuando Valentine intentó conseguir que le dijeras dónde estaba la Copa a cambio de la vida de mi madre, tú le dijiste que ella no te importaba.

Luke se quedó mirando la pared.

—No sabía dónde estaba la Copa —afirmó—. Ella nunca me lo dijo.

—Podrías haber intentado negociar...

—Valentine no negocia. Nunca lo ha hecho. Si no tiene él la ventaja, ni siquiera se acercará a la mesa. Es totalmente obstinado y carece por completo de compasión, y aunque tal vez en un tiempo amara a tu madre, no vacilaría en matarla. No, no estaba dispuesto a negociar con Valentine.

—¿Así que simplemente decidiste abandonarla? —preguntó ella, furiosa—. ¿Eres el líder de toda una jauría de seres lobos y simplemente decidiste que ella ni siquiera necesitaba realmente tu ayuda? ¿Sabes?, ya era bastante malo cuando pensaba que eras otro cazador de sombras y le habías dado la espalda a ella debido a algún estúpido juramento de cazador de sombras o algo así, pero ahora sé que no eres más que un asqueroso subterráneo a quien ni siquiera le importó que todos esos años ella te tratara como un amigo... como a un igual... ¡y así es como se lo pagas!

—Oye como hablas —dijo Luke en voz queda—. Pareces un Lightwood.

Ella entrecerró los ojos.

—No hables de Alec e Isabelle como si los conocieras.

—Me refería a sus padres —replicó él—. A los que sí conocí, muy bien de hecho, cuando éramos todos cazadores de sombras.

La muchacha sintió cómo sus labios se abrían sorprendidos.

—Sé que estabas en el Círculo, pero ¿cómo evitaste que averiguaran que eras un hombre lobo? ¿No lo sabían?

—No —respondió Luke—. Porque no nací hombre lobo. Me convirtieron en uno. Y ya veo que para conseguir persuadirte de que escuches cualquier cosa que tenga que decir, vas a tener que escuchar la historia completa. Es un largo relato, pero creo que disponemos de tiempo para ello.

Tercera parte
El descenso seduce

El descenso seduce
como sedujo el ascenso.

WILLIAM CARLOS WILLIAMS, *El descenso*

21

EL RELATO DEL HOMBRE LOBO

La verdad es que conozco a tu madre desde que éramos niños. Nos criamos en Idris. Es un lugar hermoso, y siempre he lamentado que no lo hayas visto nunca. Te encantarían las relucientes coníferas en invierno, la tierra oscura y los ríos que son como cristal helado. Existe una pequeña red de poblaciones y una única ciudad, Alacante, que es donde la Clave se reúne. La llaman la Ciudad de Cristal porque, para dar forma a sus torres, se ha usado la misma sustancia repele demonios de que están hechas nuestras estelas; a la luz del sol centellean igual que el cristal.

Cuando Jocelyn y yo fuimos lo bastante mayores, se nos envió a la escuela en Alacante. Fue allí donde conocí a Valentine.

Él tenía un año más que yo, y era con mucho el chico más popular de la escuela. Era apuesto, inteligente, rico, dedicado, un guerrero increíble. Yo no era nada: ni rico ni brillante, procedía de una familia campesina común y corriente. Y tuve que esforzarme en mis estudios. Jocelyn era una cazadora de sombras nata; yo no. No conseguía soportar la más leve Marca ni aprender las técnicas más simples. En ocasiones pensé en huir, en regresar a casa cubierto de oprobio. Incluso en convertirme en un mundano. Así de abatido me sentía.

Fue Valentine quien me salvó. Vino a verme a mi habitación; jamás se me había ocurrido que siquiera supiera mi nombre. Se ofreció a adiestrarme. Dijo que sabía que tenía grandes dificultades, pero que veía en mí las semillas de un gran cazador de sombras. Y bajo su tutela realmente mejoré. Aprobé los exámenes, lucí mis primeras Marcas, maté a mi primer demonio.

Le adoraba. Pensaba que el sol salía y se ponía sobre Valentine Morgenstern. Yo no era el único inadaptado que había rescatado, desde luego. Había otros. Hodge Starkweather, que se llevaba mejor con los libros que con las personas; Maryse Trueblood, cuyo hermano se había casado con una mundana; Robert Lightwood, a quien aterraban las Marcas; Valentine los tomó a todos bajo su tutela. Entonces, pensé que era bondad por su parte; ahora no estoy tan seguro. Ahora creo que se estaba forjando un culto.

Valentine estaba obsesionado con la idea de que en cada generación había cada vez menos cazadores de sombras: que éramos una raza en extinción. Estaba seguro de que sólo con que la Clave hiciera un uso más liberal de la Copa de Raziel, podrían crearse más cazadores de sombras. Para los profesores, tal idea era un sacrilegio: elegir quién puede o no puede convertirse en cazador de sombras no es tarea de cualquiera. Petulante, Valentine preguntó: ¿por qué no convertir a todos los hombres en cazadores de sombras, entonces? ¿Por qué no otorgarles a todos la habilidad para ver el Mundo de las Sombras? ¿Por qué guardarnos ese poder egoístamente para nosotros?

Cuando los profesores respondieron que la mayoría de los humanos no pueden sobrevivir a la transición, Valentine afirmó que mentían, que intentaban mantener el poder de los nefilim limitado a una pequeña élite. Eso era lo que afirmaba por entonces; ahora pienso que probablemente consideraba que los daños colaterales compensaban el resultado final. En cualquier caso, convenció a nuestro grupito de que su punto de vista era el correcto. Formamos el Círculo, declarando que nuestro objetivo era salvar a la raza de los cazadores de som-

410

bras de la extinción. Por supuesto, teniendo diecisiete años, no estábamos muy seguros de cómo lo haríamos, pero estábamos convencidos de que acabaríamos por conseguir algo importante.

Entonces llegó la noche en que el padre de Valentine murió en un ataque rutinario a un campamento de hombres lobo. Cuando Valentine regresó a la escuela, tras el funeral, llevaba las Marcas rojas del luto. Había cambiado. Su amabilidad aparecía entremezclada con ramalazos de cólera que rayaban en la crueldad. Atribuí su nuevo comportamiento a la pena e intenté con más ahínco que nunca complacerle. Jamás respondí a su ira con ira. Me limité a sentir la horrible sensación de que le había decepcionado.

La única persona capaz de calmar sus ataques de cólera era tu madre. Siempre se había mantenido un poco aparte de nuestro grupo, en ocasiones incluso llamándonos burlonamente el club de fans de Valentine. Eso cambió cuando el padre de Valentine murió. Su dolor despertó la simpatía de Jocelyn. Se enamoraron.

Yo también le quería: era mi amigo más íntimo, y me hacía feliz ver a Jocelyn con él. Cuando abandonamos la escuela, se casaron y fueron a vivir a la finca de la familia de Jocelyn. Yo también regresé a casa, pero el Círculo continuó. Había empezado como una especie de aventura escolar, pero creció en escala y poder, y Valentine creció con él. Sus ideales también habían cambiado. El Círculo todavía reclamaba la Copa Mortal, pero desde la muerte de su padre, Valentine se había convertido en un franco defensor de la guerra contra todos los subterráneos, no tan sólo contra los que rompían los Acuerdos. Este mundo era para los humanos, argüía, no para los que eran en parte demonios. No se podía confiar totalmente en los demonios.

Me sentía incómodo con la nueva dirección que había tomado el Círculo, pero me mantuve en él; en parte porque seguía sin poder soportar defraudar a Valentine, en parte porque Jocelyn me había pedido que siguiera. Tenía alguna esperanza de que yo podría llevar moderación al Círculo, pero fue imposible. No había forma de mo-

411

derar a Valentine, y Robert y Maryse Lightwood, casados ya, eran casi igual de radicales. Sólo Michael Wayland se mostraba inseguro, igual que yo, pero a pesar de nuestros recelos nos mantuvimos a su lado; como grupo dábamos caza a subterráneos incansablemente, buscando a aquellos que habían cometido la más mínima infracción. Valentine jamás mató a una criatura que no hubiese roto los Acuerdos, pero hizo otras cosas. Le vi sujetar monedas de plata sobre los párpados de una niña lobo, cegándola, para conseguir que nos dijera dónde estaba su hermano... Le vi..., pero no es necesario que lo escuches. No. Lo siento.

Lo que sucedió a continuación fue que Jocelyn quedó embarazada. El día que me lo contó, me confesó también que había empezado a sentir miedo de su esposo. Su comportamiento se había vuelto raro, errático. Desaparecía en el interior de los sótanos durante noches seguidas. En ocasiones oía gritos a través de las paredes...

Fui a verlo y él se rió, desechando los temores de su esposa como los nervios de una mujer en su primer embarazo. Me invitó a ir de caza con él esa noche. Todavía seguíamos intentando limpiar el nido de seres lobo que había matado a su padre años atrás. Éramos *parabatai*, un perfecto equipo de caza de dos, guerreros capaces de morir el uno por el otro. Así que cuando Valentine me dijo que me vigilaría la espalda esa noche, le creí. No vi al lobo hasta que lo tuve encima. Recuerdo sus dientes cerrados sobre mi hombro, y nada más de esa noche. Cuando desperté, yacía en casa de Valentine, con el hombro vendado, y Jocelyn estaba allí.

No todos los mordiscos de un hombre lobo dan como resultado la licantropía. La herida curó y pasé las semanas siguientes sumido en el suplicio de la espera. Aguardando la luna llena. La Clave me habría encerrado en una celda de observación de haberlo sabido. Pero Valentine y Jocelyn no dijeron nada. Tres semanas más tarde, la luna se alzó llena y brillante, y empecé a cambiar. El primer cambio es siempre el peor. Recuerdo un desconcertante suplicio, una negrura, y despertar horas más tarde en un prado a kilómetros de la ciu-

412

dad. Estaba cubierto de sangre, con el cuerpo desgarrado de un pequeño animal del bosque a mis pies.

Me encaminé de vuelta a la casa solariega, y salieron a recibirme a la puerta. Jocelyn me abrazó, llorando, pero Valentine la apartó violentamente. Permanecí allí de pie, ensangrentado y temblando. Apenas podía pensar, y el sabor de la carne cruda permanecía aún en mi boca. No sé qué había esperado, pero supongo que debería de haberlo sabido.

Valentine me arrastró escalones abajo y hacia el interior del bosque con él. Me dijo que debería matarme él mismo, pero que al verme entonces, era incapaz de hacerlo. Me dio una daga que había pertenecido a su padre. Dijo que debía hacer lo correcto y poner fin a mi vida. Besó la daga cuando me la entregó, y volvió a entrar en la finca, y atrancó la puerta.

Corrí toda la noche, a veces como un hombre, a veces como un lobo, hasta que crucé el límite. Irrumpí en medio del campamento de los hombres lobo, blandiendo mi daga, y exigí enfrentarme en combate al licántropo que me había mordido y convertido en uno de ellos. Riendo, señalaron al líder del clan. Con manos y dientes ensangrentados aún por la cacería, se alzó para enfrentarse a mí.

Yo jamás había sido gran cosa en el combate cuerpo a cuerpo. La ballesta era mi arma; poseía una visión y puntería excelentes. Pero nunca había sido muy bueno en distancias cortas; era Valentine quien era experto en el combate cara a cara. Pero yo sólo deseaba morir, y llevarme conmigo a la criatura que me había arruinado la vida. Supongo que pensaba que si podía vengarme y matar a los lobos que habían asesinado a su padre, Valentine me lloraría. Mientras forcejeábamos, a veces como hombres, a veces como lobos, vi que él se sorprendía ante mi ferocidad. A medida que la noche se desvanecía para dar paso al día, empezó a cansarse, pero mi rabia no se aplacó en ningún momento. Y cuando el sol empezó a ponerse otra vez, le hundí mi daga en el cuello y murió, empapándome con su sangre.

Esperaba que la jauría me saltara encima y me hiciera pedazos.

Pero se arrodillaron a mis pies y desnudaron sus gargantas en sumisión. Los lobos tienen una ley: quienquiera que mata al líder del clan ocupa su lugar. Había ido al lugar donde estaban los lobos, y en lugar de hallar muerte y venganza, encontré una nueva vida.

Dejé atrás mi antigua personalidad y casi olvidé lo que era ser un cazador de sombras. Pero no olvidé a Jocelyn. Pensar en ella era mi compañía constante. Temía por ella porque estaba junto a Valentine, pero sabía que si me acercaba a la casa, el Círculo me daría caza y me mataría.

Al final, ella vino a mí. Dormía en el campamento cuando mi segundo en el mando vino a decirme que había una joven cazadora de sombras que aguardaba para verme. Supe inmediatamente quién debía de ser, y vi la desaprobación en los ojos de mi segundo cuando corrí a su encuentro. Todos sabían que había sido un cazador de sombras, desde luego, pero era considerado un secreto vergonzoso, que nunca se mencionaba. Valentine se habría reído.

Ella me esperaba justo fuera del campamento. Ya no estaba embarazada, y tenía un aspecto demacrado y pálido. Había tenido a su hijo, dijo, un chico, y le había dado el nombre de Jonathan Christopher. Lloró al verme. Estaba furiosa porque no le había hecho saber que seguía vivo. Valentine había contado al Círculo que me había quitado la vida voluntariamente, pero ella no le había creído. Sabía que yo jamás haría tal cosa. Pensé que su fe en mí era injustificada, pero me sentí tan aliviado al volver a verla que no la contradije.

Pregunté cómo me había encontrado. Dijo que había rumores en Alacante sobre un hombre lobo que había sido antes un cazador de sombras. Valentine también había oído los rumores, y ella había cabalgado hasta allí para advertirme. Él llegó poco después, pero me oculté de él, como pueden hacerlo los hombres lobo, y se marchó sin derramamiento de sangre.

Después de eso empecé a reunirme con Jocelyn en secreto. Era el año de los Acuerdos, y en todo el Submundo bullían los rumores respecto a ellos y los probables planes de Valentine para desbaratarlos.

Oí que había discutido ardientemente con la Clave en contra de los Acuerdos, pero sin éxito. Así que el Círculo preparó un nuevo plan, en el mayor secreto. Se aliaron con demonios, los peores enemigos de los cazadores de sombras, para procurarse armas que se pudieran introducir sin ser detectadas en el Gran Salón del Ángel, donde se firmarían los Acuerdos. Y con la ayuda de un demonio, Valentine robó la Copa Mortal, dejando una buena imitación en su lugar. Transcurrieron meses antes de que la Clave advirtiera que la Copa había desaparecido, y para entonces ya era demasiado tarde.

Jocelyn intentó averiguar qué pensaba hacer Valentine con la Copa, pero no pudo. Con todo, sabía que el Círculo planeaba caer sobre los desarmados subterráneos y asesinarlos en el Salón. Tras tal matanza sistemática, los Acuerdos fracasarían.

No obstante el caos, de un modo extraño, aquellos fueron días felices. Jocelyn y yo enviamos mensajes encubiertamente a las hadas, los brujos e incluso a aquellos antiquísimos enemigos de la raza de los lobos, los vampiros, advirtiéndoles de los planes de Valentine e invitándoles a prepararse para el combate. Trabajamos juntos, los hombres lobo y los nefilim.

El día de los Acuerdos, observé desde un escondite cómo Jocelyn y Valentine abandonaban la casa solariega. Recuerdo el modo en que ella se inclinó para besar la cabeza de su hijo, de un rubio casi blanco. Recuerdo el modo en que el sol brillaba sobre sus cabellos; recuerdo su sonrisa.

Viajaron a Alacante en carruaje; los seguí corriendo a cuatro patas, y mi jauría corrió conmigo. El Gran Salón del Ángel estaba atestado con todos los miembros de la Clave congregados y docenas y docenas de subterráneos. Cuando se presentaron los Acuerdos para su firma, Valentine se puso en pie, y el Círculo se levantó con él, echándose hacia atrás las capas para alzar sus armas. Mientras el caos estallaba en el Salón, Jocelyn corrió a las enormes puertas dobles de la estancia y las abrió de par en par.

Mi jauría ocupaba el primer lugar ante la puerta. Irrumpimos en el Salón, desgarrando la noche con nuestros aullidos, y nos siguieron los caballeros del mundo de las hadas con armas de cristal y espinas retorcidas. Tras ellos entraron los Hijos de la Noche con los colmillos al descubierto y brujos que blandían fuego y hierro. Mientras las masas aterrorizadas huían del Salón, caímos sobre los miembros del Círculo.

Jamás se había visto tal derramamiento de sangre en el Salón del Ángel. Intentamos no hacer daño a aquellos cazadores de sombras que no pertenecían al Círculo; Jocelyn los marcó, uno a uno, con el hechizo de un brujo. Pero muchos murieron, y me temo que fuimos responsables de algunas muertes. Por supuesto, después, se nos culpó de muchas más. En cuanto al Círculo, eran muchos más de lo que habíamos imaginado, y se enfrentaron ferozmente a los subterráneos. Me abrí paso por entre la multitud hasta llegar a Valentine. Mi único pensamiento había sido él..., poder ser yo quien lo matara, poder disfrutar de ese honor. Finalmente, lo encontré junto a la gran estatua del Ángel, acabando con un caballero de las hadas con un amplio golpe de su ensangrentada daga. Al verme, sonrió, feroz y salvaje.

—Un hombre lobo que lucha con espada y daga —se burló— es tan antinatural como un perro que come con tenedor y cuchillo.

—Conoces la espada y conoces la daga —respondí—. Y sabes quién soy. Si quieres dirigirte a mí, usa mi nombre.

—No conozco los nombres de los mediohombres —replicó Valentine—. En una ocasión tuve un amigo, un hombre de honor que habría muerto antes que permitir que su sangre se contaminara. Ahora un monstruo sin nombre con su rostro se encuentra ante mí. —Alzó su arma—. Debería haberte matado cuando tuve la oportunidad —exclamó, y se abalanzó sobre mí.

Esquivé el golpe, y peleamos de un lado al otro de la tarima, mientras la batalla rugía a nuestro alrededor y uno a uno los miembros del Círculo caían. Vi a los Lightwood soltar las armas y huir; Hodge ya no estaba, pues había huido al inicio del enfrentamiento. Y entonces vi a Jocelyn, que ascendía corriendo los peldaños con el rostro convertido en una máscara de miedo.

—¡Valentine, detente! —gritó—. Éste es Luke, tu amigo, casi tu hermano...

Con un gruñido Valentine la agarró y la arrastró frente a él, colocándole la daga sobre su garganta. Solté mi arma. No quería arriesgarme a que le hiciera daño. Él vio lo que había en mis ojos.

—Siempre la quisiste —siseó—. Y ahora ustedes dos han conspirado juntos para traicionarme. Lamentarán lo que han hecho durante el resto de sus vidas.

Diciendo eso, arrancó el guardapelo que Jocelyn llevaba alrededor de la garganta y me lo arrojó. El cordón de plata me quemó como un latigazo. Chillé y retrocedí, y en ese momento él desapareció entre el tumulto, arrastrándola con él. Le seguí, quemado y sangrando, pero fue demasiado rápido, abriéndose paso a cuchilladas por entre el grueso de la multitud y por encima de los muertos.

Salí tambaleante a la luz de la luna. El Salón ardía y el cielo estaba iluminado por el fuego. Podía verlo todo, desde los verdes céspedes de la capital hasta el oscuro río, y la carretera que reseguía la orilla del río por la que la gente huía para perderse en la noche. Por fin, encontré a Jocelyn junto a la orilla. Valentine se había marchado, y ella estaba aterrada por Jonathan, desesperada por llegar a casa. Encontramos un caballo, y salió disparada. Adoptando la forma de un lobo, la seguí pegado a sus talones.

Los lobos son veloces, pero un caballo descansado lo es más. Me quedé muy atrás, y llegó a la casa antes de que yo lo hiciera.

Supe, incluso mientras me aproximaba a la casa, que algo iba terriblemente mal. También allí el olor a fuego impregnaba el aire, y había algo que lo recubría, algo espeso y dulzón: el hedor de la brujería demoniaca. Volví a convertirme en hombre mientras ascendía cojeando por la larga avenida, blanca bajo la luz de la luna, como un río de plata que conducía... a unas ruinas. Pues la mansión había quedado reducida a cenizas, una capa tras otra de blancura tamizada, que el viento nocturno desperdigaba por el césped. Únicamente los cimientos, igual que huesos quemados, eran aún visibles: aquí una ventana, allí una chimenea inclinada..., pero la sustancia de la casa, los ladrillos y el mortero, los libros inapreciables y los antiguos tapices transmitidos a través de generaciones de cazadores de sombras, eran polvo que flotaba ante el rostro de la luna.

Valentine había destruido la casa con fuego de demonios. Sin duda eso fue lo que hizo. Ningún fuego en este mundo quema a tanta temperatura, ni deja tan poco tras de sí.

Me abrí paso al interior de las ruinas aún humeantes. Encontré a Jocelyn arrodillada en lo que tal vez habían sido los peldaños de la entrada. Estaban ennegrecidos por el fuego. Y había huesos. Carbonizados hasta quedar negros, pero visiblemente humanos, con jirones de tela aquí y allí, y partes de joyas que el fuego no había destruido. Hilos rojos y dorados todavía se aferraban a los huesos de la madre de Jocelyn, y el calor había derretido la daga de su padre en su mano esquelética. Entre otro montón de huesos brillaba el amuleto de plata de Valentine, con la insignia del Círculo ardiendo resplandeciente sobre su superficie... y entre los restos, desperdigados como si fueran demasiado frágiles para mantenerse unidos, estaban los huesos de una criatura.

«Lamentarán lo que han hecho», había dicho Valentine. Y mientras me arrodillaba con Jocelyn sobre el pavimento quemado, supe que tenía razón. Lo lamenté y lo he lamentado todos los días desde entonces.

Esa noche volvimos a cruzar a caballo la ciudad, entre los fuegos que seguían ardiendo y la gente que chillaba, y luego salimos a la oscuridad del campo. Pasó una semana antes de que Jocelyn volviera a hablar. La saqué de Idris. Huimos a París. No teníamos dinero, pero ella se negó a ir al Instituto que había allí y pedir ayuda. No quería saber nada de los cazadores de sombras, me dijo, no quería saber nada del Mundo de las Sombras.

Me senté en la diminuta habitación del hotel barato que habíamos alquilado e intenté razonar con ella, pero no sirvió de nada. Era obstinada. Al final me dijo el motivo: volvía a estar embarazada, y hacía semanas que lo sabía. Se crearía una nueva vida para ella y su bebé, y no quería que ningún susurro de la Clave o la Alianza contaminaran jamás su futuro. Me mostró el amuleto que había tomado de entre el montón de huesos; lo vendió en el mercado de las pulgas de Clignancourt, y con el dinero compró un billete de avión. No quiso decirme a dónde se dirigía. Cuanto más pudiera alejarse de Idris, dijo, mejor.

Yo sabía que dejar su antigua vida atrás significaba dejarme atrás también a mí, y discutí con ella, pero en vano. Sabía que de no haber sido por la criatura que esperaba, se habría quitado la vida, y puesto que perderla en beneficio del mundo de los mundanos era mejor que perderla a manos de la muerte, finalmente accedí de mala gana a su plan. Y así fue como la despedí en el aeropuerto. Las últimas palabras que Jocelyn me dijo en aquella deprimente sala de embarque me helaron los huesos:

«Valentine no está muerto».

Después de que ella se marchara, regresé con mi jauría, pero no hallé la paz allí. Siempre había un vacío doloroso en mi interior, y siempre despertaba con su nombre sin pronunciar en los labios. No era el líder que había sido; lo sabía. Era justo y equitativo, pero distante; no conseguía encontrar amigos entre los seres lobo, ni una compañera. Era, al fin y al cabo, demasiado humano, demasiado cazador de sombras, para estar en paz entre los licántropos. Cazaba, pero la caza no me proporcionaba satisfacción, y cuando llegó el momento de firmar por fin los Acuerdos, entré en la ciudad para firmarlo.

En el Salón del Ángel, bien fregada ya la sangre, los cazadores de sombras y las cuatro ramas de los medio humanos se sentaron otra vez para firmar los documentos que traerían la paz entre nosotros. Me quedé estupefacto al ver a los Lightwood, a los que pareció sorprender igualmente que yo no estuviese muerto. Ellos mismos, dijeron, junto con Hodge Starkweather y Michael Wayland, eran los únicos miembros del antiguo Círculo que habían escapado de la muerte aquella noche en el Salón. Michael, destrozado de dolor por la pérdida de su esposa, se había ocultado en su finca del campo con su joven hijo. La Clave había castigado a los otros tres con el exilio: se iban hacia Nueva York, para dirigir el Instituto que había allí. Los Lightwood, que tenían conexiones con las familias más importantes de la Clave, escaparon con una sentencia mucho más leve que Hodge. A éste le impusieron una maldición: iría con ellos, pero si alguna vez abandonaba el terreno consagrado del Instituto, se le daría muerte inmediatamente. Estaba dedicado a sus estudios, dijeron, y sería un magnífico tutor para sus hijos.

Una vez firmados los Acuerdos, me levanté de la silla y abandoné la sala, bajando al río donde había encontrado a Jocelyn la noche del Levantamiento. Mientras contemplaba cómo fluían las oscuras aguas, supe que jamás podría hallar la paz en mi país: tenía que estar con ella o en ninguna parte. Decidí buscarla.

Abandoné a mi jauría, nombrando a otro para que ocupara mi puesto; creo que se sintieron aliviados al verme marchar. Viajé como viaja un lobo sin jauría: solo, de noche, siguiendo las sendas apartadas y los caminos rurales. Regresé a París, pero no encontré ninguna pista allí. Luego fui a Londres. De Londres tomé un barco a Boston.

Permanecí un tiempo en las ciudades, luego en las White Mountains del helado norte. Viajé muchísimo, pero me encontré pensando cada vez más en Nueva York, y en los cazadores de sombras exiliados allí. Jocelyn, en cierto modo, también era una exiliada. Por fin llegué a Nueva York con una única bolsa de lona y sin la menor idea de dónde buscar a tu madre. Me habría resultado fácil localizar una jauría de lobos y unirme a ella, pero me resistí a ello. Tal y como había hecho en otras ciudades, envié mensajes a través del Submundo, buscando cualquier señal de Jocelyn, pero no había nada, ni una noticia; era como si sencillamente hubiese desaparecido en el mundo de los mundanos sin dejar rastro. Empecé a desesperar.

Al final, la encontré por casualidad. Rondaba por las calles del SoHo, al azar, y mientras permanecía parado sobre los adoquines de la calle Broome, una pintura colgada en el escaparate de una galería me llamó la atención.

Era el estudio de un paisaje que reconocí de inmediato: la vista desde las ventanas de la casa solariega de su familia, la enorme y verde extensión de pasto descendiendo hasta la línea de árboles que ocultaban la calzada situada al otro lado. Reconocí el estilo, el manejo del pincel, todo. Golpeé la puerta de la galería, pero estaba cerrada y con llave. Regresé a la pintura, y en esta ocasión vi la firma. Era la primera vez que había visto su nuevo nombre: Jocelyn Fray.

Llegada la tarde, ya la había encontrado, viviendo en el quinto piso de un edificio sin ascensor, en aquel refugio de artistas que es el East Village. Subí las mugrientas escaleras pobremente iluminadas con el corazón en un puño, y llamé a su puerta. La abrió una niñita con trenzas color rojo oscuro y ojos inquisitivos. Y luego, detrás de ella, vi a Jocelyn andando hacia mí, con las manos manchadas de pintura y el rostro exactamente igual a como había sido cuando éramos niños...

El resto ya lo conoces.

22

LAS RUINAS DE RENWICK

Durante un largo rato después de que Luke acabara de hablar, reinó el silencio en la celda. El único ruido era el tenue goteo del agua por las paredes de piedra.

—Di algo, Clary —pidió él finalmente.

—¿Qué es lo que quieres que diga?

—¿Tal vez que lo comprendes? —sugirió él con un suspiro.

Clary notaba la sangre latiéndole en los oídos. Sentía como si su vida hubiese estado edificada sobre una capa de hielo tan fina como el papel, y en aquellos momentos, el hielo empezara a agrietarse, amenazando con hundirla en la helada oscuridad que había debajo. Al interior de las oscuras aguas, se dijo, donde todos los secretos de su madre iban a la deriva en las corrientes, los restos olvidados de una vida arruinada.

Alzó los ojos hacia Luke. Éste parecía fluctuar, poco definido, como si lo mirara a través de un cristal empañado.

—Mi padre —inquirió—. Esa foto que mi madre siempre tuvo sobre la repisa de la chimenea...

—Ése no era tu padre —afirmó Luke.

—¿Existió siquiera? —La voz de Clary aumentó de intensidad—. ¿Hubo alguna vez un John Clark, o también lo inventó mi madre?

—John Clark existió. Pero no era tu padre. Era el hijo de los vecinos de tu madre cuando vivíais en el East Village. Murió en un accidente de automóvil, tal y como tu madre te contó, pero ella nunca lo conoció. Tenía su foto porque los vecinos le encargaron que pintara un retrato de él en su uniforme del ejército. Les entregó el retrato, pero se quedó la foto, y fingió que el hombre que aparecía en ella había sido tu padre. Creo que pensó que era más fácil de ese modo. Al fin y al cabo, de haber afirmado que había huido o desaparecido, habrías querido buscarle. Un hombre muerto...

—No contradecirá tus mentiras —finalizó Clary por él con amargura—. ¿No se le ocurrió que estaba mal, todos esos años, dejarme pensar que mi padre estaba muerto, cuando mi padre auténtico...?

Luke no dijo nada, dejando que encontrara el final de la frase ella misma, dejando que pensara por sí misma aquello que era inconcebible.

—Es Valentine. —Su voz tembló—. Eso es lo que me estás diciendo, ¿verdad? ¿Qué Valentine era... es... mi padre?

Luke asintió; los dedos contraídos eran la única señal de la tensión que sentía.

—Sí.

—¡Ah, Dios! —Clary se puso en pie de un salto, incapaz de permanecer sentada sin moverse; fue hacia los barrotes de la celda—. Eso no es posible. Simplemente no es posible.

—Clary, por favor, no te alteres...

—¿No te alteres? Me estás diciendo que mi padre es un tipo que es básicamente un gran Señor del mal, ¿y quieres que no me altere?

—No era malvado al principio —repuso Luke, dando a la voz un tono casi de disculpa.

—Ah, si se me permite, quisiera discrepar. Creo que era claramente malvado. Todo eso que soltaba sobre mantener la raza humana pura y la importancia de la sangre no contaminada..., se parecía a uno de esos tipos repulsivos del poder blanco. Y ustedes dos se lo tragaron por completo.

—No era yo quien hablaba sobre «asquerosos» subterráneos apenas hace unos minutos —repuso Luke en voz baja—. O sobre cómo no se podía confiar en ellos.

—¡Eso no es lo mismo! —Clary pudo oír las lágrimas en su voz—. Yo tenía un hermano —prosiguió, y se le hizo un nudo en la garganta—. También abuelos. ¿Están muertos?

Luke asintió, bajando la mirada hacia sus enormes manos, que tenía abiertas sobre las rodillas.

—Están muertos.

—Jonathan —inquirió ella con dulzura—. ¿Habría sido mayor que yo? ¿Un año mayor?

Luke no dijo nada.

—Siempre quise un hermano —comentó tristemente.

—No —repuso él en tono desconsolado—. No te tortures. Puedes ver por qué tu madre te ocultó todo eso, ¿no es cierto? ¿Qué bien podría haberte hecho saber lo que habías perdido ya antes de haber nacido?

—Esa caja —insistió Clary, con la mente trabajando de un modo febril—. Con las letras J. C. en ella. Jonathan Christopher. Era por eso por lo que siempre lloraba, ése era el mechón de cabello..., el de mi hermano, no el de mi padre.

—Sí.

—Y cuando tú dijiste «Clary no es Jonathan», te referías a mi hermano. Mi madre me protegía excesivamente porque ya había perdido a un hijo.

Antes de que Luke pudiera responder, la puerta de la celda se abrió con un estrépito y entró Gretel. El «equipo de curación», que Clary había imaginado como una caja de plástico rígido con el emblema de la Cruz Roja sobre ella, resultó ser una gran bandeja de madera, repleta de vendajes doblados, cuencos humeantes de líquidos no identificados y hierbas que despedían un olor acre a limón. Gretel dejó la bandeja junto al catre e hizo una seña a Clary para que se sentara, lo que ésta hizo de mala gana.

—Eso es, buena chica —exclamó la mujer lobo, sumergiendo una tela en uno de los cuencos y alzándola hasta el rostro de Clary para limpiar con suavidad la sangre seca—. ¿Qué te ha sucedido? —preguntó en tono desaprobador, como si sospechara que la joven se había pasado un rallador de queso por la cara.

—Eso me preguntaba yo —terció Luke, observando el procedimiento con los brazos cruzados.

—*Hugo* me atacó. —Clary intentó no hacer una mueca de dolor cuando el líquido desinfectante le escoció en las heridas.

—¿*Hugo*? —Luke parpadeó sorprendido.

—El pájaro de Hodge. Creo que era su pájaro, al menos. Quizá pertenecía a Valentine.

—*Hugin* —murmuró Luke—. *Hugin* y *Munin* eran los pájaros mascotas de Valentine. Sus nombres significan «Pensamiento» y «Recuerdo».

—Bueno, pues deberían significar «Ataca» y «Mata» —replicó Clary—. *Hugo* casi me arranca los ojos.

—Eso es lo que se le enseñó a hacer. —Luke hacía tamborilear los dedos de un mano sobre el otro brazo—. Hodge debe de habérselo llevado tras el Levantamiento. Pero seguiría siendo la criatura de Valentine.

—Igual que lo era Hodge —repuso Clary.

Hizo una mueca mientras Gretel le limpiaba el largo tajo del brazo, que estaba recubierto de suciedad y sangre seca. Cuando terminó, la mujer loba se puso a vendarlo pulcramente.

—Clary...

—Ya no quiero seguir hablando sobre el pasado —soltó ella con ferocidad—. Quiero saber qué vamos a hacer ahora. Ahora Valentine tiene a mi madre, a Jace... y la Copa. Y nosotros no tenemos nada.

—Yo no diría que no tenemos nada —replicó Luke—. Tenemos una poderosa jauría de lobos. El problema es que no sabemos dónde está Valentine.

Clary sacudió la cabeza. Lacios mechones de cabello le cayeron sobre los ojos, y los echó hacia atrás con gesto impaciente. Cielos, estaba hecha una porquería. Lo que deseaba más que nada, casi más que nada, era una ducha.

—¿No tenía Valentine alguna especie de escondite? ¿Una guarida secreta?

—Si la tenía —respondió Luke—, la mantuvo muy en secreto.

Gretel soltó a Clary, que movió el brazo con cuidado. El ungüento verdoso que la mujer había extendido sobre el corte había minimizado el dolor, pero el brazo todavía estaba entumecido y rígido.

—Espera un segundo —exclamó Clary.

—Nunca he comprendido por qué la gente dice eso —repuso Luke, sin dirigirse a nadie en concreto—. No iba a ir a ninguna parte.

—¿Podría estar Valentine en alguna parte de Nueva York?

—Posiblemente.

—Cuando le vi en el Instituto, vino a través de un Portal. Magnus dijo que sólo hay dos Portales en Nueva York. Uno es el de casa de Dorothea y el otro el de Renwick. El de Dorothea fue destruido, y realmente tampoco me lo imagino ocultándose allí, de todos modos, así que...

—¿Renwick? —Luke pareció desconcertado—. Renwick no es el nombre de un cazador de sombras.

—¿Y si Renwick no es una persona? —inquirió Clary—. ¿Y si es un lugar? *Renwick*. Como un restaurante, o... o un hotel o algo.

Los ojos de Luke se abrieron de par en par de improviso. Se volvió hacia Gretel, que se le acercaba con el equipo médico.

—Consígueme un listado telefónico —pidió.

Ella se detuvo en seco, extendiendo la bandeja hacia él en actitud acusatoria.

—Pero señor, sus heridas...

—Olvídate de mis heridas y consígueme un listado telefónico —le espetó él—. Estamos en una comisaría. Yo diría que tendría que haber gran cantidad de listados antiguos por ahí.

Con una mirada de desdeñosa exasperación, Gretel depositó la bandeja sobre el suelo y abandonó la habitación. Luke miró a Clary por encima de los lentes, que le habían resbalado parcialmente sobre la nariz.

—¡Buena idea!

Ella no respondió. Tenía un fuerte nudo en el centro del estómago y se encontró intentando respirar alrededor de él. El inicio de una idea le cosquilleaba al borde de la mente, queriendo transformarse en un pensamiento completo. Pero ella lo alejó con firmeza. No podía permitirse dedicar sus recursos, su energía, a nada que no fuera la cuestión que tenía ante ella.

Gretel regresó con unas páginas amarillas de aspecto húmedo y se las arrojó a Luke. Éste consultó el libro mientras la mujer loba atacaba su costado herido con vendajes y tarros de ungüentos pegajosos.

—Hay siete Renwick en la guía —informó él por fin—. No hay restaurantes, hoteles ni otros lugares. —Se subió los lentes; éstas volvieron a resbalar al instante—. No son cazadores de sombras —indicó—, y no me parece probable que Valentine fuera a instalar su cuartel general en la casa de un mundano o un subterráneo. Aunque tal vez...

—¿Tienes un teléfono? —interrumpió Clary.

—No conmigo. —Luke, sosteniendo aún el listado telefónico, bajó la vista hacia Gretel—. ¿Podrías traer el teléfono?

Con un bufido indignado, la mujer arrojó al suelo el montón de telas ensangrentadas que había estado sosteniendo y abandonó la habitación con aire ofendido por segunda vez. Luke depositó el listado sobre la mesa, tomó un rollo de vendas, y empezó a enrollarlo alrededor del corte en diagonal que tenía sobre las costillas.

—Lo siento —se disculpó mientras Clary le miraba fijamente—. Sé que no es agradable.

—Si agarramos a Valentine —inquirió ella con brusquedad—, ¿podemos matarle?

Luke estuvo a punto de dejar caer las vendas.

—¿Qué?

La muchacha jugueteó con un hilillo que sobresalía del bolsillo de sus pantalones.

—Mató a mi hermano mayor. Mató a mis abuelos. ¿No es cierto?

Luke depositó las vendas sobre la mesa y se bajó la camisa.

—¿Qué crees que conseguirás matándolo? ¿Borrar esas cosas?

Gretel regresó antes de que Clary pudiera replicar. Lucía una expresión de mártir y entregó a Luke un anticuado teléfono móvil de aspecto tosco y pesado. Clary se preguntó quién pagaría las facturas telefónicas.

—Deja que haga una llamada —dijo la muchacha, extendiendo la mano.

Luke pareció vacilar.

—Clary...

—Es sobre Renwick. Sólo llevará un segundo.

Él le entregó el teléfono con recelo, y ella pulsó los números y medio le dio la espalda para darse la ilusión de privacidad.

Simon contestó al tercer timbrazo.

—¿Diga?

—Soy yo.

La voz de su amigo ascendió una octava.

—¿Estás bien?

—Estoy perfectamente. ¿Por qué? ¿Te ha dicho algo Isabelle?

—No. ¿Qué tendría que haberme dicho Isabelle? ¿Pasa algo malo? ¿Es Alec?

—No —respondió ella, no queriendo mentir y decir que Alec estaba perfectamente—. No es Alec. Oye, simplemente necesito que mires algo en Google para mí.

Simon lanzó un bufido.

—Estás bromeando. ¿No tienen una computadora ahí? Sabes qué, no respondas a eso.

La muchacha oyó los sonidos de una puerta que se abría y el maullido del gato de la madre de Simon al ser expulsado de su puesto sobre el teclado del ordenador de su amigo. Imaginó con toda claridad a Simon sentándose y moviendo los dedos con rapidez sobre el teclado.

—¿Qué quieres que busque?

Clary se lo dijo. Percibía los ojos preocupados de Luke fijos en ella mientras hablaba. La había mirado igual cuando ella tenía once años y había tenido gripe con fiebre muy alta. Le había traído cubitos de hielo para que los chupara y le había leído sus libros favoritos, haciendo todas las voces.

—Tienes razón —dijo Simon, sacándola bruscamente de su ensueño—. Es un lugar. O al menos, era un lugar. Está abandonado ahora.

La mano sudorosa de la joven resbaló sobre el teléfono y tuvo que aferrarlo con más fuerza.

—Háblame de él.

—«El más famoso de los manicomios, prisiones para deudores y hospitales construidos en la isla Roosevelt en 1800 —leyó Simon diligentemente—. El hospital para la viruela Renwick lo diseñó el arquitecto Jacob Renwick y estaba destinado a poner en cuarentena a las víctimas más pobres de la incontrolable epidemia de viruela que asoló Manhattan. Durante el siglo siguiente, el hospital fue abandonado y se deterioró. El acceso público a las ruinas está prohibido.»

—De acuerdo, eso es suficiente —interrumpió Clary, sintiendo que le martilleaba la cabeza—. Tiene que ser eso. ¿La isla Roosevelt? ¿No vive gente allí?

—No todo el mundo vive en el Slope, princesa —repuso Simon, con una buena cantidad de fingido sarcasmo—. De todos modos, ¿necesitas que te vuelva a llevar en coche o algo así?

—¡No! Estoy perfectamente, no necesito nada. Sólo quería la información.

—De acuerdo.

El muchacho parecía un tanto dolido, pensó Clary, pero se dijo que no importaba. Estaba a salvo en su casa, y eso era lo principal.

Colgó y se volvió hacia Luke.

—Hay un hospital abandonado en el extremo sur de la isla Roosevelt llamado Renwick. Creo que Valentine está allí.

Luke volvió a subirse las gafas.

—La isla Blackwell. Por supuesto.

—¿Qué quieres decir con Blackwell? Dije...

Él la interrumpió con un ademán.

—Así era como se acostumbraba a llamar a la isla Roosevelt. Blackwell. Era propiedad de una antigua familia de cazadores de sombras. Debería haberlo adivinado. —Se volvió hacia Gretel—. Llama a Alaric. Vamos a necesitar a todo el mundo de vuelta aquí tan pronto como sea posible. —Sus labios se curvaron en una media sonrisa que recordó a Clary la fría mueca que Jace lucía durante los combates—. Diles que se preparen para la batalla.

Ascendieron hasta la calle a través de una ruta tortuosa de celdas y pasillos, que finalmente fue a salir a lo que en una ocasión había sido el vestíbulo de una comisaría. En la actualidad el edificio estaba abandonado, y la luz oblicua de mediada la tarde proyectaba sombras extrañas sobre las mesas vacías, los armaritos con candados cubiertos de agujeros negros de termitas, las baldosas agrietadas del suelo, que deletreaban el lema de la policía de Nueva York: *Fidelis ad Mortem*.

—Fieles hasta la muerte —tradujo Luke, siguiendo la dirección de la mirada de la joven.

—Deja que lo adivine —repuso Clary—. En el interior es una comisaría abandonada; en el exterior, los mundanos sólo ven un edificio de departamentos declarado en ruina, o un solar vacío, o...

—En realidad tiene el aspecto de un restaurante chino —respondió Luke—. Sólo para llevar, sin servicio de mesas.

—¿Un restaurante chino? —repitió ella, incrédula.

Él se encogió de hombros.

—Bueno, estamos en Chinatown. Esto fue el edificio del segundo distrito policial, en el pasado.

—La gente debe de pensar que es raro que no haya un número de teléfono al que llamar para hacer pedidos.

Luke sonrió ampliamente.

—Lo hay. Simplemente no respondemos muy a menudo. A veces, si están aburridos, algunos de los cachorros le entregan a alguien un poco de cerdo mu shu.

—Me tomas el pelo.

—En absoluto. Las propinas me vienen bien.

Empujó la puerta principal para abrirla, dejando entrar un chorro de luz solar.

Todavía no muy segura de si le tomaba el pelo o no, Clary siguió a Luke a través de la calle Baxter hasta el lugar donde estaba estacionado su vehículo. El interior de la camioneta resultaba reconfortantemente familiar. El tenue olor a astillas de madera y a papel viejo y jabón, el descolorido par de dados dorados de felpa, que ella le había regalado cuando tenía diez años porque se parecían a los dados dorados que colgaban del retrovisor del *Halcón Milenario*. Los envoltorios de goma de mascar y las tazas de café que rodaban por el suelo. Clary se subió al asiento del copiloto, y se acomodó contra el reposacabezas con un suspiro. Estaba más cansada de lo que le habría gustado admitir.

Luke cerró la puerta tras ella.

—Quédate aquí.

Le observó mientras hablaba con Gretel y Alaric, que estaban de pie sobre los escalones de la vieja comisaría, aguardando pacientemente. Clary se divirtió dejando que sus ojos se enfocaran y desenfocaran, contemplando cómo el *glamour* aparecía y desaparecía. Primero era una vieja comisaría, luego era una ruinosa fachada que lucía un toldo amarillo en el que se leía: EL LOBO DE JADE. COCINA CHINA.

Luke hacía señas a su segundo y su tercero, señalando calle abajo. Su camioneta era la primera en una hilera de camionetas, motocicletas, jeeps e incluso un viejo autobús escolar de aspecto desvencijado. Los vehículos se extendían en fila a lo largo de la manzana y doblando la esquina. Un convoy de hombres lobo. Clary se preguntó cómo habrían pedido, tomado prestado, robado o se habrían apropiado de tantos vehículos en un espacio tan corto de tiempo. En el lado de los pros, al menos no tendrían que ir todos en el teleférico.

Luke aceptó una bolsa blanca de papel de Gretel, y con un asentimiento, regresó a la carrera junto a la camioneta. Acomodando el larguirucho cuerpo tras el volante, entregó a Clary la bolsa.

—Tú estás a cargo de esto.

Ella la escrutó con suspicacia.

—¿Qué es? ¿Armas?

Los hombros de Luke se estremecieron con una risa muda.

—En realidad son bollos bao cocidos al vapor —contestó, introduciendo la camioneta en la calle—. Y café.

Clary abrió la bolsa mientras se dirigían a la zona residencial, con el estómago gruñéndole con furia. Partió un bollo, paladeando el intenso y sabroso sabor salado del cerdo, la untuosidad de la masa blanca. Lo acompañó de un trago de café, y ofreció un bollo a Luke.

—¿Quieres uno?

—Claro.

Era casi como en los viejos tiempos, se dijo, mientras viraban para entrar en la calle Canal, cuando iban a buscar bolsas de pastelitos calientes de fruta a la panadería El Carruaje Dorado y devoraban la mitad de ellos durante el trayecto a casa sobre el puente de Manhattan.

—Háblame de este Jace —pidió Luke.

Clary casi se atragantó con el bollo. Alargó la mano para tomar el café, sofocando las toses con líquido caliente.

—¿Qué pasa con él?

—¿Tienes alguna idea de lo que Valentine puede querer de él?

—No.

Luke frunció el entrecejo mirando el sol que se ponía.

—Pensaba que Jace era uno de los chicos Lightwood.

—No —Clary mordió su tercer bollo—, su apellido es Wayland. Su padre era...

—¿Michael Wayland?

Ella asintió.

—Y cuando Jace tenía diez años, Valentine lo mató. A Michael, quiero decir.

—Eso suena a algo que él haría —repuso Luke.

El tono de su voz era neutral, pero había algo en él que hizo que Clary le mirara de soslayo. ¿No la creía?

—Jace lo vio morir —añadió, como para reafirmar su declaración.

—Eso es terrible —repuso Luke—. Pobre chiquillo con la vida destrozada.

En aquellos momentos pasaban sobre el puente de la calle Cincuenta y Nueve. Clary echó un vistazo abajo y vio que el río se había vuelto rojo y dorado debido a la puesta de sol. Desde aquel punto distinguió el extremo sur de la isla Roosevelt, aunque no era más que una mancha borrosa situada al norte.

—No está tan destrozado —aseguró—. Los Lightwood se han ocupado bien de él.

—Puedo imaginarlo. Siempre estuvieron muy unidos a Michael —comentó Luke, desviándose bruscamente al carril izquierdo.

Por el retrovisor lateral, Clary pudo ver cómo la caravana de vehículos que les seguía alteraba su curso para imitarlos.

—Querrían ocuparse de su hijo —siguió diciendo él.

—Así pues, ¿qué sucederá cuando salga la luna? —preguntó ella—. ¿Se van a convertir todos en lobos de improviso, o qué?

La boca de Luke se crispó.

—No exactamente. Únicamente los jóvenes, los que acaban de cambiar, no pueden controlar su transformación. La mayoría de los adultos ha aprendido cómo hacerlo, a lo largo de los años. La luna sólo puede forzar un cambio en mí cuando está totalmente llena.

—¿Así que cuando la luna sólo está llena en parte, te limitas a sentirte un poco lobuno? —inquirió Clary.

—Podrías decir eso.

433

—Bueno, por mí puedes sacar la cabeza fuera de la ventanilla si quieres.

Luke lanzó una carcajada.

—Soy un hombre lobo, no un golden retriever.

—¿Cuánto tiempo hace que eres el líder del clan? —preguntó ella de improviso.

Luke vaciló.

—Aproximadamente una semana.

Clary se volvió en redondo para mirarle con sorpresa.

—¿Una semana?

Luke suspiró.

—Sabía que Valentine se había llevado a tu madre —explicó sin demasiada inflexión—. Sabía que, yo solo, tenía pocas posibilidades contra él y que no podía esperar ayuda de la Clave. Tardé un día en localizar la posición de la jauría de licántropos más cercana.

—¿Mataste al líder del clan para poder ocupar su puesto?

—Era el camino más rápido que se me ocurrió para adquirir un número considerable de aliados en un corto espacio de tiempo —concluyó Luke sin mostrar pesar en su tono, aunque tampoco orgullo.

Clary recordó cuando le habían espiado en su casa; había notado los profundos arañazos de las manos y el rostro, y la mueca de dolor que él había hecho al mover el brazo.

—Lo había hecho antes. Estaba bastante seguro de poder hacerlo otra vez. —Luke se encogió de hombros—. Tu madre había desaparecido. Sabía que había hecho que me odiaras. No tenía nada que perder.

Clary apoyó sus zapatillas verdes de deporte contra el salpicadero. A través del resquebrajado parabrisas, por encima de las puntas de los dedos de los pies, la luna se alzaba sobre el puente.

—Bueno —dijo—. Ahora lo tienes.

Por la noche el hospital situado en el extremo sur de la isla Roosevelt estaba iluminado con luz artificial, con sus espectrales contornos curiosamente visibles en contraste con la oscuridad del río y la iluminación más potente de Manhattan. Luke y Clary se quedaron callados mientras la camioneta bordeaba la diminuta isla, y la carretera asfaltada por la que iban se convertía en grava y finalmente en tierra apisonada. La carretera seguía la curva de una alta alambrada, en cuya parte superior se retorcía el alambre afilado como si se tratara de festivos bucles de cinta.

Cuando la carretera se volvió demasiado irregular para seguir adelante en coche, Luke detuvo la camioneta y apagó las luces. Miró a Clary.

—¿Hay alguna posibilidad de que si te pido que me esperes aquí, vayas a hacerlo?

Ella negó con la cabeza.

—No tiene por qué ser más seguro quedarse en el coche. ¿Quién sabe lo que Valentine tiene patrullando este perímetro?

Luke rió en voz baja.

—Perímetro. Qué cosas dices.

Salió del interior de la camioneta y la rodeó para ir al otro lado y ayudar a bajar a Clary. Ella podría haber saltado al suelo desde la camioneta, pero fue agradable tenerle para ayudarla, tal y como había hecho cuando era demasiado pequeña para bajar sola.

Sus pies golpearon la tierra apisonada, levantando volutas de polvo. Los coches que los habían estado siguiendo iban parando, uno a uno, formando una especie de círculo alrededor de la camioneta de Luke. Los faros barrieron su campo visual, iluminando la alambrada hasta darle un color blanco plateado. Más allá de la reja, el hospital mismo era una ruina bañada en una fuerte luz que destacaba su lamentable estado: las paredes sin tejado sobresalían del desigual terreno como dientes rotos, los parapetos almenados estaban recubiertos por una alfombra verde de hiedra.

—Está destrozado —se oyó decir en voz baja, con un destello de aprensión en la voz—. No veo cómo Valentine podría estar oculto aquí.

Luke miró más allá de ella en dirección al hospital.

—Es un *glamour* potente —avisó—. Intenta mirar más allá de las luces.

Alaric avanzaba hacia ellos por la carretera, y una ligera brisa le abría la chaqueta vaquera con un revoloteo para mostrar el pecho cubierto de cicatrices que había debajo. Los hombres lobo que se acercaban tras él parecían gente totalmente corriente. Pero de haberlos visto a todos juntos en alguna parte, habría pensado que se conocían entre sí de algo; había cierto parecido no físico, una franqueza en sus miradas, una fuerza en sus expresiones. Podría haber pensado que eran granjeros, puesto que parecían más tostados por el sol, enjutos y huesudos que el típico habitante de ciudad, o tal vez los habría tomado por una pandilla de motociclistas. Pero no tenían el menor aspecto de monstruos.

Se reunieron para celebrar un rápido consejo junto a la furgoneta de Luke, igual que un corrillo de rugby. Clary, sintiéndose excluida del todo, se volvió para contemplar de nuevo el hospital. En esa ocasión intentó mirar con atención alrededor de las luces, o a través de ellas, del modo en que a veces se puede mirar más allá de una fina capa superior de pintura para ver lo que hay debajo. Como acostumbraba a suceder, pensar en cómo lo dibujaría le ayudó. Las luces parecieron perder intensidad, y entonces se encontró mirando más allá de un pasto salpicado de robles a una ornamentada construcción neogótica, que parecía alzarse imponente por encima de los árboles como el baluarte de un barco enorme. Las ventanas de los pisos inferiores estaban oscuras y cerradas con pórticos, pero se escapaba luz a través de los arcos de las ventanas del tercer piso, igual que una línea de llamas ardiendo a lo largo de la cresta de una cordillera lejana. Un grueso porche de piedra daba al exterior, ocultando la puerta principal.

—¿Lo ves?

Era Luke, que se había acercado por detrás con los andares silenciosos de... bueno, de un lobo.

Ella seguía con la vista fija en el edificio.

—Parece más un castillo que un hospital.

Sujetándola por los hombros, Luke la hizo volverse de cara a él.

—Clary, escúchame. —Sus manos la sujetaron con dolorosa fuerza—. Quiero que permanezcas junto a mí. Muévete cuando me mueva. Sujétate a mi manga si es necesario. Los demás van a estar a nuestro alrededor, protegiéndonos, pero si sales fuera del círculo, no podrán custodiarte. Van a cubrirnos hasta la puerta.

Le apartó las manos de los hombros, y al moverse, ella vio el destello de algo de metal justo dentro de su chamarra. No se había dado cuenta de que llevaba un arma, pero luego recordó lo que Simon había dicho sobre lo que había en el interior de la vieja bolsa de lona verde de Luke y supuso que tenía sentido.

—¿Prometes que harás lo que digo?

—Lo prometo.

La alambrada era real, no parte del *glamour*. Alaric, todavía al frente, la zarandeó experimentalmente, luego alzó una mano con indolencia. Largas zarpas brotaron de debajo de las uñas, y acuchilló la alambrada con ellas, haciendo jirones el metal, que cayó en un tintineante montón, igual que unos bloques de construcción.

—Adelante.

Hizo una seña a los demás para que pasaran. Avanzaron en tropel, como una sola persona, un mar coordinado de movimiento. Agarrando el brazo de Clary, Luke la empujó por delante de él, agachándose para seguirla. Se irguieron una vez al otro lado de la reja, alzando los ojos hacia el hospital para enfermos de viruela, donde unas formas oscuras, concentradas en el porche, empezaban a descender los escalones.

Alaric tenía la cabeza alzada y olisqueaba el viento.

—El hedor a muerte flota con fuerza en el aire.

La respiración de Luke abandonó sus pulmones en un sibilante torrente.

—Repudiados.

Empujó a Clary a su espalda; ésta avanzó, trastabillando levemente sobre el suelo irregular. La jauría empezó a moverse hacia ella y Luke; a medida que se acercaban, se dejaban caer a cuatro patas, gruñendo con los labios tensados hacia atrás para mostrar los colmillos cada vez más largos; los brazos y las piernas se les alargaban para convertirse en ágiles extremidades peludas, las ropas se cubrían de pelaje. Una tenue voz instintiva en lo más recóndito del cerebro de Clary empezó a chillarle: «¡Lobos! ¡Huye!». Pero la combatió y permaneció donde estaba, aunque percibía el movimiento incontrolado de los nervios en sus manos.

La jauría los rodeó, mirando hacia fuera. Más lobos flanqueaban el círculo a ambos lados. Era como si ella y Luke fueran el centro de una estrella. De ese modo, empezaron a avanzar hacia el porche delantero del hospital. Todavía detrás de Luke, Clary ni siquiera vio a los primeros repudiados cuando atacaron. Oyó aullar a un lobo como de dolor. El aullido ascendió y ascendió, convirtiéndose rápidamente en un gruñido. Se oyó un sonido sordo, luego un grito en forma de gorgoteo y un ruido parecido al papel al desgarrarse...

Clary se encontró preguntándose si los repudiados serían comestibles.

Alzó los ojos hacia Luke. Éste tenía el rostro tenso. Clary podía verlos ya, más allá del anillo de lobos, la escena iluminada con brillantez por reflectores y por el titilante resplandor de Manhattan: docenas de repudiados, su piel lívida como la de un cadáver a la luz de la luna y abrasada por runas que parecían lesiones. Se arrojaban sobre los lobos con la mirada ausente, y éstos los recibieron de frente, desgarrando con las garras, perforando con los dientes y rasgando la carne. Vio a uno de los guerreros repudiados, una mujer, que caía hacia atrás con la garganta abierta y los brazos agitándose aún. Otro asestaba machetazos a un lobo con un brazo mientras el otro yacía en el suelo a un metro de distancia, la sangre surgiendo del muñón. Sangre negra, salobre como el agua de una ciénaga, corría a raudales, volviendo resbaladiza la hierba. Clary perdió pie. Luke la sujetó antes de que cayera.

—Quédate conmigo.

«Estoy aquí», quiso decirle ella, pero las palabras se negaron a salir de su boca. El grupo seguía avanzando por el pasto en dirección al hospital con una lentitud exasperante. Luke la sujetaba con mano rígida como el hierro. Clary no sabía quién iba ganando, si era que lo hacía alguien. Los lobos tenían el tamaño y la velocidad de su parte, pero los repudiados se movían con una denodada inevitabilidad y resultaban sorprendentemente difíciles de matar. Vio al enorme lobo leonado que era Alaric abatir a uno desgarrándole las piernas, para luego saltar sobre su garganta. El ser siguió moviéndose mientras él lo hacía trizas, y los golpes del hacha abriendo un largo corte rojo sobre el reluciente pelaje del hombre lobo.

Trastornada, Clary apenas advirtió al repudiado que se abrió paso a través del círculo protector, hasta que éste se alzó frente a ella, como surgido de la hierba a sus pies. Con los ojos en blanco y los cabellos enmarañados alzó un cuchillo chorreante.

Clary chilló. Luke se volvió en redondo, arrastrándola a un lado, y agarró la muñeca de la criatura, retorciéndola. La muchacha oyó el chasquido del hueso, y el cuchillo cayó a la hierba. La mano del repudiado colgó inerte, pero él siguió avanzando hacia ellos, sin mostrar ninguna señal de dolor. Luke empezó a gritar con voz ronca el nombre de Alaric. Clary intentó alcanzar la daga que llevaba en el cinturón, pero Luke le sujetaba el brazo con demasiada fuerza. Antes de que pudiera gritarle que la soltara, una llamarada de fino fuego plateado se abrió paso entre ellos. Era Gretel. Aterrizó con las patas delanteras sobre el pecho del repudiado, derribándolo. Un feroz aullido de rabia surgió de la garganta de Gretel, pero el repudiado era más fuerte; la arrojó a un lado como a una muñeca de trapo y rodó para ponerse en pie.

Algo alzó a Clary en el aire. Ésta chilló, pero era Alaric, luciendo a medias su forma de lobo y con las manos terminadas en afiladas zarpas, que la sujetaron con delicadeza mientras él la alzaba en brazos.

Luke les hacía señas.

—¡Sácala de aquí! ¡Llévala a las puertas! —gritaba.

—¡Luke! —Clary se retorció en las manos de Alaric.

—No mires —dijo éste con un gruñido.

Pero ella sí miró. El tiempo suficiente para ver a Luke echar a correr hacia Gretel, arma en mano, pero llegaba demasiado tarde. El repudiado agarró su cuchillo, que había caído en la hierba húmeda de sangre, y lo hundió en la espalda de Gretel, una y otra vez mientras ella le arañaba, forcejeaba y finalmente se desplomaba, con la luz de sus ojos plateados oscureciéndose hasta desaparecer. Con un alarido, Luke dirigió su arma a la garganta del repudiado...

—Te dije que no miraras —gruñó Alaric, moviéndose de modo que la línea de visión de la joven quedó bloqueada por su imponente mole.

Corrían ya escalones arriba, con el sonido de sus pies terminados en garras arañando el granito igual que clavos sobre una pizarra.

—Alaric —dijo Clary.

—¿Sí?

—Lamento haberte arrojado un cuchillo.

—No lo lamentes. Fue un tiro muy bueno.

La muchacha intentó mirar más allá de él.

—¿Dónde está Luke?

—Estoy aquí —contestó éste.

Alaric volvió la cabeza. Luke ascendía los escalones, devolviendo su espada a la vaina, que llevaba sujeta al costado, bajo la chaqueta. La hoja estaba negra y pegajosa.

Alaric dejó que Clary resbalara hasta el porche y ésta aterrizó, dándose la vuelta. No podía ver a Gretel ni al repudiado que la había matado, sólo una masa de cuerpos hormigueantes y el destello del metal. Tenía el rostro húmedo. Se llevó la mano libre a la cara para ver si estaba sangrando, pero comprendió que lo que sucedía era que estaba llorando. Luke la miró con curiosidad.

—No era más que una subterránea —soltó.

A Clary le ardían los ojos.

—No digas eso.

—Ya veo. —Volvió la cabeza hacia Alaric—. Gracias por ocuparte de ella. Mientras nosotros seguimos adelante...

—Voy a entrar con ustedes —afirmó éste.

Había realizado casi toda la transformación a la forma humana, pero sus ojos seguían siendo los ojos de un lobo, y los labios estaban echados hacia atrás para mostrar dientes que eran tan largos como palillos. Flexionó las manos de largas uñas.

Luke le miró con expresión inquieta.

—Alaric, no.

La voz retumbante de Alaric sonó apagada.

—Eres el líder de la manada. Yo soy tu segundo ahora que Gretel ha muerto. No sería correcto que te dejara ir solo.

—Te... —Luke miró a Clary, y luego de nuevo al terreno frente al hospital—, te necesito aquí fuera, Alaric. Lo siento. Es una orden.

Los ojos del otro llamearon resentidos, pero se hizo a un lado. La puerta del hospital era de gruesa madera profusamente tallada, con dibujos familiares para Clary: las rosas de Idris, runas enroscadas, soles con rayos. Al patearla Luke cedió con el chasquido de un pestillo partido. Éste empujó a Clary al frente cuando la puerta se abrió de par en par.

—Entra.

Ella entró por delante de él con un traspié y se volvió en el umbral. Captó una única y breve visión fugaz de Alaric con la cabeza vuelta hacia ellos y los ojos de lobo centelleantes. Detrás de él, el pasto situado frente al hospital estaba cubierto de cuerpos, y el polvo teñido de sangre, negra y roja. Cuando la puerta se cerró con un portazo tras ella, impidiéndole ver, se sintió agradecida.

Luke y ella permanecieron inmóviles en la semipenumbra, en una entrada de piedra iluminada por una única antorcha. Tras el estruendo de la batalla, el silencio era como una capa asfixiante. Clary se encontró inhalando bocanadas de aire, un aire que no estaba lleno de humedad y del olor de la sangre.

Luke le oprimió el hombro con la mano.

—¿Te encuentras bien?

Ella se secó las mejillas.

—No deberías haber dicho eso. Sobre que Gretel no era más que una subterránea. Yo no pienso eso.

—Me alegro de oírlo. —Alargó el brazo para tomar la antorcha del soporte de metal—. Odiaba la idea de que los Lightwood te hubieran convertido en una copia de ellos.

—Bueno, pues no lo han hecho.

La antorcha se negó a pasar a la mano de Luke; éste frunció el entrecejo. Buscando en el bolsillo, Clary extrajo la lisa piedra-runa que Jace le había dado el día de su cumpleaños, y la alzó en alto. La luz brotó entre sus dedos, como si hubiese cascado una semilla de oscuridad y dejado salir la luz atrapada en su interior. Luke soltó la antorcha.

—¿Luz mágica? —preguntó.

—Jace me la dio.

Podía percibir cómo palpitaba en su mano, igual que el latido de una ave pequeña. Se preguntó dónde estaría Jace en aquel montón de habitaciones de piedra gris, si estaba asustado o se habría preguntado si la volvería a ver.

—Hace años que no peleo bajo una luz mágica —comentó Luke, e inició la ascensión por las escaleras, que crujieron sonoras bajo sus botas—. Sígueme.

El fulgurante resplandor de la luz mágica proyectaba sus sombras, extrañamente alargadas, sobre los lisos muros de granito. Se detuvieron en un rellano de piedra que describía una curva en forma de arco. Por encima de ellos, Clary distinguió luz.

—¿Es éste el aspecto que tenían los hospitales hace cientos de años? —musitó Clary.

—Bueno, los huesos de lo que Renwick construyó siguen aquí —respondió Luke—. Pero yo diría que Valentine, Blackwell y los demás restauraron el lugar para que fuera un poco más a su gusto. Mira aquí.

Arrastró una bota sobre el suelo; Clary bajó la mirada y vio una runa tallada en el granito bajo sus pies: un círculo, en cuyo centro había un lema en latín: *In Hoc Signo Vinces*.

—¿Qué significa eso? —preguntó.

—Significa «Por este signo conquistaremos». Era el lema del Círculo.

La joven alzó los ojos, en dirección de la luz.

—Así que están aquí.

—Están aquí —aseguró Luke, y había expectación en el deje afilado de su tono—. Vamos.

Ascendieron por la escalera de caracol, describiendo círculos bajo la luz hasta que ésta les rodeó por completo y se encontraron de pie en la entrada de un pasillo largo y estrecho. Ardían antorchas a lo largo del corredor. Clary cerró la mano sobre la luz mágica, y ésta se extinguió como una estrella apagada.

Había puertas colocadas a intervalos a lo largo del pasillo, todas ellas perfectamente cerradas. Se preguntó si habrían sido salas cuando aquello había sido un hospital, o tal vez habitaciones privadas. Mientras avanzaban por el corredor, Clary vio las marcas de barro de pisadas de botas, que se entrecruzaban en el pasillo. Alguien había pasado por allí recientemente.

La primera puerta que probaron se abrió con facilidad, pero la habitación situada tras ella estaba vacía: no había más que un suelo de lustrosa madera y paredes de piedra, iluminado todo de un modo fantasmal por la luz de la luna, que se derramaba a través de la ventana. El débil estruendo del combate en el exterior inundaba la habitación, tan rítmicamente como el sonido del océano. La segunda habitación estaba llena de armas: espadas, mazas y hachas. La luz de la luna discurría igual que agua plateada sobre una hilera tras otra de frío metal desenvainado. Luke silbó por lo bajo.

—Vaya colección.

—¿Crees que Valentine usa todas ésas?

—No es probable. Sospecho que son para su ejército —respondió Luke, dándose la vuelta.

La tercera habitación era un dormitorio. Las colgaduras que rodeaban la cama con dosel eran azules, la alfombra persa mostraba motivos en azul, negro y gris, y el mobiliario estaba pintado de blanco, como el de la habitación de una criatura. Una fina y espectral capa de polvo lo cubría todo, centelleando tenuemente a la luz de la luna.

En la cama yacía Jocelyn, dormida.

Estaba tumbada sobre la espalda, con una mano arrojada descuidadamente sobre el pecho, los cabellos extendidos sobre la almohada. Llevaba una especie de camisón blanco que Clary no había visto nunca, y respiraba de un modo regular y tranquilo. Bajo la penetrante luz de la luna, Clary pudo ver el aleteo de los párpados de su madre mientras ésta soñaba.

Con un gritito, Clary se abalanzó hacia ella... pero el brazo extendido de Luke la detuvo, atravesándose sobre su pecho igual que una barra de hierro para retenerla.

—Aguarda —dijo con su propia voz tensa por el esfuerzo—. Debemos tener cuidado.

Clary le miró airada, pero él miraba más allá de ella, con expresión furiosa y apenada. Ella siguió la dirección de su mirada y vio lo que no había querido ver antes. Unas esposas de plata cerradas alrededor de las muñecas y pies de Jocelyn, con los extremos de las cadenas profundamente hundidos en el suelo de piedra a ambos lados de la cama. La mesa situada junto a la cama estaba cubierta por un extraño despliegue de tubos y botellas, tarros de cristal e instrumentos largos y de puntas afiladas de centelleante acero quirúrgico. Un tubo recauchutado discurría desde uno de los tarros de cristal hasta una vena en el brazo izquierdo de Jocelyn.

Clary se desasió violentamente de la mano de Luke y se lanzó hacia la cama, rodeando con los brazos el cuerpo insensible de su madre. Pero era como intentar abrazar una muñeca mal ensamblada. Jocelyn siguió inmóvil y rígida, con la lenta respiración inalterada.

Una semana antes, Clary habría llorado como había hecho aquella primera noche terrible en que había descubierto que su madre había desaparecido. Pero ahora no salieron lágrimas, mientras soltaba a su madre y se erguía. No había terror en ella, ni autocompasión; sólo una amarga cólera y la necesidad de encontrar al hombre que había hecho eso, al responsable de todo.

—Valentine —dijo.

—Desde luego.

Luke estaba a su lado, tocando a su madre con suavidad, alzándole los párpados. Los ojos bajo ellos estaban tan en blanco como canicas.

—No está drogada —afirmó—. Alguna clase de hechizo, supongo.

Clary soltó el aliento en un medio sollozo.

—¿Cómo la sacamos de aquí?

—No puedo tocar las esposas —indicó Luke—. Plata. Tienes...

—La sala de armas —dijo Clary, poniéndose en pie—. Vi un hacha allí. Varias. Podríamos cortar las cadenas...

—Esas cadenas son irrompibles.

La voz que habló desde la puerta era baja, resuelta y familiar. Clary giró en redondo y vio a Blackwell. Sonreía burlón, ataviado con la misma túnica del color de la sangre coagulada de la otra ocasión, con la capucha echada hacia atrás y botas enlodadas visibles bajo el borde.

—Graymark —exclamó—. Qué agradable sorpresa.

Luke se levantó.

—Si estás sorprendido es que eres un idiota —espetó—. No he llegado precisamente de un modo silencioso.

Las mejillas de Blackwell enrojecieron adoptando un tono aún más púrpura, pero no avanzó hacia Luke.

—¿Eres líder del clan otra vez? —inquirió, y soltó una carcajada desagradable—. No puedes quitarte esa costumbre de hacer que los subterráneos te hagan el trabajo sucio, ¿verdad? Las tropas de Valentine están ocupadas desparramando pedazos de ellos por todo el césped, y tú estás aquí, a salvo con tus amiguitas. —Hizo una mueca

445

despectiva en dirección a Clary—. Ésa parece un poco joven para ti, Lucian.

Clary enrojeció furiosa, apretando las manos hasta convertirlas en puños, pero la voz de Luke, al responder, fue educada.

—Yo no llamaría precisamente tropas a ésos, Blackwell —replicó—. Son repudiados. Seres humanos martirizados. Si lo recuerdo correctamente, la Clave no ve nada bien todo eso..., torturar personas, llevar a cabo magia negra. No puedo imaginar que vayan a sentirse demasiado contentos.

—Al infierno con la Clave —gruñó Blackwell—. No les necesitamos, ni a ellos ni a sus actitudes tolerantes hacia los mestizos. Además, los repudiados no serán repudiados durante mucho más tiempo. Una vez que Valentine use la Copa en ellos, serán cazadores de sombras tan buenos como el resto de nosotros; mucho mejores que lo que la Clave está haciendo pasar como guerreros en la actualidad. Afeminados amantes de los subterráneos. —Mostró los romos dientes.

—Si ése es su plan para la Copa —preguntó Luke—, ¿por qué no lo ha hecho aún? ¿A qué espera?

Las cejas de Blackwell se enarcaron.

—¿No lo sabías? ¿Tiene a su...?

Una risa sedosa le interrumpió. Pangborn había aparecido justo a su lado, todo vestido de negro y con una correa de cuero atravesada sobre el hombro.

—Es suficiente, Blackwell —le cortó—. Hablas demasiado, como de costumbre. —Mostró los afilados dientes a Luke—. Una jugada interesante, Graymark. No pensaba que fueras a atreverte a conducir a tu recién adquirido clan a una misión suicida.

Un músculo se crispó en la mejilla de Luke.

—Jocelyn —dijo—. ¿Qué le ha hecho?

Pangborn lanzó una risita melodiosa.

—Pensaba que no te importaba.

—No veo para qué la quiere ahora —siguió Luke, haciendo caso omiso de la pulla—. Tiene la Copa. Ella ya no puede serle de utilidad.

Valentine nunca fue dado al asesinato inútil. El asesinato con un motivo, bien, eso podría ser algo distinto.

Pangborn se encogió de hombros con indiferencia.

—A nosotros nos da lo mismo lo que haga con ella —replicó—. Era su esposa. Quizá la odia. Eso es un motivo.

—Déjenla ir —sugirió Luke—, y nos marcharemos con ella; haremos que el clan se retire. Les deberé una.

—¡No!

El furioso arranque de Clary hizo que Pangborn y Blackwell desviaran las miradas hacia ella. Ambos parecieron levemente incrédulos, como si ella fuera una cucaracha parlante. La joven volvió la cabeza hacia Luke.

—Todavía está Jace. Está aquí, en alguna parte.

Blackwell reía por lo bajo.

—¿Jace? Nunca he oído hablar de un Jace —indicó—. Bien, podría pedir a Pangborn que la soltara. Pero preferiría no hacerlo. Jocelyn siempre fue un mal bicho conmigo. Pensaba que era mejor que el resto de nosotros, con su aspecto y su linaje. Simplemente era una perra con pedigrí, eso es todo. Sólo se casó con él para poder restregárnoslo a todos.

—¿Decepcionado porque no pudiste casarte tú con ella, Blackwell? —Eso fue todo lo que Luke dijo como respuesta, aunque Clary pudo percibir la fría cólera de su voz.

Blackwell, con el rostro enrojeciendo violentamente, dio un furioso paso al interior de la habitación.

Y Luke, moviéndose a una velocidad tal que Clary apenas pudo verle hacerlo, agarró un escalpelo de la mesilla y se lo arrojó. El arma giró dos veces sobre sí misma en el aire y se hundió con la punta por delante en la garganta de Blackwell, cortando en seco su mascullada réplica. Dio una boqueada, los ojos se le pusieron en blanco y cayó de rodillas, sujetándose la garganta con las manos. Líquido escarlata brotó rítmicamente por entre los dedos extendidos. Abrió la boca como para hablar, pero sólo surgió un fino hilillo de sangre. Las manos le resbalaron fuera de la garganta y se desplomó contra el suelo igual que un árbol que cae.

—Cielos —exclamó Pangborn, contemplando el cuerpo caído de su camarada con remilgado desagrado—. Qué desagradable.

La sangre de la garganta perforada de Blackwell se iba extendiendo por el suelo en un viscoso charco rojo. Luke, agarrando a Clary por el hombro, le susurró algo al oído. No le oyó. Clary era sólo consciente de un sordo zumbido en su cabeza. Recordó otro poema de su clase de inglés, algo sobre como tras la primera muerte que uno veía, ninguna otra muerte importaba. Aquel poeta no sabía de lo que hablaba.

Luke la soltó.

—Las llaves, Pangborn —ordenó.

Pangborn empujó suavemente a Blackwell con un pie y alzó la mirada. Parecía irritado.

—¿O qué? ¿Me lanzarás una jeringuilla? Sólo había un cuchillo sobre esa mesa. No —añadió, llevándose una mano hacia la espalda y sacando de detrás del hombro una espada larga y afilada—. Me temo que si quieres las llaves, tendrás que venir a tomarlas. No porque me importe Jocelyn Morgenstern en un sentido u otro, ya sabes, sino sólo porque yo, por mi parte, he estado deseando matarte... durante años.

Alargó la última palabra, saboreándola con delicioso júbilo mientras avanzaba al interior de la habitación. Su espada centelleó, un haz relampagueante a la luz de la luna. Clary vio que Luke estiraba una mano hacia ella, una mano extrañamente alargada, rematada con uñas que eran como diminutas dagas, y comprendió dos cosas: que Luke estaba a punto de cambiar, y que lo que le había susurrado al oído era una sola palabra.

«Corre.»

Corrió. Zigzagueó alrededor de Pangborn, que apenas le dirigió una mirada, esquivó el cuerpo de Blackwell, salió por la puerta y llegó al pasillo, con el corazón latiéndole violentamente, antes de que la transformación de Luke se hubiese completado. No miró atrás, pero oyó un aullido, largo y penetrante, el sonido de metal contra metal y algo que caía con un gran estruendo. Cristal que se rompía, pensó. Tal vez habían volcado la mesilla de noche.

Corrió por el pasillo hasta la habitación de las armas. Una vez en el interior, trató de tomar una desgastada hacha con empuñadura de acero, pero ésta se mantuvo firmemente sujeta a la pared, sin importar lo fuerte que ella tirara. Intentó tomar una espada, y luego una horca de guerra, incluso una daga pequeña, pero ni una sola arma se quedaba en su mano. Por fin, con las uñas rotas y los dedos sangrando por el esfuerzo, tuvo que darse por vencida. Había magia en aquella habitación, y no era magia rúnica: era algo salvaje y extraño, algo siniestro.

Salió de la habitación. No había nada en aquel piso que pudiera ayudarla. Cojeó pasillo adelante, porque empezaba a sentir el dolor del auténtico agotamiento en las piernas y brazos, y se encontró en el rellano de las escaleras. ¿Arriba o abajo? Abajo, recordó, todo había estado sin luz y vacío. Desde luego, estaba la luz mágica que tenía en el bolsillo, pero algo en ella sentía pavor ante la idea de entrar en aquellos espacios vacíos sola. Escaleras arriba vio el resplandor de más luces y distinguió un parpadeo de algo que podría haber sido movimiento.

Subió. La piernas le dolían, los pies le dolían, todo le dolía. Le habían vendado los cortes, pero eso no impedía que le ardieran. También le dolía el rostro allí donde *Hugo* le había herido la mejilla y notaba en la boca un sabor metálico y amargo.

Alcanzó el último rellano. Tenía una suave forma curva como la proa de un barco, y había tanto silencio allí como lo había habido abajo; ningún sonido de la pelea que se libraba fuera llegaba a sus oídos. Otro largo pasillo se extendía frente a ella, con las mismas múltiples puertas, pero aquí había algunas abiertas, que derramaban aún más luz al pasillo. Avanzó, y algún instinto la atrajo hacia la última puerta a la izquierda. Miró al interior cautelosamente.

449

Al principio, la habitación le recordó una de las exhibiciones de reconstrucciones de época del Museo Metropolitano de Arte. Era como si hubiese penetrado en el pasado; las paredes estaban recubiertas con paneles que relucían como si acabaran de sacarles brillo e igual que sucedía con la mesa de comedor, infinitamente larga y dispuesta con delicada porcelana. Un espejo de marco dorado adornaba la pared opuesta, entre dos retratos al óleo en gruesos marcos. Todo centelleaba bajo la luz de las antorchas: los platos sobre la mesa, repletos de comida; las copas aflautadas en forma de lirios; las mantelerías tan blancas que resultaban cegadoras. Al fondo de la habitación había dos amplias ventanas, cubiertas con cortinas de grueso terciopelo. Jace estaba de pie ante una de las ventanas, tan inmóvil que por un momento imaginó que era una estatua, hasta que reparó en que podía ver la luz brillando en sus cabellos. La mano izquierda del muchacho mantenía apartada la cortina, y en la oscura ventana, Clary vio el reflejo de las docenas de velas del interior de la estancia, atrapadas en el cristal igual que luciérnagas.

—Jace —exclamó.

Oyó su propia voz como si viniera de muy lejos: asombro, gratitud, un anhelo tan agudo que resultaba doloroso. Él se volvió, soltando la cortina, y ella vio la expresión de asombro de su rostro.

—¡Jace! —repitió, y corrió hacia él.

El muchacho la agarró cuando se abalanzó sobre él, rodeándola con fuerza entre sus brazos.

—Clary. —Su voz era casi irreconocible—. Clary, ¿qué haces aquí?

—He venido a buscarte —contestó ella, y la voz quedó ahogada en la camisa del muchacho.

—No deberías haberlo hecho. —Los brazos que la rodeaban se aflojaron repentinamente; dio un paso atrás, sujetándola un poco alejada de él—. Dios mío —exclamó, tocando su rostro—. Idiota, ¡mira que hacer esto!

Su voz sonó enojada, pero la mirada que le recorrió el rostro, los dedos que le apartaron con delicadeza los cabellos hacia atrás, eran tiernos. Jamás le había visto con aquel aspecto; había una especie de fragilidad en él, como si pudiera estar no simplemente conmovido sino incluso dolido.

—¿Por qué no piensas nunca? —susurró Jace.

—Estaba pensando —replicó ella—. Pensaba en ti.

Él cerró los ojos durante un momento.

—Si algo te hubiese sucedido... —Sus manos recorrieron la línea de los brazos de la muchacha con suavidad, hasta alcanzar las muñecas, como para asegurarse de que ella estaba realmente allí—. ¿Cómo me has encontrado?

—Luke —respondió—. He venido con Luke. A rescatarte.

Sujetándola aún, desvió la mirada de su rostro a la ventana, mientras una leve expresión desaprobadora fruncía las comisuras de su boca—. Así que ésos son... ¿has venido con el clan de lobos? —preguntó con un curioso tono en la voz.

—El clan de Luke —respondió ella—. Es un hombre lobo, y...

—Lo sé —la interrumpió Jace—. Debería habérmelo imaginado..., las esposas. —Echó una ojeada a la puerta—. ¿Dónde está?

—Abajo —respondió Clary despacio—. Ha matado a Blackwell. Yo he subido a buscarte.

—Va a tener que decirles que se vayan —repuso Jace.

Ella le miró sin comprender.

—¿Qué?

—Luke —explicó Jace—. Va a tener que decir a su jauría que se vaya. Ha habido un malentendido.

—¿Cuál, te secuestraste tú mismo? —Su intención había sido que sonara burlón, pero su voz era demasiado débil—. Vamos, Jace.

Lo tiró de la muñeca, pero él se resistió. La miraba de hito en hito, y ella advirtió con un sobresalto lo que no había advertido en su primer arrebato de alivio.

La última vez que lo había visto, había estado herido y magullado, las ropas manchadas de mugre y sangre, los cabellos cubiertos de icor y polvo. Ahora iba vestido con una amplia camisa blanca y pantalones oscuros, con los cabellos limpios y peinados cayéndole alrededor del rostro, sueltos y brillando con aquel pálido tono dorado. Jace se apartó unos cuantos pelos de los ojos con una delgada mano, y ella vio que el grueso anillo de plata había regresado a su dedo.

—¿Ésta es tu ropa? —le preguntó, desconcertada—. Y... te han vendado... —Su voz se apagó—. Valentine parece estar cuidando muy bien de ti.

Él le sonrió con fatigado afecto.

—Si te contara la verdad, dirías que estoy loco —soltó.

Clary sintió que el corazón le palpitaba con fuerza dentro del pecho, como el veloz aleteo de un colibrí.

—No, no lo haría.

—Mi padre me dio estas ropas —dijo él.

El aleteo se convirtió en un veloz martilleo.

—Jace —repuso con cuidado—, tu padre está muerto.

—No.

El muchacho negó con la cabeza, y ella tuvo la sensación de que le ocultaba algún enorme sentimiento, como de horror o alegría..., o ambas cosas.

—Pensaba que lo estaba, pero no lo está. Todo ha sido un error.

Recordó lo que Hodge había dicho sobre Valentine y su capacidad para contar mentiras encantadoras y convincentes.

—¿Esto te lo ha contado Valentine? Porque es un embustero, Jace. Recuerda lo que Hodge dijo. Si te está diciendo que tu padre está vivo, es una mentira para conseguir que hagas lo que él quiere.

—He visto a mi padre —respondió él—. He hablado con él. Me dio esto. —Tiró de la camisa nueva y limpia, como si fuera una prueba irrefutable—. Mi padre no está muerto. Valentine no lo mató. Hodge me mintió. Todos estos años he creído que estaba muerto, pero no lo estaba.

Clary miró frenéticamente a su alrededor, a la habitación con su refulgente porcelana, sus antorchas que ardían con luz parpadeante y sus espejos vacíos y cegadores.

—Bien, si tu padre realmente está en este lugar, entonces, ¿dónde está? ¿También lo ha secuestrado Valentine?

Los ojos de Jace brillaban. El cuello de la camisa estaba abierto, y Clary vio las finas cicatrices blancas que le cubrían la clavícula, como grietas en la suave piel dorada.

—Mi padre...

La puerta de la habitación, que Clary había cerrado tras ella, se abrió con un crujido, y un hombre entró en la habitación.

Era Valentine. Sus cabellos plateados, muy cortos, brillaban como un casco de acero bruñido y su boca era dura. Llevaba una funda a la cintura sobre su grueso cinturón y la empuñadura de una larga espada sobresalía por la parte superior.

—Bien —comenzó, posando una mano en la empuñadura mientras hablaba—, ¿has recogido tus cosas? Nuestros repudiados pueden contener a los hombres lobos durante sólo...

Al ver a Clary se interrumpió en mitad de la frase. No era la clase de persona a quien se puede coger nunca realmente por sorpresa, pero ella vio un parpadeo de asombro en sus ojos.

—¿Qué es esto? —preguntó, volviendo la mirada hacia Jace.

Pero Clary se había llevado ya las manos a la cintura en busca de la daga. La agarró por la empuñadura, la sacó de la funda y echó la mano atrás. La rabia latía con fuerza tras sus ojos igual que un tamborileo. Podía matar a aquel hombre. Lo mataría.

Jace le agarró la muñeca.

—No.

Ella fue incapaz de contener su incredulidad.

—Pero, Jace...

—Clary —afirmó él con firmeza—. Éste es mi padre.

23

VALENTINE

—Veo que he interrumpido algo —dijo Valentine, la voz seca como una tarde en el desierto—. Hijo, ¿te importaría decirme quién es ésta? ¿Uno de los hijos de los Lightwood, tal vez?

—No —contestó Jace, cuya voz sonó cansada y triste, aunque la mano que le sujetaba la muñeca no se aflojó—. Ésta es Clary. Clarissa Fray. Es una amiga mía. Es...

Los ojos negros de Valentine la escudriñaron desde lo alto de la desgreñada cabeza hasta las puntas de las arañadas zapatillas de deporte, y se clavaron en la daga que todavía sujetaba en la mano.

Una expresión indefinible le pasó por el rostro: en parte divertida, en parte irritada.

—¿Dónde conseguiste esa arma, joven dama?

—Jace me la dio —respondió ella con frialdad.

—Claro —repuso Valentine, y su tono era afable—. ¿Puedo verla?

—¡No!

Clary dio un paso atrás, como si creyera que podría abalanzarse sobre ella, y sintió que le arrebataban limpiamente el arma de entre los dedos. Jace, sujetando la daga, la miró con expresión contrita.

—Jace —siseó ella, poniendo cada onza de la traición que sentía en las sílabas de su nombre.

Él se limitó a decir.

—Sigues sin comprender, Clary.

Con una especie de cuidado deferente que a ella le produjo ganas de vomitar, el muchacho fue hacia Valentine y le entregó la daga.

—Aquí la tienes, padre.

Valentine tomó la daga en su gran mano de largos huesos y la examinó.

—Esto es un *kindjal*, una daga circasiana. Ésta en concreto formaba parte de una pareja a juego. Aquí, mira la estrella de los Morgenstern, tallada en la hoja. —La hizo girar entre las manos, mostrándosela a Jace—. Me sorprende que los Lightwood nunca lo advirtieran.

—Nunca se la mostré —respondió Jace—. Me dejaron tener mis propias cosas personales. Jamás husmearon.

—Claro que no —repuso Valentine, devolviéndole el *kindjal* a Jace—. Pensaban que eras el hijo de Michael Wayland.

Jace, deslizando la daga de empuñadura roja en su cinturón, alzó los ojos.

—También lo pensaba yo —masculló en voz baja, y en ese momento Clary advirtió que no era ninguna broma, que Jace no estaba haciéndole el juego para sus propios propósitos, que realmente creía que Valentine era su padre que había vuelto a él.

Una fría desesperación empezaba ya a extenderse por la venas de la muchacha. Con un Jace enojado, con un Jace hostil, furioso, se las podría haber visto, pero aquel Jace nuevo, frágil y brillando a la luz de su propio milagro personal, era un extraño para ella.

Valentine la miró por encima de la leonada cabeza del joven; sus ojos mostraban una diversión fría.

—Tal vez —dijo— sería una buena idea que te sentaras ahora, Clary.

Ella cruzó los brazos enfadada sobre el pecho.

—No.

—Como quieras. —Valentine apartó una silla y se sentó en la cabecera de la mesa.

Al cabo de un momento, Jace se sentó también, junto a una botella medio llena de vino.

—Pero vas a oír algunas cosas que pueden hacerte desear haberte sentado —siguió Valentine.

—Te lo haré saber —replicó Clary—, si así sucede.

—Muy bien.

Valentine se recostó en su asiento, con las manos tras la cabeza. El cuello de la camisa se le abrió un poco, mostrando la clavícula llena de cicatrices. Con cicatrices, como las de su hijo, como las de todos los nefilim. «Una vida de cicatrices y matanzas», había dicho Hodge.

—Clary —volvió a decir él, como si paladeara el sonido de su nombre—. ¿Diminutivo de Clarissa? No es un nombre que yo hubiera escogido.

Había un sombrío pliegue en sus labios.

«Sabe que soy su hija —pensó Clary—. De algún modo, lo sabe. Pero no lo dice. ¿Por qué no lo dice?»

Debido a Jace, comprendió. Jace pensaría..., no se le ocurría qué pensaría él. Valentine los había visto abrazarse al cruzar la puerta. Debía de saber que tenía una información devastadora en sus manos. En algún lugar tras aquellos insondables ojos negros, su aguda mente funcionaba a toda velocidad, intentando decidir el mejor modo de usar lo que sabía.

Dirigió otra mirada implorante a Jace, pero él tenía la vista clavada en la copa de vino situada junto a su mano izquierda, medio llena de líquido de un rojo purpúreo. Clary vio el rápido movimiento ascendente y descendente de su pecho mientras respiraba; el joven estaba más alterado de lo que dejaba ver.

—Realmente no me importa qué nombre habrías elegido tú —dijo Clary.

—Estoy seguro —replicó Valentine, inclinándose al frente— de que no.

—Tú no eres el padre de Jace —indicó ella—. Intentas engañarnos. El padre de Jace era Michael Wayland. Los Lightwood lo saben. Todo el mundo lo sabe.

—Los Lightwood estaban mal informados —repuso Valentine—. Realmente creyeron... creen que Jace es el hijo de su amigo Michael. Igual que la Clave. Ni siquiera los Hermanos Silenciosos saben quién es en realidad. Aunque muy pronto, lo harán.

—Pero el anillo Wayland...

—Ah, sí —repuso Valentine, mirando la mano de Jace, donde el anillo centelleaba igual que escamas de serpiente—. El anillo. Gracioso, ¿no es cierto, como una *M* lucida al revés parece una *W*? Desde luego, si uno se hubiera molestado en pensar sobre ello, probablemente habría encontrado un poco extraño que el símbolo de la familia Wayland fuera una estrella fugaz. Pero en absoluto extraño que fuera el símbolo de los Morgenstern.

Clary le miró fijamente.

—No tengo ni idea de a qué te refieres.

—Olvido lo lamentablemente relajada que es la educación mundana —repuso él—. Morgenstern significa «lucero del alba». Como en: «¡Cómo has caído del cielo, Lucero, hijo de la aurora! ¡Cómo has sido precipitado por tierra, tú que subyugabas a las naciones!».

Un pequeño escalofrío recorrió a Clary.

—Te refieres a Satán.

—O a cualquier gran poder perdido —explicó Valentine—, debido a una negativa a servir. Como fue la mía. No quería servir a un gobierno corrupto, y por eso perdí a mi familia, mis tierras, casi mi vida...

—¡El Levantamiento fue culpa tuya! —le espetó Clary—. ¡Murió gente en él! ¡Cazadores de sombras como tú!

—Clary. —Jace se inclinó al frente, volcando casi la copa con el codo—. Sólo escúchale, ¿quieres? No es como tú pensabas. Hodge nos mintió.

—Lo sé —respondió ella—. Nos vendió a Valentine. Era el peón de Valentine.

—No —insistió Jace—. No, Hodge era quien deseaba la Copa Mortal desde el principio. Fue él quien envió a los rapiñadores tras tu madre. Mi padre..., Valentine sólo se enteró de ello después, y vino a detenerlo. Trajo a tu madre aquí para curarla, no para lastimarla.

—¿Y te crees esa porquería? —inquirió ella asqueada—. No es cierto. Hodge trabajaba para Valentine. Estaban metidos en ello juntos, para conseguir la Copa. Nos tendió una trampa, es cierto, pero no era más que un instrumento.

—Pero era él quien necesitaba la Copa Mortal —replicó Jace—. Para poder quitarse la maldición y huir antes de que mi padre contara a la Clave todo lo que había hecho.

—¡Sé que eso no es cierto! —replicó Clary con vehemencia—. ¡Yo estaba allí! —Se revolvió contra Valentine—. Yo estaba en la habitación cuando entraste a tomar la Copa. No podías verme, pero yo estaba allí. Te vi. Tomaste la Copa y le quitaste la maldición a Hodge. Él no podría haberlo hecho por sí mismo. Así lo dijo.

—Sí que le quité la maldición —repuso Valentine en tono mesurado—, pero lo hice movido por la lástima. Resultaba tan patético.

—No sentías lástima. No sentías nada.

—¡Es suficiente, Clary!

Era Jace. Le miró atónita. Tenía las mejillas enrojecidas como si hubiese estado bebiendo el vino que tenía junto a él, los ojos demasiado brillantes.

—No le hables así a mi padre.

—¡Él no es tu padre!

Jace la miró como si le hubiese abofeteado.

—¿Por qué estás tan decidida a no creernos?

—Porque te ama —dijo Valentine.

Clary se sintió palidecer. Le miró, sin saber qué podría él decir a continuación, pero temiéndolo. Sintió como si se estuviera acercando poco a poco a un precipicio, a una veloz caída a la nada y a ninguna parte. Sintió una sensación de vértigo en el estómago.

—¿Qué? —Jace pareció sorprendido.

Valentine miraba a Clary con expresión divertida, como si se diera cuenta de que la tenía inmovilizada como a una mariposa sobre una tabla.

—Teme que me esté aprovechando de ti —afirmó—. Que te haya lavado el cerebro. No es así, por supuesto. Si miraras en tus propios recuerdos, Clary, lo sabrías.

—Clary.

Jace empezó a ponerse en pie, con los ojos fijos en ella, y ella vio los círculos que había bajo ellos, la tensión bajo la que se encontraba.

—Yo... —siguió él.

—Siéntate —ordenó Valentine—. Deja que llegue a ello por sí misma, Jonathan.

Jace se calmó al instante, dejándose caer de nuevo en la silla. A través del mareo del vértigo, Clary buscó a tientas intentando llegar a una comprensión.

«¿Jonathan?»

—Pensaba que tu nombre era Jace —dijo—. ¿También me mentiste respecto a eso?

—No. Jace es un apodo.

Clary estaba muy cerca del precipicio en aquellos instantes, tan cerca que casi podía mirar abajo.

—¿Debido a qué?

Él la miró como si no pudiera comprender por qué daba tanta importancia a algo tan insignificante.

—Son mis iniciales —respondió—. J. C.

El precipicio apareció ante ella. Pudo ver la larga caída a la oscuridad.

—Jonathan —dijo con voz débil—. Jonathan Christopher.

Las cejas de Jace se fruncieron.

—¿Cómo sabías...?

Valentine le interrumpió con voz tranquilizadora.

—Jace, había pensado ahorrártelo. Pensaba que una historia de una madre que murió te haría menos daño que la historia de una madre que te abandonó antes de tu primer cumpleaños.

Los dedos delgados de Jace se cerraron convulsivamente sobre el pie de la copa. Clary pensó por un momento que ésta se haría pedazos.

—¿Mi madre está viva?

—Lo está —afirmó Valentine—. Viva, y dormida en una de las habitaciones de abajo en este mismo instante. Sí —siguió, interrumpiendo al muchacho antes de que pudiera hablar—. Jocelyn es tu madre, Jonathan. Y Clary..., Clary es tu hermana.

Jace retiró violentamente la mano y la copa de vino se volcó, derramando un espumoso líquido escarlata sobre el mantel blanco.

—Jonathan —exclamó Valentine.

Jace había adquirido un color horrible, una especie de blanco verdoso.

—Eso no es cierto —repuso—. Ha habido un error. Es imposible que sea cierto.

Valentine miró con fijeza a su hijo.

—Un motivo de júbilo —dijo en un tono de voz bajo y meditabundo—, habría pensado yo. Ayer eras un huérfano, Jonathan. Y ahora un padre, una madre, una hermana, que nunca supiste que tenías.

—No es posible —volvió a decir Jace—. Clary no es mi hermana. Si lo fuera...

—Entonces ¿qué? —inquirió Valentine.

Jace no respondió, pero su enfermiza expresión de horror fue suficiente para Clary. Un tanto vacilante, rodeó la mesa y se arrodilló junto a su silla, haciendo intención de tomar su mano.

—Jace...

Él se apartó violentamente, los dedos cerrándose con fuerza sobre el mantel empapado.

—No.

El odio por Valentine ardió en la garganta de la muchacha igual que lágrimas no derramadas. Valentine había retenido información, y al no contar lo que sabía, que ella era su hija, la había hecho cómplice en su silencio. Y ahora, tras haber soltado la verdad sobre ellos como una pesada roca aplastante, se recostaba para observar los resultados con fría consideración. ¿Cómo podía Jace no darse cuenta de lo odioso que era?

—Dime que no es cierto —pidió Jace, con la vista fija en el mantel.

Clary tragó saliva para eliminar el ardor de su garganta.

—No puedo hacerlo.

La voz de Valentine sonó como si sonriera.

—¿De modo que ahora admites que he estado diciendo la verdad todo este tiempo?

—No —le replicó ella con violencia sin mirarle—. Dices mentiras con un poco de verdad mezclada en ellas, eso es todo.

—Esto se vuelve tedioso —se quejó Valentine—. Si quieres oír la verdad, Clary, ésta es la verdad. Has oído historias sobre el Levantamiento y por lo tanto crees que soy un villano. ¿Es eso cierto?

Clary no dijo nada. Miraba a Jace, que parecía como si estuviera a punto de vomitar. Valentine siguió hablando despiadadamente.

—Es sencillo, en realidad. La historia que oíste era cierta en alguna de sus partes, pero no en otras; mentiras mezcladas con un poco de verdad, como has dicho. Lo cierto es que Michael Wayland resultó muerto durante el Levantamiento. Adopté el nombre de Michael y su puesto cuando huí de la Ciudad de Cristal con mi hijo. Fue muy fácil; Wayland no tenía auténticos parientes, y sus amigos más íntimos, los Lightwood, estaban en el exilio. Él mismo habría caído en desgracia por su participación en el Levantamiento, así que viví esa vida deshonrada, tranquilamente, sólo con Jace en la finca de los Wayland. Leí mis libros, crié a mi hijo. Y aguardé mi momento.

Jugueteó con el borde afiligranado de una copa con expresión pensativa. Era zurdo, advirtió Clary. Igual que Jace.

—Al cabo de diez años, recibí una carta. El autor de la carta indicaba que conocía mi auténtica identidad, y si yo no estaba dispuesto a tomar ciertas medidas, la revelaría. No sabía de quién procedía la carta, pero no importaba. No estaba dispuesto a dar a quien la había escrito lo que deseaba. Además, sabía que mi seguridad estaba comprometida, y lo estaría a menos que él pensara que estaba muerto, fuera de su alcance. Organicé mi propia muerte por segunda vez, con la ayuda de Blackwell y Pangborn, y para la propia seguridad de Jace me aseguré de que lo enviarían aquí, para gozar de la protección de los Lightwood.

—¿Así que dejaste que Jace te creyera muerto? ¿Simplemente te limitaste a dejar que pensara que estabas muerto, todos estos años? Eso es despreciable.

—No —volvió a decir Jace.

El muchacho había alzado las manos para cubrirse la cara y habló sobre sus propios dedos, con la voz ahogada por ellos.

—No, Clary.

Valentine miró a su hijo con una sonrisa que Jace no pudo ver.

—Jonathan tenía que pensar que estaba muerto, sí. Tenía que pensar que era el hijo de Michael Wayland, o los Lightwood no le habrían protegido como lo hicieron. Era con Michael con quien tenían una deuda, no conmigo. Fue por Michael que le amaron, no por mí.

—Quizá le amaron por él mismo —sugirió Clary.

—Una interpretación sentimental encomiable —observó Valentine—, pero improbable. No conoces a los Lightwood como yo los conocí. —Valentine no pareció ver que Jace se estremecía, o si lo vio, hizo como si no—. Apenas importa, al fin y al cabo —añadió—. Los Lightwood tenían como misión proteger a Jace, no ser un sustituto de su familia, sabes. Él tiene una familia. Tiene un padre.

De la garganta de Jace brotó un sonido, y éste apartó las manos del rostro.

—Mi madre...

—Huyó después del Levantamiento —dijo Valentine—. Yo era

462

un hombre deshonrado. La Clave me habría cazado de haber pensado que aún estaba vivo. No pudo soportar tener relación conmigo, y huyó.

El dolor de su voz era palpable... y fingido, se dijo Clary con amargura. El muy asqueroso manipulador.

—No sabía que estaba embarazada en aquel momento. De Clary. —Sonrió un poco, haciendo descender el dedo lentamente por la copa de vino—. Pero la sangre llama a la sangre, como dicen —prosiguió—. El destino nos ha traído a esta convergencia. Nuestra familia junta otra vez. Podemos usar el Portal —dijo, volviendo la mirada hacia Jace—. Ir a Idris. De vuelta a la casa solariega.

Jace se estremeció un poco, pero asintió, sin dejar de contemplar sus manos como aturdido.

—Estaremos juntos allí —indicó Valentine—. Como debemos estar.

«Eso suena genial —pensó Clary—. Sólo tú, tu esposa comatosa, tu hijo traumatizado y tu hija que te odia a muerte. Por no mencionar que tus dos hijos tal vez estén enamorados el uno del otro. Vaya, eso suena a una perfecta reunión familiar.»

—No voy a ir a ninguna parte contigo, y tampoco lo va a hacer mi madre —se limitó a decir en voz alta.

—Él tiene razón, Clary —insistió Jace con voz ronca, y flexionó las manos; tenía las yemas de los dedos manchadas de rojo—. Es el único lugar al que podemos ir. Podemos aclarar las cosas allí.

—No puedes hablar en serio...

Un enorme estampido les llegó desde abajo, tan potente que sonó como si una pared del hospital se hubiera desplomado sobre sí misma. «Luke», pensó Clary, incorporándose de un salto.

Jace, a pesar de su expresión de mareado horror, respondió automáticamente, medio alzándose de su silla a la vez que dirigía la mano a su cinturón.

—Padre, están...

—Vienen hacia aquí. —Valentine se puso en pie.

Clary oyó pisadas. Al cabo de un momento, la puerta de la habitación se abrió de golpe, y Luke apareció en el umbral.

Clary contuvo un grito. Estaba cubierto de sangre, los pantalones y la camisa oscurecidos y con grumos de sangre coagulada, la parte inferior del rostro recubierta de ella. Las manos estaban rojas hasta las muñecas, la sangre que las cubría estaba húmeda y corría por ellas. Clary no tenía ni idea de si la sangre era suya. Se oyó chillar su nombre, y a continuación atravesaba ya la habitación a la carrera para reunirse con él y casi trastabillaba consigo misma en su ansia por agarrarle la parte delantera de la camisa y aferrarse a ella, tal y como no lo había hecho desde que tenía ocho años.

Por un momento, su enorme mano se alzó y sujetó la nuca de la muchacha, apretándola contra él en un fuerte apretón de un solo brazo. Luego la apartó con suavidad.

—Estoy cubierto de sangre —dijo—. No te preocupes..., no es mía.

—¿De quién es entonces?

Era la voz de Valentine, y Clary se volvió, con el brazo protector de Luke sobre los hombros. Valentine los observaba a ambos, con ojos entrecerrados y calculadores. Jace se había puesto en pie, había rodeado la mesa y se encontraba detrás de su padre con aire vacilante. Clary no podía recordar haberle visto nunca hacer algo de un modo vacilante.

—La de Pangborn —respondió Luke.

Valentine se pasó una mano por el rostro, como si la noticia le apenara.

—Ya veo. ¿Le desgarraste la garganta con los dientes?

—En realidad —explicó Luke—, lo maté con esto.

Con la mano libre extendió la daga larga y fina con la que había matado al repudiado. Bajo la luz, Clary pudo ver las gemas azules de la empuñadura.

—¿La recuerdas?

Valentine la miró, y Clary vio que la mandíbula se le tensaba.

—La recuerdo —contestó, y Clary se preguntó si, también él, estaba recordando su anterior conversación.

«Esto es un *kindjal*, una daga circasiana. Ésta en concreto formaba parte de una pareja a juego.»

—Me la entregaste hace diecisiete años y me dijiste que pusiera fin a mi vida con ella —recordó Luke, con el arma bien sujeta en la mano.

La hoja de ésta era más larga que la hoja del *kindjal* de empuñadura roja que Luke llevaba en el cinturón; se hallaba en algún punto entre una daga y una espada, y la hoja tenía una punta tan fina como una aguja.

—Y casi lo hice.

—¿Esperas que lo niegue? —Había dolor en la voz de Valentine, el recuerdo de una vieja pena—. Intenté salvarte de ti mismo, Lucian. Cometí un terrible error. Si al menos hubiese tenido el coraje de matarte yo mismo, podrías haber muerto como un hombre.

—¿Como tú? —inquirió Luke.

Y en aquel momento, Clary vio en él algo del Luke que siempre había conocido, que era capaz de saber si ella mentía o fingía, que la llamaba al orden cuando se mostraba arrogante o falsa. En la amargura de su voz oyó el amor que había sentido en una ocasión por Valentine, solidificado en forma de cansino odio.

—¿Un hombre que encadena a su esposa inconsciente a la cama con la intención de torturarla para conseguir información cuando despierte? ¿Ése es tu valor?

Jace miraba sorprendido a su padre. Clary vio el ataque de cólera que crispó momentáneamente las facciones de Valentine, luego ésta desapareció, y su rostro apareció terso.

—No la he torturado —afirmó—. Está encadenada para su propia protección.

—¿Contra qué? —exigió saber Luke, penetrando más en la habitación—. La única cosa que la pone en peligro eres tú. La única cosa que jamás la puso en peligro fuiste tú. Se ha pasado la vida corriendo para huir de ti.

—La amaba —dijo Valentine—. Jamás le habría hecho daño. Fuiste tú quien la volvió en mi contra.

Luke rió.

—Ella no necesitó que la volviera en tu contra. Aprendió a odiarte sola.

—¡Eso es una mentira! —rugió Valentine con repentina ferocidad, y sacó la espada de la vaina que llevaba sujeta al costado.

La hoja era plana y de un negro mate con un dibujo de estrellas plateadas. Apuntó con el arma al corazón de Luke.

Jace dio un paso hacia Valentine.

—Padre...

—¡Jonathan, ¡estáte callado! —gritó Valentine, pero era demasiado tarde; Clary vio la expresión de sorpresa en el rostro de Luke cuando miró a Jace.

—¿Jonathan? —musitó.

La boca de Jace se crispó.

—No me llames así —dijo con ferocidad, los dorados ojos llameantes—. Te mataré yo mismo si me llamas así.

Luke, sin hacer caso de la espada que le apuntaba al corazón, no apartó los ojos de Jace.

—Tu madre se sentiría orgullosa —murmuró en un tono tan bajo que incluso Clary, que estaba junto a él, tuvo que esforzarse para oírlo.

—No tengo una madre —replicó Jace, y las manos le temblaban—. La mujer que me alumbró me abandonó antes de que aprendiera a recordar su rostro. Yo no era nada para ella, de modo que ella no es nada para mí.

—Tu madre no es quien te abandonó —corrigió Luke, moviendo la mirada lentamente hacia Valentine—. Habría pensado que ni siquiera tú —indicó despacio— serías capaz de usar a los de tu propia sangre como señuelo. Supongo que me equivoqué.

—Es suficiente. —El tono de Valentine fue casi lánguido, pero había ferocidad en él, una ávida amenaza de violencia—. Suelta a mi hija, o te mataré aquí mismo.

—No soy tu hija —replicó Clary con fiereza, pero Luke la empujó lejos de él, con tanta fuerza que casi la hizo caer.

—Sal de aquí —ordenó—. Ve a un lugar seguro.

—¡No voy a dejarte!

—Clary, lo digo en serio. Sal de aquí. —Luke alzaba ya su daga—. Ésta no es tu pelea.

Clary se apartó de él tambaleante, marchando hacia la puerta que conducía al rellano. Quizá podría correr en busca de ayuda, en busca de Alaric...

Entonces Jace apareció ante ella, impidiéndole llegar a la puerta. Había olvidado lo rápido que el muchacho se movía, con la suavidad de un gato, con la velocidad del agua.

—¿Estás loca? —siseó él—. Han derribado la puerta principal. Este lugar estará lleno de repudiados.

Ella le empujó.

—Déjame salir...

Jace la retuvo con mano férrea.

—¿Para que te hagan pedazos? Ni hablar.

Un sonoro entrechocar de metal se oyó detrás de ella. Clary se apartó de Jace y vio que Valentine había atacado a Luke, que había respondido al golpe con un ensordecedor quite. Las armas se separaron con un chirrido, y ahora ambos se movían por el suelo en un borroso remolino de fintas y cuchilladas.

—Ah, Dios mío —murmuró ella—. Van a matarse.

Los ojos de Jace estaban casi negros.

—No lo comprendes —dijo—. Así es como se hace...

Se interrumpió e inhaló con fuerza cuando Luke se coló a través de las defensas de Valentine y le asestó un golpe en el hombro. La sangre comenzó a manar, manchando la tela de la camisa blanca.

Valentine echó atrás la cabeza y rió.

—Un buen golpe —observó—. No habría creído que fueras capaz de eso, Lucian.

Luke permaneció muy erguido, con el cuchillo ocultando su rostro a los ojos de Clary.

—Tú mismo me enseñaste ese movimiento.

—Pero eso fue hace años —respondió Valentine en una voz que era como la seda cruda—, y desde entonces, no habrás tenido demasiada necesidad de cuchillos, ¿verdad? No cuando tienes zarpas y colmillos a tu disposición.

—Mucho mejor para arrancarte el corazón.

Valentine meneó la cabeza.

—Me arrancaste el corazón hace años —reprochó, y ni siquiera Clary supo si el dolor en su voz era real o fingido—. Cuando me traicionaste y abandonaste.

Luke volvió a atacar, pero Valentine retrocedía ya veloz sobre el suelo. Para ser un hombretón se movía con una sorprendente ligereza.

—Fuiste tú quien volvió a mi esposa en contra de los suyos. Fuiste a ella cuando era más débil, con tu aspecto lastimoso, tu desvalida necesidad. Yo me mostraba distante, y ella pensó que la amabas. Fue una estúpida.

Jace estaba tenso como un alambre junto a Clary, que podía percibir su tensión, como las chispas despedidas por un cable eléctrico caído.

—Es de tu madre de quien habla Valentine —dijo ella.

—Me abandonó —respondió Jace—. Vaya madre.

—Creyó que estabas muerto. ¿Quieres sàber cómo lo sé? Porque guardaba una caja en su dormitorio. Tenía tus iniciales en ella. J. C.

—Así que tenía una caja —se burló él—. Mucha gente tiene cajas. Guardan cosas en ellas. Es una moda creciente, he oído.

—Tenía un mechón de tu cabello dentro. Y una fotografía, tal vez dos. Acostumbraba a sacarla cada año y a llorar sobre ella. Un llanto desconsolado.

La mano de Jace se cerró con fuerza al costado.

—Para —masculló entre dientes.

—Parar ¿qué? ¿De contarte la verdad? Pensaba que habías muerto..., jamás te habría abandonado de haber sabido que estabas vivo. Tú pensabas que tu padre estaba muerto...

—¡Lo vi morir! O pensé que lo hice. ¡No me limité... no me limité a oír que había sucedido y a elegir creerlo!

—Ella encontró tus huesos quemados —insistió Clary en voz baja—. En las ruinas de su casa. Junto con los huesos de su madre y su padre.

Por fin Jace la miró y ella vio la incredulidad bien patente en sus ojos, y alrededor de sus ojos, la tensión de mantener aquella incredulidad. Veía, casi como si viera a través de un *glamour*, la frágil estructura de la fe en su padre que llevaba puesta encima como una armadura transparente, protegiéndole de la verdad. En algún lugar, se dijo, había una rendija en aquella armadura; en algún lugar, si conseguía encontrar las palabras correctas, se podía abrir una brecha en ella.

—Eso es ridículo —replicó él—. No morí... no había huesos.

—Los había.

—Entonces fue un *glamour* —repuso él con aspereza.

—Preguntale a tu padre qué les sucedió a sus suegros —indicó Clary, y alargó la mano para tocarle la mano—. Pregúntale si eso fue un encanto, un *glamour*, también...

—¡Cállate!

El control de Jace se resquebrajó, y él se revolvió contra ella, lívido. Clary vio que Luke echaba una ojeada en dirección a ellos, sobresaltado por el ruido, y en ese momento de distracción Valentine se abrió paso bajo sus defensas y, con una única estocada al frente, hundió la hoja de su espada en el pecho de Luke, justo por debajo de la clavícula.

Los ojos de Luke se abrieron de par en par de asombro más que de dolor. Valentine echó la mano hacia atrás violentamente, y la hoja se deslizó hacia fuera, manchada de rojo hasta la empuñadura. Con una seca carcajada, Valentine volvió a atacar, en esta ocasión arrancándole el arma de la mano a Luke. Ésta golpeó el suelo con un hueco sonido metálico, y Valentine le asestó una fuerte patada, haciendo que resbalara bajo la mesa al mismo tiempo que Luke se desplomaba.

Valentine alzó la espada negra sobre el cuerpo caído de su adversario, listo para asestar el golpe definitivo. Estrellas plateadas incrustadas centelleaban a lo largo de toda la hoja, y Clary pensó, paralizada en un momento de horror, ¿cómo podía algo tan mortífero ser tan hermoso?

Jace, intuyendo lo que Clary iba a hacer antes de que lo hiciera, se volvió de cara a ella.

—Clary...

El momento de parálisis pasó. Clary se retorció soltándose de Jace, agachándose para eludir las manos que intentaban atraparla, y corrió por el suelo de piedra hacia Luke. Éste estaba en el suelo, sosteniéndose sobre un brazo; la muchacha se arrojó sobre él justo cuando la espada de Valentine descendía.

Vio los ojos de Valentine mientras la espada caía veloz hacia ella; pareció como si transcurrieran eones, aunque sólo pudo tratarse de una fracción de segundo. Vio que él podía detener el golpe si quería. Vio que él sabía que podría alcanzarla a ella si no lo hacía. Vio que iba a asestarlo de todos modos.

Alzó las manos, cerrando los ojos con fuerza...

Se oyó un sonido metálico. Valentine lanzó un grito, y Clary, al abrir los ojos, le vio con la mano vacía, sangrando. El *kindjal* de empuñadura roja yacía algo más allá sobre el suelo de piedra junto a la espada negra. Se volvió atónita y vio a Jace junto a la puerta, con el brazo todavía levantado; comprendió que él debía de haber lanzado la daga con fuerza suficiente para arrancarle a su padre la espada negra de la mano.

Muy pálido, el muchacho bajó el brazo despacio, con los ojos puestos en Valentine... muy abiertos y suplicantes.

—Padre, yo...

Valentine contempló su mano sangrante, y por un momento,

Clary vio cómo un espasmo de cólera cruzaba por su rostro, como una luz apagándose con un parpadeo. Su voz, cuando habló, fue dulce.

—Ése fue un lanzamiento excelente, Jace.

Jace vaciló.

—Pero tu mano. Simplemente pensé que...

—No habría herido a tu hermana —mintió Valentine, moviéndose con rapidez para recuperar tanto la espada como el *kindjal* de empuñadura roja, que se metió en el cinturón—. Habría detenido el golpe. Pero tu preocupación por la familia es encomiable.

«Mentiroso.» Pero Clary no tenía tiempo para los engaños de Valentine. Volvió la cabeza para mirar a Luke y sintió una fuerte punzada de náusea. Estaba tumbado de espaldas, con los ojos medio cerrados y la respiración entrecortada. La sangre borboteaba del agujero de la desgarrada camisa.

—Necesito un vendaje —pidió Clary con voz ahogada—. Algo de tela, cualquier cosa.

—No te muevas, Jonathan —ordenó Valentine con voz férrea, y Jace se quedó inmóvil donde estaba, con la mano a medio meter en el bolsillo—. Clarissa —dijo su padre, en una voz tan untuosa como el acero untado de mantequilla—, este hombre es un enemigo de nuestra familia, un enemigo de la Clave. Somos cazadores, y eso significa que en ocasiones debemos matar. Sin duda comprendes eso.

—Cazadores de demonios —replicó Clary—. Gente que mata demonios. No asesinos. Hay una diferencia.

—Es un demonio, Clarissa —repuso Valentine, todavía con la misma voz suave—. Un demonio con el rostro de un hombre. Sé lo engañosos que pueden resultar tales monstruos. Recuerda, le perdoné la vida yo mismo en una ocasión.

—¿Monstruo? —repitió Clary.

Pensó en Luke, en Luke empujándola en los columpios cuando tenía cinco años, más alto, siempre más alto; en Luke en su graduación en la escuela primaria, con la cámara de fotos disparando sin cesar igual que un padre orgulloso; en Luke revisando cada caja de libros que llegaba a su almacén, buscando cualquier cosa que a ella pudiera gustarle y apartándolo. Luke alzándola para que arrancara manzanas de los árboles que había cerca de su granja. Luke, cuyo lugar como padre aquel hombre intentaba arrebatarle.

—Luke no es un monstruo —afirmó en una voz que igualaba en tono acerado a la de Valentine—. Ni un asesino. Tú lo eres.

—¡Clary! —Era Jace.

Clary hizo caso omiso. Tenía los ojos fijos en los fríos ojos negros de su padre.

—Asesinaste a los padres de tu esposa, no en combate sino a sangre fría —acusó—. Y apuesto a que también asesinaste a Michael Wayland y a su pequeño hijo. Arrojaste los huesos junto con los de mis abuelos, de modo que mi madre pensara que tú y Jace estaban muertos. Pusiste tu collar alrededor del cuello de Michael Wayland antes de quemarlo para que todos pensaran que aquellos huesos eran los tuyos. Después de toda esa cháchara tuya sobre la sangre no contaminada de la Clave..., a ti no te importaba nada su sangre o su inocencia cuando los mataste, ¿verdad? Asesinar ancianos y niños a sangre fría, eso es monstruoso.

Otro espasmo de cólera contorsionó las facciones de Valentine.

—¡Es suficiente! —rugió Valentine, volviendo a alzar la espada de estrellas negras, y Clary oyó la verdad de quién era en su voz, la cólera que le había impulsado toda su vida, la hirviente rabia sin fin—. ¡Jonathan! ¡Arrastra a tu hermana fuera de mi camino, o por el Ángel que la derribaré de un golpe para matar al monstruo que está protegiendo!

Por un brevísimo instante Jace vaciló. Luego alzó la cabeza.

—Desde luego, padre —dijo, y cruzó la habitación hacia Clary.

Antes de que ella pudiera alzar las manos para rechazarle, ya la había agarrado rudamente por el brazo. Tiró de ella para incorporarla, apartándola de Luke.

—Jace —susurró ella, horrorizada.

—No —dijo él.

Los dedos del muchacho se le clavaron dolorosamente en los brazos. Olía a vino, a metal y a sudor.

—No me hables.

—Pero...

—He dicho que no hables.

La zarandeó, y ella dio un traspié, recuperó el equilibrio, y alzó la vista para ver a Valentine de pie, refocilándose sobre el cuerpo encogido de Luke. Alargó la punta de un pie pulcramente embutido en una bota y empujó a Luke, que emitió un sonido estrangulado.

—¡Déjalo en paz! —chilló Clary, intentando liberarse de las manos de Jace.

Era inútil: él era demasiado fuerte.

—Para —le siseó él al oído—. Sólo lo empeorarás para ti. Es mejor si no miras.

—¿Como haces tú? —siseó ella a su vez—. Cerrar los ojos y pretender que algo no sucede no hace que deje de ser verdad, Jace. Deberías saberlo muy bien...

—Clary, para.

Su tono casi la dejó helada. Sonó desesperado.

Valentine reía entre dientes.

—Si al menos hubiera pensado —se burló— en traer conmigo una arma de auténtica plata, podría haberte despachado tal y como se hace con los de tu especie, Lucian.

Luke gruñó algo que Clary no consiguió oír. Esperó que fuera algo grosero. Se retorció en un intento de soltarse de Jace. Sus pies resbalaron y él la atrapó, tirando hacia atrás de ella con una fuerza atroz. La rodeaba con los brazos, se dijo Clary, pero no del modo que ella había deseado en una ocasión, no como había imaginado.

—Al menos deja que me levante —dijo Luke—. Déjame morir de pie.

Valentine le miró desde el otro extremo de la espada, y se encogió de hombros.

—Puedes morir tumbado de espaldas o de rodillas —dijo—. Pero sólo un hombre se merece morir de pie, y tú no eres un hombre.

—¡NO!

Chilló Clary mientras, sin mirarla, Luke empezaba a izarse penosamente para adoptar una posición arrodillada.

—¿Por qué tienes que hacerlo peor para ti? —exigió Jace en un susurro quedo y tenso—. Te dije que no miraras.

Clary jadeaba por el esfuerzo y el dolor.

—¿Por qué tienes que mentirte a ti mismo?

—¡No miento! —Las manos que la sujetaban la agarraron con más violencia, a pesar de que ella no había intentado liberarse—. Sólo quiero lo que es bueno en mi vida..., mi padre..., mi familia... No puedo perderlo todo otra vez.

Luke estaba arrodillado muy erguido ahora. Valentine había alzado la espada ensangrentada. Luke tenía los ojos cerrados, y murmuraba algo: palabras, una oración, Clary no lo sabía. Se revolvió en los brazos de Jace, volviéndose violentamente para poder mirarle a la cara. El muchacho tenía los labios apretados en una fina línea, la mandíbula rígida, pero los ojos...

La frágil armadura se rompía. Necesitaba sólo un último empujón por parte de ella. Se esforzó por encontrar las palabras.

—Tienes una familia —dijo—. Una familia son simplemente las personas que te quieren. Como los Lightwood te quieren. Alec, Isabelle... —Su voz se quebró—. Luke es mi familia, y ¿tú vas a hacerme contemplar cómo muere justo del mismo modo en que pensaste que habías visto morir a tu padre cuando tenías diez años? ¿Es eso lo que quieres, Jace? ¿Es ésta la clase de hombre que quieres ser? Como...

Se interrumpió, aterrada de improviso por la idea de haber ido demasiado lejos.

—Como mi padre —dijo él.

Su voz era gélida, distante, inanimada como la hoja de un cuchillo.

«Le he perdido», pensó ella, desesperanzada.

—Agáchate —dijo, y la empujó, con fuerza.

Clary dio un traspié, cayó al suelo y rodó sobre una rodilla. Irguiéndose arrodillada, vio que Valentine alzaba bien alta la espada sobre la cabeza de Luke. El resplandor del candelabro situado en el techo estallando sobre la hoja despidió brillantes puntos de luz que le acuchillaron los ojos.

—¡Luke! —chilló con todas sus fuerzas.

La hoja se clavó con fuerza... en el suelo. Luke ya no estaba allí. Jace se había movido más rápido incluso de lo que Clary hubiera creído posible para un cazador de sombras; lo había apartado de un empujón, derribándole, cuan largo era, a un lado. Jace se quedó mirando a su padre a la cara por encima de la temblorosa empuñadura de la espada, con el rostro blanco, pero la mirada firme.

—Creo que deberías irte —dijo Jace.

Valentine contempló fijamente a su hijo, lleno de incredulidad.

—¿Qué has dicho?

Luke había conseguido sentarse. Sangre fresca manchaba su camisa. Contempló sorprendido cómo Jace alargaba una mano y con delicadeza, casi desinteresadamente, acariciaba la empuñadura de la espada que había quedado clavada en el suelo.

—Creo que me has oído, padre.

La voz de Valentine sonó igual que un látigo.

—Jonathan Morgenstern...

Con la velocidad del rayo, Jace agarró la empuñadura de la espada, arrancó el arma de las tablas del suelo, y la alzó. La sostuvo ligeramente, horizontal y plana, con la punta flotando a pocos centímetros por debajo de la barbilla de su padre.

—Ése no es mi nombre —dijo—. Mi nombre es Jace Wayland.

Los ojos de Valentine seguían fijos en Jace; apenas parecía advertir la presencia de la espada ante su garganta.

—¿Wayland? —rugió—. ¡No llevas sangre Wayland! Michael Wayland era un desconocido para ti...

—Lo mismo —dijo Jace con calma— que eres tú. —Agitó la espada hacia la izquierda—. Ahora muévete.

Valentine empezó a negar con la cabeza.

—Jamás. No aceptaré órdenes de un niño.

La punta de la espada le besó la garganta. Clary lo contemplaba todo con fascinado horror.

—Soy un niño muy bien adiestrado —repuso Jace—. Tú mismo me instruiste en el minucioso arte de matar. Sólo necesito mover dos dedos para rebanarte la garganta, ¿lo sabías? —Sus ojos eran duros—. Supongo que sí.

—Eres muy diestro —admitió Valentine.

Su tono era displicente pero, Clary advirtió, permanecía realmente quieto.

—Pero no podrías matarme. Siempre has tenido un corazón blando.

—Quizás él no podría. —Era Luke, de pie ahora, pálido y ensangrentado, pero erguido—. Pero yo podría. Y no estoy del todo seguro de que él pudiera detenerme.

Los ojos febriles de Valentine se movieron veloces hacia Luke, y regresaron a su hijo. Jace no se había vuelto al hablar Luke, sino que permanecía inmóvil como una estatua, con la espada quieta en la mano.

—Ya oyes al monstruo amenazándome, Jonathan —dijo Valentine—. ¿Te pones de su parte?

—Tiene razón —respondió él con suavidad—. No estoy totalmente seguro de que pudiera detenerle si quisiera hacerte daño. Los hombres lobos curan tan de prisa.

El labio de Valentine se crispó.

—Así pues —escupió—, al igual que tu madre, ¿prefieres a esta criatura, esta criatura medio diabólica a tu propia sangre, a tu propia familia?

Por primera vez la espada que empuñaba Jace pareció temblar.

—Me abandonaste cuando era un niño —replicó con voz mesurada—. Dejaste que pensara que estabas muerto y me enviaste lejos a vivir con desconocidos. Jamás me dijiste que tenía una madre, una hermana. Me dejaste solo.

La palabra fue un grito.

—Lo hice por ti..., para mantenerte a salvo —protestó Valentine.

—Si te importara Jace, si te importara la sangre, no habrías matado a sus abuelos. Mataste a gente inocente —intervino Clary, enfurecida.

—¿Inocente? —soltó Valentine—. ¡Nadie es inocente en una guerra! ¡Se pusieron del lado de Jocelyn y en mi contra! ¡Le habrían permitido que me quitara a mi hijo!

Luke soltó un suspiro sibilante.

—Sabías que ella iba a abandonarte —dijo—. ¿Sabías que iba a huir, incluso antes del Levantamiento?

—¡Por supuesto que lo sabía! —rugió Valentine.

Su gélido control se había resquebrajado, y Clary pudo ver la hirviente cólera bullendo bajo la superficie, enroscándose a los tendones de su cuello, convirtiendo sus manos en puños.

—¡Hice lo que tenía que hacer para proteger lo que era mío, y al final les di más de lo que jamás merecieron: la pira funeraria concedida sólo a los más importantes guerreros de la Clave!

—Los quemaste —declaró Clary en tono categórico.

—¡Sí! —chilló Valentine—. Los quemé.

Jace profirió un sonido ahogado.

—Mis abuelos...

—Jamás los conociste —insistió Valentine—. No pretendas sentir una pena que no sientes.

La punta de la espada temblaba más rápidamente en aquellos momentos. Luke posó una mano sobre el hombro de Jace.

—Tranquilo —dijo.

Jace no le miró. Respiraba como si hubiese estado corriendo. Clary podía ver el sudor brillándole en la nítida línea divisoria de la clavícula, pegándole los cabellos a las sienes. Las venas eran visibles a lo largo de los dorsos de las manos.

«Va a matarlo —pensó—. Va a matar a Valentine.»

Dio un paso al frente a toda prisa.

—Jace..., necesitamos la Copa. O ya sabes lo que hará con ella.

Jace se pasó la lengua por los resecos labios.

—La Copa, padre. ¿Dónde está?

—En Idris —respondió él con calma—. Donde tú nunca la encontrarás.

La mano de Jace temblaba violentamente.

—Dime...

—Dame la espada, Jonathan.

Era Luke, la voz tranquila, incluso afable.

La voz de Jace sonó como si hablara desde el fondo de un pozo.

—¿Qué?

Clary dio otro paso al frente.

—Dale a Luke la espada. Deja que la tenga él, Jace.

Él negó con la cabeza.

—No puedo.

La muchacha dio otro paso más; uno más, y estaría lo bastante cerca como para tocarle.

—Sí, puedes —dijo con suavidad—. Por favor.

Él no la miró. Tenía la mirada trabada con la de su padre. El momento se alargó más y más, de un modo interminable. Por fin asintió, con un gesto seco, sin bajar la mano. Pero sí dejó que Luke fuera a colocarse a su lado, y que colocara la mano sobre la suya, en la empuñadura del arma.

—Puedes soltarla ahora, Jonathan —dijo Luke, y entonces, al ver el rostro de Clary, se corrigió—. Jace.

Jace pareció no haberle oído. Soltó la empuñadura y se apartó de su padre. Parte del color de su rostro había regresado, y en aquellos momentos tenía un tono más parecido a la masilla, el labio ensangrentado allí donde se lo había mordido. Clary anheló tocarle, rodearle con los brazos, pero supo que él jamás se lo permitiría.

—Tengo una sugerencia —dijo Valentine a Luke, en un tono sorprendentemente tranquilo.

—Deja que adivine —replicó Luke—. Es «no me mates», ¿verdad?

Valentine rió, fue un sonido carente por completo de alegría.

—No me rebajaría a rogarte por mi vida —declaró.

478

—Bien —repuso Luke, dando un golpecito a la barbilla del otro con la espada—. No voy a matarte a menos que me obligues a ello, Valentine. No pienso asesinarte frente a tus propios hijos. Lo que quiero es la Copa.

Los rugidos procedentes del piso inferior eran más fuertes ya. Clary oyó lo que parecían pisadas en el pasillo fuera de la habitación.

—Luke...

—Lo oigo —dijo él con brusquedad.

—La Copa está en Idris, os lo he dicho —contestó Valentine, moviendo los ojos más allá de Luke.

Luke sudaba.

—Si está en Idris, usaste el Portal para llevarla allí. Iré contigo. La traeré de vuelta.

Los ojos de Luke se movían veloces de un lado a otro. Había más movimiento afuera en el pasillo ahora, sonidos de gritos, de algo que se hacía añicos.

—Clary, quédate con tu hermano. Después de que pasemos, usen el Portal para que los lleve a un lugar seguro.

—No me iré de aquí —declaró Jace.

—Sí, lo harás. —Algo golpeó contra la puerta y Luke alzó la voz—. Valentine, el Portal. Muévete.

—¿O qué?

Lo ojos de Valentine estaban puestos en la puerta con una expresión contemplativa.

—Te mataré si me obligas a ello —aseguró Luke—. Delante de ellos o no. El Portal, Valentine. Ahora.

Valentine extendió las manos a ambos lados.

—Si lo deseas.

Retrocedió levemente, justo en el momento en que la puerta estallaba hacia dentro, con los goznes desparramándose por el suelo. Luke se escabulló a un lado para evitar ser aplastado por la puerta que caía, volviéndose al hacerlo, con la espada aún en la mano.

Un lobo apareció en el umbral, una montaña enfurecida de pelo

479

manchado, con los hombros encorvados al frente, los labios echados hacia atrás sobre unos dientes que gruñían. Manaba sangre de innumerables cortes en su pelaje.

Jace maldecía en voz baja, con un cuchillo serafín ya en la mano. Clary le sujetó la muñeca.

—No..., es un amigo.

Jace le lanzó una breve mirada incrédula, pero bajó el brazo.

—Alaric...

Luke gritó algo entonces, en un idioma que Clary no comprendió. Alaric volvió a gruñir, agazapándose más contra el suelo, y por un confuso momento, la muchacha pensó que iba a lanzarse sobre Luke. Entonces vio que Valentine se llevaba la mano al cinturón, el centelleo de gemas rojas, y advirtió que había olvidado que él aún tenía la daga de Jace.

Oyó que una voz gritaba el nombre de Luke, pensó que era la suya..., luego se dio cuenta de que parecía como si su garganta estuviera pegada con pegamento, y que era Jace quien había gritado.

Luke se dio la vuelta, espantosamente despacio, al mismo tiempo que el cuchillo abandonaba la mano de Valentine y volaba hacia él como una mariposa plateada que giraba y giraba sobre sí misma en el aire. Luke alzó su espada... y algo enorme y de un gris leonado pasó como una exhalación entre él y Valentine. Escuchó el aullido de Alaric, elevándose e interrumpiéndose repentinamente; oyó el sonido de la hoja al clavarse. Lanzó una exclamación ahogada e intentó correr hacia adelante, pero Jace la echó hacia atrás.

El lobo se desplomó encogido a los pies de Luke, con sangre salpicando su pelaje. Sin fuerzas, con las patas, Alaric arañó la empuñadura del cuchillo que sobresalía de su pecho.

Valentine soltó una carcajada.

—Y éste es el modo en el que pagas la lealtad ciega que adquiriste a tan bajo precio, Lucian —dijo—. Dejando que mueran por ti.

Retrocedía, con los ojos fijos aún en Luke.

Luke, con el rostro blanco, le miró, y luego bajó la vista hacia Alaric; sacudió la cabeza una vez, y luego cayó de rodillas, inclinándose sobre el hombre lobo caído. Jace sujetaba todavía a Clary por los hombros.

—Quédate aquí, ¿me oyes? Quédate aquí —siseó.

Y fue tras Valentine, que se marchaba a toda prisa, inexplicablemente, hacia una pared. ¿Planeaba arrojarse por la ventana? Clary podía ver el reflejo del hombre en el enorme espejo de marco dorado a medida que se acercaba a él, y la expresión de su rostro, una especie de socarrón alivio, la inundó de rabia asesina.

—Lo tienes claro —masculló, moviéndose para seguir a Jace.

Se detuvo sólo para recoger el *kindjal* de empuñadura azul de abajo de la mesa, a donde Valentine lo había enviado de una patada. El arma le resultó reconfortante en la mano, le dio confianza, mientras apartaba una silla caída de su camino y se acercaba al espejo.

Jace tenía el cuchillo serafín en la mano, y la luz que emanaba de él proyectaba un fuerte resplandor hacia arriba, oscureciendo los círculos bajo sus ojos, los huecos de las mejillas. Valentine se había dado la vuelta y permanecía inmóvil, recortado en su luz, con la espalda contra el espejo. En la superficie, Clary pudo ver también a Luke detrás de ellos; había dejado la espada en el suelo, y extraía el *kindjal* de empuñadura roja del pecho de Alaric, con suavidad y cuidado. Sintió náuseas y sujetó su propia arma con más fuerza.

—Jace... —empezó a decir.

Él no se volvió para mirarla, aunque por supuesto podía verla reflejada en el espejo.

—Clary, te dije que esperaras.

—Es como su madre —comentó Valentine.

Tenía una de las manos a la espalda y se dedicaba a pasarla a lo largo del borde del grueso marco dorado del espejo.

—No le gusta hacer lo que le dicen.

Jace no temblaba como le había sucedido antes, pero Clary pudo percibir hasta qué punto se había tensado su control, como la piel sobre un tambor.

—Iré con él a Idris, Clary. Traeré de vuelta la Copa.

—No, no puedes —empezó Clary, y vio, en el espejo, cómo el rostro del muchacho se crispaba.

—¿Tienes una idea mejor? —inquirió él.

—Pero Luke...

—Lucian —dijo Valentine en una voz suave como la seda— se está ocupando de un camarada caído. En cuanto a la Copa, e Idris, no están lejos. A través del espejo, se podría decir.

Los ojos de Jace se entrecerraron.

—¿El espejo es el Portal?

Los labios de Valentine se estrecharon y dejó caer la mano, apartándose del espejo al mismo tiempo que la imagen en éste se arremolinaba y cambiaba igual que acuarelas diluyéndose en una pintura. En lugar de la habitación con su madera oscura y velas, Clary vio campos verdes, el denso color esmeralda de las hojas de los árboles y un amplio prado que descendía hasta una gran casa de piedra a lo lejos. Pudo oír el zumbido de las abejas, el susurrar de hojas en el viento y el aroma de la madreselva que arrastraba el viento.

—Ya te dije que no estaba lejos.

Ahora, Valentine estaba de pie en lo que parecía una arcada dorada, con los cabellos agitándose bajo el mismo viento que agitaba las hojas en los lejanos árboles.

—¿Está como tú lo recuerdas, Jonathan? ¿No ha cambiado nada?

Clary sintió que el corazón se le contraía en el pecho. No tenía la menor duda de que se trataba de la casa de la infancia de Jace, presentada para tentarle del mismo modo que uno podría tentar a un niño con un caramelo o un juguete. Miró en dirección a Jace, pero él no pareció verla en absoluto. Tenía los ojos fijos en el Portal, y en la vista que había al otro lado de los campos verdes y la casa solariega. Vio que el rostro se le suavizaba, su boca, como si contemplara a alguien que amara, se curvó con nostalgia.

—Todavía puedes venir a casa —insistió su padre.

La luz del cuchillo serafín que Jace sostenía proyectó su sombra hacia atrás de modo que ésta pareció cruzar el Portal, oscureciendo los luminosos campos y el prado del otro lado.

La sonrisa desapareció de la boca de Jace.

—Ésa no es mi casa —dijo—. Mi casa ahora está aquí.

Con un ataque de rabia contorsionando sus facciones, Valentine miró a su hijo. Clary jamás olvidaría aquella mirada: le hizo sentir un repentino anhelo de estar con su madre. Porque por muy enfadada con ella que hubiera estado su madre, Jocelyn jamás la habría mirado de aquel modo. Siempre la había mirado con amor.

Clary sintió tanta lástima por Jace entonces, que era imposible sentir más.

—Muy bien —dijo Valentine, y dio un veloz paso atrás a través del Portal de modo que sus pies se posaron en el suelo de Idris; sus labios se curvaron en una sonrisa—. Ah —indicó—, el hogar.

Jace avanzó a trompicones hasta el borde del Portal antes de detenerse, con una mano sobre el marco dorado. Una extraña vacilación parecía haberse apoderado de él, al mismo tiempo que Idris rielaba ante sus ojos como un espejismo en el desierto. Haría falta sólo un paso...

—Jace, no —dijo Clary rápidamente—. No vayas tras él.

—Pero la Copa —repuso él.

La muchacha era incapaz de saber qué pensaba él, pero el arma que empuñaba temblaba violentamente junto con la mano.

—¡Deja que la Clave la consiga! Jace, por favor.

«Si cruzas ese Portal, podrías no regresar jamás. Valentine te matará. Tú no quieres creerlo, pero lo hará.»

—Tu hermana tiene razón.

Valentine estaba de pie entre la hierba verde y las flores silvestres, con las briznas de hierba agitándose alrededor de sus pies, y Clary se dio cuenta de que, a pesar de que se encontraban a centímetros de distancia el uno del otro, se hallaban en países diferentes.

—¿Realmente crees que puedes ganarme? ¿Aunque tú tengas un cuchillo serafín y yo esté desarmado? No sólo soy más fuerte que tú, sino que dudo que seas capaz de matarme. Y tendrás que matarme, Jonathan, antes de que te entregue la Copa.

Jace cerró con más fuerza la mano sobre el arma del ángel.

—Puedo...

—No, no puedes.

Alargó la mano, a través del Portal, y agarró la muñeca de Jace, arrastrándola al frente hasta que la punta de la hoja serafín tocó su pecho. Allí donde la mano y la muñeca de Jace atravesaron el Portal, éstas parecieron rielar como si estuvieran hechas de agua.

—Hazlo, pues —indicó Valentine—. Hunde la hoja. Siete... tal vez nueve centímetros.

Tiró de la cuchilla hacia él, con la punta de la daga cortando la tela de la camisa. Un círculo rojo como una amapola floreció justo sobre el corazón. Jace, con una exclamación ahogada, desasió la mano de un tirón y retrocedió trastabillando.

—Lo que yo pensaba —dijo su padre—. Un corazón demasiado blando.

Y con una sorprendente brusquedad lanzó el puño en dirección a Jace. Clary chilló, pero el golpe jamás alcanzó al joven: en su lugar, golpeó la superficie del Portal entre ellos con un sonido parecido al de un millar de cosas frágiles que se rompen. Grietas en forma de telas de araña resquebrajaron el cristal que no era cristal; lo último que Clary oyó antes de que el Portal se desvaneciera en un diluvio de fragmentos irregulares fue la risa burlona de Valentine.

El cristal recorrió el suelo como una lluvia de hielo, una cascada extrañamente hermosa de fragmentos plateados. Clary retrocedió, pero Jace se quedó muy quieto mientras el cristal llovía sobre él, con la mirada fija en el marco vacío del espejo.

Clary había esperado que lanzara una palabrota, que gritara o maldijera a su padre, pero en lugar de ello se limitó a esperar a que los fragmentos dejaran de caer. Cuando lo hicieron, se arrodilló en silencio y con cuidado en el maremágnum de cristales rotos y recogió uno de los pedazos más grandes, dándole vueltas en las manos.

—No.

Clary se arrodilló a su lado, dejando en el suelo el cuchillo que había estado empuñando. La presencia del arma ya no la reconfortaba.

—No había nada que pudieras haber hecho.

—Sí, lo había. —Seguía con la vista puesta en el cristal; con el cabello salpicado de esquirlas rotas de éste—. Podía haberle matado —Giró el fragmento hacia ella—. Mira —dijo.

Miró. En el trozo de cristal pudo ver aún un pedazo de Idris..., un poco de cielo azul, la sombra de hojas verdes. Exhaló dolorosamente.

—Jace...

—¿Están bien?

Clary alzó los ojos. Era Luke, de pie junto a ellos. Iba desarmado, con los ojos hundidos en círculos azules de agotamiento.

—Estamos bien —dijo ella.

Pudo ver una figura desmadejada en el suelo detrás de él, medio cubierta con el largo abrigo de Valentine. Una mano sobresalía de debajo del borde de la tela, rematada por unas zarpas.

—¿Alaric...?

—Está muerto —dijo Luke.

Había gran cantidad de dolor controlado en su voz; aunque apenas había conocido a Alaric, Clary supo que el aplastante peso de la culpa permanecería con él para siempre. «Y éste es el modo en el que pagas la lealtad ciega que adquiriste a tan bajo precio, Lucian —dijo—. Dejando que mueran por ti.»

—Mi padre ha escapado —dijo Jace—. Con la Copa. —Su voz era apagada—. Se la entregamos justo a él. He fracasado.

Luke dejó que una de sus manos cayera sobre la cabeza de Jace, quitándole los cristales de los cabellos. Aún tenía las zarpas fuera, los dedos manchados de sangre, pero Jace soportó su contacto como si no le importara, y no dijo nada en absoluto.

—No es tu culpa —repuso Luke, bajando los ojos hacia Clary.

485

Los ojos azules mostraron una mirada firme y dijeron a la muchacha: «Tu hermano te necesita; permanece junto a él».

Ella asintió, y Luke les dejó y fue a la ventana. La abrió de par en par, dejando entrar en la habitación una ráfaga de aire que hizo parpadear las velas. Clary le oyó chillar, llamando a los lobos que había abajo.

La joven volvió a arrodillarse junto a Jace.

—Todo va bien —dijo con voz entrecortada, aunque estaba claro que no era así, y podría no volver a ser así jamás; le puso la mano sobre el hombro.

La tela de la camisa tenía un tacto áspero bajo sus dedos, estaba empapada de sudor y resultaba extrañamente reconfortante.

—Hemos recuperado a mi madre. Te tenemos a ti. Tienes todo lo que importa.

—Él tenía razón. Por eso yo era incapaz de obligarme a cruzar el Portal —murmuró Jace—. No podía hacerlo. No podía matarle.

—Sólo habrías fracasado si lo hubieses hecho.

No le contestó, se limitó a murmurar algo por lo bajo. Ella no consiguió oír del todo las palabras, pero alargó la mano y le quitó el trozo de cristal. Jace sangraba por dos finos y estrechos cortes allí donde lo había sujetado. Ella colocó el fragmento en el suelo y le tomó la mano, cerrándole los dedos sobre la palma herida.

—Sinceramente, Jace —comenzó, con la misma delicadeza con la que le había tocado—, ¿es que no sabes que no se debe jugar con cristales rotos?

Él profirió un sonido parecido a una risa estrangulada antes de alargar las manos y envolverla en un abrazo. Clary era consciente de que Luke les observaba desde la ventana, pero cerró los ojos con firmeza y enterró el rostro en el hombro de Jace. El muchacho olía a sal y a sangre, y sólo cuando su boca se acercó a la oreja de ella comprendió qué era lo que decía, lo que había estado murmurando antes, y era la letanía más simple de todas: el nombre de Clary, sólo su nombre.

EPÍLOGO

LA ASCENSIÓN SEDUCE

El pasillo del hospital era cegadoramente blanco. Tras tantos días de vivir a la luz de las antorchas, las lámparas de gas y la sobrenatural luz mágica, la luz fluorescente hacía que las cosas parecieran planas y anormales. Cuando Clary dio su nombre en el mostrador de recepción, advirtió que la enfermera que le entregaba la hoja de visita tenía una piel que resultaba extrañamente amarilla bajo la fuerte iluminación.

«Tal vez sea un demonio», pensó Clary, devolviendo la hoja.

—La última puerta al final del pasillo —informó la enfermera, lanzándole una sonrisa amable.

«O tal vez estoy enloqueciendo.»

—Lo sé —respondió—. Estuve aquí ayer.

«Y el día anterior, y el día anterior a ése.»

Eran las primeras horas de la tarde, y el pasillo no estaba atestado. Un anciano avanzaba arrastrando unos pies calzados con zapatillas de felpa y vestido con una bata, llevando a rastras un equipo móvil de oxígeno tras él. Dos médicos con dos batas quirúrgicas verdes sostenían sendas tazas de poliestireno, con una columna de vapor alzándose de la superficie del líquido en el aire gélido. Dentro del hospital la refrigeración estaba al máximo, aunque en el exterior el tiempo había empezado a ser por fin más otoñal.

487

Clary encontró la puerta del final del pasillo. Estaba abierta. Miró al interior, no deseando despertar a Luke si éste dormía en la silla situada junto a la cama, tal y como lo había estado haciendo las últimas dos veces que ella había aparecido. Pero estaba en pie y consultando con un hombre alto vestido con los hábitos color pergamino de los Hermanos Silenciosos. El hombre volvió la cabeza, como percibiendo la llegada de Clary, y ésta vio que se trataba del hermano Jeremiah.

Cruzó los brazos sobre el pecho.

—¿Qué es lo que sucede?

Luke tenía aspecto agotado, con una desaliñada barba de tres días y los lentes subidos sobre la cabeza. La muchacha pudo ver el bulto de los vendajes que todavía le rodeaban la parte superior del pecho bajo la holgada camisa de franela.

—El hermano Jeremiah se iba en estos momentos —dijo.

Alzando la capucha, Jeremiah fue hacia la puerta, pero Clary le cortó el paso.

—¿Y? —le interrogó—. ¿Va a ayudar a mi madre?

Jeremiah se acercó más, y ella pudo sentir el frío que emanaba de su cuerpo, como vapor de un iceberg. «No puedes salvar a otros hasta que te hayas salvado a ti mismo primero», dijo la voz en su mente.

—Este rollo de las galletitas de la suerte se está quedando muy pasado de moda —repuso Clary—. ¿Qué le pasa a mi madre? ¿Lo sabe? ¿Pueden ayudarla los Hermanos Silenciosos tal y como ayudaron a Alec?

«Nosotros no ayudamos a nadie —dijo Jeremiah—. Ni tampoco es de nuestra incumbencia asistir a aquellos que se han separado voluntariamente de la Clave.»

La muchacha se echó hacia atrás mientras Jeremiah pasaba junto a ella y salía al pasillo. Le contempló alejarse, mezclándose con la multitud, sin que ni una sola persona le mirara dos veces. Cuando dejó que sus propios ojos se entrecerraran, vio la reluciente aura del *glamour* que lo envolvía, y se preguntó qué veían ellos: ¿Otro paciente? ¿Un médico que andaba apresuradamente con una bata quirúrgica? ¿Un visitante afligido?

—Decía la verdad —dijo Luke desde detrás de ella—. Él no curó a Alec; lo hizo Magnus Bane. Y tampoco sabe qué es lo que le pasa a tu madre.

—Lo sé —replicó Clary, volviendo la cara hacia la habitación.

Se acercó a la cama con paso fatigado. Resultaba difícil conectar a la pequeña figura blanca que yacía allí recubierta por encima y por debajo por un enjambre de tubos, con su efervescente madre de cabellos llameantes. Desde luego, sus cabellos seguían siendo rojos, extendidos sobre la almohada igual que un chal de hilo cobrizo, pero su tez estaba tan pálida que a Clary le recordaba a la Bella Durmiente del museo de Madame Tussaud, cuyo pecho ascendía y descendía sólo porque le daba vida un mecanismo de relojería.

Tomó la delgada mano de su madre y la sostuvo, tal y como había hecho el día anterior y el anterior a ése. Sentía el pulso latiendo en la muñeca de Jocelyn, firme e insistente.

«Quiere despertar —pensó Clary—. Sé que quiere hacerlo.»

—Desde luego que quiere —dijo Luke, y Clary se sobresaltó al comprender que había hablado en voz alta—. Lo tiene todo para querer ponerse bien, incluso más de lo que podría imaginar.

Clary volvió a dejar la mano de su madre sobre la cama, con delicadeza.

—Te refieres a Jace.

—Por supuesto que me refiero a Jace —replicó Luke—. Le ha llorado diecisiete años. Si pudiera decirle que ya no necesita llorarle... —Se interrumpió.

—Dicen que la gente en coma a veces puede oírte —ofreció ella.

Desde luego, los médicos habían dicho que aquello no era un coma corriente: ninguna herida, ninguna falta de oxígeno, ningún repentino fallo cardiaco o cerebral lo había causado. Era como si sencillamente estuviera dormida, y no se la pudiera despertar.

—Lo sé —dijo Luke—. He estado hablando con ella. Casi sin pausa. —Le lanzó una sonrisa cansada—. Le he contado lo valiente que has sido. Lo orgullosa que estaría de ti. Su hija guerrera.

Algo agudo y doloroso se alzó en el interior de la garganta de la muchacha, y ella lo empujó hacia abajo, apartando la mirada de Luke para dirigirla a la ventana. A través de ella podía ver la pared de ladrillo liso del edificio de enfrente. Allí no había hermosas vistas de árboles o de un río.

—He hecho las compras que me pediste —indicó—. Compré mantequilla de cacahuate, leche, cereales y pan. —Hundió la mano en el bolsillo de los pantalones—. Tengo el cambio...

—Quédatelo —respondió Luke—. Puedes usarlo para pagarte un taxi de vuelta.

—Simon va a llevarme en coche —informó Clary; comprobó el reloj de mariposas que colgaba del llavero—. De hecho, probablemente esté abajo ahora.

—Estupendo, me alegro de que vayas a pasar un rato con él. —Luke pareció aliviado—. Quédate el dinero de todos modos. Cómprate comida para llevar esta noche.

La muchacha abrió la boca para protestar, luego la cerró. Luke era, como su madre siempre había dicho, una roca en tiempos difíciles, sólida, con la que se podía contar y totalmente inquebrantable.

—Ve a casa luego, ¿de acuerdo? También tú necesitas dormir.

—¿Dormir? ¿Quién necesita dormir? —Se mofó él, pero ella le vio el cansancio en el rostro cuando volvió a sentarse junto al lecho de su madre y, con delicadeza, alargó la mano para apartar un mechón de pelo del rostro de Jocelyn.

Clary se dio la vuelta con lágrimas en los ojos.

Eric dejó la camioneta con el motor encendido junto al bordillo cuando salió por la puerta principal del hospital. El cielo describía un arco en lo alto, con el perfecto azul de un cuenco de cerámica, y se oscurecía hasta alcanzar un tono zafiro sobre el río Hudson, donde el sol empezaba a descender. Simon se inclinó para abrirle la puerta desde dentro, y ella se encaramó al asiento del copiloto.

—Gracias.

—¿Adónde? ¿De vuelta a casa? —preguntó él, metiendo la furgoneta en el tráfico de la Primera.

—Ni siquiera sé ya dónde está eso —suspiró ella.

Simon la miró de reojo.

—¿Sintiendo lástima de ti misma, Fray?

Su tono era burlón y tierno. Si ella miraba detrás de él, todavía podía ver las manchas oscuras del asiento trasero en el que había yacido Alec, sangrando sobre el regazo de Isabelle.

—Sí. No. No lo sé —Volvió a suspirar, tirando de un rizo rebelde de cabello cobrizo—. Todo ha cambiado. Todo es diferente. A veces deseo que todo pudiera volver a ser como era antes.

—Yo no —respondió Simon, ante su sorpresa—. ¿Adónde vamos? Al menos dime si a la zona alta o al centro.

—Al Instituto —respondió Clary—. Lo siento —añadió, cuando él efectuó un cambio de sentido terriblemente ilegal.

La camioneta, girando sobre dos ruedas, chirrió a modo de protesta.

—Debería habértelo dicho antes.

—Ajá —replicó Simon—. No has vuelto allí aún, ¿verdad? No desde...

—No, no desde —repitió Clary—. Jace me telefoneó y me contó que Alec e Isabelle estaban bien. Al parecer sus padres están regresando de Idris, ahora que alguien por fin les ha contado de una vez lo que realmente sucedió. Estarán aquí dentro de un par de días.

—¿Resultó raro, tener noticias de Jace? —preguntó Simon, con voz cuidadosamente neutral—. Quiero decir, desde que descubriste que...

Su voz se apagó.

—¿Sí? —preguntó Clary, la voz cortante—. ¿Desde que descubrí qué? ¿Que es un asesino transvertido que abusa sexualmente de los gatos?

—No me sorprende que ese gato suyo odie a todo el mundo.

—Vamos, cállate, Simon —replicó ella, enojada—. Sé a lo que te refieres, y no, no resultó raro. Nunca sucedió nada entre nosotros, de todos modos.

—¿Nada? —repitió Simon, con la incredulidad patente en su tono.

—Nada —repitió Clary con firmeza, echando un vistazo por la ventanilla para que él no viera cómo se le sonrojaban las mejillas.

Pasaban ante una hilera de restaurantes, y vio el Taki's, brillantemente iluminado en la creciente oscuridad del crepúsculo.

Doblaron la esquina justo cuando el sol desaparecía tras el rosetón del Instituto, inundando la calle situada abajo con una luz nacarina que sólo ellos podían ver. Simon paró frente a la puerta y apagó el motor, agitando nerviosamente las llaves en la mano.

—¿Quieres que suba contigo?

Ella vaciló.

—No, debería hacerlo yo sola.

Vio cómo una expresión desilusionada aparecía en su rostro, pero se desvaneció en seguida. Simon, se dijo, había crecido una barbaridad durante aquellas últimas dos semanas, igual que le había sucedido a ella. Lo que estaba bien, puesto que no habría querido dejarle atrás. Él era parte de ella, tanto como su talento para dibujar, el aire polvoriento de Brooklyn, la risa de su madre y su propia sangre de cazadora de sombras.

—De acuerdo —accedió Simon—. ¿Necesitarás que te lleve más tarde?

Ella negó con la cabeza.

—Luke me dio dinero para un taxi. ¿Quieres pasar mañana? —añadió—. Podríamos ver *Trigun*, preparar unas cuantas palomitas. No me iría mal pasar un buen rato en el sofá.

Simon asintió.

—Eso suena muy bien.

Se inclinó hacia ella, y la besó ligeramente en el pómulo. Fue un beso tan suave como el revoloteo de una hoja, pero ella sintió un escalofrío en los huesos. Le miró.

—¿Crees que fue una coincidencia? —preguntó.

—¿Pienso que fue qué una coincidencia?

—¿Que fuéramos a parar al Pandemónium la misma noche que Jace y los otros aparecieron por allí persiguiendo a un demonio? ¿La noche antes de que Valentine fuera en busca de mi madre?

Simon negó con la cabeza.

—No creo en coincidencias —dijo.

—Yo tampoco.

—Pero tengo que admitir —añadió él— que, coincidencia o no, resultó ser un incidente fortuito.

—Los Incidentes Fortuitos —exclamó Clary—. Aquí tienes un nombre para una banda.

—Es mejor que la mayoría de los que se nos han ocurrido —admitió Simon.

—Apuesto a que sí.

Saltó fuera de la camioneta, cerrando la puerta de un portazo tras ella, y le oyó tocar el claxon mientras corría por el camino hacia la puerta situada entre las losas recubiertas de maleza y le saludaba con la mano sin volver la cabeza.

El interior de la catedral estaba fresco y oscuro, y olía a lluvia y a papel mojado. Sus pisadas resonaron con fuerza sobre el suelo de piedra, y pensó en Jace en la iglesia de Brooklyn. «Puede que haya un Dios, Clary, y puede que no lo haya, pero no creo que tenga importancia. En cualquier caso, estamos solos.»

En el ascensor se miró a hurtadillas en el espejo mientras la puerta se cerraba con un sonido metálico a su espalda. La mayoría de los moratones y arañazos se habían curado hasta resultar invisibles. Se preguntó si Jace la había visto alguna vez con un aspecto tan remilgado como el de hoy: se había vestido para acudir al hospital con una falda negra plisada, brillo de labios rosa y una blusa clásica con cuello marinero. Se dijo que parecía que tuviera ocho años.

Tampoco importaba lo que Jace pensara sobre su aspecto, se recordó, ni en aquel momento ni nunca. Se preguntó si se comportarían alguna vez del modo en que lo hacían Simon y su hermana: con una mezcla de aburrimiento y cariñosa irritación. No conseguía imaginarlo.

Oyó los sonoros maullidos antes de que la puerta del ascensor se abriera siquiera.

—Hola, *Iglesia* —saludó, arrodillándose junto a la bola gris que se retorcía en el suelo—. ¿Dónde está todo el mundo?

Iglesia, que estaba claro que quería que le rascaran la barriga, farfulló ominosamente. Clary se rindió con un suspiro.

—Gato loco —exclamó, rascando con energía—. ¿Dónde...?

—¡Clary! —Era Isabelle, irrumpiendo en el vestíbulo ataviada con una larga falda roja, los cabellos sujetos en lo alto de la cabeza con pasadores enjoyados—. ¡Es fantástico verte!

Cayó sobre Clary con un abrazo que casi le hizo perder el equilibrio.

—Isabelle —jadeó ella—. También me alegro de verte —añadió, permitiendo que Isabelle tirara de ella para ponerla en pie.

—Estaba tan preocupada por ti —indicó Isabelle con viveza—. Después de que se marcharon a la biblioteca con Hodge, y yo me quedara con Alec, oí un estallido de lo más aterrador; cuando llegué a la biblioteca, desde luego, ya no estaban, y todo estaba desperdigado por el suelo. Y había sangre y una sustancia negra pegajosa por todas partes —Se estremeció—. ¿Qué era esa cosa?

—Una maldición —respondió Clary en voz queda—. La maldición de Hodge.

—Ah, claro —exclamó Isabelle—. Jace me habló de Hodge.

—¿Lo hizo? —Clary se sorprendió.

—¿Que consiguió que le quitaran la maldición y se marchó? Sí, me lo contó. Podría haberse quedado para decir adiós, digo yo —añadió la muchacha—. Estoy un tanto decepcionada con él. Pero imagino que tuvo miedo de la Clave. Acabará poniéndose en contacto, apuesto a que sí.

Así que Jace no les había contado que Hodge los había traiciona-do, se dijo Clary, no muy segura de cómo se sentía respecto a eso. Aun-que de todos modos, si Jace intentaba ahorrarle a Isabelle confusión y decepción, quizá ella no debería intervenir.

—En cualquier caso —siguió Isabelle—, fue horrible, y no sé qué habría hecho si Magnus no hubiese aparecido y hecho magia para devolverle la salud a Alec. ¿Es eso una expresión, «hacer magia»? —arrugó las cejas—. Jace nos contó todo lo sucedido en la isla después. En realidad, nos enteramos incluso antes, porque Magnus estuvo ha-blando por teléfono sobre ello toda la noche. Todo el Submundo era un hervidero. Eres famosa, ya sabes.

—¿Yo?

—Claro. La hija de Valentine.

Clary se estremeció.

—Entonces supongo que Jace también es famoso.

—Los dos son famosos —replicó Isabelle con la misma voz llena de vivacidad—. Los famosos hermanos.

Clary miró a Isabelle con curiosidad.

—No esperaba que estuvieras tan contenta de verme, debo ad-mitirlo.

La otra joven se llevó las manos a las caderas con expresión in-dignada.

—¿Por qué no?

—No pensaba que yo te gustara tanto.

La vivacidad de Isabelle se desvaneció y bajó los ojos hacia los plateados dedos de los pies.

—Yo tampoco pensaba que así fuera —admitió—. Pero cuando fui a buscarlos a ti y a Jace, y habían desaparecido... —Su voz se apagó—. No me sentí preocupada sólo por él; estaba preocupada también por ti. Hay algo tan... tranquilizador en ti. Y Jace mejora tanto cuando tú estás por aquí.

Los ojos de Clary se abrieron de par en par.

—¿De veras?

—Sí, de verdad. De algún modo es menos mordaz. No es que sea más amable, sino que deja que uno vea que hay amabilidad en él. —Hizo una pausa—. Y supongo que sentía celos de ti al principio, pero ahora me doy cuenta de que era estúpido. Sólo porque nunca haya tenido una amiga no significa que no pueda aprender a tener una.

—También yo, la verdad —dijo Clary—. ¿Isabelle?

—¿Sí?

—No tienes que fingir ser amable. Me gustas más cuando simplemente eres tú misma.

—¿Maliciosa, quieres decir? —inquirió ella, y rió.

Clary estaba a punto de protestar cuando Alec cruzó la entrada balanceándose sobre un par de muletas. Llevaba una pierna vendada, con los pantalones enrollados hasta la rodilla, y había otro vendaje en su sien, bajo los oscuros cabellos. Aparte de eso, tenía un aspecto extraordinariamente saludable para alguien que había estado a punto de morir cuatro días antes. Agitó una muleta a modo de saludo.

—Hola —dijo Clary, sorprendida de verle levantado y andando—. ¿Estás...?

—¿Bien? Estoy perfectamente —respondió Alec—. Ni siquiera necesitaré estas cosas dentro de unos pocos días.

Una sensación de culpabilidad obstruyó la garganta de Clary. De no haber sido por ella, Alec no tendría que usar muletas.

—Realmente me alegro de que estés bien, Alec —aseguró, poniendo en su voz toda la sinceridad que pudo reunir.

Alec pestañeó.

—Gracias.

—¿Así que Magnus te curó? —inquirió la muchacha—. Luke dijo...

—¡Sí! —exclamó Isabelle—. Fue tan impresionante. Apareció, hizo salir a todo el mundo de la habitación y cerró la puerta. No dejaban de estallar chispas azules y rojas en el pasillo procedentes de abajo del suelo.

—No recuerdo nada de eso —indicó Alec.

—Luego permaneció sentado junto a la cama de Alec toda la noche y hasta la mañana para asegurarse de que despertaba perfectamente —añadió Isabelle.

—Tampoco recuerdo eso —se apresuró a añadir Alec.

Los labios rojos de Isabelle se curvaron en una sonrisa.

—¿Me pregunto cómo supo Magnus que debía venir? Se lo pregunté, pero no quiso decirlo.

Clary pensó en el papel doblado que Hodge había arrojado al fuego después de que Valentine se marchara. Era un hombre extraño, que se había tomado el tiempo necesario para hacer lo que podía para salvar a Alec incluso a la vez que traicionaba a todos, y a todo, los que le habían importado jamás.

—No lo sé —dijo.

Isabelle se encogió de hombros.

—Imagino que lo oyó en alguna parte. Lo cierto es que parece estar conectado a una enorme red de rumores. Es todo un chismoso.

—Es el Gran Brujo de Brooklyn, Isabelle —le recordó Alec, pero no sin cierto tono divertido; luego volvió la cabeza hacia Clary—. Jace está arriba en el invernadero si quieres verle —dijo—. Te acompañaré.

—¿Tú?

—Claro. —Alec pareció sólo ligeramente incómodo—. ¿Por qué no?

Clary dirigió una ojeada a Isabelle, que se encogió de hombros. Lo que fuera que Alec tramara, no lo había compartido con su hermana.

—Vayan —dijo ésta—. Yo tengo cosas que hacer de todos modos. —Agitó una mano en su dirección—. Largo.

Se pusieron en marcha por el pasillo juntos. El paso de Alec era rápido, incluso con muletas, y Clary tuvo que correr un poco para mantenerse a su altura.

—Mis piernas son cortas —le recordó.

497

—Lo siento. —Aminoró el paso—. Oye —empezó—, esas cosas que me dijiste, cuando te chillé respecto a Jace...

—Lo recuerdo —repuso ella con voz queda.

—Cuando me dijiste que tú, ya sabes, que yo era simplemente..., que era porque... —Parecía tener problemas para formar una frase completa, así que volvió a intentarlo—. Cuando dijiste que yo era...

—Alec, no.

—De acuerdo. No importa. —Cerró los labios con fuerza—. No quieres hablar sobre ello.

—No es eso. Es que me siento fatal por lo que dije. Fue horrible. No lo pensaba en absoluto...

—Pero era cierto —afirmó él—. Cada palabra.

—Eso no quiere decir que esté bien —replicó ella—. No todo lo que es cierto necesita ser dicho. Fue mezquino. Y cuando dije que Jace me había dicho que nunca habías matado a un demonio, él dijo que era porque siempre estabas protegiendolos a él y a Isabelle. Era algo bueno lo que decía respecto a ti. Jace puede ser un estúpido, pero... —«Te quiere», estuvo a punto de decir, y se interrumpió—. Nunca ha dicho una mala palabra sobre ti, jamás. Lo juro.

—No tienes que jurar —repuso él—. Ya lo sé.

Sonaba tranquilo, incluso seguro de sí mismo de un modo que ella no le había oído nunca. Lo miró, sorprendida.

—Sé que tampoco maté a Abbadon. Pero agradezco que me dijeras que lo había hecho.

Clary lanzó una risa trémula.

—¿Agradeces que te mintiera?

—Lo hiciste como un gesto de amabilidad —contestó—. Significa mucho que fueras amable conmigo, incluso después de cómo te traté.

—Creo que Jace se habría enojado mucho conmigo por mentirte de no haber estado tan trastornado en aquellos momentos —comentó Clary—. No tan furioso como estaría si supiera lo que te había dicho yo antes, de todos modos.

—Tengo una idea —repuso Alec, sonriendo—. No se lo digamos. Quiero decir que quizá Jace sea capaz de decapitar a un demonio du'sien a una distancia de quince metros sólo con un sacacorchos y una goma elástica, pero a veces creo que no sabe mucho sobre las personas.

—Supongo que sí.

Habían llegado al pie de la escalera de caracol que conducía al tejado.

—No puedo subir. —Alec golpeó la muleta contra un peldaño de metal, y éste lanzó un leve tañido.

—No pasa nada. Puedo encontrar el camino.

El muchacho hizo como si fuera a darse la vuelta, luego volvió a dirigirle una veloz mirada.

—Tendría que haber adivinado que eras la hermana de Jace —dijo—. Los dos poseen el mismo talento artístico.

Clary se detuvo, con el pie en el primer peldaño. Se sintió desconcertada.

—¿Jace dibuja?

—Qué va.

Al sonreír, los ojos de Alec se iluminaron igual que lámparas azules, y Clary comprendió qué era lo que Magnus había hallado tan cautivador en él.

—Simplemente bromeaba. Es incapaz de trazar una línea recta.

Con una risita divertida, se alejó balanceándose sobre las muletas. Clary le observó marchar, estupefacta. Un Alec que hacía chistes y bromeaba respecto a Jace era algo a lo que podía acostumbrarse, incluso aunque su sentido del humor fuera un tanto inexplicable.

El invernadero estaba tal y como lo recordaba, aunque el cielo por encima del techo de cristal era de color zafiro en esos momentos. El olor limpio y jabonoso de las flores le despejó la mente. Inspirando profundamente, se abrió paso por entre las hojas y las ramas densamente entrelazadas.

Halló a Jace sentado en la banca de mármol en el centro del invernadero. Tenía la cabeza inclinada, y parecía dar vueltas ociosamente a un objeto que tenía en las manos. Alzó los ojos cuando ella se agachó para pasar bajo una rama, y cerró a toda prisa la mano sobre el objeto.

—Clary —sonó sorprendido—. ¿Qué haces aquí?

—He venido a verte —respondió ella—. Quería saber cómo estabas.

—Estoy perfectamente.

Llevaba jeans y una camiseta blanca. Sus moretones no habían desaparecido del todo aún, y eran como manchas oscuras sobre la carne blanca de una manzana. Por supuesto, se dijo, las heridas auténticas eran internas, ocultas a todos los ojos excepto a los del propio Jace.

—¿Qué es eso? —preguntó, señalando su mano cerrada.

Él abrió los dedos. Un irregular fragmento de algo plateado descansaba sobre la palma, brillando azul y verde en los bordes.

—Un pedazo del espejo Portal.

Clary se sentó en el banco junto a él.

—¿Ves algo en él?

Jace lo giró un poco, dejando que la luz discurriera sobre él igual que agua.

—Trozos de cielo. Árboles, un sendero... No dejo de inclinarlo, intentando ver la casa solariega. Mi padre.

—Valentine —corrigió ella—. ¿Por qué querrías verle?

—Pensaba que a lo mejor podría ver qué hacía con la Copa Mortal —respondió él de mala gana—. Dónde está.

—Jace, eso ya no es nuestra responsabilidad. No es nuestro problema. Ahora que la Clave sabe por fin lo que ha sucedido, los Lightwood vuelven. Que se ocupen ellos.

Entonces sí que la miró, y ella se preguntó cómo podía ser que fueran hermanos y parecerse tan poco. ¿No podría ella al menos haber conseguido las oscuras pestañas rizadas o los pómulos angulosos? No parecía muy justo.

—Cuando miré a través del Portal y vi Idris —explicó él—, supe exactamente lo que Valentine intentaba hacer; quería ver si yo me vendría abajo. Y no importaba..., yo seguía queriendo ir a casa con más ganas de lo que podría haber imaginado.

Ella meneó negativamente la cabeza.

—No veo qué hay que sea tan fantástico respecto a Idris. No es más que un lugar. Del modo en que Hodge y tú hablan de él... —Se interrumpió.

Jace volvió a cerrar la mano sobre el fragmento.

—Fui feliz allí. Fue el único lugar donde he sido feliz de ese modo.

Clary arrancó un tallo de un arbusto cercano y empezó a quitarle las hojas.

—Sentiste lástima por Hodge. Es por eso que no les has contado a Alec y a Isabelle lo que realmente hizo.

Él se encogió de hombros.

—Se acabarán enterando, ya lo sabes.

—Lo sé. Pero no seré yo quien se lo cuente.

—Jace... —La superficie del estanque era verde debido a las hojas caídas—. ¿Cómo pudiste ser feliz allí? Sé lo que pensabas, pero Valentine fue un padre terrible. Mató a tus mascotas, te mintió, y sé que te pegó..., ni siquiera pretendas que no lo hizo.

Un atisbo de sonrisa cruzó por el rostro de Jace.

—Sólo un jueves sí y otro no.

—Entonces cómo...

—Fue la única vez que me sentí seguro sobre quién era. A dónde pertenecía. Suena estúpido, pero... —Se encogió de hombros—. Mato demonios porque es para lo que sirvo y lo que me enseñaron a hacer, pero eso no es quién soy. Y en parte soy bueno en ello porque después de pensar que mi padre había muerto, me quedé... liberado. No había consecuencias. Nadie que llorara. Nadie que sintiera un interés en mi vida porque había tomado parte en dármela. —Su rostro parecía como si hubiese sido esculpido en algo duro—. Ya no siento eso.

501

El tallo se había quedado totalmente sin hojas; Clary lo arrojó a un lado.

—¿Por qué no?

—Debido a ti —respondió él—. De no ser por ti, me habría marchado con mi padre a través del Portal. De no ser por ti, iría tras él ahora mismo.

Clary clavó la mirada en el estanque lleno de hojas. La garganta le ardía.

—Pensaba que yo te hacía sentir inquieto.

—He pasado tanto tiempo solo —se limitó a decir él—, que creo que me angustiaba la idea de sentir que pertenecía a alguna parte. Pero contigo siento que pertenezco aquí.

—Quiero que vengas a un sitio conmigo —repuso ella de improviso.

La miró de soslayo. Algo en el modo en que sus claros cabellos dorados le caían sobre los ojos la hizo sentir insoportablemente triste.

—¿Dónde?

—Esperaba que vinieras al hospital conmigo.

—Lo sabía —Sus ojos se entrecerraron hasta parecer bordes de monedas—. Clary, esa mujer...

—También es tu madre, Jace.

—Lo sé —dijo él—. Pero es una desconocida para mí. Nunca he tenido más que un progenitor, y él se ha ido. Es peor que si estuviera muerto.

—Lo sé. Y sé que de nada sirve decirte lo fantástica que es mi madre, la persona tan estupenda y maravillosa que es y que serías muy afortunado si la conocieras. No te pido esto por ti, te lo pido por mí. Creo que si oyera tu voz...

—Entonces ¿qué?

—Podría despertar. —Le miró con fijeza.

Él le sostuvo la mirada, luego la rompió con una sonrisa..., torcida y un poco maltrecha, pero una auténtica sonrisa.

502

—Estupendo. Iré contigo. —Se puso en pie—. No tienes que decirme cosas buenas sobre tu madre —añadió—. Ya las conozco.

—¿Sí?

Jace se encogió ligeramente de hombros.

—Te crió a ti, ¿no es cierto? —Echó un vistazo al tejado de cristal—. El sol casi se ha puesto.

Clary se levantó.

—Deberíamos ir hacia el hospital. Yo pagaré el taxi —añadió en el último momento—. Luke me dio un poco de dinero.

—Eso no será necesario. —La sonrisa de Jace se hizo más amplia—. Ven. Tengo algo que enseñarte.

—Pero ¿dónde la conseguiste? —inquirió Clary, contemplando la motocicleta posada sobre el borde del tejado de la catedral.

Era de un lustroso verde veneno, con ruedas ribeteadas en plata y brillantes llamas pintadas en el asiento.

—Magnus se quejaba de que alguien se la había dejado fuera de su casa la última vez que dio una fiesta —explicó Jace—. Le convencí para que me la diera.

—¿Y has volado con ella hasta aquí arriba?

Clary le seguía mirando asombrada.

—Ajá. Empiezo a ser muy bueno en eso. —Pasó una pierna por encima del asiento, y le hizo una seña para que fuera a sentarse detrás de él—. Vamos, te lo mostraré.

—Bueno, al menos esta vez sabes que funciona —repuso ella, colocándose detrás—. Si nos estrellamos en el estacionamiento de un supermercado, te mataré, ¿te enteras?

—No seas ridícula —respondió Jace—. No hay estacionamientos en el Upper East Side. ¿Por qué conducir cuando puedes hacer que te traigan los comestibles a casa?

La moto se puso en marcha con un rugido, ahogando sus carcajadas. Con un chillido, Clary se agarró a su cinturón al mismo tiempo que la motocicleta descendía a toda velocidad por el tejado inclinado del Instituto y salía disparada al espacio.

El viento jaló sus cabellos a medida que se elevaban más y más por encima de la catedral, por encima de los tejados de los edificios de muchas plantas y los conjuntos de departamentos cercanos. Y allí estaba, extendida ante ella como un joyero abierto con descuido, aquella ciudad más populosa y sorprendente de lo que ella había imaginado jamás. Allí estaba el rectángulo verde de Central Park, donde las cortes de las hadas se reunían en las noches de verano; allí estaban las luces de los clubes y bares del centro, el Pandemónium donde los vampiros dejaban transcurrir la noche bailando; allí estaban los callejones de Chinatown por los que los hombres lobo deambulaban sigilosamente durante la noche, con las luces de la ciudad reflejándose en su pelaje. Por allí deambulaban los brujos con sus alas de murciélago y ojos felinos, y ahí abajo, cuando se desviaron para pasar sobre el río, distinguió el veloz centelleo de aletas multicolores bajo la piel plateada del agua, el brillo trémulo de largas melenas salpicadas de perlas, y oyó las agudas y ondulantes risas de las sirenas.

Jace volvió la cabeza para mirar por encima del hombro, con el viento enmarañando sus cabellos.

—¿En qué piensas? —le gritó.

—Sólo en lo distinto que es todo lo de ahí abajo ahora, ya sabes, ahora que puedo ver.

—Todo ahí abajo es exactamente igual —negó él, inclinando la motocicleta en dirección al East River, dirigiéndose de nuevo hacia el puente de Brooklyn—. Eres tú la que es diferente.

Las manos de Clary se cerraron con fuerza sobre su cinturón a medida que descendían más y más sobre el río.

—¡Jace!

—No te preocupes. —Sonaba enloquecedoramente divertido—. Sé lo que hago. No pretendo que nos ahoguemos.

Ella entrecerró los ojos para protegerlos del fuerte viento.

—¿Vas a poner a prueba lo que Alec dijo sobre que algunas de estas motos pueden funcionar bajo el agua?

—No. —Enderezó la motocicleta con cuidado mientras se alejaban de la superficie del agua—. Creo que no es más que un cuento.

—Pero Jace —replicó ella—. Todos los cuentos son ciertos.

No le oyó reír, pero lo notó, vibrando a través de su caja torácica y penetrándole en las yemas de los dedos. Se sujetó con fuerza mientras él dirigía la moto hacia arriba, acelerándola tanto que salió disparada hacia adelante y ascendió como una exhalación a lo largo del puente, igual que un pájaro liberado de una jaula. El estómago le dio un vuelco cuando el río plateado se alejó vertiginosamente y las agujas del puente se deslizaron bajo sus pies, pero en esta ocasión Clary mantuvo los ojos abiertos, para poder contemplarlo todo.

ÍNDICE

CAZADORES DE SOMBRAS

Cassandra Clare

No esperes más y entra en la web
de *Cazadores de sombras*

www.cazadoresdesombras.com.mx

En la web, encontrarás toda la información sobre la serie,
su autora Cassandra Clare y podrás ver imágenes de sus **protagonistas:**
¿son como te los imaginabas? Además, podrás descargarte
fondos de escritorio y acceder a **material inédito.**

También podrás dejar tus opiniones sobre el libro
o participar en nuestro **blog.**

No esperes más y entra en
www.cazadoresdesombras.com.mx